STEFANIE NEEB

PARTEM

WIE DIE LIEBE SO KALT

Roman

DRAGONFLY

1. Auflage 2021
Originalausgabe

Dieses Werk wurde vermittelt durch die
Agentur Brauer
Gesetzt aus der Sabon LT
von GGP Media GmbH, Pößneck
Druck und Bindung: GGP Media GmbH, Pößneck
Printed in Germany · ISBN 978-3-7488-0060-6

www.dragonfly-verlag.de
Facebook: facebook.de/dragonflyverlag
Instagram: @dragonflyverlag

Klimaneutral
Druckprodukt
ClimatePartner.com/15109-2009-1001

MIX
Papier
FSC FSC® C014496

Liebe Leserinnen und Leser,

*dieses Buch enthält potenziell triggernde Inhalte.
Einen Hinweis dazu findet ihr auf S. 477.
Achtung: Dieser Hinweis enthält einen Spoiler
für die Handlung.*

»Deine Nähe ist,
glaube mir,
der einzige Traum, den ich träume.«

AUS: DAS SCHLOSS, VON FRANZ KAFKA

PROLOG

Blut! Es rann ihm den Hals hinunter. Das Messer saß fest an seiner Kehle. Und bei jedem Atemzug, den er seinem Körper abrang, bohrte sich die Klinge tiefer in seine Haut.

Es war aus. Für *ihn* war es aus. Aber … auch für die anderen?

Er ließ den sich windenden Körper unter seinen Knien los, hob ergeben die Hände.

»So ist es brav.« Die Worte zischten über seinen Nacken. Eine Frau?

Grob riss sie seinen Kopf nach hinten. Zwang ihn aufzustehen und stieß ihn vor sich her, aus der Dunkelheit heraus, näher an das Wasserbecken.

Hin zu ihr.

Sie hockte am Rand des Brunnens. Vor ihr spuckte das Becken kein Wasser. Es spuckte Blut. Rote Fontänen tauchten die unterirdische Kathedrale in teuflisches Licht. Neben ihr lag der Beutel mit den Phiolen. Eine davon glitzerte zwischen ihren Fingern auf. Sie hielt sie wurfbereit.

»Aufhören. Sofort!« Die Hand an seinem Kopf krallte sich tief in seine Haare. »Sonst schlitze ich deinem Freund hier die Kehle auf.«

Ruckartig drehte sie sich um. Ihre Augen schreckgeweitet. Die Phiole rutschte ihr aus den Fingern. Sie rollte über den Boden, ihm entgegen.

»Nicht. Mach … weiter!« Nur mühsam pressten sich die Worte aus seiner Kehle. Gefolgt von einem gurgelnden Stöhnen. Der

Druck des Messers hatte sich erhöht. Das Blut! Es rann nicht mehr nur zaghaft. Es floss.

Aber sie durfte nicht aufhören. Nicht jetzt!

Was war sein Leben gegen das Leben der anderen? Gegen das Leben aller?

Sie waren so kurz vor dem Ziel.

Überall auf dem Boden verstreut, zu den Füßen seiner Freunde lagen sie: Leichen. Sich auflösende Körper.

Doch … sie zögerte. Kam sogar auf ihn zu? Ihre Hände zu Fäusten geballt.

»Lass. Ihn. Los!« Jedes Wort peitschte sie seiner Angreiferin entgegen. Ihr Blick dabei war kalt, bis ihre Augen seine fanden.

Sie waren es gewesen, ihre Augen. Vom ersten Moment an hatte er sich in ihnen verloren. Um sie dahinter zu sehen.

Und sich zu finden.

Ich liebe dich! formten seine Lippen. Sprechen konnte er nicht mehr. Doch sie hatte ihn verstanden. Tränen glitzerten in ihren Augen auf und ließen sie leuchten.

»Ich … Ich liebe dich auch!«

Er versuchte zu lächeln. Das waren die Worte, mit denen er sich von dieser Welt verabschieden wollte. Ihre Liebe und ihr bedingungsloses Vertrauen hatten ihn zurückgeholt, ihn das Leben wieder spüren lassen. Wenn er jetzt gehen musste, dann für sie.

Für sie. Für seine Familie. Für sie alle, die hier kämpften.

»Noch einen Schritt, du Miststück, und ich schneide seine Kehle durch!«

War es die erneute Warnung? Sein Aufstöhnen? Sie blieb stehen. Er sah ihr leichtes Kopfschütteln, das Beben ihrer zusammengepressten Lippen. Tränen liefen ihr über die Wangen. Im Gleichklang mit seinen. Ihre Blicke umarmten sich, klammerten sich aneinander fest. Wie gern würde er sie berühren, ein letztes Mal noch. Bittend streckte er seine Hand nach ihr aus.

Doch sie reckte plötzlich ihr Kinn, straffte die Schultern, bevor sie sich von ihm abwandte.

»Tu es!« Ihr Befehl galt dem Altarraum, der Gestalt, die sich dort aus dem Schatten löste. »Wenn du meine Freundin bist, meine Schwester, dann ... tu es. Jetzt!«

Entsetzen brach in ihm aus, zerfraß seinen Brustkorb.

Sie selbst opferte sich? Sie wollte sterben, um den Partem zu vernichten?

»Nein.« Erst war es nur ein Röcheln, doch sobald das Messer seine Kehle freiließ, gellte sein verzweifelter Schrei durch die Halle. »Nein!«

XENIA

Das Schlimmste an Umarmungen war, dass man sich dabei die Ohren nicht zuhalten konnte. Doch ihre Mutter schien genau auf diese Art Abschied zu bestehen. Sie zog sie zu sich.

GLASSCHERBENREGEN!

Sofort versteckte Xenia ihre Hände noch tiefer in den Ärmeln ihrer Jacke. Ein Automatismus, Stoff dämpfte die Geräusche. Heute nicht. Ihre Mutter hörte sich immer so an, als würde jemand Glas zerschmeißen. Nur klang es jetzt gerade nach einer ganzen Fensterfront.

War sie immer noch sauer?

»Über dein Verhalten, Nia, sprechen wir später. Du kannst jetzt gehen. Den Rest schaffe ich allein. Hoffentlich.«

»Sicher.« Der Scherbenregen erstarb, als Xenia sich aus der Umarmung löste. Stumm verfolgte sie dann den Abgang ihrer Mutter. Noch zitterten ihre hohen Absätze, doch sobald sie den Gerichtssaal betrat, würde man ihr nichts mehr anmerken. Wie immer.

Andere Mütter begleiteten ihre Kinder zum Kindergarten. Zum Zahnarzt. Sonst wohin, wenn sie Angst hatten. Bei ihnen war es umgekehrt. Sie begleitete ihre Mutter zu ihren Gerichtsterminen. Seit Monaten. Ohne Dank zu erhalten. Wie immer.

Xenia schnappte sich ihren Rucksack und wollte einfach nur noch raus.

Genieselt hatte es vorhin schon, jetzt fegte der Wind den Regen von allen Seiten heran und wirbelte ihn in Böen über die Straße.

Blödes Timing! Aber noch blöder wäre es, hier zu warten. Außerdem kam die Tram gerade. Xenia zog sich ihre Kapuze tief in die Stirn und rannte los. Im Zickzack um Pfützen herum, zwischen wartenden Autos hindurch, quer über die Kreuzung. Jemand hielt ihr die Tür auf. Sie bedankte sich und quetschte sich in den Gang.

Die Bahn war voll. Zu viele Menschen für zu wenig Platz. Wo waren ihre Kopfhörer? Im Rucksack. Mist. Der Kleine vor ihr klang wie ein aufheulender Motor, als sie seinen Arm streifte. Die ins Handy quatschende Frau wie ein Kinderlachen. Ein Mann ließ summend ein Kinderlied ertönen.

Sie brauchte ihre Musik! Laute Musik gegen den Lärm. Nur klemmte ihr Rucksack zwischen den fremden Körpern. Geduckt und die Arme fest an sich gepresst schlängelte sie sich durch die Menschenmenge. Weiter hinten wurde es heller. Doch freie Plätze? Fehlanzeige. Entnervt wischte sie sich den Regen vom Gesicht und holte ihr Handy raus. Fünf Anrufe von Liva? Xenia wählte den Rückruf.

»Xen! Endlich! Bist du jetzt erst draußen?«

»Ja. Wir mussten warten.«

»Und? War deine Mum gut drauf?«

»Na ja. Wie vor jedem Prozess. Völlig nervös, und dann klappt es ja doch irgendwie.«

»Sag ich ja. Du solltest den Begleitservice für sie echt mal einstellen.«

»Nach heute auf jeden Fall!« Ein Platz am Fenster wurde frei. Xenia stieg über ausgestreckte Füße und ließ sich fallen. Wenigstens sitzen!

»Wieso? Was ist passiert?« Liva klang besorgt, zumindest für ihre Verhältnisse.

»Es gab Stress. Dabei hab ich nur gefragt, ob ich diese blöden Locken von meinem Vater hab.«

»Oh. Das Tabuthema.« Liva seufzte. »Aber, deine tollen Locken! Also ich würde die ja sofort übernehmen. Obwohl ... bei Regen sind die schon scheiße, oder?«

»Danke. Jetzt fühl ich mich gleich viel besser.« Sie grinste. Wer Liva als Freundin hatte, brauchte keine Feinde. »Und bei dir? Schon aufgeregt? Er kommt ja gleich, oder?«

»Yes! In zwanzig Minuten, und ich hab echt ein Problem. Soll ich das weiße Top anziehen oder das rote?«

»Top?« Xenia schüttelte sich. »Bei dem Wetter?«

»Wieso? Bei mir sind es ...« Sie hörte Liva durchs Zimmer laufen. »26 Grad. Ich hab meine Heizung auf voll rot gestellt. Dazu noch aufgeräumt und mein Bett neu bezogen.«

»Neue Bettwäsche? Du hast echt nen Knall! Ich mein, was machst du denn, wenn der Typ total scheiße ist?«

»Ist er aber nicht. Ich hab ja schon mit ihm telefoniert. Und auf Insta gestalkt! Der ist wirklich süß. Hat blonde ...«

Liva und die Jungs! Xenia lehnte den Kopf an die Fensterscheibe und hörte sich ihre ausführliche Beschreibung an: Neben seinen unglaublich blauen Augen und dem süßen Lächeln schien er auch noch extrem nett zu sein. Witzig. Total locker und überhaupt nicht arrogant. Dafür interessiert. Verständnisvoll. Mochte neben Mathe vor allem Sport. Und: War ein absoluter Fantasy-Junkie. Xenia verkniff sich ein Seufzen und schloss kurz die Augen. Klang total nach Mr. Perfect. Völliger Quatsch eigentlich. Solche Typen gab es zu selten. »Liva, du weißt aber schon, dass er nur dein Nachhilfelehrer werden soll, oder?«

»Ja klar. Fragt sich nur, wofür ...«

Xenia biss sich auf die Lippen, ihr rutschte aber trotzdem ein Lachen raus. »Und alles sogar schön bezahlt von deinen Eltern, ne?«

»Eben! Und nach Hause geliefert.«

Während Liva weiterquatschte, blickte Xenia aus dem Fenster.

Sie verfolgte die Regentropfen an der Scheibe und zog einige mit den Fingern nach. Ganz schön krumme Wege, nie vorhersehbar. »Liva, ich sehe die Unterführung schon. Du bist gleich weg.«

»Alles klar. Muss mich eh noch schminken. Ich meld mich.«

Xenia steckte ihr Handy weg. Vielleicht sollte sie sich in der Schule auch ein wenig hängen lassen? Für so einen irren Nachhilfelehrer? Gut aussehend, witzig, verständnisvoll … Sie musste lächeln, als in der Scheibe neben ihr tatsächlich ein Traumgesicht auftauchte. Mit zerzausten blonden Wuschelhaaren. Haare, in die man reingreifen wollte. Darunter lugten blitzende Augen hervor. Ein markanter Kiefer und Lippen … der Hammer! Fein, mit einem unglaublich schönen Bogen. Xenia atmete tief durch. Toller Typ – nur leider nicht echt.

Sie verdrehte angenervt die Augen, schielte Richtung Nase und streckte dem Traumgesicht die Zunge raus. Doch plötzlich stockte sie, schaute noch mal genauer hin. Grinste der Typ sie gerade an?

Scheiße! Scheiben!

Hitze stieg in ihr auf. Scheiben spiegeln. Der Typ war echt? Sofort ließ sie den Blick nach unten fallen. Schwarze Docs, an ausgestreckten Beinen. Direkt neben ihren Füßen. Sie wackelten, schlugen auffordernd aneinander. Vorsichtig drehte Xenia den Kopf. Jeans, weißes Shirt. Eine schwarze Lederjacke. Ihre Augen glitten weiter an ihm hoch. Über seinen Hals, sein Kinn – zu seinen Lippen. Sie waren leicht geöffnet. Hatten süße Kringel an den Mundwinkeln. Er grinste tatsächlich, und ihr Gesicht fing plötzlich an zu glühen. Einfach weggucken? Im Sitz versinken? Wahrscheinlich das Beste. Stattdessen aber zitterte sich ihr Blick hoch – in seine Augen. Sie leuchteten hell! Xenia schluckte. Und jetzt? Auch lächeln? Sie rutschte auf ihrem Stuhl nach hinten, dabei glitt ihr Fuß weg und prallte gegen seinen. Sofort verkrampften sich ihre Finger. Doch …

STILLE.

Nichts als Stille schlug ihr entgegen. Eine, die das Außen vollkommen verschluckte. Irritiert sah sie nach unten. Ihre Beine berührten sich. Doch nichts. Der Typ war eine Kathedrale. Kein Geräusch. Keine Stimmen. Nur diese tiefe, friedvolle Stille. Die sich viel zu schnell auflöste, als er zurückzuckte. Xenia schluckte ihre Überraschung, wollte entschuldigend lächelnd, irgendwas sagen, doch seine Lippen verzogen sich plötzlich zu einem schmalen Strich. Kalter Zorn blitzte in seinen Augen auf. Eisiges Grau. Augenblicklich zog Xenia ihre Füße ein.

»Es ... es tut mir leid«, presste sie hervor.

Eine Antwort erhielt sie nicht. Stattdessen heftete sich sein Blick an ihre Kehle. Wenn Blicke töten könnten ...

Dieser konnte es.

Angst kroch ihr zwischen die Schulterblätter. Xenia verschwand tiefer in ihrem Sitz und versuchte, seinen kalten Augen zu entkommen. Ihre Blicke flogen umher. Aber wohin?

Sie sah Kinder quengeln, genervte Eltern, müde Gesichter. Normalität. Nur starrte er immer noch, das spürte sie. Kriegte denn hier keiner was mit?

Die Bahn wurde langsamer, und der Typ sprang so plötzlich auf, dass jetzt alle erschrocken zusammenfuhren. Er quetschte sich durch die Menge und verschwand Richtung Tür.

Was für ein Idiot war das denn? Sie sah ihn draußen auf dem Bahnsteig verschwinden und wischte sich mit dem Pulli übers Gesicht. Er und eine Kathedrale?! Viel wahrscheinlicher war es wohl, sie hatte sein Geräusch irgendwie überhört. Das Schleifen von Messern? Oder Brechen von Knochen?

Er war weg. Zum Glück.

Nur blieb das Zittern ihrer Hände, die ganze Fahrt über.

JAEL

Die Bahn war brechend voll. Er teilte die Menge vor sich. Am Fenster war ein letzter Platz frei, den er sofort mit seinen Blicken reservierte. Knie schoben sich zur Seite, man ließ ihn durch. Jael setzte sich und streckte die Beine aus.

Die Wegbeschreibung auf dem kleinen Zettel in seinen Händen war ausführlich, trotzdem hätte er gern sein Handy gehabt. Zur Orientierung. Zum Musikhören. Die Gespräche um ihn herum nervten. Müde ließ er den Kopf nach hinten fallen und schloss die Augen. Neue Wohnung, neue Chance. Diesmal würde er es nicht vermasseln. Mit neunzehn blieb ihm nur noch dieses eine Jahr. Ansonsten …

Er drehte den Zettel in den Händen. Seine Finger fanden eine Ecke. Rollten sie ein. Und wieder aus.

Die Bahn wurde langsamer. Der Mann vor ihm stand auf und ein Mädchen setzte sich. Jael musterte sie. Süß eigentlich. Ganz anders, als die, die er sonst so hatte. Keine langen Haare – glänzend geglättet – kein aufwendiges Make-up. Die Kleine hatte kurze dunkle Haare, die der Regen in kräftige Locken verwandelt hatte. Aber das Auffälligste an ihr waren ihre Augen. Unglaublich groß. Braun? Oder blau? Er konnte es nicht erkennen, sie telefonierte und schaute dabei aus dem Fenster. Ein schiefes Lächeln spiegelte sich in der Scheibe. Es ging um Bettwäsche und ’nen Typen. Jael spitzte die Ohren.

»… du weißt aber schon, dass das nur dein Nachhilfelehrer werden soll, oder?«

Ohne sie aus den Augen zu lassen, steckte Jael den Zettel ein.

»Und alles sogar schön bezahlt von deinen Eltern, ne?« Sie lachte. Biss sich dabei auf die Lippe. Eine Locke fiel ihr in die Stirn, als sie ihren Kopf anlehnte. Verträumt blickte sie aus dem Fenster, war länger still.

Ihr Finger glitt über die Scheibe, sie zeichnete die Wege der Regentropfen nach. Dann beendete sie das Gespräch und steckte das Handy weg. Warum schaute sie nicht mal nach vorne? Er schloss mit sich eine Wette ab: Sie waren braun – ihre Augen. Und bis zum Aussteigen würde er es wissen. Noch blickte sie zur Seite. Die Unterführung verdunkelte das Draußen und zeichnete ihr Gesicht jetzt ganz deutlich an die Scheibe. Sie sah ihn auch. Musste sie doch, oder? Ihr Kopf ruhte noch immer an der Wand, aber ihre Augen glitten über sein gespiegeltes Gesicht. Und an ihrem Blick konnte er erkennen, dass ihr gefiel, was sie sah. Keine Seltenheit, die meisten Mädels reagierten so auf ihn, nur versuchten die, es zu verstecken. Sie hier nicht, sie musterte ihn völlig offen. Biss sich wieder auf die Lippe. Rollte dann aber plötzlich mit den Augen und schielte so entsetzlich, dass er grinsen musste.

Ruckartig setzte sie sich auf. Hatte sie erst jetzt kapiert, dass er sie sah? Hektisch schaute sie weg, blickte dann aber doch langsam an ihm hoch.

Eine leichte Röte trat auf ihre Wangen. Gott, war die süß. Jetzt noch ein Stück höher mit ihren Augen, und er wüsste es!

Braun. Ihre Augen waren goldbraun. Und Jael versank in ihnen. Wärme breitete sich in seiner Brust aus. Sein Puls beschleunigte sich. Wie war das möglich?

Er holte Luft, atmete tief gegen das Strömen an. Eine Hand schützend auf sein Herz gelegt, das viel schneller schlug als sonst. Etwas ging in ihm vor, das nie passierte. Nie passieren durfte!

Er sollte wegschauen. Das war die Anweisung. Aber er schaffte es nicht. Flüssiges Gold. Warmes Hellbraun. Es drang durch. Zu ihm. Und umschlang sein Herz.

Atmen! Schau weg!

Doch er konnte sich aus der Tiefe ihrer Augen nicht lösen.

Sie war es dann, die auf Abstand ging und sich in ihren Sitz zurücklehnte. Dabei berührten sich ihre Füße. Hitze! Aus Wärme wurde Hitze. Plötzlich loderte sie auf und versengte seine Haut. Jael zuckte zurück. Zu spät. Flammen brannten sich hoch. Breiteten sich aus. Ein glühendes Netz umschloss seinen Körper. In seinen Ohren begann es zu rauschen. Er hörte Schreie. Tosendes Wasser. Brechendes Holz. Jael schrie stumm dagegen an. Krampfte. Und weckte in sich die Kälte. Sie zischte durch seinen Körper. Vereiste sein Herz und überzog ihn von außen. Er war im Kampfmodus. Seine Hände ballten sich zu Fäusten, sie waren bereit, ihr an die Kehle zu gehen. Sich auf ihren pochenden Puls zu legen und zuzudrücken.

Er musste hier raus! Raus, bevor er angriff.

Hektisch sprang er auf und quetschte sich durch die Menschenmenge in den nächsten Wagen. Die Bahn wurde langsamer. Als sie hielt und sich die Türen öffneten, floh er nach draußen. Wartende stieß er zur Seite, lief einfach weiter. Egal wohin. Hauptsache gehen. Bewegung gegen das Pochen in seinem Hals. Ein Immunit. Die Kleine war eine Immunitin. Irrtum ausgeschlossen. Er war zwar noch nie einem begegnet, aber nur ein Immunit konnte bei ihm solche heftigen Reaktionen auslösen.

Und das durch so eine flüchtige Berührung?

Man hatte ihn gewarnt. Wie oft?

Metall rieb auf Metall. Die nächste Bahn fuhr ein. Türen öffneten sich, spuckten Leute aus. Jael drehte sich um, tigerte weiter – wahllos durch die Menge. Er hätte nicht vor ihr flüchten dürfen! Immuniten waren selten. Noch seltener im passenden Alter. Verdammt! Das Schicksal hatte die Karten neu gemischt, ihm den höchsten Trumpf zugespielt, und er? Hatte die Kontrolle verloren. Dunkelheit stieg in ihm auf und floss wie ätzendes Gift durch seine Adern. Er war ein Electos. Er war der Meister des Entleerens. Und hatte sich von der Kleinen aus der Bahn werfen lassen?

Filternd glitt sein Blick über die Menge. Er brauchte ein Opfer. Jetzt! Irgendwas gegen das Gift. Er suchte, sortierte. Und fand. Ein Pärchen. Eng umschlungen stand es da, er mit Tränen in den Augen, sie mit einem tröstenden Lächeln. Ein roter Koffer neben ihren Füßen. Sie fuhr und er blieb.

Nett, wie sie ihm noch ihr Tuch schenkte, sich dann umdrehte und in der Bahn verschwand. Jael dehnte seinen Rücken, fingerte die Wegbeschreibung aus der Hosentasche und schlenderte auf ihn zu. Dummstellen funktionierte immer. Dazu ein hilfesuchender Blick. Es wirkte. »Ne. Hier sind Sie falsch, zu früh ausgestiegen. Am besten, Sie nehmen die nächste Bahn und fahren drei Stationen weiter.«

»Zu früh ausgestiegen … Alles klar.« Jael sah auf die Anzeigentafel, dann mit einem mitfühlenden Lächeln auf das Tuch in den Händen des Mannes. Seine Finger schienen es zu umarmen. »Und bei Ihnen? Jemand zu früh eingestiegen?«

»Viel zu früh.« Traurigkeit huschte wie ein Schatten über sein Gesicht.

Um Menschen zu entleeren, musste er sie dazu bringen, ihm von ihrer Liebe zu erzählen. Jael hakte nach, und der Mann begann augenblicklich zu reden. Fernbeziehung. Mit einer Stewardess. Unzählige Wochenenddienste, die so viel zerstörten. Der Text wurde immer länger und länger. Jael nickte verständnisvoll, nutzte dabei die Zeit, den Körper des Mannes nach Beute abzusuchen. Die Uhr am Handgelenk? Ein herausfordernder Verschluss. Aber … der Knopf am Ärmel! Er drängte sich fast auf, hing nur noch fadenscheinig am Stoff.

Jael griff zu, zog den Mann dabei ein wenig zur Seite, aus der Menge heraus, und ließ den Knopf in seiner Hosentasche verschwinden. Zum Abschied dann aufmunternde Worte, dazu ein fester Handschlag. Körperkontakt! Zum Entleeren brauchte er ihn, und sofort spürte er das Fließen in seinen Fingern. Den Moment, in dem die romantische Liebe den Mann verließ und bei ihm einzog. Vorübergehend. Der Blick des Mannes wurde stumpf. Leer. Er hatte ihn entleert.

Jael zog seine Hand zurück.

Es war ein Kinderspiel für ihn gewesen, fast zu leicht. Und doch spürte er bereits die Müdigkeit, die nach seinem Körper griff. Die Schwäche kam. Er musste weg. Ein paar Meter entfernt stand eine Bank. Erschöpft ließ er sich fallen. Wie zum Gebet verschränkten sich seine Hände, in ihnen verborgen der Knopf. Jael schloss die Augen, und mit einem tiefen Atemzug hauchte er ihm die Liebe ein. Die romantische Liebe des Mannes. Dann sackte er nach vorn. Mit der Müdigkeit kam der Schmerz. Jedes Mal. Liebe in sich aufzunehmen, selbst für kurze Zeit nur, quälte sein Herz. Drückte gegen die Mauern, hinter denen es schlug. Jael sammelte all seine Kraft zusammen und atmete in jeden Krampf hinein. Gleichgültig lächelnd, für alle Umherstehenden.

Nur langsam fand er Ruhe. In ihr wieder seine Kraft.

Den Knopf schmiss er auf den Boden und zerdrückte ihn unter seinem Schuh, zusammen mit der romantischen Liebe des Mannes. Eine sinnlose Vergeudung. Entleerung auf Stufe 6. Es hätte ihn vorangebracht, nur konnte er die Beute nicht nutzen. Seitens des Partems hatte es noch kein offizielles Startsignal gegeben, und Regelbrüche konnten das Aus bedeuten. Ein Fehler? Sicher. Doch das Gift war weg. Puls und Herzschlag, beides wieder auf ein Minimum reduziert. Und der Mann? Könnte ihm dankbar sein, schließlich hatte er ihm Leid erspart. Liebe schwächte. Liebe zerstörte.

Liebe! Nur fünf Buchstaben, doch sie waren der Zugangscode zur Hölle.

Jael gab sich einen Ruck und stand auf. Im Schaukasten, ein Stück weiter, hing ein Stadtplan. Er trat dicht an ihn heran und konzentrierte sich auf das Netz an Straßen. Drei Stationen musste er jetzt laufen. Ihretwegen!

In der Scheibe spiegelte sich sein Gesicht. So hatte sie ihn gesehen.

Goldbraune Augen …

Er riss sich von dem Anblick los. Wenn sie hier wohnte, würde er sie finden. Sich schnappen. Nutzen. Und opfern!

Doch ab jetzt: Kontrolle. Nach rechts. Er drehte sich um und verließ den Bahnsteig. Das Rot der Ampel interessierte ihn nicht. Farben. Signale. Warnungen. Tiere witterten Gefahr. Der Mensch hatte diesen Instinkt verloren.

Jael ging die Straße entlang. Wind verfing sich in seinen Haaren, und er verkroch sich tief in seine Lederjacke. Es war erst drei Uhr. Noch hatte er Zeit. Die anderen würden nicht vor sieben in der Wohnung sein.

Der Regen ließ nach, und vereinzelt brachen Sonnenstrahlen durch die tief hängenden Wolken. Reflektierende Pfützen. Er blinzelte, bog dann ab und wechselte die Seite. Wenig später fand er die richtige Straße. Hohe Bäume, gepflegte Vorgärten, Altbauten mit Stuckfassaden. Jael kniff die Augen zusammen. Nett. Aber nichts gegen die moderne Wohnung in Spanien: kein Marmor, keine hellen Fensterfronten, keine Poolpartys!

Hausnummer 17 lag in zweiter Reihe, ein kleiner Weg führte zum Eingang. Er bog ab. Stoppte aber abrupt. Die Tür stand offen – einen Spaltbreit. Sofort scannte er die Umgebung. Nichts Auffälliges, und doch witterte er Gefahr. Denn es war niemand in der Nähe. Niemand, der das Haus im Auge hatte. Freier Zugang für jeden, der wollte? Niemals!

Sofort schaltete Jael in den Alarmmodus um: Gespannte Muskeln, konzentrierter Blick, scharfes Gehör. Jedes Detail war wichtig. Er war nicht bewaffnet. Er hatte nur seinen Körper.

Geräuschlos schob er den Keil mit dem Fuß zur Seite, schloss die Tür von innen und schlich ins Treppenhaus. Licht drang durch das Türfenster am Hinterausgang, ansonsten verschluckte das dunkle Holz der Treppe jegliches Hell. Links lag die Wohnung der Putzfrau. Das wusste er. Die Tür war geschlossen. Er horchte nach oben. Nichts. Kein Geräusch, keine Stimmen. So sollte es sein. Im Schatten der Wand schlich er hinauf in den dritten Stock. Sein Blick flog zur Wohnungstür. Auch diese stand offen. Konzentriert sog er Luft ein – geräuschlos. Pumpte seine Lunge voll. Dann drückte er die Tür vorsichtig weiter auf.

Vor ihm entblößte sich der Flur. Helle, weiße Wände. Der Geruch von frischer Farbe stand noch in der Luft. Rechts musste die Küche sein, dann das Esszimmer, er aber ging nach links in Richtung Wohnzimmer. Ein leichter Wind wehte ihm entgegen. Standen auch Fenster offen? Die Tür zum Balkon? Er hob seine Hände und bog langsam um die Ecke.

Ein junges Mädchen in Schürze – mit einem Handy in der Hand. Es stand auf dem Balkon, den Rücken ihm zugewandt, und sah in den Himmel. Harmlos wirkte es auf den ersten Blick, aber Jael wusste zu gut, dass der zweite oft bedeutsamer war. Die Rebellen hatten viele Gesichter. Und selten gezückte Messer. Doch vorerst ließ er seine Arme sinken und lockerte die Schultern. Dann räusperte er sich. Das Mädchen fuhr zusammen, schrie auf.

»Entschuldigung. Ich wollte dich nicht erschrecken.« Sein charmantes Lächeln zeigte Wirkung. Die Fremde beruhigte sich und kam sogar vorsichtig auf ihn zu.

»Ich bin Jael.« Er ergriff freundlich ihre kleine Hand. »Und wohne ab heute hier.«

Sie lächelte zaghaft, sprach mit starkem Akzent und stellte sich als Hausmädchen vor. Mit zitternden Fingern zeigte sie über die Dächer, hob dann ihr Handy. Sie hatte Fotos gemacht. Auch von der Wohnung?

Jael griff hinter sie und schloss die Balkontür.

»Unten stand die Haustür offen. Die Wohnungstür auch.« Er drehte sich zu ihr und musterte sie. Jedes Detail war jetzt wichtig, jede noch so kleine Regung ihres Körpers.

»Oh!« Sie errötete. »Es war viel Müll hier. Von Einkäufen. Ich habe vergessen.«

Er nickte, auch wenn diese Erklärung nichts entschuldigte. Während er sich auf die Couch in der Mitte des Wohnzimmers setzte, ließ er sie nicht aus den Augen. Harmlos, unsicher. Spielte sie ihm was vor? Er wäre nicht so weit gekommen, der Partem würde ihm nicht so vertrauen, wenn er sich davon täuschen ließe. Ihre Finger zupften an der Schürze. Jael lächelte und lehnte sich lässig nach hinten. Im Nacken überkreuzte Hände, seinen Kopf entspannt angelehnt. Er wusste genau, wie diese Haltung seinen Körper zur Geltung brachte, Stärke ausdrückte. Sah das Flattern in ihren Augen. Das Mädchen wurde von Sekunde zu Sekunde unruhiger.

»Gibt es schon Kaffee?«

Sie nickte eifrig und floh in die Küche.

Ihre Abwesenheit nutzte er, um sich umzuschauen. Der Raum über ihm öffnete sich meterhoch. Kirchenähnlich. Ein riesiger Kronleuchter zeichnete mit seinen vielen Kristallen Muster an die hellen Wände und an die Galerie weiter oben. Er sah dem bunten Spiel der Glassteine zu, während sein Gehirn auf Hochtouren arbeitete. Was war jetzt sein Auftrag?

Offene Türen. Handy. Fotos. Ein Verstoß nach dem anderen! War sie wirklich nur das Ergebnis schlampiger Vorbereitung durch Zeitnot? Oder tatsächlich von den Rebellen entsandt? Ein eingeschleustes Hausmädchen. Ausreichend, um ihre ganze Mission zu gefährden.

Sie kam zurück, und sofort umspielte wieder ein Lächeln seine Lippen. »Darf ich mal dein Handy haben? Ich würde mich gern orientieren. Ich kenn mich hier in der Gegend nicht aus.«

Das Mädchen nickte, kam auf ihn zu und stellte die Tasse auf dem Glastisch ab. Ihre Finger zitterten noch immer, als sie das Telefon entsperrte. Sie brauchte mehrere Versuche. Dann rief sie den Stadtplan auf. Hatte sie sich hier bereits ins WLAN eingewählt? Der Code war sicher bei den Unterlagen, die für ihn und die anderen in den Zimmern auslagen. Aber dann hätte sie …

Sie überreichte ihm ihr Handy. Jael berührte ihre Hand – länger als nötig. Dabei streichelte er sie mit seinem Blick. Ihre Wangen fingen wieder an zu glühen. Sie schaute auf den Boden, auf ihre Füße. Er ließ ihre Hand los und bat noch um ein Glas Wasser. Sobald sie außer Sichtweite war, widmete er sich ihrem Handy. Mit zusammengekniffenen Augen sah er auf das Display, als Erstes nach oben zur Symbol-Leiste. Sie war wirklich im WLAN-Netz.

In ihrem Foto-Ordner fand er dann, wonach er eigentlich suchte: Fotos von allen Räumen. Weitwinkel- und Detailaufnahmen.

Als sie aus der Küche zurückkehrte, genügte ein gezielter Schlag. Sie hatte keine Zeit mehr zu schreien. Geräuschlos fiel sie in sich zusammen. Jael legte sie auf die Couch. Dann schüttelte er kurz seine Hand aus, betrat sein Zimmer und schloss die Tür hinter sich.

Es war kleiner als das letzte. Hell, aber ziemlich nüchtern eingerichtet: ein großes Bett, ein Schreibtisch, ein Schrank. Keine Bilder. Der einzige Farbtupfer war der grüne Teppich auf dem Boden und die schweren, ebenfalls grünen Vorhänge am Fenster. Wozu Farbe?

Er schüttelte den Kopf und drehte sich zur Tür. Das eingefasste Glasfenster dort auf Augenhöhe war für Nicht-Eingeweihte nur ein Ornament. Eine Blume. Er aber kannte den Mechanismus dahinter. Über einen Schalter an der Wand aktivierte er ihn. Fast lautlos schob sich die Abdeckscheibe auf der anderen Seite zurück, und vor ihm flammte die Blume des Lebens auf. Rot leuchtete sie. Jael lächelte. Ein Zeichen seines baldigen Erfolges? Er stellte sich direkt vor die Blume und spürte die Wärme, die seine Linsen scannte.

»Ich schwöre Treue, Loyalität und bedingungslosen Gehorsam.« Er sprach die Formel, und das Licht verblasste. Er war jetzt eingelesen, seine Ankunft damit dokumentiert. Mit einem Druck auf den Schalter schob sich die Abdeckscheibe wieder zu. Diesmal auch von innen.

Jael setzte sich an den Schreibtisch und griff nach dem kleinen schwarzen Aktenkoffer, der auf dem Boden stand. Die Riegel schnappten unter seinen Händen auf, den Inhalt quittierte er mit einem zufriedenen Lächeln: Laptop, Handy, Dokumente.

Die Nummer, die er jetzt brauchte, war eingespeichert. Er wurde sofort durchgestellt, und mit kurzen Worten schilderte er den Vorfall mit dem Mädchen.

Ein paar Minuten später kam der Auftrag.

Erbarmungslos eindeutig.

CHRYSTAL

Sie stellte sich vor das Waschbecken in der Damentoilette. Das Neonlicht über ihr flackerte summend, warf zuckende Schatten. Egal. Chrystal beugte sich weit nach vorn und kontrollierte im Spiegel ihr Aussehen. Sie sah gut aus. Zu gut. Für angeblich acht Stunden Flugzeit und sechs Stunden Zeitverschiebung. Das musste sie ändern und griff nach ihrer Handtasche. Mit schwarzem Kajal umrandete sie ihre Augen und verwischte dann die Linien mit einem kleinen Schwämmchen zu überzeugenden grauen Schatten. Hinter ihr ging die Klospülung. Eine junge Frau kam aus der Kabine. Sie trug einen Koffer. Chrystal seufzte. Bücher, Pinsel, Vorlagen. Sie hatte nichts mitnehmen dürfen. Die Regel galt für alle.

Die Frau wusch sich neben ihr die Hände. Chrystal spürte ihre Blicke, ließ sich aber nichts anmerken. Sie war es gewohnt, dass andere sie musterten. Nach der Überraschung kam immer das Erstaunen – dann das Nachdenken.

Wird die Frau was sagen? Chrystal beugte sich näher an den Spiegel und zog sich ihre Lippen nach – mit dem Abdeckstift. In Cremefarben wirkten sie gleich wesentlich blasser.

»Entschuldigung, aber das muss ich jetzt einfach fragen.« Die Frau musterte sie im Spiegel. »Tragen Sie Kontaktklinsen? Oder haben Sie tatsächlich so blaue Augen?«

»Die Farbe ist echt.« Chrystal lächelte die Frau an und ließ das Kristallblau ihrer Augen dadurch noch intensiver strahlen. Meeresleuchten! So hatte es ihr Vater immer genannt. Er hatte das gleiche Blau. Gehabt.

Die Frau verabschiedete sich, nicht ohne noch einmal zu starren. Chrystal band sich ihre langen schwarzen Haare zu einem unordentlichen Zopf zusammen und packte ihre Sachen.

Das Spiel konnte beginnen.

Die Uhr in der Ankunftshalle zeigte kurz vor fünf – Zeit, die Jungs zu suchen: Akrom, Geno und Rafael.

Sie hatte ihre Fotos und Steckbriefe lange studiert, und so war es nicht schwer, die kleine Gruppe zu finden. Vor allem Akrom stach heraus. Knapp zwei Meter, muskelbepackt. Vor ihm standen Geno und Rafael, daneben ein Mann im schwarzen Anzug – der Fahrer.

Chrystal schlenderte in ihre Richtung. Sie grinste anerkennend. Die Jungs könnten Autogramme verteilen, so wie sie dastanden. Hübsch und für jeden Geschmack was dabei: Blond, dunkel und noch dunkler. Gut gebaut. Und mit der bestimmten Portion Arroganz, die einfach unwiderstehlich sexy war. Die drei würden hier einschlagen – ganz sicher. Blöd, dass sie ihre Finger nicht ausstrecken durfte. Vor allem bei Nummer vier! Jael passte genau in ihr Beuteschema. Er fehlte noch.

Chrystal genoss das aufsteigende Prickeln, doch sie riss sich zusammen. Ab jetzt durfte nach außen nichts mehr sichtbar sein. Die Jungs mussten ihr die Rolle abkaufen, die sie hier spielte. Sie in ihrer Mitte akzeptieren, als ihresgleichen. Sollte auch nur einer mitbekommen, dass man sie zu ihrer Überwachung eingeschleust hatte, war nicht nur der Einsatz hier zu Ende. Ihr Überleben stand auf dem Spiel. Daher straffte sie die Schultern, setzte einen lässigen Gesichtsausdruck auf und steuerte die Gruppe an.

Die drei begrüßten sie mit Handschlag – gewöhnungsbedürftig, aber logisch. Schließlich hatte man ihnen diese Form der Begrüßung von klein auf antrainiert. Blickkontakt war wichtig. Aber vor allem Körperkontakt. Ohne ihn konnten sie Menschen nicht entleeren. Und was war unauffälliger, als jemandem einfach freundlich die Hand entgegenzustrecken? Interessiert musterten die Jungs sie, und den Blicken nach zu urteilen, waren sie zufrieden mit dem, was sie sahen. Der Fahrer hielt sich vorschriftsgemäß zurück. Er nickte ihr nur zu und führte sie dann alle aus dem Gebäude hinaus zu einem schwarzen Jeep. Abgedunkelte Scheiben, vermutlich ein falsches Nummernschild.

»Ladies first!« Akrom öffnete ihr die Tür, und Chrystal lachte auf. »Bevor du dich hinten zusammenfalten musst, geh du mal lieber nach vorn.«

Er zog sein Basecap ab und verbeugte sich kurz. Nett. Vor allem seine Augen. Sie wirkten wach – mit blitzendem Spaß.

Chrystal nahm hinten in der Mitte Platz. So konnte sie ihre Beine ausstrecken, was nach einem langen Flug ja unglaublich guttat. Dazu gähnte sie demonstrativ und lehnte sich entspannt zurück. Die beiden Jungs an den Seiten gaben ihr viel Raum. Aus Höflichkeit? Oder war ihnen das hier dann doch zu nah?

Als der Wagen losfuhr, war es Rafael, der die Stille durchbrach. »Und du kommst aus Boston?«

Chrystal nickte. »Nicht gebürtig. Aber ich bin da aufgewachsen.«

Geno musterte sie nachdenklich. Der Schlaue. 17 Jahre. Blond. Blaue Augen. »Ist mir neu, dass wir international sind. Seit wann?«

»Rafael gebürtiger Spanier, Akrom aus der Karibik, Jael aus Norwegen. Ich aus den USA. Du findest, das passt nicht?«

Geno legte seinen Kopf schief, blieb ernst. »Wir wurden aber alle hier ausgebildet. Du nicht. Warum?«

»Amerika könnte neuer Standort werden. Die Möglichkeiten sind dort besser als hier. Vielfältiger. Ich bin sozusagen eine Testversion.« Spöttisch zog sie eine Augenbraue hoch. »Hast du ein Problem damit?«

»Nein.« Er rutschte im Sitz nach hinten. »Solange du gut bist, nicht.«

»Und da ist er mal wieder, unser kleiner Streber.« Akrom grinste und zwinkerte Chrystal über den Rückspiegel zu. »Geno stresst gerne mal, musst du wissen. Von daher: Schön, dass du da bist. Könnte hier einiges entspannen. Oder Rafi?«

»Kannst du kochen?« Rafis Frage entlockte Geno ein Grinsen.

Sie ließ ihre Mundwinkel zucken, schluckte dabei ihren Ärger hinunter und blickte kopfschüttelnd aus dem Fenster. »Willkommen in Europa, Chrystal!«

FELIX

Parkverbot! Das Schild war nicht zu übersehen. Und der Pfeil darunter eindeutig. Weitersuchen? Felix schaute auf die Uhr und stöhnte auf. Zehn Minuten. Was soll's. Diesen Monat hatte er noch keinen Strafzettel bekommen. Er lenkte den Bulli an den Straßenrand und schaltete den Motor aus. 15 Euro würde es kosten, wenn sie ihn erwischten. Aber bei dem Regen? Unwahrscheinlich!

Er stieg aus und knallte die Tür hinter sich zu. Trotz Nässe und Kälte wanderte seine Hand über den blauen Lack und legte sich auf das abgewetzte Band-Logo. Er schloss die Augen. *Lebt lang und in Frieden, Jungs!*

Mit hochgezogenem Kragen spurtete er dann zum Eingang des Kulturzentrums. Aus dem Trainingsraum am Ende des Flures drang dumpfer Hip-Hop-Beat. Vorsichtig öffnete er die Tür und schlich sich hinein. Fiene entdeckte er sofort: hochroter Kopf und zerzauster Zopf.

Links wärmten sich schon die Profis auf: tief hängende Hosen, bauchfreie Shirts und mindestens ein dramatisches Tattoo auf der Haut. Eine von ihnen grüßte. Maren. Oder Maja? Mina? Irgendwas mit M und neu in seinem Biokurs. Felix nickte ihr kurz zu, ging dann nach rechts. Seine Sohlen quietschten, egal wie vorsichtig er auftrat. Zwischen den anderen Abholern fand er einen Platz und lehnte sich an die Wand.

Tanzen! Für ihn war das ein Fremdwort, aber was Fiene da aus ihrem kleinen dünnen Körper rausholte: Irre!

Er musste grinsen – sie hatte ihn entdeckt, ihr Gesicht leuchtete auf. Sie kam kurz aus dem Takt, verdrehte die Augen, bevor sie sich schnell wieder einreihte.

Dass sie zu Hause erbittert um eine neue Leggings kämpfte, verstand er jetzt zu gut. Wann war sie nur so gewachsen?

»Hi, Felix!«

Er spürte eine Hand auf seinem Arm. Überrascht drehte er sich um: Das M aus Bio.

»Deine Schwester macht das schon richtig gut!«

Das sagte sie ihm? Warum nicht ihr? Fiene wechselte doch jetzt gerade direkt vor ihnen die Schuhe.

»Hast du gehört?« Er hockte sich zu ihr und stupste sie an. »Lob vom Profi!«

Fiene flutschte ein Schuh weg, sie strahlte hoch.

Nur klebte Ms Blick weiterhin an ihm. »Meine Schwester hat ja leider aufgehört. Aber … sie dürfte ihre Größe haben. Und hat sicher noch einiges an Klamotten. Also wenn sie mag, kann ich ihr …«

»Nein!« Das Wort knallte ihm raus. Zog ihn mit hoch. Er stand jetzt dicht vor dieser M. Zu dicht scheinbar, denn sie verkroch sich rückwärts – mit erhobenen Händen.

»Hey, hey. War nur nett gemeint.«

Er wollte gerade etwas erwidern, als ihn ein Zupfen am Bein ablenkte. Fiene. Mit ihren hellblauen Augen schaute sie bittend zu ihm hoch. Fies! Gegen den Blick war er chancenlos. Felix schluckte seinen Zorn hinunter, murmelte ein halbwegs freundliches »Danke!«, wollte das Ganze auch noch mit einem Lächeln entspannen, aber scheiterte. M war schon weg.

Unter ihm schmiss Fiene wütend einen Schuh in die Tasche und schulterte sie. Als Felix versuchte, sie ihr abzunehmen, stutzte er. »Was ist denn da drin?«

»Zu viele Klamotten jedenfalls nicht«, zischte sie und stand auf. »Komm, gehen wir!«

Sie verließen die Halle und rannten durch den Regen zum Bulli. Felix setzte sich hinters Steuer. Kein Strafzettel! Wenigstens das. Mit verschränkten Armen saß Fiene neben ihm und starrte stumm vor sich hin.

Felix wartete. Spielte mit den Schlüsseln in seiner Hand. »Sei nicht wütend auf mich!« Sanft zog er ihr Kinn zu sich heran. Sie sah traurig aus. »Hey ...«

»Ich hätte mir die Sachen vielleicht einfach gerne mal angeguckt?«

»Fiene, wir brauchen keine Spenden, okay? So was bleibt immer an einem kleben. Außerdem ...«

»Was?«

»Du bist du, Fiene. Absolut besonders! Vorhin – in den schwarzen Leggings und dem weißen Shirt. Mehr braucht es bei dir gar nicht. Du tanzt so hammermäßig gut. Man muss bei dir einfach hingucken. Bei den anderen fallen, wenn überhaupt, nur die Klamotten auf. Verstehst du?«

An ihren Mundwinkeln zuckte es. Erst ein klein wenig, dann aber mehr. Und sie wanderten nach oben. Erleichtert begann auch er zu lächeln. Seine Worte waren angekommen!

»Fahr los, du Blödmann!«

Felix startete den Motor.

Gerade in den Verkehr eingefädelt, klingelte sein Handy auf der Ablage. Xenia. Einen besseren Stimmungsaufheller hätte es gar nicht geben können! Nicht nur für ihn. Fiene schnappte sich auf sein Nicken hin sein Handy und quatschte drauflos. Xenia hatte keine Chance. Er hörte nur ab und zu ihr Lachen und nutzte dann eine längere Atempause von Fiene, um sie daran zu erinnern, dass der Anruf eigentlich für ihn war. Sie verzog das Gesicht, stellte aber auf laut.

»Xen? Lebst du noch?«

»Klar!« Sie lachte. »Und ich wollte eigentlich nur kurz noch mal wegen morgen nachfragen. Lernen um drei?«

»Unbedingt!« Sein Chemiewissen gegen ihre Englischkenntnisse. Ein fairer Deal. »Bei mir, oder?«

»Gerne. Dann komm ich hier mal raus. Ich nehme den Bus um halb. Bis morgen! Ciao ihr beiden!« Xenia legte auf.

»Warum ist sie eigentlich nicht deine Freundin?« Fiene gab ihm das Handy zurück.

»Wer? Xen?« Er stutzte. »Ist sie doch!«

»Ich meine, so richtig. Mit Küssen und so.«

Felix packte Fienes Kopf und wuschelte ihr kräftig durchs Haar. »Erstens: Geht dich das nichts an. Und zweitens ...« Er trommelte mit den Fingern auf dem Lenkrad herum und suchte im Kopf nach Worten.

Für Fiene zu lange. »Erstens ist scheiße. Aber ... was ist zweitens?«

»Zweitens ist, ... dass es – so wie es ist – mehr Chancen hat, für immer zu sein.«

»Hä?« Fiene kaute auf ihrer Lippe. »Hört sich komisch an.«

Er lachte. »Stimmt aber. Freundschaften können ewig halten! Anderes nicht.«

»Aha.« Sie wackelte mit den Füßen. »Und ... mit Janne?«

»Da gilt erstens!«

»Blödmann!«

Regen, Dunkelheit und sich spiegelnde Lichter. Felix schaltete den Scheibenwischer hoch und beugte sich mit zusammengekniffenen Augen nach vorn, um das Rot der Ampel im Blick zu haben. Die Sicht war scheiße. Dazu Freitagabend. Gefühlt waren alle Autos der Stadt unterwegs, nur um dann kilometerlang Schlange zu stehen. Jetzt noch die neuen Gitarrensaiten zu kaufen, konnte er vergessen. Viertel nach sechs. Der Laden schloss in fünfzehn Minuten.

Gespartes Geld. Für neue Leggings für Fiene?

Hinter ihm hupte es.

»Ja, Mann!« Felix fuhr los. Doch anscheinend nicht schnell genug, der Typ klebte ihm die nächsten paar Hundert Meter an der Stoßstange. Nutzte dann aber die Linksabbiegerspur und überholte mit aufheulendem Motor. Normalerweise schimpften solche Idioten vor sich hin. Der nicht. Völlig ruhig saß er am Steuer, warf ihm aber durchs Seitenfenster einen Blick zu, für den er einen Waffenschein gebraucht hätte.

»Was für ein Affe!« Felix schüttelte den Kopf, griff dann aber schnell nach Fienes Finger, der schon Richtung Stirn unterwegs war, um dem Affen dort den Vogel zu zeigen. Bei solchen Idioten wusste man ja nie: Schwarzer Van, aufgemotzte Felgen, abgedunkelte Scheiben – ziemlich schlammverschmiert. Egal. Sie waren ihn los.

»Ich hab voll Hunger«, klang es vom Beifahrersitz. »Ist Mama schon zu Hause?«

Oh ja. Felix nickte und griff fester ins Lenkrad. Ihm hatte vorhin nur das Türöffnen gereicht, um zu wissen, dass sie zurück war. Kampferöl! Der Geruch nach diesem Fußbad würde ihn zeitlebens an sie erinnern. Und an ihre Schmerzen. Der Job im Altenheim und die zusätzliche Arbeit als Putzfrau saugten sie aus. Geld macht nicht glücklich? Felix knirschte mit den Zähnen. Der scheiß Spruch könnte von seinem Vater sein. So was sagten nur Leute, die im Geld ersticken!

Kurz hinter der Stadtgrenze wurden die Straßen zum Glück freier, und auch der Regen ließ nach.

Als sie auf dem Hof ankamen, blickte Felix zum Haus. Im Erdgeschoss brannte Licht, ein Schatten war hinter dem Fenster zu sehen. Seine Mutter werkelte trotz Schmerzen in der Küche rum? Ne Tiefkühlpizza hätte es doch auch getan. Mit den Einkäufen fürs Wochenende überquerte er den Hof, balancierte die schwere Klappbox auf den Knien aus, während er die Tür aufschloss. Fiene, die dabei unter seinem Arm hindurchschlüpfen wollte, erwischte er gerade noch rechtzeitig an ihrer Kapuze. »Hey! Ausräumen, Fiene!«

»Kann ich nicht erst duschen?«

»Nix da!«

Nach Kampferöl roch es im Haus nicht mehr, der Duft von Bolognesesoße hatte sich über den Geruch gelegt. Er stellte die Einkäufe auf dem Küchentisch ab. Vom Herd aus lächelte ihm seine Mutter entgegen. Er ging auf sie zu und nahm sie fest in den Arm. »Morgen koche ich, okay?«

JAEL

Treue. Loyalität und bedingungsloser Gehorsam.

Ich schwöre.

Gehorsam.

Treue. Loyalität.

Die Wörter erfüllten ihn. Sie wurden zu einem Rhythmus und mischten sich in das Geräusch der ausschlagenden Scheibenwischer. Es hatte wieder angefangen zu regnen. Die Straße zog glänzend unter ihm vorbei.

Jael fuhr den schwarzen abgedunkelten Van aus der Stadt raus. Er hatte ihn nach Anweisung in der Garage im Hinterhof gefunden und eine genaue Wegbeschreibung erhalten.

Auf der Rückbank saß das Mädchen, gefesselt – fixiert. Im Rückspiegel sah er ihre Augen: weit aufgerissen, übergroße Pupillen, die ins Nichts starrten. Sie kämpfte nicht mehr gegen ihre Fesseln an. Sie war ein Niemand mehr. Lebte man, war man ein Lebender. Starb man, war man ein Toter. Sie stand genau dazwischen. Und diese Fahrt war ihre letzte.

Treue, Loyalität, Gehorsam! Sie hätte sich an die Regeln halten müssen. Jeder, der den Partem in Gefahr brachte, wurde ein Niemand.

Jael drosselte das Tempo und steuerte den Wagen über schlammige Feldwege, durch den Wald bis hin zur Kirche. Dort parkte er. Pfützen sammelten sich auf dem Hof. Sehr gut! Reifenspuren, Fußabdrücke – alles würde verschwimmen.

Er stieg aus und öffnete die Hintertür. Sie war so leicht. Verschwand fast in seinen Armen, als er sie heraushob.

Jael legte den Weg zum Portal mit ihr mühelos zurück. Die Kirchentür ließ sich durch einen Code öffnen, sie quietschte leicht, als er sie aufstieß.

Im Inneren war es fast dunkel, nur durch vereinzelte Kirchenfenster drang mattes Licht in den Altarraum. Warf Schatten auf den Boden. Staub schwebte reglos in der Luft. Er musste den Gang runter zu Kammer drei. Weitere Anweisungen würden folgen, hatte man ihm gesagt.

Das Praktischste an Kirchen war, dass jede einen Friedhof hatte.

Irgendwann würde sie ihm seine süße Fiene einfach klauen.

Oder eintauschen – gegen ihre Eins in Englisch.

Hätte ihre Mutter mit diesem Mr. Unbekannt nicht zwei Kinder machen können? Junge, Mädchen – egal. Zicke, Blödmann … auch egal. Nur eben nicht allein sein. Nicht dauernd für ihre Mutter erreichbar sein!

Xenia seufzte und steckte das Handy wieder ein. Haarsträhnen hatten sich an ihr verschwitztes Gesicht geklebt. Sie wischte sie mit ihrem Ärmel weg und rümpfte die Nase. Ihre Hände rochen nach Zitrone.

Küche, Bad, Treppenhaus. Streifenfreier Glanz!

Und im Keller hing sogar schon die Wäsche auf der Leine. Lediglich hier im Wohnzimmer gab es noch Spuren vom Chaos der Woche: die Papiere ihrer Mutter. Sie bedeckten den Tisch wie eine Schneeschicht. Nur dass sie leider nicht von allein schmelzen würden. Diese scheiß Prozesse! Psychologische Gutachten. Sie brachten mehr Geld, machten aber alles kaputt. Vor allem ihre Mutter.

Wann hatte ihre Angst eigentlich angefangen?

Xenia ging zum Fenster und stellte es auf Kipp. Regenrauschen gegen die Stille.

Oder besser: Liva gegen die Stille?

Sie griff zum Handy: *Und? Wie läuft die Nachhilfe?*

Scheiß Photoshop. Der Typ sieht ganz anders aus.

Ach ne! Xenia schüttelte lächelnd den Kopf. *Bist du schon fertig?*

Mit ihm schon! Mit Mathe gleich auch. Er ist gerade auf dem Klo.

Kann er denn gut erklären?

Mama?!?! Bist du es?

Xenia lachte auf. Doch als sie aus dem Fenster blickte, erstarrte ihr Gesicht. War da ein Schatten? In der Wohnung direkt gegenüber? Unten lebte seit Kurzem eine Frau. Aber im dritten Stock? Die Wohnung stand doch leer. Bisher zumindest.

Sie legte ihr Handy auf die Fensterbank und zog die Gardinen ein Stück weiter auseinander. Und da! Ein Gesicht am Fenster. Sie sah es ganz deutlich. Ein Mann! Und er schaute rüber. Mist! Xenia wich sofort zurück. Sicher konnte er sie auch sehen.

Neue Nachbarn. Wer das wohl war?

Vorsichtig schielte Xenia zur anderen Straßenseite. Das Gesicht war weg. Merkwürdig! Wie eigentlich alles, was in Nummer 17 passierte. Erst der grausame Mord vor zwei Jahren, der bis heute nicht aufgeklärt war, dann der lange Leerstand, weil keiner mehr dort wohnen wollte. Und jetzt? Wochenlang hatte man Schutt aus dem Haus abtransportiert. Rumgewerkelt. Handwerker in Blaumännern waren ein und aus gegangen – richtig viele, aber von anderen Leuten hatte sie bisher nichts gesehen. Bis auf die Frau unten.

Zogen oben jetzt auch welche ein?

Pling.

Xenia griff zum Handy.

Ist deine Mutter schon da? Kannst du mit ins Kino??

Sie wollte gerade antworten, da fuhr unten ein Auto vor. Schwarz. Aufgemotzt. Mit abgedunkelten Scheiben.

Pling.

Janne und ich treffen uns gegen sieben! Also? Sag Bescheid!

Die Türen gingen auf, und Leute stiegen aus. Vorne ein Fahrer? Schwarzer Anzug, weißes Hemd. Schlaksig.

Die anderen waren das krasse Gegenteil. Xenia riss erstaunt die Augen auf. War das ne Boygroup? Drei Jungs. Gut aussehend. Ne, mehr noch. Geile Typen, würde Liva sagen. Alle groß, breit und ... Moment. Als Letztes kletterte ein Mädchen aus dem Wagen, und Xenia klappte der Mund auf. Wenn das eine Band war, dann war sie die Frontfrau. Schwarze Haare, Modelfigur. Und: extrem cool. Ihre Haltung. Ihr Gang. Die Art, wie sie mit den Jungs sprach. Und sie dann vorschickte. Tatsächlich zu Nr. 17. Aber ... ohne Koffer?

Der Fahrer stieg ein und fuhr weg. Die Gruppe verschwand im Haus. Licht ging an, erst im Treppenhaus, dann auch im dritten Stock.

Xenia zog sich einen Sessel ans Fenster.

Die hatten geklingelt, oder? Das heißt, das Gesicht am Fenster muss ihnen aufgemacht haben. Wenn ja, waren es fünf. Die drei Jungen, das Mädchen und der Typ, der schon oben war. Vom Alter her könnten es Studenten sein, allerdings dann eher Studienanfänger. Sie schätzte sie auf höchstens Anfang zwanzig. Also drei, vier Jahre älter als sie selbst. Aber ... eine Studenten-WG? Hier im Viertel?

Ärzte, Anwälte, Berater. Leute mit Kohle wohnten hier. Büros gab es. Kanzleien. Aber definitiv keine Studenten.

Hinter ihr fiel plötzlich die Wohnungstür ins Schloss. Sie fuhr herum. »Mama?«

»Hallo Nia!«, kam es aus dem Flur.

Xenia wurde der Hals eng. Sieg oder Niederlage? Was ihre Mutter nach Hause brachte, war schon entscheidend für die nächsten Tage.

»Und? Wie war es?«

Ihre Mutter lächelte. »Es ist alles gut gelaufen.«

Immerhin das! Ein wenig Anspannung löste sich aus Xenias' Körper. Hoffentlich war nun auch der Streit von vorhin vergessen.

Sie zögerte erst, ging dann aber doch auf ihre Mutter zu, um sie wenigstens ganz kurz nur zu umarmen. Die Hände tief in den Ärmeln vergraben.

Klirrende Scherben regneten auf sie nieder.

Diesmal nur etwas leiser. »Gratulation!«

»Danke!« Ihre Mutter blickte sich um. »Du hast schon Ordnung gemacht? Ach Nia, das ist ja …«

»Bis auf deine Sachen.«

»Mache ich morgen. Hast du schon was gegessen?«

»Nö.«

»Sehr gut!« Sie zwinkerte ihr kurz zu und verschwand wieder im Flur. Mit zwei Boxen in der Hand kam sie zurück, und Xenia begann zu lächeln. Lieblingsnudeln vom Lieblings-Thai! Ein mehr als gutes Ende für diesen Tag! Gemeinsames Essen und reden.

Allerdings erst nach der Zigarette. Ihre Mutter schenkte sich ein Glas Wein ein und stand zum Rauchen in der Balkontür. »Sag mal, sind drüben Leute eingezogen? Da brennt Licht.«

»Ja. Vorhin. Glaube ich zumindest. Da kam so ein komisches schwarzes Mafia-Auto und hat …«

»Ein Van? Mit abgedunkelten Scheiben?«

Xenia horchte auf. »Ne. Kein Van, aber …«

»Hier parkt nämlich gerade so einer.«

»Was?« Noch mehr Leute? Sie ließ das Besteck fallen und quetschte sich mit auf den Balkon.

»Da. Guck!« Ihre Mutter stand jetzt am Geländer und zeigte auf die Straße. Xenia starrte runter. Tatsächlich, ein Van. Der Mann, der vorne ausstieg, trug wieder einen schwarzen Anzug, war aber überhaupt nicht schlaksig. Eher so ein Typ Bodyguard. Und zwar so einer, mit dem man definitiv keinen Ärger haben wollte. Er nahm den Weg zum Eingang – allein. Sonst war wohl niemand im Auto. Er klingelte, und Xenia runzelte die Stirn.

Denn er wartete nicht, dass man ihn einließ, sondern marschierte gleich wieder zum Auto zurück, öffnete die Heckklappe und lud Koffer aus. Fünf schwarze. Fünf graue. Gleiche Größe. Gleiches Design. Xenia und ihre Mutter tauschten verwunderte Blicke aus, bevor sie sich gleichzeitig wegduckten. Das da unten hatte etwas Unheimliches. Und zog wie Kälte zu ihnen hoch.

Stumm beobachteten sie durch die Ritze zwischen Geländer und Beton die Szene weiter. Der Mann wartete am Auto, bis tatsächlich die … Studenten auftauchten. Die drei Jungs von vorhin. Das Mädchen. Und … Xenia erstarrte.

Der Horror-Typ aus der Tram!

Sie atmete nicht. Bewegte sich nicht. Starrte nur rüber. Die Koffer wurden ins Haus geschleppt, die Tür fiel ins Schloss, das Auto fuhr weg.

Stille.

Ihre Mutter stand auf und stellte sich zurück ans Geländer.

»Das war komisch, oder?«

Xenia nickte. Und schluckte. Der Typ wohnte ab jetzt hier?

»Fehlten irgendwie nur noch die Sonnenbrillen.« Ihre Mutter griff nach dem Aschenbecher und drückte die abgebrannte Zigarette aus. »Ob das jemand Wichtiges ist?«

Xenia stand jetzt auch auf, sie fror. »Wie … wie meinst du das?«

»Na ja. Irgendeine Band, die ihr so hört. Oder … eine Fernseh-WG. Über die gesendet wird?«

Könnte sein. Aber ohne Kameras?

»Ach, egal! Wird sich ja zeigen.« Ihre Mutter stellte den Aschenbecher auf dem Boden ab. »Gehen wir rein, oder? Ich hab Hunger! Du auch?«

Xenia nickte, obwohl es schlichtweg gelogen war. Irgendwie hatte ihr Magen dichtgemacht. Trotzdem folgte sie ihrer Mutter in die Küche. Alles war besser, als hier noch rumzustehen und weiter über die Typen nachzudenken.

Am Tisch gab es dann für ihre Mutter zum Glück auch nur noch ein Thema: der Abschluss des Gerichtsverfahrens. Das Mädchen durfte in seiner Familie bleiben, so hatte der Richter entschieden. Ihr Gutachten war überzeugend und allem Anschein nach ausschlaggebend für das Urteil gewesen. Xenia beobachtete ihre Mutter beim Essen. Beim Erzählen. Ihr Blick wirkte gelöster, und immer wieder zeigte sich ein Lächeln auf ihren Lippen. Ob es bis morgen blieb? Oder würde die Nacht es mitnehmen?

Dass sie selbst kaum etwas aß, bekam ihre Mutter gar nicht mit. Xenia war schlecht. Sogar später im Bett noch. Immer wieder rollte sie sich herum. Ihr war kalt. Dann heiß. Dann beides. Er wohnte jetzt hier – direkt gegenüber. Scheiß Zufall!

Sie wollte nicht an ihn denken, sie wollte einfach nur schlafen. Doch immer wenn sie die Augen schloss, erschien sein Gesicht. Sein Lächeln. Das leuchtende Hell seiner Augen! Bevor er zurückzuckte. Das Leuchten erfror. Und sich sein Blick messerscharf an ihren Hals setzte.

CHRYSTAL

»Wir sind gleich da!«

Die Stimme kam von links. Die Hand, die vorsichtig an ihr Bein klopfte, auch. Rafi versuchte, sie zu wecken. Sicher war er erleichtert, ihren Kopf gleich von seiner Schulter zu bekommen.

Jetlag! Chrystal gähnte laut. Endlich konnte sie sich entspannen. Beim »Schlafen« hatte sie absichtlich den Mund ein Stück offen stehen lassen, was echt eine Herausforderung war, ohne dabei mit den Mundwinkeln zu zucken. Sie hatte die Jungs ungestört belauschen wollen, doch nicht mit Geno gerechnet. Auf den musste sie echt aufpassen. Seine Hände ruhten jetzt wieder unschuldig auf seinen Knien, so als hätten sie sich dort die ganze Fahrt über gelangweilt. Dabei hatten sie zugegriffen – äußerst geschickt sogar – nach ihrer Tasche. Um zu checken, ob sie tatsächlich schlief? Scheiße, das mit dem Konzertticket. Ihr Lesezeichen. Er hatte es herausgezogen und triumphierend den anderen gezeigt. Dass sie vor fünf Wochen schon mal hier in der Stadt gewesen war, wussten sie nun alle. Das war jetzt nichts, was sie nicht zurechtbiegen konnte. Trotzdem überflüssig.

Ihre Fingerspitzen kribbelten, als der Wagen hielt.

Die Show konnte beginnen.

Aus dem Augenwinkel beobachtete sie die Jungs. Sie waren ausgestiegen und sahen sich um. Mit Händen in den Taschen, konzentriertem Blick und Köpfen, die sich wie Überwachungskameras in Zeitlupe drehten. Sie scannten die Umgebung.

Chrystals Blick glitt über die weiße Stuckfassade von Nr. 17.

Nach oben, zu den dicken Engelchen rechts und links, die lächelnd die Gäste des Hauses begrüßten. Es hätte ihre Bleibe für die nächsten Jahre werden sollen, aber nach dem Einsatz hier konnte sie das vergessen. Schade. Immerhin hatte sie um das Haus gekämpft, sogar eigenhändig dafür gesorgt, dass es überhaupt leer stand. Tod durch Fremdeinwirkung. Der Mieter im dritten Stock hatte nicht ausziehen wollen. Jetzt bewegten sich dort Vorhänge, und sofort schlug ihr Herz schneller. Jael?

Sie ließ die Jungs vor. Geno übernahm die Führung und ging vorneweg zum Eingang. Gerade als er klingeln wollte, ertönte der Summer. Sie wurden erwartet.

Im Vorbeigehen strich Chrystal über das Klingelschild. Gute Arbeit! Alle Namenskärtchen waren ordentlich beschriftet. Unten links: Agentur Schwertmann. Googelte man nach ihr, erfuhr man, dass sie für Design und Kommunikation zuständig war. Nur würde man unter der Telefonnummer und E-Mail-Adresse niemanden erreichen. Genauso wenig wie bei der Anwaltskanzlei »Danton und Partner«, die sich angeblich im zweiten Stock befand. Alles Fake. Einzig die Wohnung unten im Erdgeschoss war bewohnt. Hier ging das Licht an und aus, weil wirklich jemand da war – das Hausmädchen.

Chrystal schloss zu den anderen auf und stieg hinter Rafi die Treppe hoch. Die Stufen hingen in der Mitte durch, abgetretenes Holz, aber auf Hochglanz poliert. Der Geruch von Bohnerwachs schwebte noch immer in der Luft. Gepflegte Pflanzen vor den Wohnungen im ersten Stock, das Urlaubsschild an der Tür der Kanzlei im zweiten. Chrystal grinste. Sie hatten wirklich gute Arbeit geleistet – trotz der Eile.

Über ihr erhellte sich plötzlich das Treppenhaus, jemand musste die Wohnungstür geöffnet haben. Sie griff an das Geländer und spähte an Akroms Rücken vorbei nach oben. Noch sah sie nur Füße. Jaels Füße. Sie steckten in schwarzen Docs und ruhten auf der Türschwelle. Waren das Lehmspritzer auf dem Leder? An der Jeans?

Die Füße bewegten sich, traten ins Treppenhaus. Geno war oben angekommen. Sie hörte Hände einklatschen. Dann Begrüßungsfloskeln, die man nur aussprach, wenn man sich schon Jahre kannte, aber länger nicht gesehen hatte. Chrystal zog schnell ihr Zopfgummi raus und ließ ihre Haare fliegen. Er würde sie zum ersten Mal sehen.

Sie nahm die letzten Stufen. Geno und Akrom waren schon in der Wohnung. Jael zog gerade Rafi zu sich heran. Er war der Einzige, den er so nah begrüßte. Mit offenen Armen, die sich dann fest um seinen Rücken schlossen.

Als er sich löste und zu ihr hinunterschaute, blieb ihr für einen Moment die Luft weg. Seine Augen hatten dieses hellgraue Leuchten, dem man sich nicht entziehen konnte. Er neigte den Kopf ein wenig zur Seite und ließ seinen Blick über sie wandern, demonstrativ von oben bis unten. Ob sie ihm gefiel, war nicht zu erkennen. Seine Augen verrieten nichts. Im Gegenteil, sie hielten sie auf Distanz. Entspannte Schultern. Lässiger Stand. Nicht den Hauch eines Lächelns.

»Chrystal.« Eine hochgezogene Augenbraue. Ein Wort. Mehr hatte er nicht für sie?

Sie reckte ihr Kinn. Augenbrauen hochziehen konnte sie auch. »Nett, dich kennenzulernen, Jael.« Ihre Stimme klang bescheuert belegt. Sie räusperte sich geräuschlos, durchbrach dann den Abstand. Ein frisch-herber Duft strömte ihr entgegen. Er hatte geduscht. Sein graues Shirt spannte sich über seiner Brust und zeichnete deutlich jeden einzelnen Muskel ab. Chrystal verbot sich weitere Gedanken. Sie lächelte und hob den Blick. Hinter dem Grau seiner Augen schimmerte ein grüner Schatten. Warmes Interesse? Nein. Was wirklich dahinter lag, wusste sie zu gut. Absolute Wachsamkeit!

Als seine Hand sich ihrer entgegenstreckte, wollte sie zugreifen, aber sie hatte ihr Haargummi noch um die Finger gewickelt. Unauffällig wechselte sie es von rechts nach links, doch seine Lippen verzogen sich bereits zu einem spöttischen Lächeln. »Ich mag auch Zöpfe.«

Chrystal schluckte. »Wirklich?« Sie stellte ihr Lächeln auf kühl. »Und spielst, wie man sieht, noch gern im Sand?«

»Manchmal«, antwortete er nur. Dass seine Mundwinkel dabei leicht zuckten, verbuchte sie mal als Treffer und ließ ihre Augen aufleuchten. »Süß!«

Ihre Hände umschlossen sich. Unter seinen Fingern begann ihre Haut zu kribbeln. Ihr konnte er nicht gefährlich werden, das Elixier schützte sie. Wie vor sämtlichen Einflüssen von außen. Und doch ... Es war die Hand des Meisters. Eines zugegebenermaßen mehr als attraktiven Meisters.

Jael trat zur Seite. Weitere Berührungen blieben aus. Aber seine Nähe war spürbar, auch als er hinter ihr die Tür schloss.

Chrystal atmete durch. Dann sah sie sich in der Wohnung um. »Cool!« Das Herausreißen der Decke und das Zusammenlegen der Wohnungen hatte sich gelohnt. Der Raum war genial. Dazu der herrschaftliche Kronleuchter. Sie nickte zurückhaltend – war aber mehr als zufrieden.

»Ach, du hast dir schon ein Zimmer unter den Nagel gerissen?«

Irritiert horchte sie auf. Geno war es, der Jael hart anging. Er stand in der Mitte des Raumes und blickte angriffslustig zu ihm herüber. Jael unterbrach die Unterhaltung mit Rafi abrupt, stieß sich von der Wand ab und baute sich vor Geno auf. Na super. Zwei Alphatiere. Und ihre Aufgabe war es, die beiden in Schach zu halten.

»Gibt's ein Problem?« Sie trat zu Jael.

»Nur das Übliche.« Akrom kam grinsend vom Balkon rein. »Geno spielt Mädchen. Ist beleidigt, weil ...«

Sie griff lautlos an. Erwischte Akroms Arme, hielt einen umklammert und drehte ihm den anderen weit auf den Rücken. Er hatte nicht einmal atmen können, so schnell saß er fest. Bewegungsunfähig. Chrystal rammte ihre Knie in seine Beine. »Pass mal auf, Süßer. Keine Sprüche mehr über Mädchen. Verstanden?«

Akrom nickte stöhnend.

Genos Augen funkelten spöttisch.

»Das gilt hier für alle. Auch für dich, Rafi! Wie war das mit dem Kochen vorhin?«

»Ich glaube, jeder hier hat's verstanden.« Jael ging auf sie zu. Ein leichtes Lächeln lag auf seinen Lippen. Sie erwiderte es und ließ Akrom los, der sich stöhnend wand, sonst aber stumm blieb.

Stille breitete sich im Raum aus.

Jael verschränkte die Arme vor der Brust. Breitbeinig stand er da und sah jeden Einzelnen stumm an. Es brauchte keine Worte, alle formierten sich um ihn. »Ich bin der Einzige, der bereits in einer WG gewohnt hat.«

Allgemeines Nicken.

»Leider haben wir es verbockt. Wir waren zu Beginn ein Team. Haben gut zusammengearbeitet, danach nur noch gegeneinander. Ich habe es gemeldet. Und noch eine Chance bekommen.«

Chrystal mochte seine Stimme. Tief und klar, dazu irritierend warm. Was im krassen Kontrast zu seinem kühlen Blick stand. War er echt erst neunzehn?

»Und diese Chance lasse ich mir nicht nehmen. Von keinem von euch. Der Partem hat mir hier ausdrücklich die Führung zugesprochen. Dazu auch die Pläne der Wohnung geschickt. Mein Zimmer war bereits eingezeichnet, Geno. Wie eure auch.«

Lächelnd drehte Chrystal ihren Kopf nach rechts – zu ihrem Zimmer. Südseite mit Balkon. Gleich daneben ihr Ba…

»Ach!« Jaels Stimme schnitt scharf durch ihre Gedanken. »Du kennst die Pläne auch, Chrystal?«

»Nein!« Ihr wurde heiß unter seinem Blick – und den Augen der anderen. Fahrig spielten ihre Finger mit dem Ring an ihrer Hand. Scheiße – keine Nervosität! »Pläne? Dazu brauche ich keine. Schmale Tür – Bad. Breite Tür – Zimmer. Oder? Und ich denke ja mal, dass ich allein duschen darf?« Sie zog amüsiert eine Augenbraue hoch, alle grinsten – bis auf Jael. »Das Zimmer dahinten hat ein eigenes Bad. Also für mich, oder?«

Er nickte. Ansonsten zeigte er wieder keine Regung. Kein Muskel zuckte, während hinter dieser Fassade sein Gehirn sicher auf Hochtouren arbeitete. Zum ersten Mal kam ihr der Gedanke, dass das hier wirklich schiefgehen könnte.

»Wenn ihr gleich eure Zimmer bezieht, müsst ihr euch anmelden …«

Chrystal hörte Jaels weiteren Anweisungen nur noch mit halbem Ohr zu, nutzte stattdessen die Zeit, um sich wieder zu beruhigen. Er erklärte gerade den Prozess des Einscannens über die Blume des Lebens, als es plötzlich an der Tür läutete. Die Koffer!

Gemeinsam gingen sie hinunter, um sie unten in Empfang zu nehmen.

Alle wussten Bescheid: Im schwarzen Koffer befand sich die notwendige Ausstattung, im grauen Koffer waren persönliche Gegenstände.

»Haben wir eine Putzfrau oder ein Hausmädchen?«, fragte Geno mit Blick auf die Wohnung im Erdgeschoss.

Jael räusperte sich kurz. »Es gab Komplikationen. Der Partem kümmert sich drum, wir bekommen noch jemanden.«

Komplikationen? Das war ihr neu. Chrystal verzichtete aber auf Nachfragen. Bei Gelegenheit hatte sie andere Quellen.

XENIA

Je mehr sie über eine Sache wusste, desto weniger Angst machte sie ihr. Das musste bei Menschen doch auch gelten, oder?

Xenia gab sich einen Ruck und trat mit dem Tablett in den Händen auf den Balkon. Der Himmel war leer, nach dem Regen von gestern auch kein Wunder. An manchen Stellen färbte er sich tatsächlich schon blau. Perfektes Wetter also, um draußen zu frühstücken. Und … die perfekte Gelegenheit, das Haus gegenüber zu beobachten. Der Typ ging ihr nicht mehr aus dem Kopf. Sein Blick hatte sich eingebrannt. Ebenso wie diese alles verschluckende Stille. Gestern hatte er sie eingeschüchtert, und das sollte ihr keinesfalls noch mal passieren. Trotzdem flatterten ihre Finger leicht, als sie ihre Sachen auf den Tisch stellte: den Joghurt, ihren Marmeladentoast und ein Glas Orangensaft. Unter dem Arm klemmte ihr *English Grammar* Heft. Felix musste unbedingt von seiner Fünf runter. Wenn sie nachher zu ihm ging, sollten ihre Erklärungen sitzen, und sie hatte sich vorgenommen, das Wichtigste während des Frühstücks noch mal durchzugehen.

Sie zog sich den Stuhl ran und spähte unauffällig nach drüben. Gardinen vor den Fenstern. Noch war alles ruhig. Vielleicht auch besser so?

Xenia lehnte sich zurück und schloss für einen Moment die Augen. Hier draußen war die Luft noch klar. Drinnen wurde sie langsam eng.

Sie hatte die Schlaftablettenschachtel im Bad gesehen, mit einer Kapsel weniger drin. Auch das Türschild war ihr nicht entgangen.

Den Text hatte sie nicht lesen müssen, sie kannte ihn auswendig. *Auszeit! Ich komme raus, wenn ich kann.*

Der Stuhl ihr gegenüber würde leer bleiben. Wenn es schlecht lief, das ganze Wochenende. Wenn es beschissen lief, noch länger. Dann würde die Praxis ihrer Mutter für Tage geschlossen bleiben. Wegen Fortbildung. Wegen Krankheit der Tochter. Wegen irgendwas halt. Nur gelogen. Die Wahrheit aber war viel zu gefährlich. Claire Morin. Eine namhafte Psychologin mit einer Angststörung! Wer wollte sich dann noch von ihr behandeln lassen?

Vom Gehweg kam ein Lachen, und Xenia beugte sich neugierig vor. Ein Mann mit Kind. Sie wichen einer Frau mit Einkäufen aus. Der Vater hielt die Hand seines Sohnes, in der anderen trug er eine Brötchentüte.

Wie es sich wohl anfühlte, eine so große Hand zu halten?

Sie riss den Deckel von ihrem Joghurt ab. Er fiel auf den Boden – natürlich auf die falsche Seite. Xenia fluchte, wollte ihn gerade aufheben, als plötzlich lautes Hupen von der Straße zu ihr hochdrang. Sie sah über das Geländer. Ein Typ raste mit seinem Fahrrad quer über die Straße, eine Hand hatte er am Lenker, die andere zeigte dem Auto hinter sich das Victoryzeichen. Lachte er etwa?

Das war doch einer von den neuen Nachbarn!

»Ach du Scheiße!« Erschrocken hielt sie sich die Hand vor den Mund. Äpfel, Gurken, Konserven … alles, was eigentlich in Einkaufstüten gehörte, kullerte jetzt in der Gegend herum: Auf den Gehweg, auf die Straße. Hatte der Typ die Frau auf dem Bürgersteig nicht gesehen?

Jetzt zumindest schon. Er drehte sich um, stieg von seinem Rad und lehnte es an eine Mauer. Stimmen drangen nach oben. Leider waren sie zu leise, um etwas zu verstehen. Der Frau war anscheinend nichts passiert, nur ihren Einkäufen. Gemeinsam machten sie sich daran, alles einzusammeln. Und hatten offenbar Spaß dabei. Die Frau sah ihn viel zu lange an, strich sich durch die

Haare oder warf sie nach hinten. Flirtete die etwa? Hübsch war er ja. Hellblonde Haare, recht kurz geschnitten. Ein nettes Lächeln. Zumindest wirkte es von hier oben so. Aber trotzdem.

Xenia verbiss sich ein Grinsen. Die Frau könnte vom Alter her glatt ihre Mutter sein, was ihn komischerweise nicht zu stören schien. Er gab der Frau zum Abschied die Hand und hielt sie definitiv länger fest als nötig. Dann drehte er sich um und steuerte sein Fahrrad an. Xenia stutzte. Etwas stimmte nicht mit ihm. Schwankte er? Zumindest nahm er nicht den direkten Weg, er lief irgendwie im Zickzack, stolperte fast. Eine Hand ausgestreckt, suchte er die Mauer. Seine Knie knickten ein. Kippte der jetzt um? Xenia erhob sich, irgendjemand musste ihm helfen. Doch auf der Straße war niemand mehr. Sollte sie runterlaufen?

Mit aufgestützten Armen stand er da, während sein Rücken sich unter tiefen Atemzügen bewegte. Xenia atmete mit ihm, und er schien sich tatsächlich zu erholen. Zumindest so weit, dass er seinen Kopf anheben und sich dann langsam umdrehen konnte. Er hielt sein Gesicht der Sonne entgegen, mit geschlossenen Augen und zusammengepressten Lippen.

Xenia zog mit dem Fuß ihren Stuhl heran, sie wurde wohl nicht gebraucht. Beine hoch und ein Glas Wasser, das wäre auch alles gewesen, was ihr eingefallen wäre.

Sie griff zu ihrem Glas Orangensaft und wollte ihm gerade zuprosten, als sich seine Lippen verzogen. Lachte er etwa schon wieder? Es hatte etwas Triumphierendes, passte zu der geballten Faust, die er jetzt öffnete. Irgendwas hatte er da. Etwas Glänzendes, die Sonne brach sich darin. Ein Armband?

Er steckte es in die Hosentasche, dann guckte er so unvermittelt zu ihr hoch, dass Xenia sich blitzschnell hinter die Brüstung duckte. Hatte er sie gesehen?

Wäre blöd! Und wäre richtig scheiße, wenn es stimmte, was sie glaubte. Hatte er die Frau gerade echt beklaut?

Geduckt blieb sie sitzen, den Kopf fast zwischen den Knien, das Glas noch immer in der Hand. In Zeitlupentempo stellte sie es ab. Durch die Balkonritze sah sie den Typen bei seinem Rad stehen. Er schloss es ab. Und ohne sich noch einmal umzudrehen, verschwand er dann tatsächlich im Haus gegenüber.

Xenia wartete einen Moment, bevor sie sich wieder aufrichtete. So viel also zum Thema: Nicht einschüchtern lassen! Das war jetzt das zweite Mal gewesen, in nicht viel mehr als zwölf Stunden, dass sie sich hier versteckt hatte. Gestern mit ihrer Mutter – heute allein.

Und alles wegen dieser Idioten da drüben?

Nein! Sie hatte vorgehabt, hier draußen zu essen, hier draußen die Grammatik durchzugehen. Und das würde sie jetzt auch tun. Mit dem Toastbrot in der einen Hand zog sie das Heft unter ihrem Teller hervor und öffnete es. Eigentlich mussten sie alles noch einmal durchgehen.

Während sie aß und sich vorbereitete, schielte sie immer wieder zu den Fenstern im dritten Stock. Niemand war zu sehen. Und doch hatte sie die ganze Zeit das Gefühl, beobachtet zu werden.

JAEL

Die Wahrscheinlichkeit, dass er in seinem Leben noch mal Glück haben würde, tendierte gen null. Unwahrscheinlich also, dass sich daran gerade jetzt etwas ändern sollte.

Kopfschüttelnd verscheuchte er den Gedanken und trat vom Fenster zurück. Die Vorhänge mussten geschlossen werden, denn nichts von dem, was sich hier gleich abspielte, durfte nach außen dringen. Fenster für Fenster ging er durch. Vor dem letzten hielt er erneut inne, hier gab der Stoff noch genau das bisschen Außenwelt frei, das er vorhin schon beobachtet hatte, und sein Blick blieb wieder hängen. Am Balkon gegenüber. Dunkle kurze Haare. Sicher gab es Hunderte Mädchen mit dieser Frisur in der Stadt. Und trotzdem. Irgendwas ließ ihn an diese Unwahrscheinlichkeit glauben: War das die Kleine aus der Tram?

Komm schon, zeig mir dein Gesicht! Jael trat näher ans Fenster, seine Hände wollten in den Stoff greifen, den Vorhang weiter aufziehen, doch er hielt sich zurück. Bewegungen am Fenster waren schnell sichtbar.

So oder so, die Kleine würde ihm nicht entkommen. Gemeldet hatte er sie bisher nicht, wie das Regelwerk es eigentlich unmissverständlich forderte. Immuniten waren der Ursprung der Rebellion. Sie besaßen das Gegenstück zu seiner Gabe: Sie konnten füllen. Und seit Jahrzehnten bekämpften sie den Partem. Daher wurde ihre Anzahl strengstens kontrolliert. Um ihre Abstammung nachzuvollziehen. Immuniten pflanzten sich fort. Nicht in jede Generation, doch immer wieder tauchten sie in Familien auf, taten sich zusammen und führten Krieg. Unbrauchbare wurden deswegen sofort getötet. Brauchbare aber herausgefiltert. Sie bekamen ihre Chance, für kurze Zeit zumindest. Und genau das war die Kleine. Brauchbar. Passend für ihn! Denn ihr Herz, es wäre nicht nur für ihn, sondern auch für den Partem eine Erlösung. Die Meldung daher Pflicht! Doch wie hätte er seine Flucht vor ihr rechtfertigen können? Er hätte ihre Energie unterschätzt? Wäre ihr unterlegen gewesen? Jael presste die Zähne zusammen, um ein Fluchen zu unterdrücken, und warf einen letzten Blick auf die andere Seite. Diesmal nach unten zur Eingangstür, Hausnummer 14. Jedes Haus hatte ein Klingelschild. Wenn sie wirklich die Immunitin war, würde er sein Wissen geheim halten. So lange, bis er in der Lage war, sie zu beherrschen. Aber als Erstes brauchte er einen Namen.

Plötzlich horchte er auf. Jemand betrat hinter ihm den Raum, und mit geschlossenen Augen schärfte er seine Sinne. Chrystal! Ein schiefes Lächeln legte sich auf seine Lippen, denn mittlerweile erkannte er sie alle, ohne sich nach ihnen umdrehen zu müssen. Bei ihr waren es die Schritte, die sie verrieten. Sie klangen federnd, nicht verspielt oder tänzerisch, eher geschmeidig kraftvoll. Und lautlos, wenn sie auf Socken lief. Dann war es ihr Duft, an dem er sie erkannte. Ein Hauch von Jasmin.

Bei Akrom war es sein tiefes Atmen, meist durch die Nase. Für andere nicht wahrnehmbar, witterte Jael ihn in ruhiger Umgebung sogar auf große Distanz.

Bewegte sich die Luft, nur einen winzigen Hauch, dann stand Geno im Raum. Er veränderte die Atmosphäre. Außerdem war sein Gang, dank eines schweren Unfalls, von einem unregelmäßigen Rhythmus.

Für Rafis Anwesenheit brauchte es nichts: kein Geräusch, kein Geruch. Sie hatten sich im *Domicilius* über Jahre hinweg ein Zimmer geteilt, gleich nachdem ihm Rafi nach seiner Ankunft dort zugewiesen worden war. Diese Nähe und der Instinkt, ihn beschützen zu müssen, genügten Jael, ihn sofort wahrzunehmen.

»Alles okay bei dir?« Chrystal trat neben ihn. Jasminduft. Sie war zu nah. Jael unterdrückte den Impuls, auf Abstand zu gehen. Nähe war nichts, was er verschenkte. Berührung gab es nur zweckgebunden. Wer seine Schutzzone also ungefragt betrat, musste mit allem rechnen. Sie würde das auch noch lernen, jetzt genügte es ihm, seine Arme vor der Brust zu verschränken. Dabei streifte er sie kurz mit einem Blick. »Sind alle da?«

Ungeschminkt und mit streng zurückgebundenen Haaren gab es nichts, das die Aufmerksamkeit von dem intensiven Blau ihrer Augen ablenkte.

Sie nickte. »Geno ist auch gleich fertig.«

Spöttisch verzog er seine Lippen. Eine überflüssige Information, immerhin lief das Wasser im Bad schon seit geraumer Zeit nicht mehr. War sie wirklich so gut ausgebildet, wie ihm versichert worden war?

Hinter sich hörte er Akrom im Raum atmen. »Für so eine kurze Strecke war Geno ganz schön fertig, oder? Nach guter Kondition sieht das nicht aus.«

»Ach ja?« Jael drehte sich langsam um und betrachtete ihn missbilligend, bevor er sein Kinn reckte. »Nach was sah es denn aus?«

»Nach scheiß Kondition! Habe ich doch schon gesagt.« Akrom ließ sich auf die Couch fallen und breitete seine Arme aus. In dieser Haltung nahm er das ganze Sofa in Beschlag.

Jael schritt auf ihn zu. »Müde Augen. Kein Schweiß. Blasse Haut. Schwankender Gang.« Mit jedem Wort, das seine Lippen verließ, wurde seine Stimme schneidender. »Zwanzig Minuten Radfahren bei seinem durchtrainierten Körper? Und du führst seinen Zustand wirklich auf mangelnde Kondition zurück?«

»Sind halt nicht alle so schlau wie du.« Geno grinste schief vom Bad aus ins Wohnzimmer und baute sich in der Tür auf, die eine Hand am Rahmen, die andere lässig in die Seite gestützt. »Damit war ich der Erste, oder?«

»Ohne die Einweisung abzuwarten?« Chrystal sprach exakt das aus, was Jael selbst dachte. Bedingungsloser Gehorsam! Er stand über allem, auch über Engagement und Fleiß! Einen Startschuss zum Entleeren hatte es noch nicht gegeben. Dass er sich selbst nicht hatte zurückhalten können, blendete er aus. Wusste ja niemand. Geno aber brüstete sich mit diesem Vergehen?

Jael entfaltete seinen Körper. Seine Größe, die Kraft, die von ihm ausging – er brauchte keine Worte, um Geno das Grinsen aus dem Gesicht zu wischen.

Doch bunte Lichter tanzten plötzlich an den Wänden. Der Kronleuchter. Er begann sich blinkend zu drehen und setzte dieses Farbspiel in Gang. Das Signal für die Einweisung, es war kurz vor zehn. Jael nahm sich zurück, Genos Lektion musste warten, wichtiger war es jetzt, dass sie vollzählig waren und pünktlich beginnen konnten.

Nur fehlte einer. Rafi. Zum Frühstück hatte er sich kurz blicken lassen, beim Abräumen aber wieder verdrückt. Jael klopfte laut an seine Tür, betrat das Zimmer ohne Aufforderung und zog ihn mehr als energisch aus dem Bett. Verstrubbelte Locken, verschlafene Augen. Lippen, die immerzu lächelten. Auch jetzt. Das war Rafi. Im *Domicilius* sein Lichtblick – durch alles Dunkle hindurch. Aber hier brauchte er ihn. Und zwar als Teamplayer! Nicht als lustiges Zotteltier.

»Kannst du mir mal sagen, was das hier soll?« Jael zischte Rafi die Worte entgegen, gerade laut genug, dass nur er ihn hören konnte.

»Mann! Was denn? Ich bin doch fertig.« Rafi fuhr sich auf Jaels missbilligenden Blick hin mit der freien Hand durch das Chaos auf seinem Kopf. »Sind doch außerdem gar keine Kameras hier.«

»Hoffentlich!« Jael ließ ihn los.

Noch vier Minuten.

Das Lichterspiel des Kronleuchters glitt weiterhin über die Wände des Wohnzimmers, etwas schneller jetzt. Diskokugeln verströmten ein ähnliches Farbspiel, nur hatte die Atmosphäre hier nichts von ausgelassener Partystimmung. Angespannte Erwartung erfüllte den Raum. Akrom hatte sich wieder auf seine Couch verzogen, diesmal aber für Geno Platz gemacht, der konzentriert vornübergebeugt saß und dabei in stetem Rhythmus ein Armband von einer Hand in die andere wandern ließ. Die Beute von vorhin? Eine hochgezogene Augenbraue, und das Teil verschwand wieder in seiner Hosentasche.

Chrystal hockte im Schneidersitz auf dem Teppich vor den beiden. Nach außen gelassen wirkend, zupfte sie an den Flusen herum. Dabei schaute sie hoch, hatte ihre Augen unablässig auf ihn gerichtet.

Rafi kaute Kaugummi, mechanisch schnell.

Zwei Minuten vor zehn. Es wurde Zeit!

Jael schob das große Gemälde an der Wand zwischen dem Bad und seinem Zimmer zur Seite. Fast lautlos verschwand es in einem sich öffnenden Spalt und legte eine Schalterleiste frei. Fragend blickte er in die Runde. Sie waren bereit. Schalter Nummer drei. Er drückte ihn, und augenblicklich ertönte ein surrendes Geräusch. Auf der gegenüberliegenden Seite öffnete sich die Decke unter der Galerie. Ein schwarzer Kasten schwebte an einem immer länger werdenden Metallstab nach unten, stoppte auf Augenhöhe, dann öffnete er sich und ließ gleißendes Licht frei. Der Projektor. Jael trat zur Seite. Staub tanzte im Lichtkegel und begleitete den Strahl glitzernd bis zu seinem Ziel: die weiße, jetzt gemäldefreie Wand.

Im Raum wurde es still.

Als Dunkelheit die Wand überzog, erhoben sich alle von ihren

Plätzen. Dann erklang plötzlich ein Flüstern. *Astra. Astra.* Immer wieder. Nur dieses Wort, das sich zischend, in einem steten langsamen Rhythmus wiederholte. *Astra. Astra …*

Die Dunkelheit bekam Konturen, und Jael runzelte die Stirn. Etwas schimmerte bläulich. Das Wasserbecken. Im Schein von flackerndem Kerzenlicht. Sie wurden aus der Kathedrale heraus begrüßt? Die Kamera musste hoch oben in der Kuppel angebracht worden sein, zoomte jetzt hinunter. Um das Becken herum kreisten die kahlen Schädel der Wächter. Ihre blasshelle Haut reflektierte das Kerzenlicht. Sie waren es, die unablässig flüsterten, mit geschlossenen Augen. Ihre farblosen Lippen bewegten sich, und immer wieder blitzte es zwischen ihnen auf. Das Gold ihrer spitzen, dolchartigen Zähne. Jael wusste nur zu gut, wozu sie fähig waren.

Das Flüstern erstarb. Die Wächter öffneten den Kreis und wandten sich zu der aus Holz gezimmerten Loge. Schritte waren zu hören. Sie kündigten ihn an: den Partem. In langen braunen Gewändern zogen dunkle Gestalten ein, näherten sich von beiden Seiten der Loge. Weite Kapuzen verbargen ihre Gesichter. Wie immer. Nie gaben sie sich ihnen zu erkennen.

Nur die breiten Schärpen, die sie um ihre Schultern trugen, verrieten ihre Zuständigkeit innerhalb des Partems. Und tatsächlich: *Inspectio, Scientia*, *Educatio* und *Administratio*. Alle Sektionen waren vertreten. Die interne und externe Kontrolle, die Wissenschaft, Erziehung und Bildung, die Führung. Sie formierten sich in Reihen, blieben vor ihren Stühlen stehen, die Handflächen aneinandergelegt, den Blick nach unten gerichtet. Vorn aus ihrer Mitte trat nun jemand hervor. Er hob den Kopf, und ein tiefer Ton erschallte: ein lang gezogener warmer Klang – die Stimme des Supremus. Jael entspannte seine Schultern. Er senkte den Kopf und verbannte die Umgebung aus seinen Gedanken. Dieser Moment galt nur ihm. Ihm und den Verlorenen. Vom

Klang geweckt begannen die Umrisse seines Tattoos langsam zu pulsieren. Warm flossen die Linien über seinen Rücken, und er wusste, jetzt fing es an zu leuchten.

Der Gesang schwoll an. Töne brachen sich an den Wänden, kamen zurück, umschlangen sie alle. Weitere Stimmen mischten sich dazu. Sie verwoben sich zu einem breiten Klangteppich. *Sic itur ad astra.* So steigen wir auf zu den Sternen. Der Chor des Partem.

Jael sog den Gesang in sich auf. Er kannte ihn seit klein auf, jeden einzelnen Ton, jede Bewegung der Melodie. Doch es war mehr als eine Erinnerung. Es war die verheißungsvolle Botschaft, die wie eine Droge in seinen Körper floss, jeden Winkel erfüllte und Energie weckte.

Jetzt, genau in diesem Moment, begann die letzte Chance für ihn. Und er war bereit, alles zu investieren.

Die Töne verhallten. Das Pulsieren auf seinem Rücken wurde schwächer. Jael nahm Haltung an, so wie es das Ritual forderte: angewinkelte Arme, geöffnete Handflächen, den Kopf dem Himmel zugewandt.

Der Partem sprach laut und tief die abschließende Formel: »Sic itur ad astra.«

Im Raum erschallte die Antwort: »Per aspera ad astra.«

Durch das Raue gelangen wir zu den Sternen.

Dann trat Stille ein.

Jael senkte den Blick. Die Kraft war jetzt in ihm.

Das Geräusch sich neigender Polster drang zu ihm herüber, das Knacken von Chrystals Knien. Alle setzten sich, nur er zog es vor, stehen zu bleiben, öffnete seine Augen und lehnte sich an die Wand.

»Willkommen an eurem neuen Standort: Akrom, Chrystal, Geno, Jael und Rafael! Wir begrüßen euch diesmal aus der Kathedrale heraus, um die Wichtigkeit eures Einsatzes zu verdeutlichen. Auf euch liegt unsere Hoffnung. Seid euch dieser Verantwortung bewusst.«

Schon im Kindesalter hatte Jael versucht, die Stimme des Supremus zu imitieren. Das Weiche, tief Klare in perfektem Einklang mit Autorität und einem doch erbarmungslosen Unterton. Gäbe es einen Gott, so war er sich sicher, würde er mit eben dieser Stimme sprechen.

»Jegliches Handeln, jegliches Denken ist jetzt zielgerichtet und dient ab dem heutigen Tag ausschließlich eurer Bestimmung: dem Entleeren von Menschen. Wir brauchen ihre Liebe. Die Liebe, die sie an Dinge, an Hobbys, an Leidenschaften verschwenden. Die ungefilterte, neugierige Liebe kleiner Kinder. Die freundschaftliche Liebe. Die Liebe zu sich selbst. Die fürsorgliche Liebe. Und zuletzt: die romantische Liebe. Ihr kennt das Spiel: Lasst die Menschen euch von dieser Liebe erzählen, berührt sie. Nehmt die Liebe in euch auf. Entwendet ihnen einen Gegenstand, bindet diese Liebe an ihn und übergebt ihn uns. Ihr wisst, nur so kommt ihr in den Stufen voran. Erfüllt sie. Entwickelt sie. Steigt auf! Am Ende erwartet euch unser Versprechen: Das Unfassbare wird fassbar. Wichtig dabei ist, dass ihr als Team zusammenarbeitet. Für euer Miteinander gibt es klare Vorschriften!«

Die Regeln folgten. Jael kannte sie, die anderen im Raum nicht, und umso interessanter waren ihre Reaktionen für ihn. Rafi wirkte wie erstarrt, Akrom geschrumpft. Und selbst Geno stand der Mund offen, in seinem Blick lag nichts Herausforderndes mehr. Das Armband war ihm entglitten, es blitzte neben ihm auf dem Sofa auf. Jaels Blick blieb an einem kleinen Ziffernblatt hängen, inmitten der feinen goldenen Glieder. Es war kein Armband, es war eine Uhr. Eine, die Erinnerungen weckte.

Es ist nur eine Prellung, Jael. Du hast Glück gehabt.

Am Handgelenk seiner Lehrerin hatte damals eine ähnliche Uhr aufgeblitzt. Señora Fernandez. Lange her, und doch sah er sie wieder vor sich. Ihr faltiges Gesicht, ihre braunen Augen, mit denen sie ihn und seine Verletzungen damals so sorgenvoll begutachtet hatte. Noch während sie ihm von den Problemen, aber auch von ihrer Liebe zu der Schule erzählte, hatte er geschickt und unbemerkt den Verschluss der Uhr geöffnet und sie in seiner Hosentasche verschwinden lassen. *Angel de la escuela* hatte man Señora Fernandez genannt. Später dann nicht mehr. Aus Engel wurde Teufel, nachdem er ihr die Liebe zu ihrem Beruf genommen hatte. Ihre Uhr aber blieb verschwunden, trotz der Strafen, auch Schläge, die sie großzügig an die Klasse verteilte.

Gefühle entleeren bedeutete, mit der Konsequenz leben zu müssen. Neben dem Gewinn stand immer auch der Verlust. Das hatte er erst über die Jahre lernen müssen. Nur, blieb ihm jetzt und hier die Zeit, wählerisch zu sein?

»Jael!« Die Stimme des Supremus holte ihn zurück. »Generell gilt: Er führt diese WG an. Er ist bereits Stufe sechs, somit der einzige Electos unter euch. Das heißt: Sein Wort zählt, er gibt Bericht an uns. Bei Abstimmungen hat er dreifaches Stimmrecht. Chrystal, als einziges Mädchen, hat zwei Stimmen, alle anderen eine.«

Geno klappte überrascht der Mund auf, Akrom und Rafi hingegen schluckten das Stimmrecht regungslos. Chrystal hatte wohl mitgezählt, sie blitzte zu ihm herüber. Seine und ihre Stimmen, fünf gegen drei, sie wären den anderen überlegen.

»In der Wohnung müsstet ihr alles zu eurer Zufriedenheit vorgefunden haben. Euer Hausmädchen ist noch nicht eingetroffen. Wir kümmern uns darum.«

Allgemeines Bedauern schwebte durch den Raum. Jael bewegte sich nicht, schaute weiterhin nur kühl in die Runde. Kammer drei hatte das Mädchen sicher bereits verlassen. Ruhe sie in Frieden!

»Die Mittwochabende gehören uns. Um 19 Uhr erwarten wir euch pünktlich am Hinterausgang. Zum *Thesaurus*: Den Koffer für die Gegenstände werdet ihr erst diesen Mittwoch erhalten. Bis dahin verwahrt Jael alle gesammelten Gegenstände und listet sie.«

Noch kein Koffer? Ihm war kurz die Schulter weggerutscht, er hatte sich mit der Hand an der Wand abfangen müssen, um nicht sichtbar zu straucheln. Offenbar hatte es niemand gemerkt, sie sahen nur kurz zu ihm auf, woraufhin er gelassen nickte – allerdings mit zusammengepresstem Kiefer.

Scheiß Organisation! Dass sie es nicht mal geschafft hatten, den Koffer rechtzeitig im Keller zu deponieren, war unverzeihlich. Mehr noch als die Wahl des falschen Hausmädchens. Ein Zeichen ihrer bereits eintretenden Schwäche?

Den Rest der Anweisungen hörte er nur noch mit halbem Ohr. Das Handyverbot für Gäste folgte, die Aufforderung zum regelmäßigen Ausdauer- und Krafttraining und zum Schluss das Planen der Einweihungsparty, was vor allem bei Rafi und Chrystal für lächelnden Blickkontakt sorgte.

»Wir haben dieses Mal wenig Zeit. Erschwerte Bedingungen für euch, vor allem für die Neuen. Sollte es irgendwelche Probleme geben, Unwägbarkeiten, Ärgernisse, sowohl in der Schule als auch im sonstigen Alltag, erwarten wir deine Meldung, Jael. Nichts geschieht ohne unser Wissen. Denn nur so können wir regulierend eingreifen. Sic itur ad astra! Ab jetzt erfüllt jeder seine Aufgabe!«

Das Licht erlosch und gab der Wand ihre weiße Farbe zurück. Jael löste sich. Die Worte des Supremus hatten die Atmosphäre im Raum verändert.

Jeder hier hatte seine Geschichte. Rafis kannte er, von Genos wusste er Bruchstücke. Über Akrom so gut wie gar nichts, mit ihm hatte ihn in der Vergangenheit nicht viel verbunden.

Und Chrystal? Sie war als Erste aufgestanden, gleich nachdem sich alles wieder in den Normalzustand versetzt hatte. Mit einer Tasse Kaffee in den Händen und federnden Schritten kam sie aus der Küche zurück. Irritiert zog Jael seine Augenbrauen zusammen. Ihr Lächeln galt ihm, und es war eines von der Art, das etwas zu bedauern schien.

»Schlechte Organisation, oder?«, murmelte sie im Vorbeigehen und streifte kaum spürbar mit dem Finger seinen Arm. Nähe! Jael reagierte sofort und zog ihn augenblicklich zurück. Doch es war nicht die Berührung allein, die ihn störte, es war vielmehr das, was sie scheinbar wusste. Mit stechendem Blick schaute er sie an.

»Schlechte Organisation? Du weißt also, dass es sonst besser ist? Habe ich dich falsch abgespeichert? Ich dachte, du wärst neu.«

»Bin ich.«

Sie trat noch näher an ihn heran. Jael sog scharf die Luft ein, ihre Hand lag jetzt auf seiner Brust.

»Du hast mich nicht falsch abgespeichert, Jael. Deine Reaktion gerade, als es um den Koffer ging, hat mir verraten, dass du mehr erwartet hattest. Das Abrutschen an der Wand, deine zusammengepressten Lippen. Du hast dich enttäuschend schlecht unter Kontrolle.«

Er trat zurück, und ihre Hand glitt von ihm ab, allerdings langsamer, als er es gewollt hatte. Und mit Nachdruck. Jeder einzelne Finger hinterließ eine Spur – von seiner Brust bis hin zu seinem Bauch. Kühl musterte er sie von oben herab. Nicht nur das Blau ihrer Augen war eine Herausforderung.

Als er seine Hand auf ihre legte, zuckte sie. Jael registrierte es amüsiert. Er wollte doch nur an ihre Tasse. »Danke für den Kaffee, Chrystal!« Er nahm ihr das Gefäß aus der Hand und prostete ihr im Hinausgehen zu. »Das nächste Mal ohne Milch!«

Über sie wusste er definitiv zu wenig. Noch!

FELIX

Während er auf dem Parkplatz des *Bunkers* aus seinem *Bulli* stieg, klingelte sein Handy.

»Hi Xen, gut, dass du zurückrufst. Sag mal, können wir das Lernen etwas verschieben? Jeff braucht mich im Bunker.«

»Heute? Das heißt, du ... du machst die Technik für die *devils*?«

»Ne, leider nur den Aufbau. Aber gibt halt Extrakohle. Geht es bei dir auch um vier? Bis dahin müsste ich fertig sein.«

»Klar. Und das Geld ist doch super.«

»Danke, Xen!« Felix legte auf und lächelte ihr Profilfoto an. Er kannte nur wenige, die so unkompliziert waren wie sie. Und noch weniger, die er so gern hatte wie sie!

Von den *devils* war so früh leider noch nichts zu sehen, dafür von seinem Chef, der in der Halle mit hochrotem Kopf zwischen einem Haufen Kabeln, Steckern und was noch allem stand. Mit dankbarer Geste kam er auf Felix zu. »Dich schickt wirklich der Himmel. Ich dreh hier gleich ab.« Jeff blickte auf seine Uhr. »In nicht mal einer Stunde treffen die hier ein, und von unserer Technik steht nichts. Absolut NICHTS!«

Und das war absolut nichts Neues.

Felix machte sich dran, das Kabelwirrwarr zu entknoten und die Technik wenigstens so weit auf Vordermann zu bringen, dass Instrumente angeschlossen werden konnten.

Als er fertig war, zeigte sein Handy bereits halb vier. In dreißig Minuten wäre er hier durch. Er schrieb Xenia, dass sie kurz nach vier an der Bushaltestelle auf ihn warten sollte, holte dann seine

Gitarre aus dem Probenraum, um abschließend die Mikrofone zu testen, und betrat die Bühne. Im Geiste war er nicht allein. Er rief seine Jungs zu sich, aus ihren Universitätsstädten wieder zurück nach Hause.

Lebt lang und in Frieden!

Er hatte hier schon oft gespielt. Nur nicht alleine. Und noch nie diesen Song.

Auch wenn es kein wirklicher Auftritt war, drehte er an seinen Lederarmbändern am Handgelenk. Dann setzte er sich auf den Hocker, räusperte sich und zog das Mikrofon zu sich heran. Seine Finger fanden die Saiten, und in die Stille der großen Halle erklangen die ersten leisen Akkorde. Felix schloss die Augen. Für das, was er jetzt in sich aufrief, brauchte er schützende Dunkelheit: Bilder und Gedanken an seinen Vater.

»Du hinterlässt Spuren. Spuren in mir.
Nur wird es das niemals mehr geben, ein vereintes Wir.
Keine gemeinsamen Wege, keine Hand, die mich hält.
Du bist zu früh gegangen, in eine bessere Welt.«

Von kindlicher Traurigkeit wechselte der Refrain mit jeder Wiederholung in ein neues Gefühl, Felix hatte alles in den Text gelegt, vor allem Verzweiflung. Zum Schluss seine Wut.

»Kein Blick zurück, willst nicht sehen, wie sie fällt.
Du hast dich einfach verpisst, in deine scheiß
Glamourwelt.«

Stille. Felix blinzelte das Zuviel an Gefühl aus seinen Augen und hob den Blick. Jemand hatte zu klatschen begonnen. Nein, es klatschten viele! Dunkle Umrisse hinten in der Halle. Lächelnd stand er auf, erwartete Kommentare zur Technik, doch jemand schälte sich aus der Dunkelheit und kam auf ihn zu, immer noch klatschend. Felix kniff die Augen zusammen. Stand dann auf und ging näher zum Bühnenrand. War das wirklich John Bone?

»Geil! Echt. Geiles Lied. Geile Stimme.«

Er war es! Allein die Stimme hätte gereicht, um den Sänger zu erkennen, sie war unverkennbar: rauchig düster. Mit einem Satz sprang er direkt vor ihm auf die Bühne, Felix merkte erst jetzt, dass sein Mund noch immer sprachlos offen stand. »Danke!« Der Bandleader der *devils* hatte ihn singen hören!

»Wer bist du?« John Bone, eigentlich Johannes Bergmann, von oben bis unten in schwarzes enges Leder gekleidet, streckte ihm seine Hand entgegen. Überraschend klein war er, schaffte es aber trotzdem irgendwie, von oben herab auf ihn hinunterzusehen. Felix legte seine Gitarre zur Seite und ergriff seine Hand. »Felix Steinkamp.«

»Und? Hast du ne Band?«

»Nein.« Er fuhr sich durch die Haare, schüttelte dann den Kopf. »Nicht mehr. Die sind alle weg. Zum Studium.«

John nickte.

»Ist das von dir, was du da grad gesungen hast?«

»Ja. Einige Stellen möchte ich noch nacharbeiten. Vor allem die Range am Ende.«

»Ich wär interessiert, Felix. Schick mir mal was. Oder ... hast du Noten, Text oder so da?«

»Was?« Die *black devils* hatten Interesse an seinem Song? »Meinst du das im Ernst?«

John fing an zu grinsen. »Also ... Du siehst jetzt nicht so aus, als ob du nicht wüsstest, wie das so läuft. Verkaufst du, steht mein Name drunter. Verkaufst du nicht, bleibt deiner drunter, aber der Song wahrscheinlich für immer in deiner Schublade.« Er schlug Felix kumpelhaft auf die Schulter. »Denk drüber nach.« Ein Nicken in das Dunkel der Halle noch, und John war weg.

In Felix' Kopf verknotete sich alles. *Super Chance! Bist du bescheuert?! Bringt aber Geld! Wäre doch Wahnsinn, das ist dein Song!* Ein Haufen ungefragter Gedanken verstopften den Zugang für klares Denken. Lächelnd nahm er nur die Visitenkarte des Managers entgegen, schrieb ihm seine Telefonnummer auf einen Zettel und versprach, sich zu melden, ohne irgendeine Zusage zu machen.

Sein Kopf war ja eindeutig für die Kohle, immerhin hatte man gerade von einigen Hundert Euro gesprochen.

Sein Herz aber hing an dem Song.

Mit Xenia könnte er ... Scheiße! Felix schaute auf die Uhr und stöhnte auf. Kurz nach vier. In Windeseile packte er seine Sachen, machte den Umweg übers Büro, um sein Geld abzuholen, und raste wenige Minuten später vom Hof.

Auf dem Beifahrersitz: Freikarten für heute Abend!

CHRYSTAL

Sie musste schnellstens hier weg! Der Schlag ins Gesicht hatte sie fies getroffen. Hatte Haut aufgerissen und Gefäße verletzt. Nur würde davon in spätestens fünf Minuten nichts mehr zu sehen sein. Chrystal fluchte. Sie spürte bereits die Wärme, die von ihrem Herzen aufstieg und Richtung Wange wanderte. Zelle für Zelle würde das Elixier in ihrem Körper die Haut wieder zusammensetzen. Eigentlich praktisch – aber wie sollte sie das denen da draußen erklären?

Sie war am Sandsack gewesen, hatte nur trainieren wollen, bis Broudy sie herausgefordert hatte. Wirklich der Chef des Studios? Eine Niete! Nur hatte sie blöderweise seinen letzten Schlag nicht kommen sehen. Die nächsten Tage konnte sie sich hier zumindest nicht blicken lassen. Vorsichtig fuhr sie sich mit den Fingern über die Schwellung unter ihrem Auge, und ein Blick in den Spiegel bestätigte es: Die beiden Hautlappen, die den klaffenden Riss an ihrer Wange freigaben, begannen bereits, sich wieder zu verschließen.

Nach der Anspannung in der Wohnung hatte es verdammt gutgetan, alles mal rauszulassen. Jael war eine beschissene Maschine. Bekam viel zu viel mit und stellte die richtigen Vermutungen an. Den Kaffee hätte sie ihm vorhin am liebsten in sein hübsches grinsendes Gesicht geschüttet.

Irgendwann würde sie ihm auf jeden Fall mal eine verpassen.

Schnell packte sie ihre Sachen zusammen, verschloss ihren Spind und wollte gerade gehen, als sie den sauber zusammengefalteten Haufen an Klamotten auf einer der Bänke bemerkte.

Verlockend. Oben drauf lag ein kleines Fläschchen Bodylotion. Als sie die Umkleide verließ, nicht mehr.

Chrystal wählte den Hinterausgang, der sie in die helle Freiheit ausspuckte. Sie blinzelte. Ein Hinterhof. Vereinzelt parkende Autos, fensterlose Mauern, verdreckte Winkel, Müllcontainer. Rechts sah sie einen Durchgang, der zur Straße führen musste, aber ansonsten war dieser Ort uneinsehbar. In Chrystals Händen begann es zu kribbeln, die Wand vor ihr wäre perfekt. Sie war glatt, und der weiße Putz schien im Vergleich zu den anderen Mauern noch recht frisch zu sein. Und wie viel Platz sie hätte! Ihre Finger sehnten sich nach dem kühlen Metall der Spraydosen. Nur bräuchte sie alles neu: Farben, Caps, Maske, Handschuhe. Man hatte ihr, wie auch den anderen, nicht erlaubt, irgendetwas mitzunehmen, das nicht zielführend war. Ihre Graffitisachen schon gar nicht. Kunst war nur akzeptabel, solange es sich um Kampfkunst handelte. Chrystal vergrub die Hände in den Taschen ihrer Trainingsjacke und wandte sich nach rechts zum Durchgang, als plötzlich leise Musik zu ihr herüberwehte. Gitarrenklänge. Dazu dann eine Stimme.

»Ich bin ein Teil von dir,
hast dich für mich entschieden.
Angebliche Liebe. Vaterstolz.«

Das Zittern begann in ihren Kniekehlen. Nahm den Weg über ihre Hände und setzte sich dann auf ihre Lippen. *Vater!* Das Wort existierte in ihrem Wortschatz nicht mehr. Ewigkeiten her. Timor nannte sie ihn, wie alle anderen auch, wenn über ihn geredet werden musste.

Vater.

Papa.

Daddy.

Das waren spitze Nadelstiche direkt ins Herz. Dazu die unglaublich klare, tiefe Stimme aus der Halle! Chrystal wischte sich über die Augen. Anstatt zu gehen, hier endlich zu verschwinden, schlich sie zurück. Sie wollten ihn sehen, den Typen, der sie schmerzhaft erinnern ließ. Kurz nur.

Hinter der Ecke stand ein großes Hallentor offen. Ein Transporter gab ihr Sichtschutz, und durch eines der Fenster spähte sie in die Halle. Sie sah seine Gitarre, Lederbänder am Handgelenk. Finger, die über die Saiten tanzten. Nur leider fast nichts von seinem Gesicht. Glattes hellbraunes Haar fiel ihm tief in die Stirn. Sie erwischte sich dabei, wie ihre Hände sanft über den Lack des Transporters strichen.

War er der Sänger der *black devils*? Die Worte standen in schwarzen Buchstaben mit blutverschmierten Tropfen neben ihr auf dem Lack.

»Du hinterlässt Spuren. Spuren in mir.
Nur wird es das niemals mehr geben, ein vereintes Wir.
Keine gemeinsamen Wege, keine Hand, die mich hält.«

Der Text wurde zu eindringlich. Jede Zeile zog sie tiefer in ihren eigenen Schmerz, riefen Erinnerungen hervor, die verboten waren. Sie wollte die Tränen nicht, aber sie liefen. Der Versuch, ihre Hände in die Seiten zu pressen, um sich selbst irgendwie Halt zu geben, misslang.

Sehnsucht hatte beschissenerweise kein Haltbarkeitsdatum.

XENIA

Bevor sie die Wohnungstür zuzog, ging sie in Gedanken alles noch mal durch. Das Handy steckte in der Hosentasche, die Lernsachen im Rucksack, ihrer Mutter hatte sie einen Zettel hinterlegt. Und mal ausnahmsweise nicht für sie gekocht!

Sie verstand ja, dass ihre Mutter Probleme hatte. Probleme, die sie aber nicht mehr länger zu ihren eigenen machen wollte.

Sie hatte eingekauft und ihr alles hingestellt. Der Zettel mit ihrem Aufenthaltsort lag daneben. Mit dem Rest musste sie heute allein klarkommen, sollte sie ihr Zimmer überhaupt verlassen.

Xenia schloss hinter sich die Tür. Für sie war das jetzt ein ganz normaler Samstag, und sie traf sich mit Felix.

Draußen fiel ihr Blick sofort auf das Haus gegenüber. Die Sonne setzte es leuchtend in Szene, die Engel oben, die weiße Stuckfassade, die verschnörkelten Fenster, einfach alles. Xenia verzog ihr Gesicht und schielte rüber. Friedlich und harmlos sah es aus, nur musste das gar nichts heißen. Bei *Twilight* glitzerten ja selbst Vampire in der Sonne.

Zum Glück spürte sie diesmal keine stummen Augen hinter den wartenden Fenstern, das Haus wirkte eher wie ausgestorben. Sie zog sich die Sonnenbrille aus dem Haar und setzte sie sich auf die Nase. Die Bushaltestelle, an der Felix sie aufgabeln wollte, lag nur ein kurzes Stück die Straße hinunter, doch wie jeden Samstag war auch heute viel los. Autos lärmten, Stimmen wehten ihr auf dem Gehsteig entgegen. Xenia versteckte ihre

Hände in den Ärmeln ihres Pullis und wich allen Entgegenkommenden aus. Der Zickzackkurs klappte, sogar ohne Ohrstöpsel, und mit den Metern bekam ihr Lächeln eine Selbstverständlichkeit, mit der sie sich ganz spontan in die Schlange beim Kiosk einreihte. Flutschfinger-Eis. Mit dem Papier traf sie sogar den Mülleimer.

Limette – Erdbeere – Orange. Die grüne Spitze war das Beste. Sie brach sie mit den Zähnen ab, lutschte sie wie ein Bonbon und schlenderte dabei weiter die Straße runter.

Der Schlag, der sie traf, kam urplötzlich. Direkt von vorn. Ihr ganzer Körper wurde herumgewirbelt, etwas Großes hatte sie erwischt und trieb sie Richtung Straße. Xenia schrie auf. Ihr Eis rutschte weg. Fremde Hände griffen nach ihr. Und augenblicklich wurde es still. Keine Autos. Keine Stimmen. Nichts. Nur schützende Arme und eine allumfassende Stille, in der sich um sie herum die Welt drehte. Der Kathedralen-Typ! Er war es, der sie erwischt hatte – und sie jetzt hielt? Xenias Herz stolperte. Sie spürte festen Boden unter ihren Füßen und sah hoch. In helle, leuchtende Augen. Seine Hände lagen noch immer auf ihren Armen, ihre an seiner Brust. Und unter dem Stoff spürte sie ihn. Das Auf und Ab seines Atems. Pulsierende Wärme floss von ihm zu ihr. Oder war es umgekehrt? Ihren Kopf durchzog schwindelnder Nebel, denken war unmöglich, sie konnte ihn nur anstarren. Seine Lippen waren schmaler als in ihrer Erinnerung. Und doch musste sie sich beherrschen, diesen besonderen Bogen nicht mit dem Finger nachzuzeichnen. Jemanden in Stille berühren! Ein einziges Mal nur. Ein Wunsch, den sie aufgehört hatte zu träumen. Stattdessen hörte sie plötzlich einen tiefen Laut, ähnlich eines Knurrens, bevor sich sein Griff verstärkte und er sie grob von sich stieß. Zurück in den Lärm.

Wie benommen stand sie da. Nur ihre Hände bewegten sich, suchten Schutz in ihren Ärmeln. Warum? Warum gerade er?

Sie mochte seine Stille, mehr als das sogar. Und er reagierte so abweisend?

Hitze sammelte sich in ihrem Gesicht. Seines hingegen wirkte starr und maskenhaft. Schön, aber eiskalt. Ihre Lippen begannen unter seinem harten Blick zu zittern. Setzte er ihn ihr wieder an die Kehle? Xenia wich zurück. Auf der Straße schmolz ihr Eis. Wut keimte in ihr auf. Das Ganze hier war seine Schuld. Besser wäre es sicher, den Mund zu halten, doch als er sich wieder näherte, sich bedrohlich zu seiner vollen Größe aufrichtete, knallte ihr der Zorn hoch.

»Kannst du vielleicht mal was sagen? Ne Entschuldigung oder so? Du hast mich voll umgerannt!«

Leute drehten sich um, er registrierte es mit kurzen Blicken zur Seite, wandte sich dann wieder ihr zu. Oder besser gesagt, ihrem Körper. Mit hochgezogener Augenbraue musterte er sie, von unten bis oben. Durfte man so gucken? Durfte man einfach Arschloch sein?

»Ich hab dich was gefragt!« Xenia schoss nach, reckte dabei ihr Kinn, um wenigstens ein paar Zentimeter zu wachsen. Trotzdem reichte sie ihm nicht mal bis zum Hals.

Ein spöttischer Ausdruck legte sich auf sein Gesicht, herablassender Blick, schiefe Lippen, mit täuschend süßen Kringeln an den Mundwinkeln.

»Wie unglaublich schön, dich wiederzusehen.« Nette Worte an sich, nur klangen sie aus seinem Mund bedrohlich. Er sprach sie zu langsam aus, jedes einzelne scharf betont.

»Schön?« Sie würde nicht einknicken. Kein Ducken mehr. Stattdessen nahm sie ihre Sonnenbrille ab und funkelte ihn böse an. »Wiedersehen? Ich verzichte drauf! Aufs Eis übrigens auch, du Idiot! Danke. Echt.« Sie betonte ebenfalls jedes einzelne Wort. Doch der Typ hatte damit wohl ein Problem. Alles in ihr zog sich zusammen, seine harten Augen ließen sie schrumpfen. Um sie herum wurde alles zu groß. Seine Hände, die sich langsam hoben, an denen sich jeder Finger ausspreizte, sie mussten nur zupacken. Konnten sie einstecken.

»Hey!«

Felix? Sie riss den Kopf zur Seite.

»Xen? Alles okay?«

Sein blauer Bulli! Er stand auf der anderen Straßenseite, mit laufendem Motor, geöffneter Fensterscheibe. Vor Erleichterung knickten ihr fast die Beine weg. Der Typ hatte ihn auch gehört und ließ seine Arme sinken. »Dein Freund? Wie nett.«

Den spöttischen Unterton konnte er sich schenken. Sie würde nichts darauf antworten, obwohl ... Vielleicht war es gar nicht schlecht, wenn er das denken würde? Sie wagte einen letzten Blick in sein Gesicht. Es war nicht mehr das Gleiche. Das Kalte war weg, und hinter dem Grau seiner Augen schimmerte plötzlich ein warmer grüner Schatten. Irritiert blieb sie stehen und flüchtete nicht zu Felix, wie sie es vorgehabt hatte. Sie traute sich sogar, einen Schritt auf ihn zuzumachen.

Ein Chamäleon wechselte die Farben je nach Umgebung. Was war es bei ihm?

Autos hupten. Er löste den Blick von ihr. »Wir sehen uns!« Versprechen oder Drohung? Sie wusste es nicht. Und in ihrem Kopf herrschte nur noch Chaos, als sie ihm nachsah.

»Xen!« Schwer atmend stand Felix vor ihr. Stumm blickte sie an ihm hoch. Wie groß auch er sich machen konnte, fiel ihr jetzt erst auf. Er reckte seinen Kopf, sah nach dem Typen, während er sie beschützend an sich zog.

LÖWENGEBRÜLL.

Xenia kniff die Augen zusammen, um es irgendwie abzufangen. Felix' Geräusch war das Lächerlichste überhaupt. Still müsste es bei *ihm* sein. Doch das Brüllen hielt an. Trotzdem blieb Xenia in seinem Arm. Dass er da war, tat grade gut.

Oft gab es das ja nicht zwischen ihnen. Berührungen.

Oft gab es das überhaupt nicht in ihrem Leben.

»Der Arsch ist weg!« Er klang fast enttäuscht. Hätte er sich mit dem prügeln wollen? Sie löste sich von ihm und blinzelte hoch. Schmale, zornige Lippen. Er hätte es!

»Besser so. Das ist ein Irrer!«

»Du kennst den?« Felix hielt sie mit fragenden dunklen Augen auf Abstand, doch sie wich seinem Blick aus.

»Der Typ hat mich umgerannt und mir dabei mein Eis aus der Hand geschlagen. Und sich dann noch nicht mal entschuldigt!«

»Was?« Überrascht verzog er die Stirn. »Das war das Problem?«

Sie nickte. War es ja. Und Felix reichte das vorerst an Informationen, doch zurück im Bulli, wieder eingefädelt im Verkehr, hakte er nach. »Der Typ hat dich umgerannt, und du hast ihm dann einfach Bescheid gegeben, oder was?«

Unschlüssig knabberte sie auf ihrer Lippe herum und starrte aus dem Fenster. Sie erwischte sich dabei, nach dem Typen Ausschau zu halten. Im Hauseingang auf der anderen Straßenseite saß jemand auf der Treppe. Sie sah eine Jogginghose.

»Xen?«

Sie riss ihren Blick los. Felix schwieg erwartungsvoll, schaute immer wieder auffordernd zu ihr, und da begann sie dann doch zu erzählen. Von der Begegnung in der Tram. Und von der gerade. Im Grunde war es beide Male das Gleiche gewesen: Netter Typ wurde zu Arschloch. Vorhin nur irgendwie umgekehrt.

Dass er ihr neuer Nachbar war, gefiel Felix noch weniger. »Aber nicht bei dir im Haus, oder?«

»Ne, gegenüber.« Sie erzählte noch von den anderen Neuen, auch von dem Typen mit dem Fahrrad.

»Ein Idiot und ein Dieb?« Felix hob den Daumen. »Super Wohngegend!«

Xenia zuckte nur mit den Schultern. »Und bei dir so?«

»Meine Wohngegend?« Er grinste rüber. »Na ja … auch irgendwie viele Schweine.«

»Stimmt.« Von denen man allerdings höchstens ein weit entferntes Grunzen hörte. Sie aber hatte den Typen ab jetzt direkt vor ihrer Nase.

JAEL

Unter ihren Füßen knirschte der Kies. Sie liefen im Gleichschritt, für ihn bedeutete das zwar gedrosseltes Tempo, aber nur so kam Rafi gut mit. Jael musterte ihn. Trotz der zehn Kilometer, die bereits hinter ihnen lagen, waren seine Haare trocken, auf seinem Shirt zeichneten sich noch keine Schweißflecken ab, und seine Atmung ging tief und regelmäßig. Die Kondition stimmte also.

»Zwei Kilometer machen wir noch, okay?«

Rafi verdrehte die Augen. »Warum sind wir eigentlich nicht mit Akrom und Geno ins *Fit*?«

»Gewichte können wir immer noch stemmen. Erst mal muss das Fett hier weg.«

Rafi reagierte so wie erwünscht, er kam völlig aus dem Tritt. Jael lachte und schubste ihn noch ein paar Mal vor sich her, bis er sich endlich zu einer Rauferei provozieren ließ.

Natürlich hatte Rafi keine Chance, lag jedoch schneller unter ihm als erwartet. Doch Jael hatte im Kampf das gesehen, was er hatte sehen wollen. Rafis Tattoo. Es hatte rausgeblitzt, als sein T-Shirt hochgerutscht war. Die Blume des Lebens blühte auf seinem Rücken bisher nur an zwei der sechs Blätter. In dunklem Blau und einem noch sehr durchscheinenden Grün. Jael setzte sich auf und zog seine Knie zu sich heran.

»Du bist Stufe 2.«

Rafi rappelte sich ebenfalls auf. »Ja ... Also, am Anfang von Stufe 2.«

Jael schüttelte den Kopf. Wie groß mussten die Probleme sein, dass sie ihn schon aus dem *Domicilius* gelassen hatten? »Warum bist du hier?«

»Du wolltest joggen.« Rafis Grinsen verriet ihm, dass er ihn absichtlich falsch verstanden hatte, und es genügte eine hochgezogene Augenbraue, um die echte Antwort zu bekommen. »Sie meinten, ich sei so weit.«

Jaels Augenbraue blieb skeptisch noch einen Moment oben hängen. Er wollte mehr hören.

»Okaaay.« Ein wenig unsicher fuhr er fort. »Sie sind der Meinung, dass ich dir guttue. Nach allem, was so passiert ist. Weil wir uns gut kennen. Und ... einfach eng waren.«

»Was?« Seine Augen verzogen sich zu Schlitzen. »Darauf nehmen die Rücksicht? Seit wann das denn?«

»Jael, die sind am Arsch. Die brauchen dich.«

»Und schicken mir dann dieses Team?« Er ließ kurz den Kopf hängen, zupfte am Gras wie Chrystal vorhin an den Teppichflusen. »Was weißt du über *sie*?«

»Über Chrystal?« Rafi verzog die Lippen zu einem Ich-weiß-gar-nichts-Ausdruck. »Von ihr haben wir erst kurz vor der Abfahrt erfahren. Im *Domicilius* war sie nie.«

Aus Amerika, gut ausgebildet. Das war alles, was man ihm im Vorfeld über sie erzählt hatte. Warum nicht mehr? Er kniff die Augen zusammen und blinzelte in die Sonne. Warmes Licht umfing sein Gesicht. Wie gerne würde er sich hier ausstrecken, einfach einen Moment mal nicht denken müssen. Doch er brauchte mehr Informationen.

»Und die anderen? Welche Stufe hat Geno? Welche Akrom?«

»Akrom ist Anfang 3. Meine ich. Und Geno?« Rafi zuckte mit den Schultern. »Von ihm erfährt man fast nichts. Aber er soll echt gut sein. Irgendwer meinte mal, er sei sogar schon am Anfang von Stufe 4.«

Keiner weiter als vier? Jael musste schlucken. In seinem alten

Team waren alle so viel weiter gewesen. Klar, dass der Partem jetzt Druck machte. Abschätzende Worte lagen ihm auf der Zunge, aber er verbiss sie sich. Er musste mit der Truppe hier klarkommen. Wie auch immer. Trotzdem glitten seine Gedanken zurück nach Spanien. »Sag mal, weißt du was von meinen früheren Leuten?« Natürlich war ihm bewusst, dass allein die Frage schon verboten war, ein Antworten für Rafi somit unmöglich, und doch wartete er mit gespanntem Blick auf seine Reaktion. Er saß neben ihm, zupfte mittlerweile auch am Gras herum. »Du bringst mich in Gefahr.«

Jael nickte nur.

»Sie sind bei uns im *Domicilius* nicht aufgetaucht.« Er sprach leise in den Boden rein. »Aber ... es soll ihnen gut gehen. Sie pausieren. Irgendwo ganz hier in der Nähe, hab ich gehört. Und sie sollen einzeln zurückkommen, wenn du fertig bist. So als neue Joker dann.« Rafis dunkle Augen schauten unter seinen Locken zu ihm herüber, ein vorsichtiger Ausdruck lag in ihnen.

Jael legte ihm seine Hand auf die Schulter. »Danke!«

Auf dem Rückweg machten sie Pläne. Rafi musste dringend in seiner Stufe weiterkommen, was bei ihm die Suche nach Kindern bedeutete. Ihnen die Liebe zu nehmen, war relativ simpel, sie versprühten sie ja quasi mit ihrer sorglosen Neugierde. Nur musste Rafi erst mal an sie rankommen.

Jael erklärte ihm, dass der einfachste Weg sowieso immer über die Erwachsenen ging. Am besten über Mütter, junge Frauen also, oder über Babysitter, Au-pair-Mädchen.

»Hast du ihr Vertrauen, kriegst du es von den Kleinen geschenkt. Meist sofort. Und bedingungsloser. Der Rest ist dann ein Klacks.«

Er wählte mit Absicht den Weg über den Spielplatz, Rafi sollte sich hier schon mal zeigen, sich auf eine der Bänke setzen und, wenn möglich, erste Kontakte knüpfen. »Achte auf Bälle, die weggeschossen werden. Und die du dann zurückbringen kannst. Vielleicht verliert jemand was. Lässt was liegen. Oder eines von den Kleinen hier braucht Hilfe. Alles klar? Ich lauf schon mal nach Hause.«

»Und ich … ich bleib hier, bis du mich wieder abholst, oder was?«

»Nimm das ernst! Stufe 2 ist scheiße. Ich brauche mehr von dir, verstanden?«

»Ja, Mann!«

Rafi setzte sich auf eine Bank, und Jael lief zurück, diesmal in seinem Tempo. Der Boden flog unter seinen Füßen entlang, jeder Schritt wühlte jetzt den Kies unter seinen Sohlen auf.

Er brauchte die Geschwindigkeit, das perfekte Zusammenspiel seiner Muskeln, um seinen Kopf wieder klar zu bekommen. Dass er hier auch noch Ausbilder spielen musste, damit hatte er nicht gerechnet.

Erst auf dem Bürgersteig, zurück im Stadtgebiet, drosselte er das Tempo. Hier war zu viel los, und er musste im Zickzack laufen, um überhaupt voranzukommen. Die nächste Ecke, dann hatte er es geschafft. Er nahm sie eng. Zu eng! Die kleine Gestalt, die plötzlich vor ihm auftauchte, sah er zu spät, konnte nicht mehr bremsen und prallte mit seiner ganzen Kraft gegen sie. Wie eine Puppe flog sie weg. Jael griff sofort zu, erwischte ihre Arme, sie seinen Pulli. Hitze durchströmte ihn plötzlich. Die Hände auf seiner Brust. Sie brannten sich durch den Stoff. Es war *sie*! In seinen Ohren begann es zu rauschen. Tosendes Wasser, das alles Leben verschlang. Kein Kontakt! Diesmal befolgte er die Anweisung, und ein tiefes Grollen entfuhr seiner Kehle, als er sie mit Nachdruck von sich stieß. Erleichterung durchflutete ihn. Stumm begann er zu zählen. Ein paar Sekunden nur, bis er sich wieder gefangen hatte.

Sie war noch da, stand vor ihm und sah ihn an. Eine Sonnenbrille verbarg ihre Augen. Gut so. Kühl musterte er sie. Süße Locken. Fast kindliche Züge. Dabei erstaunliche Rundungen für das wenige an Gewicht. Hübsche Verpackung, nur sinnlos verschwendet. Ihr Herz war alles, was der Partem brauchte.

Roch sie die Gefahr? Sie zog den Kopf ein und wich nach hinten. Jael folgte ihr. Doch auf einmal holte sie Luft. Und ... ging ihn an? Ihre Stimme klang tiefer, als er diesem Minikörper zugetraut hätte, und ihr Ausbruch sorgte für Aufmerksamkeit. Doch niemand blieb stehen. Sich gegen ihn zu stellen wäre purer Selbstmord. Umso mutiger von der Kleinen.

»Wie unglaublich schön, dich wiederzusehen.« Charmant hatte er sich geben wollen, doch sie? Schimpfte weiter. Dabei nahm sie ihre Sonnenbrille ab. Helles Goldbraun funkelte ihn an. Voller Wut, trotzdem zogen ihre Augen ihn magisch an.

Jaels Herzschlag beschleunigte sich. Es war, als würde ihr Gold ihn umarmen.

Raus. Er musste raus aus ihren Augen. Sie waren die Falle. Verlockend! Um ihn zu sich zu ziehen? Jael riss sich aus ihrem Blick. Vernichtung! Jetzt war es das, was sein Körper forderte. Die Kälte zischte in ihm hervor, breitete sich aus, bis in jede einzelne Fingerspitze. Er könnte sie sich jetzt krallen. Ein Griff, und ihr Genick würde brechen.

»Hey!«

Eine Stimme brachte ihn zurück auf die Straße.

»Xen? Alles okay?«

Jael folgte ihrem Blick. Er sah ein heruntergekurbeltes Fenster, dahinter einen Typen in einem Bulli. Gehörte der zu ihr?

»Dein Freund?«, presste er heraus. »Wie nett.« Durfte der Typ sie berühren? Ihren Köper umarmen?

Geh nicht, wollte er flüstern. Dass ihr Freund sich näherte, spürte er im Rücken.

»Wir sehen uns!«, versprach er sich und ihr. Er musste hier weg. Eine Gruppe Erwachsener nutzte er dann, um abzutauchen, reihte sich einfach in ihre Mitte, bis zum nächsten Hauseingang. Auf einer Treppenstufe ließ er sich fallen. Bleierne Müdigkeit hatte ihn ergriffen, selbst den kurzen Weg zu seiner Wohnung hätte er nicht mehr geschafft. Ausgestreckt ließ er seine Beine einfach vor sich liegen.

Xen? Ein Spitzname sicher, doch ihren Nachnamen bekam er jetzt auf jeden Fall heraus. Er dachte an das Klingelschild. Sie war sicher das Mädchen auf dem Balkon. Warum sonst sollte sie ihm hier, in genau diesem Viertel, wieder über den Weg gelaufen sein?

Immuniten. Wie oft hatte der Partem über sie gesprochen? Vor allem mit ihm. Er war ein Electos und somit der Einzige von ihnen, der in der Lage war, sie zu entleeren. Allerdings erst, wenn sie ihm vertrauten. Wenn sie sich öffneten und ihm ihr Herz schenkten.

Segen und Fluch zugleich. Denn er war momentan auch der Einzige unter ihnen, der für ihre gefährliche Gabe empfänglich war. Würde sie ihn füllen, würde ihn seine Kälte nicht ausreichend vor ihr schützen. Das wäre sein Untergang!

Viele Electi vor ihm hatten es nicht geschafft, die Liste der Selbstmorde war lang. Und sein Name der nächste darauf? Nein! Er durfte nicht schwach werden, nicht jetzt, wo sein Ziel so greifbar war.

Ein kalter Windhauch strich plötzlich über ihn hinweg, schlüpfte unter den Kragen seiner Jacke und setzte sich zwischen seine Schulterblätter. Witternd hob er den Kopf. Er wurde beobachtet? Durch die Menschen auf dem Bürgersteig spähte er auf die gegenüberliegende Straßenseite. Ein Mann stand dort, an eine Straßenlaterne gelehnt. In einem grauen Trenchcoat, den Hut tief in die Stirn gezogen. Auf seinen Blick hin stieß er sich ab und schlenderte davon.

Ließ der Partem ihn überwachen?

Wenn ja, musste er sie melden.

Jael zog seine Beine wieder an und umschlang sie fest mit seinen Armen, den Kopf legte er auf seinen Knien ab.

Es gab nur ein Problem: Noch nie hatte er sich zu jemandem hingezogen gefühlt. Bis jetzt.

XENIA

VIP-Tickets waren schon cool. Mit dem lila Bändchen am Handgelenk kam man als Letzte, durfte an der wartenden Schlange vorbei und hatte drinnen sogar eine eigene Garderobe, die auch noch kostenfrei war. Die Idee, ihr Handy bei einem Kumpel am Eingang zu lassen, war von Felix, und für sie die Grundvoraussetzung, überhaupt mitzukommen. Nicht, dass sie nicht gewollt hätte. Im Gegenteil. Abfeiern und Tanzen. Für sie war das Freiheit. Vor allem für ihre Hände. Laute Musik schluckte alle anderen Geräusche und gab ihr für den einen Moment das Gefühl, einfach mal normal zu sein. Nur hatte sie ihre Mutter nicht wirklich um Erlaubnis gefragt. Erreichbarkeit! Wenn sie irgendwann anrief, brachte ihr das Handy in der Hosentasche gar nichts. Mal davon abgesehen, dass der Empfang drinnen eh scheiße war. Die Musik würde sowieso jedes Klingelgeräusch schlucken. Doch der Typ am Eingang hatte versprochen, Bescheid zu geben, sollte sich bei ihr jemand melden.

Während Felix mit Julian und Janne gleich rauf auf die VIP-Empore ging, musste sie den Umweg über die Toilette machen. Ein Speed-Styling. Das war Livas Grundvoraussetzung gewesen. Oder besser gesagt: Erpressung?

Hände im Gesicht. Haut auf Haut! Sie hasste das Feuerwerk an Geräuschen. Aber so war der Deal. Und das Ergebnis konnte sich sehen lassen: Schwarz umrahmte katzenhafte Augen mit dichten langen Wimpern. Leicht gerötete Wangen. Glänzende Lippen.

Grinsend schielte Xenia nun ihrem Spiegelbild entgegen. »Bin ich das?«

»Ey!« Liva lachte empört auf, stellte sich kopfschüttelnd neben sie und zupfte an ihrem Haarknoten herum. Das teuflische Lächeln dabei verriet, was jetzt kam, ihr typischer Spruch. Xenia schaute sie warnend an. *Du und ich, Schokolade mit Chili.* Liva war echt scharf mit ihren roten Haaren, doch sie selbst hasste es, als süß bezeichnet zu werden.

Tatsächlich ließ Liva die Worte aber stecken. Ihr Gesicht verschwand aus dem Spiegel, nur um direkt vor ihr wiederaufzutauchen. Sie griff nach ihren Schultern und drehte sie zu sich.

LIVAS LEISES TROPFEN.

Melancholisch klang es immer. So als würde sich einsames Wasser irgendwo sammeln, um dann dumpf in die Tiefe zu fallen. Zur Spaß-Liva passte es nie. Zu ihrem ernsten Gesicht gerade schon.

»Pass auf, Xen. Wir feiern das hier heute Abend. Es ist Samstag. Du bist sechzehn. Und hast ein absolutes Recht auf Spaß! Okay?«

»Yes, Sir!« Xenia wand sich aus der Berührung und den Tropfen und salutierte.

Auch wenn John Bone ein echtes Arschloch sein musste, nachdem was Felix über ihn erzählt hatte, war seine Musik einfach super. Auf der VIP-Tribüne nur nicht laut genug. Die Party ging unten ab!

Xenias Füße wippten ungeduldig, und sehnsüchtig starrte sie über das Geländer auf die feiernde Menge. Janne und Felix hatten jetzt eigentlich doch genug Vorsprung. Drei Lieder lang tanzten die beiden da unten schon und waren sich, zumindest von hier oben betrachtet, keinen Schritt nähergekommen. An Janne lag es sicher nicht.

Als dann auch noch die ersten Töne ihres Lieblingssongs angespielt wurden, reichte es ihr. »Auf geht's!«

Liva jubelte und sprang sofort begeistert auf. Nur Julian, den klassischen Anti-Tänzer, mussten sie mit vereinten Kräften aus dem Sitz befördern.

»Groß mit blonden Wuschelhaaren hast du gesagt?« Liva musste schreien, um die Musik zu übertönen. »So ein Typ wie der da vorne?«

»Neee! Es gibt hier keinen, der so aussieht. Geht auch gar nicht. Mein neuer Nachbar ist ... einfach nur geil!« Sie lachte laut auf. Liva guckte aber auch zu bescheuert, fast so wie ihre Mutter, wenn sie am Tisch das Wort Arschloch aussprach.

Tanzen! Sie ließ ihre Hände fliegen, legte den Kopf in den Nacken und drehte sich. Wie die Lichter, die oben an der Decke funkelten. Geiler Nachbar? Hätte sie vorhin sicher anders gesehen. Aber der Zusammenprall mit ihm hatte jetzt und hier irgendwie das Bedrohliche verloren. Vielleicht hatte Liva ja recht, und er mochte es einfach nicht, berührt zu werden. Eine Gemeinsamkeit? Für ihn sicher noch schwieriger, bei seinem Aussehen hingen bestimmt viele Mädels an ihm dran. So wie sie vorhin, wenn auch unbeabsichtigt.

»Komm!« Sie schnappte sich Livas Hand und zog sie mit den anderen tiefer in die feiernde Menge. Kein Zickzackkurs. Einfach mitten durch. Hände, Rücken, Arme. Alles, was sie sonst mied, schob sie zur Seite. Lachte und grölte lautstark jedes Lied mit. Nicht wirklich textsicher, was aber völlig egal war. Sie hatte einfach nur Spaß.

Doch plötzlich endete alles jäh, als Xenia den Typen sah, dem sie ihr Handy anvertraut hatte. Vor allem, da seine Miene, mit der er ihre Gruppe ansteuerte, irgendwie schuldbewusst aussah. Ernst redete er auf Felix ein.

»Was ist?« Sie wusste es auch so, schrie die Frage aber trotzdem laut raus.

Felix verzog das Gesicht und gab ihr das Handy wortlos.

17 Anrufe in Abwesenheit.

»Scheiße!« Ihr explodierte der Kopf. Panisch rannte sie los, ließ sich auch von den anderen nicht aufhalten, sondern steuerte sofort die Garderobe an.

»Jetzt warte mal!« Felix stand hinter ihr, bekam nach ihr seine Jacke. »Ruf doch erst mal zurück!«

Es war 22:34 Uhr. Der letzte Anruf laut Liste war vor etwa zwanzig Minuten eingegangen. Ihre Hände zitterten, als sie draußen auf Rückruf drückte. Es klingelte. Sehr lange. Aber ihre Mutter ging nicht ran.

Nicht weinen! Sie biss sich auf die Lippe und sah hilfesuchend zu Felix hoch.

»Ich fahr dich heim.«

»Aber …«

»Aber nichts.« Jedes Argument, es wäre doch sein Abend, immerhin waren es die *devils*, nichts ließ er ihr durchgehen. Er schnappte sich ihre Hand und zog sie mit zum Bulli. Sein Löwengebrüll unterstrich die ernüchternde Bruchlandung. Sie war zurück in ihrer beschissenen Welt.

»Danke!«, flüsterte sie trotzdem leise, als sie vom Hof fuhren. Mehr Worte aber passten nicht zwischen die Sorgen, die sie sich machte. Was war passiert?

Sie hatte ihr doch den Zettel hingelegt. Den, auf dem stand, dass sie zu Felix wollte. Und ihr vorhin eine Nachricht geschrieben, dass alles klar war, dass sie nur zusammen noch wegwollten. Es war doch Samstagabend.

»Warum siebzehnmal? Und ohne Text? Also, ohne was zu sagen?«

»Ich hab keine Ahnung. Deine Mutter …« In einer hilflosen Geste hob er seine Hand, ließ sie dann aber kopfschüttelnd wieder aufs Lenkrad fallen. »Ich hab aufgegeben, das alles irgendwie zu verstehen.«

Erst vibrierte es, dann klingelte es laut in die Stille im Bulli. Xenia riss ihr Handy hoch.

Mama.

Allein das Wort auf dem Display beruhigte sie ein wenig, immerhin konnte sie noch telefonieren. Und das sogar ziemlich gut! Ihre Stimme klang fest, nicht irgendwie flatternd. »Nia! Mensch, endlich. Kannst du mir mal sagen, warum du nicht an dein Handy gegangen bist?«

»Äh … Was?« Ihre Mutter ging sie gleich an?

»Ich hab versucht, dich zu erreichen. Es ist nach zehn! Und die Absprache ist …«

»Moooment! Ich hätte dich ja gerne gefragt. Aber leider bist du seit gestern für mich nicht zu sprechen.«

Felix' Nicken bestätigte ihr, dass das richtig war, was sie gerade tat, einfach mal Klartext reden. Warum fühlte es sich dann aber trotzdem scheiße an? Auch die Gesprächspause?

»Mama?«

»Du weißt, dass es mir nicht gut geht, Nia. Und dass ich mir Sorgen mache, wenn ich dich nicht erreichen kann.« Sie klang jetzt doch müde. »Ich verstehe ja, dass du dich mit deinen Freunden treffen willst. Nur … Ach, lass uns einfach morgen reden, ja? Ich hab schon geschlafen.«

Morgen? Dafür müsste sie ja erst mal aus ihrem Zimmer kommen. »Okay. Gute Nacht.«

Felix kniff die Augen zusammen. »Was war?«

»Nichts.«

Und für dieses Nichts hatte sie den Abend abgebrochen. Wütend schmiss sie ihr Handy in den Fußraum. Am liebsten würde sie laut schreien, diese ganze Verantwortungsscheiße, dieses blöde Rücksichtnehmen aus sich rausreißen.

Stattdessen ließ sie sich auf dem Sitz zurückplumpsen und schloss die Augen. »Sie wollte nur wissen, wo ich bin. Das Übliche also.«

Sein Ärger war hörbar, der Motor übersetzte ihn. Felix fuhr hochtourig, bremste dann aber plötzlich ab. »Sag mal, sollen wir nicht beide zurück? Du kannst doch jetzt ruhig …«

»Nein.« Es kostete sie Mühe, ihre Augen wieder zu öffnen. »*Du* fährst auf jeden Fall zurück. Ich will jetzt einfach nur noch ins Bett.«

»Sicher?«

Sie nickte. Durch die Windschutzscheibe sah sie weiter hinten an der Straße eine Tram-Station. »Eigentlich kannst du mich auch schon hier rauslassen. Dann kannst du gleich umdrehen.«

Er sagte nichts, zeigte ihr nur stumm den Vogel.

Felix! Sie drehte ihren Kopf zur Seite und legte ihn so ab, dass sie ihn sehen konnte. Gab es eigentlich irgendwas, was er einfach mal nur für sich machte?

Heute hatte er Weihnachtsmann gespielt. Sie musste lächeln, als sie an Fiene dachte. An ihr Gequieke vorhin, das aus ihrem Zimmer gekommen war, nachdem sie dort auf dem Bett die neuen Leggings gefunden hatte.

Die Freude seiner Mutter über ihre Lieblingsschokolade war eher still ausgefallen, das Leuchten in ihren Augen und der unendlich warme Blick hatten aber auch keine Worte gebraucht. Familie. Das war das, was er hatte.

Ihn zu überreden, sie schon an der Kreuzung rauszulassen, damit er besser drehen und wieder zurückfahren konnte, war schwierig, aber funktionierte.

Er sah ihr nach, das spürte sie, winkte ihm im Rücken zu und hörte dann den Bulli verschwinden.

Leer war es hier um die Uhrzeit nie, auch jetzt nicht. Ein paar Hundebesitzer gingen ihre Runde. Ein Mann vor ihr stieß Rauchwölkchen in die Luft. Sein Mantel wehte. Xenia zog sich die Jacke über die Hände und verschränkte ihre Arme vor der Brust. Kälte zog ihr in den Nacken. Sie war verschwitzt. Oder war es doch etwas anderes, das sie frösteln ließ? Vorsichtig wagte sie einen Blick zum Vampir-Haus auf der gegenüberliegenden Straßenseite. Es lag dunkel da, wie schlafend, und doch meinte sie, Augen zu spüren, die jeden ihrer Schritte, jede Bewegung verfolgten.

Sie wurde schneller, mit auf den Boden gerichtetem Blick nahm sie die letzten Meter, fummelte dabei schon ihren Schlüssel aus der Jacke, um vor der Tür nicht erst nach ihm suchen zu müssen.

Sie hatte ihn! Traf auch gleich das Schloss und warf einen letzten Blick hinüber. Da! Eine Bewegung am Eingang. Schnell riss sie die Haustür auf und knallte sie hinter sich zu.

Ihr Herz schlug dröhnend in die Stille.

Hatte da wirklich jemand gelauert?

Sicher fühlte sie sich erst, als sie hinter sich die Wohnungstür schließen konnte. Die Treppe war sie hochgeflogen. Erschöpft lehnte sie sich an die Wand im Flur. Ihr Atem stolperte, klang fast lachend, so als würde er sich über sie lustig machen.

Im Rücken spürte sie die harten Ränder der Gegensprechanlage. Die Videokamera! Ihr Bild zeigte immer mehr als nur den Hauseingang. Reichte es bis drüben? Langsam drehte sie sich um und drückte auf den Schalter. Sofort flammte das Display auf. Xenia schrie auf und taumelte nach hinten.

Er stand direkt vor ihrer Tür!

Erschrocken presste sie ihre Hand auf den Mund. Scheiße! Sie hatte recht gehabt mit der Bewegung. Er musste da drüben auf sie gelauert haben. Über Stunden?

Aber warum? Was wollte er von ihr? Er stand einfach nur da. Sein Blick war nicht in die Kamera gerichtet, eher zur Seite. Trotzdem konnte sie es plötzlich sehen, sein Lächeln. Und stutzte. Ließ langsam ihre Hand sinken und starrte auf seinen Mund. Er lächelte tatsächlich. Kleine Kringel bildeten sich an seinen Mundwinkeln. Bedrohlich wirkte das jetzt nicht. Eher … verspielt?

Mit sich ringend näherte sie sich doch vorsichtig dem Display, immerhin bot sich hier die Chance, ihn mal völlig ungestört zu mustern. Er war wirklich unglaublich hübsch, als hätte jemand nach den schönsten Vorlagen gegriffen, um ein perfektes Gesicht zu zeichnen.

Seine Hand glitt über das Klingelschild, zwischendurch trat er kurz zurück und schaute an der Fassade hoch. Xenia stockte der Atem, als sie begriff. Er wollte zu ihr. Jetzt?

Ihr ganzer Körper begann zu zittern. Doch neben der Panik, die in ihr hochstieg, spürte sie noch etwas anderes. Bescheuerte Hoffnung. Die Vorstellung, er würde wirklich zu ihr hochkommen, kitzelte unerklärlicherweise ihren Magen. Als sein Finger dann auch noch auf ihrem Schild verharrte, sein Daumen sanft darüberstrich, gab es tatsächlich irgendetwas in ihr, das genau das wollte. *Klingel!*

Nein! Sie riss sich zusammen und schluckte das Kitzeln weg, konnte aber nichts gegen die Enttäuschung tun, mit der sie zusah, wie sein Finger abrutschte. Er lächelte noch einmal zu den Fenstern nach oben. Dann drehte er sich aus dem Bild und ging einfach weg.

Warum?

Xenia stand schwer atmend im Flur, sie hörte nur sich, und in ihr lauter Fragen. Das Display erlosch.

Ohne Licht zu machen, betrat sie die Küche. Sie ließ sich auf einen Stuhl fallen, stützte ihr Kinn auf die Hände und starrte auf das leere Weinglas vor ihr auf dem Tisch.

Er war ihr ein Rätsel.

Hätte er sie vorhin nicht so angeschaut, bevor Felix gekommen war, so verdammt süß, er wäre einfach nur ein Idiot geblieben. Ein gefährlicher Idiot, mit dem sie nichts zu tun haben wollte. Aber dann hatten seine Augen aufgeleuchtet. Hinter dem Grau ein grünlicher Schimmer …

Hatte Liva vielleicht doch recht? War sie ihm aufgefallen, interessierte sie ihn jetzt, nur weil sie auf sein arschiges Verhalten einfach mal die Klappe aufgemacht hatte?

Xenia griff nach der Wasserflasche auf dem Tisch und schraubte gedankenverloren den Deckel ab. Dieser Todesblick. Das Knurren. Noch jetzt spürte sie den harten Griff seiner Hände, mit denen er sie erst festgehalten, dann plötzlich grob von sich gestoßen hatte.

Es gab sogar Spuren davon, blaue Flecke an beiden Armen.

Xenia stand auf. Ob er Interesse an ihr hatte oder nicht, war doch egal, im Gegenteil, er konnte es sich sonst wohin stecken. Mit Blick zum Fenster, hinein in das dunkle Draußen, prostete sie ihm zu. »Auf dich, du Arschloch!«

Rauchwölkchen. Unter der Laterne tauchten sie auf und verschwanden. Zusammen mit dem Schatten eines Mantels. Der Mann von vorhin?

CHRYSTAL

Der gute, alte Theo! Auf dem Weg zur Schule klebten an jedem Laternenmast Plakate, und von allen sprang ihr sein Gesicht entgegen. Theodor Fontane.

Geboren am 20. Dezember 1819 in Neuruppin. Sohn eines Apothekers. Anschließend Schriftsteller. Nur dass er nie so gut ausgesehen hatte, wie das Bild auf den Plakaten ihn darstellte. Volle Lippen! Chrystal lachte verächtlich auf. Hatte er nie gehabt. Und für den Langweiler wurde hier eine große Party veranstaltet, nur weil er 200 Jahre alt geworden war? Und dann auch noch mit einer Neuauflage von *Effi Briest*? Hoffentlich war die Aufführung kein Pflichtprogramm.

Kopfschüttelnd wandte sie sich ab und suchte die anderen. Heute war große Einschulung. Also lächeln!

Der wievielte Neuanfang es für sie an einer Schule war, wusste sie nicht, trotzdem feierte sie heute quasi Premiere: Diesmal war sie nicht die einzige Neue. Geno und Akrom würden in die gleiche Stufe gehen, Rafi eine darunter, Jael in den Abi-Jahrgang über ihr. Bekannte Gesichter also, sowohl in den Kursen als auch in den Pausen.

Könnte tatsächlich Spaß machen.

Gemeinsam mit den Jungs schritt sie auf das große Portal des Fontane-Gymnasiums zu. Spätherbstliche Sonnenstrahlen spielten mit den Blättern der hochgewachsenen Platanen und zeichneten ein Schattenspiel auf den Vorplatz, trotzdem rutschte ihr beim Anblick des alten, mächtigen Gebäudes kurz das Lächeln von den Lippen. Schulen, die sich hinter ehrwürdigen Mauern versteckten und so furchtbar herrschaftlich und majestätisch wirkten, riefen in ihr unangenehme Erinnerungen hervor. Leistung durch Disziplin. Gehorsam durch Unterdrückung. Der Geruch nach Angstschweiß. Ihre Finger, bisher lässig in den Hosentaschen verstaut, krallten sich zusammen. Nie wieder würde sie sich so demütigen lassen.

Chrystal hielt ihr Gesicht in die klare Luft und versuchte, die Gedanken an früher zur Seite zu schieben. Jetzt war heute! Und sie nicht hier, um brav die Schulbank zu drücken.

Daher befreite sie ihre Hände aus den Hosentaschen, schirmte mit ihnen ihre Augen gegen die Sonne ab und besah sich das Gebäude näher. Mauervorsprünge, rechts eine Feuerleiter. Sie prägte sich die Struktur des Hauses ein. Fluchtwege waren wichtig.

Die große Uhr über den Säulen am Eingang zeigte kurz vor halb acht. Noch war der Platz vor der Schule leer. Und noch ahnte niemand, welche Bedrohung sie mit sich brachte.

Sie schielte zu den Jungs. Vier Typen zum Verlieben: durchtrainierte Körper, lässiger Jeanslook, coole Arroganz. Das Ganze jeweils nur in etwas unterschiedlicher Ausstattung. Niemand konnte sehen, was sie in Wirklichkeit waren. Hungrige Wölfe, denen der Geruch nach Fleisch schon in der Nase hing. Und der sie antrieb, sofort und erbarmungslos zuzuschnappen. Nur hübsch verpackt eben.

Jael lächelte sogar. Irgendwo in seinen Koffern musste er heute Morgen seinen Charme gefunden haben. Blitzende Augen, verspielte Lachkringel um die Mundwinkel.

Rafi wirkte entspannt, hielt sich aber wie immer sehr nah an Jaels Seite auf.

Akrom und Geno dagegen strotzten nur so vor Energie. Sie stupsten sich ständig an und fochten schon jetzt ihren Kampf aus, wer am Ende des Tages mehr Schüler entleert hatte.

Kein gutes Thema. Sie selbst würde heute abfallen im WG-Ranking. An der Schule konnte sie nicht punkten. Wie auch? Sie besaß nicht die Fähigkeit zu entleeren, und den anderen würde auffallen, dass sie an ihren vorgeblichen Opfern keine Markierung hinterließ.

Richtig scheiße war allerdings, dass sie die Markierungen der anderen nicht mal sehen konnte. Bei möglichen Gesprächen über die Opfer musste sie schweigen.

»Du wirkst angespannt.« Jael stellte das in ihrem Rücken fest, und die Mischung aus Spott und Missfallen in seiner Stimme verriet, dass er sie damit meinte.

»Angespannt?« Chrystal lachte auf. »Ich versuche mich nur zurückzuhalten. Bisher konnte ich machen, was ich wollte. Und jetzt soll ich mich *dir* unterordnen. Glaub mir, das kostet mich enorm viel Überwindung.«

Geno nickte zustimmend, er hob sogar seinen Daumen. Für ihn war Jael tatsächlich das Blödeste, was ihm hätte passieren können. Ein König, auf dessen Abdankung er nur warten konnte. Deshalb ja ausgewählt. Geno war gut. Stufe 5. Bald der nächste Electos. Und mit Druck im Nacken würden die zwei sicher über sich hinauswachsen. Ihre Aufgabe war es nur, die beiden so im Blick zu behalten, dass sie sich nicht gegenseitig zerfleischten.

Jaels Hand auf ihrer Schulter holte sie in die Gegenwart zurück. Während er mit der anderen auch Geno zu sich heranzog, sagte er ruhig: »Wisst ihr, was? Ihr schafft das schon. Das Unterordnen.« Ein Lächeln stahl sich auf seine Lippen. Ein Teuflisches. »Und wenn nicht, erinnere ich euch sehr gerne daran.« Die Drohung hinter seinen Worten war unmissverständlich, vor allem, da der Druck, der auf ihr lastete, immer stärker wurde. Trotzdem nickte Chrystal freundlich und legte ihre Hand fast zärtlich auf seine. »Du bist echt so ein richtig Netter, oder?«

Zum ersten Mal war sein Lachen hörbar. »Hier schon.« Mit einer kurzen Kopfbewegung Richtung Schule und einer auffordernden Geste, ihm zu folgen, drehte er sich um und schritt vor ihnen auf die geöffnete Tür zu.

In der großen Eingangshalle war bereits mehr los. Lehrer eilten durch die Gänge, ein paar Schüler lungerten auf den Treppenabsätzen und blickten überrascht hoch, als sie einmarschierten. Chrystal legte den Kopf nach hinten und schüttelte ihre Haare aus. Dann aufblicken, lächeln – diese Geste war so perfekt einstudiert, dass sie quasi die Luft einsammeln konnte, die sie anderen damit raubte. Dem Typen hinten an der Wand klappte sogar der Kiefer runter. Sie zwinkerte ihm zu, musste dann aber das Lächeln vorerst einstellen, denn Herr Dr. Weber, der Direktor, kam mit eiligen Schritten auf sie zu. In seinem Anzug und der korrekt gebundenen Krawatte passte er perfekt in diese Umgebung, auch wenn er zum Glück keinen Stock im Arsch zu haben schien, wie so viele andere seiner Spezies. Er lächelte freundlich, dabei blickten seine Augen wachsam und forsch aus übergewichtigen Wangen.

Chrystal grinste innerlich, als sie sah, welche Missbilligung ihr Outfit in ihm auslöste. Leder, das Material passte nicht in diese heiligen Hallen, sein Blick schrie die Feststellung geradewegs heraus. Doch noch verkniff er sich einen Kommentar und schüttelte jedem die Hand, während der Stapel an Unterlagen in seinem anderen Arm dabei gefährlich ins Wanken geriet.

Lass sie ruhig fallen. Einer von ihnen würde sie mit Gewissheit sehr gerne aufheben. Gefundenes Fressen!

»Willkommen am Fontane-Gymnasium!« Seine fast mädchenhafte Stimme nahm ihm gleich einiges an Autorität, was er sofort mit Regeln, Verboten und Vorschriften wieder auszugleichen versuchte. Er musste mit jedem Satz lauter werden, der Lärm um sie herum schwoll an, die Halle füllte sich zusehends. Sie konnte die

Blicke, die sie auf sich zog, spüren, selbst im Rücken: Interessierte Typen. Angesäuerte Tussen.

Die Neuen!

Herr Weber trat näher. »Ihr kennt eure Klassen ja bereits. Trotzdem hab ich …« Die Geldbörse oben auf dem Stapel flog als Erstes, entfaltete sich auf dem Weg nach unten, ließ Münzen regnen. Einige Karten und Scheine glitten heraus und bildeten zusammen mit den Unterlagen eine schöne bunte Abwechslung auf dem sonst eintönig grauen Linoleumboden. Unterdrücktes Gekicher drang von allen Seiten herüber, Weber fluchte auf.

Direkt vor ihrem rechten Fuß erblickte sie ein Foto, klein und abgegriffen. Gab es etwas Persönlicheres als das? In Chrystal blitzte es auf, sie würde es nehmen, dann Akrom das Ganze zu Ende führen lassen.

Mit einem unauffälligen Schritt nach vorne verschwand das Foto ungesehen unter ihrer Schuhsohle.

»Ach herrje. Warten Sie!« Sie bückte sich, wie Akrom neben ihr und Jael vor ihr. Hatte er ihre Aktion beobachtet? Sein diesmal anerkennendes Lächeln in ihre Richtung fuhr ihr direkt in den Magen und sorgte dort für völlig unangebrachtes Prickeln. War ihr Körper eigentlich total bescheuert?

Während sie Blatt für Blatt aufsammelten, Rafi und Geno sich um die Münzen kümmerten, schob sie das Foto unauffällig in Akroms Richtung. Sie tippte ihm ans Bein und deutete mit dem Kinn unter ihren Fuß. Er verstand. Und es landete unbemerkt in seiner Tasche.

Jael schaute fragend, fast irritiert. »Du übernimmst das nicht selbst?«

»Basketball!«, flüsterte sie und sah kurz zum Direktor rüber. »Weber trainiert die Mannschaft.«

Jael nickte, Akrom zwinkerte ihr zu. »Alles klar! Das kriege ich hin.« Nur musste er noch damit warten.

Als alles wieder verstaut war, hatte sich Herr Webers Miene deutlich verdunkelt. Mit düsterem Blick wies er die Jungs an zu warten und zog sie ein paar Meter zur Seite.

»Gleich zu Beginn möchte ich klarstellen, dass dies eine hoch angesehene Schule ist.« Seine Nasenflügel bebten beim Blick über ihre Kleidung, als hätte er eine Lederallergie. »Dein Aufzug ist unangemessen.«

»Oh!« Chrystal riss überrascht die Augen auf. »Es gibt hier eine Kleiderordnung?«

»Nein. Aber die Schüler hier wissen ... Moment!« Er hatte plötzlich den Eingang im Blick und winkte in großer Geste. »Xenia! Warte bitte, ja? Ich brauche dich gleich.«

Ein unscheinbares Mädchen. Blieb brav stehen. Kurze dunkle Haare, klein. Mittelstufe?

Weber wandte sich ihr wieder zu, hektische Flecken überzogen mittlerweile sein Gesicht. »Ab morgen einfach ... einfach normale Kleidung, wie die anderen. Verstanden?«

»Natürlich.« Sie drehte sich weg, stoppte dann aber, als sei ihr gerade noch etwas Wichtiges eingefallen. »Ach, Herr Dr. Weber, was ich Sie noch fragen wollte, sind Sie eigentlich *der* Herr Weber? Also der, der das so wahnsinnig erfolgreiche Basketball-Team trainiert?«

Als hätte sie ihm irgendwelche Pillen verabreicht, begann der Direktor vor ihren Augen zu wachsen. Sein Rücken straffte sich. Sein Hals wurde länger. Insgesamt bekam seine ganze Haltung tatsächlich einen kraftvolleren und zumindest in Ansätzen sportlichen Ausdruck.

»Ja, dieser Herr Weber bin ich. Zwölf Jahre Trainer, zehn Meisterschaftstitel.«

»Wahnsinn!« Gedanklich tauschte sie den Direktor vor sich schnell mit Michael Jordan aus, um einen überzeugend bewundernden Blick hinzubekommen. »Zehn Titel? Unglaublich!

Und ... wie passend! Wussten sie, dass Akrom einer der besten Playmaker seines Jahrgangs ist?«

»Was? Nein!« Fast grob schob er sie einfach zur Seite, wie einen Stuhl, der im Weg stand, und steuerte Akrom an. Zufrieden schaute sie ihm nach. Der Anfang war gemacht, der Rest müsste für Akrom jetzt ein Leichtes sein.

Als Chrystal sich zu ihren anderen Jungs umdrehte, war Jael nicht mehr da. Er stand weiter hinten, bei dem unscheinbaren Mädchen, hatte eine Hand neben ihr an der Wand abgestützt und hielt seinen Mund erstaunlich nah an ihrem Ohr. Röte überzog ihren Hals, ihr Gesicht, allerdings wirkte sie dabei weniger tief beeindruckt von ihm, sondern vielmehr so, als würde sie ihm gleich eine knallen. Sie hielt Jael mit ihrem Knie auf Abstand. Den Schuh mit der Sohle gegen die Wand gestemmt, schienen ihre Augen Blitze zu schleudern. Chrystal musste sich korrigieren: Unscheinbar wirkte sie keinesfalls mehr. Erstaunlich! Gab es tatsächlich ein weibliches Wesen auf dieser Erde, das sich nicht von Jael einwickeln ließ?

Eine Mitgliedskarte? Jael musste sich auf die Lippe beißen, um nicht zu grinsen. Und eine alles andere als harmlose! *Love without limits* stand in rot geschwungenen Buchstaben auf der Vorderseite. Dummheit war so unverzeihlich. Wie konnte Herr Weber eine so prekäre Clubkarte nur einfach mit sich herumtragen? Oder musste er jetzt sagen: Bärchen96. Der Name stand zumindest auf der Rückseite, unter einem sehr privaten Foto von ihm. Ob Frau Weber von dem nächtlichen Hobby ihres Mannes wusste?

Jael schob die Karte unauffällig in seinen Ärmel zurück. Für ihn war es ein Leichtes gewesen, sie dem Direktor zu klauen. Ein ruckartiges Luftholen hatte genügt, um Weber zucken zu lassen und die Unterlagen ins Rutschen zu bringen. Eine kurze Handbewegung dann, um das Portemonnaie zu öffnen, bevor es fiel. Wann Bärchen der Verlust der Karte wohl auffiel? Er sprach gerade mit Chrystal. Worum es ging, konnte Jael nicht hören, dazu standen sie zu weit weg und drehten ihm zudem noch den Rücken zu. Aber er tippte darauf, dass Chrystal gerade einen Anschiss kassierte, so wie Weber sich gerade aufplusterte.

Entleeren würde Akrom ihn gleich mithilfe des Fotos. Trotzdem blieb die Karte in seinem Ärmel. Das neu erworbene Wissen über den Direktor war auf jeden Fall Gold wert. Und definitiv zu schade, um es nicht irgendwann zu nutzen.

Mit einem auffordernden Blick versammelte er Akrom, Geno und Rafi dicht um sich. »Wie ihr seht, bekommt hier jeder seine

Chance. Wichtig ist aber: Solltet ihr erfolgreich sein, dann zieht euch sofort zurück. Verstanden? Niemand darf euch schwach erleben.«

»Wie oft sind wir das gestern durchgegangen?« Geno, ihm direkt gegenüber, schüttelte genervt den Kopf. »Fünfmal? Zehnmal? Mann, wir sind nicht doof!«

Jael griff hart zu, erwischte Genos Nacken und zog ihn unsanft zu sich heran. »Das kann ich nur hoffen«, zischte er. »Vor allem für dich!«

Grob stieß er ihn zurück und nickte Rafi und Akrom zu. Sein Team schien eingenordet zu sein, jetzt lag es an ihm, hier sein krönendes Opfer zu finden. Weiblich, bitte einigermaßen attraktiv und voller Lust, sich möglichst schnell in einen wahnsinnig charmanten Typen zu verlieben. Filternd glitt sein Blick über die hereinströmende Schülermasse. Es gab so einige hübsche Kandidatinnen, die ihm ins Auge sprangen, sich auch gleich auf einen netten Blickwechsel einließen, doch er erwischte sich dabei, eigentlich nur nach ihr zu suchen. Xenia! Sie ging auf diese Schule. Er hatte im Internet nicht offensichtlich nach ihr gegoogelt, seine Netzaktionen wurden mit Sicherheit überwacht, sondern einfach ein wenig auf der Website der Schule gestöbert und sie auf einem Foto des Schwimmteams entdeckt. Leider im Trainingsanzug. Zu gerne hätte er bestätigt bekommen, was er vermutete: Unter eher weiten Klamotten einen ziemlich ansprechenden Körper? Blöd, dass er ihre ersten Begegnungen versaut hatte.

Doch das Schicksal meinte es gut mit ihm, denn als er den Blick hob, sah er sie. Mit Kopfhörern im Ohr, in Jeans und Turnschuhen schlängelte sie sich gerade durch den Eingang. Sofort legte er seinen Finger an die pochende Stelle unterhalb des Kiefers und fühlte seinen Puls. Nichts! Keine Veränderung. Die Glaslinsen schienen zu funktionieren, wenigstens auf die Entfernung. Bei

Trägern von Brillen und Kontaktlinsen kam er selbst nur erschwert zum Ziel. Glas bremste seine Gabe. Und, wie er seit gestern wusste, Sonnenbrillen ihre. Zumindest das, was sie mit ihren Augen anstellen konnte. Daher hatte er heute Morgen drauf spekuliert, dass seine hellgrauen Linsen ihn wenigstens in Ansätzen auch vor ihr schützen würden. Und bisher schlug sein Körper keinen Alarm.

Noch hatte Xenia ihn aber nicht entdeckt, dafür blieben ihre Augen an Chrystal hängen. Er sah den Moment des Erkennens, das Anhalten, ihre stutzende Kopfbewegung. Dann erbleichte sie und ihr Blick flog nach allen Seiten. Sie wusste also, dass Chrystal zu ihm gehörte?

Finde mich! Jael senkte den Kopf und wandte sich Geno zu, der mit Rafi vor allem die weiblichen Wesen in Augenschein nahm. Er verteilte mit ihnen freundliche Begrüßungen, dabei war er mit all seinen Sinnen bei ihr, drüben am Eingang.

Seine Nackenhaare sträubten sich plötzlich, und Wärme prickelte die Wirbelsäule hinunter, sie musste ihn entdeckt haben. Langsam drehte er den Kopf in ihre Richtung. Das schiefe Lächeln stellte sich von selbst ein. Ihr Gesicht rötete sich, und sie verdrehte genervt die Augen. Sie war echt süß!

Mit schlendernden Schritten ging er auf sie zu. Und auch wenn sie krampfhaft versuchte, in die andere Richtung zu schauen, konnte er an ihren flachen und immer wieder stockenden Atemzügen erkennen, wie nervös sie war. Amüsiert beobachtete er, wie sie ihr Bein anwinkelte, ihren Fuß gegen die Wand stemmte und dabei die Arme vor ihrer Brust verschränkte.

Jael zog an dem Kabel ihrer Kopfhörer. »Wartest du auf mich?« Keine Glanzleistung. Seine Kontaktaufnahmen hatten eigentlich ein anderes Niveau, doch sie riss zumindest den Kopf herum. Goldbraune Augen! Jael spürte sofort die Wärme, die sie ausstrahlten, er spürte das drängende Pulsieren am Hals. Doch es wurde nicht übermächtig. Er behielt die Kontrolle! Die Linsen funktionierten tatsächlich auch auf kurze Distanz.

»Mein ganzes Leben schon!« Ihre Stimme triefte vor Spott. Niedlich war ihre Nase dabei, die sie verächtlich kräuselte. Wie bei kleinen Häschen.

»Wirklich?« Überrascht hob er eine Augenbraue und grinste. »Wer hätte das gedacht?« Dass er sich mit der Hand dann direkt neben ihrem Kopf an der Wand abstützte, war jetzt vielleicht doch ein wenig zu heftig, ihre Atmung setzte fast aus, aber sie wich nicht aus, sondern sah ihm fest in die Augen.

Wirklich mutig, die Kleine! War sie überhaupt schon sechzehn? Wenn nicht, hatte er ein echtes Problem! »Wie lang ist das denn schon, Xenia? Dein ganzes Leben?«

»Du bist doch sonst so clever. Hast du das noch nicht herausgefunden?« Eingeklemmt zwischen ihm und der Wand, blieb sie trotzig. Sie reckte ihm sogar das Kinn entgegen, ihre Lippen aber, leicht geöffnet, zitterten. Könnte er sie ruhigstellen, mit nur einem Kuss?

Rote Flecken wanderten aus dem Kragen der Jacke ihren schmalen Hals hinauf. Er verfolgte sie schief grinsend. Sie musste ähnliche Fantasien haben. Ihr Blick hing an seinen Lippen, und er hätte sonst was darauf verwettet, dass ihr fast ein Seufzen entglitten wäre, hätte sie ihre nicht urplötzlich zusammengepresst. Jael lachte leise auf. »Bitte lass dich schon sechzehn sein!«

Ihre Hände verkrampften sich zu Fäusten. »Blöd, oder? Dass das Alter nicht auch auf Klingelschildern steht?« Sie stieß sich so plötzlich von der Wand ab, dass sie beinahe wieder zusammengeprallt wären. Blitzschnell wich er ihr aus. Berührungen waren gefährlich! Gegen ihren Körper hatte er keine Linsen!

Aber – was hatte sie gesagt? Klingelschild?

Sie wollte weg, fliehen, doch er baute sich erneut vor ihr auf. »Wie süß! Du beobachtest mich also heimlich? Etwa von deinem Fenster aus?«

Ihre Augen versprühten jetzt wütendes Gold. »Es gibt Videokameras, du Idiot!«

»Idiot?« Sofort spannten sich seine Muskeln an. »Ich heiße Jael, Xenia. Und …«

Sie wurde gerufen.

Viel zu früh! Während seine Hände sich verkrampften, dem Direktor gedanklich an die Kehle gingen, entspannten sich ihre sichtbar. Jael griff schnell nach ihrer Tasche auf dem Boden, bevor sie es tun konnte. *Er* beendete Gespräche! »An dieser Schule gibt es 1236 Schüler. Aber er spricht dich mit deinem Namen an. Bist du übermäßig gut? Sauschlecht? Oder … Mag er dich einfach besonders gern?« Seine Mundwinkel zuckten, als er sah, wie sich ihre Hände wieder zu Fäusten ballten. Was wollte sie eigentlich mit ihnen anstellen? Ihn angehen?

»Weißt du, ich würde mich ja wahnsinnig gerne noch länger mit dir unterhalten. Aber … den Direktor sollte man nicht warten lassen.« Mit einer fahrigen Bewegung strich sie sich eine widerspenstige Locke aus der Stirn. »Also?« Sie streckte ihre Hand aus und forderte ihre Tasche.

»Natürlich, Xenia.« Jael hängte sie ihr über den Arm und trat, sich verbeugend, zur Seite, wobei er ihr absichtlich nicht viel freien Raum schenkte. Ein gefährliches Spiel, doch es reizte ihn. »Bis später!«

»Such dir einfach jemand anderen zum Spielen!«, war ihre einzige Reaktion.

Jael sah ihr kopfschüttelnd nach. Der Versuch, eine entspanntere Atmosphäre zwischen ihnen aufzubauen, war gründlich gescheitert, und dieses Mal konnte er es nicht darauf schieben, ihre Wirkung hätte ihn geschwächt. Die Linsen hatten ihn abgeschirmt. Sie selbst war das Problem, nie hätte er sie für so zäh gehalten. Waren Immuniten grundsätzlich so schwer zu knacken? Dass sie ihn mochte, war nicht zu übersehen, nur musste er sie dazu bringen, sich auf ihn einzulassen. Sollte das nicht klappen, und es roch gerade danach, bräuchte er für seinen Abschluss dringend Alternativen. Sieben, acht Opfer mindestens, um die sechste Stufe zu vollenden. Ein mühsames Abarbeiten. Xenia hingegen könnte ihm das ersparen. Sie war sein Freilos. Ihr Herz auf dem Opfertisch, und er wäre sofort am Ziel.

Jael reckte das Kinn, um sie in der Menge, die jetzt die Eingangshalle flutete, im Blick zu behalten. Er sah sie weiter hinten an den Schaukästen. Und stutzte. Ihr wurde Rafi zugeteilt? Herr Weber stand diesmal so, dass er die Worte von seinen Lippen lesen konnte. *Das ist Xenia Morin. Ihr beiden, Rafael, habt die meisten Kurse zusammen. Und Xenia zeigt dir sicher sehr gerne alles, nicht wahr?*

Sie lächelte, und Rafi gab ihr seine Hand. Shit! Schlimmer wäre einer der anderen, vor allem Geno. Trotzdem gefährlich das Ganze. Schnell zog Jael sein Handy aus der Tasche und wählte Rafis Nummer, als dieser mit Xenia auf das Treppenhaus zusteuerte.

»Ja?«

»Das Mädchen neben dir. Ich erhebe ein *Protectio.*«

»Bitte was?« Rafi flüsterte, trotzdem war sein Erstaunen deutlich herauszuhören. »Warte mal grad ... Xenia? Einen Moment bitte, ja?«

Jael blickte auf und sah Rafi im Gang verschwinden.

»Ein *Protectio*? Wieso das denn?«

»Erklär ich dir später. Pass einfach auf sie auf. Verstanden? Und zu den anderen kein Wort.«

»Aufpassen? Du meinst ...«

»Behalte sie im Blick und krieg alles über sie heraus.«

»Okaaay.«

»Gut. Dann los! Wir sehen uns in der Pause.«

Er legte auf, löschte den Anruf aus seiner Liste und steckte sein Handy weg. Ein *Protectio* zu erheben, war sicher nicht die klügste Idee gewesen. Jeder von ihnen durfte es nur einmal aussprechen, um eine Person zu schützen, und Rafi würde wissen wollen, warum er gerade Xenia ausgewählt hatte. Vor allem nach so wenigen Tagen! Aber was war ihm anderes übrig geblieben? Berühren konnten sie Xenia alle, nur er als Electos nicht. Sollte Rafi aber versuchen, sie zu entleeren, sollte es irgendjemand aus der Gruppe bei ihr versuchen, sie würden scheitern. Sie konnten Immuniten nicht entleeren. Hinterließen auch keine Markierungen. Und genau das würde ihnen auffallen. Damit wäre sie als Immunit aufgeflogen. Und das zu früh! Noch hatte er Zeit. Zeit, sie umzustimmen. Zeit, ihr Herz zu gewinnen. Solange diese Chance bestand, würde er sie weiterhin geheim halten.

Ihren Tod konnte er nicht aufhalten. Der Tod wartete auf jeden Immuniten. Nur wollte er es sein, der sie opferte. Niemand anderes!

»Jael, wir können!« Herr Weber kam aus dem Lehrertrakt zurück und winkte ihm eifrig zu. Leistungskurs Geschichte. Und das auch noch bei Bärchen. Während er ihm auf dem Weg zum Klassenraum mitteilte, welchen Stoff sie gerade durchnahmen, ließ Jael sich ein wenig zurückfallen und inspizierte interessiert den Hals des Direktors, der unter seinem eng sitzenden Kragen hervorquoll. Dank der kurz geschnittenen Haare im Nacken war die winzige Markierung deutlich sichtbar. Eine Blume. Und ein Blütenblatt schimmerte blau. Akrom war also erfolgreich gewesen! Basketball. Ob Weber das Team noch lange trainierte?

Sie bogen gerade in einen Gang ein, als Jaels Handy plötzlich leise brummte. Den mahnenden Blick von Weber ignorierend zog er es aus seiner Tasche und öffnete Rafis Nachricht. *Xenias Freund, Felix Steinkamp!*

Darunter erschien ein Bild. Der Typ mit dem Bulli. Jael löschte es augenblicklich, aber er versprach sich und auch diesem Felix feierlich, dass er ganz klar einer der Nächsten sein würde, den er sich vorknöpfte.

Er wollte sein Handy wieder einstecken, spürte aber Webers Anspannung, eine atemlose Stille direkt vor sich, und schaute auf. Weber forderte mit ausgestreckter Hand sein Handy?

»Die sind hier verboten, Jael! Und ich meine, ich hätte mich vorhin auch klar genug ausgedrückt. Daher muss ich dich jetzt bitten, mir …« Weiter kam Bärchen nicht, denn Jael hatte begonnen, leise vor sich hinzusingen. Einen idiotischen Text, den er auch nur schief grinsend von sich geben konnte.

Love without limits. Love without limits. Love …

XENIA

»Kannst du auch sprechen?«

»Äh … was?« Xenia wurde knallrot. »Entschuldige. Ich … ich bin noch nicht ganz wach.«

»Verstehe!« Rafi neben ihr lächelte. »Ich brauche montags auch erst mal eine Weile, um in Gang zu kommen.«

Xenia versuchte, sein Lächeln zu erwidern, holte Luft, um irgendwas Geistreiches von sich zu geben, zeigte dann aber einfach nur nach links, in Richtung Treppenhaus. Sprechen war grad tatsächlich ein Problem. Noch immer stimmte der Rhythmus zwischen Einatmen und Ausatmen nicht. Rafis Handschlag hatte sie aus der Bahn geworfen. Schon wieder Stille bei einer Berührung? Zwar nicht diese alles verschluckende Ruhe. Eher so, als hätten seine Finger am Radio rumgespielt, den Sender verstellt und dann keinen Neuen gefunden.

EIN FEINES RAUSCHEN.

Irgendwas stimmte hier nicht. Oder mit ihr? Seitdem sie denken konnte, klangen Menschen komisch. Alle! Und jetzt auf einmal tauchten zwei Stille auf? Zwei Stille, die sich zudem kannten. Sie spähte zu Rafi. Er schien auf jeden Fall der angenehmere von beiden zu sein, nur würde er sie sicher für total bescheuert halten, wenn sie nicht bald mal etwas sagte. »Ähm … Magst du Chemie?«

»Geht so.« Um sie anzuschauen, musste er seinen Kopf leicht neigen, wobei ihm immer wieder einzelne Locken in die Stirn fielen. Durch sie hindurch blickten seine braunen Augen sie neugierig an. »Und du?«

»Ne!« Angeekelt verzog sie die Lippen. »Ich mag …«

Sein Handy klingelte. Er sah kurz entschuldigend zu ihr, kramte es hervor und … nahm den Anruf an? Xenia runzelte die Stirn. Galt Handyverbot nicht an jeder Schule?

»Bitte was?« Er flüsterte. Und irgendetwas schien nicht in Ordnung zu sein, denn er verlor sein Lächeln. »Warte mal grad … Xenia? Einen Moment, ja?«

Sie nickte, auch wenn er es nicht mehr sehen konnte. Er hatte sich schon umgedreht und verzog sich in eine dunkle Flurecke. Wenigstens das. Auf den Gängen hatte sich das Verhältnis Lehrer Schüler nämlich bereits deutlich verändert, wie immer nach dem ersten Gong. Pünktlichkeit wurde hier groß geschrieben, zumindest was die Schüler betraf. Xenia lehnte sich an die Wand hinter sich und schloss die Augen.

Bis später, Xenia!

Jaels Gesicht schälte sich aus dem Chaos in ihrem Kopf, und seine Worte jagten ihr erneut eine Gänsehaut über die Arme. Tauchte der Idiot in ihrem Leben jetzt überall auf? Verdammt! Es war ihre Tram. Ihre Straße. Und ihre Schule. Jeden Tag so einen Stresspegel, und sie könnte sich wegen akuter Herzrhythmusstörungen irgendwo einliefern lassen. Was wollte der Typ nur von ihr?

Sosehr er auch versucht hatte, sich charmant zu geben, so blödsinnig ihre Gedanken ihr zwischenzeitlich auch entglitten waren, sie hatte seinen kalten Blick gesehen, mit dem er ihren Abgang verfolgt hatte. Seitdem war für sie Winter, gefühlte zehn Grad minus.

Der zweite Gong aus den Lautsprechern genau über ihr riss sie aus ihren Gedanken. Die Klassenzimmer wurden jetzt geschlossen, und abrupt herrschte Stille auf den Gängen.

Xenia zog sich die Jacke enger um den Körper und lauschte nach Rafi. Mit wem auch immer er da sprach, er musste aufhören. Sollte er erwischt werden, würde man ihm das Handy jetzt nicht nur wegnehmen, sondern ihn sicher auch zu Sozialstunden verdonnern.

Doch Rafi lachte nur auf, als sie ihn darauf hinwies, steckte das Handy aber weg. »Ich bin eh fertig. Außerdem ...« Völlig unschuldig hob er die Hände. »Ich bin ja neu.«

»Alles klar!« Xenia grinste ihn spöttisch an. »An deiner letzten Schule waren Handys wahrscheinlich Standard, oder? Und leere Akkus ein absolutes Vergehen?«

»Genau!« In Rafis Augen blitzte es auf.

»Was ist?«

»Ach, ich denke nur gerade, wie nett es ist, dich als Begleitung zu haben. Für meine Vergehen bist du ja jetzt irgendwie zuständig, oder? Wenn du ...«

»Vergiss es!« Xenia lachte auf. »Alles, was ich machen sollte, war, dich sicher in die Klasse zu bringen. Und da sollten wir jetzt schleunigst hin.«

Er folgte ihr erstaunlich bereitwillig und blieb auch auf der Treppe immer leicht hinter ihr. Xenia spürte seinen Blick im Rücken. Er beobachtete sie die ganze Zeit. Warum? Jede Stufe wurde für sie eine Herausforderung. Oben im Gang dann holte er plötzlich auf. »Woher kennst du Jael eigentlich?«

»Was?« Sie stolperte. »Wieso?«

»Ihr habt euch vorhin unterhalten.«

Allein sein Name reichte aus, um ihren Herzschlag erneut zu beschleunigen. Manchmal passten Kopf und Bauch überhaupt nicht zusammen. »Ich wohn bei euch gegenüber. Und ... er hat mich neulich fast umgerannt.«

»Echt?« Sie standen schon vor dem Chemieraum. Xenia wollte gerade nach der Klinke greifen, als Rafi sie an ihrem Rucksack sanft ein wenig zur Seite schob, um ihr die Tür gentlemanlike öffnen zu können. Noch aber hielt er die Klinke nur fest, und seine Augen blitzten wieder auf. »Wie kann man dich denn übersehen?«

»Sehr witzig!« Bei großzügig gemessenen 165 cm. »Er ist gelaufen, Rafi, nicht gekrochen.«

Das Schlimmste am Zuspätkommen waren die vielen Augen, die sofort neugierig aufschauten, wenn die Tür aufging. Doch aus dem Chemieraum schlug ihnen ungewohnte Ruhe entgegen. Herr Bartels hatte den Kurs sonst nie im Griff! Keine Privatgespräche. Keine Störenfriede? Dafür Tische, die auseinandergestellt worden waren. Scheiße! Sie schrieben den Test heute schon? Ihr Blick panisch über die rot erhitzten Gesichter. Kein Felix?

»Xenia! Steckt dein Freund dich mit seiner Zuspätkommerei an?« Herr Bartels empfing sie mit tadelnder Miene, änderte diese dann aber sofort, als er Rafi erblickte, der sich an ihr vorbeischob. »Entschuldigung! Ich bin zwar leider nicht ihr Freund, aber definitiv schuld an ihrem Zuspätkommen.«

Die Stille in der Klasse brach auf, und Xenia wäre am liebsten einfach nur abgetaucht. Hatte sie irgendwas falsch gemacht? Irgendwas ganz Schlimmes angestellt? Und wurde jetzt mit diesem ganzen Scheiß hier dafür bestraft? Chemie ohne Felix, eigentlich könnte sie gleich wieder gehen. Rafi neben ihr sah das anders. Er lächelte das Geraune um sie herum nur grinsend weg und reagierte auch genauso entspannt auf den Testbogen, der ihm nach einer kurzen Begrüßung in die Hand gedrückt wurde. Ihren gab er lächelnd an sie weiter und setzte sich dann wie selbstverständlich auf den freien Platz neben sie.

Auf Felix' Platz!

Wo war er?

Unter dem Tisch flatterten Xenia die Knie. Mit einem Seufzen stützte sie die Ellbogen auf und griff in ihre Haare. Die Hälfte der Aufgaben verstand sie nicht mal in Ansätzen. Dafür drang das Gekritzel von Rafis Stift zu ihr herüber – in einem Affentempo. Ihrer lag noch immer unberührt da.

Chemie. Warum fiel das Fach eigentlich nicht unter Fremdsprachen? Gerade als sie versuchte, beim dritten Lesen irgendwas zu verstehen, flog die Tür auf. Felix! Ihre Rettung, nur zu spät.

»Ach, Herr Steinkamp! Reichlich spät, mein Lieber!« Herr Bartels schob seinen Stuhl zurück und stand auf. Felix wurde blass, als er den Testbogen in seiner Hand erblickte. Sofort flogen seine Augen zu ihr. Sie schienen sich bei ihr entschuldigen zu wollen, aber änderten ihren Ausdruck, als er ihren neuen Sitznachbarn bemerkte. Xenia zuckte hilflos mit den Schultern. Ein Wunsch frei, und sie würde die beiden einfach austauschen, den Grinse-Rafi gegen ihr Chemie-Genie. Seufzend beugte sie sich wieder über das Papier mit den komischen Zeichen und Formeln und versuchte, sich zumindest mal an die erste Aufgabe zu wagen.

»Läuft nicht gut?«

Sie blickte auf. Felix stand neben ihr, auf seinem Weg nach ganz hinten. Konnte er sie nicht einfach mitnehmen?

»Gar nicht!«

»Scheiße! Es tut mir leid, Xen. Ich musste meine Mutter zum Arzt bringen. Und hab gerade noch …«

Dass Herr Bartels sie unterbrach, hörte sie, konnte aber nicht hochschauen, dazu waren ihre Augen zu fest auf das gerichtet, was sich plötzlich ihrer Tischhälfte näherte. Rafis Testbogen! Fertig ausgefüllt. Überrascht sah sie zu ihm rüber. War das kurze Flackern in seinen Augen eine Aufforderung, sich zu bedienen?

Xenia stützte ihr Kinn in die Hand und schielte fast schmerzhaft nach seinen Lösungen. Alle brauchte sie ja nicht, Herr Bartels war schließlich nicht blöd, und für sie selbst eine Drei ein Erfolg. Also ließ sie die letzten zwei Aufgaben ganz weg, konzentrierte sich auf die anderen und baute überall ein paar kleine Ungenauigkeiten ein. Rafi beobachtete sie dabei und musste nur grinsen, als sie beim Abgeben ihres Bogens wie der Rest der Klasse frustriert aufstöhnte.

»Danke!«, flüsterte sie ihm zu, woraufhin er sich völlig unwissend stellte.

Plötzlich schoss eine Papierkugel nach vorn. Herr Bartels zuckte zurück, doch bereits vor ihm hatte sie an Fahrt verloren und landete direkt auf seinem aufgeklappten Kalender. Mit spitzen Fingern nahm er sie hoch. »Wer war das?«

Die Schulklingel antwortete, ansonsten blieb es still im Raum. Auch seine Drohung, alle müssten sitzen bleiben, bis sich der Täter freiwillig stellte, wurde nur mit Schweigen hingenommen. Bis Rafi sich meldete. Verwunderte schaute Xenia ihn an. Er war es gar nicht gewesen!

»Du?«, fragte auch Herr Bartels ungläubig.

»Nein.« Rafi schüttelte den Vorwurf von sich. »Aber können wir die Strafe nicht etwas eingrenzen? Der Flugkurve nach müsste die Kugel von links gekommen sein, wir alle von der rechten Seite wären somit raus, oder?«

Was? Irritiert blickte Xenia ihn an. Gehen und die anderen hier im Stich lassen? Von links hörte sie sofort ähnlich klingende Proteste. Herr Bartels machte Anstalten, Rafis Vorschlag tatsächlich umzusetzen, als Julians Finger nach oben schnellte. »Ich war's.«

Blödsinn! Er saß doch direkt vor dem Pult.

»Quatsch. Ich hab sie abgeschossen.« Sein Sitznachbar machte mit. Und nach ihm immer mehr. Herr Bartels ging unter. Mit wutverzerrter Miene versuchte er erst, Ruhe in die Klasse zu bringen, als das aber misslang, schmiss er einfach alle raus. Bis auf den noch schreibenden Felix.

Auf dem Gang machten alle einen großen Bogen um Rafi, den vor allem die Jungs abschätzig betrachteten. Und sie hatte ihn an der Backe! Xenia fingerte ihre Kopfhörer aus der Hosentasche, eilte mit schnellen Schritten den Gang runter und tauchte in die anonyme Masse, die sich Richtung Treppenhaus schob. Dabei war es ihr egal, ob Rafi ihr folgen konnte oder sie ihn verlor. Sie wollte zu Liva in die Haupthalle, außerdem lagen ihre Sportsachen im Spind.

»Xenia!«

Ihr Name drang durch die Musik, und überrascht zog sie sich die Stöpsel aus den Ohren. »Spielen wir Hase und Igel?«

Rafi empfing sie unten, lässig an die Wand gelehnt. Sie hatte ihn nicht abgehängt, im Gegenteil, er musste wesentlich schneller als sie die Treppe runtergekommen sein und lächelte ihr entspannt entgegen. »Scheint so. Wolltest du mich loswerden?«

»Nein.« Oder doch? »So findest du übrigens keine Freunde!«

Rafi schien über ihre Worte nachzudenken, lief neben ihr den Gang lang. Fast im Gleichschritt betraten sie die Haupthalle.

»Wieso?«

»Wieso?« Sie stutzte und blieb an ihren Spind gelehnt stehen. Hatte er es echt nicht kapiert? »Solidarität! Schon mal was davon gehört? Zusammenhalt und so?«

»Klar! Aber fandst du die Aktion Kugelwerfen solidarisch? Also mich hat keiner gefragt, ob ich bei dem Kinderspiel mitmachen will. Dich?«

Hatte was, so wie er den Spieß umdrehte. Nur, würde er damit auch die anderen überzeugen? Sie musste nachdenken, schloss dabei ihren Schrank auf und tauschte Rucksack gegen Turnbeutel.

»Außerdem: Freunde finden setzt voraus, dass ich nach Freunden suche, oder?« Er grinste zu ihr rüber.

»Oh!« Sie verzog spöttisch die Lippen. »Ein Einzelgänger?«

»Nö. Ich suche nur nicht. Ich wähle sie mir aus.«

Xenia musste lachen. Seine Arroganz hatte die Portion Witz, die … Jael fehlte.

Jael. Was für ein Name!

Sie schlug ihren Spind wieder zu. »Du wählst sie dir also aus, ja? Und was machst du, wenn die Person nicht will?«

»Ist mir noch nie passiert.« Tief zogen sich seine Grübchen in die Wangen.

»Spinner seid ihr. Alle!« Sie ließ den Turnbeutel über ihre Schulter fliegen. Rafi verfolgte ihn, in seinen Augen blitzte es, und plötzlich stoppte irgendetwas die Tasche mit den Sportsachen. Oder irgendjemand.

»Na hoppla!« Die Stimme von hinten, die Mischung aus Wärme und Spott, sie konnte nur einem gehören. Jael!

Xenia kniff sofort die Lippen zusammen. Keine unkontrollierten Worte mehr. Er hielt sie am Turnbeutel fest. Sie schluckte. Umdrehen ging nicht, ihre Knie würden versagen, sie knickten ja jetzt schon fast ein. Sachte zog sie ein paar Mal an der Kordel. Dass das eine blöde Idee war, wurde ihr zu spät bewusst. Er ließ nicht wie erhofft los. Sie zog ihn an sich! Jael stand jetzt direkt hinter ihr. Ihre Körper berührten sich nicht, doch sie spürte ihn. Einen übermächtigen Schatten im Rücken. Sein Atem strich über sie hinweg, ließ ihre Kopfhaut kribbeln. Und was auch immer er Rafi stumm mitteilte, es wirkte, denn der wandte sich ab, hatte plötzlich großes Interesse an dem Inhalt seines Spindes.

»Und jetzt, Xenia?« Warm streifte seine Stimme ihr Ohr. Mit einem kurzen Zug wirbelte er sie herum. Überrascht schrie sie auf. Sah dann erst mal nur ein weißes Shirt, darunter das ruhige Auf und Ab seines Brustkorbes.

»Also ich werde nicht loslassen!«

»Klau bei wem anderes. Ich … ich glaube nicht, dass dir meine Klamotten passen.« Nicht hochschauen! Ihre Augen würden sie verraten, ihm sicher ihr Herzrasen übersetzen. Der Stoff seines Shirts spannte sich eng über das, was darunter steckte. Austrainierte Muskeln.

Mochte sie eigentlich gar nicht.

Sie hörte ihn leise lachen. Mal ohne Spott. Soweit es die Kordel zuließ, wich sie zurück und wagte den Blick nach oben. Er konnte tatsächlich auch nett gucken. Die Kringel an den Mundwinkeln waren fies, sie entlockten selbst ihr ein vorsichtiges Lächeln.

»Deine Klamotten interessieren mich auch nicht wirklich. Im Gegenteil sogar.« Was er damit meinte, unterstrich er mit hochgezogener Augenbraue und einem eindeutigen Grinsen.

Idiot! Sie wurde feuerrot. Und das zu schnell, um es zu verstecken. Ihren Blick, der den Boden suchen wollte, zog er mit seinen Augen wieder hoch. Konnte er fernsteuern?

Scheiß auf Nettsein. Das brachte gar nichts. Wütend blitzte sie ihn an. »Und was ist es dann? Kannst du mich nicht einfach in Ruhe lassen?«

Er schien zu überlegen, strich sich mit der Zunge über die Lippen, bevor er sie zwischen seine Zähne klemmte. Langsam löste er seine Hand vom Beutel und ließ ihn frei. Sie aber nicht. Das stellte er klar, indem er sich entspannt an ihren Spind lehnte. »Wegen Samstag. Der kleine Zusammenstoß. Ich habe mich nur erschrocken. Okay?«

»Erschrocken?« Xenia lachte hart auf und nutzte sofort die gewonnene Freiheit, um zurückzuweichen. Dabei rollte sie die Kordel um ihre Hände ein. »Ich dachte, du killst mich gleich!«

»Das war keine Absicht.«

Überrascht hielt sie inne. »Soll das so was wie eine Entschuldigung sein?«

»So in der Art.« Jael grinste noch immer, auf seine unverschämt schiefe Art. Doch, wie er dann den Kopf neigte, sich kurz ins Haar griff, das hatte tatsächlich was von Bedauern. »Nicht gut?«

»Ne. Das solltest du noch üben.«

»Okay!« Er stieß sich vom Schließfach ab. »Pass auf. Ich jogge jeden Tag. In der Woche morgens so gegen sieben. Wäre toll, wenn du dann immer an der Ecke stehst, okay?«

»Zum Üben meinst du?« Sie stockte. An ihm vorbei erblickte sie Liva, wild gestikulierend. Gehen? Bleiben? Daumen hoch! Grinsen.

Du bist hier absolut nicht zu gebrauchen, versuchte Xenia ihr mit einem knappen Kopfschütteln verstehen zu geben, doch Jael entging das natürlich nicht. Interesse blitzte in seinen Augen auf, bevor er sich umdrehte.

Er gefiel ihr! Aber so richtig. Xenia kannte alle Abstufungen in Livas Blick, von absoluter Niete bis hin zu megatoller Hammertyp. Jael erhielt Platz eins – auf Anhieb.

Mit leicht geneigtem Kopf, einem gekonnten »Ich will es mir verkneifen, kann es aber nicht«-Lächeln kam sie näher.

Er begrüßte sie mit Handschlag. »Liva Winter, oder?«

»Hä?« Liva riss erstaunt die Augen auf. Xenia spürte nur die raue Kordel, die sich in ihre Haut bohrte. Er kannte auch ihren Namen? »Hast du das Klingelschild von ihr auch überprüft, oder was?«

Jaels Schultermuskeln zuckten. Er hielt Livas Hand noch immer fest. Sein kurzer Blick zurück zu ihr überzog sie wie eine Eisschicht. Kalte graue Augen. Wo war der warme grüne Schatten?

»Woher kennst du mich?« Liva hatte von der Kälte nichts abbekommen. Im Gegenteil, sie schien dahinzuschmelzen.

»Liva …« Er sprach ihren Namen wie seine Lieblingsspeise aus und schaute nachdenklich an die Decke, als suche er dort nach Informationen. Seine sich leicht kräuselnden Mundwinkel kündigten sein Lächeln an, mit dem er sich Liva sicher ins Herz brannte. »Du beziehst für Nachhilfelehrer dein Bett neu. Und lässt sie dir gerne nach Hause liefern. Stimmt's?«

Liva schluckte Luft. Auch Xenia bekam Probleme mit ihrer Atmung, vor allem, als sie der tödliche Blick ihrer Freundin traf. »Was hast du ihm erzählt?«

»Gar nichts. Ich hab …«

»Ihr habt zu laut telefoniert. Und dann … tja, dann kam die Unterführung. Und du, Xenia, hattest plötzlich was ganz anderes im Blick. Einen wahnsinnig …«

Der Schlag war nicht geplant, er rutschte ihr heraus wie die Worte vorhin, doch bevor ihre Hand seine Brust berührte, fing er ihren Arm ab. Sofort wurde es still um sie herum. Sie nahm alles wie in Zeitlupe wahr, und nur mühsam konnte sie ein Seufzen unterdrücken. Jaels Finger. Sie verströmten eine Wärme, die über ihre Hand, über ihren Arm in sie hineinfloss. Wieso war *er* es? Wieso schenkte gerade er ihr das, wonach sie sich so sehnte. Nähe. Wärme. In Stille! Viel zu schnell lockerte er seinen Griff. Ihr Bedauern darüber teilte Jael nicht, er schien vielmehr erleichtert, dass die kurze Berührung gelöst war.

»Man muss nur Jael folgen und stößt auf die süßesten Mädels. Willst du uns nicht gleich mal vorstellen?« Der muskelbepackte Typ, der sich plötzlich zwischen sie stellte, war riesig. Er trug grobe Turnschuhe, Jeans, ein oversized Basketball-Shirt. Sie sah auf. In tiefe, dunkle Augen. Woher kamen die Neuen nur alle? Hatte irgendjemand den Katalog einer Modelagentur direkt über ihrer Schule ausgeschüttelt?

»Ich bin Akrom. Und du?« Er streckte ihr die Hand entgegen, scheinbar ein Muss unter denen.

Xenia zögerte erst, wollte dann aber zugreifen. Nur um zu testen, ob auch er ein Stiller war, doch Jael ging dazwischen. »Sie heißt Xenia.«

Irgendwas ließ Akrom plötzlich zusammenzucken. Er nickte ihr nur noch freundlich zu, um sich dann abrupt zu Liva umzudrehen.

Xenia sah ihm irritiert nach. Jael hatte den echt verscheucht! War er der Boss unter den Neuen? Ein Wink, und die parierten. Ihr ja egal. Nur nicht, dass er auch für sie entschied, mit wem sie sprach. Wem sie die Hand gab. Sie holte gerade Luft, um ihm genau das zu sagen, als sie seinem Blick begegnete. Unruhe lag darin. Etwas Düsteres. Sie vergaß ihre Worte und wich zurück. Doch er kam näher. Sehr nah, und beugte sich zu ihr. »Halt dich von dem fern!«, flüsterte er, und sein Atem strich über ihren Hals. Wie eine sanfte Berührung. Xenias Welt fing urplötzlich an, sich zu drehen. Sie taumelte nach hinten. Fingerte nach der Wand, nach einem Schließfach, nach irgendwas, an dem sie sich festhalten konnte. Waren es die Worte? Seine Lippen, so nah an ihrem Hals? Der Schwindel ließ sie fast straucheln, wäre die Hand nicht gewesen. Eine Hand, die wie ein Löwe brüllte. Felix!

FELIX

Quietschten Türen an Schulen immer absichtlich laut? Vorsichtig ließ Felix sie hinter sich ins Schloss fallen und schlich durch den Sporttrakt Richtung Haupthalle. Bis auf den Hausmeister, der ihn nur kopfschüttelnd ansah, war sie leer. Wenigstens das! Jetzt noch am Lehrertrakt vorbei, und er hätte es geschafft. Ohne erwischt zu werden! Sein Chemielehrer gleich war nicht das Problem, er wusste, warum er so oft zu spät kam. Weber war sein Problem. Er hatte ihm seinen Ausstieg aus der Basketballmannschaft nie verziehen und wartete nur drauf, unter die sicher schon fertig ausgefüllte Abmahnung endlich seine Unterschrift setzen zu können. Aber: Seine Bürotür war geschlossen! Felix zeigte ihr im Vorbeihuschen den Mittelfinger und schaffte es tatsächlich ungesehen ins Treppenhaus. Leise flogen seine Turnschuhsohlen über die Stufen, stoppten dann aber zwischen dem ersten und zweiten Stock abrupt ab. Die Tür zum Jungenklo stand einen Spalt offen. Wer war das denn? Ein Typ stand am Waschbecken: groß und muskelbepackt, er trug ein Basketballshirt. Felix griff an das Treppengeländer und zog seinen Kopf zurück. Ein unangenehmes Kribbeln setzte sich zwischen seine Schulterblätter. Er kannte den Typen nicht. Ein Fremder?

Vorsichtig riskierte er einen weiteren Blick Richtung Toilette. Er stand immer noch da, beide Hände am Becken abgestützt, seinen breiten Körper vornübergebeugt, den Blick gesenkt. Nein! So einen riesigen Superhero hatte er hier definitiv noch nie gesehen. Er wollte sich gerade umdrehen, als der Typ plötzlich den

Kopf hob und in den Spiegel blickte. Erstaunt riss Felix die Augen auf. Der sah völlig fertig aus! Wässrige, müde Augen. Er schien sie kaum offen halten zu können. Zusammengekniffene Lippen. Und … irgendwie schwankte er komisch. Der brauchte Hilfe! Mit schnellen Schritten eilte er auf die Tür zu, stieß sie weiter auf und wollte gerade etwas sagen, als der Typ sich ruckartig zu ihm umdrehte. Nicht mal Zeit zum Schlucken hatte er. Der Typ packte ihn sofort an den Armen, schlug irgendwie die Tür hinter ihm zu und presste ihn von innen dagegen. Sein kräftiger Unterarm drückte hart auf seine Kehle. Schreien? Zwecklos. Der würde ihn platt machen. Eiskalt starrte er ihm direkt in die Augen.

Felix rang nach Luft. Er drückte seinen Körper fester an die Tür, brauchte jeden Millimeter Abstand. Von dem Typen und dem Arm an seiner Kehle, der seinen Hals wie einen Strohhalm zusammenpresste. Langsam verschwamm sein Blickfeld. Die Umrisse lösten sich auf und flossen ineinander. Felix versuchte, seine Hände zu heben, ihm irgendwie klarzumachen, dass er sich nicht wehren würde. Ein jämmerlicher Versuch. Aber – er wirkte. Der Unterarm gab tatsächlich seinen Hals frei, und der Strom an Luft, der zu plötzlich seine Lungen füllte, ließ Felix keuchend aufhusten.

»Sorry.« Mit diesem einen Wort löste sich der massige Typ von ihm und trat so unvermittelt zurück, dass Felix hinter sich Halt suchen musste, um nicht abzurutschen. Sorry? Und das war's? Seine Hände klebten am Holz der Tür fest. Schweiß floss ihm den Nacken hinunter, und noch immer flatterte sein Atem. Doch er spürte kühles Metall an seinen Fingerspitzen. Die Klinke! Und sie war greifbar! Würde er schnell genug sein?

»Ich habe mich nur erschrocken, okay?«

Felix blickte vorsichtig auf. Der Typ hatte sich weiter zurückgezogen, stand jetzt mit dem Hintern ans Waschbecken gelehnt da und verzog seine Lippen zu … einem Lächeln? Felix versuchte gar nicht erst, es zu erwidern, die stumpfsinnige Erklärung erweckte vielmehr seinen Zorn. Er hatte dem Typen helfen wollen! Und der ging ihn an?

»Ach echt?« Er musste sich räuspern. Sein Hals drückte nach innen, als hätte er Dellen. »Erschrocken, ja? Und dann rastest du so aus?«

»Nicht zwingend.« Der Typ schaute vor sich auf den Boden, als würde da irgendwo sein Text stehen. Dann wieder hoch und streckte ihm völlig unvermittelt seine Hand entgegen. »Ich heiße übrigens Akrom. Bin neu hier. In der 12.«

Neues Arschloch? Er ergriff sie nicht, die Hand, sondern verschränkte seine Arme vor der Brust. »Ich bin Felix.«

»Okaaaay …« Der Typ nickte. Suchte erneut nach Worten, diesmal an der Wand vor sich. »Pass auf, Felix!« Er kam näher. Lächelte wieder, allerdings nur mit den Lippen, der Rest seines Gesichtes war wie auf Standby geschaltet. Kein Zucken. Kein Wimpernschlag. »Ich hab gerade eine scheiß Nachricht bekommen. Und … bin ziemlich fertig. Dann kommst du plötzlich hier rein, und ich hab mich, wie gesagt, total erschrocken. Und dann irgendwie meine ganze Wut rausgelassen.«

»A-ha.« Eine dämliche Erklärung. Doch Felix wollte nur noch raus. »Na, dann kann man ja nur hoffen, dass du nicht jeden Tag schlechte Nachrichten kriegst, oder?« Zum Abschied hob er eine Augenbraue, drehte sich dann weg.

»Warte!«

Wieder diese riesige Pranke auf seiner Schulter. Felix biss die Zähne zusammen. Er hatte die Türklinke schon in der Hand, aber er würde es nicht raus schaffen, ohne ihn loszuwerden. Langsam drehte er seinen Kopf zur Seite. »Lass. Deine. Finger. Bei dir. Verstanden?«

»Alles klar.« Der Typ hob die Hände. »Nur eins noch. Das hier bleibt unter uns, okay? Mir ist das … mir ist das schon irgendwie … unangenehm.«

Felix nickte nur, öffnete die Tür und verschwand, auch wenn er ihm kein Wort geglaubt hatte. Er wusste, wann jemand log, immerhin hatte er zu Hause den besten Lehrmeister gehabt. Seinen Vater!

Egal, es ging ihn nichts an. *Er* ging ihn nichts an. Jahrgangsstufe 12? Manchmal war Sitzenbleiben doch für was gut, im Unterricht würden sie sich zumindest nicht begegnen.

Zwanzig Minuten waren es jetzt, die er zu spät kommen würde. Selbst für ihn ein neuer Negativrekord. Und eine umso betretenere Miene setzte er auf, als er die Tür zum Chemieraum aufzog und hineinspähte.

»Ach, Herr Steinkamp! Reichlich spät, mein Lieber!« Herr Bartels stand auf und kam auf ihn zu. Mit einem Blatt Papier? Ach du Scheiße! Sofort flog sein Blick zu Xenia. Sie schrieben den Test heute schon? Nicht mal die Hälfte des Stoffes waren sie ... Weiter kam er nicht. Seine Gedanken legten plötzlich eine Vollbremsung hin. Wer war das denn?

Neben Xenia, auf *seinem* Platz, saß jemand. Dunkle Locken. Dunkle Augen, die interessiert auf ihn gerichtet waren.

»Setz dich bitte, Felix. Hinten ist noch ein Platz frei.« Herr Bartels überreichte ihm den Testbogen und deutete mit dem Finger auf die letzte Reihe, bevor er leise anfügte. »Krieg das bitte in den Griff. Deine Mutter muss irgendwie jemand anderen finden. Und jetzt leg los! Ausnahmsweise darfst du nachher länger schreiben.«

»Danke!« Felix löste kurz den Blick von dem Neuen neben Xenia, um Herrn Bartels zuzulächeln, riss dann aber ruckartig seinen Kopf wieder zurück. Hatte der Typ ihn gerade fotografiert? Er schaute zwar auf den Test vor sich, hielt aber sein Handy noch immer in der Hand. Schob es in die Hosentaschen und griff dann nach seinem Stift. Felix runzelte die Stirn. Ihn fotografieren? Wofür? Wahrscheinlicher war wohl, dass der gerade einfach kackdreist geschummelt hatte.

Mit dem Testbogen in der Hand steuerte er den ihm zugewiesenen Platz an und wählte dabei den Weg, der ihn direkt an Xenia vorbeiführte, ihr Test war noch komplett lösungsfrei. »Läuft nicht gut?«

»Gar nicht!«, flüsterte sie gequält zurück.

»Scheiße! Es tut mir leid, Xen. Ich musste meine Mutter zum Arzt bringen. Und hab gerade noch …«

Felix stockte. Ein Testbogen näherte sich ihr von links. Bot der Typ ihn Xenia zum Abschreiben an? Die Zeichnungen sahen auf den ersten Blick ziemlich gut aus. Und … er war schon fertig?

»Wollt ihr vielleicht noch einen Kaffee zu eurem netten Plausch dahinten?« Herr Bartels sah kurz von seinem Buch auf, woraufhin Felix sofort entschuldigend die Hand hob und sich in die letzte Reihe verzog. Kein Ärger für Xenia, nicht jetzt!

Beim Überfliegen der Fragen fand sein Körper heute das erste Mal Ruhe. Chemie zog ihn immer völlig weg, in die Welt der Stoffe, der Verbindungen, ihrer Reaktionen. Und die Aufgaben auf dem Zettel waren dazu noch mehr als gnädig gestellt. Er kramte aus seiner Tasche einen Stift raus und fing an. Immer wieder schaute er beim Lösen der Aufgaben auf Xenias Rücken. Könnte er ihr nur seine Gedanken schicken! Doch sie schrieb jetzt wenigstens was. Und wie es aussah, tatsächlich von dem Testbogen ihres neuen Nachbarn ab. Was ja echt nett war. Er sah zu ihm hin. In kalte dunkle Augen.

Felix fröstelte. Was war denn mit dem nicht normal?

Der Typ hatte sich zu ihm umgedreht, ihn scheinbar beobachtet. Gab es irgendwas, das er heute ausstrahlte? Nach dem Motto: Bitte! Hau mir eine in die Fresse?

Auch wenn er sich jetzt wieder lächelnd nach vorne drehte, brauchte Felix noch einen Moment, um weitermachen zu können. Er lockerte den Griff um seinen Stift, schüttelte seine Hand aus und konzentrierte sich auf den Testbogen vor sich. Der eisige

Blick von dem Typen schob sich trotzdem immer wieder zwischen die Buchstaben, mit denen er die freien Linien hinter den Fragen zu füllen versuchte.

Dass es dann irgendwie Tumult gab, bekam er nur am Rande mit, er kämpfte gerade mit der letzten Aufgabe, sah aber aus dem Augenwinkel, wie der Neue sich an Xenias Fersen heftete, als diese den Raum verließ.

Am liebsten wäre er gleich mit ihr raus, nur konnte er Chemie nicht auch noch verhauen, die Zwei als Ausgleich war wichtig! Wenn er sich jetzt konzentrierte, würde er Xenia vielleicht noch bei den Schließfächern erwischen, bevor sie zum Sporttrakt ging.

In der Haupthalle war die Hölle los. Überrascht sah sich Felix um. Alle weiblichen Wesen, zumindest die, die in der Pause nicht mehr auf Klettergerüst oder Pferdchen-Spiele standen, schienen sich hier versammelt zu haben. Sie lehnten an den Spinden und blickten, Haare drehend, kichernd oder zumindest irgendwie lächelnd … zu einem Typen, den er ebenfalls nicht kannte und der gerade einfach nur dabei war, seine Spindtür zu öffnen. Den Auflauf um ihn herum genoss er sichtlich. Großzügig verteilte er sein schiefes Grinsen in alle Richtungen. Muskulös, blond. Wo kamen die Schönlinge alle her? Invasion der Außerirdischen?

Zum Glück hatte die gaffende Menge eine Rettungsgasse freigelassen. Felix schlängelte sich durch, blieb dann aber abrupt stehen. Blut schoss ihm unter die Schädeldecke. Neben Xenia bei den Spinden weiter hinten! Das war doch der aggressive Typ von neulich. Und entspannt wirkte sie wieder nicht. Eher ziemlich fertig! Als er sie erreichte, fiel sie ihm fast entgegen. Xenia suchte Nähe? Sofort legte Felix ihr schützend den Arm um die Schulter. »Gibt's ein Problem?«

Der Arschlochtyp direkt vor ihm war nicht viel größer als er selbst, aber genauso ein Schönling, genauso aufgepumpt wie die anderen, nur noch arroganter. Er schaute ihn nicht mal an!

»Ein Problem? Also, wenn er keins mitbringt, nicht! Oder, Xenia?«

Felix hatte plötzlich große Mühe, ihm nicht einfach eine zu verpassen. Allein wie er ihren Namen säuselte! Oder war es Xenia, die in diesem Moment zu ihm aufsah und sich seinen Arm enger um die Schulter zog? Gerade sie! Ihre Augenlider zuckten unruhig, ihre Stimme hingegen klang erstaunlich fest. »Darf ich vorstellen? Das ist Felix. Oder kennst du seinen Namen auch schon?«

»Nein, ich glaube, wir hatten das Vergnügen noch nicht.« Erst jetzt rutschte Arschlochs Blick von ihr ab und traf ihn. Nicht mal fünf Zentimeter schätzte Felix ihren Größenunterschied, trotzdem schaffte der Typ es, herablassend auf ihn runter zu schauen. »Ich bin Jael.«

»Hi.« Felix hätte es gern dabei belassen, doch auch er streckte ihm wie Akrom vorhin die Hand entgegen.

Xenia war es, die ihn dazu veranlasste, die Hand zu ergreifen, denn sie löste sich von ihm und gab seinen Arm damit frei.

Der Griff war fest. Eigentlich etwas, das Felix mochte, nur hatte er plötzlich das unangenehme Gefühl, nie wieder losgelassen zu werden. Hatte der Typ Saugnäpfe an seinen Fingern? Irgendwas Eigenartiges ergriff ihn. Etwas, das sich wie ein Fließen anfühlte. Von ihm heraus, über die Hände … So ein Quatsch. Er trat einen Schritt zurück, befreite seine Hand und wischte sie an seiner Jeans ab, als klebte tatsächlich etwas an ihr. Der Typ hatte es beobachtet, grinste spöttisch. Felix wollte nur noch weg.

»Tja dann, man sieht sich.« Er schnappte sich Xenias Hand. Dass sie es zuließ, sich dabei sogar an ihn kuschelte, verleitete Felix zu einem triumphierenden Abschiedslächeln, auf das der Typ aber nur stumm auflachte.

Der roch nach Ärger! Nach verdammt großem Ärger!

»Wo kommen die denn eigentlich her? So mitten im Schuljahr?« Valentina setzte sich fragend zu ihnen. Bis zur Mittagspause hatten es die Außerirdischen tatsächlich geschafft, überall in der Schule Thema zu sein. Selbst an ihrem Tisch. Und Xenia war für alle der Informationsschalter geworden, seitdem sich herumgesprochen hatte, dass sie sich um Rafi kümmern sollte. Der Typ hing wie eine Klette an ihr dran. Dass er aber hier an ihrem Tisch nicht erwünscht war, hatte ihm Julian vorhin mehr als deutlich zu verstehen gegeben.

»Komm schon, Xen! Du hast doch Rafi die Schule zeigen dürfen. Hat er was erzählt?« Valentina hatte sie in den Fängen. Felix sah, wie Xenia aufgab.

»Die gehören irgendeiner Organisation an. Wem genau, hat er nicht gesagt. Wohnen alle zusammen und ... ich weiß nicht. Haben scheinbar tierisch viel Geld. Machen hier ihren Abschluss und stud...«

»Wow!« Liva ließ sich mit einem tiefen Seufzer neben Xenia auf den Stuhl fallen. »Habe ich euch schon mal gesagt, dass ich einfach wahnsinnig gern in die Schule gehe?«

»Ist klar!« Xenia war jetzt echt genervt. Sie tauschte mit Felix einen Blick, bevor sie dann auf ihr Essen schielte. Sie hatte ihm vorhin schon kurz erzählt, dass Liva völlig abdrehte und mit Valentina zusammen an einem Ranking arbeitete. Jael stand unangefochten ganz oben, die weiteren Plätze verschoben sich immer wieder. Selbst Janne, von der er das nie erwartet hätte, machte mit.

Felix schüttelte nur den Kopf und konzentrierte sich auf sein Schnitzel. Zur Tür der Mensa blickte er nur zufällig.

Plötzlich stand da dieses Wesen. Von welchem Planeten auch immer. Er ließ das Besteck sinken, konnte zum Glück aber noch verhindern, dass ihm der Mund aufklappte. War sie gerade von irgendeiner fetten Maschine abgestiegen? Hatte ihren Helm abgezogen und ließ ihre Haare wehen? Zumindest betrat sie mit genau dieser Lässigkeit den Raum. Ihre langen Haare glänzten tiefschwarz und bildeten einen irren Kontrast zu dem Kristallblau ihrer Augen. Dazu lächelte sie so selbstverständlich, als wäre sie es gewohnt, dass sich alle vor ihr niederknieten. Zum Glück hatte er einen Stuhl unterm Hintern! Mit einem kurzen Blick zu den Neuen am Fenster stellte sie sich in die Schlange. War ja klar, dass sie zu denen gehörte.

»Erde an Felix!« Xenias Gesicht tauchte vor ihm auf. Sie grinste. »Magst du mal wieder landen?«

»Shit!« Ihm entfuhr tatsächlich ein Stöhnen.

»Ne, die heißt Chrystal. Ist in der Zwölf. Laut Rafi.« Ihr Grinsen wurde immer breiter. Und machte jetzt auch Liva auf ihn aufmerksam.

»Hab ich was verpasst?«

Felix riss sich zusammen, dann drückte er Livas Gesicht von sich weg, fast in ihren Teller rein. »Guckt nicht so doof. Ich hab nur …«

»Geglotzt!« Sie machte Stielaugen, so wie er wohl gerade, und lachte dann richtig auf. »Und ich dachte, du magst so Ledertussis nicht.«

»Wer sagt denn, dass ich sie mag?« Sein blöder Versuch, aus der Sache rauszukommen, entlockte selbst ihm ein Grinsen.

Janne und Julian quatschten zum Glück gerade und hatten nichts mitbekommen. Besser, wenn es so bliebe!

»Wie wäre es denn mit einem Nachtisch, Felix?« Liva nickte zu Chrystal, die immer noch in der Schlange stand – tatsächlich ganz in der Nähe der Süßwaren-Theke.

Nachtisch? Er lehnte sich zurück und fuhr sich unschlüssig durch die Haare. Der war teuer, dazu nicht mal lecker. Trotzdem das Geld wert? Für einen Blick aus nächster Nähe?

Tatsächlich stand er auf.

Liva und Xenia hielten erstaunt die Luft an und grinsten dann doof.

»Haltet bloß die Klappe!« Kommentare konnte er jetzt absolut nicht gebrauchen. Vor allem, da sein Magen plötzlich anfing zu kribbeln. Monate her!

Blöderweise stand sie nur schon fast an der Kasse, mit dem Rücken zu ihm. Tatsächlich komplett in schwarzem Leder. Von den Stiefeln, über die Ho... Er schaute schnell weg. Hitze stieg ihm in den Kopf. Scheiße, saß die eng!

Und jetzt? Nur noch drei, dann war sie dran.

War sein Hirn denn völlig benebelt?

Die Strohhalme! Durch eine Lücke heraus sah er sie aufblitzen. *Darf ich mal bitte?* Das müsste klappen.

Er wischte sich seine Hände an der Jeans ab. Jeden anderen würde er bei der Frage doch auch kurz antippen, oder? Um durchzukommen?

Es funktionierte! Sie blickte auf.

Meeresleuchten. Was für Augen!

»Entschuldigung.« Sein Lächeln klappte, mehr dann nicht mehr. Stattdessen deutete er nur auf die Strohhalme und beugte sich vor.

»Du spielst Gitarre.«

Was? Abrupt stoppte seine Hand.

Sein Blick über die Schulter musste komisch aussehen, zumindest brachte er sie zum Lachen. Zu einem äußerst schönen Lachen.

»Äh ... Ja!« Er richtete sich auf. »Wieso?«

Sie sah auf die Lederbänder an seinem Handgelenk, schaute dann hoch. »Dachte ich mir nur. Würde zu dir passen.«

Einen Moment lang hatte er das Gefühl, ihre Blicke würden sich aneinander festhalten. Bis die genervte Kassiererin sie auseinanderriss.

»Na dann!« Bedauernd zuckte er mit den Schultern und drehte sich weg, als sie es tat.

Wahnsinn! Für diesen einen Blick hätte er Hunderte Nachtische bezahlt.

»Hey, du!« Sie lachte ihm hinterher. »Dein Strohhalm!«

Shit! Mit einem schiefen Grinsen drehte er sich zu ihr um. »Stimmt ja. Irgendwie war ich abgelenkt.«

»Echt?« Interessiert legte sie den Kopf auf die Seite. Dass sie sich dabei ein Lächeln verkniff, verrieten ihre süß zuckenden Mundwinkel.

»Jaaa ...« Er brauchte eine Antwort! Sein Blick flog zur Nachtischtheke, zur Kassiererin, die auf ihre uncharmante Weise gerade mal wieder lautstark einen Schüler anmotzte. Grinsend nickte er zu ihr rüber. »Weißt du, bei der Frau werde ich einfach immer schwach.«

CHRYSTAL

Theo! Hätte es nicht irgendjemand anders sein können? Am Montag hatte sie über die Plakate noch gelächelt, heute war Mittwoch, und er ging ihr nur noch auf die Nerven. Ausgerechnet ihre Stufe war für das Theaterstück zuständig?

Nicht dass es sie störte, am Bühnenbild mitzuarbeiten, nur würde Theo sicher triumphierend grinsen, wenn er sie für ihn so in Aktion erlebte. Sie zog sich ihren Zopf fest und lehnte sich auf ihrem Stuhl zurück. Das, was sie dann erblickte, entlockte ihr ein Lächeln. Eine Busfahrkarte. Einsam und unbeobachtet lag sie auf dem Tisch genau vor ihr. War doch quasi eine Einladung, oder? Zumindest eine bessere Idee als ihr Lippenstift gestern. Den hatte sie Jael versucht unterzuschieben, als dieser die Tages-Beute jedes Einzelnen einsammelte. Das Duschgel aus der Umkleide im Kampfstudio hatte er noch wohlwollend abgenickt, beim Lippenstift aber gezuckt. Noch jetzt wurde ihr mulmig, wenn sie an seine stechenden Augen dachte, die sie wie Röntgenstrahlen durchleuchtet hatten. *Man könnte fast meinen, das sei deiner.* Nie hätte sie gedacht, dass sich Jungs Make-up-Marken merkten. Und woher zum Teufel kannte er ihre überhaupt?

Valentina Manske stand auf der Busfahrkarte. Und ihre Besitzerin saß ihr genau gegenüber, hielt den Kopf so tief gesenkt, dass sie mit der Nasenspitze fast die Skizze berührte, mit der sie sich gerade beschäftigte. Ihre langen blonden Haare schirmten sie wie ein Vorhang von der Außenwelt ab.

Chrystal sah sich um. Überall rauchende Köpfe, niemand würde etwas mitbekommen, wenn sie jetzt zugriff.

Effi Briest verschluckte die Aufmerksamkeit aller. Noch!

Würde sich sicherlich bald ändern …

Unter dem Tisch drehte Chrystal an ihrem Ring, mit der anderen Hand steuerte sie die Schere vor sich an, bog dann aber unauffällig ab und ließ sie Richtung Skizzensammlung wandern.

»Sag mal, würdest du die Zeichnung links oder rechts in die Ecke setzen?« Valentina! Chrystal fluchte innerlich auf und zog ihre Hand zurück.

»Zeig mal.« Sie lächelte interessiert, stand sogar auf und setzte sich auf die Tischkante. Ein Griff dabei nach hinten, und ihre Finger berührten das harte Plastik. Sie hatte die Karte! Dann beugte sie sich weiter nach vorn, schob sich währenddessen die Busfahrkarte hinten in die Hosentasche und zeigte auf die Mitte der Skizze. »Also ich finde, hier würde sie am besten zur Geltung kommen, oder?«

Valentina strahlte sie glückselig an.

Genieß es, dein Strahlen!, hätte Chrystal ihr am liebsten zugeraunt. Freundschaften zu verlieren war echt hart!

Ihre Bitte, kurz auf Toilette gehen zu dürfen, fand natürlich Gehör bei ihrem Kunstlehrer. Wie alles, was sie von sich gab.

»Die Blonde, die mit mir Szene drei gestaltet«, raunte sie Geno beim Verlassen des Klassenzimmers zu und klemmte ihm unauffällig die Busfahrkarte unter seinen Ellenbogen. »Ist in der Elften, bei Rafi. Und mit Xenia befreundet. Auf die Jael scheinbar so scharf ist. Zwanzig Minuten müsstest du noch haben.«

»Danke!« Geno strich ihr grinsend eine Haarsträhne aus der Stirn. »Und was kann ich für dich tun?«

»Deine Pfoten wegnehmen!«

Chrystal schloss die Tür, lief den Gang zur Toilette herunter, blieb aber unvermittelt stehen, als sie laute Stimmen aus dem

Sporttrakt hörte. Dazu Geräusche von Tritten. Schlägen. Ein Schrei. Akrom?

Alarmiert drehte sie sich um und rannte den Gang hinunter. Keine Aufmerksamkeit erregen! Das war so wichtig wie Gehorsam und Loyalität! Scheiße, wenn Akrom in irgendwas verwickelt war. Warum war überhaupt schon jemand auf den Gängen?

Sie bog um die Ecke. Vor ihr rangen zwei Körper miteinander und schlugen aufeinander ein. Einer davon war Akrom. Der andere ... Jens? Der Kapitän des Basketball-Teams?

Sie wollte gerade dazwischengehen, als direkt vor ihr plötzlich eine Tür aufging und ihr die Sicht versperrte.

»Hey!«, schrie jemand.

Chrystal fluchte. Nicht noch mehr Zeugen!

Mit voller Wucht trat sie die Tür zu, doch der Typ war schon auf dem Gang. Sie sah, wie er auf Akrom und Jens zulief und in den Kampf eingriff. Oder besser gesagt eingreifen wollte. Ein tiefer Schlag in den Magen erwischte ihn, stöhnend sackte er zusammen. Unbeachtet von den Kämpfenden. Die machten weiter. Akrom schlug zu, Jens direkt ins Gesicht. Chrystal hatte genug gesehen. Mit erhobenen Händen sprang sie Akrom in den Rücken, zu schnell für ihn, um reagieren zu können. Er schrie auf, kurz bevor er der Länge nach hinschlug. Ein gezielter Tritt in seine Kniekehle hatte genügt, um ihn von den Füßen zu holen. Ihre Hand an seinem Hals, ihr Körper auf seinem brachte ihn zur Besinnung. Er atmete noch heftig, hob aber mit geschlossenen Augen die Hände.

»Alles klar bei dir?« Sie ließ von ihm ab, als er nickte, schaute dann nach Jens, der auf dem Boden vor ihr kauerte und sich panisch mit den Händen über sein blutüberströmtes Gesicht fuhr. Was für ein Weichei! War doch nur die Nase.

»Chrystal?« Akrom flüsterte ihren Namen. Er musste sich aufgerichtet haben, denn sie spürte hinter sich seinen Atem.

Dann schob sich etwas an ihrer Seite vorbei. Eine Kaugummipackung?

»Tu sie weg, Chrystal!«

Sie verstand und ließ sie umgehend in ihrer Hosentasche verschwinden. Jens vor ihr hatte davon nichts mitbekommen, der war immer noch mit seinem Gesicht beschäftigt. Aber der andere?

Sie schaute sich nach ihm um. Er hatte sich mittlerweile aufgerappelt, stand mit dem Rücken zu ihr, den Kopf vornübergebeugt an der Wand. Ihr Blick fiel auf seine Handgelenke. Der Lederband-Typ!

Ihr Magen verkrampfte sich, als sie ihn keuchen hörte. War es sein Schmerz, den sie spürte? Zusammengekrümmt rutschte er an der Wand hinunter. Sollte sie ihm helfen?

Einen Moment lang zögerte sie tatsächlich. Drehte sich dann aber doch ruckartig um und lief weg.

Als in der Mittagspause plötzlich ihr Name durch die Lautsprecheranlage schallte, zusammen mit der Aufforderung, sich im Sekretariat einzufinden, wusste sie sofort, worum es ging. Auch wenn sie gehofft hatte, dass die Prügelei keine weiteren Wellen schlagen würde. Das Mädchen für die Drecksarbeit zu sein, hatte sie bisher nie gestört. Im Gegenteil. Allerdings hatte ihre Art des Säuberns sonst andere Dimensionen. Nervenkitzel. Adrenalinschübe. Davon lebte sie, nicht aber von überflüssigen Schulschlägereien, die dann auch noch zu Zeugenaussagen führten, in denen ihr Name irgendwo auftauchte. Geno hatte es vorhin cleverer gemacht, er war direkt nach seinem Erfolg bei Valentina mit angeblichen Magenbeschwerden nach Hause gegangen. Am Anfang jeder neuen Stufe, hatte sie gehört, traf einen die Schwäche danach gewaltig. Umso wichtiger war es, dann möglichst schnell zu verschwinden. Akrom war absolut unvorsichtig gewesen, und jetzt lag es an ihr, die Situation hier zu retten. Ohne anzuklopfen, riss Chrystal die Tür zum Direktionsbüro auf. Dass ihr die Sekretärin missbilligend was hinterherrief, war ihr scheißegal.

Akrom stand gerade auf und musste seine Taschen ausleeren. Sein selbstgefälliges Lächeln dabei brachte Herrn Weber ins Schwitzen. Er sollte es lieber einstellen. Natürlich waren Akroms Taschen leer, schließlich besaß sie das, wonach gesucht wurde, doch provozieren sollte er ihn trotzdem nicht.

»Setz dich, Chrystal!« Herr Weber wies ihr den Platz neben Jens zu, der zusammengefallen und immer noch blutverschmiert äußerst theatralisch auf seinem Stuhl hing. Sie warf ihm einen verächtlichen Blick zu, setzte sich und lehnte sich erwartungsvoll zurück.

»Chrystal, ich habe dich ausrufen lassen, um von dir zu hören, was genau du mitbekommen hast. Konsequenzen gibt es auf jeden Fall für beide. Schlägereien dulden wir hier nicht. Mir geht es aber jetzt darum, zu klären, wie alles angefangen hat.«

Sie rutschte ein wenig auf ihrem Stuhl herum, um sich verunsichert zu geben.

»Wer wirklich angefangen hat, kann ich nicht sagen, Herr Dr. Weber. Leider. Ich kam erst dazu, als Jens auf Akrom losge… Oh Gott!« Mit gespieltem Entsetzen schüttelte sie den Kopf. Dabei entging ihr nichts, weder Jens' Finger, die sich in seine Jeans krallten, noch Akroms, die auf seinen Knien Klavier spielten.

»So wie sie das erzählt …« Interessant, Jens konnte doch aufrecht sitzen. Wurde aber bedauerlicherweise sofort von Herrn Weber unterbrochen.

»Deine Version kenne ich schon, Jens. Lass Chrystal bitte weitersprechen.« Milde lächelnd wandte er sich wieder ihr zu. »Das heißt, du weißt nicht, was der Auslöser war?«

»Na ja. Angeblich soll es doch um deine Kaugummis gegangen sein, oder, Jens?«

Akrom erstarrte. Jens nickte eifrig. Und Chrystal musste sich kurz auf die Innenseite ihrer Wangen beißen, um nicht zu grinsen. »Okaaaay. Dass es Akrom war, der sie dir geklaut haben soll, bezweifle ich. Soweit ich weiß, mag er gar keine. Aber wenn, wäre das natürlich nicht in Ordnung. Man soll anderen nichts wegnehmen. Nur ... Herr Dr. Weber, rechtfertigt ein angeblich gestohlenes Kaugummi ein so aggressives Vorgehen gegen einen Mitschüler wie das von Jens gegen Akrom? Hätte man nicht da...«

»Sag mal, spinnst du?« Jetzt konnte Jens sogar auch wieder stehen. Wütend baute er sich vor ihr auf. »Du hast ganz genau gesehen, dass ...«

»Jens, bitte! Setz dich!« Erneut schritt Herr Weber ein. »Ich verstehe deine Empörung ja. Chrystal: Anderen Aussagen zufolge ging die meiste Aggression von Akrom aus. Und wenn ich mir die Verletzungen der beiden so anschaue, scheint da für mich was dran zu sein.«

Anderen Aussagen zufolge! Er sprach im Plural? Ihr entfuhr ein verächtliches Schnauben. Es war nur einer wirklich in der Nähe gewesen, als die beiden aufeinander losgegangen waren. Der Lederband-Typ.

Frustriert schüttelte sie den Kopf. »Das ist zu einfach, Herr Dr. Weber. Wir, Akrom, ich und auch die anderen, sind nun mal ausgebildet worden, uns zu verteidigen. Sie wissen, dass wir, so wie wir leben, viele Neider haben. Aber wir warnen unser Gegenüber grundsätzlich. Blöd halt für den, der es nicht kapiert. Und zu dem Typen, der dazwischen gegangen ist, kann ich nur eins sagen: Mitgekriegt hat der so gut wie gar nichts. Den hat Jens nämlich sofort ausgeknockt.«

»Mit einem gezielten Schlag in den Magen!«, konnte Akrom gerade noch hinzufügen, bevor Jens nicht mehr zu halten war. Ein wütender Wortschwall brach aus ihm hervor, dem Chrystal erst nur mit hochgezogener Braue folgte. Dann stand sie aber sichtlich genervt auf und erhielt tatsächlich die Erlaubnis, das Büro zu verlassen. Ohne irgendwas zu unterschreiben. Draußen hielt sich ihr Triumph jedoch in Grenzen. Der Lederbandtyp hatte mehr gesehen, als sie gedacht hatte. Auch das Wandern der Kaugummipackung? Von Akroms Händen zu ihren? Wenn ja, müsste sie womöglich doch auf ihre Art aufräumen. Was echt schade wäre. Der Typ war süß. Ein Jammer, wenn er diese Welt schon so früh wieder verlassen müsste.

XENIA

Obwohl die Spaghetti ausnahmsweise mal nicht klumpten, bekam sie keinen Bissen hinunter. Die Sorge um Felix verschloss ihr den Hals. Lustlos schob sie ihren Teller von sich.

Sie hatte ihn gesehen. Sein bleiches Gesicht. Seinen verkrampften Körper. Julian hatte ihn ins Behandlungszimmer gebracht. Und bis jetzt wusste niemand Genaueres.

Janne ging es mit ihrem Salat scheinbar ähnlich, sie saß ihr gegenüber und zerstocherte ihn gedankenverloren mit der Gabel. Immer wieder schauten sie beide zum Eingang der Mensa. Kein Felix.

Warum hatte er sich einmischen müssen? Jens und dieser Akrom, das waren doch Riesen! Außerdem: Streit wegen einer Kaugummipackung? Zumindest hatte Julian das vorhin erzählt, kurz angebunden und abweisend, wie er schon die ganze Zeit drauf war. Vor allem ihr gegenüber. Seitdem sie für Rafi den Babysitter spielte, so wie er es nannte.

Irgendwie verbreiteten die Neuen schlechte Stimmung. Und das rasant schnell.

Xenia legte ihre Arme auf den Tisch und ließ den Kopf drauf sinken. Die Keifereien ihrer Freundinnen drangen trotzdem zu ihr durch.

»Ist das nicht das Wichtigste zwischen Freundinnen? Dass man nicht den Typen anbaggert, den die andere mag?« Livas Worte zischten leise über den Tisch hinweg. Ihr Gegenüber aber wirkte unbeeindruckt.

»Ich hab gar nichts gemacht, Liva. *Er* ist nach dem Kunstunterricht auf *mich* zugekommen.« Das selige Lächeln, das Valentina jetzt noch auf den Lippen klebte, fand selbst Xenia in Bezug auf die enttäuschte Liva eine Nummer zu heftig.

Sie richtete sich ein Stück auf. »Aber hattest du gestern nicht noch gesagt, Liva könnte ihn ruhig haben? Und du würdest …«

»Weißt du was, Xen? Halt du dich einfach raus! Ja?« Die plötzliche Härte in der sonst so weichen Stimme von Valentina traf sie unerwartet. Xenia zuckte zusammen, wollte etwas erwidern, nur war Valentina noch nicht fertig mit ihr. »Immer freundlich. Immer nett. Aber, sorry, von Jungs keine Ahnung, oder?«

Was? Xenia blieb die Luft weg, und ihr eh schon angespannter Magen zog sich noch enger zusammen. Von Jungs keine Ahnung! Wie konnte Valentina so etwas sagen? Und das hier in voller Runde?

In die betretene Stille, die über ihrem Tisch in der Luft klebte, schabte plötzlich ein Stuhl über den Boden. Liva war aufgesprungen, mit zornblitzenden Augen und empört wackelndem Haarknoten. »Sag mal, dir hat deine blöde Kunst auch das Gehirn vollgeschissen, oder? Fühlst du dich als was Besseres? Nur weil du da mitmachen darfst? Hier weiß doch jeder, dass das nur wegen deiner Schwester ist, die das alles leitet. Geh doch rüber! Geh zu den anderen. Oder wollen die dich gar nicht?«

Xenia hörte einen einsamen Tropfen fallen, als sie vorsichtig das Bein ihrer Freundin berührte. Danke, sollte diese Geste bedeuten, aber auch: Setz dich bitte wieder. An den Tischen um sie herum war es sehr still geworden. Lauschende Ohren.

»Ist doch wahr!« Liva ließ sich zurück auf ihren Stuhl fallen, ohne Valentina dabei aus ihrem wütenden Blick zu lassen.

Sie wirkte noch immer völlig ungerührt und wollte gerade etwas erwidern, als Janne sich räusperte. »Ich finde dich auch seitdem etwas … anders, Vale. Und der Spruch grad war echt fies!«

»Na und? Das ist die Wahrheit doch oft.« Valentina stellte seelenruhig ihr Geschirr aufs Tablett und stand auf. »Wisst ihr, was? Ich gehe tatsächlich. Mir ist das hier zu blöd!«

Liva applaudierte, auch Janne schien erleichtert. Xenia nicht. Ihre Finger zeichneten Linien auf den Tisch, verbanden jede Macke mit einer anderen. Was war hier los?

Valentina! Fröhlich. Witzig. Sozial. Mit den Worten hätte sie ihre Freundin beschrieben. Bisher.

Über ihr Fingerspiel auf dem Tisch fiel plötzlich ein Schatten. Xenia blickte hoch und sah Rafi hinter sich stehen. Mit fragendem Blick. »Gibt's ein Problem?«

Seine Finger berührten den Stuhl noch nicht mal, den er sich heranziehen wollte, da rutschte Julian mit seinem ruckartig nach hinten. »Du selbst bist das Problem!«

Kein weiteres Wort folgte. Julian stand einfach auf, ergriff sein Tablett und verzog sich.

»Ein netter Mensch«, stellte Rafi nüchtern fest. Ließ es ihn wirklich so kalt, wie es den Anschein machte? Sie konnte ihn nicht einschätzen. So wie die Neuen alle nicht.

Vor allem Jael!

Gestern hatte er sie in der Schule komplett ignoriert, auch heute den Kontakt zu ihr nicht gesucht. Und trotzdem hatte er ihr heute Morgen einfach geschrieben. Ihr wär fast das Handy ins Müsli gefallen, als sie die Nachricht am Frühstückstisch gelesen hatte. *Zur Erinnerung: Wir hatten ein Date um 7 Uhr.*

Kein Name, kein Profilbild. Aber der Text doch eindeutig er, oder?

»Kann ich dir beim Denken helfen?«

Rafi! Konnte er tatsächlich. Xenia rutschte näher an ihn heran. »Sag mal, hast du Jael meine Nummer gegeben?«

Rafi grinste nur.

»Hast du oder nicht?«

»Glaub mir, wenn er eine Nummer haben will, bekommt er sie. Ich habe es ihm nur vereinfacht. Aber …« Sein Grinsen wurde schiefer. Eindeutiger. »Nummern will er recht selten. Respekt also.«

»Pffff!« Xenia atmete seinen Respekt lautstark weg. Und doch spürte sie in sich Freude aufsteigen, die sich wohltuend auf ihren verknoteten Magen legte. Von wegen keine Ahnung von Jungs. Valentina konnte sie mal!

Vielleicht hätte sie sich doch mit ihm treffen sollen?

Geantwortet hatte sie ihm nur, sie hätte Kopfschmerzen. Warum auch immer. Wahrscheinlich, weil das ständig und für alles die Ausrede ihrer Mutter war.

Verstohlen schaute sie über ihre Schulter zu den Tischen des Abschlussjahrganges, aber sie bereute ihren Blick sofort. Natürlich saß der Idiot da, wie immer inmitten von … einer ganzen Fangruppe. Cheerleader, die ihren Star feierten. Mit dämlich lächelnden Gesichtern und glühenden Augen.

Wenn man den Gerüchten Glauben schenkte, sollte er sogar der Grund sein, dass es beim Traumpaar der Schule kriselte. Gut vorstellbar, immerhin war Miriam eine seiner Fangirls und saß gerade fast auf seinem Schoß. Angeekelt verzog Xenia ihre Lippen. Nur schaute er in diesem Moment auf. Zu ihr!

Verdammte Scheiße! Hitze knallte ihr ins Gesicht.

Ruckartig drehte sie sich um, hatte sein arrogantes Lächeln aber noch aus dem Augenwinkel mitbekommen.

»Ich schaue mal nach Felix«, raunte sie Liva leise zu, damit Janne es nicht hörte. Sie würde sicher mitkommen wollen, aber Xenia brauchte einfach einen Moment nur für sich.

»Xenia!« An der Geschirrrückgabe fing er sie ab. Jael! Sie zuckte so zusammen, dass der Teller und das Glas auf ihrem Tablett zu klirren begannen. Sein amüsierter Blick ruhte auf ihren zitternden Händen. Lässig neben dem Wagen stehend schaute er ihr nun dabei zu, wie sie versuchte, eine Lücke für ihr Tablett auszumachen. »Schwer, was Passendes zu finden, oder?« Die Zweideutigkeit seiner Worte unterstrich er mit einem verbotenen Grinsen und Augen, die alles andere als harmlos zu ihr runterfunkelten.

»Halt die Klappe!« Hastig drehte sie sich aus seinem Blick. Herzrasen. Weiche Knie. Wie konnte ihr Körper bloß auf diesen beschissenen Typen stehen? Nur, weil er ihr Stille schenkte?

Xenia wollte weg, am besten raus, ihr Bedürfnis nach frischer Luft hatte mittlerweile etwas Überlebenswichtiges bekommen. Doch er war noch nicht fertig mit seinen Spielchen. Er begleitete sie einfach. Bis nach draußen? Unmöglich. Dann wäre sie ja praktisch allein mit ihm.

Sie blieb stehen.

Er blieb stehen.

In ihrem Rücken hörte sie ihn leise lachen, er musste sehr nah hinter ihr sein. Äußerst nah!

»So kommen wir leider nicht weiter, liebe Xenia.« Seine geflüsterten Worte hinterließen eine glühende Spur, vom Ohr über ihren Hals, in jede Winkelspitze ihres Körpers. Sie schloss kurz die Augen, kämpfte gegen das Prickeln an. Wieso reagierte sie so auf diesen Idioten?

»Lass mich einfach …« Weiter kam sie nicht. Als sie die Augen wieder öffnete, stand er direkt vor ihr, den Kopf so gesenkt, dass seine Lippen nur Zentimeter von ihren entfernt waren. Atmete sie jetzt die Luft ein, die er ausatmete?

»Morgen um sieben!« Er sagte das nicht als Frage. Es war viel mehr eine Aufforderung, äußerst nett ausgesprochen, aber mit klarem Nachdruck. Dabei streckte er plötzlich eine Hand nach ihr aus. Ohne sie zu berühren. Doch sie näherte sich, erst ihrem Bauch, und stieg dann höher. Xenia schoss das Blut in die Wangen, und sie vergaß das Atmen! Sie musste zurück, nur wie? Ihr

Körper hielt mit ihr die Luft an. Seine Finger berührten den Stoff ihrer Jeansjacke, hinschauen konnte sie nicht, sein Blick hielt sie fest. Öffnete er gerade die Tasche? Die Tasche über ihrer Brust? Sie spürte einen Druck. Ein vorsichtiges Drehen. Ihren Knopf? Seine Unterlippe verschwand unter den Zähnen, kleine Kringel spielten um seine Mundwinkel, ihr Gesicht ließ er keine Sekunde aus den Augen.

»Gegen Kopfschmerzen«, flüsterte er ihr fast direkt in den Mund. Sie verschluckte die Worte.

Dann war er weg.

Und sie? Wie hypnotisiert stand sie da. Nur dass der Körper dann normalerweise in absolute Ruhe versetzt worden wäre. Ihrer brannte von innen heraus.

Mit flatterigen Fingern griff sie an ihre Tasche. Sie ertastete etwas Kleines. Etwas Verpacktes. Rundes?

Sie erwischte es, zog es heraus und ... musste lachen.

Eine Aspirin!

FELIX

Adrenalin soll Schmerzen betäuben? Blödsinn! Alles, was ihn gerade betäubte, waren die Bilder in seinem Kopf, die in Endlosschleife liefen. Das dumpfe Aufprallen von Fäusten gegen Fleisch, Schreie, immer wieder das Stöhnen von Jens.

»110 zu 63. Bisschen niedrig, dein Blutdruck, aber so weit in Ordnung.« Mit einem Ruck entfernte der Schul-Sani ihm die Manschette vom Arm.

Felix richtete sich auf. Der Plastiküberzug der Behandlungsliege klebte unangenehm an seinen Händen.

»Und jetzt?«

»Na ja. Da wir nicht ausschließen können, dass die Schmerzen später zurückkommen werden, möchte ich dir dringend raten, den Unterricht am Nachmittag ausfallen zu lassen und nach Hause zu gehen.« Der Sani blickte von dem Untersuchungsbogen auf, wobei ihm das Haargummi immer weiter aus seinem dünnen Zopf glitt. »Könnte dich jemand begleiten?«

Felix nickte. »Xen bestimmt.«

»Die Kleine, die vorhin reingeschaut hat?«

»Yep! Kann ich dann los?«

»Hier sind wir fertig. Du musst noch ins Büro zu Frau Ewald und deine Aussage unterschreiben. Dann kannst du gehen.«

»Alles klar!« Felix bückte sich, um nach seiner Tasche zu greifen. Ein Stechen durchzog seinen Magen und nahm ihm kurz die Luft. So ganz war noch nicht alles wieder in Ordnung. Doch er schluckte den Schmerz runter und ging auf die Tür zu, die der Sani ihm offen hielt.

»Schon dich, okay?« Er legte ihm die Hand auf die Schulter. »Und lass dich von deiner süßen kleinen Freundin einfach ein bisschen verwöhnen, hm?« Was genau er damit meinte, zeigte sein blödes Zwinkern. Felix holte Luft, ließ eine Antwort aber stecken.

»Verwöhnen? Wie genau stellt sich der liebe Sanitäter das denn vor?«

»Xen!« Felix drehte sich überrascht zur Seite. »Du hast hier die ganze Zeit gewartet?«

»Klar! Macht man doch so, als kleine süße Freundin, oder?« Ihr Lächeln hielt nicht lange. »Du siehst immer noch nicht gut aus.«

»Nein? Geht mir aber schon besser.« Er nahm sie den Gang mit runter zum Sekretariat. »Hast du was dagegen, ab jetzt unterrichtsbefreit zu sein?«

»Überhaupt nicht!« Sie grinste ihn an.

»Ich muss im Sekretariat noch was unterschreiben und dann ab nach Hause.«

Dass im Sekretariat dicke Luft herrschte, spürte er schon beim Öffnen der Tür. Jemand fluchte. Und das lautstark. Frau Ewald? Sonst die Ruhe in Person stand sie jetzt vor ihrem Schreibtisch und durchwühlte ihn völlig hektisch.

»Deine Aussage liegt da.« Barsch zeigte sie auf den Tresen und widmete sich dann wieder ihrem Chaos. Felix hob entschuldigend die Hände, setzte seinen Namen auf das Papier, und sah zu, dass er wieder rauskam.

Hatten hier heute alle einen Knall?

»Und du willst echt nicht zum Arzt?«

Er wollte Xenia gerade die Beifahrertür öffnen, ließ seine Hand aber wieder sinken. »Wie oft willst du mir die Frage noch stellen, Xen? Ich bin okay.«

»So siehst du aber nicht aus.« Ein sorgenvoller Schatten lag in ihren Augen.

Kopfschüttelnd lächelnd zog Felix sie zu sich. Xenia passte genau unter sein Kinn. »Ich hatte bis jetzt eine richtig beschissene Woche. Und das Einzige, auf das ich mich jetzt echt freue, ist unsere Lasagne.« Zwar lächelte auch sie, entwand sich seinen Händen jedoch schnell und stieg ein. Felix kickte einen Stein zur Seite. Es lag nicht an ihm, das wusste er. Aber woran dann? Warum war Nähe für sie so unerträglich?

Er umrundete den Bulli, legte seine Hand auf das Band-Logo, als er im Augenwinkel plötzlich schwarzes, glänzendes Leder wahrnahm. Chrystal stand vor dem Schulgebäude und telefonierte. Hatte man sie auch früher gehen lassen? Er schaute durch die Scheibe zu Xenia, die mal wieder versuchte, im Radio irgendeinen anderen Sender einzustellen. Die Gelegenheit, mit Chrystal allein zu reden, war günstig, und Redebedarf hatte er genug. Sie war einfach gegangen, hatte Akrom mitgezogen und Jens und ihn stehen lassen. Gerade blickte sie hoch, zum Eingang. Der Arschlochtyp kam auf sie zu, und Felix' Hand verkrampfte sich um die Autoschlüssel. Jael. Seine Miene strahlte bis zu ihm Kälte aus. Scharfe Worte mussten seinen Mund verlassen haben, denn selbst Chrystal schien zurückzuweichen. Hätte er sie vorhin nicht als Ninja-Kämpferin erlebt, wäre er jetzt vielleicht doch zu ihr hingegangen. So aber wusste er, dass sie keine Hilfe brauchte. Von niemandem. Ein Tritt, eine Drehung und sie hatte Akrom niedergestreckt. Das sicher 100 Kilo schwere Kraftpaket. Mit Jael würde sie auch klarkommen.

Wütend kurvte er den Bulli vom Parkplatz auf die Straße. Xenia kannte ihn zum Glück gut genug, um den Mund zu halten. Gedankenverloren starrte sie aus dem Fenster und spielte an einer kleinen Verpackung herum.

»Aspirin?« Irritiert zog er die Augenbrauen zusammen. »War die für mich?«

»Was? Äh … nein!« Als wäre es ihr unangenehm, ließ sie die Tablette sofort in ihrer Jackentasche verschwinden.

»Aber für dich doch wohl auch nicht, oder?« Xenia nahm immer nur irgendwelche Kügelchen.

»Ne! Oder doch. Also …«

»Jaaa?«

»Jael hat sie mir gegeben.«

»Was?« Er trat zu hart auf die Bremse, hinter ihm quietschten Reifen, was ihn völlig kalt ließ. Der Typ gab Xenia Tabletten? »Mischt der da was rein, oder was?«

»Quatsch!« Ihr Lächeln, mit dem sie ihm die Story hinter der Tablette erzählte, sollte ihn wohl beruhigen, bewirkte aber genau das Gegenteil. Jael schrieb ihr Nachrichten, um sich mit ihr zu treffen?

»Woher hat er deine Nummer?«

»Von Rafi. Aus dem Klassenchat.«

Felix fuhr schweigend weiter. Langsam gingen ihm diese Typen mächtig auf den Sack! Doch erst als er vor ihrem Haus eine Parklücke erwischt hatte, drehte er sich zu ihr um. »Ich mag den Kerl nicht, Xen! Das weißt du ja. Und ich mag auch die anderen Typen nicht. Bis auf Rafi vielleicht. Der scheint noch in Ansätzen normal zu sein. Aber die …«

»Ach, und Chrystal?« Xenia hatte selten einen scharfen Ton drauf, umso überraschter traf es ihn jetzt. Dazu ließ sie den Gurt lautstark zurückschnellen. »Die gehört doch genauso zu denen. Und du magst sie auch!«

»Weiß ich nicht mehr!« Nach heute? Er starrte auf die Schlüssel in seiner Hand. »Wenn ich vorhin nicht … Moment. Was soll denn das *auch*? Heißt das …« Er wandte ihr den Blick zu. »Heißt das, du magst Jael?«

»Nein.«

Ihr Zögern vor dem Nein hatte ihm schon alles gesagt, nur ob sie ihn belog oder sich selbst, war ihm nicht klar. Weder das eine noch das andere kannte er von ihr.

Schweigend stiegen sie aus und gingen zur Haustür. Den Nachmittag über sprachen sie beide das Thema nicht mehr an, weder beim Kochen noch beim Essen. Auch beim Lernen nicht.

»Nia?«

Ihre Mutter. Felix blieb liegen, ließ den Stift zwischen seinen Fingern kreisen und sah zu Xenia.

»Wir sind im Zimmer!« Ihr verdrehtes Schielen in seine Richtung ließ seine Mundwinkel zucken, aber als ihre Mutter in der Tür auftauchte, zog sich in ihm alles zusammen.

Krank sah sie nicht aus, was allerdings auch an der dicken Schicht Make-up liegen konnte, die sie sich ins Gesicht gepinselt hatte. Es hatte Zeiten gegeben, in denen er sie zur Begrüßung umarmt hatte. Lange her und unvorstellbar jetzt, nach allem, was sie sich in den letzten Monaten geleistet hatte. Mit ausgestreckter Hand kam sie auf ihn zu. Lächelnd, aber mit Abstand.

Dass sie danach Xenia ignorierte und sie nur im Vorbeigehen ermahnte, die Küche wieder aufzuräumen, traf ihn fast härter als der Schlag von Jens vorhin. Was für eine Arschziege! Sie hatte keinen blassen Schimmer, wie Xenia sich für sie abrieb. Manchmal verfluchte er ja seine eigene Situation zu Hause, das hier aber war zum Kotzen.

Zum Glück verschwand sie schnell wieder aus dem Zimmer. Nahm dabei nur irgendwie zu viel Luft mit raus. Vor allem Xenia wirkte so, als fiele sie in sich zusammen. Sie verhaspelte sich bei Erklärungen, vertauschte Zeitformen, vor allem dann, wenn Geschirr klapperte, die Badezimmertür zuging. Oder ein anderes Geräusch die Anwesenheit ihrer Mutter verriet.

»Geht es ihr wieder besser?«

»Was?« Xenia schaute auf.

»Deiner Mutter?«

»Nein. Sie kommt nur raus, wenn ich nicht da bin. Wenn sie arbeiten muss. Oder irgendjemand anderes hier ist.«

Felix setzte sich auf und schlug die Bücher zu. Eins nach dem anderen. Zwischen jeder Seite klemmte jetzt sowieso in Gedanken ihre Mutter. »Wir machen wann anders weiter, okay?«

Beim Zusammenpacken seiner restlichen Sachen stand Xenia so verloren im Zimmer, dass er nicht anders konnte und sie einfach an sich zog.

»Du machst das hier toll, Xen! Ehrlich.« Mit einem Lachen hätte er gerechnet, mit einem blöden Spruch, aber vor allem damit, dass sie sich so schnell wie möglich aus seinem Arm schälte. Sie zuckte auch tatsächlich kurz zurück, bevor ihr Kopf kraftlos an seine Schulter sank. Erstaunt umarmte er sie nur noch fester.

»Ich hab das hier manchmal so satt«, hörte er sie murmeln. »Diesen ganzen Scheiß! Ihre Probleme. Und ... dass sie mich nicht haben will.«

Tränen mussten ihr über die Wangen laufen, denn warme Feuchtigkeit drang durch sein Shirt. Vorsichtig löste er sich ein wenig, nur um ihren Kopf zwischen seine Hände zu nehmen und zu sich zu drehen. »Das Erste stimmt. Das Zweite auch. Aber das Dritte stimmt nicht, Xen! Sie will dich.« Waren es seine Hände? Oder seine Worte? Eins von beidem war ihr dann doch zu nah. Sie verkrampfte sich, und er gab sie frei.

»Meine Mutter will mich nicht, Felix. Sie braucht mich.«

Der Anblick ihrer feuchten Augen schnürte ihm den Hals zu. Er konnte nichts erwidern. Sie auch nicht anders trösten. Dafür hatte Xenia wieder viel zu viel Raum zwischen sie geschoben.

Wie lange sie so dagestanden hatten, wusste er nicht. Ihr Schniefen war es dann, das die Stille zwischen ihnen löste.

»Du musst gleich los, oder? In den Bunker?« Sie wischte sich mit dem Ärmel übers Gesicht. Ihr Versuch, dabei zu lächeln, war allerdings ziemlich erbärmlich.

»Yep!« Sein Versuch war nicht viel besser. Sie mussten beide lachen.

Er nahm seine Tasche vom Boden und schwang sie sich über die Schulter, ohne Xenia dabei aus den Augen zu lassen. Sie stand am Fenster, wollte es öffnen, zuckte aber plötzlich zurück.

»Alles okay?«

»Weiß nicht … Oh Gott. Felix, guck mal!« Xenias Stimme klang geisterhaft. »Sie haben Jael abgeführt!«

»Was?« Er ließ seine Tasche wieder fallen und war mit einem Satz hinter ihr am Fenster.

Zwei verspiegelte schwarze Vans standen rückwärts geparkt in der gegenüberliegenden Einfahrt. Von Jael sah er nichts. Auch der Hauseingang lag im Dunklen. Er wollte gerade fragen, was genau sie denn gesehen hatte, als hinten aus dem Hof plötzlich Schatten auftauchten. Es waren zwei. Ein Mann in schwarzem Anzug, dahinter … Chrystal.

Mit gesenktem Kopf ging sie dicht neben dem Typen her, und das nicht freiwillig. Der Typ hielt sie fest.

»Sind das Polizisten?« Xenia flüsterte die Frage ins Fenster, ihre zitternden Hände suchten Halt an der Gardine.

»Polizei?« Die Männer trugen keine Uniform. »Wenn, dann höchstens das SEK. Und die kommen nur …« Er sprach nicht weiter. Erneut kamen Schatten aus dem Hof. Sie folgten alle, in gleicher Haltung: Geno, Akrom, der Letzte war Rafi. Bevor dieser in das vordere Auto einstieg, schaute er hoch. Felix beugte sich näher ans Fenster. Trug er eine Maske?

Die Türen wurden geschlossen, dann glitten die Autos aus der Einfahrt – ohne Licht.

»Was war das?« Sie sah zu ihm hoch, doch er konnte den Blick noch immer nicht von der Straße lösen. So was passierte doch nur in Filmen. Aber nicht hier! In dieser Nobelgegend? Und direkt vor ihrer Nase?

Die leere Einfahrt, das Haus vor ihm, selbst die kleinen Engel an der Fassade – plötzlich wirkte alles düster. Kalt. Und ließ ihn frösteln.

Xenia drehte sich weg. »Ich glaub das einfach nicht.« Sie griff nach ihrem Handy auf dem Schreibtisch. Noch immer flatterten ihre Hände.

»Wen …« Er räusperte sich. »Wen willst du anrufen?«

»Niemanden. Ich will nur …« Sie tippte auf dem Display rum. »Ich will nur wissen, wer das … Guck mal! Die Autos unten hatten kein Blaulicht oben auf dem Dach. Die hier aber.«

Einsatzwagen SEK hatte sie gegoogelt. Felix griff nach dem Handy und scrollte sich durch die Fotos. Sie hatte recht, aber ans SEK glaubte er eh nicht wirklich. Die Männer hatten Anzüge getragen, keine Kampfausrüstung. Außerdem waren es zu wenige gewesen. Normalerweise sprangen die doch in Horden aus Autos, vermummt, bewaffnet, und umstellten Gebäude.

Felix vermutete eher die Gegenseite des Guten. Das Böse. Was sein Frösteln nur verstärkte.

Als er sich von ihr vor der Wohnungstür verabschiedete, war er zum ersten Mal dankbar, ihre Mutter bei ihr zu wissen, zumindest für diesen Abend. »Sag Bescheid, wenn was ist. Okay?«

Auf dem Weg zu seinem Bulli erwischte er sich dabei, in Einfahrten zu spähen. Als würden da noch irgendwo Scharfschützen oder Mafiatypen lauern. Drei Tage! Und die Neuen hatten schon für mehr Stress gesorgt als die größten Deppen an der Schule im ganzen Jahr. Vor allem Akrom. Wer auch immer die Truppe abgeholt hatte, den könnten sie gerne behalten. Jael auch. Vermissen würde er keinen, bis auf … Chrystal. Trotz allem.

Felix schaltete im Bulli das Radio an und legte den Gang ein. Mit lautem Singen versuchte er sich abzulenken, doch jeder schwarze Van ließ ihn zusammenzucken. Es gab viele!

Still war es im Bunker, bis auf seine eigenen Schritte, die zwischen den Betonwänden lange nachhallten. 22 Uhr. Die Theatergruppe, der er auf- und auch wieder abschließen musste, war schon weg. Drinnen war soweit alles okay, jetzt noch der Kontrollgang um die Halle herum, und er konnte gehen.

Felix schnappte sich die Taschenlampe und trat nach draußen. Noch nie hatte es hier irgendwelchen Ärger gegeben, doch die Dunkelheit, die Stille zwischen den Mauern, die ihn heute auf dem Hof empfing, fühlte sich anders an. Schnell schaltete er die Taschenlampe an. Das Licht glitt vor ihm über den Boden, dann über die Hallenwand. Alles ruhig, wie immer.

Er schaltete die Lampe wieder aus und wollte gerade durch die Tür wieder ins Innere, als er ein leises Zischen hörte. Es klang mechanisch, so als würde Luft aus einem Reifen abgelassen. Es war ganz nah. Standen hier Autos? Fahrräder? Felix' Finger umfassten die Taschenlampe fester, als er sich leise wieder von der Tür entfernte und auf das Ende der Hallenwand zu schlich. Wenn sich hier irgendwer einen blöden Scherz erlaubte, wollte er ihn erwischen. Doch plötzlich hörte das Zischen auf. Witternd hob er den Kopf. Ein zufriedenes, menschliches Summen?

Ihm reichte es jetzt. Felix straffte den Rücken und bog um die Ecke. Scheiße! Das war mehr als ein blöder Scherz. In aller Seelenruhe sprühte irgendein Penner hier fröhlich die Wand an? Sofort zog er sich zurück. Sein Atem stockte. Hinter sich spürte er kalten Beton. Jeff würde ausrasten. Der ganze Hof war neu gemacht worden. Für richtig viel Kohle. Und jetzt? Den Typen schnappen? Riskant. Laufen lassen? Bescheuert. Keine Versicherung würde das übernehmen. Und Jeff? Der würde ihn rausschmeißen.

Wieder hörte er das Summen, so zufrieden, dass in Felix die Wut hochkochte. Das Licht der Taschenlampe brauchte er nicht, er brauchte den Griff. Irgendwas, womit er sich wehren konnte, sollte der Typ auf ihn losgehen. Dann duckte er sich und schlich wieder um die Ecke.

Besonders groß wirkte der Typ nicht. Auch nicht übermäßig stark. Er stand komplett in Schwarz gekleidet vor der Mauer und betrachtete sein bisheriges Werk. Immer noch summend. Weit war er nicht gekommen, ein paar Striche, Umrisse von irgendwas. Als der Typ sich bückte, um nach einer neuen Dose zu greifen, gab Felix sich einen Ruck. Mit zittrigen Fingern hob er die Lampe und trat aus dem Schatten der Mauer. »Hände hoch!«

JAEL

Da lagen sie vor ihm. Die Ergebnisse der letzten Tage, festgehalten auf glänzenden Fotos. Jael lehnte sich auf seinem Schreibtischstuhl zurück und verschränkte die Hände hinter dem Kopf. Die Menschen waren so auf Handys fixiert, dass Uhren kaum mehr eine Rolle spielten. Und dabei konnten sie so praktisch sein. Die Qualität der Fotos, die er mit seiner Uhr in der Schule gemacht hatte, standen denen einer normalen Kamera in nichts nach. Opfer zu fotografieren war nicht gefordert, doch ihm half es, den Überblick zu behalten. Bis jetzt waren alle Gegenstände der WG durch seine Hände gegangen, ab heute Abend würde sich das ändern. Sie bekamen den Koffer.

Es war kurz vor vier. Zeit für die nächste Anweisung. Hinter ihm begann sich sein Zimmer rot zu verfärben. Die Blume des Lebens flackerte auf. Jael erhob sich und ließ das Einscannen seiner Augen über sich ergehen, bevor sich die kleine Abdeckung neben der Blume noch ein Stück weiter zur Seite schob und einen Lautsprecher freilegte.

»Heute Abend ist es so weit, Jael. Geh in den Keller. Allein. In Raum vier steht eine Truhe, in der du die Masken findest, die ihr auf der Fahrt zu tragen habt. Der Zugangscode für die Tür im Keller lautet 387. Um 19 Uhr werdet ihr am Hintereingang in Empfang genommen.«

Es klickte, und die Blume des Lebens verschwand wieder hinter ihrer Abdeckung.

Zugangscode. Jael grinste. Bei dem Wort hatte sich die Stimme verraten. Es war immer dieselbe, durch einen Stimmverzerrer stark entfremdet, doch die ihm gut bekannte S-Schwäche hatte bei *Zugangscode* leicht durchgeblitzt. Pluto – Verhaltenstrainer – zuständig für Deeskalationstechniken, Körperbeherrschung, Mentalstrategien und manipulative Gesprächsführung. Ein Gesicht zu der Stimme hatte er nicht, denn mit Schülern ab zwölf Jahren wurde im *Domicilius* nur noch hinter Masken trainiert. Oder über gesichtslose Lautsprecher gearbeitet. Genau wie hier und sicher auch heute Abend.

Jael blickte zu seinem Schreibtisch. Bevor er das Zimmer verlassen konnte, mussten die Fotos weg, niemand wusste in der WG, dass er Beweismaterial sammelte, und niemand sollte sehen, wie viele er allein von ihr gemacht hatte. Von Xenia. Er setzte sich wieder hin und griff nach seinem Lieblingsbild. Dunkle Augen, die unsicher zu ihm hochschauten. In ihren Händen ein Tablett. Vorsichtig strich er mit seinen Fingern über das Foto. Ihre Nähe hatte er heute kaum ertragen. Ohne die Linsen, und dann auch noch die flüchtige Berührung ihrer Jacke! Er hatte sich sofort zurückziehen müssen, in einen leeren Gang abseits der Haupthalle, um die Hitze aus seinem Körper zu bekommen und seinen Puls wieder einzufangen. Von Immuniten zu lesen, war das eine, einem zu begegnen etwas völlig anderes. Ob es stimmte, dass sich die Gabe von Immuniten abschwächte, wenn er ihr Vertrauen gewann? Doch selbst wenn … bei Xenia war er meilenweit davon entfernt.

»Noch!«, flüsterte er ihren Augen entgegen. Denn morgen früh konnte sich das schon ändern. Dass sie diesmal zur Ecke kommen würde, daran zweifelte er nicht. Er sah ihr süßes Lachen noch vor sich, mit dem sie auf die Aspirintablette geschaut hatte. Jael dehnte seinen Rücken, streckte sich, bevor er die Fotos ordentlich aufeinanderlegte. Bei einem allerdings verkrampften sich seine Finger. Felix Steinkamp. Ihn hätte er gleich am ersten Tag entleeren können, schließlich war Xenia so nett gewesen, sie miteinander bekannt zu machen. Nur hatte sich nachher keine passende Gelegenheit ergeben, ihm irgendetwas zu entwenden. Mehr als ein paar Minuten konnten sie die Liebe Fremder nicht in sich behalten. Er hatte sie wieder ziehen lassen müssen. Vorerst. Felix war nicht ihr fester Freund, auch wenn Rafi das anfänglich behauptet hatte. Möglich, dass er sich mehr wünschte, aber sie, davon ging er aus, sah in ihm nur den besten Freund. Und das vereinfachte ihm seine Arbeit. Genauso wie die Tatsache, dass Geno sich an ihr Umfeld ranmachte, sich zumindest schon mal Valentina vorgeknöpft hatte. Xenia hatte heute Mittag in der Mensa sehr mitgenommen auf Valentinas Angriff gewirkt, und besser ging es kaum. Je isolierter ein Mensch war, desto einfacher konnte man ihn steuern.

Oder man hatte wertvolle Informationen. Jael musste lächeln, als er Herrn Weber auf einem der Bilder erblickte. *Love without limits*. Der alte Knacker! Und jetzt auch noch *without* Leidenschaft für seinen Sport. Akrom und Jens zur Strafe für die Schlägerei für die nächsten drei Spiele zu sperren, bewies eindrucksvoll, wie schnell die Entleerung Konsequenzen zeigte. Wie das Team sich wohl entwickelte, wenn auch noch Jens als Kapitän keinen Bock mehr hatte? Wichtig war nur, dass Akrom und Chrystal heute Abend die Klappe hielten, nichts von der Schlägerei erzählten. Dem Partem würde der Vorfall alles andere als schmecken. Offizielle Rügen, in Schulakten festgehaltene Strafen – schlimmer waren nur Vorfälle, die die Polizei alarmierten. Keine Spuren zu hinterlassen war eine der wichtigsten Grundlagen für das Fortbestehen des Partem. Und nur das sicherte ihr eigenes Überleben.

Das Bild von Frau Ewald, der Sekretärin, war das letzte, das in seiner Schublade verschwand. Ob sie immer noch ihre Uhr suchte? Die Arme.

Bevor er sein Zimmer verließ, verschloss er seinen Schreibtisch und versteckte den kleinen Schlüssel hinter der lockeren Fußbodenleiste unterhalb des Fensters.

Seine Welt und die der anderen wurde schwarz, als er die Masken um kurz vor sieben vor der noch geschlossenen Tür zum Hinterhof verteilte. Nichts zu sehen, bedeutete, die Identität des Fahrers zu schützen, Wege geheim zu halten. Völliger Schwachsinn! Zumindest was ihn und die Fahrt jetzt anbelangte. Den Weg zur Kirche, und er wettete drauf, dass es dorthin ging, kannte er. Einmal gefahrene Strecken blieben in seinem Kopf gespeichert wie vergangene Routen im Navi.

Trotzdem spielte er das Spielchen mit.

Neben ihm herrschte angespannte Stille. Dann Motorengeräusche. Das Schlagen von zwei Autotüren. Es ging los. Die Tür vor ihm öffnete sich.

»Jael!« Eine Hand ergriff seine. Jeden Schritt in Richtung der beiden Autos setzte er jetzt blind. Mehr Schritte als erwartet! Warum parkten die Autos nicht vor Blicken geschützt direkt im Hof? Warum in der Einfahrt? Immerhin blieb so ein gefährlich sichtbarer Spalt zwischen Mauerwerk und Autos.

»Haltet die Köpfe gesenkt!«, gab er scharf nach hinten an die anderen weiter. Schwarze Masken und neugierige Nachbarn, diese Kombination könnte zwangsläufig zu Gerede führen, zu Komplikationen, die es unbedingt zu vermeiden galt.

Schlechte Vorbereitung und stumpfsinniges Personal! Gespräche waren ab jetzt untersagt, und Jael lauschte in die Stille des Wagens. Rafi saß neben ihm, seine Anwesenheit spürte er, wie immer. Aber wer noch? Kein Jasminduft. Kein tiefer Atem. Es musste Geno sein, allerdings versteinert. Er bewegte die Luft nicht.

Jede Kurve, jede Abbiegung bestätigte ihm seine Vermutung: Es ging zur Kirche. Jael fuhr in Gedanken die Strecke mit. Durch die

Stadt. Den Feldweg entlang. Der letzte Abzweig, dann knirschte Kies unter den Rädern auf. Sie waren da.

Noch waren sie alle blind. Im Portal erhielten sie ihre Umhänge. Schwer legte sich der Stoff um seinen Körper, die Kapuze umhüllte seinen Kopf und fiel ihm tief in die Stirn. Trotzdem hörte er die sich entfernenden Schritte der Fahrer und direkt vor sich das Aufgleiten der Kirchentür.

»Willkommen! Ihr dürft jetzt die Masken abnehmen. Folgt den Pfeilen an den Wänden.«

Die Stimme kam von oben und klang wie aus Lautsprechern. Jael zog die Maske nach unten. Das dunkle Innere der Kirche wurde von Fackeln erleuchtet, die in gusseisernen Halterungen gerade so viel Licht spendeten, dass die roten Pfeile an den alten Mauern zu sehen waren. Die anderen hatten sich hinter ihm versammelt. Jael ging voran in Richtung Kirchenschiff.

Fußbänke zum Niederknien standen vor dem Altar, der längst keiner mehr war. Auf der Marmorplatte erblickte er im Flackern einzelner Fackeln die Blume des Lebens als ein in Gold gefasstes Standbild.

»Jael, knie nieder!«

Er spürte die Blicke der anderen im Rücken, während er auf die Bank vor sich zuschritt. Das harte Holz drückte unangenehm gegen seine Kniescheiben. Jael erhob seine Hände, öffnete vor sich die Handflächen und schloss die Augen.

Chrystal wurde als Nächste aufgerufen, dann folgten Geno, Akrom und Rafael. Besagte die Reihenfolge etwas? War sie nach Stufen gewählt?

»Sic itur ad astra.« Die Stimme des Supremus. Augenblicklich spürte er das Pulsieren im Rücken, und Wärme glitt die Umrisse seines Tattoos entlang, um jede Blüte zum Leuchten zu bringen.

»Per aspera ad astra!« Sie antworteten gemeinsam.

»Bisher stellen wir fest, dass ihr gute Arbeit geleistet habt. Jeder von euch hat die Tage genutzt. Mit der Anzahl der Gegenstände können wir zufrieden sein, nicht aber mit ihrem Energiewert. Wir brauchen mehr! Das Aufsteigen in höhere Stufen ist zwingend notwendig. Arbeitet dran! Denn auch für euch, für jeden Einzelnen, ist es wichtig. Euer Ziel: die Verheißung bei Vollendung.«

Ein leises Scharren von hinten ließ Jael aufhorchen, doch er vermied es, irgendeine Reaktion zu zeigen. Regungslos blieb er sitzen und gab vor, den Worten des Supremus weiterhin zu folgen. Dabei lauschte er angestrengt dem Geräusch nach. Es hatte nach einer sich schließenden Tür geklungen. Nicht mechanisch. Sondern so, als wäre sie mit einer Hand an der Klinke vorsichtig ins Schloss gezogen worden. War außer ihnen doch noch jemand hier? Wenn ja, müsste es ein Mitglied des Partems sein, denn niemand Außenstehendes würden sie in das Innere einer ihrer Kirchen lassen. Jael presste die Zähne aufeinander. Das letzte Mal, als ein Mitglied plötzlich aufgetaucht war, hatte es das Ende der WG bedeutet. Nur lief es doch bisher gut. Außer … die Sache mit Xenia. Von der sie aber noch nichts wissen konnten, oder? Dem Mann mit dem Hut war er nicht wieder begegnet. Und von seinem *Protectio* wusste nur Rafi, der sich aber eher einen Finger abschneiden lassen würde, bevor er irgendetwas gegen seine Anweisung tat. Und die war eindeutig gewesen: Klappe halten!

Ein mechanisches Klacken von der Seite, das Zucken der Köpfe neben ihm holte Jael aus seinen Gedanken zurück. Auch er blickte nach links. Eine Bodenluke öffnete sich, und aus ihr heraus schwebte er auf einer aufsteigenden Plattform empor. Der *Thesaurus*. Selbst hier im trüben Licht der Fackeln schimmerte der altertümliche samtbezogene Koffer in einem leuchtenden Weinrot. Neben ihm beschleunigte sich die Atmung aller. Respektvolle Bewunderung.

Jael kannte den Schrankkoffer und die Schubladen im Inneren bereits.

»Chrystal, steh auf. Deine Schublade ist die zweite von oben. Geh hin und gib einen vierstelligen Code ein.«

Von seinem Platz aus hätte er ihre Finger verfolgen können, ihren Code erkannt, nur hatte sie das durch eine kleine Drehung ihres Körpers geschickt verhindert. Und geplant, wie ein kaum sichtbares Lächeln in seine Richtung bei ihrem Abgang zeigte. Genos prägte er sich ein. Rafis und Akroms ebenso.

Er selbst wurde übergangen, sein Code, wie die Stimme verkündete, war noch eingespeichert.

Als Nächstes wurde die Einweihungsparty angesprochen, die bereits Samstag stattfinden sollte. Da der Partem Chrystal die Organisation übertrug, lehnte Jael sich zurück. Gleich würde die Verabschiedung kommen und sie …

»Rafael, bitte in Kammer zwei!«

Jael zuckte zusammen. Ebenso wie Rafi. Er wurde aufgefordert, in eine Kammer zu gehen? Zum Glück nicht Kammer drei, die Todeszelle! Aber warum eine Einzelaktion?

Rafis fragenden Blick, der ihn streifte, bevor er sich umdrehte und nach hinten wegtrat, konnte er nur mit einem Schulterzucken beantworten. Auch Geno und Akrom wünschten sich von ihm eine Erklärung, nur hatte er keine. So was hatte es bisher nie gegeben.

»Chrystal, Kammer 5.«

Keine Einzelaktion! Sie wurden getrennt?

»Akrom, Kammer 2.«

»Geno, Kammer 1.«

Und er?

»Jael, Kammer 3.«

Die Todeskammer!

Jael hatte das Gefühl, als würde sich seine Kopfhaut enger um seinen Schädel spannen. Ein eisiges Kribbeln erwischte ihn im Rücken. Waren es seine letzten Schritte?

Langsam und bewusst setzte er einen Fuß vor den anderen und begann, die Schritte zu zählen. Sechs. Sieben ...

Treue. Loyalität. Von ihnen wurde viel erwartet. Man war oft hart mit ihnen umgegangen. Aber noch nie hatte sich der Partem gegen seine Diener gestellt. Noch nie hatte er einen von ihnen fallen gelassen. Wollten sie jetzt seinen Tod?

Um ihn wäre es nicht schade, die Welt brauchte ihn nicht. Nur seine Eltern. Und ... Tjara.

Die Tür zur Kammer glitt geisterhaft vor ihm auf, im Raum war niemand. Jael sog die Luft tief in seine Lungen. Spürte seinem Atem nach. Ab jetzt könnte alles, was er tat, das letzte Mal sein.

Die Tür am anderen Ende der Kammer, die Tür zur Hölle, war geschlossen. Ein gutes Zeichen?

Er sah sich um. In der Mitte stand ein Stuhl, ausgerichtet mit Blick zur Wand.

»Setz dich, Jael!«

Wieder eine Stimme aus einem nicht anwesenden Mund, alle Mauern hier schienen sprechen zu können. Er nahm Platz und suchte die Wand vor sich nach versteckten Kabeln ab. Würden sie ihn foltern?

Jael rutschte auf dem Stuhl weit zurück, setzte sich mit durchgestrecktem Rücken hin. Alle Kraft im Inneren versammelt.

»Nicht alles ist planmäßig verlaufen. Und nicht über alles hast du uns informiert, Jael! Ein nicht zu verzeihendes Versäumnis.«

Xenia! Er unterdrückte den Impuls, sich an den Hals zu fassen, das Pochen unter seinen Fingern zu spüren. Sie wussten doch von ihr?

»Jedes unerwartete Ereignis ist zu melden. Gerade von dir hätten wir erwartet, dass du dieser Forderung nachkommst. Nicht du entscheidest, wann oder was du uns berichtest. Wir erwarten völlige Durchlässigkeit.«

So ruhig er auch nach außen wirkte, sein Gehirn arbeitete auf Hochtouren. Sollten sie ihm die Möglichkeit geben, sich zu erklären, müsste alles, was er hervorbrächte, überzeugend klingen.

»Um deine Loyalität noch einmal zu festigen, Jael, wirst du erinnert. Erinnert an das, was für dich am Ende steht. Unser Versprechen. Es liegt an dir, allein an dir, an dieses Ziel zu gelangen.«

Noch bevor sein Kopf die Worte sortieren konnte, die Bedeutung verstand, hatte sein Körper bereits reagiert. Frostige Kälte trieb er an die Oberfläche, um jede Pore seiner Haut zu vereisen. Der Versuch, sich zu wehren, sich zu schützen vor dem, was folgen würde. Doch er würde scheitern. Wie jedes Mal. Die sich entrollende Leinwand an der Wand vor ihm bestätigte seine Ahnung: Sie zeigten ihm die Bilder! Weggucken verboten und zwecklos. Denn jedes Mal, wenn er bisher den Kopf gesenkt oder die Augen geschlossen hatte, spielten sie die Bilder noch einmal ab. Von vorne. Und wesentlich langsamer.

Seine Finger krallten sich um die Armlehne, mit gerecktem Kinn und zusammengepressten Zähnen schaute er nach vorn. Es waren doch nur Bilder!

Licht durchflutete den Raum. Das erste Bild zeigte wie immer seine Mutter. Fröhlich lächelnd. Hinter ihr der blaue Himmel, weiße Wellengischt, das Meer von Sonnenstrahlen angeleuchtet. Neu war die Stimme, die sie ihr in den Mund gelegt hatten. Sein Name erklang.

»Ich liebe dich, Jael. Trotz allem.«

Er rang nach Luft. Sie zu hören war schlimmer, als sie nur sehen zu müssen. Ihre Stimme, so weich und so echt, zerrte an seiner Erinnerung. Zu groß, um sie zu schlucken. Sie saß fest, im Hals, erstickte seinen Schrei, bevor er durchbrach.

Das Bild erlosch, um dem nächsten Platz zu machen. Sein Vater. Unrasiert, wie er es sich nur im Urlaub zugestand. Offenes Hemd. Zerzauste Haare. Doch der zufriedene Gesichtsausdruck, die

Kringel um die Mundwinkel verschwanden. Wellenrauschen erfüllte plötzlich die Kammer, brach sich an den Wänden und baute sich auf. Tosende Brandung. Schreie. Jaels Hände krallten sich noch fester um das Holz der Armlehnen.

»Das warst du, Jael. Nur du! Und du weißt es.«

Jael stöhnte auf. Jedes Wort seines Vaters glich einer Pfeilspitze, die sich glühend in sein Herz bohrte. Es durchlöcherte. Er begann zu zittern.

»Du darfst es haben, Jael.«

Tjara sprach zu ihm! Seine kleine Schwester erschien als Nächstes. Sie hielt ein Eis in den Händen. Und bot es ihm an. Ihm!

Der Schrei, der gellend die ganze Kammer füllte, brach aus seiner Kehle. Zerriss ihm die Brust. Mit einem Satz sprang er auf und ergriff den Stuhl. Er schleuderte ihn mit aller Wucht durch den Raum. Schmetternd knallte er gegen die Wand, an der er splitternd zerbarst.

Aber es reichte nicht. Jael selbst ging die Wand an. Schlug auf sie ein. Trat zu. Quälte seine Stimmbänder mit Schreien. Er presste sich aus, bis nichts mehr blieb.

Mit zerschürften Händen und blutender Stirn brach er zusammen. In sich verkrümmt auf dem kalten Boden der Kammer.

»Nie wieder wirst du uns Vorfälle wie den mit Akrom heute Morgen verschweigen. Hast du uns gehört? Nie wieder!«

Es ging um Akrom! Ein stummes Nicken, mehr brachte er nicht hervor, und allein das ließ ihn schmerzhaft aufstöhnen.

»Geh, Jael. Bring es zu Ende. Als kleine Aufmerksamkeit von uns, als Motivationsschub sozusagen, findest du in einer Vertiefung rechts neben dem Portal den Schlüssel zu deinem Auto. Oder sollten wir sagen, zu dem Auto deines Vaters? Fahr vorsichtig. Er will es sicher heil zurück! Auf Wiedersehen, Jael!«

Er brauchte lange, um sich aufzurichten.

Noch länger, um aufzustehen.

Den Schlüssel fand er. Draußen auch das Auto. Ansonsten war der Hof leer. Jael legte den Kopf in den Nacken und atmete tief die kühle Abendluft ein. Die Haut an seiner Stirn spannte schmerzhaft. Überall klebriges Blut. An seinen Händen. Auf seiner Lippe. In seinen Haaren.

CHRYSTAL

Wo war Jael? Unruhig rutschte sie auf ihrem Sitz weiter nach vorn und starrte durch die Windschutzscheibe auf die Straße.

Niemand außer ihnen schien unterwegs zu sein.

Wo war Jael?

Hatten sie ihm tatsächlich sein Auto wiedergegeben? Ihn in diesem Zustand selbst fahren lassen? Gefährlich! Er wäre nicht der Erste, der den Tod diesem Leben hier vorzog.

Das Gummiband der Maske flutschte ihr aus den Fingern und schnellte als fieser Schmerz zurück. Chrystal zuckte nicht mal. Sie hatte die Maske gleich abgenommen, nachdem der Van den Hof vor der Kirche verlassen hatte. Sollte irgendwer deswegen was sagen, sollte nur einer versuchen, ihr Vorhaltungen zu machen … Davon hatte sie genug! Der Fahrer hatte es verstanden. Ihr Blick in seine entsetzten Augen über den Rückspiegel war Warnung genug gewesen.

Einer für alle, alle für einen. Andere Eltern sangen ihren Kindern am Bett Schlaflieder vor, ihre Eltern hatten sie, als sie klein war, mit diesem Satz in die Nacht verabschiedet.

Einer für alle, alle für einen. Funktionierte das tatsächlich? Und wenn ja, wer war der *eine*? Wer waren *alle*? Und vor allem, wer legte das fest?

Wie anders doch alles wirkte, wenn man die Perspektive veränderte.

Man hatte sie in den Kammern gequält. Das allein war nichts Neues. Über Bildschirm hatte sie das oft verfolgt, nie aber die

Stimmung danach so krass zu spüren bekommen. Rafi saß zusammengesunken neben ihr, den Kopf an die Scheibe gelehnt. Wie ein geschlagenes Kind. Seine Hände umfassten krampfhaft einen Gegenstand, als würde er sich daran festhalten. Ein Amulett?

Geno auf der anderen Seite, Akrom vorne auf dem Beifahrersitz, sie wirkten wie Wachsfiguren. Völlig leer.

Chrystal lehnte sich zurück und schloss die Augen. Ihre Finger strichen vorsichtig über den Ring in ihrer Hand. Sie hatte das Original wieder, das Erbstück ihrer Oma. Äußerlich glich er der Kopie, die sie bisher getragen hatte, im Inneren aber hatte er eine Gravur. *Sic itur ad astra.*

Der Ring hatte in Kammer 5 für sie bereitgelegen. Um ihre Motivation zu fördern. Ihr Eingreifen in die Schlägerei hatten sie hart kritisiert, ihr Job wäre es gewesen, sie zu verhindern. Nur wie?

Halte durch, Jael. Bitte!

Ohne ihn wäre alles vorbei. Sie würden untergehen.

Chrystal brauchte Abstand. Und kurz nachdem sie angekommen waren, machte sie sich durch die Dunkelheit auf in Richtung Kampfstudio. Im Rucksack hatte sie alles dabei, was sie benötigte: neue Farben, neue Caps. Sie wollte nicht kämpfen, sie wollte sprayen.

Ihre Flucht durchs Fenster hatte niemand bemerkt, weder die Jungs in der Wohnung noch die Männer, die im Schatten vor ihrem Haus Wache schoben. Um auf Jaels Rückkehr zu warten? Er war noch immer nicht zurück.

Chrystal schlich auf die Halle zu, links um den Anbau des Kampfstudios. Sie entdeckte den Notausgang, huschte an ihm vorbei und … war da! Vor ihr stand ihre perfekte Wand. Mit beiden Händen strich sie kurz über den tatsächlich fast unversehrten Putz. Keine großen Risse, keine Macken, kaum Schmutz. Hatte man die Wand extra für sie neu gestrichen?

Viel Zeit für ihr *Piece* blieb ihr nicht. Sie schüttelte die erste Dose in ihrer Hand und musste lächeln, als sie das Klackern der Kugeln im Inneren vernahm. Lange her, das Geräusch!

Dann stellte sie sich vor die Wand. Der Sprühdruck war super, die Farbe deckend. Chrystal begann zu summen.

Nach und nach entwickelte sich ihr Bild. Sie bückte sich gerade, um eine neue Dose zu öffnen, als plötzlich eine laute Stimme hinter ihr die Nacht zerriss. »Hände hoch!«

Sie fuhr zusammen. Die Dose rutschte aus ihren Fingern und rollte klappernd über den Steinboden. *Hände hoch?* Chrystal musste grinsen. Aus welchem Actionstreifen hatte der Typ denn diesen Spruch?

Langsam hob sie die Arme. Ergeben, dabei war jeder Muskel ihres Körpers einsatzbereit. Sollte der Typ tatsächlich bewaffnet sein, musste sie schnell reagieren, ein Schuss, und hier wäre die Hölle los. Wenn sie ihn aber unauffällig beseitigte, könnte sie wenigstens ihr Bild fertig kriegen.

In Zeitlupe drehte sie sich um.

»Du?!« Sie fragten sich das gegenseitig.

Chrystal lachte auf. Der Lederband-Typ! Ungläubig starrte er sie an, erst bewegungslos, dann ließ er langsam die Taschenlampe sinken.

»Super Waffe!« Ein Tritt, und sie wäre geflogen. »Und wie geht es jetzt weiter?« Chrystal sah ihn fragend an. »Willst du mich damit durchkitzeln?«

»Witzig!« Über ihre Schulter hinweg schaute er kurz zur Wand. »Sag mal, hast du 'nen Knall?«

»Wieso? Gefällt's dir nicht?« Sie stellte sich neben ihn und folgte seinem Blick. Eigentlich war jedes Wort mit ihm zu viel. Zuschlagen, dann die Spritze setzen. Nichts anderes verlangte die Situation. Nur hatte sie gerade Spaß! »Weißt du, es ist ja noch nicht fertig, die Hand, die du schon siehst, muss noch …«

»Mir ist das so was von scheißegal, was du hier … malst.«

Er baute sich vor ihr auf, seine Augen funkelten wütend. »Du machst den Mist weg. Hast du das verstanden?«

»Mist?« Sie verzog schmollend den Mund. Er hatte ihr Kunstwerk als Mist bezeichnet? »Das ist nicht nett, Felix. So heißt du doch, oder? Das ist kein Mist, das ist Kunst!«

Verächtlich schüttelte er den Kopf.

»Das ist keine Kunst. Das ist Scheiße, Chrystal! So heißt *du* doch, oder?« Er zog eine Augenbraue hoch, und die Spur eines spöttischen Lächelns zeigte sich auf seinen Lippen. Genau die Portion Überheblichkeit, die Typen für sie interessant machte. Sie zog ihre Mütze vom Kopf, schüttelte die Haare aus und ließ ihre Augen aufblitzen. Sein Atem beschleunigte sich, auch seine Füße suchten besseren Halt, aber noch hatte sie ihn nicht.

»Ja, ich bin Chrystal! Nett, dich kennenzulernen, Felix!« Ihre ausgestreckte Hand ergriff er nicht. Dass es ihm aber schwerfiel, sie auszuschlagen, verriet ihr sein kurzes Zucken in den Augen.

»Wir kennen uns schon. Dein Auftritt heute Morgen war beeindruckend.«

»Dein Eingreifen eher nicht.« Langsam frustrierte sie es, dass er sich so gut im Griff hatte. Immer wieder brachte er Distanz in seine Stimme. Würde er sich von ihr um den Finger wickeln lassen und ihr versprechen, die Aktion hier für sich zu behalten, könnte sie ihn sogar laufen lassen. Aber so?

»Wie meinst du das?« Seine Hand griff plötzlich nach ihrem Oberarm. Ungläubig starrte sie auf seine Finger. War der lebensmüde?

»Deine Aktion war völlig bescheuert. Warum geht jemand wie du dazwischen? Ich meine, das ist doch fast Selbstmord. Wenn man nichts kann, oder?« Sie wollte treffen. Und traf auch. Er ließ ihren Arm los. Nein. Er schmiss ihn regelrecht weg.

»Weil man das vielleicht macht? Es wenigstens versucht? Ich

mag Jens. Hätte es aber für jeden gemacht. Sich zu verpissen ist nicht meins!«

Das, was er gesagt hatte, musste sie erst mal schlucken. *Einer für alle. Alle für einen.* War es das, was er meinte? Sie wischte sich eine Haarsträhne aus dem Gesicht und bückte sich nach ihrem Rucksack.

»Vergiss es!« Mit einem Ruck riss er ihn ihr aus der Hand. »Du verpisst dich hier auch nicht einfach. Wie kommt es eigentlich, dass die Männer in Schwarz dich überhaupt wieder haben laufen lassen?«

Chrystal erstarrte. Rucksack. Sprayen. Das war nichts gegen das, was er scheinbar noch alles wusste. Den Impuls, ihm sofort an die Kehle zu gehen, unterdrückte sie und versteckte ihre Hände erst mal in den Hosentaschen. Noch brauchte sie mehr Informationen. »Männer in Schwarz?« Neugierig lächelnd schaute zu ihm auf. »Wen meinst du?«

»Ihr seid doch vorhin abgeholt worden. Du und die anderen. Wer war das?«

Chrystal legte ihren Kopf schief und ließ ihre Augen leuchten. »Stalkst du mich?«

»Klar! Ist ja ziemlich spannend mit dir.«

Zum ersten Mal sah sie ihn heute Abend lächeln. Seine Lachfältchen zogen sich unglaublich süß neben seinen Lippen in seine Wange. Schnell senkte sie den Blick. Jetzt brauchte sie eine verdammt gute Erklärung für das, was auch immer er gesehen hatte. »Ähm … Du meinst vorhin? Die Autos und …«

Er nickte.

»Wir haben ab und zu ein Treffen mit Vertretern der Organisation. Und die lassen sich immer unheimlich viel einfallen. Heute … ging's um ein Mystery-Spiel. Ziemlich aufwendig, aber cool!«

»Wow! Wir hatten schon gedacht, ihr wärt verhaftet worden. Oder hättet mit der Mafia zu tun.«

Wir? Chrystal horchte auf. »Habt ihr das? Wer gehört denn noch so zu deinem Überwachungsteam?«

»Ach, wir sind so … Oh, Moment!« Er zog sein Handy aus seiner Hosentasche. »Fiene?«

Ein Tritt gegen seine Hand, dann ein Schlag auf den Hals. Verflucht, warum reagierte ihr Körper nicht? Stattdessen stand sie regungslos da und hörte ihm zu.

»Ich denke in einer halben Stunde, okay? … Alles klar! Bis gleich.«

Verraten hatte er dieser Fiene nichts. Wenigstens das. Er hob entschuldigend die Hände in ihre Richtung und steckte sein Handy weg. »Ich muss los. Meine Schwester ist allein. Und du … du machst die Scheiße da weg. Okay?«

Wieder versagte ihr Körper. Er kam auf sie zu, und einen günstigeren Moment gab es nicht, als ihn sich jetzt zu schnappen und ihn dann vergessen zu lassen. War es die Schwester, von der er gesprochen hatte? Sein Lächeln? Oder die völlig absurde Aktion von ihm, die er gerade startete? Er hatte sich zu ihrem Rucksack gebeugt und fing tatsächlich an, ihre Dosen einzusammeln. Kopfschüttelnd hockte sie sich zu ihm. »Bist du hier eigentlich der Security-Man, oder was machst du hier?«

»Nein.« Wieder dieses Lächeln. »Ich … mache hier eher die Technik. Und hab hier meinen Übungsraum. Du hattest übrigens neulich recht mit deiner Vermutung. Ich spiele Gitarre.«

»Ich weiß, ich hab dich gehört. Am Samstag.«

»Was?« Überrascht schaute er sie an. Irgendwie waren sie sich beim Einsammeln der Dosen nähergekommen. Ihre Nasen berührten sich fast. Felix hatte kleine goldene Pünktchen in dem Braun seiner Augen. »Und was hast du hier gemacht? Schon mal die Gegend abgecheckt?«

»So ungefähr.«

Fragend zog er eine Augenbraue hoch. Sie lachte und erzählte ihm dann die ganze Geschichte. Die Flucht aus dem Kampfstudio stellte sie natürlich anders dar, beim Rest blieb sie aber bei der Wahrheit. Gitarre, tolle Stimme, Lederbänder. »Von wem hast du die eigentlich?«

»Ach Scheiße!« Felix sprang auf. »Von meiner Schwester. Ich muss wirklich los.«

»Echt?« Sie schaute auf die letzte Sprühdose, die noch neben ihrem Rucksack auf dem Boden stand, und fing an zu grinsen.

»Nix da, Chrystal! Ich meine das ernst. Bis morgen Abend ist das weg!«

»Kann es dir nicht völlig wurscht sein, was ich hier mache? Dir gehört die Wand doch gar nicht.«

»Boah, Mann! Der Sinn für andere fehlt dir komplett, oder? Ich kenne Jeff schon seit Jahren. Der hat das Gelände hier gepachtet. Und das Geld, um die Wand wieder weiß zu kriegen, hat der nicht einfach eben so. Ist vielleicht schwer für dich zu verstehen. Scheinbar habt ihr alle ja zu viel davon. Aber für ihn wäre das echt ein Problem.«

»Wow.« Sie betrachtete ihre Füße, schob mit ihnen Steinchen zusammen. Irgendwie fühlte sich ihr Kopf heiß an.

»Weißt du, was?« Mit einem Lächeln schaute sie wieder auf. »Du bist schon echt süß!«

»Was?«

Die Mischung aus Überraschung und irritiertem Stirnrunzeln war sogar mehr als süß, wie sie feststellen musste. »Doch, bist du. Lebensmüde, aber süß. Und wenn du nicht so furchtbar korrekt wärst, könnte ich ...«

»Netter Versuch, Chrystal!« Felix hob abwehrend die Hände, hatte aber ganz schön mit seinen Lippen zu kämpfen, die offensichtlich grinsen wollten. »Ich geb dir trotzdem nur bis morgen Abend Zeit.«

»Und wenn ich es nicht tu?« Sie legte ihren Kopf schief und ließ ihre Augen wieder leuchten. »Was machst du dann mit mir?«

»Dann zeige ich dich an.«

Trotz der echt unverschämten Drohung summte sie den Rückweg über leise vor sich hin. Felix! Irgendwie hatte der Typ sie ja nicht alle. Und sie wohl auch nicht. Ihr Verhalten ihm gegenüber war absolut verantwortungslos gewesen. Er hatte sie beobachtet, sie und die Männer in Schwarz. Er hatte sie erwischt. Er hatte ihr gedroht. Und sie ließ ihn laufen? Sollte der Clan auf irgendeine Weise davon Wind bekommen, dann war es das für sie. Trotzdem konnte sie mit dem Summen nicht aufhören.

Mauern. Zäune, Gärten. Sie wählte wieder den gleichen Weg über die Nachbargrundstücke, um in ihren Hinterhof zu gelangen. Der leere Platz in der Garage bestätigte ihr, dass diese Entscheidung richtig gewesen war. Genos Fahrrad lehnte an der Wand, der Jeep für Notfälle stand daneben, Jaels Corvette war aber noch immer nicht da. Wusste Elias vielleicht mehr? Sie musste ihn eh anrufen, schlich um den Jeep herum, kauerte sich zwischen Wand und Kühlerhaube und wählte die Nummer.

»Ja?«

»Elias?«

»Was gibt's?« Seine Stimme klang unangenehm überrascht.

»Weißt du was von Jael?«

Er antwortete nicht sofort, stattdessen hörte sie eine Tür, die sich schloss. »Nein«, flüsterte er dann. »Und es ist sicher nicht schlau von dir, mich deswegen anzurufen!«

»Schlau war es sicher auch nicht, ihm gerade heute sein Auto zurückzugeben! Ich kann nur hoffen …«

Er unterbrach sie hart. »War es das, Chrystal? Ich muss zurück.«

»Nein, warte! Erstens brauche ich meine Sachen fürs Tätowieren, auf die warte ich immer noch. Und … da ist noch was. Ich schicke dir gleich eine Standortaufnahme. Auf dem Gelände ist eine Wand, die du sauber machen musst.«

»Vergiss es! Für deine scheiß Sprühaktionen bin ich nun wirklich nicht zuständig.«

Chrystal lachte leise auf. »Oh doch, Elias! Das bist du. Und du wirst das unglaublich gern für mich machen. Und zwar *so* gern, wie ich mich immer um deine Frauen kümmere. Verstanden? Stell dir doch nur mal vor, wie blöd es wäre, wenn die Reste von einer nach Jahren plötzlich wieder auftauchen würden …«

XENIA

Langsam wurde ihr kalt. Laufklamotten waren zum Laufen gedacht. Nicht zum Warten. Xenia zog die Ärmel ihres Shirts über die Hände und verknotete ihre Arme vor der Brust. Unablässig wippte sie dabei mit den Füßen. Nur kam die Kälte blöderweise nicht allein von außen. Die Enttäuschung, die mittlerweile in ihr hochstieg, fühlte sich eisig an.

Es war zehn nach sieben. Er kam nicht.

Ein letztes Mal blickte sie sich nach Jael um, die Straße runter, zum Kiosk, zur Kreuzung. Nichts! Dann lief sie los.

Viel zu schnell. Sie hatte länger nicht mehr trainiert, und ihr Körper protestierte schon nach wenigen Hundert Metern mit fiesen Seitenstichen. Aber: Schmerzen waren gut! Immerhin hatte sie dann etwas, auf das sie sich konzentrieren konnte, um nicht an Jael denken zu müssen.

Nur hätte es dafür wahrscheinlich mehr als Seitenstechen gebraucht. Immer wieder flogen ihre Gedanken zu ihm.

Warum hatte er nicht wenigstens abgesagt?

Warum hatte sie sich um diesen Scheißkerl überhaupt solche Sorgen gemacht? Gestern Abend. Stundenlang. Bis endlich doch irgendwann ein schwarzer Wagen alle wieder nach Hause gebracht hatte. Was Schlimmes konnte nicht passiert sein. Dem Flimmern in den Fensterscheiben nach zu urteilen, hatten sie bis weit in die Nacht gezockt.

Xenia legte an Tempo zu, ballte die Hände zu Fäusten und trieb sich mit ihnen weiter an.

Doch ihre Enttäuschung ließ sich nicht abhängen, egal wie schnell sie lief. Sie blieb an ihr kleben. Beim Duschen. Beim Anziehen. Auf dem Weg zur Schule.

»Ich weiß grad echt nicht, was ich noch sagen soll.« Liva saß in der ersten Pause neben ihr auf der Bank. »Aber ... eins ist klar: Wenn der hier heute noch irgendwo auftaucht, kann ich für nix garantieren!«

Xenia lächelte müde. In ihr stritten sich mittlerweile die Gefühle. Enttäuschung gegen Wut. Und jetzt mischte Sorge plötzlich auch noch mit. Jael war nicht in der Schule, zumindest hatte sie ihn bis jetzt nicht gesehen. Die anderen schon. Was, wenn Liva doch mit ihrer Vermutung vorhin recht?

Vielleicht haben die men in black *ihn gestern dabehalten.*

War er gar nicht im Auto gewesen? Hatte sie sich in der Dunkelheit verguckt?

Sie zog ihre Beine in den Schneidersitz und verdrehte ihre Finger in den Schnürsenkel.

Liva lächelte. »Du magst den echt, oder?«

»Nein ... ja.« Ihrer Freundin konnte sie nichts vormachen, wollte sie auch gar nicht, nur verstand sie sich im Moment ja selbst nicht. »Eigentlich ist der Typ einfach nur scheiße: arrogant, unverschämt, nervig, aggressiv ... was weiß ich, was noch alles. Und dann ...« Ihre Finger fühlten nach der Aspirintablette. Sie steckte noch immer in ihrer Jackentasche. Gut verschlossen. »Und dann ... ist er auch ganz anders.«

»Anders? Hm ... Das wäre jetzt nicht das erste Wort, das mir zu Jaels Vorzügen einfallen würde, aber ...« Liva schnappte sich ihre Hand und zog sie mit sich von der Bank, als es gongte. Ein dumpfes Tropfen mischte sich unter die Schulglocke. Livas Tropfen, doch klang es gerade verdächtig nach ihren eigenen Tränen. Heute Morgen vor dem Duschen. Es verstummte, als sie ihre Hand freigab, um ihre Tasche zu schultern.

»Pass auf, Xen. Ich finde, wir geben ihm noch eine Chance. Einen Tag, um wieder aufzutauchen. Ja? Und wenn dann nichts kommt, keine Entschuldigung oder so, dann … dann trittst du ihm einfach in den Hintern.«

»Jael?« Xenia musste gegen ihren Willen lachen. »Ich glaube, das würde ich nicht überleben.«

Livas Vorschlag, es dann wenigstens mit einem coolen »Verpiss dich« zu versuchen, klang da schon besser. Und sein Gesichtsausdruck wäre es auf jeden Fall wert, die Worte schon mal zu üben.

Schmunzelnd kramte sie ihre Mathesachen aus dem Spind und schloss gerade die Tür, als Rafi in ihre Richtung kam. Langsam. Allein. Den Blick auf seine Füße gerichtet.

»Liva? Guck mal.« Vorsichtig nickte sie zu ihm rüber. »Mit dem ist doch was, oder?«

»Stimmt. Sein Lächeln ist weg.«

Und nicht nur das. Seinem Gesicht fehlte jeglicher Ausdruck. Seiner Haut die Farbe.

»Hi Rafi!« Livas Begrüßung ließ ihn kurz zusammenfahren, sorgte aber dafür, dass sich schlagartig seine Haltung veränderte. Gestraffte Schultern. Erhobener Kopf. Doch seine Mundwinkel fanden nicht ihren üblichen Platz.

»Hi!« Er schloss seinen Spind auf, packte seine Sachen hinein, holte seine Jacke raus, alles recht lässig, nur sah Xenia es: das Zittern seiner Finger.

»Ist alles okay bei dir?«

»Was?« Er folgte ihrem Blick auf seine Hände, und sofort klammerten sie sich ein wenig fester an das Papier, das er aus seiner Schultasche gezogen hatte. Umschläge?

»Geht so. Hab ziemlich Kopfschmerzen.«

»Oh!« Während sie mitleidig das Gesicht verzog, spürte sie einen Stupser im Rücken. Liva.

»Sag mal, Rafi, ist Jael auch krank?«

Xenia hielt die Luft an. Ziemlich direkt ihre Frage, was Rafi natürlich nicht entging. Mit hochgezogener Augenbraue näherte er sich Liva. »Wieso? Interessiert er dich?«

»Nein. Ich meine nur: *Du* siehst nicht fit aus. *Er* scheint nicht da zu sein. Wenn bei euch irgendein Virus ausgebrochen ist, sollten wir besser Abstand halten, oder?«

»Jael ist tatsächlich zu Hause. Aber ein Virus? Glaube ich nicht.« Nachdenklich rutschte sein Blick von ihr zu den Umschlägen in seiner Hand. »Aber wenn ihr lieber Abstand halten wollt, schicke ich euch die Einladungen besser mit der Post zu, oder?«

»Einladungen?« Xenias Blick flog zu den Umschlägen. *Liva Winter* und *Xenia Morin*. Ihre Namen standen in goldenen Buchstaben auf edel schimmerndem Papier.

»Wir machen am Samstag eine Einweihungsparty. Ob die Post allerdings bis dahin bei euch anko…«

»Quatsch!« Xenia schnappte sich die Umschläge, bevor er sie wieder wegstecken konnte. Wie schnell sich Dunkel in Hell verwandeln konnte. Jael war krank. Ganz einfach. Und: Es gab eine Party!

Am Ende des Schultags musste sie allerdings feststellen, dass Umschläge doch in der Lage waren, Viren zu verbreiten.

Dieser hier hieß Einweihungsparty und war äußerst aggressiv. Innerhalb weniger Stunden war die gesamte Schule infiziert, die einen mit dem Erreger selbst, die anderen litten unter der Nebenwirkung: nicht eingeladen.

In ihrer Clique fanden sich Vertreter beider Gruppen, gerecht verteilt: Neben ihr und Liva hielt auch Felix den kostbaren Umschlag in der Hand. Janne, Valentina und Julian nicht, wobei Letzterer es am wenigsten schwernahm und behauptete, er wäre eh nicht hingegangen. Janne war enttäuscht, vor allem, weil Felix hinging. Mittlerweile hatte auch sie mitbekommen, dass er Chrystal spannend fand. Und Valentina war richtig angepisst! Was Liva nicht davon abhielt oder erst recht motivierte, immer wenn sie in der Nähe war, das Thema *Was ziehe ich Samstag nur an?* anzusprechen.

Xenia drückte sie zum Abschied und spurtete los, um die Bahn noch zu kriegen.

Sitzplatz. Handy. Ohrstöpsel. Sie rief ihre Playlist auf.

»Hi!«, kam es plötzlich vom Sitz gegenüber.

Sie blickte auf. Direkt in helle blaue Augen. Geno! Vor Schreck flutschte ihr fast das Handy aus den Fingern. Er nahm den ganzen Raum vor ihr ein, vornübergebeugt, die Ellbogen auf den Knien abgestützt, sah er sie neugierig an.

»Äh, hi!« Sie nahm die Kopfhörer raus.

»Du bist Xenia, oder?«

»Ja?«

»Ich bin Geno.« Er richtete sich auf, und dabei fiel sein Blick auf ihre Hände. Kabelwirrwarr, Handy. Sie waren nicht frei. Wollte er sie ebenfalls mit Handschlag begrüßen?

»Schön, dich mal zu treffen. Rafi hat schon viel von dir erzählt.« Er lehnte sich unverrichteter Dinge wieder zurück und lächelte sie an. Offen – entspannt, sodass sich auch Xenias verkrampfte Finger ein wenig lockerten.

»Echt? Was denn?«

»Hm? Darf ich das verraten?« Geno strich sich über das Kinn. Er versuchte, ernst zu bleiben, schaffte es aber nicht. Seine blauen Augen lachten. »Nein, ich glaube, das wäre unfair. Aber ... erzähl *du* mir doch einfach was von dir?«

Skeptisch verzog sie das Gesicht. »Was denn? Lieblingsfarbe? Lieblingsessen? Liebl...«

»Nö. Mich würde eher interessieren ... was für einen Sport du machst.« Er deutete mit dem Finger auf ihren Rucksack. Ihr blöder Button! *Jugend trainiert für Olympia.* Eigentlich nur noch da, um den fiesen Tintenfleck zu überdecken.

»Schwimmen. Aber ich habe aufgehört.«

»Echt? Wieso?«

Zu viel Druck. Stress. Xenia erzählte ihm, warum sie im vergangenen Jahr ziemlich abrupt die Reißleine gezogen hatte.

Interessiert rutschte er wieder näher. »Und, fehlt es dir? Ich meine, wenn du so lange dabei warst?«

»Manchmal.« Sie drehte an dem Button rum. »Wobei, die Wettkämpfe nicht. Eher das Schwimmen selbst. Im Wasser hab ich immer alles um mich herum vergessen können.«

Geno nickte verstehend. »Das kenne ich. Bei mir ist das beim Radfahren so. Ohne den Sport würde ich eingehen.« Jeden Tag fuhr er, egal bei welchem Wetter, und das seit Jahren. Die Stadt kannte er durch seine Touren schon erstaunlich gut, das Umland auch. Xenia musterte ihn mit wachsendem Interesse. Es war angenehm, sich mit ihm zu unterhalten. Überraschend angenehm. Und während Rafi unter den Neuen der Dauergrinser war, und Jael eher der, der mit einem Lächeln äußerst sparsam umging, lag Geno auf eine nette Art genau dazwischen. Dazu war er optisch … schon süß. Schmaler als Jael. Auch im Gesicht, was seine etwas schief stehende Nase noch mehr betonte. Xenia mochte den kleinen Fehler in dem ansonsten definitiv hübschen Gesicht. Liva und er – warum eigentlich nicht?

Als ihre Haltestelle durchgesagt wurde und sie gemeinsam ausstiegen, waren sie gerade beim Thema Einweihungsparty.

»Und alle werden echt wieder nach Hause gefahren?« Sie hatte auf der Karte was von einem Shuttle-Service gelesen und fand die Vorstellung noch immer ziemlich schräg.

»Ja, alle.« Geno zwinkerte ihr zu. »Nur du wohl nicht. Aber ich bringe dich nach der Party auch gerne persönlich nach Hause.« Anscheinend wollte er ihr zeigen, dass er es wirklich ernst meinte, denn er bot ihr tatsächlich gerade seinen Arm an, um mit ihr die Straßenseite zu wechseln. Xenia schluckte. Testen oder nicht? War er auch ein Stiller? Die Gelegenheit war da, und besser als ein Handschlag. Stoff dämpfte! Vorsichtig hakte sie sich bei ihm ein. Und – tatsächlich! Sie versank in Stille. Zwar erneut nicht so eine allumfassende und beruhigende wie bei Jael, aber es schien, als würde sie plötzlich tiefes Wasser umgeben, in das nur die Ahnung einer Welt von außen hineindrang. Unter Wasser. Vergessene Heimat. Wie gerne würde sie einfach losschwimmen, in die Stille hinein. Stattdessen aber tauchte sie wieder auf. Neben Geno, auf der anderen Straßenseite, im Lärm der Stadt. Er hatte sie losgelassen, doch sein Blick hing noch an ihr. An ihren Lippen. Sie lächelte verträumt. Mist. Ein mulmiges Gefühl schlich sich in ihren Magen. Schwärme von Freundinnen waren für sie absolut tabu! Verstand er hier etwas falsch? Augenblicklich stellte sie ihr Lächeln ein paar Grad kühler. »Danke. Und den Rest schaffe ich jetzt gut allein.«

Er grinste, machte aber keine Anstalten zu gehen, sondern lehnte sich ziemlich lässig neben ihre Eingangstür an die Hauswand. »Ich freue mich, dass du zur Party kommst. War ’ne gute Wahl von Rafi!«

Seine Augen strahlten äußerst blau zu ihr herüber. Der flirtete echt! Sofort trat Xenia einen Schritt zurück und kramte in der Jackentasche nach ihrem Schlüssel. Sie musste schleunigst rein.

»Kommst du allein zur Party? Oder gibt es da jemanden, von dem ich wissen sollte?«

Ihr rutschte der Schlüssel aus den Fingern, klirrend fiel er zu Boden. Geno lachte. Über ihr Missgeschick? Oder über die Röte, die ihr ins Gesicht schoss? Sie bückte sich, um ihn aufzuheben, doch er war schneller. Am Finger baumelnd hielt er ihr den Schlüssel entgegen, immer so weit entfernt, dass ihr Zuschnappen ins Leere ging.

»Geno!« Sie sah ihn mahnend an. »Ich glaube, wir sollten hier unbedingt was klären.«

»Oh ja. Unbedingt!« Sein Grinsen wurde immer breiter.

Lautes Motorengeräusch ließ sie plötzlich aufhorchen. Weiter unten parkte gerade irgendein Spinner sein Auto ein, es wurde mehr in die Lücke gepresst als gesteuert. Und aus der komischen Mischung aus Oldtimer und Sportwagen stieg … Jael!

Sofort zündelten in ihr kleine Flammen auf. Knisternd verbreiteten sie sich. Ihn unvorbereitet zu sehen, war wie Bier auf nüchternen Magen. Es verdreifachte die Wirkung.

Dass Geno ihr mittlerweile den Schlüssel in die Hand gelegt hatte, spürte sie, wegsehen von Jael konnte sie aber nicht. Er schloss gerade die Autotür ab, drehte sich um. Und stockte. Ihr Herz auch, denn er starrte zu ihr rüber. Dann mit zusammengekniffenen Augen zu Geno.

»Xenia?« Geno schob sich in ihr Sichtfeld. Doch über seine Schulter hinweg sah sie Jael näher kommen, jetzt mit Sonnenbrille und äußerst schnellen Schritten.

»Ähm …« Sie schenkte Geno einen tiefen Seufzer.

Auf die Hand, die sich schwer auf seine Schulter legte, reagierte er mit einer schnellen Drehung. Und wieder reichte Jael nur ein Nicken, um ihn zu verscheuchen. Dann machte er einen Schritt und verdunkelte ihr mit seinem Schatten die Sicht. Xenias Hände suchten Halt am rauen Beton der Hauswand. Krank sah er nicht wirklich aus. Nur an seiner Stirn, am Haaransatz, entdeckte sie eine Schramme.

»Hat er dich angefasst?«

»Was?« Kein Hallo. Keine Entschuldigung. Nur diese … komische Frage? In den Gläsern seiner Sonnenbrille sah sie ihr Gesicht. Sie schaute viel zu verschreckt. Überlegen wollte sie sein!

»Hallo Jael! Nett, dich zusehen. Doch nicht krank?«

»Ich habe dich was gefragt!«

Warum sie ihm tatsächlich antwortete, wusste sie nicht. Ihr rausgepresstes »Nein.« schien in ihm aber etwas zu verändern. Zwischen ihnen auch, er ließ ihr mehr Luft und zog sich ein wenig zurück.

»Gut. Und weiter?«

»Was willst du, Jael?« Das coole *Verpiss dich* klemmte noch, ihre Stimme aber war wenigstens schon mal auf passendem Level.

Er blickte kurz über die Schulter, bevor er sich ihr wieder zuwandte. Seine Kiefermuskeln zuckten. Suchte er nach Worten?

»Hast du eine Einladung von ihm bekommen?«

Er ist … eifersüchtig!

Xenia legte ihren Kopf schief und lächelte. »Ist Geno gerade dein Problem?«

»Geno ist grundsätzlich ein Problem. Also?«

»Nein.«

»Gut.« Er klatschte neben ihr gegen die Hauswand, wandte sich um. Und ging. Einfach so.

Ungläubig starrte Xenia ihm nach. Dem breiten Rücken, den Händen, die jetzt tief in seinen Taschen steckten, dem lässigen Abgang.

»Ich hab aber eine bekommen, falls es dich interessiert!«, rief sie ihm hinterher. Dass sich ihre Stimme dabei fast überschlug, war ihr in diesem Moment scheißegal. »Von Rafi. Der sich sehr freut …«

Sein ruckartiges Umdrehen, das Tempo, mit dem er auf sie zusteuerte, raubten ihr die letzten Worte. Seine Hände landeten rechts und links neben ihrem Kopf an der Wand, sperrten sie ein. Seine Nasenspitze berührte fast ihre. »Du wirst nicht kommen.« Xenia begann zu zittern. »Du kannst mich mal!«, fauchte sie zurück, presste dabei ihren Schädel fest gegen den Beton.

»Du wirst krank sein. Oder hast schon was vor. Aber ich will dich an dem Abend nicht bei uns sehen. Verstanden?«

Tränen stiegen in ihr auf. Doch nicht jetzt! Nicht vor *ihm*. Sie versuchte, sie wegzublinzeln, wollte sie sich aus den Augen wischen, bevor sie herausquollen, nur hatte sie zwischen ihnen nicht mal Platz, ihre Arme zu bewegen. Ein gequältes »Wieso?« zitterte über ihre Lippen.

Sekunden verstrichen.

»Du bist bei uns nicht erwünscht.« Kalt und trocken sprach er die Antwort aus. Worte, die wie Schläge dafür sorgten, dass etwas in ihr zerbrach.

Unter einem verschwommenen Schleier sah sie nur noch, wie er sich abstieß, etwas aus seiner Jacke herauskramte und ihr vor die Füße warf. »Tränen stehen dir nicht!«

Dann ging er. Ohne sich noch einmal umzudrehen.

Xenia senkte den Blick.

Ein Taschentuch lag vor ihr auf dem dreckigen Boden. Der Wind nahm es mit.

FELIX

Warum wollte sie kein Taschentuch? Er hatte ihr extra eine Packung aus dem Bad geholt, doch sie nahm lieber die Ärmel ihres Pullis. Dunkel verfärbte sich bereits der Stoff unter ihren Tränen. Felix sah auf ihr verquollenes Gesicht. Sie lag zusammengerollt neben ihm auf dem Sofa. Seinen Arm hatte sie abgelehnt, sich stattdessen ihre Kuscheldecke genommen.

»Ich bin extra gekommen, Xen, um zu gucken, wie es dir geht. Und wenn du willst, klingel ich jetzt da drüben und hau dem eine aufs Maul. Was ich wahrscheinlich nicht überleben würde. Aber ... ich würd's machen.«

Sie lächelte zaghaft.

»Du kannst aber nicht von mir verlangen, dass ich deswegen jetzt auch nicht auf die Party gehe.«

Ihr Lächeln verschwand augenblicklich. »Ich hab doch gar nicht gesagt, dass du nicht hingehen sollst.«

Vorsichtig strich er ihr über die Schulter. »Ja, aber ich kenne dich. Und zwar so gut, dass ich auch das verstehe, was du nicht sagst.«

»Das ist fies.« Xenia wischte seine Finger weg und richtete sich auf. »Dann kann ich ja sagen, was ich will, oder eben nicht und du biegst es dir zurecht. Geh doch hin, es ist deine freie Entscheidung!«

»Ach ja?« Skeptisch zog er eine Augenbraue hoch.

Das wird sicher total der blöde Abend. Oder: *Nur Blödmänner geben sich mit denen ab.* Sie hatte wirklich nichts ausgelassen, um ihm die Party auszureden. Ihm nicht mal geglaubt, dass er Chrystal zufällig gestern am Bunker begegnet war und heute Mittag von ihr die Einladungskarte bekommen hatte. Zum Glück wusste Xenia nichts von ihrer Sprayaktion.

»Und trotz Jael hinzugehen, schließt du aus?«

»Ja! Das mache ich nicht.« Erneut traten ihr Tränen in die Augen. »Nur, um mich dann vor allen doch wieder rausschmeißen zu lassen? Felix, der meinte das ernst!«

»Ich wär doch aber auch noch da. Ich …«

»Und was würdest du machen?« Ihr Ton wurde verächtlich. »Vor dem kuscht jeder. Und er hat genug Schläger an seiner Seite. Nicht nur Akrom. Deine Chrystal kann das ja auch gut.«

»Xen!« Er warf ihr einen warnenden Blick zu. »Langsam wirst du echt immer deutlicher mit dem, was du verlangst, oder? Ich werde da hingehen. Und würde mich total freuen, wenn du mitkommst. Ich verspreche dir auch, aufzupassen, dass das Arschloch sich da benimmt. Aber mehr geht nicht.«

Sie schwieg, und Felix stand auf, er sammelte stumm Schlüssel und Handy vom Sofatisch ein.

»Meld dich, falls was ist, okay? Und ich hoffe, Liva kann dich mehr aufmuntern als ich.«

»Danke, dass du da warst!«, kam es leise von ihr, und das kurze Streicheln über sein Bein nahm er als Friedensangebot an. Vorsichtig lächelte er zu ihr hinunter. Und ging.

Doch ihren traurigen Blick nahm er mit. Wut quoll plötzlich in ihm hoch. Gewitter entstanden ja bekanntlich immer dann, wenn zwei Stimmungslagen aufeinanderprallten. Sein Hoch *Chrystal* prallte einfach gerade hart auf Xenias Tief *Jael*. Aber verstehen konnte er sie. Das, was Jael da mit ihr abzog, war nichts anderes als große Scheiße!

Du bist nicht erwünscht. Wie hatte er ihr so was Unmögliches nur mitten ins Gesicht schleudern können? Gerade Xenia, deren

Selbstbewusstsein ja nun wirklich kein prall gefüllter Ballon war, aus dem man einfach mal ein bisschen Zuviel an Luft ablassen konnte. Er würde ihn sich vorknöpfen, egal, wie es für ihn ausging, nur warteten auf ihn jetzt seine Mutter und Fiene zu Hause. Und ein kleiner Umweg, den er noch unbedingt machen musste, schließlich brauchte er Gewissheit, ob Chrystal ihr Versprechen gehalten hatte.

Er war bereits kurz vor dem Bunker, als sein Handy auf der Ablage klingelte. Chrystal! »Und? Warst du schon da?«

Sein Grinsen sah sicher dämlich aus. »Gerade auf dem Weg.«

»A-ha!« Sie lachte. »Traust mir also nicht?«

»Vertrauen muss man sich verdienen. Oder?«

»Unbedingt. Aber sein Wort halten auch!«

Felix' Grinsen wurde breiter. »Unbedingt!«

Eine wieder makellos weiße Wand für sein Erscheinen auf der Party. Den Deal hatten sie heute in der Pause abgeschlossen, als sie sich zufällig auf dem Flur begegnet waren. Nur hatte er dort gar keinen Kurs gehabt.

»Na, dann freue ich mich auf dich am Samstag!«

Und er sich erst! Felix schaltete das Radio ein und trommelte mit seinen Fingern auf dem Lenkrad herum. Die Lederbänder an seinen Handgelenken entlockten ihm erneut ein Lächeln. An ihnen hatte sie ihn erkannt, den Gitarrenspieler mit der sehnsuchtsvollen Stimme. Ihre Worte, nicht seine. Und dazu gelächelt, wie nur sie es konnte. Eine unwiderstehliche Mischung aus unschuldig-schuldig. Hätte er am letzten Samstag gewusst, dass sie im Hof lauschte, wäre ihm seine Stimme sicher weggerutscht.

Er bog zum Bunker ab und lehnte sich so weit nach vorne, dass seine Nase fast die Windschutzscheibe berührte. »Yes!« Eine völlig weiße Wand strahlte ihm entgegen. Er mochte das Kribbeln, dass durch seinen Magen tanzte, allein bei dem Gedanken, am Samstag einen ganzen Abend mit ihr verbringen zu können.

Für den Weg nach Hause legte er eine seiner Rolling-Stones-CDs ein und sang sich mit Mick Jagger durch den Feierabendverkehr.

»Rafi?«

Fienes Strahlen, mit dem sie den Namen von der Einladungskarte ablas, ließ Felix am Abendbrottisch verwundert das Messer senken. »*Du* kennst den?«

»Ja, klar! Jeder kennt den. Und die anderen Cullens auch. Akrom, Geno ...«

»Cullens?« Seine Mutter schaute vom Tomatenschneiden hoch. »Wer ist das?«

»Hallo? Cullens! Twilight? Vampire?« Jeder Tipp, den Fiene raushaute, vergrößerte ihre Augen. »Rafi und die anderen sind mit Sicherheit alles Vampire, sagen wir zumindest. Und adoptiert von ...«

Felix lachte ihr ins Wort. »Du hast Chrystal vergessen. Aber ...« So richtig wollte es in seinen Kopf nicht passen, dass Fiene die alle kannte. Sogar in die Unterstufe hatten es ihre Namen geschafft?

»Chrystal. OMG! Die ist ... Hast du mal die Augen von der gesehen? Blauer geht's nicht. Und allein ihre Hosen. Mama, so eine wünsche ich mir auch. Hab nur noch nicht rausgefunden, wo es die gibt.«

»Vampire? Felix, muss ich mir Sorgen machen?« Seine Mutter zwinkerte ihm verstohlen zu.

»Sorgen? Ne, höchstens über solche Hosen.« Schief grinsend schüttelte Felix den Kopf.

»Und du kennst jemanden von denen?« Seine Mutter hatte sich die Einladungskarte herübergezogen, nicht ohne sich vorher die Hände am Küchentuch abzuwischen. Das edle Papier mit den gestanzten Goldbuchstaben hätte auch eine Einladung ins Königshaus bedeuten können.

Er erzählte ihr, dass Rafi in seine Stufe ging. Von Chrystal wollte er nichts preisgeben, musste er auch gar nicht, da Fiene sofort wieder dazwischenquatschte. »Und ab Montag lerne ich Rafi kennen, der macht nämlich bei der Hausaufgabenbetreuung für die 5. Klassen mit.«

»A-ha.« Er nickte. War aber durch mit dem Essen. Nicht dass er Rafi nicht mochte. Nur ... wenn er könnte, würde er Fiene gerne hinter Glas stellen oder ihr einen Schutzzauber um den Hals hängen. Bei Vampiren war es Eisenkraut, oder?

Verbena officinalis übersetzte Google seine Anfrage. Gab es sogar online zu bestellen.

JAEL

Er riss die Augen auf. Um ihn herum war es dunkel, alles still. Doch sein Körper schlug Alarm. Etwas hatte ihn an den Füßen gepackt, an den Beinen, umklammerte sie fest und hielt ihn gefangen. Jael schnellte hoch, seine Hände griffen nach unten, doch alles, was sie zu fassen bekamen, war … feuchter Stoff?

Seine Bettdecke. Er musste sie im Schlaf von sich gestrampelt haben. Und so verschwitzt und verdreht, wie sie seine Knöchel umschlang, konnte es nur eins bedeuten: Er hatte wieder von ihr geträumt.

Stöhnend ließ er sich auf sein Bett zurücksinken, das Laken unter ihm empfing ihn ebenfalls feuchtwarm und klebte wie eine zweite Haut an seinem nackten Rücken. Jael schloss die Augen. Langsam puzzelte sich ihr Gesicht wieder zusammen.

Xenia. So deutlich, wie er sie vor sich sah, ihre dunklen Locken, die goldbraunen Augen, ihr Lächeln – er musste die ganze Nacht mit ihr verbracht haben.

Wenn er schlief, hatte er keine Kontrolle, weder über seine Gedanken noch über seinen Körper. Träumen war Verrat.

Wie schaffte sie es nur, sich immer wieder in seine Gedanken zu drängen und in ihm diese Hitze hervorzurufen? Er hatte sie seit dem Gespräch vor ihrem Haus gemieden, sie gestern in der Schule komplett ignoriert. Und doch raste ihm sein Puls immer wieder weg, nur weil er an ihrem Klassenzimmer vorbei musste. Oder sie von Weitem mit ihren Freunden zusammenstehen sah. Oder ihre Stimme hinter sich hörte.

Jael schälte sich aus seiner Decke und setzte sich auf die Bettkante. Der Wecker auf dem Nachttisch zeigte 7:23 Uhr. Noch knapp zwölf Stunden bis zur Party.

Gut, dass er sie unmissverständlich ausgeladen hatte. Seine Schwäche konnte er sich heute nicht leisten. Zudem war die Gefahr groß, dass die anderen sie als das erkannten, was sie war: eine Immunitin.

Über seinem Schreibtischstuhl hing ein Shirt. Er zog es an und strich sich kurz durch seine Haare, bevor er sich vor das Glasfenster in seiner Tür stellte. Zeit, sich einzuscannen. Die Blume des Lebens erwachte und tauchte sein Zimmer in rotes Licht.

»Ich schwöre Treue, Loyalität und bedingungslosen Gehorsam.«

Im Bad schaltete er das Radio an, seit Mittwochabend brauchte er Musik, Stimmen, egal was, um das Geräusch von Wasser zu übertönen. Kammer drei! Die Wellen. Die Bilder. An nichts danach konnte er sich mehr erinnern, weder wie er in das Auto gestiegen noch wohin er gefahren war. Vollständig verdreckt hatte die *Corvette* nachher ausgesehen, wahrscheinlich hatte er Felder mit ihr gepflügt.

Er stellte den Duschregler auf Blau und sich direkt unter den eiskalten Strahl. Ab jetzt zählte nur noch eins: absolute Kontrolle.

Mit dem ausgearbeiteten Tagesplan erschien er pünktlich um neun im Esszimmer. Dass alle anderen dort bereits am Tisch auf ihn warteten, quittierte er mit der Andeutung eines Lächelns. Was sich auch nicht verbreiterte, als er die dampfende Kaffeetasse an seinem Platz am Kopf des Tisches erblickte. »Danke, Chrystal.«

Er setzte sich und schob den Kaffee dabei demonstrativ zur Seite. Niemand sollte sie beide für ein Team halten! Er hatte die letzten zwei Tage geschwächelt, in der Zeit hatte Chrystal einige Aufgaben übernommen, vor allem die Vorbereitungen für die Party. Jetzt aber war er zurück.

Rafis Aufmerksamkeit hatte er sofort, er stellte sogar das Kaugummikauen ein, Akroms und Genos holte er sich mit einem stummen, kühlen Blick.

»Zehn Stunden bis zur Party. Ab jetzt läuft die Uhr rückwärts. Ich bin den Tag durchgegangen. Um 10 Uhr kommt der Cateringservice. Für alle noch mal zur Erinnerung: Hier findet ein Werbedreh statt. Kein Wort über eine Party. Verstanden? Und spätestens um 14 Uhr möchte ich keinen mehr von denen hier sehen. Chrystal, du sorgst dafür.«

»Ja! Ist auch mit denen so abgesprochen. Sie sollen …«

»Danke.« Sein hartes Unterbrechen schmeckte ihr nicht. »Akrom? Du kümmerst dich um die Shuttlebusse. Wir haben zwei bestellt. Die Fahrer werden sich um 16 Uhr telefonisch bei dir melden. Ich werde gleich die Autos aus unseren Garagen fahren und Platz für sie machen. Wichtig ist auf alle Fälle: Keiner von denen betritt das Haus! Für die Eingangskontrolle und die Fahrer wird im Hof hinten eine mobile Toilette aufgestellt. Das ist dein Job, Rafi. Die soll um 11 Uhr geliefert werden. Sieh zu, dass da alles klappt.« Er schaute kurz von seinen Unterlagen auf. Rafi nickte brav. Er hätte ihm auch den Auftrag geben können, den Männern die Hintern abzuwischen, und er hätte ihn abgenickt. Er hatte ihn eingenordet. Xenia ohne sein Wissen einzuladen, obwohl sie unter seinem *Protectio* stand, hatte zu einer harten Auseinandersetzung geführt.

»Gut. Geno, du nimmst gleich die Anlieferung des Billardtisches entgegen und kümmerst dich dann um die Kletterwand. Rafi und Akrom werden dir beim Aufbau helfen, okay? Anschließend schaut ihr nach der Musikanlage.«

»Klar.« Geno verschränkte seine Arme auf der Tischplatte und beugte sich vor. »Und du, Jael? Was machst du?«

»Den Rest.« Er spürte das Zucken seiner Nackenmuskeln, das Verlangen in sich, Geno über die Tischplatte zu ziehen, um ihm unmissverständlich klarzumachen, was er vor allem mit *ihm* alles machen konnte. Er hatte seine Provokationen satt. Und irgendwann, das versprach er sich zähneknirschend, irgendwann würde er das auch tun! Nur nicht heute. Mit beherrschter Miene erklärte er der Runde, dass er in erster Linie für die Sicherheit sorgen würde. Nicht die der Gäste, sondern ihrer eigenen. »Das, was hier heute Abend abgehen wird, habt ihr alle noch nicht erlebt. Es wird laut. Es wird voll. Es wird eng. Die Leute kommen, um Spaß zu haben. Und den finden sie hier. Allerdings werden sie sich morgen an den Abend nicht mehr wirklich erinnern. Beste Bedingungen für uns also. Wir können ausnahmsweise mal relativ entspannt sammeln.«

»Geil!« Akrom, der bisher eher lässig auf seinem Stuhl gesessen hatte, rückte grinsend sein Basecap zurecht und rutschte näher an den Tisch. »Aber was den Spaß betrifft: Gibt es irgendwelche … Hausregeln?«

»Klar!« Chrystal zwinkerte ihm über ihre Kaffeetasse hinweg zu. »Tür zu und nicht ohne Gummis, Jungs!«

Jael gab dem allgemeinen Gelächter kurz Raum, schließlich zuckten auch seine Mundwinkel. Heute Abend würde es sicher nicht nur nette Gespräche geben.

Mit einem Räuspern sorgte er wieder für Ruhe am Tisch. »Du solltest die Regeln kennen, Akrom. Aber für alle gerne nochmal die wichtigsten. Erstens: Wir sind heute Gastgeber, und zwar äußerst nette. Sollte es irgendwelche Probleme geben, lasst euch nicht provozieren, schafft die Leute einfach raus. Keine Prügeleien. Keine handfesten Auseinandersetzungen, die an irgendwem sichtbare Spuren hinterlassen. Außerdem darf sich keiner der Anwesenden so betrinken, dass ärztliche Hilfe gebraucht wird. Oder sogar die Polizei hier antanzt. Für uns gilt ganz klar: absolutes Alkoholverbot. Wir behalten in jedem Moment die Übersicht. Das heißt auch, verschwindet nicht zu lange auf euren Zimmern und denkt vor allem daran, die Glasfenster in den Türen geschlossen zu halten. Zweitens:

Entleert gezielt. Schaut zum Beispiel genau, wer was ablegt, um die Kletterwand benutzen zu dürfen, und nehmt euch nicht wahllos alles, vor allem nichts, was wir nicht später einfach austauschen könnten. Damit meine ich zum Beispiel Feuerzeuge, Haargummis, billigen Schmuck, Zigarettenschachteln. Keine Schlüssel, Ausweise oder andere Wertsachen. Ich möchte nicht, dass am Montag in der Schule jeder, der hier war, irgendwas Wichtiges vermisst. Das würde auffallen. Drittens: Sorgt dafür, dass alle genügend Wasser trinken, damit das mit dem Vergessen klappt. Für uns sind nur die Flaschen mit den blauen Deckeln. Die sind safe.«

»Ist in den anderen Getränken nichts drin?« Geno blickte skeptisch auf. »Im Bier? Im Wein? Ich meine, nicht jeder trinkt Wasser, oder?«

»Das stimmt. Aber wenn man das Mittel mit Alkohol mischt, verliert es an Wirkung. Also müssen wir heute dafür sorgen, dass ordentlich Wasser getrunken wird.«

»Was kein Problem sein dürfte.« Chrystal schaltete sich ein. »Ich habe mit dem Caterer gesprochen. Es wird spanisch-mexikanisches Fingerfood geben.« Sie lächelte. »Mit extra viel Knoblauch und Chili. Die werden alle nach Wasser betteln!«

»Sehr gut.« Jael hob amüsiert eine Augenbraue. Sie dachte gut mit … zu gut! Die Idee, das Essen zu schärfen, war äußerst clever. Aber bedeutete das, sie hatte gewusst, dass Alkohol generell nicht präpariert werden konnte? Wenn ja, hatte sie erstaunlich viele Informationen für ihren Entwicklungsstand. Angeblich Stufe 3?

»War es das so weit?« Geno zeigte auf seine Uhr. »Ich muss jetzt langsam mit der Kletterwand anfangen, sonst schaffe ich das alles nicht.«

»Vorerst ja.« Jael griff nach dem Zeitplan vor sich und rollte ihn zusammen. »Zum Schluss nur eins noch.« Er nahm besonders Rafi in den Blick. »Sollte trotz allem hier irgendwas aus dem Ruder laufen, jemand etwas bemerken oder sonst wie Schwierigkeiten machen, kommt ihr zu mir, okay? Ich löse das Problem dann sofort.« Er klopfte mit seiner Rolle auf den Tisch. »Auf geht's!«

»Jael?« Chrystal zupfte ihn am Ärmel, als er gerade auf dem Weg in die Küche war, um sich selbst einen Kaffee zu machen.

»Was gibt's?«

»Ich wollte dir nur sagen, wenn es heute Abend tatsächlich Schwierigkeiten gibt … du also eingreifen musst … Ich könnte dir helfen, wenn du verstehst, was ich meine. Ich hab …«

»Du bist Stufe 5?« Überrascht drehte er sich zu ihr um.

»Was? Nein!« Sie lachte, allerdings nur kurz, dann verzog sie schmerzhaft ihr Gesicht. Hatte er sie zu hart gepackt?

»Was wolltest du dann andeuten, Chrystal?« Er lockerte seinen Griff um ihren Oberarm, dachte aber nicht daran, sie gänzlich loszulassen. Sowohl die Spritzen als auch die blaue Todeskapsel erhielt niemand, der sich nicht mindestens auf Stufe 5 befand.

»Ich wollte gar nichts andeuten, Jael. Ich wollte dir nur meine Hilfe anbieten.« Sie riss sich los. »Ich weiß, wie man die Spritzen setzt. Ich kenne auch die richtige Dosierung. Das gehört bei uns in Amerika mit zur Ausbildung. Ich bin nicht Stufe 5. Und ausgehändigt hat man mir gar nichts.«

Tief in ihren Augen meinte er, ein Flackern zu sehen, ganz kurz, bevor es erlosch. Zeigte es sich in ihren Augen, wenn sie log?

»Entschuldige, Chrystal.« Der unerwartet samtweiche Klang seiner Stimme schien sie zu irritieren, doch sie zuckte nicht zurück. Auch nicht als er ihr eine Haarsträhne aus dem Gesicht strich und sie ihr mit einem überaus netten Lächeln hinters Ohr klemmte. »Danke für dein Angebot. Ich weiß es zu schätzen, dass ich mich in allem so gut auf dich verlassen kann!«

»Natürlich.« Sie lächelte auch, überschritt dabei allerdings irgendwann den Punkt, an dem es freundlich aussah. »Und weißt du, worauf du dich noch verlassen kannst, Jael? Das nächste Mal, wenn du mich anpackst, knall ich dir eine.«

Er lachte auf. »Nicht drohen, Chrystal!« Spöttisch schüttelte er den Kopf und lehnte sich mit verschränkten Armen an den Küchentresen. »Machen! Einfach machen.«

Ihre Antwort ließ er im Geräusch der Kaffeemaschine untergehen.

Sie war eines der reizvollen Exemplare, die beides hatten: Hirn und gutes Aussehen. Jael gönnte sich den Anblick ihres stummen Abgangs, ebenso wie seinen Kaffee, dann schaltete er um. Punkt für Punkt ging er seine Aufgabenliste durch. Das Eintreffen des Cateringservices wartete er noch ab und fuhr erst anschließend zur Post. Ein angekündigtes Paket wartete dort auf ihn. Angeblich Klamotten, zumindest ließ die Aufschrift das vermuten. Tatsächlich aber befand sich im Inneren alles, was er für das Präparieren der Wasserflaschen benötigte: das Mittel selbst, in gut verschlossenen Reagenzgläsern, dazu eine Spritze und eine äußerst stabile und feine Injektionsnadel. Mühelos glitt sie durch das Plastik der Deckel, Jael nahm sich Flasche für Flasche vor.

Später empfing er im Hof die zwei Security-Männer, die sich um die Eingangskontrolle kümmern sollten.

»Ich habe euch die Gästeliste noch mal ausgedruckt, alphabetisch geordnet. Hier kommen nur Leute rein, die eine Einladungskarte vorzeigen. Dabei checkt ihr unbedingt den Namen auf der Karte mit der Liste ab. Regel für alle: Wer die Party verlässt, kommt nicht wieder rein. Am besten sagt ihr das jedem noch mal klar und deutlich. Okay? Bei irgendwelchen Unklarheiten meldet ihr euch bei mir.«

Jael übergab den Männern zwei Piepser. »Wenn was ist, drückt ihr auf den Knopf, und ich komme.«

Bevor er sich verabschiedete, trat er noch einmal dicht an beide heran. »Es gibt eine Person, die dieses Haus heute Abend auf keinen Fall betreten darf. Sie hat eine Einladung. Von daher müsst ihr aufpassen. Ihr Name ist Xenia Morin. Ich gehe nicht davon aus, dass sie auftaucht, aber wenn, hindert ihr sie daran.« Er beschrieb sie den beiden. Klein, dunkle Locken, meistens in Jeans und irgendwelchen Turnschuhen. »Meldet euch, wenn ihr nicht sicher seid, verstanden?«

Auf ihr Nicken hin klopfte er den Männern auf die Schulter und verschwand dann im Haus, um sich fertig zu machen.

Sie alle hatten sich im Vorfeld für das gleiche Outfit entschieden: schwarze Hose, weißes Hemd. Was Chrystal darunter verstand, ließ ihn für einen Moment seine Worte vergessen, als er ihr Zimmer betrat. Ja, sie hatte ein Hemd an. Allerdings so weit aufgeknöpft, dass es Einblicke erlaubte, die jede Mutter ihrer Tochter verboten hätte. »Nett, dein Outfit.«

»Danke.« Sie wandte sich von ihm ab und machte mit dem weiter, bei dem er sie offenbar gestört hatte: ihren Boden von Klamotten zu befreien. »Du bist aber sicher nicht gekommen, um mich mit deinen so unglaublich charmanten Komplimenten zu überschütten, oder?«

Jael musste grinsen, fing sich aber schnell wieder. »Nein. Ich möchte dir für den Notfall etwas geben.« Auffordernd hielt er ihr die Spritze entgegen. Mit fragendem Blick griff sie danach.

»Du setzt sie nur, wenn ich aus irgendeinem Grund verhindert sein sollte.«

Dass der Notfall einen Namen hatte, verschwieg er.

Die Spritze musste gezielt in den Hals gesetzt werden. Schwierig bei einer Person, die er nicht mal anfassen konnte.

FELIX

»Wieso?« Ungläubig starrte er den Sicherheitstypen an, der mit ausgestreckter Hand sein Handy forderte. »Sind die da oben verboten?«

»Mit Handy kommt niemand rein. So einfach ist das.«

Einweihungsparty? Der ganze Aufwand hier draußen wirkte eher so, als würde er den Hochsicherheitstrakt irgendeines Gefängnisses betreten wollen.

»Mach doch einfach, was er sagt!«, forderte ihn eine aufgekratzte Stimme von hinten auf, und Felix blickte sich um. Das M. aus dem Biokurs! Zumindest glaubte er, es wiederzuerkennen, in Glitzertop und ultrakurzer Hose. Die Mädels, die sie im Schlepptau hatte, sahen nicht besser aus.

»Nun mach schon.« Ms Lippen bebten vor Kälte.

Felix blickte auf sein Handy. Wenn er rein wollte, musste er es hierlassen. Und er wollte!

Also schaltete er es aus und drückte es dem Sicherheitstypen in seine fleischige Hand.

Handyfächer! Für jeden Gast gab es eins, mit Namensschild, und die meisten waren bereits bewohnt. Kopfschüttelnd wandte Felix sich ab und steuerte auf den Hintereingang zu.

Partytime. Er war wegen Chrystal hier.

Die Tür stand offen. Das Treppenhaus war nur schwach beleuchtet. Felix stieg die Stufen hoch und schaute sich dabei interessiert um. Nichts blinkte verräterisch rot. Keine Überwachungskameras? Seltsam, nach dem Aufwand im Hof. Und zumindest vor der Wohnungstür im dritten Stock hätte er eine erwartet, doch selbst der Kasten für den Eingangscode schien unbeobachtet an der Wand zu hängen. Er tippte die vierstellige Zahl ein und schlüpfte durch die sich öffnende Tür. Es gab doch Musik! Im Treppenhaus hatte er nichts gehört, jetzt schlug sie ihm entgegen und ließ den Boden unter seinen Füßen vibrieren. Glänzend poliertes Parkett.

Am Ende des Ganges bremste er urplötzlich ab. Nicht mal aus Fienes geliebtem *Promiflash* kannte er das, was sich vor ihm auftat: Ein Raum? Ne. Eine Halle? Hoch wie ein Haus. Und sicher doppelt so breit. Nicht eingerechnet die vielen Zimmer hinter den geschlossenen Türen, die von dieser Halle noch abführten. Und das alles für fünf Bewohner? Geklauter Wohnraum. Aber vom Feinsten!

Die Einrichtung ließ das Licht einer Diskokugel bunt aufglitzern: Chrom, Silber, Glas.

Was für ein krasser Unterschied, sein Leben und das hier! Jeder Winkel in diesem Raum demonstrierte ein übervolles Bankkonto. Designermöbel, riesige Sofas, die Gemälde an den Wänden. Sein Vater würde in den ganzen Protz super reinpassen und sich sauwohl fühlen. Er aber steckte die Hände in seine Hosentaschen und zog, trotz der meterhohen Wände, eher den Kopf ein. Ging es nur ihm so? Erst jetzt schoben sich die bereits anwesenden Partygäste in sein Blickfeld. Er kannte fast alle, und doch wirkten sie hier auf ihn fremd. Weil sie schon Teil dieses Luxus' waren? Oder weil sie schon alle was zu Trinken in den Händen hielten, nur er nicht? Felix gab sich einen Ruck und steuerte das Buffet auf der anderen Seite an. Wo Essen war, waren sicher auch die Getränke.

Kaviar. Lachs. Austern. Etwas in der Art hatte er befürchtet. Doch es gab Fingerfood. Mexikanisch? Er griff nach einem der lecker aussehenden Spieße und zog mit den Zähnen ein Fleischbällchen herunter. Chili! Und nicht zu knapp. Felix sog gierig kalte Luft ein, sein Gaumen schrie nach Abkühlung. Wasser? Weiter hinten standen die Getränke.

»Felix.«

Er blickte zur Seite. Jael lehnte an der Wand und prostete ihm mit einem Wasserglas über Miriams Kopf hinweg zu. Miriam ohne Nils? Felix nickte ihm nur zu und steuerte die improvisierte Bar an. Tische, auf denen Gläser und Flaschen zur Selbstbedienung standen. Wirklich Wasser? Er zögerte, griff dann zum Bier. Selten genug, dass er nicht mehr fahren musste, außerdem lockerte es hoffentlich seine Anspannung, richtig angekommen war er definitiv noch nicht.

Mit der Flasche in der Hand drückte er sich durch die tanzende Menge und machte sich auf die Suche nach ihr. Lange schwarze Haare, blaue Augen. Hier Fehlanzeige, dafür tauchte vor ihm plötzlich Livas roter Haarknoten auf.

»Hey, Felix! Das ist doch der Hammer, oder?« Ihre blauen Augen leuchteten voller Begeisterung, wobei ihm nicht klar war, ob sie der Party, ihrem Weinglas oder dem Typen galt, um dessen Taille ihr Arm lag.

»Geno, richtig?«, fragte Felix, als dieser ihm seine Hand entgegenstreckte. Fester Druck. Angenehm. Doch wie bei dem Handschlag mit Jael vor ein paar Tagen schon spürte Felix wieder dieses merkwürdige Gefühl. Und wieder wanderte es seinen Arm hoch. Eine Art ... Saugen?

Schnell entzog er Geno seine Hand, prostete ihm dann mit seiner Bierflasche zu.

»Richtig.« Geno hob sein Wasserglas. »Und du bist ein guter Freund von Liva?«

»Ist er. Von mir und Xenia«, antwortete sie für ihn, bevor sie plötzlich verächtlich ihre Lippen verzog. »Aber die hat sich ja nicht getraut zu kommen.«

Was? Felix' Nacken versteifte sich. Beschwörend fixierte er Liva. »Ich glaube, das ist kein Thema jetzt.«

»Wieso? Sie hat doch …«

»Du weißt ganz genau, dass sie gerne gekommen wäre, aber keine Zeit hatte.« Sein Fuß, der auf ihre Zehen drückte, schaltete ihre scheinbar ausgefallene Sicherung wieder ein. Ihr Mundwerk zumindest aus. Sie nickte, lächelte dann und nippte an ihrem Glas.

»Nicht getraut oder keine Zeit. Egal. Trotzdem schade. Vor allem …« Erst zuckten Genos Mundwinkel nur, dann stahl sich ein Lächeln auf seine Lippen. »Vor allem für Jael. Er mag sie, glaube ich.«

Ganz sicher. Felix hielt sich an seiner Bierflasche fest und verzichtete auf einen Kommentar. Plötzlich durchzog kribbelnde Wärme seinen Magen. Schwarz glänzende Haare! Endlich. An Liva vorbei sah er Chrystal. Gar nicht weit weg, umringt aber leider von äußerst interessierten Typen. »Der ist ja nett«, hörte er Geno neben sich lachen. »Spielt er Papa, weil er selbst keinen mehr hat?«

Knirschte es schon? Felix' Hand um die Flasche durchbrach fast das Glas. Geno war um einiges kleiner als er. Praktisch jetzt. Drohend baute er sich vor ihm auf. »Seid ihr eigentlich alle so scheiße? Wenn ja, wüsste ich gerne, warum? Existierende Väter scheinen ja zumindest bei euch nichts genützt zu haben. Oder?«

Genos Lachen erstarb, dann ließ er leise seine Fingerknöchel knacken. Einen nach dem anderen. Felix verstand die Drohgebärde dahinter. Eine Schlägerei? Hier? Sicher nicht. Auch wenn Livas glucksendes Lachen hinter ihm seine Wut nur antrieb. Was mit der heute kaputt war, wusste er nicht. War ihm jetzt aber auch egal. Er schubste Geno nur mit der Schulter zur Seite und ließ die beiden stehen.

Fast kam ihm die Party wie ein Computerspiel vor. Level für Level musste er schaffen, um dann zum Ziel zu kommen?

Ein mehr als reizvolles Ziel! Und es kam sogar gerade auf ihn zu. Mit einem hammermäßigen Lächeln. Felix versuchte, sich zu entspannen, scheiterte aber kläglich. Sie sah fantastisch aus. Durch ihre streng zurückgebundenen Haare fielen ihre Augen noch viel krasser auf, die enge schwarze Hose war nichts Neues, das lockere Herrenhemd allerdings schon. Nur – hatte es oben Knöpfe verloren? Er musste sich wirklich zwingen, ihr nicht in den offenen Ausschnitt zu starren. Vor allem, da unter dem knappen Top, das sie unter dem Hemd trug, ein roter Spitzen-BH hervorblitzte.

»Hey, Felix!«

»Hey!« Da sie ihn als Erste berührte, zog er sie an sich und umarmte sie zur Begrüßung. Der Duft ihres Parfüms ließ ihn dabei kurz die Augen schließen. Jasmin?

Sie trat einen Schritt zurück und blickte gastgeberisch in die Runde. »Und? Amüsierst du dich?«

»Bisher eher nicht. Jetzt aber schon.« Felix musste grinsen, als er das Aufblitzen in ihren Augen sah. Konnte sich Mist einfach auflösen, nur weil es dieses Kristallblau gab?

Sie hakte sich bei ihm unter und bot ihm eine Führung an. »Ich habe dich vorhin schon gesehen. Und … das alles hier ist nicht so dein Fall, oder?«

»Geht so«, antwortete er ausweichend, immerhin war es ihr Zuhause.

Doch sie neigte ihren Kopf und sah ihn kritisch von der Seite an. »Ich dachte, du bist eher so der direkte Typ?«

»Okay. Mir steckt in allem hier zu viel Geld.«

»Das stimmt. Aber zum Glück ja nicht meins!«

Er lachte. Chrystal hatte sich wie Fiene angehört, wenn sie ihn zum Eisessen überredete und nicht selbst zahlen wollte.

»Wer steckt eigentlich hinter euch? Wer ist diese Organisation?«

Rafis Hand trennte plötzlich von hinten ihre Arme. Er drückte sich zwischen ihnen durch, grinste und legte verschwörerisch einen Finger auf seinen Mund. »Schschschsch … Alles streng geheim, Felix! Aber schön, dass du da bist. Und viel Spaß!« Dann drehte er sich weg und verschwand.

Felix runzelte die Stirn. »Hat der schon zu viel getrunken oder … ist hier alles wirklich topsecret?« Eingezogene Handys! Konnte er sich womöglich die Frage selbst beantworten?

Chrystal zumindest wollte es nicht, sie schüttelte nur den Kopf, erstaunlich ernst. Als sie aber Jael erblickte, der auf sie zukam, setzte sie sofort wieder ein Lächeln auf.

Was genau zwischen den beiden lief, war Felix noch immer ein Rätsel. Im Moment schien sie dem Kerl zumindest ausweichen zu wollen, denn sie zeigte in die entgegengesetzte Richtung und griff wieder nach seinem Arm. »Hast du schon unsere Kletterwand gesehen?«

»Kletterwand?« Überrascht sah er sie an. »Dein Ernst?«

Sechs Meter? Sieben Meter? Staunend fuhr er sich durch seine Haare und blickte an den festmontierten Gummihalterungen zur Decke hoch. Die Wand war geil! Nur gab es einen Haken: Akrom war für die Wand zuständig und spielte sich mächtig auf. Wie aufgepumpt stand er da, legte den Leuten mit wichtiger Miene die Sicherheitsgurte an und … ließ sie vorher die Hosentaschen ausräumen? War doch kackegal, ob was drin war. Die paar Meter hoch.

»Magst du nicht?« Chrystal sah ihn fragend an.

»Klettern? Doch, schon. Ich mag nur *den* nicht.« Nickend deutete er zu Akrom. »Wie hältst du das mit den Typen hier eigentlich aus? So in nächster Nähe?«

»Ach, es gibt hier ja genügend Rückzugsmöglichkeiten, wie du schon festgestellt hast. Und … so schlimm sind die gar nicht.« Auf seinen zweifelnden Blick hin musste sie lachen. Felix legte ihr den Arm um die Schultern. Eine Idee war ihm gekommen. »Habt ihr die Wand noch länger?«

»Klar!«

»Dann gerne wann anders.« Und dafür müsste er wiederkommen.

Gemeinsam steuerten sie die Bar an. Felix holte sich noch ein Bier. Und Chrystal wollte … Wasser? Wie Geno. Wie Jael. Und auch bei Akrom hatte er ein Wasserglas in den Händen gesehen. Alkoholverbot für die Bewohner? Eine Frage, die wahrscheinlich wieder unbeantwortet bleiben würde.

»Still oder Sprudel?« Er wollte ihr gerade ein Glas einschenken, als ihre Hand ihn stoppte.

»Lass nur. Ich hab mein Glas noch drüben stehen.«

»Was?« Überall standen doch benutzte rum. »Musst du die später spülen, oder was?«

»Ne.« Empört lachte sie auf. »Aber einsammeln.«

Felix begleitete sie durch den Durchbruch in der Wand ins nächste Zimmer und blieb stehen. Mitten im Raum, der normalerweise das Esszimmer zu sein schien, stand ein großer Billardtisch. Um ihn herum hatten sich einige aus dem Abschlussjahrgang versammelt und probierten sich im Spiel. Ein Profi war definitiv nicht unter ihnen. Chrystal hatte er irgendwie auf dem Weg zum Tisch verloren, wahrscheinlich holte sie ihr Glas. Felix schaute sich kurz nach ihr um und stellte sich dann näher an die Platte. Björn gegen Daniel. 15 Kugeln. Volle und Halbe. Sie spielten Poolbillard. Ihm juckten die Finger.

Es ging nur noch um die letzte volle Kugel, dann wäre der Sieg klar. Felix sog hart die Luft ein, als er sah, wie Björn völlig falsch ansetzte.

»Hast du einen Tipp?« Er drehte sich zu ihm um.

»Ähm …« Felix grinste. »Darf ich?«

Björn sicherte sich bei Daniel ab, der bereitwillig nickte. Hier stand definitiv der Spaß im Vordergrund, und den Flaschen nach zu urteilen, die hier schon geleert worden waren, wurde eh mehr getrunken als gespielt.

Felix übernahm den Stock, ging in die Hocke und schaute aus unterschiedlichen Perspektiven auf die Platte. Die Kugel lag ziemlich günstig. Er zielte. Der Stoß saß, und die Kugel versank in der Tasche.

Björn klopfte ihm dankend auf den Rücken, einige klatschten sogar, doch Felix bekam das nur am Rande mit. Er hatte Chrystal entdeckt. Jael stand bei ihr, und die beiden unterhielten sich bestimmt nicht übers Wetter. Er hatte sich breit vor ihr aufgebaut, trotzdem hatte es fast den Anschein, als diktierte sie ihm gerade irgendeinen Text. Dann blickten beide plötzlich auf. Zu ihm.

CHRYSTAL

Shit! Welches war ihres? Auf der Anrichte neben der Vase standen zwei Gläser.

»Du solltest dein Wasser nie aus den Augen lassen!«

Sie musste sich nicht umdrehen, um zu wissen, dass Jael hinter ihr stand. In der Glasscheibe der Vitrine vor ihr spiegelte sich sein Gesicht. Ein freundliches Lächeln lag ihm auf den Lippen, doch es konnte den angespannten Tonfall in seiner Stimme nicht ausgleichen. Hatte er seine Augen denn überall? Oder nur besonders auf sie gerichtet?

»Ist das andere Glas von dir?« Wer sonst hätte es hier abstellen sollen? »Wolltest du mich testen, Jael?«

»Vielleicht.« Er nahm ihr das Glas aus der Hand, als sie sich umdrehte, seine Augen starrten dabei kalt auf sie hinunter. »Kannst du mir mal sagen, was du generell den Abend über so treibst? Wirklich in Aktion habe ich dich noch nicht erleben dürfen.«

Wie auch? »Ich bin gut, aber keine Maschine, okay?« Chrystal lehnte ihren Kopf an die Wand und lächelte kurz zu ihm hoch. »Komm, die komplette Party lag vor allem in meinen Händen, oder? Und trotzdem versuche ich, eine nette Gastgeberin zu sein und den anderen den Rücken freizuhalten.«

Rücken. Angespannte Muskeln zeichneten sich im Hintergrund unter dem alten Rolling-Stones-Shirt ab. Felix lehnte äußerst cool über dem Billardtisch, um das Spiel der Anfänger dort zu beenden. Und sie? Hatte Jael an der Hacke!

»Nette Gastgeberin? Und das überfordert dich? Wir haben hier was ganz anderes zu tun. Und bisher habe ich nicht gesehen, dass du heute Abend schon bei irgendwem aktiv warst«, zischte er ihr entgegen und entfaltete vor ihr seine breite Brust. »Bei dem wirst du es, verstanden?«

Er meinte … Felix! Er setzte sie tatsächlich auf Felix an? Unruhe breitete sich in ihr aus, ein nervöses Kribbeln, das sich ihre Wirbelsäule hinaufschlängelte. Kein Fehler jetzt!

»Weißt du, was, Jael? Ich habe deine Ansagen satt! Glaubst du, wir alle wollen nicht das Gleiche? Glaubst du, wir wissen nicht, was auf dem Spiel steht? Und … glaubst du wirklich, ich weiß nicht, warum du mich gerade auf *ihn* ansetzt?« Sie nickte zu Felix, und auch Jael drehte sich zu ihm um. Blöd. Denn er schaute genau in diesem Moment zu ihnen rüber. Unsicherheit meinte sie in seinem Gesicht zu erkennen. Etwas, das sie verabscheute. Bei ihm nicht.

Jael wandte sich ihr wieder zu. »Du hast vollkommen recht. Ich bin sehr fixiert auf mein Ziel. Aber ich habe auch nur dieses *eine* Jahr. Ich bin *neunzehn,* Chrystal! Und das ist meine letzte Chance.«

Wenn er die Wahrheit wüsste! Sie zupfte an ihrem Hemd rum, entfernte einen Fussel, den es nicht gab. Jael beherrschte das Lippenlesen. Wer sagte, dass er nicht auch in ihren Augen lesen konnte? Ihre Gedanken? Sie wusste zu viel! Und … er hatte recht. Er hatte tatsächlich nur noch diese eine Chance, wenn man es überhaupt als solche bezeichnen konnte. Sie räusperte sich. »Und die Kleine ist deine Vollendung?«

»Die Kleine?«

»Ach, komm! Du weißt, von wem ich spreche. Sie interessiert dich vom ersten Tag an. Ihre Freundin, Liva, hat Geno gerade schon übernommen. Und ich soll jetzt Felix ausschalten, um Xenia zu isolieren. Oder? Und dann schnappst du sie dir?«

»Vielleicht.« Sein Zögern irritierte sie. Sonst nahm er sich doch alles, was er wollte. Wollte *sie* etwa nicht?

»Pass auf! Klau ihm was. Seine Bänder. Oder was auch immer. Gib es mir und ich übernehme dann den Rest.« Jael klopfte ihr auffordernd auf die Schultern, setzte sein charmantes Lächeln wieder auf und verschwand in Richtung nächstes Opfer.

Chrystal stieß sich von der Wand ab und näherte sich ihrem. Sie sollte Jael helfen, Felix zu entleeren? Ihr Magen zog sich fies zusammen, als würde er ihr zeigen wollen, dass er bei dem Spielchen nicht mitmachte. Nachdenklich drehte sie an ihrem Ring. *Per aspera ad astra!* Durch das Raue zu den Sternen. Hatte sie nicht schon genug Opfer gebracht?

»Ablöse!« Auf ihr Lächeln reagierte Björn wie immer mit hypnotischer Starre. Sie ergriff seinen Queue und schob ihn damit zur Seite, um sein Spiel zu übernehmen. Er lag eh chancenlos hinten.

»Du willst das noch zu Ende bringen?« Felix richtete sich auf. »Ich wäre eigentlich gleich durch.«

»Na und?« Sie nannte die Zahl einer Kugel, peilte sie an und versenkte sie. Eine nach der anderen. Dass Felix ihr gegenüber langsam nervös wurde, registrierte sie grinsend, lenkte sie aber auch ab. Bei der vorletzten tuschierte sie eine von seinen Vollen.

»Scheiße!« Mit diesem Fehler hatte sie ihre einzige Chance verspielt.

Felix versenkte seine letzte ohne einen Hauch von Unsicherheit, aber mit einem fetten Grinsen im Gesicht. »Jetzt noch die Schwarze, Chrystal, und ich hab dich!«

Dafür musste er aber an ihr vorbei. Sie ließ ihn durch, er fand eine vermeintlich gute Position und peilte die Kugel an. Sein Rücken lag verführerisch vor ihr. Die ausgewaschenen Tourdaten der »No-Filter«-Tournee auf seinem Shirt spannten sich. Zum Anfassen nah! Doch sie hielt sich zurück. Noch. Er positionierte seine Finger auf dem Tuch, ließ den Queue ein paar Mal hindurchgleiten. Als er dann Luft holte, beugte Chrystal sich über ihn und strich sein Shirt glatt. »Das ist ja irre.«

Felix verzog und haute die Kugel sonst wohin.

»Upppsss!«, stieß Chrystal überrascht aus, und Felix senkte den Kopf. Dann blickte er über seine Schulter zu ihr nach hinten. Mit hochgezogener Augenbraue und Lippen, die nicht wussten, was sie tun sollten. Ein attraktives Dilemma.

»Ich … ähm … Ich war auch auf der Tour.« Chrystal stotterte absichtlich ein wenig. Es passte immer so schön zu unschuldigen Augen. »Und zwar hier.« Ihr Finger wanderte ganz sanft über das Wort Barcelona auf seinem Shirt.

Er drehte sich um und schnappte sich ihren Finger.

»Das Spiel zählt jetzt nicht mehr. Aber es war ja eh nicht unseres. Oder?« Er lächelte sie herausfordernd an. »Lust auf eine ernsthafte Partie?«

Irgendwie schafften es ihre Hände, sich von allein zu finden. Und sich festzuhalten. Eine tiefe Wärme breitete sich in ihr aus. Eine, die Sehnsucht weckte.

Aber auch eine, die verdammt wehtun konnte.

»Abgemacht!« Chrystal verwandelte das zärtliche Spiel ihrer Finger schnell in einen kräftigen Handschlag. »Bekomme ich den Anstoß?«

Felix nickte, brauchte aber noch einen Moment. Sein Blick hing an ihren Händen, die sich weiterhin festhielten. Sein Daumen spielte kurz an ihrem Ring, bevor er sie losließ. Ohne sie noch einmal anzuschauen, wandte er sich ab und sammelte die Kugeln aus den Taschen. Dabei ging er mit ihr dann völlig sachlich die Regeln durch, als wäre nichts passiert. Chrystal verfolgte seine Bewegungen. *Sie* hatte den Moment zwischen ihnen zerstört, und zwar absichtlich. Warum also ärgerte sie sich jetzt darüber? Sie rückte ihren Ring zurecht und griff nach dem

Kreidewürfel, um ihren Queue zu präparieren. »Um was spielen wir?«

Felix legte das Dreieck auf die Platte und füllte es mit Kugeln.

»Sag du es mir?«

»Um eines deiner Lederbänder?«

Endlich! Er schaute sie wenigstens wieder an. »Um die spiele ich nicht, Chrystal. Die würde ich höchstens verschenken.«

Hatte er gelächelt?

»Schade eigentlich.« Das braune Band wollte sie, das mit den vielen kleinen Knoten. Jetzt noch umso mehr. Sie legte die Kreide aus den Händen und stellte sich zu ihm an die kurze Bande. Mit ihrer Schulter stupste sie ihn auffordernd an. »Dann sag du es mir?«

»Hm ...« Er schüttelte sich ein paar Strähnen aus dem Gesicht. Und dann waren sie wieder da: seine Lachfalten. »Ein Eis.«

»Ein Eis?«, wiederholte sie skeptisch. »Anfang Oktober?«

»Ist der beste Monat dafür. Im Herbst schmilzt es nicht so schnell.«

Eis. Bänder. Felix. Wärme. Chrystal versuchte, alles auszublenden und sich auf das Spiel zu konzentrieren. Sie wollte den Sieg! Hatte auch nicht daran gezweifelt, musste nur feststellen, dass Felix saugut war. Viel überlegter als sie. Seine oft sehr lange Suche nach der perfekten Position machte sie fast wahnsinnig, brachte aber was. Er lag vorne. Würde Alkohol helfen?

Sie griff zu ihrem Glas und schaute dann erstaunt auf seine leere Bierflasche. »Oh! Soll ich dir noch eins holen?«

»Sehr clever.« Felix grinste sie über seinen Queue hinweg an. »Aber ich nehme lieber Wasser.«

Wasser! Wollte sie das? Überall standen diese verflixten Flaschen rum. Würde er aus ihnen trinken, würde er morgen hiervon nichts mehr wissen. Und heute war seit Langem mal wieder schön!

»Okay. Ich hol dir ein Glas.« Schnell verschwand sie mit einer der präparierten Flaschen in der Küche und schloss hinter sich die Tür. Jael würde ihr den Hals umdrehen, wenn er wüsste, was sie vorhatte, daher behielt sie die Tür im Auge, während sie das Wasser in die Spüle kippte. Unter dem Tisch standen die mit den blauen Deckeln. Sie griff nach einer und befüllte mit ihr die Flasche für Felix.

Sie wollte ihn behalten. Mit Erinnerungen.

»Wirklich nur Wasser?« Skeptisch zog er eine Augenbraue hoch, als sie wieder bei ihm am Billardtisch auftauchte. Er tauschte sogar grinsend noch einmal die Gläser aus, bevor er was trank. »Dir traue ich alles zu.«

»Solltest du auch!«

»Danke für die Warnung!«, antwortete er lächelnd, sah dabei aber schon wieder zu den noch übrig gebliebenen Kugeln auf dem Tisch. Er war dran. Und ließ sich Zeit! Chrystal drückte die Daumen. Dass er verzog. Abrutschte. Oder irgendeinen anderen Fehler machte. Was er blöderweise aber nicht tat. Hochkonzentriert versenkte er bereits die nächste Kugel und lächelte mitleidig zu ihr hoch. Ihr reichte es jetzt. Es ging hier längst nicht mehr um das Eis! Sie stellte sich ihm gegenüber an die lange Bande und stützte sich mit den Armen auf. Dann beugte sie sich mit der gleichen Konzentration, mit der er sein nächstes Ziel ins Visier nahm, tief über den Tisch. Sie kannte seinen Ablauf schon. Erst die Finger, dann der Queue. Alles Vorbereitung. Aber wenn die Zunge zwischen seinen Zähnen auftauchte, war es so weit. Chrystal atmete hörbar ein und hatte seine Aufmerksamkeit. Ihr tiefer Ausschnitt auch. Als Erstes rutschten ihm die Finger weg. Dann wanderte sein Blick von ihrem Ausschnitt zu ihren Augen, wieder zum Ausschnitt. »Das ist jetzt nicht wahr oder?« Kopfschüttelnd ließ er seine Schultern fallen und schloss die Augen.

»Ist was?«, fragte sie erstaunt, musste aber lachen.

Und auch auf seinen Lippen erschien ein abgrundtief süßes Grinsen. Leicht schief. Dann richtete er sich auf und stellte wieder kopfschüttelnd seinen Queue zur Seite. Langsam kam er um den Tisch herum auf sie zu. Dabei fesselte er ihre Augen an seine. Sie konnte nicht wegschauen, bekam ihr Herz auch nicht eingefangen. Mit jedem seiner Schritte schlug es schneller.

»Ich dachte, du bist gut?«

Klang seine Stimme schon immer so tief?

»Oh nein.« Sie hob abwehrend die Hände. »Ich bin ... Ich bin wesentlich besser als gut.« Er kam immer näher, und ihr Lächeln zitterte, als er ihr seine Hände auf die Schultern legte und sie zu sich drehte. »Wozu dann die Tricks, Chrystal?« Sie wollte etwas sagen. Doch in diesem Moment fanden Felix' Finger den ersten offenen Knopf, direkt über ihrer Brust. Chrystal schaute zu ihm auf und stellte das Atmen ein. Wie beim Billardspielen blitzte seine Zunge zwischen den Lippen auf, als er völlig ruhig und konzentriert die nächsten Knöpfe schloss. Bis auf den letzten. Dann legte er seinen Kopf schief, zog ihren Kragen zurecht und wich ein Stück zurück, um sein Werk zu begutachten.

Chrystal öffnete ihre Lippen und versuchte möglichst unauffällig, ihren absoluten Luftmangel wieder auszugleichen. Ihr ganzer Körper kribbelte. Dabei hatte er gerade ihr Hemd geschlossen. Nicht geöffnet!

XENIA

Ich gehe. Ich gehe nicht. Ich gehe …

Auf die Fensterbank in der Küche legte Xenia Rosine an Rosine. Sie brauchte eine ungerade Zahl, um sich umzustimmen, doch es kam nicht hin. In ihrer Hand lagen noch genau vier, und die Müslidose war bereits leer.

»Nia? Du bist noch wach?«

Ihre Mutter! Xenia verdrehte die Augen. Die Duftwolke hatte sie angekündigt, jetzt erschien sie in der Tür, geschminkt, gestylt und mit dem Wohnungsschlüssel in der Hand. Gut sah sie aus, vor allem angstfrei. Aber … hatte sie was anderes erwartet? Für ihre eigenen Verabredungen war ihre Mutter doch jedes Mal rechtzeitig wieder fit.

Die Duftwolke kam näher. »Wolltest du nicht früh ins Bett?«

»Ja. Wollte ich.« Xenia sammelte ihre Rosinen ein. »Und du? Wolltest du nicht schon weg sein?«

»Susanne holt mich gleich ab.« Ihre Mutter stellte sich neben sie ans Fenster und folgte ihrem Blick zu der hell erleuchteten Wohnung gegenüber. »Ganz schön was los da drüben, oder?«

»Hm.«

»Ich glaube, ich hab einen von denen heute getroffen. Bei der Post.«

»Echt?« Xenia schaute zu ihr. »Wen denn?«

»Ach. Ein Blonder. Groß. Und …« Sie lächelte in sich hinein. »Ziemlich charmant.«

Jael? Ne. Der und charmant? In Gedanken schickte sie ihm ein grünes Kotz-Emoji rüber.

»Er hat einer älteren Frau sogar beim Ausfüllen ihres Paketscheins geholfen.«

»Das war sicher Geno.«

»Geno?« Überrascht hob ihre Mutter die Augenbrauen. »Kennst du den?«

»Ich kenne die alle, Mama. Einer von denen ist sogar in meiner Klasse.«

»Ach, das hast du gar nicht erzählt.«

Wann denn? Xenia lachte bitter auf. Andere Mütter wussten definitiv mehr von dem Leben ihrer Töchter, aber die verkrochen sich ja auch nicht in ihren Zimmern.

»Dein Lachen, Xenia, ist unangebracht.« Ihre Mutter war zurückgewichen und stemmte in einem Anflug von Empörung die Hände in die Seiten.

»Du wunderst dich, dass ich dir was nicht erzählt hab?« Xenia musste erneut *unangebracht* lachen. »Kannst du mir mal sagen, wann genau ich das hätte …« Der Rest ihrer Frage blieb ihr im Hals stecken, als sie den therapeutisch-professionellen Blick ihrer Mutter sah. Darunter ihr mildes Lächeln. Sie hatte in ihren Berufsmodus gewechselt: Abstand, Analyse, Beratung. Xenia kochte innerlich.

»Nia, ich glaube, hier findet gerade eine Übertragung statt, oder? Kann es sein, dass du einfach traurig bist? Dieses Gefühl aber ignorierst und stattdessen mich angehst?«

»Traurig?« In ihrer Hand spürte sie plötzlich Rosinenmatsche. »Wieso das denn?«

»Du bist da drüben nicht eingeladen, habe ich recht? Deshalb wolltest du früh schlafen gehen? Ich kann gut verstehen, dass dich das beschäftigt, aber … ach, Nia!« Völlig unerwartet griff sie nach ihrer Schulter. Xenia duckte sich. Doch zwecklos. Der

Scherbenregen schnitt ihr trotzdem fies ins Ohr. Als wäre es ihre eigene Welt, die um sie herum zersplitterte.

»Nicht eingeladen?« Sie begann zu zittern. Alles Ungesagte, alles Runtergeschluckte, der ganze Frust in ihr ballte sich. Zu einer riesigen Wutblase, die platzte! »Du verstehst gar nichts!«, fauchte sie ihre Mutter an, griff nach ihrer Hand und wischte sie weg. »Du verstehst höchstens dich. Aber nicht mich!«

»Xenia!« Der Schreck fraß ihr mildes Lächeln auf. Ihre rot geschminkten Lippen verzogen sich zu zwei bleistiftdünnen Linien. »Du bist unfair!«, presste sie hervor. »Dies ist mein erster Abend seit Langem, an dem *ich* einfach mal Spaß haben will. Verstehst du das? Ich habe die ganze Woche gekämpft. Für mich. Aber vor allem für dich.« Mit jedem Wort stieg ihre Stimme höher. »Für niemand anderen tue ich das! Das alles hier. Und du? Du lässt deinen Frust an mir ab. Und das gerade heute Abend? Susanne …«

Ein Hupen unterbrach ihren Satz.

»Danke, Xenia! Vielen Dank!« Mit einem Ruck drehte sie sich um und knallte hinter sich die Küchentür zu. Sekunden später dann die Haustür.

Eisige Kälte stieg in ihr auf. In ihrer Hand. Xenia holte aus und schmiss ihrer Mutter die ganze Rosinenmatsche hinterher. Der Schrei, den sie dabei ausstieß, zerriss ihr beinahe die Stimmbänder.

Wie lange sie dann einfach nur dagestanden hatte, wusste sie nicht, sie merkte nur, wie sich ihr Körper langsam wieder entkrampfte, der brennende Schmerz im Hals aber blieb. Wasser! Xenia setzte sich. Ihr Wurf hatte Spuren hinterlassen, ein dunkler Matschfleck klebte auf dem weißen Lack der Tür. Der Rosinenklumpen war an ihr abgeprallt und lag jetzt auf dem Boden. Wobei – er hatte sich geteilt. In drei Krümel.

Drei? Eine ungerade Zahl!

Ich gehe. Ich gehe nicht. Ich gehe!

Xenia begann zu lächeln, sprang auf und lief durch die Wohnung, als hätte jemand in ihr die Vorlauftaste gedrückt. Zuerst in ihr Zimmer. Aus dem Berg an Klamotten, die Liva ihr vorbeigebracht hatte, zog sie wahllos ein paar Kleidungsstücke: Einen schwarzen kurzen Rock, eine ... Netzstrumpfhose? Egal. Ein weißes Top. Dann spurtete sie ins Bad. Die Schminksachen ihrer Mutter lagen noch ausgebreitet herum, quasi eine Einladung. Mit schwarzem Kajal umrandete sie ihre Augen, verwischte die Linien dann zu rauchigen Schatten und bog ihre Wimpern mit der Zange und drei Schichten Tusche nach oben. Dazu rote Lippen. Süß war gestern! Heute gab es zweimal Chili.

Im Flur schnappte sie sich die Stiefel ihrer Mutter, schlupfte rein und zog die Reißverschlüsse vorsichtig zu. Bloß keine Laufmasche! Dann lief sie noch einmal in ihr Zimmer, um ihre Einladungskarte zu holen. Sie lag auf ihrem Schreibtisch. Daneben ... Livas Kette. Ihr letzter Versuch, sie umzustimmen, doch auf die Party zu gehen. Ein halbes Herz baumelte an ihr. Die andere Hälfte trug Liva.

Scheiß auf Jael, Xen! Wir beide rocken die Party!

Und wie! Xenia legte sich die Kette um den Hals, zog sich ihre Jeansjacke über und schaltete überall die Lichter aus.

Und das Handy? Ne! Der Rock hatte keine Hosentasche. Außerdem wollte sie heute Spaß haben.

Draußen empfing sie kühle Abendluft. Sie zog sich ihre Jacke vor der Brust zusammen und lief über die Straße. Einlass im Hof, stand auf der Karte, dazu ein vierstelliger Code für die Wohnungstür oben. Am besten schlich sie sich erst mal rein, mischte sich unauffällig unter die Leute und suchte Rafi. Immerhin hatte sie von ihm die offizielle Einladung. Würde Jael sie tatsächlich rausschmeißen wollen, hätte er ja sicher auch ein Wörtchen mitzureden.

Sie lief die Einfahrt entlang, bog um die Ecke und … blieb überrascht stehen. Mit irgendeiner Art von Eingangskontrolle hatte sie ja gerechnet, aber nicht mit einem so beeindruckenden Empfang. Eigentlich fehlte nur noch der rote Teppich. Ein großer weißer Pavillon stand im Innenhof, hell erleuchtet durch unzählige Lichter. Es gab eine Garderobe und … zwei echte Security-Männer?

Xenia näherte sich den beiden. Doch weit kam sie nicht. Eine wütende Stimme hallte plötzlich in den Hof. »Lass mich in Ruhe!« Dann Gepolter! Aus dem Haus.

Sofort sprangen die Sicherheitstypen auf. Xenia ließ ihre Hand mit der Einladungskarte sinken und starrte zum Eingang.

»Ich will nicht!« Die wütende Stimme klang schon um einiges näher. Sie kam ihr bekannt vor. Nils? Der Freund von Miriam?

Zuschlagende Autotüren aus dem Garagenblock neben ihr ließen sie zusammenfahren. Zwei Männer tauchten aus der Dunkelheit auf und liefen über den Hof. Männer in schwarzen Anzügen. Die Typen von neulich? Xenia packte ein Frösteln. Leise wich sie zurück, in den Schatten der Hausecke.

Jemand stolperte aus dem Haus, und die Männer griffen zu.

Es war tatsächlich Nils! Und hinter ihm erschien Miriam in der Tür.

»Nils! Es war doch gar nichts!«

»Lass … misch in Ruhe.«

Lallte er? Nils? Der so überkorrekte Vize-Schulsprecher hatte sich betrunken?

»So, junger Mann. Etwas leiser bitte und … ab nach Hause.« Die Sicherheitstypen hatten ihn fest im Griff. Mussten sie auch, denn er torkelte tatsächlich und wehrte sich händeringend gegen seinen Abtransport. Xenia war so gefangen von der Szene, dass sie den Anzugmann erst sah, als er direkt neben ihr stand. Vor Schreck ließ sie die Karte fallen.

»Und du? Was willst du hier?« Seine Augen waren stechend. Xenia versuchte zu lächeln, bekam aber das Zittern ihrer Mundwinkel nicht unter Kontrolle. Das Gesicht des Typen kam immer näher. Zigarettenatem! Übel stieg er ihr in die Nase.

»Ich bin eingeladen«, presste sie heraus und deutete dabei auf ihre Karte, die neben ihren Füßen auf dem Boden lag.

Er schaute kurz runter, trat dann mit einem Nicken zur Seite, das ihr das Aufheben der Einladung erlaubte.

»Alles klar, Xenia!« Sein Lächeln war ekelhaft. »Leg sie auf den Stapel der anderen und dann hoch mit dir.«

Sie verschluckte sich fast beim »Danke«, bekam aber wenigstens wieder Luft, als der Typ sich wegdrehte und seinen stinkenden Mundgeruch mitnahm. Der Weg zum Haus war jetzt frei. 4376. Sie prägte sich den Sicherheitscode ein, legte ihre Einladung auf den Tisch und drückte sich an dem zweiten Mann in Schwarz vorbei, der mit Miriam immer noch im Eingang rumdiskutierte. Man durfte nicht mehr rein, wenn man einmal draußen war?

»Ich will doch nur kurz mit ihm sprechen.« Miriams Bitte schmetterte der Typ eiskalt ab. Warum?

Egal. Sie war erst mal drin und schlich den dunklen Aufgang zum Erdgeschoss hoch. Wummernde Bässe von oben hätte sie erwartet, laute Musik, immerhin konnte sie bei sich drüben im Treppenhaus den Leuten sogar beim Schnarchen zuhören. Doch hier war es still. Lebte hier niemand?

Wo war die Frau? Unter der Tür im Erdgeschoss schimmerte kein Lichtstrahl durch. Auch unter den anderen nicht. *Danton und Partner.* Vor der Anwaltskanzlei im zweiten Stock hing ein Urlaubsschild. Bisher hatte sie nicht mal gewusst, dass es hier eine Kanzlei gab. Auch die Agentur nebenan war ihr völlig unbekannt. Komisch, wie sehr einen das eigene Leben verschlucken konnte. Viel wusste sie nicht über ihre Nachbarschaft.

Schritte, die sich von unten näherten, schubsten sie weiter hoch. Miriam? Oder einer der Sicherheitstypen? Xenia beeilte sich, nahm auf dem letzten Treppenabsatz immer zwei Stufen auf einmal und landete ein wenig atemlos im dritten Stock. Vier Türen. Ohne Namensschilder. Und keine besaß eine Klinke. Hektisch suchte sie die Wände ab, entdeckte einen kleinen Kasten links neben einer Tür, etwas größer als ein Taschenrechner, und gab die Zahlenkombination ein. 4376. Das Kästchen blinkte, und mit einem Klacken öffnete sich vor ihr die Tür einen Spaltbreit. Sofort quoll ihr feuchtwarme Partystimmung entgegen: Musik, Stimmen und lautes Lachen.

Los geht's. Sie strich sich über ihren Rock und betrat die Wohnung. Licht und Stimmen kamen sowohl von rechts aus dem Gang als auch von links.

»Miriam?«

Xenia zuckte zusammen. Jaels Stimme. Von rechts. Sofort huschte sie nach links, den Gang runter und versteckte sich im Schatten einer Kommode. Gerade noch rechtzeitig. Seine Schritte näherten sich, dann öffnete sich erneut die Tür.

»Hey, Miriam! Alles in Ordnung bei dir?« Der ungewohnt weiche Klang von Jaels Stimme überzog Xenia wie eine Karamellschicht. So hatte sie ihn noch nie sprechen hören. Miriams Antwort ging irgendwie unter, sie verfing sich. In ihm? Vorsichtig spähte Xenia aus ihrem Versteck heraus zur Tür. Jael stand mit dem Rücken zu ihr, über einer dunklen Jeans trug er ein weißes Hemd, an dem sich zwei nach unten verlaufende Nähte so spannten, dass sie sein breites Kreuz beeindruckend zur Schau stellten. Ein Rücken, der geradezu danach schrie, berührt zu werden. Und – es wanderten tatsächlich Hände an seiner Seite hoch. Miriams!

Von wegen, da war nichts! Xenia wurde übel, als sie an Miriams scheinheilige Worte dachte, mit denen sie im Hof versucht hatte, Nils aufzuhalten. Mit ihm mitgegangen aber war sie nicht. Stattdessen schmiss sie sich jetzt Jael an den Hals?

Kleine Nadelstiche mitten ins Herz. Seinetwegen? Weil er die Welt in Stille tauchte? Xenia biss die Zähne zusammen. Blödsinn! Er war ein Mistkerl und Miriam sicher nur ein neuer Name auf seiner Endlosliste an Bewerberinnen. Schnell vergessen.

Außerdem hatte die innige Szene der beiden doch auch was Gutes: Er war abgelenkt. Und sie konnte ihr Versteck verlassen. Vorsichtig schlich sie den Gang runter. Ein großer Raum öffnete sich vor ihr. Erstaunt blickte sie über die feiernde Menge nach oben.

»Xenia!«

Ihr Name traf sie im Rücken, und sofort verkroch sich ihr Herz. Hatte Jael Anweisungen verteilt, sie rauszuschmeißen?

Mit zusammengepressten Lippen drehte sie sich um. Geno. Er schlängelte sich vor ihr aus der Masse der Partygäste. Hatte aber ein Lächeln auf den Lippen. Das Nicht-erwünscht-sein galt für ihn also nicht?

»Was für eine Überraschung. Ich hatte gehört, du kommst nicht. Und jetzt doch?«

»Ja ... Ich bin früher zurück.« Von was auch immer. »Und dachte, ich schaue noch mal rein.«

»Super! Noch hast du auch gar nicht viel verpasst. Und ...« Er musterte sie ausgiebig, vor allem ihre Beine, und fing an zu grinsen. »Und es ist einfach wie immer: Je später der Abend, desto netter die Gäste.«

»Danke.« Xenia musste lachen. Bei vielen anderen hätte der Spruch bescheuert geklungen, irgendwie schmierig. Nicht bei ihm. Geno war der perfekte Türöffner für gute Laune!

»Komm!« Er griff nach ihrem Arm, und augenblicklich versank Xenia. Wasser. Wieder schien es sie zu umgeben.

Konnte Stille lauter sein als Musik? Nur ein dumpfes Pulsieren drang noch zu ihr durch. Spürbar, als leichte Wellen. Genos Stille war nah dran an Jaels Kathedrale. Aber … eben nur nah. Und die Enge im Raum trieb sie wieder von Geno weg. Das Versinken hatte was, das Auftauchen nicht. Xenia blinzelte gegen den Lärm an und versuchte Geno zu folgen, der sich jetzt vor ihr durch die Menge schlängelte. Hier eine Schulter. Da ein Rücken. Die Geräusche der anderen verschluckte die Musik, wie gewohnt, und Xenia schob sich einfach den Weg frei.

Plötzlich standen sie vor dem Buffet. Auf mehreren Tischen, zwischen Blumenranken und Kerzenleuchtern, lagen silberne Platten mit lauter leckeren Sachen.

»Du musst unbedingt die Fleischspieße probieren! Die sind das Beste von allem hier.«

Xenia lehnte dankend ab. »Ich habe vorhin schon gegessen. Leider. Denn das sieht alles echt toll aus …«

»Dann was trinken? Oder hast du das vorhin auch schon gemacht?«

»Ne. Gern.« Sie angelte sich ein Bier aus dem Kasten und sah ihn fragend an. »Du auch?«

»Nein.« Er lachte kopfschüttelnd. »Ich mach ne Pause.«

Mit den ersten Schlucken spülte Xenia das letzte bisschen Anspannung runter. Sie war hier, Jael sonst wo. Ab jetzt wurde gefeiert! Sie drückte Geno ihre Flasche in die Hand, um sich aus ihrer Jeansjacke zu schälen, und schmiss sie auf den nächstbesten freien Stuhl. Genos bewundernden Pfiff ignorierte sie, schnappte sich nur ihre Flasche zurück und prostete ihm zu. Um sie herum waren alle bereits im Partymodus abgetaucht. Tanzten, unterhielten sich schreiend gegen die Musik an oder hingen ziemlich alkoholschwer auf den Sofas rum. Und Liva?

Geno stellte sich neben sie und folgte ihrem Blick. »Suchst du jemanden?«

»Kennst du Liva? Rote Haare, meistens zu ’nem Knoten und …«

»Große blaue Augen«, vervollständigte Geno ihre Beschreibung augenzwinkernd. »Ja klar! Vorhin war sie drüben klettern.«

»Klettern?« Xenia schaute ihn irritiert an.

»Komm, ich zeig's dir.« Geno zog sie zu einer Gruppe, die sich mit Akrom vor einer meterhohen Wand postiert hatte. Xenia folgte ihren Blicken. »Wie cool ist das denn!«

Sara aus dem Abschlussjahrgang hing unter der Decke, Jasmin kämpfte noch auf halber Strecke, vor allem mit ihrem Lachen, das sie immer wieder abrutschen ließ. Nüchtern war die nicht mehr. Und wagte sich trotzdem hoch?

»Willst du auch?« Geno hielt ihr ein Körbchen hin, in dem ein Schlüsselbund, zwei Ringe, eine Armbanduhr und diverse Feuerzeuge lagen. »Hier kommt alles rein, was du in den ...« Er grinste zu ihrem Rock runter. »Okay, Hosentaschen hast du nicht. Aber deinen Schmuck müsstest du abmachen. Und dann – schickt er dich hier hoch, oder?«

Akrom drehte sich um. »Na, hallo! Das Mädchen in Jeans und Turnschuhen?« Seine tiefschwarzen Augen funkelten, als würde er einen Weihnachtsbaum bewundern. »Bei dir muss man heute aber wirklich zweimal hinschauen, um dich wiederzuerkennen.«

Xenia grinste gequält. Bei ihm reichte definitiv ein Blick. Sein schwarz-weißes Outfit ließ keinen Platz für Fantasien, sowohl Hemd als auch Hose saßen über seinem kräftigen Körper hauteng.

Der Stoff um seinen Brustkorb spannte sich, als er ihr die Hand entgegenstreckte. Diesmal ergriff Xenia sie. Und tatsächlich! Auch er ließ also die Welt verstummen. Ähnlich wie bei Rafi blieb nur ein Knistern.

»Sobald die zwei wieder runterkommen, kannst du loslegen.«

»Äh ... nein.« Sie ließ seine Hand fallen und winkte ab. »Später. Vielleicht.«

Was nur war an den Neuen so anders? Sie drehten dem Außen den Ton ab. Bis auf ihre Stimmen?

»Wie wäre es dann mit meinem super Spezial-Cocktail?« Geno nahm ihr die Bierflasche ab und demonstrierte ihr mit einem bedauernden Schütteln, wie leer sie schon war. »Oder möchtest du den auch lieber *später – vielleicht*?«

»Ne, den möchte ich *jetzt* und *unbedingt*!« Sie musste ihn ja nicht austrinken. Eigentlich wollte sie nur ihren Kopf abschalten und tanzen!

Durch einen Mauerdurchbruch führte Geno sie ins nächste Zimmer. Auch hier wurde gefeiert, nur etwas leiser. Sofort suchte sie den Raum nach Jael ab. Keine blonden Wuschelhaare. Dafür: Felix! Sie zupfte Geno am Hemd und drückte sich an einigen aus ihrer Jahrgangsstufe vorbei, um zu ihm durchzukommen. Billard! Klar, dass er hier war. Und noch klarer, mit wem er spielte. Chrystal! Sie stand mit einem Queue an der Seite des Billardtisches, goss mit der anderen Hand Wasser in zwei Gläser und schaute dabei immer wieder amüsiert zu Felix runter. Er hatte sich weit über den Tisch gelehnt, Xenia sah von ihm nur die tief durchatmenden Tourdaten der Rolling Stones auf seinem Shirt. Er traf! Und Chrystal verzog enttäuscht das Gesicht.

Xenia hörte ihn triumphierend auflachen. »Ich glaube, die Rechnung wird auf dich gehen, Chrystal!« Als er sich dann aufrichtete, tippte sie ihm an die Schulter. Zaghaft nur brüllte der Löwe zwischen die Beats der Musik.

»Xen!« Überrascht ließ Felix seinen Queue sinken. »Wie toll! Seit wann bist du denn da?«

»Keine Ahnung. Zehn Minuten?«

»Super, dass du dich doch getraut hast!«, flüsterte er ihr zu. »Hat Jael irgendwas gesagt?«

»Nö. Der ist anderweitig beschäftigt.« Ihr Ton ließ keine Zweifel offen, was das wohl sein könnte. Felix grinste kopfschüttelnd und stellte sie dann Chrystal vor. »Ihr kennt euch noch nicht, oder?«

Jemandem wie ihr gegenüberzustehen und sich dabei nicht unscheinbar grau zu fühlen, war schier unmöglich, auch wenn ihr Outfit heute für ihre Verhältnisse fast bieder erschien. Die obligatorisch knallenge Hose fehlte natürlich nicht, ihr weißes Hemd jedoch war bis zum vorletzten Knopf geschlossen. Xenia kam sich ihr gegenüber fast aufgetusst vor, schaffte es aber trotzdem, auf Chrystals absolut freundliches Lächeln ebenfalls eines hervorzuzaubern. »Hi!«

Sie hätte es dabei belassen, doch auch Chrystal streckte ihr die Hand entgegen. Eintauchen – Auftauchen. Dazwischen Stille? Xenia nahm die Begrüßung entgegen. Stutzte aber. Die Musik lief weiter. Allein ein kaum hörbares Weinen drang zu ihr durch, sie musste sich konzentrieren, es wahrzunehmen. So kläglich, dass es ihr den Hals verschloss.

»Nett dich kennenzulernen.« Chrystal lächelte immer noch, doch sie selbst konnte nur nicken. Chrystal also nicht? Warum? Weil sie ein Mäd...

»Willst du gleich eine Runde mitspielen? Ich mache ihn hier nur kurz platt. Dauert nicht lange.«

Felix protestierte, indem er sich ihren Zopf ums Handgelenk wickelte und grinsend ihr Gesicht näher zu sich heranzog. »Was hast du gesagt? Glaub ihr kein Wort, Xen!«

Chrystal lachte hell.

Wann waren die zwei sich so nah gekommen?

Drei sind einer zu viel!, dachte Xenia. Chrystal und Felix ...

»Hier bist du!« Geno tauchte hinter ihr auf. Vier anstatt drei. Fühlte sich gleich viel besser an. Kannte Felix ihn eigentlich schon? Sie wollte die beiden gerade miteinander bekannt machen, als sie die komische Stille zwischen ihnen wahrnahm. Felix' Lächeln war verschwunden. Und seine Kiefermuskeln zuckten.

Hatte er was gegen ihn? Oder interpretierte sie mal wieder viel zu viel in nichts?

»Spielt ihr mal schön weiter. Wir haben was anderes vor, oder Xenia?« Wenn Geno irgendeine Art Ablehnung gespürt hatte, ließ er es sich nicht anmerken. Lächelnd nickte er Chrystal und Felix zu und deutete mit dem Finger zu einer Tür.

Die Küche, in die Geno sie führte, war genauso überdimensioniert wie alles in der Wohnung. Selbst die Berge an dreckigem Geschirr auf dem Tisch.

»Habt ihr eigentlich eine Putzhilfe?«

»Ja. Aber leider kommt im Moment nur einmal in der Woche jemand. Und Morgen. Hoffentlich!« Geno steuerte auf eine weitere Tür zu. »Finde du mal saubere Gläser und ich besorg uns alles, was unsere Vorräte so hergeben.«

Gläser? Xenia schnappte sich einfach zwei vom Tablett auf dem Tisch. Sie müsste sie nur abwaschen.

»Meinst du, die gehen?« Fragend drehte sie sich zu Geno um, der sich gerade bückte, um etwas aufzuheben, das ihm auf den Boden gefallen war. Ein Schlüssel. Aber … verheddert in einer Kette. Ungläubig starrte Xenia auf den Anhänger. Ein halbes Herz. Livas halbes Herz! Er versuchte es vom Schlüssel zu befreien.

»Die gehört Liva.« Ihr Magen zog sich zusammen. Klaute er doch? »Wo hast du die her?«

»Die?« Sein Blick glitt von der Kette zu ihr, dabei zuckte er mit den Schultern. Fast gelangweilt. »Die habe ich ihr vorhin geklaut. Hat sie nicht mal gemerkt.«

»Was?« Er gab es zu? Xenia stellte die Gläser hinter sich ab. Sie klirrten leise. »Gib sie her!« Mit einem auffordernden Nicken hielt sie ihm ihre geöffnete Hand hin, zuckte aber zurück, als Geno laut zu lachen begann.

»Xenia! Das war ein Witz, okay? Weil du so komisch geguckt

hast. Liva hat sie mir vorhin an der Kletterwand gegeben, damit ich auf sie aufpasse. Sie scheint ihr sehr wichtig zu sein.«

»Ist sie auch.« Und sie gehörte wieder an Livas Hals. Xenia zeigte ihm die andere Hälfte. Ihre Hälfte. »Die beiden passen zusammen. Also …« Sie wiederholte ihr Nicken. Geheuer war ihr die Sache noch immer nicht, doch Geno legte ihr die Kette tatsächlich in die Hand. Hatte er gezögert? Wenn, dann nur den Bruchteil einer Sekunde.

»So viel Misstrauen, Xenia?«

»Schlechte Erfahrungen«, wand sie sich heraus. Nur wohin jetzt mit der Kette?

Er musste ihren Blick zu den nicht vorhandenen Taschen in ihrem Rock gesehen haben, denn er legte den Schlüssel auf den Küchentresen und bat darum, sie ihr um den Hals legen zu dürfen. Während er den Verschluss einzuhaken versuchte, berührte er flüchtig ihren Nacken, trotzdem reichte der Moment aus, um sie schaudern zu lassen.

Es war nicht die Stille. Es war die Berührung, sein Finger auf ihrer Haut. Ungewohnt, zu nah. Ihre Arme überzog ein Frösteln. Dank des Tops ziemlich offensichtlich.

»Du bist kitzelig?« Er lachte und strich ihr noch einmal absichtlich über den Nacken. Überaus erfolgreich.

Nur, mit der Kette um ihren Hals und ihm im Rücken konnte sie nicht fliehen. »Komm, Geno. Mach hin.«

»Hab's gleich.« Seine Finger beschäftigten sich gerade wieder mit dem Verschluss, als plötzlich hinter ihnen die Tür aufging.

»Xenia! Welch Überraschung.«

Jael. Die Gänsehaut erwischte jetzt ihren ganzen Körper. Sie wollte sich nicht umdrehen, ihn auf keinen Fall ansehen. Ignorieren. Das schien ihr die beste Lösung zu sein, und so locker wie möglich griff sie nach den zwei Gläsern auf dem Tisch und nahm sie mit zur Spüle.

»Du ignorierst mich?« Sie hörte ihn hinter sich lachen. »Das ist …«

»Verpiss dich, Jael!« Er war raus, der Satz. Liva wäre stolz auf sie. Trotzdem spannten sich ihre Nackenmuskeln an, genau dort, wo sein Blick auf ihr ruhen musste. Sie biss die Zähne zusammen, dann begann sie, ruhig und kontrolliert die Gläser abzuwaschen. Über das laufende Wasser hinweg lauschte sie angestrengt nach hinten und hörte tatsächlich das Geräusch einer sich schließenden Tür.

Augenblicklich entspannten sich ihre Schultern. »Entschuldige, aber der Typ ist echt das Letzte!«

»Ist er das?«

Sie erstarrte. Heißes Wasser lief ihr über die Hände. Es hatte jemand den Raum verlassen, nur dummerweise der Falsche.

JAEL

Von irgendwoher kam ein Piepsen. Eine Hand lag auf seiner Brust, sie strich ihm sanft über die Haut. Jael kämpfte sich aus dem Nebel in seinem Kopf und öffnete die Augen. Miriam. Sein Bett. Sein Zimmer. Das Piepsen. Scheiße!

Er stieß ihren Arm von sich und sprang auf. Wenigstens hatte er seine Hose noch an. Sein Hemd? Auf dem Schreibtischstuhl. Miriam fehlten bedeutend mehr Kleidungsstücke. Er sammelte sie vom Boden auf und warf sie ihr aufs Bett. »Aufstehen. Und raus hier.«

»Was ... Was soll das, Jael?« Fragende Augen. Rosig glühende Wangen. Miriam richtete sich auf, zog sich aber auf seinen Blick hin sofort die Decke schützend über ihre Brüste. »Du gehst einfach?«

»Nein. *Du* gehst. Ich sage den Fahrern unten Bescheid, dass sie dich nach Hause bringen.«

Freundlicher ging es nicht. Das Piepsen. Irgendetwas war schiefgelaufen, und er wurde im Hof gebraucht. Außerdem war es eh egal, wie er sich ihr gegenüber benahm, sie hatte genug Wasser intus, um sich morgen an nichts mehr erinnern zu können. Jael schnappte sich den mittlerweile verstummten Pager und drehte sich an der Tür ein letztes Mal zu ihr um. »An deiner Stelle würde ich über das hier übrigens nichts erzählen. Könnte deinem Ruf schaden.«

Auf dem Gang pfiff er Rafi zu sich, der in der Nähe stand. »Sorg dafür, dass sie verschwindet.«

»Was? Wer?«

»Keine Fragen, Rafi. Mach einfach!«

Unsanft schob er ihn zur Seite und rannte die Treppe runter.

Was war passiert? Bisher verlief die Party super, ansonsten hätte er sich nicht mit Miriam zurückgezogen. Spaß hatte es nicht wirklich gebracht, sein Körper war auf ihren überhaupt nicht angesprungen. Gelohnt hatte es sich trotzdem. Seine Hand in ihrer, ein tiefer Blick in ihre Augen, dazu die Aufforderung, ihm von sich selbst zu erzählen. Es war ein Leichtes gewesen, sie zu entleeren. Stufe 4. Die Eigenliebe.

Ihr Haargummi, seine Trophäe, hatte er am Handgelenk. Auf den letzten Stufen nach unten zog er es ab und steckte es in seine Hosentasche.

Goodbye, Miriam! Ab jetzt würde ihr Stern untergehen.

Im Hof kam sofort einer der Sicherheitsmänner auf ihn zu, mit einem betretenen Blick und … mit einer Einladungskarte in der Hand? Jael hätte den Namen auf ihr gar nicht erst lesen müssen. Xenia!

Er holte zum Schlag aus. Bremste sich aber noch rechtzeitig. Es gab hier zu viele Zeugen. Der Kollege von dem Idioten. Einer der Fahrer, der an den Garagen rumlungerte.

»Wie lange ist sie schon drin?«

Die Typen schauten sich an. »Ähm … sie ist gekommen, als es hier …«

»Wie lange?«, schrie er sie an.

Hochrote Köpfe bekamen sie, aber keine Antwort raus.

»Scheiße!« Jael schmiss ihnen die Einladungskarte vor die Füße und rannte die Treppe wieder hoch. Mit suchendem Blick drängte er sich durch die Gäste. Warum war sie nur so verdammt klein?

Auf dem Balkon erwischte er Liva, die heftigst mit irgendwem rumknutschte, bei Felix am Billardtisch nur Chrystal. In der Küche?

Eilig lief er auf die geschlossene Tür zu und zog sie auf. Ein Messer im Bauch hätte nicht mehr Schmerzen verursachen können als der Anblick, der sich ihm bot. Xenia stand mit dem Rücken zu ihm. Kurzer Rock, enges Top, hohe Stiefel. Und Geno an ihrem Hals. Jael unterdrückte einen Aufschrei. Die Tür musste zu, neugierige Blicke, Zeugen, das war das Letzte, was er jetzt brauchte. Daher trat er ein, schloss die Tür und lehnte sich von innen gegen den Rahmen.

»Xenia! Welch Überraschung.«

Geno riss den Kopf herum, duckte sich sofort unter seinem Blick weg. Xenia dagegen blieb mit dem Rücken zu ihm stehen. Sie sagte kein Wort, straffte nur die Schultern, ergriff vom Tisch zwei dreckige Gläser und fing an … sie abzuwaschen?

»Du ignorierst mich?« Er lachte. »Das ist …«

»Verpiss dich, Jael!«

Verpiss dich? Jael presste seine Kiefer so fest zusammen, dass ihm fast die Zähne brachen. Über ihre Art mit ihm umzugehen müsste er dringend mit ihr reden, jetzt aber war es erst mal wichtig, dass Geno von der Bildfläche verschwand. Sein Nicken zur Tür verstand er und schloss sie hinter sich.

Xenia atmete hörbar aus, spülte aber weiter ihre scheiß Gläser. Sie ignorierte ihn wieder? Aus sicherer Entfernung musterte er sie. Der Rock! Er saß perfekt. Endete eine Handbreit über ihren Knien.

»Entschuldige, aber der Typ ist echt das Letzte!«

Jael runzelte die Stirn. Hatte sie allen Ernstes gedacht, *er* wäre gegangen?

»Ist er das?«

Alles an ihrem Körper schien plötzlich die Luft anzuhalten. Den Raum erfüllte nur das Plätschern von Wasser. Das Geräusch, das er nicht ertrug! Es verwandelte sich in seinem Kopf bereits in ein fließendes Rauschen.

»Was willst du, Jael?« Ihre Stimme klang erschöpft. Unendlich langsam drehte sie sich um. Glaslinsen! An so vieles hatte er gedacht, nur nicht daran. Sein Kopf begann zu dröhnen. Das Wasser musste aus!

»Was willst du, Jael?«, wiederholte sie ihre Frage noch einmal, und er meinte ein Zittern in ihrer Stimme zu hören. »Mich rausschmeißen?«

Das wäre eine Möglichkeit. Die andere wäre, einfach freundlich zu sein, um eine Eskalation zu vermeiden.

Ob Geno etwas geahnt hatte?

»Rausschmeißen? Nein, wieso?« Lächelnd näherte er sich ihr und blickte zur Spüle. »Ist doch nett, dass du hier den Abwasch machst.«

Unter Freundlichkeit verstand sie wohl etwas anderes. Zwar schaltete sie zu seiner Erleichterung das Wasser ab, ballte dann aber ihre schmalen Hände zu kleinen Fäusten. Zornig blitzte sie ihn an. »Warum redest du mit mir? Wenn doch Miriam da draußen ganz sehnsuchtsvoll auf dich wartet.«

Was? Jaels Augen verengten sich. Sie wusste von Miriam? »Weil mich Miriam nicht interessiert.«

Von ihr kam ein verächtliches Schnauben. »Bitter für sie. Wo sie doch Nils für dich hat gehen lassen.«

»Hat sie das? Streit gibt es immer mal. Morgen haben sie den sicher wieder vergessen. Aber es ging gerade um mich, oder? Warum ich hier bei dir in der Küche bin?«

Jael hielt ein Glas hoch, als würde er es interessiert mustern, dabei musterte er *sie*. Glas filterte, egal welche Form es hatte. Und es funktionierte. Ihr Goldbraun erhöhte zwar seinen Puls, quälte ihn aber nicht mit seiner Wärme. Geschminkte Augen! Wofür? Ihr Braun brauchte nichts anderes an Farbe. Vorsichtig senkte er das Glas, um zu testen, wie viel er aushalten konnte, doch die Hitze, die ihn sofort erfasste, durchzog glühend seine

Brust. Selbst für eine Immunitin musste sie unglaubliche Energien haben. Bevor sich in ihm die schützende Kälte aufbauen konnte und er sie wieder verschrecken würde, stellte er das Glas hinter sich ab und konzentrierte sich auf ihre Lippen. Das ging.

»Möchtest du es wissen?«

Sie rang mit sich, ihre überkreuzten Beine wechselten die Position. »Okay. Warum bist du hier?«

Ein Geständnis, wenn es glaubhaft sein sollte, brauchte immer eine offene Körperhaltung. Keine verschränkten Arme. Dafür einen direkten Blick. »Du interessierst mich, Xenia. Vom ersten Tag an.«

»Sicher!« Sie schnaubte. »Gibt es dich zweimal? In nett und völlig scheiße?«

Ungewollt entglitt ihm ein Lachen, was bei ihr erneut falsch ankam. »Lachst du mich aus?« Wütend kräuselte sich ihre Nase. »Denn wenn ja, können wir das Ganze hier …«

»Nein!« Er gab sich erschüttert, sie durfte jetzt nicht gehen. »Nein. Es ist nur … du bist völlig unberechenbar. Total angespannt, und dann haust du solche Sachen raus.«

»*Ich* bin unberechenbar? *Du* bist unberechenbar! Schaust mich meistens an, als ob du mich gleich umbringen willst und … und dann bist du plötzlich nett. Willst dich mit mir treffen. Lässt mich dann aber stehen wie der letzte Idiot.«

»Du warst da?«

»Ja.« Sie schaute vor sich auf den Boden. »Leider!«

»Das … wusste ich nicht, Xenia. Mir ging es an dem Morgen nicht gut.«

»Gut genug immerhin, um mir später dann echt fies klarzumachen, dass ich nicht hierherkommen soll.«

Er hatte es gründlich verbockt. Jael fuhr sich durch die Haare. Sollte er es mit der Wahrheit versuchen? Testen, wie sie darauf reagierte? Präpariertes Wasser stand genug rum. Zur Not die Spritze.

»Ich wollte dich nur schützen.« Ihr erneutes verächtliches Schnauben unterbrach er rigoros mit seiner Hand. »Lass es mich bitte erklären, okay?« Er schaute hoch. So lange, bis sich ihre Blicke trafen, obwohl ihn ihre Augen fast zerrissen. Seinen Puls hochjagten. »Das ist nicht die erste Einweihungsparty, die ich mitbekomme. Ich war schon in anderen WGs. Und ich weiß, dass die echt heftig werden können. Hier ist nichts, wie es scheint, Xenia.« Seine Stimme bebte. »Ich wollte dich davor schützen.«

»Schützen? Wovor?«

»Vor uns.« Jael stand auf, er brauchte eine Pause. Die Hitze hatte seinen Körper erbarmungslos im Griff, auf seiner Stirn sammelte sich Schweiß. Lange würde er die Kälte nicht mehr unter Kontrolle halten können. Tödlich für sie. »Ist ein Glas schon fertig abgespült?«

Seine weiche Stimme, die ihm unendlich viel Beherrschung abverlangte, entlockte ihr ein vorsichtiges Lächeln. Seine Lippen erwiderten es eigenmächtig. Diesmal hatte sie es nicht als Provokation aufgefasst und angelte sich eins der abgewaschenen Gläser. Jael bückte sich. Unter dem Küchentisch stand der Vorrat an Flaschen mit blauen Deckeln. Eine fehlte! Irritiert blieb er vor der Kiste hocken und sah sich um. Keine der Flaschen hätte die Küche verlassen sollen. Wo war die fehlende?

Beim Aufrichten hatte er nicht mit Xenia gerechnet. Nicht damit, dass sie direkt hinter ihm stand und ihm das Glas entgegenstreckte. Mit seiner Schulter erwischte er ihren Arm. Sie erschrak. Das Glas fiel ihr aus der Hand und zerbrach klirrend auf den Fliesen. Xenia stolperte. Rutschte weg! Und fiel. Rückwärts. Direkt auf die Kante des Küchentresens zu. Unter ihr lagen unzählige Scherben auf dem Boden. Jael registrierte nur: Gefahr. Und griff nach ihr, nach ihren Schultern, erwischte sie rechtzeitig und zog sie an sich. Ein Fehler! Heiße Flammen schossen durch seine Hände, als würden sie an Herdplatten kleben. Sein Puls raste ihm weg. Sein Herz!

Xenia riss die Augen auf, und ihre Blicke trafen sich. Nur einen Moment. Einen kurzen Moment. Doch es war zu viel. Sie zuckte. Dann brach sie in seinen Armen zusammen. Jael stöhnte auf. Ihr Körper war ein Glühofen! Dazu die Wellen. Sie kamen aus dem Nichts. Doch ... sie brachen sich nicht. Sie spülten nur verspielt an den Strand.

»Halt still, Jael!« Die Stimme seiner Mutter! In ihr ein Lachen. *»Du kennst den Buchstaben. Überleg mal, hier oben die Linie ...«* Jael spürte ihren Finger auf seinem Rücken. Wie damals. Er fuhr kitzelnd über seine Haut. Sonnencremeverschmiert.

Es war ein T gewesen. Er hatte es gewusst. Er hatte gestrahlt. Doch dann war ein Fuß aufgetaucht. Der sandverschmierte Fuß der Verräterin. »Es ist ein T. Wie bei mir. Wie bei Tjara!«

Jael begann zu zittern. Diesen Fuß hatte er sich geschnappt. Irgendwas ist immer der Auslöser. Irgendjemand trägt immer die Schuld.

Schuld.

Schuld.

Das Wort pochte hart gegen seine Schläfen.

Seine Schuld hatte mit Tjaras Fuß begonnen.

Das Zittern in seinem Körper wurde stärker. Lange würde er Xenia nicht halten können. Sein Körper begann, sich gegen die Erinnerung zu stellen. Betäubte sich, immer mehr. Kalter Nebel umschloss seinen Kopf. Er verlor die Kontrolle! Schnell schob er mit seinen Füßen Scherben aus dem Weg, und mit bebenden Armen legte er Xenia auf dem Boden ab. Fingerte dann nach einem Stuhl. Sein Kopf dröhnte.

Eins. Zwei. Drei. Scherben. Überall vor seinen Füßen. Er begann sie zu zählen. Jeden kleinsten Splitter.

Und langsam wurde es in ihm stiller.

Die Bilder waren neu gewesen. Das Meer. Der Sand. Das Lachen. Die Sonne.

Jael fuhr sich mit den Händen über das Gesicht. Seine Augen brannten schmerzhaft. Forderten erlösende Tränen.

Weinen? Er konnte es nicht mehr.

Damals, da hatte er geweint. Um seine Eltern. Um Tjara. Um die unzähligen Toten. Seitdem nie wieder. Seine Schuld hatte alles in ihm betäubt und seine Tränen mitgenommen.

Mühsam richtete er sich auf. Xenia lag ohnmächtig vor ihm. Ihr Brustkorb hob und senkte sich nur schwach. Ihr Gesicht war fahl. Jael beugte sich zu ihr. Ohne Bewusstsein. In diesem Zustand waren Immuniten ungefährlich, und … er konnte nicht anders. Vorsichtig fuhr er mit den Fingern über ihre Wange. Zeichnete ihre Lippen nach. Ihr Kinn.

Xenia. Wie oft war sie ihn schon angegangen? Hatte ihn beschimpft, sich wütend vor ihm aufgebaut. Oder sich verletzlich gezeigt.

Ein leises Seufzen verließ ihre leicht geöffneten Lippen. Sein Herz verstummte und horchte auf.

In diesem Moment war er sich sicher. Wäre es ihm möglich, würde sie diejenige sein, die er lieben könnte!

Seine Finger wanderten weiter. Abwärts, ihren Hals hinunter, über den Arm hin zu ihrer Hand. Ganz leicht zuckten ihre Finger, als seine sie fest umschlossen. Sie kam langsam zu sich. Zeit für ihn, auf Abstand zu gehen.

Aber wie könnte er ihr helfen?

Jael stand auf und schaute sich in der Küche um. An der Wand hingen Chrystals Backhandschuhe. Völlig alberne. In rosa! Dafür isoliert. Er zog sie sich über und griff nach einem Küchenhandtuch. Zusammengerollt legte er es Xenia vorsichtig unter den Kopf.

Zu spät registrierte er dabei das Geräusch einer sich senkenden Türklinke, zu spät das leichte Schaben von Holz über Fliesen. Jael riss seinen Kopf herum, auf der Schwelle erschien Geno.

»Was ist denn mit ihr pa …« Sein Blick verhakte sich an den Handschuhen, die er trug, dann wanderte er zwischen Xenia und ihm hin und her. Jael konnte sich denken, was in Genos schlauem Kopf jetzt abging, und raste selbst durch die Liste an Möglichkeiten, die sich ihm aufblätterte. Sie war nicht lang, wiederholte sich nur ständig.

Geno hatte seine Lösung schneller. Er war näher gekommen und betrachtete Xenia mit einer widerlichen Mischung aus Faszination und Unglauben, die Jael Säure in den Hals trieb.

»Ist sie ein … ein Immunit?«

»Nein!« Er erhob sich und drängte Geno mit seinem Körper zurück. In diesem Moment hätte er alles getan für das kleine Wesen, das hinter ihm in seinem schützenden Schatten lag. Doch er musste sich zurückhalten. »Ich habe nur das Chaos beseitigt. Die Scherben! Xenia hat sich gestoßen und ist auf den Boden geschlagen.« Jael bemühte sich um ein Lächeln. »Von daher, gut, dass du da bist. Lös die Party auf und ruf Rafi. Er soll an der Tür auf mein Klopfen warten. Sie muss in mein Zimmer. Verstanden?«

Geno nickte nur langsam. »Ich werde dich beobachten, Jael!«

»Tu das. Aber lass die Finger von ihr.« Auch wenn das, was er jetzt zu sagen gedachte, sie noch mehr in den Blickpunkt rücken würde, es blieb ihm nichts anderes übrig. »Ich erhebe offiziell ein *Protectio*!«

XENIA

Ein leiser, warmer Ton. Er berührte sie. Strich über ihre Haut. Über ihre Wange, dann ihre Lippen entlang. Wie … eine Feder? Xenia wollte lächeln, sie wollte diesem Etwas auf ihrer Haut zu verstehen geben, dass es nicht aufhören sollte. Aber ihre Lippen gehorchten nicht. Als wäre ihr ganzer Körper mit Watte ausgestopft, lag sie regungslos da. Irgendwo. Ein leises Seufzen drang zu ihr durch. Ihr Eigenes?

Etwas Weiches ergriff jetzt ihre Hand, und jemand hob ihren Kopf an.

Dann zerschnitt eine harte Stimme die wattige Stille um sie herum. »Ist sie ein … ein Immunit?«

»Nein!« Eine zweite.

Xenia taten die Stimmen weh. Sie dröhnten zu laut, doch ihr fehlte die Kraft, sich gegen sie zu wehren.

Chaos.

Scherben.

Party.

Wo war sie?

»Ich werde dich beobachten, Jael!«

Jael? Etwas durchzuckte sie, und Helligkeit flatterte unter ihren Augenlidern zu ihr hindurch.

»Ich erhebe offiziell ein *Protectio*!«

Xenia hörte, wie sich eine Tür schloss, dann gelang es ihr, die Augen langsam zu öffnen. Grelles Licht. Es traf sie hart und ließ sie blinzeln. Tränen liefen. Sie wollte sie wegwischen, aber ihre

Arme gehorchten nicht. Irgendetwas hatte die Verbindung zwischen ihrem Kopf und ihrem Körper unterbrochen.

»Xenia?«

In dem Gemisch aus Licht und Tränen tauchten Augen vor ihr auf. Graue Augen. Jael?

»Was … Was ist passiert?« Mühsame Worte verließen ihre Lippen, stolperten über die Trockenheit in ihrem Hals, als hätte sie Jahre nicht gesprochen.

»Du bist umgekippt. Und warst kurz weg.«

Umgekippt? Allmählich gewöhnte sie sich an das Licht, und ihr Blick klarte auf. Umrisse wurden deutlicher, die den Augen über ihr ein Gesicht schenkten. Es war tatsächlich Jael. Seine ebenmäßige, kalte Schönheit. Nur die Falte, die sich fragend in seine Stirn zog, war neu. Wie ein Knick in einem Foto. Sie würde sie gerne mit ihren Fingern nachziehen, sanft über seine Haut streichen. Ein warmer Schauer durchzog ihren Körper. Hatte er sie vorhin berührt? War er die Feder gewesen? Der warme Ton? Unmöglich! Sie musste träumen.

»Alles okay mit dir? Hast du Schmerzen?«

Sie fuhr sich mit der Zunge über die Lippen, dann versuchte sie vorsichtig, ihren Kopf zu drehen. Ein Fliesenboden. Neben ihr ragten Tischbeine in die Höhe. Ein Wasserhahn glänzte. Sie lag in einer Küche.

»Wieso bin ich umgekippt?« Sie wandte ihm ihren Blick wieder zu, doch sein Gesicht war nicht mehr da. Stattdessen näherten sich ihr plötzlich riesige Pranken. Erschrocken stöhnte Xenia auf, wollte wegrutschen, doch ihre Füße glitten weg. Immer noch hing diese blöde Watte in ihr fest.

»Hey, hey, hey! Alles gut.« Jaels Karamellstimme. »Kannst du dich aufrichten, Xenia?«

Die Tatzen gehörten zu ihm. Pinkes Fell? Sie musste heftig was abbekommen haben. Oder noch immer träumen? Xenia schloss die Augen und konzentrierte sich auf ihre Atmung. Eins. Zwei. Drei. Einatmen. Ausatmen bis zehn.

»Komm, hey! Nicht wieder wegsacken!« Etwas stupste sie an der Schulter. »Wir sitzen hier ziemlich blöd in der Küche fest. Und sollten versuchen, dich wieder auf die Beine zu kriegen, okay?«

»Du hast rosa Tatzen, Jael.« Xenia spähte unter halb geöffneten Lidern zu ihm rüber. Sie waren noch immer da, und sie begann erneut zu zählen. Und zu atmen. Irgendwann musste sie doch aus diesem Quatsch wieder auftauchen.

»Tatzen?« Sein Lachen klang warm. »Das sind Chrystals Backhandschuhe. Ich hab damit nur die Scherben beseitigt.«

Erneut wagte sie den Blick zu ihm, und da er die rosa Tatzen tatsächlich ablegte, versuchte sie, sich ganz langsam aufzurichten. Er half ihr, griff unter das Handtuch, das in ihrem Nacken gelegen hatte, und hob ihren Kopf an. Scherben lagen verstreut neben ihr auf dem Fliesenboden, der sich zu bewegen schien. Xenia stützte ihren Kopf auf die Hände und blieb vorerst sitzen. Spätestens jetzt müsste sich doch alles auflösen, wenn sie nur träumte, stattdessen aber wurde alles um sie herum schärfer. Und stellte das Drehen ein.

Wie aus dem Nichts kamen einzelne Gedankensplitter angeflogen, die sich in ihrem Kopf zusammenpuzzelten. Nach und nach ergaben sie ein Bild. Sie war auf die Party gegangen. Hatte mit Geno die Küche betreten, bevor dann Jael aufgetaucht war. Der, der sie nicht hier haben wollte, sich jetzt aber um sie kümmerte? Fragend blickte sie ihn an.

Er hockte vor ihr, sein Körper so nah, dass sie nur ihre Hand ausstrecken musste, um ihn zu berühren. Riesig erschien er ihr, so vom Boden aus, doch in seinem Blick lag kein Spott, keine Überheblichkeit, er musterte sie ernst.

»Du wolltest mir ein Glas geben, und dabei sind wir zusammengestoßen.« Er deutete auf die Küchenzeile schräg hinter ihr, und ein bedauerndes Lächeln legte sich auf seine Lippen. »Ich nehme mal an, du hast die Kante da mit dem Ellenbogen erwischt. Und dann hast du dich verabschiedet.«

»Ich habe mich nicht gestoßen.« Xenia schüttelte den Kopf, stellte die Bewegung aber sofort ein, als sich alles vor ihr wieder zu drehen begann. Ihre Stimme schwankte zum Glück nicht, ihre Erinnerung auch nicht, im Gegenteil, sie wurde immer klarer. Es hatte eine Berührung gegeben, aber nicht zwischen ihrem Ellenbogen und der Küchenzeile. War sie so fasziniert von dem Typen, dass ihr schwindelig wurde, nur weil er sie anfasste? Sie musste raus aus seinem Schatten, zog sich mit den Füßen einen Stuhl ran, als Jael schon reagierte. Mit dem Handtuch in seinen Händen stützte er ihre Unterarme ab und half ihr hoch. So langsam verschwand die Watte aus ihrem Körper, hinterließ aber eine bleierne Müdigkeit. Jael war still. Nicht nur mit Worten, er hatte jetzt auch keinen Blick mehr für sie. Mit düsterer Miene saß er vor ihr auf der Tischkante und starrte an ihr vorbei, durch das Fenster in die Nacht.

»Irgendwas stimmt mit mir nicht, Jael. Du hast mich festgehalten, weil ich gestolpert bin, und …« Ihre Blicke waren sich begegnet, und Hitze hatte sie erfasst. Dann dieser Schwindel, den sie schon einmal gespürt hatte. Bei den Schließfächern. Unruhig knabberte sie an ihrer Lippe. Kreislaufprobleme. Hatte sie bisher nie gehabt. Jetzt aber zweimal hintereinander? »Mir war vor ein paar Tagen schon mal schwindelig. Vielleicht sollte ich mich mal durchchecken lassen.« Ihr verkrampftes Lachen erhielt keine Antwort, Jael blieb weiterhin still. Nur seine Finger spielten an einem Zipfel des Handtuchs. Er rollte ihn ein. Wieder aus. Ein.

Erst ihre Bewegung auf dem Stuhl holte ihn zu ihr zurück. Der Knick in seiner Stirn war wieder da.

»Ich würde gerne hier aus der Küche raus, Xenia, und mit dir in Ruhe in meinem Zimmer reden. Kannst du gehen?«

Sie schüttelte den Kopf. Gehen war hoffentlich möglich, aber wenn, dann nur nach Hause. Sein Zimmer? Mit ihm dort allein sein? Die Vorstellung trieb den Schwindel wieder an.

»Du vertraust mir nicht.« Er stand auf und trat ans Fenster. Mit den Händen in den Hosentaschen ließ er langsam seine Schultern kreisen, streckte dann seinen Rücken. »Kann ich verstehen. Und doch kann ich dich so nicht gehen lassen.«

»Wie bitte?« Sie rutschte auf ihrem Stuhl vor. »Was soll das heißen?«

»Ich muss dir einiges erklären.« Langsam drehte er sich zu ihr um. »Vor allem, um die Gefahr für dich möglichst minimal zu halten.«

»Gefahr?« Ein kaltes Kribbeln setzte sich ihr zwischen die Schulterblätter und ließ sie frösteln. Doch ohne sie zu beachten, ohne ihr Zeit zu geben, Nachfragen stellen zu können, ging er an ihr vorbei auf die Tür zu und klopfte an den Holzrahmen. »Rafi?«

Sofort erschienen seine dunklen Locken im Spalt der sich öffnenden Tür. Hatte er vor der Küche gewartet?

»Ihr könnt«, meinte er nur knapp.

Xenias Blick flog zu Jael. »Was soll das hier?« Hatten die sich abgesprochen? Doch Jael sah sie nicht einmal an. Er blieb wortlos, nickte nur dankend in Rafis Richtung und verließ die Küche.

Dann eben Rafi! »Kannst du mir mal erklären …?«

»Nein, kann ich nicht.« Er unterbrach sie mit einer für ihn völlig ungewohnt nüchternen Kälte. »Aber Jael kann es. Komm!«

Ob sie das wollte oder nicht, interessierte auch ihn nicht, doch immerhin bot er ihr seinen Arm als Stütze an. Xenia zögerte, schlug ihn dann aus. Sie wollte die Stille jetzt nicht. Abtauchen, wieder auftauchen? Der Boden unter ihren Füßen schwankte auch so schon genug. Aber raus aus der Küche, das wollte sie, dann Felix suchen.

Doch der Billardraum lag dunkel und leer vor ihr. Musik? Stimmen? Aus dem Partyraum war kaum mehr was zu hören. Die Feier hatte ihren Höhepunkt definitiv überschritten. Einige Gäste ihre Schamgrenze auch. Im Dunklen des Ganges vor ihnen tauchten die Schatten zweier umschlungener Körper auf. Jael lief gerade an ihnen vorbei, ergriff hart einen der Arme und zog das Pärchen auseinander. Xenias Augen weiteten sich.

»Liva!« Sie wollte auf sie zulaufen, Jael ihre Freundin entreißen, doch Livas Gesicht, als sie sich zu ihr umdrehte, ließ sie rückwärts stolpern. Tiefrote Lippenstiftschmiere. Blaue Augen, die glasig ins Nichts blickten. Unter der schwarz verwischten Mascara leuchteten sie wie Glaskugeln einer Horrormaske. Sie kicherte komisch. Und ... gehörte die Hand unter ihrem hochgerutschten T-Shirt wirklich zu Moritz? Dem widerlichen Aufreißer? Fassungslos starrte Xenia die beiden an, sah, wie Jael sie unsanft trennte und sich Akrom zu Hilfe zog.

»Bring sie runter. Getrennt! Und sieh zu, dass sie noch Wasser trinken.«

»Wartet!« Xenia ging auf ihre Freundin zu, die mittlerweile mehr in Jaels Arm hing, als selbst auf ihren Füßen stand. »Liva?«

»Ach neeee ... Xeeeen!« Ihr grimassenhaftes Grinsen und der fast boshafte Klang, mit dem sie ihren Namen aussprach, ließen sie zurückzucken. »Isch dachte, du hassst Schiss vor dem hier!« Livas Plan war es wohl gewesen, Jael auf die Brust zu klopfen, doch ihre schwammigen Bewegungen endeten erneut in seinem festen Griff. Unsanft stieß er sie zurück, und Akrom übernahm sie. Hielt rechts Liva. Links Moritz.

Übelkeit stieg in Xenia hoch, als hätte sie selbst den ganzen Mist getrunken, den sich ihre Freundin reingekippt haben musste. Liva trank gerne was, aber nie viel!

»Komm, Xenia. Lass sie nach Hause. Und das möglichst schnell.« Rafi war wieder bei ihr und schob sie einfach weiter, den Gang lang, hinter Jael her.

Mit ihm allein im Zimmer zu verschwinden fühlte sich jetzt noch falscher an als vorher, nur fing die Watte wieder an, sie auszustopfen. »Bleibst du, Rafi? Vor der Tür? So wie bei der Küche vorhin?«

Er lächelte. »Jael wird dir nichts tun, Xen! Aber mich sicher lynchen, wenn ich euch belausche.«

Beide hatten sie leise gesprochen, trotzdem kam von vorne ein kaum vernehmliches Lachen. »Das würde ich tatsächlich.«

Jael drehte sich um, seine Hand lag bereits auf der Türklinke, und seine hochgezogene Augenbraue war die stumme Frage, die sie vorhin erwartet hätte. *Kommst du?*

Sie nickte.

Rafi neben ihr ebenfalls. Warum auch immer.

Klein. Das war das erste, was ihr zu seinem Zimmer einfiel. Kleiner als ihres. Und Jael schien es komplett auszufüllen. Wo sollte sie hin? Ein Schreibtisch, ein Stuhl, ein Schrank. Sein Bett. Ordentlich gemacht. Hier schlief er also.

»Du wirkst enttäuscht?« Jael goss ein Glas Wasser ein, wollte es ihr reichen, stockte dann aber in der Bewegung und stellte es vor ihr auf dem Schreibtisch ab.

Wasser! Xenia griff zu und leerte das Glas in einem Zug. Und erst sein zufriedenes Lächeln, als sie es absetzte, ließ sie misstrauisch werden. Sie dachte an Liva! »Da war nichts drin, oder?« Sie hob das Glas und roch daran.

»Wie meinst du das?« Jaels Stimme klang scharf, auch wenn seine Augen eher belustigt zu ihr herüberblickten.

»K.o.-Tropfen zum Beispiel? Liva trinkt normalerweise nicht so viel. Und verhält sich auch nicht …«

»Du meinst, wir mischen was in die Drinks, um euch dann

rumzukriegen?« Amüsiert zuckten seine Mundwinkel. »Glaubst du echt, dass wir das nötig hätten?«

»Die anderen sicher nicht.«

Er lachte, schüttelte dann den Kopf und fuhr sich mit seiner Hand durch die Haare. »Freundlich wie immer, Xenia. Danke!«

Da er sich auf den Stuhl setzte, blieb ihr nur der Boden. Oder sein Bett, wollte sie wenigstens in Ansätzen Augenhöhe zu ihm halten. Umständlich hockte sie sich auf die äußerste Kante.

Jael legte den Kopf schief. »Bequem?«

»Nein.« Der spöttische Zug um seinen Mund kitzelte an ihrer Wut. Sie reckte ihr Kinn, rutschte so weit zurück, bis sie die Wand in ihrem Rücken spüren konnte, und streckte ihre Beine überkreuzt aus. Miniröcke waren definitiv nicht fürs Sitzen erschaffen. Was Jael wohl anders sah. Sein Blick wanderte jeden Zentimeter ihrer Netzstrumpfhose entlang.

»Du wolltest reden«, erinnerte sie ihn und sah ihn herausfordernd an. Dass sie längst nicht so cool war und ihre Hände leicht zitterten, versuchte sie zu verstecken. Sie schob sie unter ihre Beine.

Jaels Miene hatte sich schlagartig wieder verfinstert. Er starrte vor sich auf den Boden. Nur die Muskeln seines Kiefers zuckten. Dann rollte er mit dem Stuhl ein Stück auf sie zu. Den Kopf noch immer gesenkt, beugte er sich vor und stützte seinen Körper mit den Ellenbogen auf seinen Knien ab. »Du hast vorhin gesagt, mit dir würde etwas nicht stimmen, Xenia. Aber das ist nicht richtig. Im Gegenteil.« Fast vorsichtig spähte er zu ihr rüber. »Du bist was Besonderes.«

»Klar!« Sie wollte lachen, irgendeinen blöden Kommentar nachschieben, doch Jael hob ruckartig den Kopf. »Kannst du für ein paar Minuten einfach mal nur zuhören?«

Ihre Hände wurden feucht, klebten an dem bisschen Haut, das die Löcher ihrer Strumpfhose freigaben.

»Gut. Denn das, was ich dir jetzt sage, ist immens wichtig. Vor allem für dich.« Er rollte noch ein Stück näher an sie heran. »Du hattest recht. Du hast dich nicht gestoßen. Das, was zwischen uns passiert, wenn wir uns berühren, wenn wir uns ansehen, das liegt an dir.«

»Wie meinst …« Weiter kam sie nicht. Jael hatte den Finger auf seine Lippen gelegt und sah sie an. Seine Augen suchten nach ihren, und als er sie hatte, gab es ihn wieder, diesen unglaublichen Moment zwischen ihnen. Hinter dem hellen Grau schimmerte der grüne Schatten, und wie ein warmes Leuchten floss er in sie hinein.

»Merkst du das, Xenia?« Jaels Stimme klang rauchig. Und jedes weitere Wort gepresst. »Das machst du mit mir. Und noch schlimmer ist es, wenn du mich berührst.«

Schlimm? Xenia biss sich auf die Lippe und entzog sich seinem Blick. Es war schlimm für ihn, sie zu berühren? Er war doch ihre Stille. War sie sein Geräusch? Unsicher schaute sie zu ihm rüber. »Was mache ich denn mit dir, das so *schlimm* ist?«

Jael rutschte zurück auf seinem Stuhl und schloss kurz die Augen. Mit gesenktem Kopf massierte er seine Schläfen. »Du hast eine Gabe. Und ich bin trainiert, mich gegen sie zu wehren, nur kostet mich das enorm viel Kraft.«

»Eine Gabe? Ich?« Xenia begann zu glucksen. Ein Lachen wollte raus, brach einfach hervor. Unkontrolliert, bis ihr die Tränen kamen. Eine Gabe! Wahrscheinlich war ihr einfach alles hier zu viel. Oder das Ganze eine riesige Verarschung?

Doch als sie sah, wie Jael sie beobachtete, verstummte sie. Ernst wirkte er, und doch schien sie ihn zu faszinieren, als würde er sie studieren.

Dann stand er auf und öffnete eine Schublade am Schreibtisch. Das, was er hervorholte, schnürte Xenia augenblicklich den Hals zu. Seit dem Gespräch zwischen ihnen auf der Straße passierte ihr das jedes Mal, wenn sie ein Taschentuch sah. »Willst du mir das wieder vor die Füße werfen?«

»Nein!« Fast behutsam legte er es vor sie auf das Bett, suchte aber gleich wieder Abstand. »Ich kann dir nur schlecht etwas geben, ohne dich zu berühren. Und ich wollte nicht riskieren, dass du auf offener Straße umkippst. Deswegen hatte ich es vor dir fallen lassen.«

»So fies ist noch nie jemand zu mir gewesen wie du an dem Tag!« Ansehen konnte sie ihn nicht, doch die kurze Stille zwischen ihnen, sein hörbar tieferes Atmen hatte einen Hauch von Bedauern. Nur war das, was er ihr zu erzählen versuchte, so ... unwirklich. »Du glaubst also, ich hätte eine Gabe?«

Er setzte sich wieder. »Nein. Ich glaube das nicht. Ich weiß es. Du kannst in Menschen Gefühle hervorrufen, Xenia. Indem du sie berührst, indem du sie ansiehst. Du hast die Gabe, sie zu manipulieren. Sie ist unterschiedlich stark ausgeprägt. Aber du ...« Kopfschüttelnd blickte er zu Boden. »Deine Augen. Deine Hände! Du hast eine unglaubliche Energie.«

Xenia sah auf ihre Hände. Die Verstärker für die blödsinnigen Geräusche. Eine Gabe? Wohl kaum. »Ich mach mit denen nix. *Die* machen was mit *mir*.«

Fragend legte er den Kopf schief. »Was meinst du damit?«

Xenia zupfte am Taschentuch rum. Noch nie hatte sie mit jemandem darüber gesprochen. Außer ...

Versprich es mir, Nia! Ich will das nicht hören. Und, glaub mir, sonst auch keiner.

Die harten Gesichtszüge ihrer Mutter, ihre gezischten Worte hatten sie damals nicken lassen. Wie alt war sie gewesen? Drei? Oder vier?

Gab es Verjährungsfristen für Versprechen?

Jael schien irgendwas zu wissen.

»Xenia?« Ein Anflug von Karamell überzog ihren Namen.

»Ich höre Geräusche. Wenn ich Leute berühre. Und … und am lautesten sind sie, wenn ich sie anfasse.«

Kein Lachen. Kein Spott. Jael hob nur eine Augenbraue. Und in seinem Blick lag die Aufforderung, mehr zu erzählen.

»Jeder hat ein eigenes.«

»Und was hörst du bei mir?«

Hitze stieg in ihr auf und klebte sich unangenehm in ihren Nacken. »Nichts. Du warst der Erste, bei dem ich nichts gehört habe. Du bist … wie eine Kathedrale.«

»Eine Kathedrale?« Jael glitt ein Schmunzeln über seine Lippen. Es gefiel ihm?

»Interessant. Und vor allem absolut logisch.«

»Logisch?«

»Xenia, es passt doch zu dem, was ich dir gerade versuche zu erklären. Du besitzt diese Gabe, und ich kann mich gegen sie wehren. Blocke sie quasi ab.« Entschuldigend hob er die Hände. »Aber dann passiert genau das, was du eben erlebt hast.«

»Warte mal!« Sie zog sich auf dem Bett nach vorne und stellte ihre Füße auf dem Boden ab. »Nur damit ich das richtig verstehe. Ich berühre dich. Und dabei versuche ich, dich zu manipulieren. Nur weiß ich davon nichts. Du aber. Und weil du dich dagegen wehrst, höre ich nichts, kippe aber um?«

»Das ist die Kurzform. Genau.«

Xenia musterte ihn skeptisch. »Und das alles weißt du woher?«

Er zögerte, strich sich mit den Händen über seine Jeans, bevor er kaum merklich den Kopf schüttelte, sich dann zurücklehnte. »Ich weiß es einfach. Wir wurden auf Menschen wie dich vorbereitet.«

»Und von wem und … warum, verrätst du mir nicht?«

»Nein.«

Jetzt war sie es, die den Kopf schüttelte, dabei aber verächtlich den Mund verzog. Sie wusste es auch so. Zumindest wer dahinter steckte. Die ominöse Organisation. Bisher hatte sie die nur für irgendwelche Elite-Typen gehalten, die ihr Zuviel an Geld in junge ausgewählte Leute investierten. Die Wohnung. Die Fahrer. Die Sicherheitsmänner. Die Party! Xenia begann zu frösteln. Als hätte jemand die Temperatur im Raum runtergekühlt. Wer waren diese Leute wirklich? Und ... wer war Jael wirklich?

Die Rollen von seinem Stuhl schabten über den Boden, er kam wieder näher. »Ich kann mir vorstellen, dass dich das verwirrt. Aber ich kann dir nicht mehr sagen, als ich es schon getan habe. Man will nicht, dass wir uns manipulieren lassen. Dass wir angreifbar werden.«

Wir. Er sprach immer von wir. »Aber ... was ist mit Rafi? Mit Geno? Wieso kippe ich bei denen nicht um?«

Wie oft hatte sie die beiden schon berührt?

»Die sind noch nicht so weit wie ich. Trotzdem solltest du von denen auch Abstand halten. Und vor allem ...« Er rollte noch näher. »Solltest du generell vorsichtig sein. Bei jeder Berührung.«

Noch immer kämpfte ihr Verstand gegen das Unglaubliche. Die Geräusche machten vielleicht so einen Sinn, aber wie konnte sie eine Macht über Menschen haben, von der sie nichts wusste. Gerade sie? »Wenn das alles stimmt, hätte ich das nicht schon merken müssen? Bei anderen?« Felix. Liva?

»Das kommt darauf an, wie stark deine Gabe ist. Außerdem ...« Sein Schulterzucken hatte fast etwas Entschuldigendes. »Du hältst doch Menschen eh ziemlich auf Abstand, oder?«

Pfeile ins Herz. Die Wahrheit in seinen Worten schmerzte. Nur ... sie suchte den Abstand doch nicht freiwillig. Sie hatte einfach nicht viele, die ihr nah waren.

Jael beugte sich nach vorn, und ihr Blick fiel auf seine Hände. Nähe! War es einen Versuch wert? Um es wirklich glauben zu können? Um ihm vertrauen zu können?

Xenia hielt Jael ihre ausgestreckte Hand entgegen, doch augenblicklich zuckte er zurück. Reflexhaft. »Was soll das werden?«

»Ich will es … ausprobieren.«

Unschlüssig knabberte er an seinen Lippen, so wie sie sonst.

»Anders glaubst du es mir nicht, oder?«

Auf ihr »Nein« hin sah er sie einen Moment an, holte dann aber tief Luft. »Okay.«

Nur kurz dürften sie sich berühren, forderte er, und ohne Blickkontakt. Als er dann wirklich aufstand, sich zu ihr auf die Bettkante setzte, durchzog ihren Magen ein heißes Kribbeln. Wieder zitterten ihre Finger, nur war es diesmal nicht zu verstecken. Jael sah es, kommentierte es aber nicht. Überrascht starrte Xenia dann auf seine Finger. Weil sie auch zitterten?

»Sei vorsichtig, Xenia. Und schau mich vor allem nicht an.«

Aber das konnte sie nicht, ihr Blick hing an seinen Lippen. An dem geschwungenen Bogen, der sich bei jedem Wort bewegte.

»Zieh deine Hand sofort zurück, wenn du was spürst.«

Sie nickte nur. Worte hatten gerade keinen Platz in ihr. Gespannt hielt sie die Luft an und wartete. Jael näherte sich ihr, und vorsichtig berührten seine Fingerspitzen ihre Hand. Unendlich sanft. Wie eine … Feder. Dazu seine friedliche Stille. Sie begann zu lächeln. Doch dann hörte sie ihn. Einen warmen Klang. Wie ein Windhauch schwebte er durch Jaels Kathedrale. Er war es gewesen? Jael hatte sie gestreichelt. Aber woher kam der Ton? Irritiert sah sie hoch. In helles Grau.

»Nein!« Jael zuckte sofort zurück. Zu spät! In ihren Ohren begann es zu rauschen. Jael vor ihr drehte sich in schwammigen Kreisen. Löste sich immer mehr auf. Die Watte! Sie kam zurück.

»Xen!« Ihr Name durchbrach den Nebel.

Hände packten sie. Ein Löwe brüllte. »Xen, alles okay?«

Müde blinzelte sie hoch. In Felix' besorgt blickende Augen.

FELIX

Sie wollte ihm etwas zeigen?

Felix schnappte sich auf dem Weg, wohin auch immer, eine neue Bierflasche und schlängelte sich hinter Chrystal durch den Partyraum.

Das Billardspiel gegen sie hatte er verloren, allerdings eine Revanche gefordert. Irgendwann. Mit ehrlichen Mitteln. Und: in Rollkragenpullovern! Zumindest was sie betraf.

Chrystal lief vor ihm einen breiten Flur entlang, an dessen Ende sie vor einer geschlossenen Tür stehen blieb. Ein Namensschild verriet ihm den Bewohner des Zimmers, und Felix sah verwundert auf. Sie nahm ihn tatsächlich mit auf ihr Zimmer? Während um sie herum die Party lief?

Fast verunsichert reagierte sie auf seinen Blick, der von dem Schild wieder zu ihr gewandert war, und lehnte sich mit dem Rücken an die noch geschlossene Tür. »Ich … Ich würde dir nur gerne zeigen, was ich so mache. Was für dich *Mist* war. Ist das okay?«

Felix lächelte. »Du möchtest mir deine Kunst zeigen? Und fragst, ob das *okay* für mich ist?« Sonst so selbstsicher, wirkte sie jetzt unglaublich zurückhaltend. »Ich würde mich tierisch freuen, was von dir zu sehen!«

»Gut.« Sie drehte sich um und betrat vor ihm ein erstaunlich kleines Zimmer, das ihm aber gleich auf Anhieb gefiel. Kein Chrom, wenig Glas. Dafür der Duft von Jasmin.

Und an den Wänden unzählige Zeichnungen, sicher von ihr. Schwarz, grau, weiß. Alle mit Bleistift angefertigt, und alle hatten das gleiche Motiv: Zwei Hände, die versuchten, sich zu berühren, es aber niemals schafften. Felix nahm sich Zeit, betrachtete die Bilder still, während sich in seinem Hals Beklommenheit festsetzte. Wen hatte sie verloren?

Auch wenn es nur Hände waren, jede Zeichnung strahlte Verzweiflung aus. Eine, die von ganz tief unten kommen musste.

»Wow!« Irgendwann atmete er hörbar aus und setzte sich auf ihr Bett. »Und das habe ich also kaputt gemacht mit meinem Einschreiten am Mittwoch?«

»Sozusagen.« Sie setzte sich ebenfalls, allerdings vor ihm auf den Teppich, und spielte an ein paar Flusen rum. »Ich hinterlasse überall, wo ich bin, diese Hände.«

Ihm gefiel der Abstand zu ihr nicht, schon gar nicht, dass er zu ihr hinunterblicken musste, daher schob er ihren Schreibtischstuhl zur Seite und setzte sich zu ihr auf den Teppich, die Knie angezogen, den Rücken ans Bett gelehnt. »Verrätst du mir, wem die zweite Hand gehört?«

»Du bist dir bei der ersten sicher?«

»Sehr sicher.« Er nickte zu ihrer, die gerade einen Flusen erwischt hatte und ihn zwischen den Fingern hin und her rollte.

»Meinem Vater.«

»Scheiße.« Waren es immer die Väter? Er griff zur Bierflasche vor seinen Füßen, knibbelte an dem Etikett. »Ja … Was auch immer Väter sind, sie hinterlassen Spuren, oder?«

Chrystal nickte und schenkte dem Teppich ein Lächeln.

»Das heißt, ich muss mich wohl fast dafür entschuldigen, dass ich dich erwischt hab?«

»Schon, oder?« Das Strahlen kehrte in ihre Augen zurück. Dann stand sie plötzlich auf, zog aus ihrem Schreibtisch eine dicke Mappe hervor und setzte sich wieder zu ihm.

Szenen aus dem Alltag. Ein Fuß, der die Tram bestieg. Ein Teil eines Einkaufswagens, in dem vorne ein Kind saß.

»Die sind toll!« Felix sah sich jede Zeichnung an, doch je weiter er nach hinten durchblätterte, desto mehr Flusen sammelten sich vor Chrystal auf dem Boden. Irgendwas machte sie nervös. Er schüttelte sich ein paar Haarsträhnen aus der Stirn und sah zu ihr rüber. »Darf ich überhaupt weiterblättern?«

»Nein.« Sie drehte die Mappe zu sich, klappte sie aber nicht wieder zu, sondern durchsuchte sie. Blöderweise so, dass er nichts sehen konnte. Wurde sie ein klein wenig rot? Chrystal?

Endlich hielt sie inne und streckte ihm doch ein Blatt entgegen. Sprachlos starrte er drauf. Er war es, den sie gezeichnet hatte. Oder vielmehr seine Hand, die über die Saiten einer Gitarre hüpften. Am Handgelenk seine Lederbänder. Worte fielen ihm nicht ein, die hatte sein Erstaunen verschluckt. Langsam senkte er das Blatt und legte es zurück in ihre Mappe.

»Das hier mag ich.« Chrystal zeigte mit ihrem Finger auf die Zeichnung. Auf ein Band von ihm. Das Braune mit den vielen Knoten. Felix suchte es am Handgelenk heraus und strich mit seinem Finger drüber. »Fiene …« Er musste sich räuspern. »Meine Schwester hat es mir zum Geburtstag geschenkt und gemeint, dass ich für jeden Knoten einen Wunsch frei hätte, den ich in den Himmel schicken soll.« Er senkte den Blick und kniff die Augen zusammen. Hatte das jetzt gepasst? Das zu erzählen? Zur Schul-Chrystal nie, aber zu der, die hier vor ihm saß? Ganz schnell nahm er einen Knoten zwischen die Finger. Und hoffte.

»Die ist ja süß!« Chrystals Augen leuchteten warm auf.

Es hatte gepasst. »Und? Wie viele sind schon weg von den Wünschen?«

»Ähm …« Felix begann zu grinsen. »Einer.«

Und dann war da erst mal nichts mehr. Nicht mehr als ihr Lächeln, sein Grinsen und ziemlich viel Stille im Raum. Die sein Herzschlag begleitete. War es zu früh? Ihre Hand lag von seiner nur eine Fingerspitze entfernt. Sie verbrachte die Party mit *ihm*.

Sie hatte ihn gezeichnet. Und doch: Es war Chrystal. Der neue Stern aller männlichen Wesen der Schule. Jens mal ausgenommen. Jens ... Seine Gedanken blieben an ihm hängen. An ihm und der Frage, die ihn seit der Schlägerei beschäftigte. Er lehnte sich ans Bett zurück und legte den Kopf schief. Dass sich seine Arme vor der Brust verschränkten, kam nicht gesteuert. Hatte er Angst, er könnte getroffen werden von ihrer Antwort?

»Warum bist du einfach gegangen? Nach der Schlägerei?«

Überrascht zuckte sie hoch. Dann klappte sie ihre Mappe zu und legte sie zur Seite. »Ich ...«

»Ehrlich!«

»Ich habe tatsächlich gezögert. Beim Weggehen. Und das allein war eigentlich schon zu viel. Ich darf in so was nicht verwickelt sein. Das bedeutet Ärger.«

Sie log nicht. Ihre Gesichtszüge drückten normale Unsicherheit aus, ihre Lippen rollten sich ein, als wollten sie das Gesagte zurücknehmen, aber ihr Blick war fest.

»Ärger? Du meinst, von denen, die hinter all dem hier stecken, oder was?«

»Ja.« Sie schaute auf den Boden und zog dabei mit ihren Fingern ihren Zopf enger. Unfassbar, dass diese schweren glänzenden Haare sich überhaupt von einem so dünnen Zopfgummi halten ließen.

»Ich habe trotzdem Ärger bekommen. Akrom auch. Ach ... wir alle. Vor allem aber Jael.«

»Jael? Wieso das denn?«

Sie begann erneut, an den Flusen zu ziehen, und Felix stoppte ihre Finger. Eine flüchtige Berührung nur, die trotzdem seinen Magen aufkribbeln ließ. Sie spielten kurz miteinander, ihre Finger, lösten sich dann wieder. Viel zu schnell.

»Wenn du so weitermachst, ist von dem Teppich bald nichts mehr übrig.«

»Stimmt.« Sie strich ihn mit der Hand ein wenig platt und richtete sich auf.

»Wieso hat Jael Ärger bekommen?«

»Er trägt hier die gesamte Verantwortung. Ist der Älteste und muss schauen, dass hier alles läuft.«

»Super!« Felix schnaubte verächtlich auf. »Für mich ist der Typ einfach nur ein arrogantes Arschlo…«

»Nein, das ist er nicht.« Chrystal unterbrach ihn hart. »Glaub mir, Jael ist in Ordnung. Er mag blöd rüberkommen, macht aber hier nur seinen Job. Und das sehr gut.«

»Seinen Job? Und was genau ist das?«

Wieder nur dieses stumme Kopfschütteln.

»Ihr dürft ganz schön wenig sagen, oder?«

»Es wäre schon zu viel, wenn ich dir sagen würde, dass du nie mit Jael tauschen willst, wenn du sein Leben kennen würdest.« Sie stützte sich zurückgebeugt auf ihren Händen ab. Ihre Augen hatten das Leuchten verloren, stattdessen sah er eine Kälte in ihnen, die Jaels durchaus Konkurrenz machen könnte. »Daher würde ich dir das auch nie sagen. Und ich würde dir auch nie meine Kunst zeigen. Oder dir überhaupt irgendetwas von mir erzählen. Verstanden?«

Gänsehaut. Er hatte verstanden. Sollte er jetzt gehen?

Still sortierte er seine Beine, wollte sich gerade aufraffen, als ihre Hand auf seinem Knie ihn daran hinderte. »Entschuldige. So war das nicht gemeint. Ich mag das hier, mit dir zu reden. Wirklich. Tue es nur nicht offiziell.«

»Ich mag das auch, mit dir zu reden. Hab aber ein Problem mit Geheimnissen oder irgendwelchen Spielchen.«

»Ich spiele nicht mit dir. Versprochen!«

Die Ernsthaftigkeit in ihren Augen ließ ihn bleiben. Trotzdem herrschte erst mal Stille im Zimmer. Eine ganz andere, eine angespanntere als vorhin. Nicht mal Musik drang von draußen zu ihnen herein.

Chrystal beobachtete ihn, folgte seinem Blick durch das Zimmer, dann stand sie unvermittelt auf. »Magst du Tattoos?«

»Tattoos?« Felix sah stirnrunzelnd zu ihr hoch. »Ne, eigentlich nicht. Wieso?«

»Ich will ... Ich möchte dir doch ... Also, auch wenn ...« Das Verheddern in den Worten, ihr nervöses Schlucken. Es entlockte ihm ein Lächeln.

»Hey!« Er stand ebenfalls auf. Am liebsten hätten seine Arme sie einfach umschlungen, sie wirkte gerade so klein. Vorsichtig strich er mit dem Finger über ihre Hand. Sie war kalt. »Was ist? Was möchtest du ... auch wenn ...?«

Das Kristallblau ihrer Augen wirkte nun viel dunkler als sonst. Und so viel tiefer. »Ich darf nicht darüber reden. Möchte es aber.«

»Über was?«

Sie drehte sich weg, zum Schreibtisch, und zog aus einer Ecke hinter ihm einen Karton heraus. »Malen, Zeichnen, Sprayen, das ist nur ein Teil von dem, was ich gerne mache. Aber am liebsten entwerfe ich Tattoos.«

»Du machst die selbst?« Er sah zu, wie sie den Karton öffnete, blickte dann aber verwundert auf den Inhalt, der zum Vorschein kam. Folien, jede Menge Farbstifte und Fläschchen mit Flüssigkeiten. »Braucht man dafür nicht irgendwelche Nadeln und so ein Zeugs?«

»Normalerweise. Aber ich nicht. Meine sind temporäre Tattoos. Also keine lebenslänglichen. Halten aber über Jahre. Ich zeig es dir.«

Sie hatte ihre Selbstsicherheit zurück, setzte sich an den Schreibtisch, legte Folie und Stifte bereit und fing an, Umrisse zu zeichnen. Fasziniert beobachtete er über ihre Schulter hinweg, wie sich langsam ein Bild entwickelte. Der Mund kam ihm schon bekannt vor, und als sich dann noch die Zunge zeigte, die sich weit aus ihm herausstreckte, musste er lachen. Spiegelverkehrt, aber unverkennbar. »Die Rolling-Stones-Zunge!«

»Genau.« Sie strich mit einem breiten Pinsel eine Lösung über das Bild und drehte sich dann zu ihm um. »Wohin magst du es haben?«

»Ich? Ne.« Er wich zurück, gab ihr mit dem Finger zu verstehen, dass das nichts für ihn war, hielt aber nicht durch. Bittende blaue Augen. Das war unfair. »Wie lange hält denn das?«

»Bist du es nicht mehr haben willst.« Mit der Folie in den Händen setzte sie sich neben ihn aufs Bett und schob den Ärmel seines Shirts hoch. »Das ist ja das Tolle. Die Farben vermischen sich mit der obersten Hautschicht. Übrigens sind die nicht gesundheitsschädlich. Und wenn es ab soll, benutze ich eine besondere Creme, die der Haut die Farbe wieder entzieht.«

Felix' Haut kribbelte jetzt schon. Was aber nichts mit der Farbe zu tun hatte, sondern vielmehr mit Chrystals Fingern, die auf seinem Oberarm auf der Suche nach dem besten Platz für sein Tattoo waren. Ihr Gesichtsausdruck dabei war fantastisch. Hochkonzentriert. Leicht geöffnete Lippen. Nur Millimeter von seinen entfernt.

»Alles klar?«

»Nein!«, lachte er heraus. »Aber mach mal.«

Es dauerte nicht mal einen Schlag ihrer langen Wimpern, und die ausgestreckte Zunge klebte an seinem Arm. Chrystal strich noch einmal drüber und nickte zufrieden. »Weißt du, was das Beste an der ganzen Sache ist?«

Er rollte sich seinen Ärmel runter und zog fragend eine Augenbraue hoch.

»Du musst noch einmal wiederkommen. Nämlich dann, wenn du es abhaben willst.«

Das war jetzt mehr als eine Einladung. Vorsichtig legte er seine Hand unter ihren Zopf. Spürte ihr weiches Haar, ihre

Wärme. Er strich mit dem Daumen sanft über ihren Hals. »Ich wäre auch so wiedergekommen. Sehr gern sogar.«

Chrystal lächelte und neigte ihren Kopf zur Seite. Mit geschlossenen Augen. Sie bot ihm mehr Haut? Felix wollte auch nichts mehr sehen, nur fühlen, zog sie näher zu sich und lehnte seinen Kopf an ihren.

Lautes Klopfen ließ sie beide hochschrecken.

»Chrystal!« Plötzlich wurde die Tür ruckartig geöffnet und Akrom erschien auf der Bildfläche. Felix zog augenblicklich seine Hand zurück.

»Sorry Leute, aber die Party ist vorbei.«

»Hau ab, Akrom!« Chrystal machte in Sekundenschnelle dicht, sprang auf und baute sich vor ihm auf. »Wann hier was vorbei ist, bestimmst sicher nicht du. Also verschwinde.«

»Ich bestimme das nicht. Aber Jael. Und der sagt, die Party ist aus.«

Jael. Der Name zeigte Wirkung. Chrystals Schultern sackten nach unten, dann flogen Worte zwischen den beiden hin und her, für Felix zu leise, um sie zu verstehen. Klar war nur, der Abend war vorbei. Warum auch immer.

Er stand auf. Akrom war bereits wieder verschwunden, mit einem nachdrücklichen Nicken in seine Richtung. Chrystal lehnte noch am Türrahmen und hob bedauernd die Hände. »Es tut mir …«

»Schon gut!« Er legte seine Hand auf ihre Schulter und ließ sie über ihren Arm nach unten wandern. Wie erhofft, fanden sich ihre Finger erneut. »Ist alles okay?«

Ganz kurz verzog sich ihr Mund. Dann kam nur wieder dieses Kopfschütteln.

»Also nicht«, fasste er ihre Reaktion zusammen, wobei er es nicht schaffte, seine Frustration über dieses wahnsinnige Zurückhalten von Infos ganz zu verbergen.

Ihr Daumen strich seine Hand entlang, zu den Lederbändern, und ihre Augen baten ihn, nicht weiterzufragen. Er nickte, beugte sich dann zu ihr und berührte flüchtig mit seinen Lippen ihre Stirn. Ein Kuss war das nicht. Aber sie verstand es hoffentlich als das, was es war. Die völlig verrückte Hoffnung auf mehr.

Dass er tatsächlich der letzte Gast war, wurde ihm erst bewusst, als er den leeren Partyraum durchquerte, um seine Bierflasche in den Kasten zurückzustellen. Dabei blieb sein Blick an einer Jeansjacke hängen. Nur von Xenia kannte er diese hochgekrempelten, verwurschtelten Ärmel. Hatte sie die vergessen?

Er nahm sie sich, stutzte dann aber. Irgendetwas klimperte. Ihr Haustürschlüssel. Sie war doch noch hier? »Xen?« Er sah sich um. Nichts. Auch das angrenzende Billardzimmer war dunkel, in der Küche traf er nur auf Rafi und Geno. Wo war Xenia?

»Die ist nach Hause«, versuchte Geno ihm klarzumachen und schob ihn dabei sogar Richtung Tür.

»Ach ja?« Felix griff ihm hart ins Hemd. »Und wie, du Idiot? Ohne Schlüssel?« Er hielt ihn Geno direkt vor die Nase, schubste ihn dann grob von sich. Sein ganzer Körper bebte vor Anspannung, als er sich zu Rafi umdrehte. »Wo ist Xen?«

»Bei Jael.«

»Scheiße!« Felix rannte in den Flur zurück zu Jaels Zimmer. Harsch riss er die Tür auf. Jael saß auf einem Stuhl. Xenia vor ihm, auf seinem Bett. Beide sahen blass aus. Müde. Und Xenia so, als wäre sie nicht wirklich bei sich.

Felix ließ ihre Jacke fallen. »Xen!« Er schob Jael zur Seite, ergriff ihre Arme und zog sie vom Bett hoch. »Xen, alles okay?« Schwer, zumindest schwerer als sonst wog ihr schlaffer Körper, doch sie schien ihn zu erkennen und flüsterte seinen Namen.

»Was hast du mit ihr gemacht?«

Jael hatte bisher weggesehen, auf den Boden, hob jetzt aber den Kopf. »Es ist nichts passiert. Ihr war nur nicht wohl.«

»Wohl!« Felix spuckte das Wort aus. »Du tust niemandem *wohl*! Schon gar nicht …« Unter seiner Berührung ging sie sofort auf Abstand. Leicht schwankend.

»Er hat wirklich nichts gemacht. Mir war schwindelig. Und Jael … Er hat mir geholfen.«

Jael und helfen? Ihre Worte fanden in seinem Kopf nicht den richtigen Platz. »Wir sprechen uns noch!«, drohte er ihm, schnappte sich Xenias Hand, ließ sich von Chrystal ihre Jeansjacke geben und verließ das Zimmer.

Im Hof stand noch immer der Pavillon, allerdings mit bereits leerer Garderobe. Dem Fahrer, der gleich auf sie zueilte, erklärte er, dass sie ihn nicht bräuchten. Wenn Xenia es zuließ, wollte er bei ihr bleiben. Er bekam sein Handy zurück. Dass sie keins dabeigehabt haben soll, wunderte ihn. Doch sie nickte. Im Schein der Straßenlampen wirkte ihr Gesicht geisterhaft bleich. Scheiße! Er hatte gesagt, er würde auf sie aufpassen. Stattdessen war er mit Chrystal auf dem Zimmer verschwunden. Was auch immer passiert war, was auch immer Jael mit ihr gemacht hatte – es war seine Schuld!

CHRYSTAL

Sie sah ihnen nach, Felix und Xenia. Sah auf ihre Hände, die sich festhielten. Nahm er *sie* jetzt mit zu sich?

Er war nicht so der Muskeltyp. Kein ausgebildeter Kämpfer. Und schon gar nicht auf Vorfälle dieser Art trainiert, und doch hatte er gewonnen. Gegen Jael! Sich Xenia einfach geschnappt.

Chrystal lehnte ihren Kopf an den Türrahmen und musterte ihre Jungs. Angespannte Gesichter. Sie wollten Erklärungen, von Jael, der noch immer auf seinem Schreibtischstuhl saß, vornübergebeugt und stumm. Nur die Rollen unter ihm bewegten sich. Er schob sich mit ihnen vor und zurück.

»Was war los?« Rafi brach als Erster das Schweigen. Er drückte sich an ihr vorbei und setzte sich vor Jael auf den Boden. »Xenia war ohnmächtig?«

»Ja. Sie hatte sich gestoßen. Und ... ach egal. Sie wird sich an nichts von all dem morgen erinnern.« Jael richtete sich auf, rieb sich mit den Händen über seine Jeans, bevor er sich auf ihnen abstützte und sie alle mit einem Nicken Richtung Tür aufforderte, das Zimmer zu verlassen. »Treffen in zehn Minuten im Wohnzimmer. Zur Nachbesprechung.«

Geno und Akrom drehten sich wortlos weg, Rafi aber blieb vor Jael sitzen. Der Schüler und sein Meister? Eine Zeichnung wert. Die beiden verband wesentlich mehr, als der Clan zu glauben meinte, und Rafi brauchte ihn gerade, das war deutlich zu sehen. Chrystal wollte sich ebenfalls wegdrehen, um zu gehen, als Rafi einen schwarzen BH unter dem Bett hervorzog und ihn lächelnd hochhielt. »Hattest du wenigstens Spaß?«

»Nein.« Jael schüttelte den Kopf. »Aber danke, dass du ihn hast verschwinden lassen.«

»Xenias?« Ungläubig musterte sie die schwarze Spitze, mittlerweile in Jaels Händen. Die Körbchengröße kam hin.

»Nein. Ich habe Miriam entleert. Wobei das hier nicht meine Trophäe war.« Jael grinste schief zu ihr hoch. »Kannst ihn also gerne haben, sollte er dir gefallen.«

»Witzig«, gab sie trocken zurück, nahm ihn aber trotzdem an sich. Nichts Wichtiges sollte den Gästen morgen fehlen. Waren das nicht seine Worte gewesen?

Im Wohnzimmer zählte Akrom auf dem Tisch vor dem Sofa seine Beute durch. Feuerzeuge. Ein Labello. Ein Halstuch ... Er war fleißig gewesen, sah dementsprechend müde aus und nicht unbedingt so, als würde er hier noch lange durchhalten. Geno saß stumm neben ihm. Und wartete, wie ihr sein konzentrierter Gesichtsausdruck verriet. Mit Jaels Eintreten platzte er los. »Ein *Protectio*, ja? Du sprichst es aus und erwartest, wir akzeptieren das einfach? Wie alles, was du uns vorschreibst?«

»*Protectio?*« Bisher war sie davon ausgegangen, es wäre nur ein Gerücht, dieser Ehrenkodex unter WG-Mitgliedern. Jemanden unter Schutz stellen zu können, das war nichts Offizielles, nichts, was der Clan erlaubte. Anscheinend gab es ihn tatsächlich.

»Danke, Geno, für den direkten Einstieg.« Jael warf ihm einen vernichtenden Blick zu, während er den Raum durchschritt. Er setzte sich nicht zu ihnen, sondern lehnte sich lässig an eine Kommode. »Ich erhebe ein *Protectio* über Xenia. Das bedeutet, sie gehört mir. Niemand nähert sich ihr, niemand entleert sie. Verstanden?«

»Nein.« Geno setzte sich auf. »Ich finde, wir sollten uns erst mal klar werden, ob wir die Regel überhaupt wollen und brauchen. Und zwar wir alle!«

Rafi, der hinter Jael hereingekommen war, schob herumliegende Flaschen zur Seite, um sich in einen Sessel fläzen zu können, und hob die Hand. »Also ich bin dafür.«

»Moment!« In Chrystal flackerte Hoffnung auf. Die Chance war da, vorher aber musste für sie noch was geklärt werden. »Bedeutet das, jeder kann eine Person unter Schutz stellen?«

»Wartet mal!« Akrom mischte sich ein. »Wofür soll das überhaupt gut sein?«

Jael stützte seine Hände hinter sich auf der Kommode ab und zog sich in den Sitz hoch. »Entleerte gehen einem schnell auf die Nerven. Was für das Weiterkommen auf Stufe sechs wirklich blöd ist. Am Ende musst du es schaffen, dass sich deine Opfer in dich verlieben, und dafür musst du dich mit denen abgeben. Leider für länger. Niemand schenkt dir ein *Ich liebe dich* einfach so. Von daher hätte ich Xenia lieber unberührt.« Er wandte sich zu ihr. »Und zu deiner Frage: Die Regel würde für alle gelten, Chrystal.«

Seinen Blick nutzte sie sofort, kaum merklich zwinkerte sie ihm zu, und niemand außer ihm registrierte ihr stummes Versprechen. *Ich stimme für dich.*

Seine drei Stimmen, ihre zwei. Jael hatte gerechnet und nickte.

Darf man das *Protectio* aufheben?

Darf man es auf eine andere Person übertragen?

Chrystal hielt sich bei der Diskussion über die Einzelheiten zurück, lediglich die Geheimhaltung gegenüber dem Clan war ihr wichtig. Genauso wie Jael. Der eigentlich nur gegen einen im Raum zu kämpfen hatte: Geno. Irgendwas anderes lief da bei den beiden noch, die Luft zwischen ihnen vibrierte, doch es blieb unausgesprochen.

Nur zwei Hände erhoben sich dann gegen ein *Protectio*. Neben Genos natürlich Akroms. Damit war es trotzdem durch. Und ihre

Chance da. Sie begann zu schwitzen, kleine Perlen erschienen auf ihrer Stirn, die sie unauffällig wegzuwischen versuchte. Sich gegen Jael zu stellen, gegen seine Anweisung, war eine Sache, sich gegen den Clan zu stellen eine ganz andere. War Felix ihr das wert?

»Morgen um 11 Uhr kommt die Putzkolonne.« Jael hatte seinen Sieg kommentarlos eingesteckt und ging völlig nüchtern wie immer mit ihnen den morgigen Tag durch. »Bis dahin sind wir alle aufgestanden und weg. Außer dir, Chrystal.«

Sie nickte.

»Unser Job wird morgen sein, die Auswirkungen der Party zu kontrollieren. Haben alle, soweit ihr das mitbekommen habt, Wasser getrunken?«

Die anderen bejahten seine Frage, Chrystal wiederholte nur ihr Nicken, ohne Jael ansehen zu können. Felix hatte Wasser getrunken, aber nicht das, was er grade meinte.

»Gut. Es könnten Anrufe kommen. Dass jemand was vermisst. Seid darauf vorbereitet. Außerdem: Kontrolliert eure Chats. Verfolgt genau, was über die Party geschrieben wird. Tolle Feier, alles ein wenig verschwommen. Das müsste es an Erinnerung sein. Sollte jemand etwas anderes sagen, sollte sich jemand an mehr erinnern, müssen wir sofort eingreifen. Alles klar? Oder noch Fragen?«

»Ja!« Chrystal hob ihre Hand. »Wobei, eine Frage ist es nicht, ich hab nur noch was zu sagen.« Ihre Stimme klang fest, sie konzentrierte sich auf ihre Atmung, spannte jeden noch so winzigen Muskel ihres Körpers an, wie sie es vor jedem Kampf, vor jedem einzelnen Schlag auf der Matte tat. Dieser hier würde Jael treffen. »Ich erhebe ebenfalls ein *Protectio*. Ich stelle Felix unter Schutz!«

Die anderen schluckten es, machten Witze. Nicht aber Jael. Er reagierte mit absoluter Ruhe, er schaute sie an, und das Nichts in seinem Blick jagte ihr mehr Angst ein als die übliche Kälte seiner Augen. Sie stand auf, unter seiner Beobachtung. Verschwand im Bad, unter seiner Beobachtung.

Und suchte Halt am Waschbecken. Jael hatte ihr die klare Anweisung gegeben, Felix zu entleeren. Wie würde er reagieren? Vernichten konnte er sie nicht, aber abziehen lassen?

Sie wagte sich erst wieder aus dem Bad, als der Lichtschein unter der Tür erlosch. Im Flur war es jetzt dunkel, alles ruhig. Trotzdem stellte sich jedes Haar an ihrem Körper wachsam auf. Jael wartete hier auf sie. Irgendwo. Und das war gut so.

Sie hörte ihn nicht. Sie sah ihn nicht, seine mächtige Gestalt in der Dunkelheit, hoffte nur, er würde ihren Schrei ersticken, damit die anderen nichts merkten.

Vor ihrer Zimmertür holte sie tief Luft, wappnete sich gegen den Schmerz und öffnete sie. Stille schlug ihr entgegen. Ihr Bett. Ihr Schreibtisch. Teppichflusen auf dem Boden. Alles war unverändert. Doch plötzlich schoss eine Hand aus dem nichts auf sie zu. Sie fand sofort ihre Kehle. Jael wirbelte ihren Körper herum und knallte ihn mit Wucht gegen den Kleiderschrank.

»Ich hatte dich gewarnt, Chrystal!«

Ihren Arm hatte er fest im Griff, nach oben verdreht hinter ihren Rücken geklemmt. Es genügte eine kleine Drehung seines Handgelenkes, und ein heißer Schmerz durchfuhr ihre Schulter. Noch eine, und er würde ihr das Gelenk brechen. Nicht tragisch, aber lästig.

»Jael!« Sie stöhnte seinen Namen.

»Was? Chrystal!« Ihren spuckte er aus und schlug ihren Körper erneut gegen den Schrank.

»Vertrau mir. Für Xenia ist es so viel schlimmer.«

Ihr Name veränderte seinen Blick, und seine Hand um ihren Hals lockerte sich. Wüsste sie es nicht besser, würde sie fast glauben, Xenia bedeutete ihm wirklich etwas.

»Sie wird ihren besten Freund verlieren. Das verspreche ich. Aber auf meine Art.«

»Was meinst du damit?«

»Lass mich erst los.«

Das tat er tatsächlich, wich aber nicht einen Millimeter zurück. Chrystal rutschte nach unten weg, so erschöpft und mit schmerzverzerrter Miene, dass er es ihr durchgehen ließ.

»Also?« Er zog sich mit dem Fuß ihren Schreibtischstuhl ran. »Erzähl.«

»Es ist schlimm, sich mit jemandem zu streiten, der offensichtlich keine Liebe mehr hat. Klar, kannst du sie damit isolieren. Aber wesentlich schlimmer ist es, mitansehen zu müssen, wie jemand geht, der einem etwas bedeutet, weil er sich in einen anderen Menschen verliebt hat. Sie wird leiden, verstehst du?«

»Möglich.«

»Nein, nicht möglich. Es ist so. Und sie wird sich ebenfalls nach Liebe sehnen.« Sie lächelte schief zu ihm hoch. »Und in dir finden, wenn du es nicht verbockst.«

Jaels Finger wurden unruhig, und Chrystal wusste, er begann zu puzzeln, setzte ihre Gedanken an seine. Verglich, bewertete.

Sie hatte kein Lederband, keine Wunschknoten. Schickte ihre Hoffnung trotzdem in den Himmel. Bitte, *lasst mir Felix!*

XENIA

Ein leises Klappern ließ sie aufhorchen. Verschlafen drehte sie sich um und blinzelte unter müden Augenlidern zu ihrem Nachttisch. Orangensaft. Ein Marmeladentoast. Frühstück ans Bett? Xenia lächelte.

»Ich glaube, wir sollten doch heiraten, Felix!«

»Das solltest du lieber mit ihm selbst klären, Nia. Aber … er ist leider bereits weg.«

Die Stimme ihrer Mutter! Wie spät musste es sein, dass sie schon wach war? Außerdem … Frühstück ans Bett. Von ihr?

»Äh … Danke.«

»Oh, ich habe dir die Sachen nur reingebracht. Sie standen vor deiner Zimmertür.«

Xenia richtete sich auf, wollte ihre Beine gerade aus dem Bett schwingen, als sie das Netz auf ihrer Haut spürte. Die Strumpfhose! Unmöglich konnte sie jetzt aufstehen, ihre Mutter wusste ja noch nicht einmal, dass sie doch zur Party gegangen war. Oder hatte Felix was gesagt?

Umständlich wickelte sie sich die Decke um ihre Beine, griff nach dem Orangensaft und lehnte sich mit dem Rücken an die Wand. So ähnlich hatte sie gestern Abend auch auf Jaels Bett gesessen. *Du hast eine Gabe.* Ihr Saft zitterte.

»Bist du wach genug, um zu reden?« Da sich ihre Mutter schon während dieser Frage auf ihr Sofa gesetzt hatte, antwortete sie nicht, trank nur ihr Glas aus und stellte es ab.

»Ich hatte gerade eine längere Unterhaltung mit Felix, bevor er ging.« Ihre Mutter beugte sich vor, soweit ihre enge Bluse es zuließ. Bürokleidung? »Seid ihr beiden jetzt eigentlich ein Paar?«

Xenia drückte sich fester an die Wand im Rücken. »Dazu sag ich nichts. Und das weißt du.«

»Nia, das ist doch albern.« Verärgerungsstufe eins: ein kurzes Kopfschütteln unter hochgezogenen Augenbrauen. Dann ein mildes Lächeln. »Außerdem ist Felix wirklich …«

»Solange du mir dein Liebesleben verschweigst, sag ich nichts zu meinem. Das ist nicht albern, ich finde das fair.«

Ihre angespannten Schultern, dazu das scharfe Lufteinsaugen – Verärgerungsstufe zwei kündigte sich an, noch aber blieb ihr Ton sanft. »Bei mir gibt es nichts zu erzählen. Und das weißt du.«

»Der aktuelle Stand interessiert mich ja auch gar nicht. Ich will nur wissen, wer es vor sechzehn Jahren gewesen ist.«

Xenia hatte jetzt mit Stufe drei gerechnet, stattdessen aber lehnte sich ihre Mutter auf dem Sofa zurück und tippelte mit ihren Fingern auf der Lehne rum. »Ich werde mich nicht wieder von dir provozieren lassen. Gestern, das war ein Ausrutscher. Ich habe mich von deiner Enttäuschung, Wut, was auch immer anstecken lassen. Und das tut mir heute leid. Ich hätte mich mehr …«

Die tatsächlich ausgesprochene Entschuldigung kam bei Xenia an, doch ihre Gedanken verhakten sich an den Worten davor. *Ich habe mich von deiner Wut anstecken lassen*. Klang ähnlich wie *du kannst Menschen und ihre Gefühle manipulieren*. Das hatte Jael ihr doch gestern gesagt.

»… und ich möchte nicht, dass wir uns noch einmal so anschreien. Hörst du mir zu, Nia?«

»Was? Ja, ja.« Sollte sie es einfach mal ausprobieren? Sie rieb ihre Füße aneinander, nur um das aufgeregte Kribbeln in ihnen zu vertreiben. War Ehrlichkeit denn ein Gefühl?

Mit der Decke um ihre Beine geschlungen stand sie auf und stolperte zum Sofa rüber. Irritiert sah ihre Mutter auf. Und rutschte zur Seite? Blöd. Sie brauchte Kontakt. Und … was noch? Ehrlichkeit. Musste sie sich das Wort vorstellen? Es fühlen? Du sollst nicht lügen. Gab es da nicht was unter den zehn Geboten? Xenia wandte sich ihrer Mutter zu, dachte an klare Worte, an einen offenen Blick und berührte sachte ihr Knie. Scherbenregen! Sofort prasselte er auf sie nieder. Doch sie unterdrückte den Fluchtreflex. *Du kannst Menschen manipulieren.* Wenn das stimmte, brauchte sie verdammt noch mal eine Gebrauchsanweisung. Sie sah auf ihre Hand. Ihre Finger flatterten leicht. Aber sonst? Nichts! Es passierte nichts, keine Wärme, kein Schwindelgefühl.

Brauchte die Gabe ihre Zeit?

»Ich will nur einen Namen, Mama. Ich will wissen, wie er war. Was passiert ist. Ich will ihn doch gar nicht treffen.«

»Nein!« Augenblicklich zog sich ihre Mutter zurück. Xenias Hand fiel ins Leere, und der Scherbenregen verstummte.

Von wegen Gabe! Enttäuscht verkroch sie sich tiefer in ihre Decke.

»Ich kann dir den Namen nicht nennen, Nia.«

»Und warum nicht?«

»Weil … Ich will dich vor ihm schützen.« Die Lippen ihrer Mutter zitterten. »Er ist jemand, der zerstört. Er hat mich zerstört. Andere. Wahrscheinlich auch sich selbst. Glaub mir, er war mein größter Fehler. Und … hat mir doch das Beste geschenkt, was ich habe.« Mit Tränen in den Augen sah ihre Mutter sie an. »Dich.«

Xenia rutsche die Decke weg. Es war ihr egal, wie zersplittert ihre Mutter klang. Sie wollte zu ihr. Verbarg ihre Hände in der Decke und kuschelte sich an sie. Wieder splitterte Glas. Trotz Kleidung sogar lauter als vorhin. Xenia presste ihre Lippen zusammen. Sie wollte bleiben, nicht fliehen!

Tränen tropften.

»Wenn du sagst, dass er dein größter Fehler war, heißt das, du … warst in ihn verliebt? Also, das mit mir war freiwillig?«

»Natürlich. Oh Gott! Du hast gedacht, er wäre gewalttätig gewesen?«

»Ich habe mir alles gedacht.«

»Nia!« Ihre Mutter rutschte zur Seite und schnappte sich ihre Hand. Glasbauten. Xenia unterdrückte ein Schreien. Ganze Häuser mussten fallen. Um sie herum zersplitterte alles. Irgendwas schien ihre Mutter noch zu sagen, sie sah sie an, bewegte ihre Lippen, doch sie musste raus. Raus aus ihrem Blick, raus aus dem Scherbengewitter! Und entriss ihr die Hand.

Die Stille dann war nicht ruhig, ein Rieseln hallte in ihr nach. Dazu ein stechendes Pochen. Ihr Herz?

Die Lippen ihrer Mutter bewegten sich immer noch, jedoch verkrampfter. Xenia versuchte, sich auf die Worte zu konzentrieren, die sie verließen.

Stiefel? Kratzer?

»Entschuldige … was?«

»Du hörst mir nicht zu?« Ihre Mutter stand so ruckartig auf, dass das Polster unter Xenia schwankte, zeigte dann mit dem Finger in die Mitte des Raumes. »Ungefragt, Xenia? Ich wollte sie gleich ins Büro anziehen, und jetzt? Schau sie dir an? Die sind vorne total verkratzt.«

Der plötzliche Stimmungsumschwung traf Xenia kalt. Es ging um die Stiefel, die sie gestern genommen hatte, so weit konnte sie ihrer Mutter folgen, verstand nur den Aufriss nicht.

»Klar, ich hätte fragen …«

»Hättest du!« Sie blickte auf ihre Uhr, fluchte vor sich hin und verließ das Zimmer. Um sich noch mal komplett umzuziehen?

Xenia sah ihr nach. Konnte Nähe nicht einfach mal bleiben? Einen Moment nur. Einen kurzen Kennenlernmoment. Um zu wissen, wie sie sich anfühlte?

Die Leere im Zimmer passte genau zu der, die sich in ihr ausbreitete. Müde lauschte sie in das Nichts hinein. Sie hörte sich atmen. Sie hörte ihr Herz schlagen.

Sie lebte. Und doch spürte sie davon grade gar nichts.

Wie ferngesteuert stand sie irgendwann auf, wickelte sich aus der Decke und griff zum Tablett. Ordnung schaffen, das half meistens. Doch als sie gerade nach ihrem Glas greifen wollte, überzog plötzlich eine unheimliche Kälte ihre Hand. Sie konnte nicht richtig zugreifen. Ihre Finger waren wie eingefroren! Panik stieg in ihr auf. Wurde ihr wieder schwindelig? Ihre Knie begannen zu zittern, ihr ganzer Körper. Das Tablett rutschte ihr weg, und mit einem lauten Scheppern fiel alles hin. Scherben. Das Glas, der Teller. Das Marmeladentoast mittendrin. Entgeistert starrte sie auf ihre Hand.

Vor ihren Augen verschwammen die Konturen. Die Farbe ihrer Haut wurde immer heller. Milchig weiß schimmerte sie. Und … als würde sie durch Glas schauen, sah sie durch ihre Hand hindurch den Boden. Das Muster des Parketts. Über Xenias Lippen kam kein Laut, nur stilles Entsetzen. Sie versuchte, die Kälte abzustreifen. Wollte sie abschütteln. Erstarrte aber, als ihre Hand plötzlich von innen heraus zu leuchten begann. Eine feine Lichtspur fuhr über sie hinweg. Zeichnete etwas. Eine Blume? Zu schnell erlosch sie. Doch sie hinterließ eine Wärme, die sich pulsierend gegen die Kälte stellte. Sie sogar vertrieb. Langsam kehrte die Farbe zurück, und mit ihr auch das Gefühl. Sie konnte ihre Finger wieder bewegen, jeden einzelnen.

War das gerade wirklich passiert? Oder spielte irgendetwas in ihr nun völlig verrückt?

»Nia?«

Sie sah auf. Ihre Mutter stand in der Tür.

»Alles okay?«

Die Schärfe war aus ihrem Gesicht verschwunden, besorgt schaute sie auf die Scherben, dann zu ihr. »Was ist passiert?«

»Ach ich … mir … war grad komisch. Irgendwie schwindelig.«

»Schon wieder?«

»Wie, schon wieder?« Hatte Felix was gesagt?

Ihre Mutter kam näher, hockte sich auf den Boden und begann die Scherben einzusammeln. Dabei streifte sie immer wieder ihr Blick.

»Ich hab gehört, dir ging es gestern Abend nicht gut.«

War ja klar! Felix! In Gedanken drehte sie ihm den Hals um. »Mir war nur ein bisschen schwindelig. Nichts weiter.«

»Und jetzt wieder?« Stirnrunzelnd schüttelte sie den Kopf. »Lass dich bitte von Susanne mal durchchecken, okay? Das ist nicht normal und muss auf jeden …«

»Mach ich.« Vielleicht. Sie zwang sich ein Lächeln auf die Lippen, nickte noch bekräftigend, zeigte dann aber auf die Uhr. »Ich glaub, du musst los, oder?«

»Stimmt!« Ihre Mutter drehte sich um, blieb in der Tür dann aber stehen. »Ähm …, wenn du es schaffst, kannst du nachher bitte noch einkaufen gehen?«

»Klar!« War ja ihre Aufgabe gewesen, gestern, nur hatte sie die über Livas langen Besuch am Nachmittag und ihr eigenes »Gehe-ich-oder-gehe-ich-nicht-Spiel« völlig vergessen.

Wie es Liva wohl ging?

Xenia duschte ausgiebig und schlüpfte in Jogginghose und Kuschelshirt. Was auch immer das gewesen war mit ihrer Hand, mit dem Schwindel, es ging ihr besser. Und da Liva auf ihre kurze Nachricht nicht antwortete, auch Felix nicht an sein Handy ging, kramte sie in der Küche nach geeigneten Beuteln. Im Flur holte sie sich Geld aus der Schublade, riss den Einkaufszettel von der Pinnwand, als es an der Tür klingelte. Sicher Felix. Und sein schlechtes Gewissen?

Xenia schaltete das Display an der Wand ein, drückte noch

nicht auf den Türöffner, nur auf die Gegensprechanlage, während sie mit den Füßen nach ihren Schuhen angelte.

»Eigentlich wollte ich dich heute Morgen ja noch heiraten, aber das hat sich dann ganz schnell geändert.«

Doch das Lachen, das ihr entgegenschallte, kam nicht von Felix. »Schade!«

Xenia riss ihren Kopf rum und starrte auf den Bildschirm. Jael stand im Hauseingang, oder besser gesagt, lehnte lässig an der Wand und hob mit einem für seine Verhältnisse überaus nettem Lächeln den Kopf in Richtung Kamera. Scheiße! Xenias Herz begann zu rasen. »Dich meinte ich nicht.«

»Wirklich schade. Obwohl …« Nachdenklich kämmte er sich mit den Fingern durch seine Haare. »Eigentlich gut. Dann steht unseren Hochzeitsplänen ja doch nichts im Wege, oder?«

Zum Glück konnte er nicht sehen, wie sie rot anlief.

»Was willst du?«

»Ich wollte nachschauen, ob alles okay ist. Und wissen … wie es dir geht. Nach der Party.«

»Mir geht es gut.«

»Schön.« Aus seinem Lächeln wurde ein Grinsen. »Davon würde ich mich nur gerne selbst überzeugen. Kann ich dich sehen?«

Jetzt? Xenia blickte an sich hinunter. Unmöglich. »Und wenn ich sagen würde, dass ich *dich* nicht sehen will?«

»Dann würde ich sagen, dass du lügst.«

Xenia lachte auf. »Wie kommst du darauf?«

Er legte den Kopf schief und trat dichter an die Kamera heran. Auch Xenia beugte sich weiter über das Display. Eine seiner Augenbrauen wanderte hoch. Selbst als Schwarz-Weiß-Ausgabe war er einfach … unverschämt hübsch.

»Weil du immer noch auf den Bildschirm schaust, oder?«

Mist! Sie kniff die Augen zusammen. Als ob das noch etwas ändern könnte! »Was willst du?«

»Hochkommen und reden.«

»Nein!« Das Chaos im Wohnzimmer. Das in ihrem Zimmer. Außerdem – reden? Jetzt? »Ähm … das geht grad schlecht.«

»Okay.«

Erleichtert atmete sie auf.

»Ich kann warten!«

Was? Jael verschwand aus dem Kamerawinkel, doch dann waren plötzlich seine Schuhe zu sehen, die fröhlich vor sich hin wackelten. Er musste sich vor den Hauseingang gesetzt haben, mit lang ausgestreckten Beinen. Der hatte sie doch nicht mehr alle! Xenia tigerte im Flur auf und ab. Er meinte das ernst, er würde so schnell nicht vor ihrem Haus verschwinden, und sie wäre hier in der Wohnung gefangen. Einkaufen? Unmöglich. Oder … nicht? Grinsend biss sie sich auf die Lippen und näherte sich wieder dem Display.

»Jael?« Wenn er es so haben wollte, konnte er ja wenigstens nützlich sein.

Seine Füße bewegten sich, verschwanden und sein Gesicht erschien wieder auf dem Bildschirm.

»Ja?« Erwartungsvoll grinste er in die Kamera.

»Pass auf, ich muss noch einkaufen. Und jemand zum Taschentragen wär nicht schlecht. Kannst du dabei reden?«

»Bestens!«

»Dann gib mir fünf Minuten.«

»Machst du dich noch extra schick?«

»Ne, ich les grad noch die Zeitung zu Ende.«

Spinner! Obwohl Umziehen ’ne Maßnahme wäre. Nur passte das in die Zeit nicht rein, schon gar nicht, wenn ihre Hände so blöd flatterten. Selbst das Zähneputzen wurde eine Herausforderung. Sie verschluckte sich, und beim Ausspucken lief ihr die Zahnpastasuppe sogar übers Kinn.

Wieso eigentlich Zähneputzen?

Sie beseitigte die Spuren, fuhr sich mit den Fingern durch die Locken, trug noch ein bisschen Rouge auf. Mehr ging nicht. Mit drei Stoffbeuteln in der Hand, ihrem Handy in der Hosentasche und einem Magen, der sich vor Aufregung völlig in sich verdreht hatte, lief sie die Treppe nach unten.

Jael lehnte an der Hauswand, in Jeans und Lederjacke, und stieß sich mit einem Fuß ab, als sie aus dem Haus trat. Sonnenstrahlen malten helle Strähnen in das Blond seiner Haare. Lächelnd, die Hände in den Hosentaschen, kam er auf sie zu. »Guten Morgen!«

»Hi!« Xenia musste sich ihr Lächeln eher über die Lippen pressen. Komisch war es, ihm nach dem gestrigen Abend gegenüberzustehen. Nach ihrem Zusammenbruch. Nach dem, was er ihr erklärt hatte oder zumindest versucht hatte zu erklären. Es erschien ihr so unwirklich, dass sie überhaupt nicht wusste, wohin mit sich. Ihrem Blick. Ihren Händen.

»Unser erstes Date!«, stellte er fest und sah auf ihre Finger, die verkrampft die Stofftaschen kneteten. »Du bist nervös?«

»Quatsch! Ich weiß ja nicht, wie deine sonstigen ersten Dates so ablaufen, aber wir zwei gehen einfach nur einkaufen. Das heißt: Rein in den Supermarkt, durch die Regale und wieder raus.«

»Ach, so funktioniert das.« Spöttisch verzog er die Mundwinkel. »Wo geht's eigentlich hin? Heute ist doch Sonntag.«

»Am Bahnhof ist ein Laden offen.« Sie wollte ihm die Taschen in die Hand drücken, um gleich klarzustellen, was seine Aufgabe bei der Aktion darstellte, doch er wich augenblicklich zurück. »Ach, stimmt ja.« Keine Berührungen. »Hast du deine pinkfarbenen Tatzen nicht dabei?«

Jael erstarrte. Kein Augenblinzeln, keine Atmung. Als hätte sie mit der Frage seine Stopptaste gefunden, stand er regungslos vor ihr.

Hatte ihr Kopf gestern doch mehr abgekriegt?

JAEL

Pinke Tatzen!

Ihre Worte trafen ihn wie Schläge. Sie hatte ihre Erinnerung noch? Seine Nackenmuskeln zuckten. Angriffsbereit. Und in seinem Kopf raste er gedanklich durch den gestrigen Abend. Irgendwo musste sie doch rot aufblinken, die Fehlermeldung. Übersah er etwas? Xenia hatte Wasser getrunken, da war er sich absolut sicher. Bei ihm im Zimmer. Ein ganzes Glas.

Wirkte das Mittel bei Immuniten nicht? Oder … hatte er zur falschen Flasche gegriffen?

»Jael?« Ihre Stimme durchschnitt seine Gedanken. »Alles okay?«

»Ja, ja.« Schnell legte er sein charmantes Lächeln auf.

»Weißt du, die pinken Tatzen … Ich hatte gehofft, dass du den Anblick von mir mit den unglaublich attraktiven Plüschpfoten vergessen hättest.«

Xenia schirmte die Sonne mit einer Hand ab und blinzelte zu ihm. »Sie standen dir eigentlich schon ganz gut.«

»Wirklich?« Amüsiert zog er eine Augenbraue hoch, wurde dann aber wieder ernst. Er brauchte mehr Informationen. »Und neben den Tatzen … Was weißt du noch so von gestern?«

»Alles! Denke ich zumindest.«

»Gut.«

Gar nicht gut. Vorsichtig griff er nach ihren Taschen. Nicht, um sie sich zu nehmen, er umwickelte mit dem Stoff ihre Hände und zog Xenia mit sich, von der Mitte des Gehsteiges weg, in einen dunklen Hauseingang. »Dann erzähl doch mal. An was genau erinnerst du dich?«

Seine Nähe irritierte sie, ihr Lippenknabbern verriet es, und doch begann sie zu reden.

»Ich bin umgekippt, als wir uns berührt haben. Und dann … hast du mir erklärt, wieso. Das … mit dieser Gabe. Und …«

Alles. Sie wusste alles. Von ihrer Gabe und dass er sich gegen sie schützen konnte. Jael mied den Blick in ihre Augen, denn trotz der Glaslinsen ließ ihre Nähe ihn nicht kalt. Sein Puls beschleunigte sich. Konzentriert blickte er nur auf ihre Lippen, über die ein Wissen glitt, das tödlich war. Für sie – aber auch für ihn, wenn herauskäme, was er verraten hatte. Der Partem würde die Wächter schicken. Von deren Opfern nichts übrig blieb. Nichts außer Staub. Zermahlener Knochensand.

Analysieren, bewerten, lösen. Das war sein übliches Schema. Doch er brauchte Zeit. Allein auf das Wasser vertraut zu haben, war ein großer Fehler gewesen! Er hätte sie gestern sofort spritzen müssen, um ihr die Erinnerung zu nehmen. Zu spät war es dafür noch nicht. Und … er hatte sie wie immer dabei, die Spritze, verborgen in der eingenähten Tasche im Innenfutter der Jacke. Allerdings müsste er nach so vielen Stunden die Dosis erhöhen. Bei ihrem schmalen Körper? Noch dazu ohne Handschuhe? Ein Spiel mit dem Tod.

An die Hauswand gelehnt, scannte er den Durchgang, die Straße. Hier ging es nicht. Vielleicht später …

»Hast du mit jemandem darüber gesprochen?«

»Nein.« Sie schüttelte den Kopf. »Das hört sich doch alles total verrückt an. Und … ich glaub es ja selber nicht.«

»Verrückt würden auch alle anderen reagieren, wenn du ihnen das erzählst. Von daher bleib dabei, sag nichts, okay? Und halt dich zurück. Mit Berührungen. Mit Blicken. Halt Abstand, Xenia. Vor allem zu Geno und den anderen.«

Sein harter Ton schien sie extrem zu verunsichern. Einkaufstaschen waren es in ihren Händen zumindest nicht mehr, eher ein zusammengeknüllter Haufen Stoff.

»Wer bist du wirklich, Jael?« Aus seinem Schatten heraus sah sie zu ihm hoch. »Was macht ihr hier? Ihr platzt einfach hier rein, bringt alles durcheinander. Und dann erzählst du mir was von einer Gabe. Und erwartest, dass ich das einfach so schlucke? Ohne Erklärung? Ohne mehr …«

»Nein. Das erwarte ich nicht.« Ihr nicht in die Augen zu schauen, vor allem, weil er es so krampfhaft versuchte, war unmöglich. Ständig wanderte sein Blick zu ihrem Goldbraun, und jedes Mal durchzuckten sie ihn, trotz der Linsen. Kleine Stromschläge nur, aber sie reichten aus, um seinen Körper immer weiter aufzuladen. »Und ich verspreche dir, Xenia, dass wir reden werden. Dass ich dir mehr erzähle. Aber nicht hier. Und nicht jetzt. Dafür brauchen wir Zeit, okay?« Bittend ließ er seinen Blick über ihr Gesicht wandern, dazu ein vorsichtiges Lächeln. Es funktionierte. Ihre Hände entkrampften sich tatsächlich ein wenig.

»Okay.« Sie sah zu ihm hoch, dann auf die Taschen, zog aber ihre Hände sofort zurück, als er sie ihr vorsichtig abnahm.

»Dann …?« Jael nickte aufmunternd zur Straße. »Wie ging unser Date noch? Rein in den Supermarkt, durch die Regale und wieder raus. Richtig?«

Ein Lächeln! Zaghaft nur, aber immerhin.

Normalität. Leichtigkeit. Jael versuchte, auf dem Weg zum Bahnhof unter Xenias Nervosität zu gelangen, um sie von ihr zu lösen, sprach das Thema Schule an, ging mit ihr die Lehrer durch. Ihre Lieblingsfächer. Ihr ehemaliges Schwimmteam. Und es funktionierte, sie wurde wieder gelassener.

»Kann ich hier eigentlich was gewinnen?«, fragte sie lachend.

»Gewinnen?«

»Na ja, es klingt nach nem Fragebogen, den ich hier ausfülle. Und – bekommt man da nicht immer irgendwas zum Abschluss?«

»Ach so.« Jael grinste. »Den Träger für deine Einkäufe?«

Ob sie das dann nur ausnutzte oder tatsächlich all das auf der Einkaufsliste hatte, was sie ihm im Laden in die Beutel steckte, wusste er nicht. Aber er ließ sie fröhlich weiterstopfen. Unmöglich hätte sie das alles alleine schleppen können, selbst Jael wurden auf dem Rückweg die Arme lang. »Habt ihr kein Auto für so was?«

»Doch.« Taschenbefreit hüpfte sie fast neben ihm den Bürgersteig entlang. »Ne alte Klapperkiste. Aber ich hab keinen Führerschein.«

»Schon klar. Aber deine Eltern? Können die das nicht machen?«

»Meine Ma meinst du?« Ihre Füße wurden schwerer. »Die fährt nicht gern.«

Aus Eltern machte sie Mutter? »Und einen Vater gibt es nicht?« Die Blutlinie der Immuniten! Hatte man sich ihn schon geschnappt?

»Doch, es gibt ihn.« Xenia lagen weitere Worte auf den Lippen, aber sie schluckte sie. Um andere zu wählen? »Er … er heißt Ephraim und ist Südseekönig auf …«

»Takka Tukka? Wow!« Spöttisch verzog er seine Augenbrauen. »Und ich dachte immer, Pippi Langstrumpf hätte rote …«

»Was ist denn mit deinen Eltern?«

Die Gegenfrage hätte er erwarten müssen – hatte er aber nicht. Jael hielt sich an den Taschen fest. Xenia lenkte ihn ab. Von zu vielem. Es gab vorgefertigte Antworten auf diese Frage, sogar in unterschiedlichen Versionen. Doch er wollte ihr Vertrauen. Und war der Tod nicht die beste Grundlage dafür?

»Meine Eltern sind tot.«

Schockiert blieb sie stehen und starrte ihn stumm an.

»Schön, dass du nichts sagst. Vor allem nicht: Es tut mir leid.«

»Hätte ich aber wahrscheinlich noch. Sagt man das nicht immer so … so offiziell?«

»Ich brauche kein Mitleid. Außerdem ist es zu lange her, ich kann mich kaum an sie erinnern.« Sein Körper aber. Sofort kamen Bilder hoch. Dazu die Schreie! Die Wellen. »Können wir weiter?« Er drehte sich um, doch Xenia griff an den Henkel einer der Beutel. »Warte mal!«

Jael wollte weg, wollte ihn aus ihrer Hand befreien, zuckte aber zurück. Ihre Finger. Sie hatten seine berührt.

»Entschuldige.« Xenia ließ sofort los. »Ich ... Was ist denn mit ihnen passiert?«

»Es war ein Unglück.« Tjara. Seine Mutter. Sein Vater. Er sah sie vor sich, dazu den Strand. Das Wasser ...

»Mehr Infos kriege ich nicht, oder?«

»Das sind eh schon mehr, als ich sonst weitergebe«, presste er hervor und drehte sich weg. Steinplatten. Sein Blick heftete sich auf den Boden. Er begann sie zu zählen.

Neben sich hörte er Xenias Schritte, sie brauchte zwei für einen von seinen. Er war zu schnell.

»Jael?«

Er blieb stehen.

»Mein Vater. Also ... Er ist kein Südseekönig. Ich hab das immer nur so gesagt. Früher. Wenn er fehlte. Beim Laternenumzug. Bei der Einschulung. Bei allem halt. Aber ... eigentlich hab ich auch keinen.«

Leuchtendes Goldbraun. Die Sonne strahlte es an, und Jaels Brust füllte sich mit Wärme. In diesem Moment wünschte er sich nur eins: Sie sich schnappen zu können. Sie halten zu können. Die Kleine. In dem viel zu großen Sweatshirt und der Jogginghose. »Das ist schade. Vor allem für ihn.«

Im Weitergehen wurden sie plötzlich von hinten angeklingelt, Jael wechselte auf die andere Seite von Xenia, um Platz zu machen, nur wollte das Fahrrad gar nicht an ihnen vorbei. Es hielt, direkt hinter ihnen.

»Jael?«

Die Stimme kannte er. Miriam. Ihre Aufmachung allerdings nicht, in der sie umständlich von ihrem Rad stieg, sogar umgekippt wäre, hätte Xenia nicht ihren Lenker festgehalten. Miriam, sonst die Perfektion in Person, stand mit strähnigen Haaren und verquollenem Gesicht jetzt genau zwischen ihnen, in einer Klamottenauswahl, bei der nichts zueinander passte. Ihr Stern war tatsächlich bereits gesunken. Doch ... Was wollte sie hier? Jael kniff die Augen zusammen. War sie das nächste Loch in seinem so vermeintlich lückenlosen Plan?

»Sorry.« Sie warf Xenia nur einen flüchtigen Blick zu, wechselte dann mit ihren verweinten Augen zu ihm. »Ich muss dich sprechen, Jael.«

Unbedingt sogar, nur nicht jetzt. Je länger er bei Xenia mit der Spritze zögerte, umso komplizierter wurde es. Unauffällig spähte er zu ihrer Wohnung. Geschlossene Fenster. Nirgendwo Bewegung. War niemand zu Hause?

»Wir können gern reden, Miriam. Nur jetzt ist es gerade schlecht.« Mit einer bedauernden Geste hob er die Einkaufstaschen in seinen Händen an. »Xenia kann das alles unmöglich alleine hochschleppen.«

»Wie nett«, stellte Miriam mit schmalgezogenen Lippen fest. »Aber ... es ist wichtig. Wirklich.«

»Du kannst sicher bei uns in der Wohnung warten.«

Und müsste sie blöderweise auch lebend wieder verlassen. Für alle Zeugen sichtbar, auf ihren eigenen zwei Beinen. Aber Chrystal konnte sie dort erst mal festhalten. Und sollte sich herausstellen, dass sie wirklich zu viel wusste ... Er zückte sein Handy. Bei ihr würde er nicht zögern! Und für Notfälle gab es den Jeep in der Garage.

Kammer 3. Der Weg zur Kirche war nicht weit.

XENIA

Sollte sie es noch mal versuchen? Jael würde es nicht mitbekommen. Er telefonierte ein paar Meter entfernt mit Chrystal. Miriam aber stand in Reichweite, und ihre Traurigkeit überzog sie wie ein dunkler Schatten. Nichts an ihr erinnerte an die strahlende Schulsprecherin. Oder an die Vorzeigetochter des glamourösen Herrn Staatsanwalts, wie Felix sie oft nannte.

Konnte sie ihr helfen? Und gleichzeitig ihre Gabe noch einmal testen?

Miriam stieg gerade vom Fahrrad ab, direkt neben ihr. Xenia sah auf ihre Hände, die am Lenker herumknibbelten, und näherte sich ihr. »Dir geht's nicht gut, oder?«

»Was?« Sie stellte das Knibbeln ein, ließ ihre Hand aber am Lenker. »Nein. Mir geht es beschissen. Wie man sieht.«

Auch wenn alles andere offensichtlich gelogen wäre, hatte Xenia nicht mit dieser Ehrlichkeit gerechnet. Nicht von Miriam. Sie hatte immer passende, beherrschte Antworten.

»Was ist denn passiert?«

»Probleme mit Nils.«

»Oh.« Sachte berührte sie Miriams Schulter. Ein Pfeifen erklang! Etwas hallig, aber eindeutig fröhlich. Völlig bescheuert gerade, doch da Miriam nicht zurückzuckte, sondern sich ihr sogar entgegenlehnte, nahm Xenia sie in den Arm. Das Pfeifen wurde schriller und schwoll an, als würden Tausende mitmachen. Xenia kniff die Augen zusammen. Sie musste schnell machen. Palmen. Glitzerndes Wasser. Erdbeeren. Weihnachten. Was noch alles war Freude? Was bedeutete Glück? Während sie in sich nach Momenten suchte, begann Miriams Körper plötzlich zu beben. Gespannt hielt Xenia die Luft an. Fing es so an?

Sie konnte ihr Gesicht nicht sehen, es lag an ihrer Schulter. Doch ... war das ein Schluchzen?

Von wegen Freude. Miriam weinte!

»Das ... Das tut mir leid!« Es waren die Worte, die Jael nicht gewollt hatte. Passten sie zu ihr?

Stumm drückte Miriam sich von ihr ab, wischte sich mit dem Ärmel ihrer Jacke über das Gesicht und quälte ein jämmerliches Lächeln aus sich heraus. An Xenia vorbei. Jael kam zurück.

»Chrystal ist da. Du kannst bei uns klingeln und ich komme dann nach.« Die Worte galten Miriam, sein Blick jedoch ihr, vor allem ihrer Hand, die gerade noch auf Miriams Arm gelegen hatte. Mist! Er war verdammt schlau.

Sie wartete auf seinen Ärger. Immerhin hatte er sie gebeten, Abstand zu halten, jeglichen Kontakt zu meiden. Doch er blieb still, bis sie beide vor ihrer Wohnungstür standen. Ziemlich gequetscht in dem kleinen Flur, vor allem für zwei, die sich nicht berühren durften. Xenia machte Licht.

»Ja, ich hab's versucht. Es hat nicht funktioniert, Jael.«

Sein leicht geneigter Kopf hatte stumm die Frage gestellt und das bedächtige Nicken auf ihr Geständnis zeigte deutlich, dass er mit dieser Antwort gerechnet hatte.

Nur warum?

»Es klappt nicht bei jedem, und schon gar nicht gleich gewollt auf Anhieb.« Er neigte seinen Kopf noch ein Stück weiter zu ihr herunter. Ein gefährliches Stück. Seine Lippen berührten fast ihre Nasenspitze. Xenia spürte die Wärme, die von ihm ausging, und suchte Halt hinter sich an der Tür. Würde sie ihn wieder hören? Den Ton?

»Xenia?« Er lächelte.

»Was?«

»Bitte! Warte mit deiner Testreihe noch, bis wir ausführlich reden konnten. Okay? Ich will nicht, dass dir irgendwas passiert.«

»Mal sehen.« Jael! Heute in nett? Diese Version von ihm verunsicherte sie fast mehr als die kalte. Und jetzt? Vom Boden glotzten sie die Taschen an. »Na dann. Du wirst gebraucht. Miriam war …«

»Sie interessiert mich nicht, Xenia.« Er stützte die Hand direkt neben ihren Kopf an die Tür. »*Miriam* interessiert mich nicht.«

Wollte sein Blick ihr etwas sagen? Er wanderte über sie hinweg, über … ihre wahnsinnig tolle Klamottenauswahl.

»Aber sie wartet auf dich. Und … sie sieht das wohl anders. Das mit dem Interesse.«

»Mag sein.« Neben seinen Lippen bildeten sich süße Kringel. »Ein bedauerlicher Fehler der Natur. Dass Interesse oftmals nur einseitig ist. Oder, Xenia?«

Karamell! Wieder hatte er seine Stimme damit überzogen. Sie nickte nur, den Kopf gesenkt, um ihr Gesicht in seinem Schatten zu verstecken. Es glühte, selbst in diesem dämmerigen Licht ganz bestimmt sichtbar. Interesse! Er war doch ein Idiot. Und es wäre alles viel einfacher, wenn er es bliebe.

Nur tat er ihr den Gefallen nicht. Er blieb nett. »Soll ich dir die Taschen noch reintragen?«

Reintragen. Noch bleiben. Miriam versetzen. Unbedingt! Aber bei dem Chaos in der Wohnung?

»Ähm … Warte.« Xenia kramte in ihrer Jackentasche nach ihrem Schlüssel und öffnete die Tür. Okay. Den Flur konnte er sehen. Jacken, Schuhe, Tasch… Moment! Ihr Blick flog zu den Schuhen zurück. Zu den eleganten Pumps, die direkt vor ihr lagen. Ihre Mutter war schon zurück?

»Ich … Ich glaub, ich schaff das schon. Aber danke!« Sie lächelte in seine Richtung, doch er hatte sich schon umgedreht und war auf dem Weg die Treppe runter. Ohne Abschied?

Die Umrisse des Tattoos waren fast fertig. Es fehlte nur noch die letzte Verbindung, die zwischen dem kleinen Finger runter zur Hand, als ihr Handy sich brummend vor ihr auf dem Tisch bewegte. Felix? Der Stift rutschte ihr weg.

»Shit!«

Und es war nicht mal Felix!

»Was ist, Jael?« Neuer Ärger? Sie hatten sich seit ihrer netten Begegnung gestern Nacht gemieden, miteinander bisher kein Wort gewechselt.

»Miriam ist hier vorm Haus. Und sie ist ein Problem, schätze ich. Total verheult. Was sie genau will, weiß ich nicht, außer mit mir zu sprechen.«

»A-ha. Und was hat das mit mir zu tun?«

»Ich stehe hier gerade mit Xenia und bring sie noch schnell vor die Tür. Kannst du Miriam reinlassen? Oder sind die Putzleute noch da?«

»Unten im Hof, aber nicht mehr hier drin.«

»Gut. Sie soll im Wohnzimmer warten. Du kannst dich gerne um sie kümmern und sie schon mal ein bisschen ausquetschen.«

Gerne? Jaels Art, Aufträge zu formulieren! Gestern hatte sie sich vor ihm erniedrigt, sich absolut schwach gegeben. Alles nur Show. Trotzdem nagte die Begegnung an ihr. Es juckte sie in den Finger, ihm zu zeigen, wer sie wirklich war, vor allem, wie gut sie wirklich war, und ihm sein Lächeln aus dem Gesicht zu schlagen.

Mühevoll presste sie ein halbwegs freundliches »Mache ich!« aus sich heraus. Ein »Danke« kam von der anderen Seite nicht. Arrogantes Arschloch.

Sie musste dringend Dampf ablassen, um nicht zu explodieren. Broudy! An ihm konnte sie sich auslassen, immerhin hatte sie mit dem noch eine Rechnung offen. War er sonntags im Kampfstudio?

Sie knüllte die verhunzte Folie vor sich auf dem Schreibtisch zusammen und schmiss sie in den Mülleimer. Mit dem Tattoo musste sie noch einmal von vorne beginnen, denn es sollte perfekt werden. Zwei Hände, die sich festhielten. Ihr Geschenk an Felix, verbunden mit der klitzekleinen Hoffnung auf sein braunes Lederband!

Und der noch viel größeren, dass alles nicht so war, wie es ausgesehen hatte. Heute Morgen. Sie hatte ihn nach ihrer Laufrunde gesehen. In den Klamotten von gestern. Verstrubbelt, aber mit einem äußerst beschissen zufriedenen Lächeln. Er hatte Xenia nicht mit zu sich genommen. Er hatte die Nacht bei ihr verbracht!

Die Türklingel ließ sie hochschrecken. Miriam. Chrystal stand auf, mit einem letzten Blick auf ihr heute viel zu stummes Handy, und lief zur Tür. Im Flurspiegel kontrollierte sie ihr Aussehen, wischte sich ein wenig Mascara vom Augenlid und fuhr sich mit den Händen durch ihre offenen Haare.

Miriam sah furchtbar aus. Egal, was passiert war, so ging man nicht raus. Wenigstens eine Mütze hätte sie sich über ihr Vogelnest auf dem Kopf ziehen können, und Kühlpacks halfen gegen verquollene Augen.

»Hi. Jael hat gemeint, ich könnte hier warten.«

»Kannst du.« Sie öffnete die Tür ein Stück weiter, und Miriam übergab ihr kommentarlos das Handy, als sie es einforderte.

»Magst du was trinken?«

»Nein, danke.«

Sie aber. Chrystal holte sich eine Cola aus dem Kühlschrank. Das Putzteam hatte wirklich glänzende Arbeit geleistet, nichts deutete daraufhin, dass hier vor wenigen Stunden noch ordentlich gefeiert worden war. Konnte sich Miriam an irgendetwas erinnern?

Sie hockte im Wohnzimmer, auf der Kante des Sessels, und sah sich verstohlen im Raum um. Nein. Chrystal grinste. Erinnerungen sahen anders aus, das Wasser hatte ganze Arbeit geleistet. Entspannt ließ sie sich ihr gegenüber in einen Sessel fallen und legte lässig die Beine über die Lehne.

»Du siehst ziemlich mitgenommen aus, wenn ich das mal so feststellen darf.«

»Mir geht es auch nicht so gut.« Miriam klemmte sich fahrig eine fettige Strähne hinter das Ohr. »Ich ... ich hab gestern wohl ein bisschen viel getrunken.«

Chrystal lachte. »Das geht wohl mehreren so.«

»Hast du ... hast du was von dem Streit mitbekommen?«

Interessiert rutschte Chrystal in den Sessel zurück und stellte ihre Beine auf dem Boden ab. Gab es doch Ausschnitte des Abends, an die sich Miriam erinnern konnte? Normalerweise sollte nur ein netter, fröhlicher Brei übrig bleiben. »Streit? Zwischen wem?«

»Nils und mir.«

»Nein. Was war denn los?«

»Ich weiß es nicht. Die letzten Tage gab es schon Stress. Nils ist sehr eifersüchtig. Und gestern ... Er ist wohl ziemlich früh gegangen, weil ich ... er meinte, ich hätte ...« Sie wurde knallrot.

Chrystal schenkte ihr ein aufforderndes Lächeln. »Jaaaa?«

»Hatte ich was mit Jael?«

»Mit Jael?« Sie verschluckte sich fast an ihrem Erstaunen, bevor sie anfing, laut zu lachen.

Miriams Augenlider zuckten. »Was ist?«

»Entschuldige, Miriam. Und … nimm es nicht persönlich, aber, glaub mir, *du* bist überhaupt nicht sein Typ.«

Ihr Knallrot ging noch dunkler. Sie stammelte herum. Dass sie das auch nicht gedacht hätte. Nils aber. Und dass sie versucht hätte, mit ihm zu reden, er jedoch dabei blieb. Chrystal begann, sich zu langweilen, horchte dann allerdings auf, als Miriam plötzlich sagte, sie würde etwas sehr *Peinliches* vermissen. Ihren schwarzen BH?

Blöderweise kam genau in diesem Moment Jael zur Tür rein.

»Miriam?«

Sie zuckte zusammen. »Hallo, Jael.«

»Was gibt es denn so Dringendes?«

»Ach, nichts eigentlich, oder?«, ging Chrystal dazwischen, zwinkerte Miriam zu, während sie Jael mit der Hand Zeichen gab, zu verschwinden. »Wir unterhalten uns gerade nett.«

»Schön!« Sein Blick wanderte zu Miriam, bevor er wieder an ihr kleben blieb. Mahnend. »Na dann.«

Er verschwand nicht wirklich, da war Chrystal sich sicher, doch er konnte ruhig lauschen. Ihr Plan war genial. »Du hast gesagt, etwas Peinliches? Meinst du so was wie … Wäsche?«

Miriam schluckte, nickte dann nur stumm, aber ihre Augen schwammen über vor Scham.

»Warte mal.« Chrystal stand auf und holte den schwarzen Spitzen-BH aus ihrem Zimmer. »Den habe ich gefunden. Oder besser gesagt: nicht ich, sondern einer der Fahrer. Ist das deiner?«

»Oh Gott.« Miriam schlug sich die Hände auf den Mund, nickte wieder. »Einer der Fahrer?«

»Ja. Er hat nur gegrinst und gemeint, da sei es ganz schön abgegangen. Hat uns aber keine Namen genannt.«

Ihr Plan ging auf. Miriam sackte immer mehr in sich zusammen. Das Knallrot wechselte in Schneeweiß, ihre Stimme schien sie komplett verloren zu haben. Und ihr Ruf würde folgen, sollte sie nur ein Wörtchen von dieser Geschichte nach außen tragen. »Hätte ich von dir jetzt gar nicht erwartet. Aber du musst keine Sorge haben, von mir erfährt keiner was. Okay? Nur Nils solltest du unbedingt klarmachen, dass mit Jael nichts gelaufen ist.«

Anscheinend ging nur noch nicken, sonst nichts mehr. Miriam saß da wie ein Wackel-Dackel.

Chrystal half ihr auf, stopfte ihr die kleine Peinlichkeit in die Jackentasche und schob sie in den Flur.

»Und wenn was ist, meld dich einfach, ja?«

Kaum war die Tür ins Schloss gefallen, trat Jael aus der Küche in den Gang. »Hut ab, Chrystal! Nils muss ich mir noch vornehmen. Aber bei Miriam hast du uns mit Sicherheit lästige Arbeit erspart. Die wird die Klappe halten.« Grinsend prostete er ihr mit seinem Wasserglas zu. »In Taktik und Cleverness habe ich in dir ja mal fast einen ernst zu nehmenden Gegner.«

»Fast?« Sie lachte spöttisch auf und drehte sich um. Auf dem Weg in ihr Zimmer aber prostete *sie* ihm mit der Colaflasche über die Schulter hinweg zu. »Du wirst dich noch wundern, Jael!«

Ihre Sportsachen waren schnell gepackt, sie musste hier raus. Broudy. Sie schrieb ihm eine Nachricht, dass sie gleich kommen würde, schnappte sich ihre Colaflasche und verließ die Wohnung.

Warme Herbstluft! Kinderlachen. Entspannte Sonntagsgesichter. Warum meldete sich Felix nicht?

Vier Nachrichten hatte sie an ihn schon formuliert, von nett bis supernett, aber sich immer wieder zurückgehalten, auf Senden zu drücken. Ins Leere laufen. Sie hatte es mehr als satt. Bei Jungs hatte sie das zwar noch nie erlebt, dafür innerhalb der Familie. Außerdem wollte sie ihn nicht nerven. Felix war seit Langem jemand, der ihr echt wichtig war. Ungewohnt!

Chrystal verband auf dem Weg in den Stadtpark ihr Handy mit den Ohrstöpseln und rief ihre neu zusammengestellte Playlist auf, komischerweise sehr Rolling-Stones-lastig, als ihr ein Mädchen auffiel. Sie war vielleicht zwölf und drehte sich auf dem Weg weiter hinten im Park immer wieder verstohlen um. Wollte die gleich aus ihrer Sporttasche einen Joint rausholen? Um ihn zu rauchen? Oder zu verticken? Chrystal beobachtete sie interessiert, noch aus sicherer Entfernung. Wieder der unsichere Blick. Dann griff sie zu, aber nicht in ihre Tasche. Sie griff in den Mülleimer neben sich. Das Mädchen sammelte Flaschen!

Einer für alle, alle für einen.

Was für ein scheiß System, wenn so eine Kleine dabei hintenüberfiel.

Chrystal war fast auf ihrer Höhe, als sie umständlich ihre Beute in ihrer Sporttasche verstaute. Süß sah sie aus, und von den Klamotten her nicht irgendwie schlunzig. Blonder langer Zopf, schwarze Leggings an dünnen Beinchen, hellblaue Sweatshirt-Jacke. Chrystal lächelte ihr zu, doch die Süße reagierte völlig geschockt. Mit weit aufgerissenen Augen, einem sprachlos offen stehenden Mund, den sie sofort mit ihrer Hand verschloss. Als wäre es ihr peinlich, überhaupt beachtet zu werden.

Chrystal sah auf ihre Hand. Sie hätte etwas für sie, ihre Colaflasche. Mit dem Blick ganz woandershin ging sie an ihr vorbei und stellte dann völlig beiläufig die dem Mädchen so bedeutende 15-Cent-Pfandflasche auf der nächstbesten Bank ab. Ein Umdrehen, zurückzuschauen verbot sie sich.

Broudy reagierte äußerst entzückt auf ihr Erscheinen im Studio. Schmierig grinsend und mit ausgebreiteten Armen kam er auf sie zu.

»Hör auf zu sabbern, Broudy! Ich mach dich heute platt.«

In passender Kampflaune war sie. Schnell zog sie sich um, stopfte ihre Klamotten in den Spind, ihre Schuhe, die Schlüssel, wollte ihr Handy gerade dazulegen, als ihre Augen an dem kleinen grünen App-Zeichen hängen blieben. Eine neue Nachricht von Felix!

Lust auf ein Eis?

FELIX

»Kuchen oder ein Stück Torte, Frau Schumann?«

»Torte, junger Mann!« Ein Lächeln grub sich in das faltige Gesicht der alten Dame, und sie zeigte mit ihrer ringgeschmückten Hand auf das größte übrig gebliebene Schokotortenstück. Felix versteckte sein Grinsen hinter einem freundlichen Nicken und konzentrierte sich darauf, das Stück nicht kippen zu lassen auf dem Weg von der Kuchentheke zur kleinen Ablage vorne an ihrem Rollator.

»Wann sind wir hier fertig?« Fiene blickte von ihrem Handy auf.

»Wir? Ich habe gar nicht mitgekriegt, dass *du* überhaupt angefangen hast?«

»Für zwei Leute ist hinter dem Tresen doch gar nicht genug Platz. Außerdem habe ich das dreckige Geschirr in die Küche gerollt.«

»Grandios, Fiene, echt! Dann schieb doch gleich mal den letzten Wagen auch noch hin, und wir gehen.« Er schloss die Kasse ab und legte den Schlüssel wie abgesprochen unter den Stapel mit den Servietten.

Herbstfest, Weihnachten, Ostern. Dreimal Augen zu und durch. Hoffentlich wusste seine Mutter seinen Einsatz hier im Altenheim zu schätzen. Vor allem nach der Party gestern.

Müde setzte er sich in den Schatten eines Sonnenschirmes, um auf Fiene zu warten. Der Oktober schien heute noch mal richtig Lust auf Sommer zu haben. Perfektes Wetter für ein Eis.

Aber … was schrieb er ihr? Aus seiner Hosentasche fischte er die bekritzelte Serviette heraus. Bisher gefiel ihm keiner der Texte, die er zwischendurch zu formulieren versucht hatte.

»Fertig!« Fiene war zurück.

Lächelnd stand er auf, gab seiner Mutter hinten an der kleinen Bühne ein Zeichen, dass er Fiene jetzt wegbringen würde, und griff nach ihrer Sporttasche.

»Hä? Hast du ein Tattoo?«

Shit. Sein Ärmel war hochgerutscht. Die Zunge blitzte hervor. Und so schnell, wie Fienes Finger sein Shirt weiter hochzogen, konnte er gar nicht reagieren.

»Rolling Stones! Geil! Aber wenn Mama das sieht, kippt die um.«

»Das ist nicht echt.«

»Nicht?« Fiene steckte einen ihrer Finger in den Mund. Wollte sie das wirklich mit Spucke testen?

»Pfoten weg!« Felix schob den Stoff wieder über die Zunge.

Warum Fiene heute so viel früher bei der Gesamtprobe sein musste, war ihm unklar, irgendwas von Aufwärmtraining hatte sie gemeint, kam ihm aber gerade recht. Er wollte jetzt Eis essen gehen.

Konnte er das so nicht auch einfach schreiben?

Lust auf ein Eis?

Sobald Fiene am Stadtpark die rote Ampel nutzte, um auszusteigen, tippte er die Nachricht an Chrystal genau so ein. Drei Worte, ein Fragezeichen. Und gefühlte 100 Minuten, die er zögerte, dann aber doch auf Senden drückte. Hinter ihm hupte es. Der Gang klemmte.

Scheiße, raste sein Herz plötzlich!

Und immer wieder spähte er zum Display neben sich auf dem Beifahrersitz, trommelte mit den Fingern auf dem Lenkrad rum. Eines seiner Lederbänder rutschte ein Stück weiter Richtung

Handgelenk. Das Braune. War der Wunsch auf ein »Ja« von ihr einen Knoten wert?

An jeder Kreuzung bog er einfach rechts ab, damit fuhr er quasi im Kreis und kam immer wieder am Stadtpark raus. Von dort aus wäre er in fünf Minuten bei ihr. Doch es tat sich nichts. Keine Antwort. Nicht mal die blauen Häkchen erschienen, die ihm verrieten, dass sie die Nachricht zumindest gelesen hatte.

Nach der siebten Runde gab er auf. Verschleudertes Benzin! Aber wohin jetzt? Julian hatte er für heute abgesagt, und Xenia … Scheiße! Sie hatte ihn vorhin angerufen. Mehrfach.

Felix bog an der nächsten Ampel links ab, Richtung Bunker. Sein Probenraum hatte ihn länger nicht gesehen, und auf dem Parkplatz konnte er in Ruhe mit ihr telefonieren. Ob sie ihm sein Gespräch mit ihrer Mutter übel nahm?

Doch nichts, sie schien ihm sogar dankbar zu sein.

»Und dann das Frühstück! Ich wollte dich tatsächlich heute Morgen heiraten.«

Felix lachte, als sie von dem Missverständnis mit ihrer Mutter berichtete. Dass der nächste Kandidat dann aber Jael geworden war, ließ sein Lächeln sofort verschwinden. »Was wollte der denn?«

»Gucken, wie es mir geht.«

»Nett. Und weiter?«

Einkaufen. Taschen tragen. Hatte Jael einen Zwillingsbruder? Felix lagen einige bissige Kommentare auf der Zunge, doch er hielt die Klappe. Noch wusste er zu wenig, was da genau am Abend gelaufen war. Außer, dass Jael ihr angeblich geholfen hatte.

»Sag mal, hast du heute schon mit Liva gesprochen?«

»Nein.« Felix lehnte sich an das Seitenfenster und spielte an seinem Schlüssel, der noch im Zündschloss steckte. »Aber sie lebt ja scheinbar. Zumindest hat sie vorhin was in die Gruppe geschrieben, oder?«

»Ja. Sie hat bloß mich auf der Party gar nicht gesehen.« Xenia klang verunsichert. »Hast du mitbekommen, dass … dass sie gestern was mit Moritz angefangen hat?«

»Nein!« Felix rutschte die Hand vom Schlüsselbund. »Dann muss sie aber echt ziemlich hinüber gewesen sein. Hast du sie schon darauf angesprochen?«

»Ne! Ich hab sie angerufen, aber entweder ist die immer noch nicht nüchtern, oder …« Xenia stockte.

»Oder was?«

»Ach, sie war echt blöd. Hat mir vorgehalten, erst ein totales Drama gemacht zu haben, nur um dann doch hinzugehen.«

»Nachwirkungen, Xen! Was anderes kann ich mir nicht vorstellen. Oder … Enttäuschung? Weil es mit Geno nicht so nach Plan gelaufen ist?« Immerhin hatte der sich ja an Xenias Fersen geheftet.

Mitten in weitere Vermutungen hinein plingte es in seinem Handy plötzlich. Antwort von Chrystal?

So sanft wie möglich ließ er das Gespräch mit Xenia ausklingen, versprach ihr, sich Liva morgen mal vorzuknöpfen, forderte sie aber im Gegenzug dazu auf, ihre voreiligen Hochzeitspläne mit Jael noch mal zu überdenken.

Ihr Lachen darauf machte ein Auflegen dann leicht.

Eis? Immer. Bin im Kampfstudio. Um fünf?

»Yes!« Breiter konnte er nicht grinsen. Fünf war zwar noch zwei Stunden hin, aber egal.

Passt. Ich hole dich ab, schrieb er zurück und bat seine Jungs um alle ihre Daumen, als er nach dem Aussteigen seine Hand auf das Logo legte. Das Date durfte er nicht verbocken! Eis essen mit Chrystal. Vor einer Woche noch undenkbar.

Felix schloss den Bulli ab und betrat den Bunker.

Chrystal! Luftlinie nicht mal 100 Meter entfernt.

Bis halb fünf kämpfte er sich durch seine Musik, gab dann auf. Er war gut durch den Verkehr gekommen, würde er behaupten, und deshalb schon früher da.

Dreckig, verranzt, schäbig. So hätte er sich das Innere eines Kampfstudios vorgestellt, und lauter zwielichtige Gestalten. Umso erstaunter war er, als er durch die Eingangstür das helle Studio betrat.

»Magst du was trinken?« Ein volltätowierter Arm schob ihm an der Theke eine Getränkekarte ins Sichtfeld, Felix schüttelte den Kopf, zwei Eis bekam er hin. Mehr war gerade nicht drin. Chrystal war nirgends zu sehen.

»Weißt du, ob Chrystal noch trainiert?«

»Trainiert? Die macht gerade unseren Chef fertig, so wie es aussieht.« Der tätowierte Arm deutete nach links.

Ein Extra-Raum? Felix stieß sich vom Tresen ab und ging auf die offen stehende Tür zu. Den Chef fertigmachen, das klang nach Chrystal. Aber … wollte er das sehen?

Viele andere auf jeden Fall, der Raum war voll. In der Mitte stand sie. Lauernd, die Fäuste in Boxhandschuhen erhoben. Hautenges, bauchfreies Top, schweißglänzende Muskeln, ihr schwarzer Zopf klebte im Nacken. Felix musste schlucken.

Leicht tänzelnd bewegte sie sich um ihren Gegner, der so aussah, wie er sich das ganze Studio vorgestellt hatte: dreckig, verranzt und schäbig. War das Blut unter seinem Auge?

Er bewegte sich schwerfällig, drängte sie aber trotzdem mit kleinen Luftschlägen immer weiter zurück. Sie drehte sich. Felix starrte auf ihren Rücken. Ein Tattoo prangte auf ihrer Haut, knapp über dem Bund ihrer Shorts. Eine Blume? Zu schnell hatte sie ihre Position geändert, sich weggeduckt. Dann ließ sie plötzlich den Fuß nach vorne schnellen und traf. Die Leber? Der Typ strauchelte. Und Chrystal schlug zu. Mehrfach. Mit voller Wucht. Die Menge jubelte.

Er schloss die Augen, drehte sich um und verließ den Raum.

Kunst. War es nicht das, was sie ausmachte? Zumindest war es gestern das gewesen, was ihn so fasziniert hatte. Aber eine Kampfmaschine?

Es musste mehrere Wege zur Umkleide geben, nicht nur den durch die Haupthalle, denn Felix sah sie erst wieder, als sie zwar noch mit nassen Haaren, sonst aber in ihrer typischen Aufmachung vor ihm an der Theke stand: schwarze enge Hose, Lederjacke und strahlende Augen.

»Hi! Wartest du schon lange?«

»Nö.« Hatte er ja nicht, sondern zugeschaut.

Felix stand auf. Er hatte plötzlich Probleme, sie einfach in den Arm zu nehmen, dazu steckten seine Hände auch zu tief in den Hosentaschen. »Fertig?«

Sie musterte ihn. »Was ist los?«

Shit! Er brauchte Zeit. »Wieso?«

»Normalerweise lächelst du, wenn du mich siehst. Ich glaube auch, dass wir uns gestern mit einer Umarmung begrüßt haben. Also?«

»Ich habe dich kämpfen sehen.«

Für einen Moment senkte sie ihren Kopf, blickte dann aber wieder zu ihm hoch. Fast vorsichtig. »Und was heißt das jetzt?«

»Dass ich das erst mal schlucken muss.«

Chrystal nickte, sehr langsam, und lehnte sich an den Tresen. Felix beobachtete sie, nicht einen Kratzer hatte sie an den Händen. Boxhandschuhe, klar! Aber auch der Rest ihrer Haut, an den Armen, im Gesicht war makellos glatt. Steckte sie selbst nie was ein?

»Fertig?«

»Womit?«

»Mit schlucken?«

Felix musste lachen. »Ganz normal bist du echt nicht, oder?«

»Nö. Aber normal ist doch auch langweilig!« Sie schnappte sich seine Hand. »Und ich will jetzt das Eis. Okay?«

»Kriegst du.« Felix hielt ihre Hand einfach fest.

Draußen steuerte er mit ihr seinen Bulli an. Warum hatte er ihn nicht wenigstens vorher mal durchgesaugt?

Er schloss ihr die Tür auf, doch sie stieg nicht ein. Stattdessen wanderte ihre Hand über die Seite des Bullis und blieb auf dem Band-Logo liegen. Felix stutzte.

»Wünschst du dir dann immer was?«

Sie hatte es gesehen? Sein Ritual? Felix musste zwar grinsen, senkte aber den Kopf.

»Komm schon, du machst das doch immer. Irgendwas muss es dir also bedeuten.«

»Es ist ein Gruß an meine alte Band.« Er erzählte ihr, dass er irgendwann damit angefangen hatte und es nicht lassen konnte.

»Lebt lang und in Frieden? Der vulkanische Gruß aus Star Trek, oder?«

Er hob seine Hand, mit abgespreizten Fingern, und Chrystal grinste. Sie konnte ihn auch, den Gruß, und legte ihre Hand vorsichtig an seine.

Sie würden sie mögen, seine Jungs.

Obwohl sonntags eigentlich um die Uhrzeit nichts los war, staute sich der Verkehr in der Innenstadt. Die Hauptstraße war dicht. Baustelle! Felix nahm einen Schleichweg, doch auf einmal verlangsamte er das Tempo. War das Blaulicht? Über den Büschen des Vorgartens weiter vorne wanderten kalte Schatten an der Hauswand entlang.

»Was ist denn?«

»Scheiße!« Wie benommen starrte Felix nach vorn. Ein Rettungswagen. Die Einfahrt, aus der er auf die Straße bog. »Da wohnt Miriam!«

»Miriam? Also die aus …«

»Ja! Und …« Er hätte jetzt weiterfahren können, sein Fuß musste nur aufs Gaspedal. Aber da stand jemand. In sich zusammengesackt am geöffneten Tor der Zufahrt zum Haus. Werner Marquardt, Miriams Vater.

Er mochte ihn nicht, den ehemals besten Freund seines Vaters. Zumindest nicht mehr. Trotzdem stieg er aus, irgendwie ferngesteuert. »Werner?«

Sein Kopf musste Tonnen wiegen, nur mühsam blickte er auf, eine einzelne Träne lief über sein Gesicht. »Felix.«

»Kann ich irgendwie helfen?«

»Oh Gott!« Werner kam auf ihn zu. Das Gewicht seines massigen Körpers drängte ihn einen Schritt zurück. Er hatte sich an ihn gelehnt. Erst unschlüssig, dann mit Überwindung legte Felix seine Arme um den ihm früher so vertrauten Mann. Er hatte noch immer das gleiche herb-frische Aftershave.

»Miriam … Sie hat versucht, sich das Leben zu nehmen.«

Was? Es gab Sätze, die hatte man gehört. Im Fernsehen. Im Radio. Und man glaubte fest daran, dass sie auch dortblieben. Worte fehlten ihm. Miriam? Die Vorzeigetochter des glamourösen Herrn Staatsanwalts. Nie wieder würde ihm diese Bezeichnung für sie über die Lippen kommen.

»Sie … hat Tabletten genommen. Sandra hat doch so Probleme mit dem Einschlafen, seit die Kleine, seit Lizzy da ist.«

Felix spürte, wie sich sein Hals verschloss. Es gab viele Parallelen zwischen Werner und seinem Vater. Neue Frau. Neues Baby. Miriam und er hätten einige Gesprächsthemen gehabt. »Wie geht es ihr?«

»Sie wird es wohl schaffen.« Werner sah zu ihm auf. »Nur was dann?«

Ein Neuanfang? Mehr Familie statt Karriere? Felix hatte einige Ideen im Kopf, zuckte aber nur stumm mit den Schultern.

»Sandra ist mitgefahren, und ich ... Lizzy schläft oben.« Er zeigte Richtung Haus. »Ich muss warten, bis unsere Babysitterin da ist. Und ich weiß nicht ... Ich kann da gar nicht rein, Felix!«

»Ich komme mit.«

CHRYSTAL

Sie hat versucht, sich umzubringen?

Shit! Warum nur versucht?

Chrystal schluckte ihren Ärger runter und stieg aus dem Bulli. Felix nahm das echt mit. Seine Stimme zitterte nicht, hatte aber einen sorgenvoll kratzenden Klang. Sexy, eigentlich.

»Ich habe Werner angeboten, bei ihm zu warten, bis jemand für die Kleine kommt und er ins Krankenhaus nachfahren kann. Ist das okay? Es wird sicher nicht lange dauern.«

»Klar!« Sie griff nach seiner Hand. Kalt war sie. »Mach das auf jeden Fall. Ich ... warte aber nicht hier, Felix. Das ist alles ganz schön gruselig. Ich gehe lieber nach Hause, ja?«

»Verstehe ich. Auch wenn ...« Er schüttelte den Kopf und sah sie dann mit so traurigen Augen an, dass sie gar nicht anders konnte. Sie nahm sich auch seine andere Hand und stellte sich auf die Zehenspitzen. Ganz zart nur küsste sie ihn, auf die Wange, und doch rieselte ein Prickeln ihre Wirbelsäule hinunter.

Felix hatte die Augen geschlossen. Mehr erwartet?

»Wir holen das morgen nach, ja? Das Eisessen?«, flüsterte sie ihm zu, spürte sein Nicken an ihrer Wange, ein kurzes Umklammern ihrer Hände, bevor sie sich voneinander lösten.

Er wollte ihr den Heimweg beschreiben, woraufhin sie nur lächelnd abwinkte. »Ich schaffe das schon. Geh du mal!«

Und lass mich vor allem meine Arbeit jetzt machen.

Selbstmordversuch! Beschissener ging es nicht. Man würde sie aufpäppeln, ihr eine Therapie empfehlen, die ihnen gefährlich werden konnte. Nicht selten kamen dabei Erinnerungen zurück. Sollte von der Party irgendetwas nach außen dringen, von Jaels Entleerung, von komischen Gefühlen dabei ... Für sie alle wäre der Einsatz hier vorbei.

Allerdings musste sie sich um Miriam später kümmern, erst mal war es wichtig, dass ihr Abschiedsbrief verschwand, sollte es einen geben.

Chrystal lief mit eiligen Schritten die Straße runter, die langsam einsetzende Dunkelheit trieb sie an. Die Villa war alarmgesichert, und die Anlage schien eine zu sein, die entweder beim Verlassen eingeschaltet werden musste oder auf Licht reagierte. Hell – aus. Dunkel – ein. Noch blieben ihr einige Minuten.

Der Garten nach hinten raus bot mit seinem alten Baumbestand genug Schatten, um sich ungesehen dem Haus zu nähern. Oben stand sogar eine Balkontür auf Kipp. Ein Kinderspiel.

Lautlos kletterte sie an den Holzstreben des Wintergartens hoch, erwischte einen Fenstersims im ersten Stock und zog sich hinauf. Jedes Fenster hatte man mit gusseisernen Gittern gesichert. Chrystal grinste spöttisch. Toller Schutz gegen Einbrecher! Die verschnörkelten Stäbe gaben ihr Halt, sodass sie den Balkon im zweiten Stock mühelos erreichen konnte. Schnell duckte sie sich und umrundete den Lichtschein, der von innen auf die moosbewachsenen Steine vor ihr fiel. Miriams Zimmer?

In Pink?

Eine Wiege stand in der Mitte des Raumes, regungslos. Doch ein winziges Füßchen, das seitlich herauslugte, verriet ihr, dass sie bewohnt war. Hoffentlich hatte die Kleine einen gesegneten Schlaf.

Chrystal griff in den offenen Spalt der Balkontür und entriegelte sie in Sekundenschnelle. Bevor sie ins Zimmer schlüpfte, zog sie ihre Schuhe aus. Kein Dreck, keine Spuren. Auch die Balkontür musste sie wieder kippen. Selbstmord, dann Einbruch, das wäre eine mehr als mysteriöse Kombination.

Auf Socken schlich sie an der Wiege vorbei. Tiefe Atemzüge. Rosige Wangen. *Träum schön, Kleine!*

Stimmen drangen aus dem Flur zu ihr nach oben. Felix! Wenn der wüsste, dass sie im Haus war.

Miriams Zimmer war das nächste. Ordentlich, und zum Glück ohne viel Schnickschnack. Chrystal begann, es systematisch abzusuchen. Abschiedsbriefe wollten ja gefunden werden. Doch es gab keinen. Weder auf dem Boden noch auf dem kleinen Tisch vor dem Sofa. Das Bett war zerwühlt, auf der Kommode davor lagen die Überreste ihres Medikamentencocktails: leere Tablettenschachteln. Nett. Normalerweise nahmen die Rettungssanitäter doch so was mit? Chrystal zählte die leeren Aussparungen nach und unterdrückte ein Fluchen. Niemals würde das, was sie sich eingeschmissen hatte, reichen. Sonst war Miriam immer so exakt!

Sie drehte sich weg, zum Schreibtisch. Kein Brief, dafür etwas anderes, das ihr ins Auge fiel. Ein großes rotes Herz auf der Schreibtischunterlage. Darunter der Name Nils. Alt oder neu war nicht festzustellen. Aber, die Liebesbotschaft konnte bleiben. Nils würde unter Druck geraten, nicht Jael!

Und trotzdem würde es ihm sicher nicht reichen.

Mein herzliches Beileid, Werner!

Felix sollte die vier Worte schon mal üben.

Ob ihm Schwarz stand?

XENIA

Liebe Nia!
Vergiss bitte nicht, nach der Schule bei Susanne in der Praxis vorbeizuschauen. Sie weiß Bescheid. Und: Kopf hoch!
Bis heute Abend, Mama

Die Nachricht lag für sie auf dem Küchentisch. Er war mit Frühstück gedeckt. Xenia lächelte, auch wenn es ihrem müden Gesicht, vor allem ihren verquollenen Augen schwerfiel, überhaupt eine Regung zu zeigen. Kein Wunder nach der Nacht! Ihre Mutter hatte lange an ihrem Bett gesessen und mit ihr über Miriam gesprochen. Ihr ging es den Umständen entsprechend gut, hatte Felix am Abend noch mitgeteilt, und doch hatte Xenia der Schreck nicht losgelassen. Auch nicht die quälende Frage, ob sie etwas hätte erkennen müssen. Immerhin hatte sie Miriam am Nachmittag noch gesehen!

Xenia sah aus dem Fenster. Wenn es ihr schon beschissen ging, wie mochte es dann Jael erst gehen? Er hatte als einer der Letzten mit ihr gesprochen. In seiner für ihn so typisch kalten Art? Sie kannte seinen kalten Blick. Dazu seine drohende Haltung, seinen Körper, der einen zu verschlucken schien. Hatte er Miriam damit in den Selbstmordversuch getrieben?

Kälte kroch ihr die Wirbelsäule hoch. Sie setzte sich, und zum sicher hundertsten Mal blendete ihr Kopf Miriams Bild von gestern ein. Rot verweinte Augen. Verquollenes Gesicht. Aber sie war immerhin noch in der Lage gewesen, das Haus zu verlassen, hatte reden wollen. Um nach Klarheit zu suchen? Nach Verständnis?

Sie interessiert mich nicht. Xenia dachte an Jaels nüchterne Worte, die er auf der Party in der Küche ausgesprochen hatte. Gestern erneut vor ihrer Wohnungstür. Hatte er Miriam das so ins Gesicht gesagt?

Ihr Handy plingte. Auch zum sicher hundertsten Mal. War schon irre, wie schnell sich Nachrichten verbreiteten, vor allem solche. In fast allen Chats wurde fleißig über den Selbstmordversuch diskutiert. Doch diese Nachricht kam an sie allein. Xenia starrte auf das Display. Sie war von Jael!

Bin gleich da, du hoffentlich auch.

Gleich da? Sie blickte auf die Uhr. 6:52 Uhr. Er meinte … die Ecke? Heute?

Als hätte sie was Ekeliges in den Händen, irgendwas Ansteckendes, schmiss sie ihr Handy auf den Tisch. War der denn völlig gefühllos?

Sie würde nicht antworten. Und das wäre Antwort genug. Einfach weitermachen mit irgendwelchen Spielchen konnte sie nicht. Wollte sie auch gar nicht.

Xenia stand auf und warf ihr unangetastetes Marmeladenbrot in den Müll.

Als sie sich über den Tisch beugte und nach ihrem Saftglas griff, gab ihr Handy wieder Töne von sich. Kein Pling. Es klingelte, und Xenia zuckte zurück.

Verdammt noch mal. Er sollte sie in Ruhe lassen!

»Was willst du?«

»Fragen, ob du kommst. Mir wird kalt.«

Sie schwieg.

»Xenia?«

»Nein. Und ich kann nicht verstehen, wie du überhaupt laufen gehen kannst, nach dem was passiert ist! Lässt dich ja alles ziemlich kalt. Mich aber nicht!«

»Wow. Du hast ja schnell ein Urteil.«

»Was?«

»Ich war sogar schon ’ne Runde laufen, ja. Weil ich es gebraucht hab, Xenia. Du verkriechst dich vielleicht. Ich muss das rauslassen.«

Atemlos klang er nicht. Aber Autolärm hörte sie. Er war tatsächlich draußen. Richtig mitgenommen konnte sie ihn sich gar nicht vorstellen.

»Kommst du jetzt?« Er klang fast bittend. »Ich würde gerne reden.«

»Nein.« Oversized Shirt und Schlafanzughose, in dem Outfit sicher nicht. »Ich bin noch nicht so weit.«

»Nicht so weit zu kommen oder generell nicht zu reden?«

»Ich weiß es nicht. Vielleicht beides.«

Jael schwieg, für länger. Nur der Straßenlärm verriet ihr, dass er noch nicht aufgelegt hatte.

»Xenia, wir waren mit die Letzten, die sie gesehen haben. Und gerade wir sollten nicht red…?«

»Das stimmt nicht.« Ihre Finger krampften sich um ihr Handy. »*Du* warst der Letzte. Mit dir hat sie noch gesprochen.«

»Und das ist dein Problem? Der Grund, warum du so abweisend bist? Du denkst, dass ich …«

»Ich weiß nicht, was ich denken soll. Aber ich weiß, wie hart du sein kannst, Jael. *Tränen stehen dir nicht.* Erinnerst du dich? Ich werde den Satz auf jeden Fall nie vergessen.«

»Kann ich verstehen.« Eine Tür fiel ins Schloss, und sie hörte dumpfe Schritte. »Aber, auch wenn du mich ja quasi schon vorverurteilt hast, solltest du vielleicht wissen, dass ich überhaupt nicht mehr mit Miriam gesprochen habe. Ciao, Xenia!«

Langsam ließ sie das Handy sinken. Er hatte aufgelegt. Xenia beugte sich über den Tisch und stützte den Kopf in die Hände. Ihre Ohren glühten heiß unter ihren Fingern. Jael hatte gar nicht mehr mit Miriam gesprochen? Wenn das stimmte, musste sie ihn gerade furchtbar verletzt haben.

Vorverurteilt.

Lange starrte sie vor sich auf die Tischplatte. *Missverständnisse sind da, um sie zu lösen,* meldete sich die Stimme ihrer Mutter in ihrem Kopf.

Richtig. Nur hatte sie ihn gar nicht missverstanden. Dazu hätte sie ihm erst mal zuhören müssen.

Zögernd griff sie nach ihrem Handy. Ob er noch reden wollte?

JAEL

Vorverurteilt. Ein gelungenes Wort. Sicher knabberte sie dran. Jael lief die Treppen hoch und tippte im dritten Stock den neuen Code ein. Ihm war klar gewesen, dass sie nicht kommen würde, und das Gespräch war exakt nach Plan verlaufen. Zehn Minuten, höchstens eine Viertelstunde, schätzte er, und sie würde sich noch mal bei ihm melden. Mit einer reuevollen Entschuldigung? Er durfte den Kontakt zu ihr nicht verlieren. Ihr Vertrauen war die einzige Möglichkeit, sie zu steuern. Sie wusste zu viel!

Angenehm warm empfing ihn die Wohnung. Geschirr klapperte im Esszimmer. Jael zog im Flur die schwarz glänzenden Schuhe aus und stöhnte schmerzhaft auf. Blasen hatte das neue Leder hinterlassen, an beiden Fersen. Gab es dafür nicht extra Pflaster? Gerade als er den Gang runterhumpeln wollte, bog Rafi um die Ecke. »Mann, wo warst … Oh!« Ein Kaugummi blitzte unter seinem Grinsen auf, bevor er es mit seiner Zunge zur Seite schob. »Blaue Augen? Gelfrisur? Fehlt eigentlich nur noch die Krawatte und das Jackett. Welchen Namen hast du benutzt?«

»Jan Hüttner.« Jael griff in die Tasche seiner Bundfaltenhose und zog den gefälschten Pass heraus. Xenia hätte den erfolgreichen Geschäftsmann, für den er sich ausgegeben hatte, sicher widerlich gefunden. Nicht so Schwester Moni. Die hatte gar nicht abwarten können, ihn ins Bett zu kriegen. Ihr Geruch klebte immer noch an ihm. »Ich muss duschen. Sag den anderen bitte Bescheid, dass ich sie noch sprechen muss, okay?«

Die Krawatte und sein Jackett hatte er auf dem Weg nach

Hause bereits in einem Altkleidercontainer entsorgt. Die Hose, das Hemd würden folgen. Nichts durfte bleiben, was den Weg zu ihm zurückverfolgen ließ.

In seinem Zimmer nahm er schnell die Kontaktlinsen heraus, um sich einzuscannen. Blaue Augen. Sie mussten ihm gut stehen, dazu die teuren Klamotten. Es war ein Leichtes gewesen, die Krankenschwester rumzukriegen. Moni. Mitte zwanzig und naiv genug, ihm all die wichtigen Informationen zu geben, die er benötigte.

Bevor er im Bad unter die Dusche sprang, bewegte sich sein Handy vibrierend auf der Ablage am Waschbecken. Xenia. *Es tut mir leid, Jael. Ich war total unfair. Wenn du möchtest, können wir gerne reden. In der Pause?*

Sicher. Sein Lächeln spiegelte sich im Display. Aber noch schrieb er ihr nicht zurück.

Geduscht und vor allem wieder aufgetaut betrat er wenige Minuten später das Esszimmer. Erwartungsvolle Blicke empfingen ihn.

»Da wir gleich zur Schule müssen, nur ganz kurz: Der Selbstmordversuch von Miriam. Wir sind natürlich furchtbar betroffen. Das heißt wenig Körperspannung, kaum ein Lächeln. Euch kann die Stimme immer wieder brechen. Sichtbar tiefes Luftholen ist gut. Oder ihr reibt euch immer mal müde übers Gesicht. Wir haben alle schlecht geschlafen. Denn das, was mit Miriam passiert ist, war ein großer Schock! Verstanden?«

»Schon klar.« Akrom setzte sich sein Basecap auf. »Sonst noch was?«

»Moment!« Geno lehnte sich auf seinem Stuhl zurück. »Vielleicht eine Erklärung?«

Jael wandte sich ihm lächelnd zu, versuchte Gelassenheit auszustrahlen. »Was verstehst du nicht?«

»Ich verstehe nicht, wie das passieren konnte. Und auch nicht, was jetzt mit ihr passieren wird. Die kann doch nicht am Leben bleiben! Nach einem Selbstmordversuch stehen Therapien an, und wir wissen nicht, was da hochkommen kann.«

»Korrekt.« Chrystal stand auf. »Deswegen wird sie auch nicht überleben. Jael und ich haben gestern schon darüber gesprochen. Aber es ist besser, wenn ihr davon überhaupt nichts wisst, okay? Wir lösen das Problem.«

»Nett von euch. Klärt aber nicht alles. Ich will wissen, was passiert ist.«

Jael blickte zur Uhr, so langsam rannte ihm die Zeit weg. Er musste gleich noch mit Chrystal sprechen. Und zu spät in die Schule zu kommen, ging heute auf keinen Fall. »Okay. Die Kurzversion: Chrystal hat ihr, als sie gestern noch einmal hier war, gut zugesetzt. Damit sie die Klappe hält. Nils hatte den Verdacht geäußert, dass da was mit ihr und mir am Laufen wäre. Woher auch immer er das weiß. Chrystal hat das gut entkräftet. Mit einer für Miriam ziemlich peinlichen Story.«

»Peinlich?« Akrom begann zu grinsen.

»Kann sie euch später erzählen. Aber nicht jetzt.« Jael ging in die Küche, um sich wenigstens schnell einen Kaffee zu holen. Die Dusche hatte ihn zwar aufgewärmt, nicht aber seine Müdigkeit genommen. Im Gegenteil.

»Chrystal?« Mit der Tasse in seinen Händen schaute er kurz noch einmal ins Esszimmer. »Wir reden. In zehn Minuten bei mir. Ihr andern fahrt schon mal vor. Wir kommen mit dem Auto nach.«

»Jael?« Rafi hatte bisher als Einziger weitergegessen, schob jetzt allerdings seinen Teller zur Seite, um seinen Armen auf dem Tisch Platz zu machen. »Mir ist Miriam ja ziemlich egal. Aber, weiß der Partem es schon?«

Wie immer sorgte allein die Erwähnung des Partems für absolute Stille, nicht mal Akroms lautes Atmen war zu hören. »Nein. Ich werde ihn nach der Schule informieren. Offiziell wissen wir ja noch gar nichts. Und je später er von dem Vorfall erfährt, umso eher können wir die Sache selbst regeln, ich will niemanden von seinen Leuten vor Ort haben.«

Ein Einschreiten des Partems aufgrund eigener Fehler würde eine Abmahnung bedeuten, und die wollte niemand im Raum, das konnte er in ihren Gesichtern lesen.

»Dann los jetzt.« Jael deutete mit dem Kopf zur Wohnungstür und ging in sein Zimmer, um sich Skizzen zu machen. Vom Aufbau des Krankenhauses, den Eingängen, den Notausgängen und möglichen Fluchtwegen. Als Chrystal an die Tür klopfte, war er gerade dabei, ihr einen Zeitplan zusammenzustellen.

»Und? Wie soll ich es machen?« In ihrer knallengen Hose lehnte sie im Türrahmen.

Er forderte sie auf reinzukommen und ließ sie Platz nehmen. »Ich gehe davon aus, dass man sie im Laufe des Tages auf die normale Station verlegt. Ihr Versuch war jämmerlich, vor allem, wenn man Miriam kennt. Und das bedeutet, sie wollte Aufmerksamkeit, nicht aber den Tod.«

»Pech für sie jetzt. Oder?«

»Exakt.« Sie gingen gemeinsam die Besuchszeiten durch. Jael kannte die Schichtwechsel, die Zeiten, in denen die Gänge voll waren und Chrystal, sollte sie sich etwas Unauffälligeres anziehen, nicht auffallen würde.

Die Tagesration an Tabletten für die Patienten wurde immer bereits am Vorabend abgefüllt. In kleine Plastikbehälter. Zumindest die als harmlos eingestuften Medikamente und die, die nicht gekühlt werden mussten. Dieses Vorarbeiten war nicht offiziell, ermöglichte den Schwestern aber einen ruhigeren Dienstantritt am Morgen. »Je nachdem, wohin Miriam verlegt wird, geschieht das Abfüllen der Tabletten in diesen Räumen.« Er legte ihr seinen angefertigten Lageplan hin und deutete mit dem Finger auf die verschiedenen Stationen.

»Und du bist sicher, dass sie überhaupt Medikamente bekommt?«

Jael nickte. »Sie hat eine Schilddrüsenüberfunktion. Ich weiß, dass sie gerade neu eingestellt wird. Sie braucht also Medikamente.« Und er kannte sie, die kleinen weißen Tabletten, die sie auch mittags in der Pause immer nahm. Den Beipackzettel abzufotografieren war ein Leichtes gewesen.

»Ich werde das Ding heute Nachmittag selbst herstellen. Acht Millimeter Durchmesser. Du musst sie nur austauschen.«

»Kein Problem.« Sie betrachtete wieder die Notizen, den Zeitplan vor ihr. »Dann ist mein Einsatz gegen … 20 Uhr?«

»Wir gehen das später noch mal durch. Dann, wenn ich dir auch die präparierte Tablette gebe. Aber stell dich schon mal drauf ein: Ab sieben solltest du spätestens da sein.«

Blatt für Blatt sammelte er ein, nickte dann abschließend. Für ihn war das Gespräch beendet, doch sie blieb sitzen.

»Wann später? Ich habe nachher noch was vor.«

Heute? Seine Kiefer zermahlten die Nachfrage. Jael entfaltete seinen Körper und drehte sich dann zu ihr um. »Damit wir uns richtig verstehen. Es gibt nichts, was heute wichtig ist, Chrystal. Außer Miriams Tod.«

FELIX

Selbstmord. Das Wort hing schon auf dem Vorplatz der Schule in der Luft.

Er hatte damit gerechnet, dass Nils heute nicht da sein würde, und trotzdem war er überall anwesend. In der Halle. Im Klassenraum. Zumindest sein Name. Und mit ihm immer verbunden die geflüsterte Frage nach der Schuld.

»Der Platz war nur geliehen.« Rafi saß tatsächlich wieder auf seinem Stuhl. Demonstrativ legte Felix seine Schultasche direkt vor ihm auf dem Tisch ab und begrüßte Xenia.

»Na?« Müde sah sie zu ihm hoch. »Wie geht es dir?«

»Beschissen.«

Er schob sich seinen Stuhl zurecht, den Rafi erstaunlich kommentarlos frei gemacht hatte, und ließ sich fallen. »Ich hab nichts Neues gehört. Weiß auch gar nicht, ob Werner sich noch mal meldet. Aber … So richtig krieg ich das mit Miriam nicht in meinen Kopf.«

»Ich auch nicht.«

Felix blickte sich um, überall wurde getuschelt. Überall betretene Gesichter. Nur Rafi, der sich schräg hinter ihn gesetzt hatte, saß stumm da, den Kopf gesenkt.

War er gerade zu unfreundlich zu ihm gewesen?

»Einen *guten* Morgen zu wünschen, wäre heute nicht angebracht.« Herr Bartels betrat den Raum, sichtlich angespannt. Er stellte seine Tasche auf dem Boden ab, legte die korrigierten Chemietests zur Seite und zog sein Jackett aus. Unter seinen Achseln hatten sich bereits dunkle Schweißflecke gebildet, doch niemand kommentierte das, wie sonst wahrscheinlich. Mit ernstem Blick setzte er sich auf die Kante des Lehrerpults und faltete seine Hände. »Ich will die ersten Minuten nutzen, um mit euch zu reden. Die Schulleitung und das gesamte Lehrerkollegium sind erschüttert über das, was wir heute Morgen erfahren haben. Und da uns bewusst ist, dass ihr alle, dank der sozialen Netzwerke, bestens informiert seid, müssen wir hier auch nicht um den heißen Brei herumreden, oder?«

Felix schüttelte den Kopf. Vor ihm, neben ihm. Alle schüttelten den Kopf.

»Miriam hat gestern versucht, sich das Leben zu nehmen. Und auch wenn wir informiert wurden, dass sie überlebt hat und es ihr den Umständen entsprechend gut geht, wissen wir alle, dass noch ein weiter Weg vor ihr liegen wird. Für uns, für euch ist das ein großer Schock. Und wir alle fragen uns: Warum hat sie das getan? *Unsere* Miriam. *Schulsprecherin*. Aber …« Seine Stimme wurde eindringlicher, und mit erhobenem Finger stand er auf. »Aus Respekt vor ihr, aus Respekt vor ihrer Familie möchten wir euch bitten, alle Spekulationen zu unterlassen. Denkt an sie. Betet für sie. Aber hört auf, dieses Unglück zu zerreden.«

Von Verantwortung sprach er weiter, von der Liebe zum Leben.

Felix musste schlucken, blinzelte sogar gegen Tränen an. Noch nie hatte er Herrn Bartels so eindringlich reden hören. Noch nie hatte er die Klasse so eingefangen. Taschentücher wurden rumgereicht, auch Xenia griff zu. Rafi schüttelte den Kopf. Senkte ihn dann wieder. Neben ihm nur leere Stühle. Er saß ziemlich allein da.

Vorschläge wurden gesammelt, Miriam etwas Aufmunterndes zu schreiben. Doch irgendwas an Rafis Haltung blieb ihm komisch im Kopf hängen. Betreten auf den Tisch schauten einige immer wieder. Oder stumm vor sich hin. Aber nicht die ganze Zeit. Und nicht so starr.

Vorsichtig lehnte sich Felix auf seinem Stuhl zurück, ließ ihn nach hinten kippen und spähte zu Rafi rüber. Er hielt etwas in den Händen. Sein Handy! Und bewegte Bilder flimmerten über das Display. Felix rutschte der Stuhl weg. Der zockte!

XENIA

Gestaltung von Alltagsprodukten – Entwurf und Design.

Xenia stützte ihre Ellbogen auf den Tisch und starrte nach vorne. Sie sollten das Tafelbild abschreiben, doch immer wackelte ihr ein roter Haarknoten ins Bild. Liva. Sie saß direkt vor ihr. Neben Valentina, der sie scheinbar viel zu erzählen hatte. Xenia zwang sich wegzugucken. Liva war ihr gegenüber total komisch. Vorhin im Sportunterricht schon. Jetzt noch mehr.

»Warum ist die eigentlich wieder bei uns im Kurs?« Janne deutete mit ihrem Bleistift auf Valentinas Rücken. »Haben die Zwölfer sie aus dem Effi-Briest-Projekt geschmissen?«

»Vielleicht.« Sie zuckte mit den Schultern. Es war ihr egal. Nicht aber, dass Liva sich ausgerechnet Valentina für die Partnerarbeit ausgesucht hatte.

»Nehmen wir für das Werbebild ein Deo oder ein Parfüm?« Janne hing schon tief über ihrem Hefter, während sie noch am Bleistift kaute. Liva bräuchte eine Creme gegen Juckreiz. Immer wieder fasste sie sich an den Nacken. Mücken im Herbst? Ungewöhnlich. Außerdem waren Stiche doch eher rot. Und nicht … gelb-grau?

»Xen?« Janne pikte sie mit ihrem Stift. »Deo oder Parfüm?«

»Deo.« Xenia war es egal.

Janne stand auf und holte ihren Kunstblock. »Pass auf, ich fang schon mal an zu zeichnen und du erzählst weiter, okay?«

Über die Party?

»Komm, Xen! Von den anderen erfahre ich nur: *War toll.*

War super. Aber irgendwie zu viel Alkohol. Ich will alles wissen, ja?«

Die meisten hatten tatsächlich einen Filmriss. Liva hoffentlich auch. Moritz! Xenia schüttelte sich, versuchte, das Tafelbild in ihr Heft zu übertragen, während sie Janne eine Kurzversion des Abends gab. Liva hielt sie raus, ihren eigenen Schwindelanfall ebenfalls.

»Hat sich viel verändert seit Samstag, oder?« Janne radierte etwas weg, wesentlich energischer als notwendig. »Nils macht Schluss mit Miriam. Dafür gibt es dich und Jael. Felix und Chrystal. Und wahrschein…«

»Zwischen Jael und mir läuft nichts. Und zwischen Felix und …« Xenia stockte. Es abzustreiten, war zwecklos. Das Knistern zwischen ihnen war deutlich zu spüren.

»Du brauchst gar nichts zu sagen.« Janne schmiss den Radiergummi in ihr Federmäppchen zurück und wischte die Krümel, die er hinterlassen hatte, großzügig auf den Boden. »Können die nicht alle ganz schnell wieder ihre Koffer packen und verschwinden?«

Xenia lächelte zustimmend, schwieg jedoch. Letzte Woche hätte sie bei dem Wunsch mitgemacht. Aber kein Jael mehr? Gemeldet hatte er sich noch immer nicht auf ihre Nachricht.

Sie zog Jannes Skizze zu sich heran. *Save the day, save your dreams.* Bis zum Ende der Stunde hatten sie zwar noch keinen Namen für ihr Deo, dafür stand wenigstens schon mal der Slogan fest.

»Den Tag retten? Die Träume bewahren?« Rafi spähte ihnen über die Schulter. »Also Mädels, wenn ich da irgendwie behilflich sein kann? Immer gern.«

Xenia blickte zu ihm hoch, er hatte tatsächlich als Einziger sein Lachen heute nicht verloren. »Das Deo soll Leute wie dich eigentlich gerade fernhalten, Rafi!«

»Oh!« Grinsend fuhr er sich durch seine Locken. »Dann gut für mich, dass es das Produkt noch nicht gibt, oder?«

»Wir arbeiten ja dran.« Sie hatte gehofft, dass er weitergehen würde, doch er blieb, wartete, bis sie ihre Sachen eingepackt hatten, und lief dann neben ihnen den Gang entlang, die Treppe runter. Xenia musterte ihn verstohlen. Hatte er tatsächlich gezockt, wie Felix gesagt hatte? Miriam hatte er kaum gekannt. Trotzdem …

Unten in der Haupthalle war es, wie schon in den anderen Pausen, ungewohnt ruhig, als hätte irgendjemand den Lautstärkeregler runtergedreht. Selbst die Spindtüren wurden leise geschlossen. Xenia stellte ihren Turnbeutel ab und kramte nach Livas Kette. Das halbe Herz. Noch hatte sie sich nicht getraut, es ihr zu geben. Gleich am Tisch vielleicht?

»Habt ihr euch schon entschieden?« Rafi blickte auf den Menüplan der Schul-App. »Echt schwierig heute: Speckige Erbsensuppe oder labberige Gemüsepuffer.«

Xenia stopfte ihre Sachen in den Spind. Klang beides ekelig. Als Vegetarierin hatte Janne es leicht. Aber sie? »Ich glaub, ich gucke euch nur zu. Oder nehme 'nen Salat.«

»Oder du verbringst die Pause mit mir?«

Kein Karamell. Und doch ließ seine Stimme ihr Herz flattern. Jael wollte reden? Er lehnte plötzlich neben ihr an den Spinden und sah sie fragend an. Ein vorsichtiges Lächeln zitterte über ihre Lippen. Antwort genug? Für Worte hatte ihr Hals gerade keinen Platz.

Rafi lachte in die Stille. »Tja, dann sind wir zwei hier wohl überflüssig.« Er legte der verdutzten Janne seinen Arm um die Schulter. »Veggie-Day, würde ich mal sagen, oder?«

Sie nickte nur und verschwand mit ihm Richtung Mensa.

Xenia verschloss ihren Spind, wobei ihr die Kette aus der Hand fiel. Blitzschnell fing Jael sie auf, mit dem für ihn so typisch schiefen Grinsen. »Wow. Du schenkst mir dein Herz! Also heiraten wir doch?«

Xenia schloss kurz die Augen und versuchte, ihr Lächeln zu verstecken. »Ja, das ist jetzt doof.« Bedauernd hob sie die Schultern. »Weißt du, es gehört leider Liva. Aber frag *sie* doch mal?«

»Liva?« Jael fuhr sich nachdenklich übers Kinn, schüttelte dann aber den Kopf und hielt ihr das baumelnde Schmuckstück hin. »Nein. Sie interessiert mich nicht.«

Xenias Finger verkrampften sich, kaum sichtbar, und doch bemerkte er es. Er gab ihr die Kette nicht zurück, sondern hielt sie stattdessen ein Stück höher. »Was ist, Xenia?«

»Das hast du schon mal gesagt. Über Miriam.«

Augenblicklich verdunkelte sich seine Miene. »Ach so. Und du denkst jetzt, Liva ist die Nächste, die sich umbringt? Nur weil sie mich nicht interessiert?« Kopfschüttelnd ließ er die Kette in ihre Hand fallen. »Ich glaube, da überschätzt du mich. Und den Eindruck, den ich hinterlasse.«

Heiße Ohren. Wieder begannen sie zu glühen. Xenia senkte den Kopf und stopfte Livas Herz schnell in ihre Hosentasche. »Es tut mir leid, Jael. Ich weiß nur …«

»Deswegen reden wir ja, oder?« Er deutete zum Ausgang, Richtung Schulhof. »Draußen? Oder ist es dir zu kalt?«

»Nö, geht.« Sie hatte ihre Jeansjacke angelassen, den ganzen Tag schon. Wärme. Kälte. Ihr Körper spürte heute kein Außen, spürte gar nichts. Gemeinsam verließen sie das Schulgebäude.

»Du bist angespannt.« Er sah auf ihre Finger, die sich um die Ärmel ihrer Jacke geklammert hatten. »Warum? Bin nicht ich es, der sich jetzt erklären muss?«

»Na ja, ich war am Telefon auch nicht gerade nett.«

»Stimmt.« Jael fuhr sich über den Nacken.

Gemeinsam steuerten sie eine Bank an, fernab des Schulhofes, in der Nähe des Verwaltungsgebäudes.

Waren Bänke schon immer so schmal? So kurz? Xenia setzte sich ans äußerste Ende, wollte ihre Beine bei sich haben und zog sie zu sich in den Schneidersitz.

»Im Ernst?« Jael hob amüsiert eine Augenbraue. Er musterte den Platz, den sie ihm gelassen hatte, und wählte demonstrativ das andere Ende der Bank. »Wenn du mich von hier aus schlecht verstehst, sag Bescheid, okay?«

»Mach ich.« Albern war es, sicher. Aber sie brauchte den Abstand zu ihm. Außerdem – es war doch besser so. Keine Berührungen. Kein Kontakt.

Dass er sie wie immer nur vorsichtig mit Blicken streifte, daran hatte sie sich gewöhnt, auch wenn ihr das Grau seiner Augen fehlte. Sie mochte es. Sehr sogar. Vor allem den grünen Schimmer in ihnen.

»Und du denkst also, Miriam hätte meinetwegen versucht, sich das Leben zu nehmen?«

»Vielleicht … Nein, ich …« So wie er es formulierte, hörte es sich zu krass an. Xenias Finger fanden die Schnürsenkel ihrer Turnschuhe, die Schlaufe in ihnen. »Ich glaube nur, dass sie mehr als nur Interesse an dir hatte.«

»Mag sein.« Jael rutschte nach vorne auf die Kante der Bank und stützte seine Ellenbogen auf den Knien ab. »Aber ich hab ihr nichts versprochen.«

»Na ja.« Sie dachte an die Umarmung der beiden, im Flur. An Miriams Hände auf seinem Rücken, die Nähe zwischen ihnen. Ihr hätte es auf jeden Fall etwas bedeutet.

»Xenia, mal im Ernst. Nils und Miriam sind seit über zwei Jahren zusammen. Mich kennt sie erst seit einer Woche. Und das nur aus der Schule. Mag ja sein, dass sie mich … spannend fand. Aber nur weil ich kein Interesse an mehr habe, versucht sie sich das Leben zu nehmen? Außerdem: Als sie mich gestern sprechen wollte, als sie bei uns im Wohnzimmer saß, wollte sie plötzlich gar nicht mehr mit mir reden. Chrystal war bei ihr, und ich bin gleich in mein Zimmer gegangen. Ich habe mit Miriam kein einziges Wort mehr gewechselt.«

»Es tut mir leid, Jael. Wirklich.« Xenia ließ ihre Schnürsenkel los, die Schlaufe, komplett in sich verdreht, hatte schon helle Striemen an ihrem Finger hinterlassen. »Ich weiß halt nur, wie scheiße du manchmal sein kannst, und habe …«

»Super!« Jael lachte auf, lehnte sich dann zurück und sah kopfschüttelnd zu ihr rüber. »Und ich dachte, *ich* wäre schlecht im Sich-entschuldigen?«

Xenia biss sich auf die Lippe, musste aber trotzdem grinsen. »Vielleicht färbst du ab?« Vorsichtig spähte sie zu ihm rüber, doch dann hörte sie hinter sich plötzlich Stimmen. Sie kamen näher. Und eine gehörte eindeutig Liva!

JAEL

Er mochte ihr Lächeln. Vor allem, wenn sie versuchte, es vor ihm zu verstecken. Ihre Zähne verbissen sich dann äußerst süß in ihrer Unterlippe. So wie jetzt. Nur verschwand es zu plötzlich. Störten sie die Stimmen? Jael musste sich nicht umdrehen, um zu wissen, wer gerade an ihnen vorbeilief. Liva, fröhlich plaudernd mit Geno. Xenia dagegen verfolgte die beiden mit angespanntem Gesicht.

»Ist Geno dein Problem? Oder Liva?«

»Liva. Seit der Party ist sie komisch.«

Jael horchte auf. Seit der Party? »Was meinst du mit *komisch*?«

»Sie hat mich gestern am Telefon schon ziemlich niedergemacht. Und erst hab ich gedacht, ihr wäre es nur peinlich. Also ihr Verhalten auf der Party. Aber, sie redet auch heute kaum ein Wort mit mir. Weicht mir aus. Warum auch immer.«

Weil ihr die freundschaftliche Liebe fehlte? Stufe 3. Rafi konnte sie nicht entleert haben, der war noch nicht so weit. Akrom auch nicht. Blieben Geno … und Chrystal?

»Was genau wirft sie dir denn vor?«

»Ach … egal.«

»Xenia, du siehst nicht so aus, als sei es dir egal.«

»Ich … Sie hat gesagt, ich wäre zu dramatisch.«

»Was?« Jael lachte auf. »*Du* sollst dramatisch sein? Komm, die meisten kritisieren doch am anderen immer das, was in Wirklichkeit ihre eigene Schwäche ist. Oder? Liva Winter. Aus meiner Sicht ist sie die Drama-Queen. Fröhlich. Laut. Hauptsache sie bekommt Aufmerksamkeit.«

»Sie ist meine beste Freundin, Jael.«

Diesem Satz, diesem traurigen Schimmer in ihren Augen konnte er nichts entgegnen. Er hatte keine Worte. Und nicht mal die Chance, sie in den Arm zu nehmen.

Xenia ließ ihre Schnürsenkel los und fingerte aus ihrer Hosentasche Livas Herz heraus. Fest umschlossen hielt sie es in ihrer Hand. »Weißt du, ich hab nicht so viele Freunde. Liva. Felix. Ein bisschen auch Janne. Und … da ist dann eine große Lücke, wenn einer fehlt.«

Er konnte es nicht dabei belassen, bei dem Nichts. Xenia schien in sich selbst zu verschwinden. Vorsichtig rutschte er näher zu ihr. Er musste sie berühren, ihr zeigen, dass er da war. Seine Hand fand ihr Knie. Es zitterte leicht. Dann durchströmte ihn ihre Wärme. Wie eine Umarmung wickelte sie ihn ein. Jael schloss die Augen, ein Blick wäre zu viel, aber dieser Moment, so kurz er auch war, fühlte sich so richtig an. So als würde sie tatsächlich zu ihm gehören. Oder … irgendwann zu ihm gehören können?

»Es tut mir leid, Xenia.«

Sie lachte leise in sich hinein, aber er hörte es. Irritiert zog er seine Hand zurück und öffnete die Augen. Ihr Gesicht hatte eindeutig an Farbe gewonnen.

»Du kannst es ja doch.« Sie legte den Kopf auf die Seite und schaute ihn an. »Das war eine schöne Entschuldigung. Nur wofür?«

Dass er ihr Leben zerstörte?

Jael legte seinen Arm auf die Lehne und starrte in den Himmel. Warum?

Wenn ihn da oben jemand hören konnte, dann: Warum dieses Leben?

Treue, Loyalität, Gehorsam. Richtig oder falsch. Er hatte es nie infrage gestellt. Und sollte auch jetzt nicht damit anfangen. So kurz vor dem Ziel. Richtig war, hier mit ihr zu sitzen, ihr Vertrauen zu gewinnen. Falsch war, dass sie immer noch zu viel wusste. Und ihm rannte die Zeit weg!

»Jael? Wieso hast du gesagt, es tut dir leid?«

»Weil …« Er löste sich vom Himmel und konzentrierte sich wieder auf Xenia. Ihre Nase. Ihren Mund. Nur nicht ihre Augen. »Weil ich auch dein Leben durcheinanderbringe? Hast du zumindest gesagt.«

»Stimmt.« Ihre Finger spielten mit der Kette.

»Warum hast du eigentlich Livas Herz?«

»Von Geno. Er hat es für sie aufbewahrt, als sie klettern war bei euch. Und irgendwie schaffe ich es nicht, es ihr zurückzugeben.«

Geno! Deswegen war er ihn am Abend noch angegangen und hatte behauptet, er würde ihn bei seinem Aufstieg blockieren. Die Kette war seine Beute gewesen. In Xenias Hand jetzt brachte sie Geno keinen Nutzen mehr. Es sei denn … Sie fand den Weg zurück zu ihm. Loyalität?

»Wenn du es nicht kannst, soll ich sie Liva geben?« Freundlich hatte sein Angebot geklungen, und es kam bei ihr auch so an. Langsam ließ sie die Kette in seine Hand gleiten.

»Heute bist du echt anders, Jael.« Goldbraun. Ihre Augen leuchteten in ihn hinein. »Also so … richtig nett anders. Danke!«

Der Schulgong dröhnte über den Pausenhof und ersparte ihm eine Antwort. Es wäre ihm aber auch keine eingefallen.

Richtig oder falsch. Xenia verwischte die Grenzen. Sie weichte ihn auf – allein durch ihre Gegenwart.

Gemeinsam schlenderten sie zurück, äußerst langsam. So als wollten sie beide lieber bleiben.

Musste er ihr Wissen wirklich löschen? Alles? Oder reichte es aus, sie unter Kontrolle zu halten, bis er sie hatte. Ihre Liebe? Immerhin näherten sie sich so langsam an …

Kurz bevor sie den Eingang erreichten, öffnete sich die Tür des Verwaltungstrakts. Herr Dr. Weber tauchte vor ihnen auf. Nicht allein, er hatte eine Frau an seiner Seite. Das dunkelgraue Kleid schien das gleiche von gestern zu sein, das schwarze Halstuch auch, nur die Sonnenbrille kannte Jael noch nicht, sie stand ihr aber.

»Sandra Marquardt!«

Er musste den Namen laut ausgesprochen haben, denn Xenia schaute erstaunt zu ihm hoch.

Ein großer Fehler!

Woher auch sollte er die Frau kennen?

CHRYSTAL

Jemand verfolgte sie. Durch die Haupthalle, bis ins Treppenhaus. Chrystal gab sich locker, soweit es die verordnete Trauer zuließ, und öffnet die Tür zur Mädchentoilette. Leer. Niemand außer ihr war hier. Nur der Schatten in ihrem Rücken. Gut so. Kampfbereit erhob sie ihre Hände, spannte ihre Muskeln an, als sie hinter sich plötzlich eine helle Stimme hörte. »Chrystal?«

Höchstens zwölf Jahre, definitiv weiblich.

»Ja?« Bemüht freundlich drehte sie sich um.

Das Flaschenmädchen! Es stand noch in der Tür. Blonder langer Zopf, blaue Jacke. Wie gestern. Nur ziemlich verschüchtert.

»Was gibt's denn?« Chrystal stellte ihre Tasche ab und blieb unten bei ihr hocken.

»Ich bin Fiene.«

»Ach.« Sprachlos war sie selten, aber gerade fiel ihr tatsächlich nichts ein. Die Kleine sammelte Flaschen? Warum?

Fiene holte Luft und fummelte nervös am Reißverschluss ihrer Jacke herum. »Du hast mich gesehen, oder? Im Park?«

»Ich?« Wie unangenehm ihr das sein musste! Chrystal stellte sich unwissend. »Welchen Park meinst du?«

Fiene runzelte die Stirn, dann aber erschien ein Lächeln auf ihren Lippen. Dem von Felix zum Verwechseln ähnlich.

»Ich mag dich, Chrystal«, stellte sie einfach so fest. »Und bis gleich dann. Du fährst doch bei uns mit, oder?«

Chrystal nickte und blickte ihr dann ungläubig hinterher. Waren alle aus der Familie so süß?

XENIA

»Soll ich jetzt das rote nehmen oder das schwarze?«

Liva stand vor ihr in der Umkleide, hilflos und absolut unschlüssig. Das rote Shirt war schon der Hammer, passte vom Farbton her perfekt zu ihren Haaren und hatte hinten einen extrem tiefen Ausschnitt. Das schwarze dafür vorne. Geno würden sicher beide gefallen. Die zwei hatten echt ein Date?

»Ich glaube, das rote. Aber …« Sie fuhr sich mit der Hand über ihr Gesicht. »Liva, kann ich hier raus? Hier stinkts echt tierisch.«

»Klar! Und ich denke …« Sie griff nach ihrem Portemonnaie. Zusammengeknüllte Scheine, einige Münzen. Grinsend schaute sie zu ihr hoch. »Ich nehme einfach beide.«

»Super Entscheidung!« Xenia hob den Daumen, beim Umdrehen dann blitzte erneut das halbe Herz in Livas Ausschnitt auf. Jael hatte es ihr zurückgegeben. Und irgendwas gesagt?

Musste er doch. Wieso sonst war sie auf einmal wieder so anders?

Während Liva zahlte, verließ sie schon mal den Laden. Draußen war die Luft besser. Xenia zog ihren Rucksack vom Rücken und ließ sich auf eine Bank fallen.

Liva. Wie aus dem Nichts hatte es plötzlich zu tropfen begonnen, nach der Schule, beim Rausgehen. Liva hatte sie einfach umarmt, so als hätte es die komische Stimmung zwischen ihnen überhaupt nicht gegeben. Festplatte gelöscht und Neustart? Xenia zog sich die Ärmel über die Hände und kuschelte sich tiefer in ihre Jacke.

»Und jetzt? Zu der Ärztin und die Unterlagen von deiner Mutter abholen?« Tütenbepackt setzte sich Liva neben sie.

»Ach, das kann ich nachher noch machen.« Xenia zog ihre Beine in den Schneidersitz und drehte sich zu ihr. »Ich möchte mit dir reden, Liva.«

»Oh! Okaaaay.« Ihr Lächeln verschwand. »Dann … hatte Jael wohl recht.«

»Jael?« Also doch! Ein nervöses Kribbeln flatterte durch ihren Magen. »Wieso?«

»Erst war er total nett. Hat mir meine Kette wiedergegeben. Die hatte ich bei denen liegen lassen. Aber dann hat er mir ziemlich klar zu verstehen geben, dass ich wohl im Moment scheiße bin. Also zu dir.« Sie zog die Tüten auf ihrem Schoß enger an sich und schaute vorsichtig zu ihr. »Stimmt das denn? Weil, ich hab dich dann sofort gesucht. Und gefunden. Und wir sind jetzt shoppen gegangen. Und du hast nichts gesagt, daher dachte ich …«

»Doch, es stimmt. Also, scheiße würde ich jetzt vielleicht nicht sagen, aber am Telefon, das war schon heftig, und heute in der Schule hast du mich komplett ignoriert.«

Liva runzelte die Stirn. »Am Telefon?«

Sie hatte das vergessen? Xenia sog scharf die Luft ein. »Liva, du hast gesagt, ich würde dich voll nerven. Aus allem immer ein Drama machen und es dann doch irgendwie immer schaffen. Wie bei der Party. Und … na ja, du hast es offen gelassen, aber du meintest sicher: wie meine Mutter.«

Livas Augen weiteten sich. »Oh! Xen. Das tut mir leid. Ich … ich weiß, dass ich echt sauer war, weil du nicht hinwolltest und weil du so ein Problem daraus gemacht hast. Und ich weiß auch, dass wir darüber geredet haben am Telefon. Aber nicht, dass ich so fies war.« Sie presste ihre Lippen zusammen und schüttelte den Kopf. »Ich war gestern völlig matsche. Es … es tut mir leid!«

Es klang echt. Dazu ihr Gesicht. Fast so zerknautscht wie die Tüten in ihrem Arm. Aber was war mit heute? »Hab ich dich in der Schule denn auch irgendwie genervt?«

»Nein. Ich weiß nicht, was los war. Nur, dass mir alles völlig egal gewesen ist. Das mit dir. Selbst das mit Miriam. Einfach alles.«

»Und jetzt?«

Liva hob ihren Kopf und musste nichts mehr sagen. Tränen schimmerten in ihren Augen.

Egal, was gewesen war, Xenia wollte sie zurück, befreite sie von ihren Tüten und schloss sie in ihre Arme.

Livas einsames Tropfen. Gerade war es stimmig, es übersetzte ihre stummen Tränen.

»Ich wollte dir nicht wehtun.«

»Ist schon okay.« Sanft strich sie ihr über den Rücken, drehte damit allerdings am Lautstärkeregler. Die Tropfen! Sie knallten jetzt, jeder einzelne war ein Schlag auf die Ohren. Liva sah zu ihr hoch, bewegte ihre Lippen, doch ihre Worte gingen in dem Lärm fast unter.

Sie sprach vom Alleinsein? Von ihrer Angst davor?

»Mich verlierst du nicht, Liva. Nie!«

»Danke, Xen.« Sie lächelte und richtete sich mühsam auf. Erleichterung durchflutete Xenia, das Tropfen hatte aufgehört, ein dumpfer Schmerz aber blieb in ihr. Liva wischte sich mit dem Ärmel die Tränen aus dem Gesicht und begann … zu grinsen?

»Was ist?«

»Na ja. Hätte Jael uns gerade so eng umschlungen gesehen, hätte er wahrscheinlich die Krise gekriegt. Und ich den nächsten Anschiss.«

»Jael? Quatsch!« Xenia schnappte sich Livas Haarknoten und wackelte dran. Funktionierte immer. Liva hasste das. Doch diesmal zog sie aus dem ziemlich zerstörten Knoten einfach nur das

Gummi raus und grinste sie wieder an. »Netter Versuch. Ich brauche trotzdem ein Update. Xen-Ja. Ihr seid schon Gesprächsthema.«

Xen-Ja? Xenia rutschten die Füße von der Bank. »Nicht im Ernst, oder?«

»Mein voller Ernst.«

»Aber, da ist nichts. Wirklich nicht, Liva. Er ist mal nett, mal blöd.« Mal unheimlich. Dass er Frau Marquardt kannte, wollte ihr immer noch nicht in den Kopf.

»Nett und blöd. Wow! Da hat er mir von *sich* aber mehr verraten.«

Xenia wurde plötzlich warm unter ihrer Jacke. »Hat er?«

Liva straffte die Schultern. »Ich warne dich, Liva.« Seine Stimme bekam sie erstaunlich gut hin, seinen kalten Blick auch. Nur in Blau statt Grau. »Der Mensch, dem du da wehtust, der bedeutet mir sehr viel.«

Konnte ein Herz sich überschlagen? Eine Rolle vorwärts machen und einfach davonrasen?

Xenia wollte etwas sagen, sich vor allem von Livas grinsendem Gesicht vor ihrer Nase befreien, als sie plötzlich zu frösteln begann. Wieso? Es gab keinen Wind. An den Bäumen bewegte sich kein Blatt. Und trotzdem diese Kälte? Entsetzt starrte sie auf ihre Hand. Nein. Nicht jetzt! Nicht jetzt, wo doch alles gerade wieder gut war. Aber … ihre Finger. Sie konnte sie nicht mehr bewegen.

»Xen?«

»Ich … Mir ist nur ein wenig schwindelig.« Liva durfte nichts merken. Vor allem nichts sehen. »Kannst du mir aus meinem … aus meinem Rucksack mein Wasser geben?«

»Ja, klar! Warte.« Sie bückte sich nach unten, und Xenia zog sofort ihre Hand weg. Sie verlor bereits an Farbe.

Kam das gruselige Leuchten wieder?

»Hier.« Liva hielt ihr die geöffnete Flasche hin. »Du bist total blass. Willst du dich nicht lieber hier hinlegen?«

Und wohin dann die Hand? »Nein, nein es geht schon.« Sie trank einen Schluck und gab Liva die Flasche zurück. »Ich hab heut, glaube ich, nur zu wenig gegessen.«

»Sollen wir …« Liva sah sich um. »Soll ich dir da beim Bäcker was holen? Eine Brezel oder so?«

»Oh ja, gern.«

Wie sie die runterkriegen sollte, wusste sie nicht. Aber Liva wäre weg, für ein paar Minuten wenigstens.

Ihre Finger spürte sie nicht mehr. Vielleicht sollte sie nicht hingucken? Einfach warten, bis es vorbei war?

Liva lief los. Xenia sah ihr erst hinterher, dann spähte sie doch nach unten, zu ihrer Hand auf der Bank. Durchsichtig, wie Glas, lag sie da, bevor sie von innen heraus zu leuchten begann.

CHRYSTAL

»Ich nehme den großen Fruchtbecher. Mit Sahne.« Sie sah von ihrer Eiskarte auf und erwiderte das Lächeln des Kellners. Paco. Um die fünfzig. Durch und durch Italiener.

»*Va bene, signorina*. Und du?«

»Ähm ...« Felix zögerte. »Für mich heute nur ein Wasser. Gerne auch aus der Leitung.«

Leitungswasser? Shit! Er mochte den Luxus ihrer Wohnung nicht. Fuhr einen alten Bulli. Fiene sammelte Flaschen. Verdammt, er hatte kein Geld. Und sie? Bestellte sich den dicksten Eisbecher von allen. Chrystal schloss ihre Karte und wedelte sich Luft zu. Lange her, das Gefühl, sich am liebsten unter dem Tisch zu verkriechen.

»Hey!« Felix stoppte ihre Hand. »Was genau ist dir gerade so unangenehm, Chrystal?«

»Das fragst du?« Sie versuchte ihm klarzumachen, wie absolut bescheuert sie gewesen war, nicht nachzudenken. Nicht nachzufragen, was er bestellte, um erst dann zu wählen. »Und du musst mich nicht einladen. Ich kann mein Eis wirklich selbst bezahlen.«

»Da bin ich mir sicher. Aber *ich* möchte es gern.«

Sie konnte nichts erwidern, sie musste sich zurücklehnen, um Paco Platz zu machen. Felix' Wasser kam und ihr Eis. Ein Wahnsinns-Becher. Mit Schirmchen und Waffel.

Genug für zwei eigentlich.

»Entschuldigung, bringst du uns noch einen zweiten Löffel?« Sie lächelte Paco an und schob dann den Becher in die Mitte des

Tisches. »Ich lasse dich nur bezahlen, wenn du mich mit diesem Teil hier nicht allein lässt, ja? Ich krieg sonst echt nichts davon runter.«

»Und das Wasser? Teilen wir uns das dann auch?«

»Ne!«

Felix grinste.

Mit dem zweiten Löffel, den Paco ihnen brachte, legten sie dann los. Der Becher war gigantisch. Trotzdem blieb ihr alles komisch im Hals hängen. Es war, als würde sie Felix mit jedem Löffel wehtun.

Was kostete das Ganze hier? Wahrscheinlich nicht mal zehn Euro. Und die hatte er nicht?

»So nachdenklich?« Felix ließ seinen Löffel sinken.

»Nein, ich frag mich nur ... Du arbeitest doch im Bunker. Und hast eine Familie um dich. Eltern. Also, warum hast du ...?«

»Kein Geld?«

Sie nickte, merkte selbst, wie unsicher, fast entschuldigend sie dabei ihre Schultern hob, doch Felix schien kein Problem mit der Frage zu haben. Er erzählte, dass seine Mutter im Altenheim arbeitete, nebenher noch putzte, er im Bunker jobbte und sie damit ganz gut über die Runden kämen.

»Und Fiene?« Sie war so süß vorhin gewesen, im Auto auf der Fahrt von der Schule zu ihrem Tanzkurs. Hatte sie durchlöchert mit Fragen: zu Make-up, Nagellack, Klamotten ... Alles Dinge, die sie sich nicht leisten konnte?

»Für sie ist es wahrscheinlich am schwierigsten. Aber wir kommen klar, zu dritt.«

Zu dritt ... Über einen sprach er nicht.

»Was macht dein Vater?«

»Das Arschloch hat sich verpisst.«

»Was?« Selten sprach Felix so hart, umso überraschter trafen sie seine Worte jetzt. »Der ist abgehauen?«

»Vor sieben Jahren.« Er schob den Becher von sich, weiter zu ihr rüber, und lehnte sich zurück. »Aber weg war er schon früher. Wir schätzen so zwei Jahre.«

»Wie meinst du das?«

Die Geschichte, die folgte, war einfach nur große Scheiße. Erfolgreicher Journalist, Familienvater, beginnt eine Affäre mit der besten Freundin seiner Ehefrau und schwängert sie. »Mama hat das sogar noch groß mit ihrer Freundin gefeiert. Also die Schwangerschaft. Tja und dann ... Ist mein Vater plötzlich weg. Auf Geschäftsreise. Nach Amerika für länger. Von da aus kamen dann die Scheidungsunterlagen.«

Chrystal sah auf das Papierschirmchen vor ihr auf dem Tisch. Oder besser gesagt, auf die Reste davon? Sie hatte es in winzige Teilchen zerlegt. »Hast du ihn noch mal gesehen?«

»Nein. Er hat uns immer mal aufgefordert, ihn besuchen zu kommen, Fiene und mich. Hat auch fleißig Bilder geschickt: Mein Haus. Mein Pool. Mein Boot. Aber irgendwie ...« Er lächelte spöttisch. »Zieht es uns da nicht so wirklich hin.«

»Verstehe!« Nur nicht, warum ihnen Geld fehlte. Erfolgreicher Journalist. Er musste doch Unterhalt zahlen.

»Soll ich dir noch so ein Papierteil zum Zerfetzen besorgen?« Felix deutete lächelnd auf ihren Schirmchenhaufen. »Oder reichte dir der?«

»Ne. Nach deiner Geschichte reichen wahrscheinlich noch nicht mal alle, die sie hier haben.«

Journalist. Sein Nachname Steinkamp? Jetzt in Amerika. Viele Infos hatte sie über das Arschloch noch nicht. Aber sie würde ihn finden. Zur Not müsste Elias da noch mal ran.

FELIX

Sie ließ ihre Fingerknöchel knacken. Einen nach dem anderen. Nahm sie seinen Vater gerade auseinander? Verdient hätte er es auf jeden Fall, aber er musste hier vom Tisch. Sein Vater hatte ihm schon zu viel versaut, nicht auch noch die Stimmung hier.

Felix schob Chrystals Schirmfetzen zur Seite. »Ich finde, ich bin jetzt dran, okay?«

»Mich auszuquetschen?« Sie kam zurück, wo auch immer sie gedanklich gewesen war, hob den Kopf und zog amüsiert eine Augenbraue hoch. »Na dann, versuch's mal.«

Über die Organisation würde sie wieder schweigen. Über ihren Vater sicher auch. War die Zukunft unbelasteter?

»Okay.« Er verschränkte seine Arme vor sich auf dem Tisch und beugte sich zu ihr. »Chrystal, 17 Jahre, aus Boston. Das weiß ich. Du verunstaltest gerne Wände.« Ihren Protest schluckte er grinsend. »Du machst Tattoos, was ich natürlich nicht weiß. Kannst sehr gut Billardspielen, verkloppst gerne Typen und isst gerne Eis. So weit korrekt?«

Ihre Mundwinkel zuckten, als sie ihm zunickte. »Mach weiter. Klingt total spannend.«

»Na ja, da bin ich ja eigentlich schon am Ende mit meinen Informationen. Wem ich es zu verdanken habe, dass du jetzt hier bist, weiß ich nicht. Warum du hier bist, weiß ich auch nicht. Und wie lange du bleiben wirst, weiß ich schon gar nicht, würde mich aber aus ... na ja ... sagen wir mal aus persönlichen Gründen brennend interessieren.«

»Aus persönlichen Gründen?« Ihr Lächeln blieb versteckt. Zumindest das auf ihren Lippen. Dafür leuchtete es in ihren Augen auf. »Also: Ich bin hier, um meinen Abschluss zu machen. Das heißt auf jeden Fall noch zwei Jahre. Und dann würde ich gerne Kunst studieren. Auch hier, wenn es geht. Und … wenn sie mir es erlauben.«

Zwei Jahre klang super. Hier studieren noch besser. Aber *erlauben*? »Wer sollte es dir denn verbieten? Deine Eltern oder die Organisation?«

Sie knabberte an seiner Frage. Auch ihr Lächeln war verschwunden. Nicht mal das konnte sie beantworten? Was durfte er eigentlich fragen? Frust stieg in ihm auf. Er wollte sich zurücklehnen, doch ihre Hand auf seinem Arm hinderte ihn daran. »Ist schon gut. Ich … Es ist nur … Also, ich habe keine Familie mehr.«

»Was?« Felix legte erschrocken seine Hand auf ihre. Kalte Finger. Sie suchten seine und verhakten sich in ihnen.

»Kannst du erzählen, was passiert ist?«

Stumm starrte sie auf den Tisch. Er sah, wie sie Luft holte und dann seine Augen wieder suchte. »Wir waren vor acht Jahren bei Freunden in Kanada, die haben Boote. So Ausflugsschiffe. Und die haben uns auf eine Whalewatching-Tour mitgenommen. Das Wetter war eigentlich gut.«

Felix stieg der Geschmack von Joghurteis im Hals hoch, vermischt mit Magensäure. *Eigentlich*.

»Der Freund meiner Eltern hatte eine britische Reisegruppe zu fahren und hat uns mitgenommen. Es gibt einige Artikel, wenn du recherchierst. Nur die Opferzahl musst du um zwei erhöhen.«

»Deine Eltern.« Seine Stimme klang belegt. »Beide?«

Sie nickte. »Mich haben sie rausgefischt. Und der Arm, also die Hand von meinem Vater, die war gar nicht weit weg, aber … ich hab sie nicht erwischt.«

»Oh Gott!« Die Hand. Die zwei Hände, die sich nicht erreichten. Felix hatte plötzlich mit dem süßlichen Geruch im Café zu kämpfen. Mit den Gesprächen an den Tischen. Dem Lachen überall. »Chrystal, entschuldige … Können wir gehen?«

CHRYSTAL

Hand in Hand verließen sie das Café. Auch sie wollte raus.

Wie oft hatte sie die Geschichte schon erzählt. Erfundene Worte. Einstudierte Mimik. Überlebte Betroffenheit. Sie konnte alles wunderbar rüberbringen, ohne dass es sie irgendwie mitnahm. Heute nicht. Felix. Seine Hand, sein Blick. Sein Mitfühlen musste es sein, das an ihrer eigenen Traurigkeit rüttelte. Eine, die sie verheimlichen musste, für die niemand aus ihrer Familie Verständnis hatte. Schon gar nicht ihre sehr lebendige Mutter.

Draußen, vor dem Café, stellte Felix ihre Tasche ab und lehnte sich an die Hauswand. Blass war er, und auf seiner Stirn zeichneten sich sorgenvolle Falten ab. Ihn so zu sehen, nagte an ihrem schlechten Gewissen. Dabei war nicht alles gelogen gewesen. Es gab dieses Bild. Die Erinnerung an ihren Vater. An seine Hand, die sich nach ihr ausstreckte, bevor er vor ihren Augen versank.

»Entschuldige, Chrystal, aber ich konnte da unmöglich sitzen bleiben. Wie … wie hast du überlebt?«

»Man hat mich rausgezogen.«

»Nein, ich meine …« Er legte seine Hand an ihre Seite. Ganz sanft nur, und doch spürte sie den leichten Druck, mit dem er sie darum bat, sie in den Arm nehmen zu dürfen. Felix. So vorsichtig. Aber in sich so klar. Chrystal ließ sich zu ihm ziehen und lehnte ihren Kopf an seine Brust. Unter ihrer Hand spürte sie sein Herz schlagen.

»Mit Überleben meinte ich eigentlich, wie du das Ganze überstanden hast.«

»Nie wirklich«, gab sie zu. Und das stimmte, ausnahmsweise.

Felix' Hand wanderte ihren Rücken hinauf und legte sich warm an ihren Hals. Sie schloss die Augen, genoss das Prickeln, das sein Daumen auslöste, der ganz leicht nur über ihre Haut strich.

»Guck mal.« Ein Gekicher drang zu ihr durch »Die knutschen gleich, wetten?«

Chrystal hätte den blöden Kommentar gerne einfach überhört, aber Felix' Brust vibrierte leicht. Er lachte, kaum hörbar.

Widerwillig löste sie sich aus seinem Arm und sah zu ihm hoch. Direkt in seine Augen. Die Traurigkeit in ihnen war nicht verflogen, doch auf seine Lippen hatte sich ein vorsichtiges Lächeln gelegt.

»Irgendwie viel heute.« Er schaute auf ihre Hände, spielte an ihrem Ring. »Miriam. Meine Story. Deine …«

»Hey!« Sie holte sich mit ihren Augen seinen Blick zurück. »Du hast überlebt. Ich hab überlebt.« Miriam ließ sie lieber weg. »Ich will nicht zurücksehen. Ich will auch nicht nach vorne sehen. Ich will … das Jetzt.«

»Das Jetzt?« Die Vorsicht in seinem Lächeln verschwand. Dafür tauchten die süßen Linien an seinen Mundwinkeln auf. »Hört sich gut an.« Seine Hand fand wieder diese wunderbare Stelle an ihrem Hals, mit der anderen zog er sie näher zu sich. »Ich hätte 'ne Idee für das Jetzt …«

Sie sah auf seine leicht geöffneten Lippen. Und ihr Herz begann zu flattern. Sie schloss die Augen, und Wärme durchströmte sie, als sie seine Lippen weich auf ihren spürte.

JAEL

387. Er gab den Code ein, und die Tür zog sich lautlos in die Wand zurück. Der Kellerraum lag dunkel vor ihm. Grelle Neonröhren gab es hier nicht mehr, auch das Linoleum war verschwunden, stattdessen lag ein Teppich auf dem Betonboden. Seit letztem Mittwoch hatte sich hier viel verändert. Kamen sie nachts?

Jael betrat den Raum, betätigte den kleinen Knopf an der Wand, und die Tür zog sich wieder zu. Schwärze umgab ihn. Absolute Stille.

Langsam hob er seine Hände, öffnete sie vor sich, schloss dann seine Augen. »Per aspera ad astra!«

Warmes Licht flackerte auf. Es wurde heller und tauchte den ganzen Raum in ein leuchtend dunkles Rot. In der Mitte auf einem kleinen Holzpodest thronte der *Thesaurus*. Er öffnete sich von selbst, und Jael kniete sich hin, direkt vor ihn auf den weichen Teppichboden. Seine Hand fuhr über das glänzende Holz der Schubladen. Sechs waren es. Eine mehr als nötig.

Chrystals, die zweite von oben, zog ihn magisch an, doch noch immer hatte er ihren Code nicht herausgefunden.

War ihre Schublade voll? Voller als seine?

Mittwoch war quasi Zahltag. Und sie eine ernst zu nehmende Konkurrentin?

Die Zahlenkombinationen der anderen kannte er, nacheinander gab er sie ein und kontrollierte den Inhalt. An der Reihenfolge zwischen den dreien hatte sich die letzten Tage nichts verändert. Akrom führte mit einer erstaunlichen Anzahl an Gegenständen, knapp dahinter lag Geno. Rafi hatte die wenigsten gesammelt, holte aber auf.

Als Letztes öffnete Jael seine Schublade, die oberste, und zog behutsam das Halstuch aus seiner Jackentasche. Es roch nach dem teuren Parfüm seiner Besitzerin. Sandra Marquardt. Wie mutig von ihr, in die Schule zu kommen. Und mit dem Jungen sprechen zu wollen, dessen Name so oft in letzter Zeit gefallen war. Bei ihnen zu Hause. Aber er war überzeugend gewesen, hatte Nils immer wieder erwähnt. Laut Frau Marquardt hatte der arme Junge mit großen Schuldgefühlen zu kämpfen.

Sein Angebot am Ende des Gesprächs, sich gemeinsam mit ihr auf die Suche nach ihrem so plötzlich verschwundenen Halstuch zu machen, in der Schule, auf dem Pausenhof, hatte sie dankend abgelehnt. Sie hatte es auf einmal sehr eilig gehabt.

Jael schob einige Gegenstände in seiner Schublade zur Seite und legte das Tuch behutsam hinein.

Manchmal hatte das Böse auch etwas Gutes. Ihre Stieftochter musste sterben, das war tragisch, nur würde Sandra Marquardt dank ihm nicht groß trauern müssen. Stufe 5. Mit dem Tuch hatte er ihr die Elternliebe genommen.

Wer also war Miriam noch für sie?

Jael beseitigte alle Spuren im Raum, selbst seine Fingerabdrücke am Koffer, und verließ den Keller. Die Tasche für Chrystal stand im Gang, die Münze mit dem tödlichen Inhalt steckte in seinem Portemonnaie. Er konnte los.

Vor der Kasse im Kino hatte sich die erhoffte Schlange bereits gebildet. Genug Zeugen, die sich später an ihn und Chrystal erinnern würden. Sie hatte ein Alibi für überflüssig gehalten, er aber ging lieber den sicheren Weg.

Jael scannte die Halle und sah sie an der Theke stehen. Ihre schwarzen Haare glänzten. Ihre Augen ebenfalls, und die Typen um sie herum verschlangen sie bereits mit Blicken. Zeit, sie zu erlösen.

»Hey!« Er legte ihr von hinten seine Arme um die Taille und ließ seine Lippen zärtlich über ihren Hals streifen.

»Jael!« Mit einem strahlenden Lächeln drehte sie sich zu ihm um. Dass sie ihm dabei fast seine Hand zerquetschte, bekam außer ihm keiner mit. Dass er ihr dann fast den Finger auskugelte, auch nicht.

Hinterste Reihe, den Kuschelsitz. Sie kauften sich die Tickets, waren sich dabei absichtlich uneins, wer bezahlte. Eine kleine, gespielte Szene nur, in der seine Münze in ihrem Portemonnaie verschwand. Voller Vorfreude auf den Film passierten sie dann die Einlasskontrolle, fragten nach dem Kinosaal und tauschten währenddessen ihre Taschen. Unauffällig auffällig. Chrystal war gut. Erstaunlich gut. Und konnte jetzt verschwinden. Das Personal hatte sie gesehen, ab hier würde sich ihre Spur verlieren.

Der Notausgang am Ende des Flures war nicht videoüberwacht.

Jael postierte sich so, dass er die Halle im Blick hatte, gab ihr einen Wink, und sie schlüpfte durch die Tür.

Too late for doubt. Zwei Stunden Action. Zwei Stunden Ablenkung? Er schaltete sein Handy auf lautlos und betrat den Kinosaal. Wasserdicht war das Alibi nicht. Umso besser, wenn sie es nicht brauchte.

CHRYSTAL

Krankenhäuser hatten immer diesen ganz eigenen Geruch. Eine Mischung aus Hoffnung und Verzweiflung, gegen die kein chemisches Desinfektionsmittel anstinken konnte. Dazu diese drückende Atmosphäre. Gedämpfte Gespräche. Echt traurig!

Chrystal erhob sich aus ihrem Besuchersessel. Über die Nottreppe, in den Wartungsraum, dann durch den Lüftungsschacht. Jaels Plan war nicht schlecht. Vielleicht auch ihr Plan B. Das, was sie vorhatte, war wesentlich unspektakulärer, dafür aber nicht so anstrengend. Vor allem in den scheiß Klamotten, die sie in der Tasche vorgefunden hatte. Schlabberjeans, Sweatjacke und Mütze. Und ihre Sachen noch drunter!

Sie durchquerte die Eingangshalle und steuerte den erleuchteten Getränkeautomaten hinter der Anmeldung an. Niemand beachtete sie groß. Engel waren unsichtbar. Chrystal musste grinsen. Todesengel also auch?

Die Auswahl der Getränke war beeindruckend, nur gab es leider keine Dosen. Scheiß Klima-Hysterie. Der scharfe Deckel wäre praktisch gewesen. Sie warf trotzdem Geld ein, steckte dabei Jaels Münze in ihre Hosentasche und wählte die Nummer 31. Es rumpelte, als der Automat die Cola freigab. Glas. Sie drehte die Flasche in ihren Händen. Glas war auch okay. Der Flaschenöffner am Automaten hing praktischerweise am Band. Unauffällig setzte sie ihn an und entriegelte den Deckel. Absichtlich stümperhaft. Ein Teil des Flaschenhalses brach ab. Vorsichtig fuhr sie mit ihren Fingern über den jetzt scharfkantigen Rand.

Sehr gut. Er würde ausreichen, ihr nachher den Schnitt zuzufügen, den sie brauchte.

Jetzt zur Station drei.

Sie kannte den Weg, auch wenn sie sich unsicher gab. Dank Jael kannte sie alle Wege hier, alle Abläufe, alle notwendigen Schichtwechsel. Seine Pläne waren akribisch ausgearbeitet. Wie fleißig er gewesen war, den ganzen Tag lang, während sie … Ein Lächeln huschte ihr über das Gesicht, als sie an Felix dachte. Ein Kuss nur, und die Welt fühlte sich so viel wärmer an … Sie schüttelte den Kopf. Felix musste aus ihren Gedanken verschwinden. Sie brauchte jetzt Kälte statt Wärme.

Station drei lag im vierten Stock.

Als sie aus dem Aufzug trat, konnte sie zwei Ausgänge am Ende des langen Ganges hinter der Glastür ausmachen. Durch den einen rein, durch den anderen raus, kaum jemand würde ihr zweimal begegnen. *Sic itur adstra.* Sie schloss kurz die Augen und drehte ihren Ring, dann öffnete sie die Tür zur Station. Noch war es hektisch. Besucher, Schwestern und Patienten bevölkerten den Flur. In ein paar Minuten, wenn die Arzt-Elite antanzte, würde es hier anders aussehen. Sie schlurfte den Gang entlang. Kaum Blicke, auch hier nahm keiner richtig Notiz von ihr. So fühlte es sich also an, Mitglied der stumpfen Masse zu sein?

Das Medikamentenzimmer, verschlossen und nur mit einem Code über das Display an der Wand zu öffnen, war hinter den Besuchertoiletten der nächste Raum links. Sie lehnte sich an die Wand gegenüber, berechnete den richtigen Abstand zur Tür, überlegte sich eine geeignete Position, um gleich im besten Winkel zum Display zu stehen.

Als sich ihr dann eine der Schwestern näherte, holte sie Luft und biss die Zähne zusammen. Scharf durchschnitt das spitze Glas ihre Haut. Es durchtrennte die oberste Schicht und bohrte sich tief in ihr Fleisch. Chrystal fluchte auf, der brennende

Schmerz durchzog ihren ganzen Körper. Blut lief ihr über den Finger, sammelte sich warm in ihrer Hand, zu einer immer größer werdenden Pfütze. »Ach du Scheiße!«

Die Schwester hatte ihre Worte gehört, blieb stehen und drehte sich zu ihr um. Ihr Mimikwechsel war filmreif. Erst empört, dann überrascht, zum Schluss professionell interessiert. Mit schnellen Trippelschritten kam sie auf sie zu. »Ach herrje. Wie haben Sie denn das geschafft?«

Chrystal gab sich geschockt, ihr Finger zitterte sogar, als sie ihn der Schwester entgegenstreckte. Hieß die echt Agatha?

»Die Flasche ist irgendwie kaputt. Ich …«

»Na, der Schnitt ist schon ordentlich. Recht tief sogar.«

Klar, nur nicht mehr lange. Chrystal spürte bereits die Wärme, die sich in ihrem Finger ausbreitete, um Zelle für Zelle zu erneuern. Und wenn Agatha hier gleich kein Wunder erleben sollte, musste sie hinmachen.

»Ähm, kann ich … kann ich mich irgendwohin setzen? Mir ist ein wenig schwindelig.«

»Natürlich. Kommen Sie mal mit.«

Menschen waren so steuerbar. Agatha hatte ihr bereits den Rücken zugekehrt und eilte auf die richtige Tür zu.

Chrystal veränderte ihre Position genau in dem Moment, als Agathas Hand das Display ansteuerte.

4255. Sie hatte den Code.

»Dann wollen wir mal.«

Unter beruhigenden Worten führte Agatha sie ins Zimmer, ließ sie Platz nehmen und wandte sich dann ab, um Verbandszeug zusammenzusuchen. Chrystal stellte ihre Flasche ab.

»So, jetzt sehen wir uns das mal an.« Sie zog sich ihre Hand heran, tupfte vorsichtig das Blut weg und begutachtete die Wunde. Stirnrunzelnd. »So tief, wie ich dachte, ist der Schnitt gar nicht. Vielleicht lassen Sie ihn an der Luft verhei…«

»Nein!« Chrystal schüttelte vehement den Kopf. Da musste was drauf, und zwar schnell. »Bitte. Ich kann da gar nicht hingucken. Wenigstens ein Pflaster?«

Stimmen drangen aus dem Gang zu ihnen herein. Die Tür stand offen. Sie wurden lauter, kamen näher. Die Visite!

Agatha wurde hibbelig. Sie besah sich die Wunde ein weiteres Mal und griff dann endlich in eine der Schubladen. Chrystal scannte währenddessen den Raum und fand, wonach sie suchte. Auf der Ablage unter einem Hängeschrank standen sie auf einem Tablett schon bereit, die verschlossenen kleinen Medikamentendöschen. Gefüllt, beschriftet und ordentlich aufgereiht.

Der Verband, den ihr Agatha dann anlegte, saß nicht wirklich korrekt, und ihren Dank wollte sie gar nicht mehr hören, schob sie nur in Eile aus dem Zimmer und schloss hinter ihr die Tür. Die Arzttruppe verschwand gerade im ersten Krankenzimmer. Agatha gab Gas.

Mit der Ruhe, die sich dann auf dem Gang ausbreitete, stellte auch Chrystal alles in sich auf leise. Kontrollierte Atmung. Keine Gedanken mehr, keine unnötigen Bewegungen.

4255. Ein Klicken ertönte. In Sekundenschnelle zog Chrystal die Tür auf und verschwand im Zimmer. Hinter dem Schreibtisch stand ein höheres Regal, dazu die schweren Vorhänge an den Fenstern. Beides Möglichkeiten, sich zu verbergen, sollte sie ungebetenen Besuch bekommen. Sterile Handschuhe. Sie klaute sich zwei aus Agathas Bestand und holte aus ihrer Hosentasche die Münze heraus. Ein Druck auf die Seite, sie klappte auf, und die präparierte Tablette kam zum Vorschein. Rund. Acht Millimeter Durchmesser. Absolut tödlich.

Die Medikamentendöschen auf der Ablage waren nach Zimmern sortiert. Miriam Marquardt. Sie fand das Richtige, griff danach, als plötzlich ein leises Klicken die Stille durchschnitt. Chrystal erstarrte. Die Tür. Sie öffnete sich bereits, und ein weißer Kittel blitzte ihr entgegen. Und jetzt? Sie stand mitten im Raum. Das Döschen in der Hand. Die Colaflasche am Stuhl. Kampfbereit spannte Chrystal ihre Muskeln an. Ein Schlag, dann über das Fenster raus?

Doch der Kittel blieb vorerst in der Tür stehen, drehte ihr sogar den Rücken zu. »Wo sind die denn, Agatha?«

Lautlos wich Chrystal nach hinten. Der Vorhang!

»Die liegen oben links. Aber, Moni? Nimm eine halbe, okay?«

Moni! Jaels Beute? Zu gerne hätte Chrystal einen Blick auf sie geworfen, doch der dicke Stoff vor ihr verschluckte sie.

Ein Schrank wurde geöffnet. Hoffentlich nicht der über der Ablage. Ein Döschen fehlte in der ordentlichen Reihe. Sie hielt es noch immer in der Hand. Chrystal drückte sich fest an die Wand hinter sich, nichts durfte den Vorhang direkt vor ihrer Nase ins Schwingen bringen. Nicht mal ihr Atem.

Doch Moni schien schwer beschäftigt zu sein. Sie hatte wohl die Packung gefunden, die Schranktür fiel wieder zu. Dann waren Schritte zu hören. Schritte, die plötzlich zögerten, bevor eine weitere Tür geöffnet wurde. Dem leisen Klirren nach zu urteilen mit einem Schlüssel. Weggesperrt wurde hier sicher kein Aspirin. Machte Moni sich an den stärkeren Mitteln zu schaffen?

Ein kleiner Riss im Vorhang verschaffte Chrystal einen Blick zum Schrank. Die klaute! Völlig dickdreist ließ sie gerade eine Schachtel in ihrer Hosentasche verschwinden. Dann schloss sie gewissenhaft wieder ab und ging Richtung Tür. Ein Blick nach hinten noch, ein Lächeln, bevor sie verschwand.

Chrystal atmete auf. Ihr Körper zitterte leicht, als sie die Anspannung in ihm löste. Moni hatte ihr eigenes Vorhaben gehabt. Und deswegen das Tablett, die Lücke zwischen den Döschen nicht bemerkt? Sie sprang einem doch regelrecht entgegen. Schnell tauschte Chrystal die Tabletten aus, schloss den Deckel und stellte die Ordnung wieder her, indem sie das Döschen perfekt ausrichtete.

Schlaf schön, Miriam. Genieße deine letzte Nacht.

Die eigentliche Tablette ließ sie im Rest ihrer Cola untergehen, zog den Vorhang noch einmal gerade, öffnete dann vorsichtig die Tür. Der Gang war leer. Ungesehen schlüpfte sie aus dem Zimmer und stellte ihre Flasche auf einem Getränkewagen ab. Dann verließ sie mit genau der richtigen Mischung aus Eile und Zurückhaltung die Station.

Den Aufzug ließ sie links liegen, sie brauchte die Treppe. Vor allem Bewegung.

Schwungvoll öffnete sie die Glastür vor sich. Plötzlich schepperte etwas. Ein erschrockenes »Nein!« hallte von den kahlen Betonwänden wider. Verwundert sah sie zur Seite. Füße, Beine. Ein Mädchen hockte neben der mittlerweile wieder geschlossenen Tür und starrte auf einen kleinen Kasten vor sich auf dem Boden.

Typ Fiene, die Kleine, nur sicher um einiges jünger.

»Sorry.« Chrystal ging auf sie zu. »Hab ich dir wehgetan?«

»Nein. Aber …« Das Mädchen beugte sich vor und nahm den Kasten in die Hände. Ein *Gameboy*? »Ich glaube, der ist kaputt, oder?« Die Kleine schaute fragend zu ihr hoch. In ihren Augen sammelten sich bereits Tränen, die sie versuchte, wegzublinzeln. Chrystal musste schlucken. Kinderaugen. Sie waren ihr Schwachpunkt. Seit der grauenvollen Opferung, die nur ein Ziel gehabt hatte: Rache! Die Augen der Kleinen damals. Sie ließen sie nicht los. Egal wie viele Jahre es her war.

»Zeig mal.« Macken hatte er einige, aber sicher schon länger. Allerdings hatte sich durch den Sturz das Batteriefach geöffnet und der Deckel war abgesprungen.

»Er gehörte meiner Schwester.«

»Ach, das kriegen wir schon wieder hin.«

Gemeinsam suchten sie den Boden ab. Die Batterien waren die Treppe runtergekullert, das fehlende Teil des Batteriefachs fanden sie hinten an der Wand. Chrystal puzzelte alles fachmännisch zusammen. Nur klappte der Deckel immer wieder auf.

»Warte mal.« Hansaplast! Sie übergab ihr den Gameboy, trennte vorsichtig den schmalen braunen Streifen von ihrem Verband und klebte ihn quer über den Deckel. Nicht schön, aber: Er hielt!

Als sie dann den Power-Knopf drückte und das Display sich sofort erhellte, ging in den Augen des Mädchens die Sonne auf.

»Danke!« Ihre Arme umschlangen Chrystals Bauch. »Weißt du, es ist das Einzige von ihr, was ich habe.«

»Von deiner Schwester?« Chrystal blickte auf sie herab. War sie tot?

»Wir sehen uns fast nie. Sie wohnt …«

Irgendwas bimmelte zu ihnen hoch.

»Guck mal. Ist echt alles wieder okay. Sogar mein letzter Spielstand ist noch da. Glaube ich zumindest.«

»Super Mario?« In dem kleinen Kasten schien die Welt stehen geblieben zu sein.

»Wenn du willst, kannst du auch mal …«

»Nein, danke.« Sie musste gehen, Jael erwartete ihren Bericht. Doch die einsamen Augen des Mädchens klebten an ihr. »Was machst du hier eigentlich so alleine?«

»Drinnen stinkt es, finde ich.«

Chrystal lachte auf, und plötzlich fing die Kleine an zu reden wie ein Wasserfall, setzte sich dabei auf die Treppe und zog sie einfach neben sich auf die Stufe. Marlene, hieß sie, war neun Jahre alt. Ihrer Schwester ging es nicht gut, und sie wartete hier auf ihre Mutter, die noch bei ihr war.

»Ich durfte auch ganz kurz zu ihr, aber da hat sie geschlafen.«

Sie zeigte Chrystal, wie sie vorsichtig ihre Hand gestreichelt hatte, ohne sie dabei aufzuwecken. »Ich kann das. Immer wenn sie mich besuchen kommt, darf ich mit ihr in einem Bett schlafen.

Und morgens mache ich das dann immer. Sie merkt das nie.«

»Deine Schwester kommt dich besuchen?«

»Sie ist bei Papa geblieben.« Sie ließ den Kopf an ihre Schulter fallen. »Und da hat sie jetzt eine andere Schwester. Eine ganz kleine.«

Chrystal spürte plötzlich einen üblen Druck im Nacken. Sie versuchte, ihn abzuschütteln, doch er krallte sich fest und zog ihr bis unter die Schädeldecke. »Wie heißt denn deine Schwester?«

»Miriam. Und sie ist genauso groß wie du.«

»Oh … echt?« Chrystal zog an ihrer Jacke, am Kragen, am Ausschnitt ihres Pullis. Alles war auf einmal zu eng. Lass dein Opfer nie an dich heran. Halte Distanz, vor allem emotional.

»Weißt du, was Mama vorhin gesagt hat? Wenn es Miriam besser geht, holen wir sie zu *uns* nach Hause!«

Chrystal sah Miriam vor sich. Leblos aufgebahrt. Leichenblass.

»Das … das ist sicher eine prima Idee, Marlene.«

Integralrechnung. Im Klassenraum herrschte angespannte Stille. Das Thema schien die meisten im Kurs zu überfordern. Bleistifte wurden zerkaut, Spickzettel herausgekramt, Lösungen gefunden und wieder verworfen. Jael beobachtete seine Mitschüler kopfschüttelnd. Das war nur eine Probearbeit, und nicht mal besonders schwer. Er war fast durch mit dem Aufgabenzettel, und das, obwohl er abgelenkt war. Ständig glitt sein Blick zur Uhr. Es war nach elf. Und noch immer hatte sich Miriams Tod nicht herumgesprochen? Die Tabletten wurden morgens verabreicht, vor dem Frühstück. Das bedeutete, sie musste die Welt schon verlassen haben. Die Wirkung des Pulvers trat unverzüglich ein. Akutes Herzversagen. Hatte der Herr Staatsanwalt die Macht, so lange Stillschweigen über die Sache zu legen?

Berechnet anschließend den Inhalt A4 der Fläche, die von der Tangente an g im Punkt (–3|2,5), der x-Achse und dem Graphen von g eingeschlossen wird.

Jael begann mit dem Lösungsweg, berechnete die Tangente, als neben ihm plötzlich Bewegung aufkam. Die Mädels steckten ihre Köpfe zusammen. Ein Handy wurde unter dem Tisch herumgereicht. Aufgerissene Augen. Sogar Tränen? Jael verkniff sich ein Lächeln und lehnte sich auf dem Stuhl zurück. Mit dem Radiergummi am Ende seines Stiftes klopfte er Miriam auf dem Tisch stumm Beifall. Sie hatte es geschafft. Den Weg vom Leben in den Tod gefunden?

»Könntet ihr uns alle an dem teilhaben lassen, das euch so

beschäftigt?« Der Mathelehrer stand auf. »Und das Handy ist konfisziert, Janett!« Mit festen Schritten eilte er auf sie zu. Doch … sie lächelte?

»Können Sie gerne haben. Aber vielleicht interessiert es ja hier noch andere.« Sie hielt ihr Handy hoch. Jaels Bleistift erstarrte in der Luft. Das Display zeigte ein Foto. Miriam. Mit Nils.

Janett stand auf, damit es auch der Letzte in der Klasse sehen konnte. »Das Foto hat Miriam geschickt. Ihr geht es besser. Und sie kommt heute nach Hause.«

Erleichterung. Die typischen Reaktionen waren lautes Aufseufzen, tiefes Durchatmen, Spannungsabfall in den Schultern. Je nach Typ auch Tränen. Alle hier im Raum zeigten die ein oder andere Reaktion. Jael ebenfalls, und es wirkte echt. Das laute Knacken, das Brechen seines Bleistifts bekam keiner mit. Chrystals Genick konnte es ebenso ergehen. Was war schiefgelaufen?

Er gab vorne seinen Testbogen ab, durfte dann das Klassenzimmer verlassen und früher in die Pause gehen.

Moni könnte er anrufen, um sich die Scheiße von ihr bestätigen zu lassen, schließlich arbeitete sie ja auf der Station. Nur hatte er sein Prepaid-Handy nicht dabei.

Zu gerne hätte er dem Mülleimer vor sich einen Tritt verpasst. Was würde der Partem sagen?

Mit eiligen Schritten steuerte er den Sporttrakt an. Er kannte die Stundenpläne seiner Mitbewohner, wollte im Gang auf Chrystal warten und blickte überrascht auf, als sie ihm bereits in der Haupthalle direkt in die Arme lief. Seine Hände spannten sich an, wollten ihr an den Hals. Doch sie waren hier nicht allein. Der Hausmeister reparierte einen Spind, die Sekretärin lief vorbei.

»Jael! Wie kann das sein?« Chrystal zog ihn am Arm ins Treppenhaus zurück.

»Das fragst du mich?« Er hatte Mühe, seine Stimme leise klingen zu lassen. »*Du* hast gesagt, alles wäre nach Plan verlaufen. *Du* hast gesagt, du hast die Tabletten ver…«

»Das habe ich. Und es ist ja auch jemand gestorben, nur nicht Miriam!«

»Wie bitte?« Jael trat einen Schritt zurück. »Was soll das heißen?«

»Vorhin im Sportunterricht haben welche nicht mitgemacht und hatten ihre Handys auf der Bank dabei. Und dann wurde ein Bild …«

Jael unterbrach sie hart. »Das habe ich auch gesehen, mach weiter.«

»Ich durfte die Halle wegen plötzlicher Kopfschmerzen verlassen und habe dann auf meinem Handy eine Nachricht bekommen, den Partem zu kontaktieren.« Chrystal schluckte. »Die Frau im Nachbarzimmer hat es erwischt, nicht Miriam.«

Vertauscht? »Du hast die Tablette in eine falsche Dose getan?« Drohend baute er sich vor ihr auf. Hämmerte seine Hände an die Wand, links und rechts, direkt neben ihrem Kopf. »Bist du zu doof, Namen zu lesen?«

Mit einer Gegenwehr hatte er nicht gerechnet, umso härter traf ihn ihr Schlag, seitlich in die Nieren. Jael zuckte zusammen, ließ sie aber nicht aus seinen Fängen. »Wage das noch einmal, Chrystal, und ich mach dich fertig.«

Ihr verächtliches Lachen ging im Pausengong unter. Schüler stürmten die Treppe herunter, drückten sich an ihnen vorbei.

Jael nutzte eine Lücke in der Masse und zog Chrystal mit sich auf die andere Seite der Treppe, dann ein paar Stufen tiefer in den Keller runter. Dort ließ er sie los. Sein Kopf dröhnte. Er setzte sich auf den Treppenabsatz und massierte sich mit den Fingern seine schmerzenden Schläfen. Der Partem hatte sich bei ihr gemeldet? Nicht bei ihm. Warum?

Chrystal setzte sich ebenfalls, auf eine Stufe unter ihm, und lehnte sich mit dem Rücken an die Wand.

»Wieso hat dich der Partem kontaktiert?«

»Weil er mir, genau wie du, die Schuld in die Schuhe schiebt. Nur hat *er* mir erst mal zugehört.«

Jael sah auf, nickte, und Chrystal begann zu erzählen. Es war die gleiche Version von gestern Abend, nur die Begegnung mit Moni klang jetzt völlig anders.

»Sie hat im Medikamentenzimmer was mitgehen lassen?« Jael runzelte die Stirn.

»Ja. Und die Lücke zwischen den Dosen auf dem Tablett ist ihr nicht mal aufgefallen, obwohl es direkt vor ihrer Nase stand.« Chrystal schloss die Augen und schüttelte genervt den Kopf. »Bei so vielen Ungenauigkeiten wundert es mich überhaupt nicht, dass da Fehler passieren.«

Moni hatte heute Frühschicht gehabt, das wusste er, sie hatte sich noch darüber beklagt. Also war *sie* für die Verwechslung verantwortlich?

Jael stand auf und bot Chrystal seine Hand an.

Hoffentlich hatte Moni ihre Schicht heute Morgen genossen. Es würde defintiv ihre Letzte gewesen sein. Zumindest als Krankenschwester.

FELIX

»48:54. Ey! Gegen das Humboldt-Gymnasium, das musst du dir mal reinziehen!« Julian drückte sich neben ihm die Treppe runter. »Die haben gegen den Gruppenletzten verloren.«

»Ja, das ist echt schade!« Felix grinste. Eine peinlichere Niederlage hätte Dr. Weber mit seinen Jungs am Sonntag nicht einfahren können. »Aber ohne Jens? War doch klar.«

»Felix?« Eine Hand berührte ihn an der Schulter, genervt drehte er sich um. Was das Bio-M neuerdings an ihm fand, war ihm schleierhaft. Es schlich sich ständig an, immer von hinten, sodass er nicht mal den Hauch einer Chance hatte, ihr auszuweichen.

»Ähm ... Sag mal, wir haben uns doch gesehen, auf der Party am Samstag, oder?«

»Jaaaaa.« Verwundert zog er die Stirn in Falten. War die am Eingang schon dicht gewesen?

»Ich wollte dich nur fragen, ob du dich daran erinnern kannst, dass ich einen ... Schal dabei hatte.«

»Was?« Irritiert lachte er auf. »Ne, sorry.«

»Ey, hast du die ausgezogen, oder was?« Julians Grinsen, als sie weg war, wurde immer breiter.

»Halt die Klappe, Mann.« Eigentlich lagen ihm noch mehr Worte auf den Lippen, doch sie blieben hängen. Offene glänzend schwarze Haare lenkten ihn ab. Chrystal. Aber ... Hand in Hand mit Jael? Felix verlangsamte seine Schritte, blieb hinter Julian zurück. Sie kamen aus dem Keller. Hielten sich tatsächlich an den

Händen und schlängelten sich durch die Massen Richtung Haupthalle.

Den ganzen Vormittag über hatte er gehofft, sie zu sehen. Jedes Mal wenn er an ihrem Spind vorbeigekommen war, unter akutem Herzrasen gelitten. Jetzt verkroch sich sein Herz ziemlich weit nach innen.

»Die ist 'ne Nummer zu groß für uns, Felix!« Julian schüttelte den Kopf und zog ihn am Arm weiter. Jael und Chrystal? Felix musste sich plötzlich auf jede Stufe konzentrieren. Lief zwischen den beiden ... Nein. Sicher nicht. Nur ging ihm das Bild ihrer Hände nicht aus dem Kopf.

Hätte er eine Chance gehabt, sie alleine zu erwischen, wäre er zu ihr gegangen. Doch sie hingen die ganze Pause zusammen. Zurückgezogen im hintersten Winkel der Halle. Mit ernsten Gesichtern, die überhaupt nicht zu der ansonsten eher euphorischen Stimmung in der Schule passten. Miriam und Nils – wiedervereint! Auf dem Foto wirkte das fast so.

»Bin mal gespannt, wann Nils wieder zurückkommt.« Xenia lehnte an ihrem Spind, neben ihr Liva. Noch eine Wiedervereinigung. Ebenso plötzlich.

»Soweit ich weiß, ist er die ganze Woche erst mal entschuldigt.« Felix musterte Xenia. Müde. Blass. Und heute extrem nachdenklich. »Und du? Siehst irgendwie auch so aus, als würdest du eher nach Hause gehören. Ist alles okay?«

»Ja, geht so. Mir war gestern nur wieder schwindelig.«

»Schon wieder?«

Dünn wirkte ihr Lächeln, als sie versuchte, das Ganze kleinzureden.

»Sie geht später zum Arzt. Hab ich ihr ...« Livas Blick verhakte sich plötzlich hinter ihm. »Hä? Ist das Fiene?«

»Wo?« Er drehte sich zur Seite. Gerade noch rechtzeitig, um seine Schwester mit seinen Armen aufzufangen. Sie weinte.

»Was ist los?« Vorsichtig strich er ihr eine verklebte Haarsträhne aus dem Gesicht. Tränen gab es bei ihr so gut wie nie! Und sie würden ihr später absolut peinlich sein. Daher schob er sie sanft aus dem Blickfeld der anderen und versuchte, unter ihrem Schluchzen den Grund für ihre Traurigkeit zu verstehen.

»Moment!« Er hob ihren Kopf an. »Sie glaubt, *du* hast ihre Zirkelminen geklaut?«

Fiene nickte. »Das kleine Döschen. Gestern bei der Hausaufgabenbetreuung mit Rafi. Aber das stimmt nicht. Ich hatte doch selbst eins.«

Auch wenn es gongte und er in seine Klasse musste, nahm er Fiene mit. In ihre. Dass bereits ein Lehrer anwesend war, störte ihn nicht. Er ließ sich von Fiene diese angebliche Freundin zeigen.

»Du hast also ein Problem mit meiner Schwester?«

Rot wurde sie, was sie allerdings nicht davon abhielt, ihn trotzig anzuschauen. »Ne, hab ich nicht. Aber mir fehlen seit gestern meine Minen. Und …«

»Ach, und da ist dann klar, das kann nur Fiene gewesen sein?« Lautstark teilte er ihr mit, was er von ihr hielt. Von Verdächtigungen. Und generell von Freundschaft.

»Ich werde das Thema gleich noch einmal ansprechen«, versprach der Lehrer, forderte ihn dann aber auf zu gehen.

Noch an den Spinden war seine Wut nicht verflogen. Er brauchte seine Biosachen, das Mathebuch nicht mehr, und mit einem Knall schlug er die Tür zu. Dabei rutschte ihm ein Heft weg. Und ein Zettel? Felix bückte sich. Ordentlich zusammengefaltet lag das kleine Ding vor ihm auf dem Boden. Viermal geknickt. Dann wurden Worte sichtbar.

Es ist nicht so, wie es aussah, Felix!
Sehen wir uns heute? Nach der Schule?
C.

XENIA

Nicht schwanger! Der Test war so eindeutig, wie er nur sein konnte. Susanne ihr gegenüber wirkte sichtlich erleichtert. Und auch Xenia atmete hörbar aus. Dabei war es klar gewesen. Bei einem nicht vorhandenen Liebesleben. Trotzdem hatte sie ihn gemacht und sich lieber brav mit dem Teststreifen auf das Praxis-Klo verzogen, als erzählen zu müssen, dass da bei ihr nichts lief. Susanne sah so aus, als würde sie ihr sonst noch Tipps geben, in Sachen Jungs. Sie aber brauchte ganz andere Ratschläge. Mit den Geräuschen hatte sie zu leben gelernt, das Leuchten ihrer Hände machte ihr Angst!

»Gut, Xenia. Dann können wir das also auch ausschließen.« Susanne rollte mit dem Stuhl näher an ihren Schreibtisch und versuchte, Ordnung zu schaffen. Bücher, Zettel, Post. Alles stapelte sich turmhoch. »Schwindel, Müdigkeit. Kalte Hände, hattest du gesagt. Und das spricht eigentlich für einen zu niedrigen Blutdruck. Bei jungen Frauen nicht ungewöhnlich. Nur stimmt deiner. Bisschen niedrig vielleicht, aber nicht auffällig.«

Kalte Hände? Wohl eher Eiszapfenfinger. Wie konnte sie dem Gespräch nur die richtige Richtung geben? Unruhig blickte sie zur Uhr über der Tür. Vierzig Minuten war sie schon hier. Hatte es aushalten müssen, Susannes Zugrattern, bei jeder Berührung, ohne auch nur einen Schritt weitergekommen zu sein. Doch als sie abschließend verkündete, dass sie ihr morgen früh gerne Blut abnehmen wollte, entdeckte Xenia plötzlich an der Wand hinter dem Schreibtisch ein Plakat. *Akupunktur – Meridiansystem.*

Passte doch! Energieströme waren dargestellt. Auch die der Hand. Ein Anfang? »Du kennst dich mit Akupunktur aus?«

»Klar.« Susanne deutete auf ein Diplom neben dem Plakat. »So wie deine Mutter ihr Spektrum mit Hypnose erweitert hat, habe ich mich auch fortgebildet. Stillstand ist nie gut.«

Xenia erhob sich von ihrem Stuhl und schaute sich die verschiedenen Meridiane aus der Nähe an. Sie schienen Füße und Hände besonders zu mögen, denn an ihnen wimmelte es nur so von Pünktchen und Linien. »Glaubst du an elektromagnetische Wellen?«

»Huch!« Ein überraschtes Lächeln huschte über Susannes Gesicht. »Da ich davon ausgehe, dass deine Frage im Zusammenhang mit meiner medizinischen Arbeit steht, meinst du sicher nicht die üblichen physikalisch definierten Wellen, oder?«

»Nein. Ich hab … einen Freund, der sich damit beschäftigt.« Wikipedia hieß der mit Vornamen und hatte gestern Erstaunliches ausgespuckt. Wellen. Die Menschen ausstrahlten. Eine Erklärung vielleicht? »Und der hat mir unter anderem von Valerie Hunt erzählt. Sagt dir der Name was?«

»Natürlich.« Sie schaute in ihren Kalender, dann zur Uhr. »Setz dich doch noch mal. Ein paar Minuten habe ich noch.«

Was Susanne ihr dann erzählte, hörte sich spannend an. Sie glaubte an Energiefelder, an Ströme. An Auren, die Menschen umgaben. »Ich denke, das dürfte kein Mediziner mehr anzweifeln, allerdings halte ich es, zumindest *noch*, für unmöglich, diese messbar und vor allem sichtbar zu machen. Diesem Hokus-Pokus-Kasten von Hunt zum Beispiel, diesem Aurameter, dem stehe ich skeptisch gegenüber. Sie glaubte ja sogar daran, mit dem Gerät gewisse Begabungen und Fähigkeiten darstellen zu können. Auch übernatürliche.«

Eben. Deshalb sprach sie ja von ihr. »Glaubst du an solche Fähigkeiten? Also an Gaben. Telepathie, magische Hände, Hellsichtigkeit und so?«

Susanne hatte nach ihrer Brille gegriffen und spielte mit den Bügeln. Sie klappte sie ein. Wieder aus. »Schwierig, Xenia. Da gibt es ja ein breites Spektrum. Und sagenhaft viele Spinner. Aber … magische Hände? Das hört man ja immer wieder.«

»Wirklich?« Xenias Nacken begann zu kribbeln.

»Dass es Heiler gibt, die mit ihren Händen arbeiten? Auf jeden Fall. Persönlich kenne ich aber keinen.« Susanne sah lächelnd zu ihr. »Leider. Sonst würde ich sofort einen Kurs bei ihm belegen. Aber, sag mal … willst *du* das eigentlich alles wissen? Oder dein Freund?«

Xenia stieg unter ihrem Pulli Hitze auf, Susanne hatte einen ähnlichen Röntgenblick wie ihre Mutter. »Ach, er hat mir ein bisschen was erzählt. Von Gaben und so. Er interessiert …«

»Warte mal.« Unvermittelt stand Susanne auf. »Ich glaube, ich hab da was für ihn.« Sie ließ die Tür offen und verschwand im Flur. Stimmen waren zu hören. Leise. Xenia blickte sich um. Und immer wieder wanderten ihre Augen dabei zu dem Plakat mit den Energieströmen. Diese Wellen wären eine Erklärung. Vielleicht vertrugen sich ihre mit anderen nicht?

Die Tür schwang wieder auf. Susanne erschien im Raum, mit einem Leuchten in den Augen. »Hier wartet jemand auf dich!«

»Auf mich?« Ihre Mutter? Ne, der hatte sie nichts gesagt, außerdem würde Susanne dann nicht gucken, als hätte sie den Weihnachtsmann getroffen. Felix und Liva hatte sie von dem Arzttermin erzählt. Aber Liva hatte Nachhilfe. Xenia schob ihren Stuhl zurück. Sie griff nach ihrer Schultasche, wollte an Susanne vorbeischlüpfen, als diese sie kurz noch einmal festhielt.

»Ich kann dich ja verstehen. Vor allem bei diesem Exemplar da draußen! Aber: Passt gut auf. Okay? Dass wir so einen Test erst gar nicht wiederholen müssen, ja?«

Ein heiseres Lachen wehte ihnen aus der Anmeldung entgegen. Sie bog um die Ecke. Und schluckte Luft.

Schwarze Docs. Jeans. Lederjacke. Ein Rücken lehnte lässig über dem Anmeldetresen. Ein Rücken, an dem ihr Blick heute in der Schule nur abgeprallt war.

»Wir erwarten also kein Kind?« Jael drehte sich zu ihr um. Unverschämt grinsend.

JAEL

»Wir erwarten also kein Kind?« Er bekam es nicht weg, das Grinsen, drehte sich aber trotzdem um. Leider drückte er dabei zu spät auf den Auslöser seiner Uhr. Xenias überraschter Blick hätte sein bisheriges Lieblingsfoto von ihr sicher getoppt. In der Schule hatte ihr Gesicht fast weiß gewirkt, jetzt hatte es wieder Farbe.

»Den letzten Satz hättest du eigentlich gar nicht hören sollen, Jael.« Die Ärztin, die ihn vorhin so nett begrüßt hatte, versuchte sich an einem tadelnden Blick. Er misslang. Xenias Augen dagegen funkelten Dunkelgold. Er griff nach ihrer Jeansjacke an der Garderobe, nutzte den Moment, um durchzuatmen, und hielt sie ihr dann gentlemanlike entgegen.

»Danke«, presste sie unter einem gequälten Lächeln hervor.

Der Flyer, den die Ärztin dann aus einer Schublade hervorkramte, sollte ihn eigentlich erreichen, irgendwas, dass ihn wohl interessieren könnte, doch Xenia ging dazwischen. Sie griff ihn ab und verstaute ihn hinten in ihrer Hosentasche. Ziemlich umständlich, und nicht sehr tief. Leichte Beute für ihn.

»So, ich hab gleich die nächste Patientin. Xenia? Wir sehen uns morgen. Vergiss nicht, nüchtern zu kommen, ja? Und Jael, war nett, dich kennenzulernen.«

»Danke, ebenso.« Nüchtern hieß … Blutabnahme? Er lächelte der Ärztin zu, verabschiedete sich und öffnete die Tür. Als Xenia an ihm vorbei ins Treppenhaus flüchtete, griff er zu.

ParaNorm. Stirnrunzelnd studierte er den Flyer, während er hinter ihr die Stufen hinunterlief. Eine esoterische Messe? Über 70 Aussteller. Paranormale Produkte und Dienstleistungen wurden dort angeboten, heute und die nächsten drei Tage. Hellsehen, Handlesen, Pendeln. Aurafotografie?! Totaler Scheiß! Aber gefährlich. Der Partem schickte zu solchen Events in letzter Zeit oft *Sucher* los. Mitglieder des Inneren Kreises, die Ausschau nach Immuniten halten sollten. Das Kopfgeld war immens.

Xenia blieb auf dem Weg nach unten noch still, kaum waren sie allerdings draußen, drehte sie sich um. Geballte Fäuste. Ihre Nase kräuselte sich. Sauer war sie schon extrem süß.

»Kannst du mir mal sagen, was das sollte? Ey, die ist eine Freundin von meiner Mutter!«

»Oh! Das wusste ich nicht.« Oder doch? Jael gab sich überrascht, dann zerknirscht. »Xenia, wenn du willst, komme ich gleich mit zu dir hoch und stelle das richtig. Okay?«

»Was?« Mit aufgerissenen Augen starrte sie ihn an. »Ne! Bloß nicht. Die würde ausrasten. Und mich nur noch mehr kontrollieren!«

Kontrollieren? Eine neue Information. Er speicherte sie ab. Auch Xenias Geste, das plötzliche Herausholen ihres Handys, dann ihr erleichterter Blick. Keine Nachricht?

»Warum warst du beim Arzt?« Schwangerschaftstest. Und das bei einer Allgemeinmedizinerin?

»Kontrollierst du mich auch?« Wütend starrte sie ihn an, drehte sich dann weg und ging die Straße runter. Jael blickte zu seinem Auto. Wäre angenehmer. Es nieselte.

»Ich kontrolliere dich nicht.« Er schloss zu ihr auf, hielt aber Abstand.

»Du hast in der Schule schlecht ausgesehen. Und Liva hat mir erzählt, dass du zum Arzt bist.«

Liva. Der Name schien etwas in ihr zu verändern. Sie entspannte sich ein wenig. »Du hast ihr die Kette zurückgegeben.«

Jael nickte. Und wartete. Kam noch was? Immerhin hatte er Liva ja etwas sehr Nettes mitgeteilt. Mit der Absicht, weitererzählt zu werden. Und verdammt viel riskiert. Sollte Geno erfahren, dass Liva die Kette von ihm hatte, würde er sich erklären müssen. Und er hatte keine. Keine Erklärung, außer, dass er Xenia einen Gefallen getan hatte. Und das sehr gern sogar.

»Danke, dass du das gemacht hast.« Der Unterton in ihrer Stimme war weich. Ihre Lippen ließen ein Lächeln erkennen. Er hätte ihr so gerne in die Augen geblickt.

»Liva ist seitdem wieder normal.«

»Wirklich?« Überrascht ließ er eine Augenbraue hochwandern. »Dann gibt es also keine Lücke mehr in dem ... *Wenig*, hast du gesagt, oder?«

Xenia stutzte. »Du hörst gut zu, Jael.«

»Manchmal. Und besonders gut höre ich zu, wenn ich die Person mag, die etwas erzählt.«

Stille folgte seinen Worten. Den Straßenlärm mal ausgenommen. Von Xenia kam aber erst mal nichts. War er zu direkt gewesen? Sie knabberte an ihrer Lippe, lief dabei weiter, fast wie ferngesteuert. Nur ein wenig auf langsamer gestellt. Ihre Haare begannen sich unter dem leichten Regen zu kringeln. Glänzten dunkler.

»Kannst du nicht einfach immer nett sein?« Vorsichtig sah sie zu ihm. »Dann könnte ich das vielleicht auch über dich sagen.«

Er lachte. »Hey! Ich gebe mir doch echt Mühe, oder? Immerhin lasse ich sogar mein Auto für dich stehen und laufe hier mit dir durch den Regen.«

»Was?«

Er erklärte ihr, dass sie hätten fahren können, sein Auto quasi direkt vor der Praxis stand, aber sie mit Sicherheit nicht eingestiegen wäre. »Ich wollte mit dir reden. Vor allem über ... deine Gabe. Hast du der Ärztin irgendwas erzählt?«

»Nein, zumindest nichts von mir.«

»Über wen dann?«

Elektromagnetische Wellen, Valerie Hunt. Sichtbare Auren. Jael zog anerkennend die Augenbrauen hoch, Xenia hatte fleißig recherchiert. Allerdings in eine völlig falsche Richtung, daher nicht gefährlich. Gefährlich war vielmehr diese Messe. Er durfte nicht riskieren, dass sie dorthin ging. Trotzdem musste der Flyer den Weg zurück in ihre Hosentasche finden. Niemals durfte sie ihn verdächtigen, irgendjemandem etwas weggenommen zu haben.

»Jael …« Sie zögerte, auch mit ihren Schritten. »Meine Hand. Also … Hast du mal davon gehört, dass Hände leuchten können?«

Milchig weiß? Dann eine Lichtspur? Er hörte ihr interessiert zu. Von besonderen körperlichen Reaktionen bei Immuniten hatte er bisher nichts gewusst.

»Mir ist das jetzt zweimal passiert. Vorgestern bei meiner Mutter, und bei Liva gestern.«

Vorgestern und gestern. Die Tage nach der Party.

»Jael?« Sie blieb stehen. »Warum?«

»Es könnte sein, dass durch das, was zwischen uns auf der Feier passiert ist, sich bei dir was verändert hat. Dass etwas ausgelöst wurde.« Mehr Manipulationskraft? Mehr Energie? Von einigen Immuniten wusste er, dass sie nicht mal mehr eine Berührung gebraucht hatten, um Gefühle zu beeinflussen. Gefährlich, wenn Xenia die Gabe nicht in den Griff bekam. »Ich krieg das raus, okay? Aber du musst vorsichtig sein. Du musst …«

»Entschuldigung.« Eine Frau kam aus dem Hauseingang. Xenia musste ausweichen, um ihr Platz zu machen. Kam dabei ins Stolpern. Jael fing sie vorsichtig an den Schultern ab. Doch Xenia griff nach ihm, nach seinem Arm. Sie sah auf. Kurz nur, ein Reflex, der beide erstarren ließ. Blick und Berührung! Aber … Es passierte nichts. Xenia taumelte nicht. Sie kippte nicht um.

Und bei ihm? Irritiert horchte Jael in sich hinein. Sein Puls raste, klopfte hart gegen seinen Hals. Doch sonst? Nichts. Keine brennende Hitze. Keine Flammen. Dafür eine mehr als angenehme Wärme. Wie war das möglich? Die Linsen filterten. Sie schützen ihn. Aber nicht vor Berührungen!

Xenia hatte sich von ihm zurückgezogen und sah verwundert auf ihre Hand. »Ich hab nichts gespürt. Also ... schon was. Aber mir ist nicht schwindelig.« Vorsichtig suchten ihre Augen seine. »Aber ... war es für dich wieder schlimm?«

Er schüttelte den Kopf. Sie sorgte sich um ihn?

Es wird leichter, wenn Immuniten euch vertrauen. War es soweit? Jael näherte sich Xenia und auch sie kam interessiert auf ihn zu. Dachte sie das Gleiche? Es noch einmal zu testen? Ihre Hand steuert seine an, doch er zog sie zurück. Stattdessen bot er ihr seinen Arm an. Das Leder seiner Jacke. Mehr war es vorhin nicht gewesen. Und mehr durften sie nicht riskieren.

Sie holte zitternd Luft. Dann durchflutete Wärme seinen Körper, als ihre Hand sich sanft auf seinen Arm legte.

Fühlte es sich so an, ihr Vertrauen? So wunderbar warm?

Kurz streiften seine Augen ihre, ein vereinzelter Sonnenstrahl färbte ihr Braun in goldenes Orange. Abendstimmung am Meer. Füße im Sand. Die Bilder, die in ihm hochstiegen – ein Sekundenglück nur. Die Kälte! Noch war sie nicht da, aber er spürte ihren Schatten, lauernd im Nacken, und wich vorsichtig zurück.

Xenia schien es gut zu gehen, auf ihren Lippen lag ein zaghaftes Lächeln, doch etwas an ihrer Haltung irritierte ihn. Sie sah durch ihn hindurch, den Kopf leicht geneigt. Als lauschte sie nach innen. In seine Kathedrale?

Dann verzog sie plötzlich nachdenklich die Stirn. »Heißt das, ich kann *dich* jetzt berühren? Dafür niemand anderen mehr?«

Eine schöne Vorstellung! Jael fuhr sich mit der Hand durch die Haare. »Es scheint fast so. Trotzdem müssen wir vorsichtig bleiben. Und ... andere solltest du im Moment auf jeden Fall meiden. Auf Abstand halten. Und das heißt auch ...« Er holte den Flyer aus seiner Tasche. Zerknittert. Leider aber noch gut zu lesen. »Dass du hierhin auf keinen Fall gehen solltest!«

»Wo ... wo hast du den her?«

Ihre Überraschung, gepaart mit verständlichem Misstrauen, konnte er entkräften. »Der Flyer ist dir rausgefallen, als du dein Handy aus der Tasche gezogen hast. Ich hab ihn aufgefangen.«

Sie schluckte die Lüge. Schaute dann aber viel zu interessiert auf den Flyer. Vor allem auf das Datum.

»Da läuft eine Horde Spinner rum, Xenia. Und deine Gabe könnte großes Interesse wecken. Von anderen missbraucht werden. Verstehst du das?«

Das war die Wahrheit, doch die schluckte sie nicht, auch wenn sie nickte.

»Ich hab ja gar nicht vor hinzugehen.« Sie blinzelte, zu oft.

»Gut.« Jael lächelte ihr zu, auch wenn es ihm schwerfiel. Drohungen. Warnungen. Damit würde er nur die Atmosphäre zwischen ihnen kaputt machen. Und gerade war sie gut. Viel zu gut, um sie zu zerstören.

Xenia faltete den Flyer zusammen und steckte ihn ein.

Den Rest des Weges schwiegen sie beide. Ein gutes Schweigen. Eines, das den Abstand zwischen ihnen immer kleiner werden ließ, je näher sie ihrem Haus kamen.

»Xenia?«

»Ja?« Sie versuchte gerade, die Tür aufzuschließen, sah aber erwartungsvoll über ihre Schulter zu ihm hoch.

»Wir haben ja nicht darüber gesprochen. Aber ich bin tatsächlich eher so der klassisch-konservative Mensch.« Er wollte es nicht, musste aber grinsen. »Wir sollten erst heiraten. Dann Kinder bekommen. Okay?«

Ihr helles Lachen nahm er mit auf den Rückweg.

Doch ohne sie an seiner Seite verdunkelte sich sein Blick schnell. Gut ausgebildet, das war er, aber nicht gut auf Immuniten vorbereitet. Man hielt ihnen Informationen zurück. Warum? Der Partem war mächtig. Unbesiegbar. Allerdings mit einer Achillesferse. Die Immuniten! Wie Giftpfeile konnten sie den Partem da verletzen, wo er am empfindlichsten war. Bei seinen besten Entleerern. Bei den Electi. Und gerade vor ihm hielt man Wissen zurück? Es hatte immer nur Warnungen gegeben, die sehr schnell mit der sofortigen Meldepflicht endeten. Doch wer waren sie wirklich? Woher kamen die Immuniten? Warum war nur ihr Herz so wichtig? Schon früher hatte er viele Fragen gehabt, die aber unbeantwortet geblieben waren.

Und jetzt? Xenias körperliche Reaktionen. Die Kälte. Das Leuchten in den Händen. Was hatte das zu bedeuten? Was sollte er ihr sagen? Und vor allem: Wie nah durfte er ihr wirklich kommen, ohne sich selbst und sein Ziel zu gefährden? Fragen konnte er niemanden, das würde nur Aufsehen erregen. Und Bücher, irgendwelche Aufzeichnungen – gab es nicht. Zumindest keine, die für ihn erreichbar wären. Die Bibliothek im *Domicilius*. Die vielen abgesperrten Räume im Keller. Wahrscheinlich lagerten dort die Antworten auf seine Fragen. Nur waren die ohne ID-Karte nicht zu betreten.

Jael erreichte die Praxis, holte dort sein Auto ab und war dann schon fast wieder zu Hause, als sein Handy sich meldete. Eine Nachricht. Leider nicht von Xenia. Sie war von Chrystal, und der Inhalt äußerst seltsam.

ruf an in 10 minuten, bleib stumm!!!

CHRYSTAL

Ungläubig starrte sie auf ihre zitternden Finger. Sie konnte kämpfen. Töten. Jeden überleben. Aber nicht diesen blöden Zettel aufknibbeln?

Alles gut. Warte am Bulli. F.

Chrystal schmiss die Hälfte ihrer Sachen in den Spind und lief nach draußen. Der Idiot! Ein bisschen früher wäre nett gewesen. Was hätte er denn gemacht, wenn sie nicht nach dem Unterricht extra noch mal nachgeschaut hätte? Den ganzen Tag auf dem Parkplatz gewartet?

Er saß auf der Stoßstange seines Bullis und telefonierte. Die Beine lässig von sich gestreckt, in Jeans und dunkelblauem Kapuzenshirt. Er lachte. Als er dann aufblickte und sie sah, ging sein Lachen in ein Grinsen über.

»Okay. Ich muss Schluss machen … Ja, genau … Was?« Er kam auf sie zu, seine freie Hand suchte nach ihrer. »Mache ich. Bis dann.« Er legte auf. »Na?«

»Hi!« Sie hätte vorher nochmal ausatmen sollen, irgendwie staute sich die Luft in ihrem Hals. »Du bist nicht sauer? Wegen … Jael? Du hast uns doch gesehen …«

»Sauer?« Felix schüttelte den Kopf, lächelte dann. »Ich hab ja auf deine Hand leider keinen Anspruch. Auch wenn *Jael* natürlich niemand ist, dem ich sie gönne.«

Ansprüche! Die ganze Welt stellte Ansprüche an sie. Jael. Die Familie. Der Partem. Und Felix? Chrystal ließ ihren Kopf an seine Brust sinken. Er stellte keine, noch nicht mal auf ihre Hand. Sie schloss ihre Augen und genoss die Wärme, die von ihm ausging.

Seine Finger spielten mit ihrem Zopf. »Stress?«

»Wieso?«

»Weil du gerade so viel Luft rausgelassen hast, als ... hättest du viel zu viel davon geschluckt.«

»Hab ich. Stress, meine ich. Aber ... ich will jetzt nicht daran denken.« Nicht an Miriam. Nicht an Marlene. Nicht an ihren riesigen Fehler gestern Abend. Eine Gabriele Dürer hatte sterben müssen. An akutem Herzversagen. Nicht Miriam. Nur weil sie selbst geschwächelt hatte. Marlenes traurige Augen ... Dann die Hoffnung in ihnen. Sie hätte das Krankenhaus verlassen müssen, stattdessen war sie zurückgegangen. In das Medikamentenzimmer. Und hatte die Namensetiketten vertauscht. Sollte rauskommen, dass sie für Miriams Überleben verantwortlich war, würde man sie vernichten.

Felix' Finger rutschten an ihrem Zopf ab, und als sie zu ihm hochsah, war sein Lächeln verschwunden »Nicht daran denken, heißt für mich, frag auch nicht nach, oder?«

Sie antwortete nicht, stattdessen stellte sie sich auf die Zehenspitzen und küsste ihn. Ganz kurz nur. Doch es sorgte dafür, dass seine süßen Lachfalten auftauchten.

»Ich mag die hier.« Vorsichtig zeichnete sie die Linien mit ihrem Fingern nach.

»Wirklich?« Seine Mundwinkel zuckten. »Und ich mag diese neue Art der Begrüßung.« Er beugte sich zu ihr und küsste sie noch einmal. Zu gerne hätte sie ihre Arme fester um seine Hüften geschlungen, mehr gefordert, doch Stimmen von hinten lenkten sie plötzlich ab. Herr Bartels, den anderen Lehrer kannte sie nicht. Ins Gespräch vertieft steuerten sie ihre Autos an.

»Ich glaube, wir verschwinden hier besser, oder?« Felix grinste und ließ sie frei.

»Unbedingt.« Nur ... wo wären sie ungestört? Bei ihr in der

Wohnung sicher nicht, außerdem hätte sie ihn vorher anmelden müssen. »Fahren wir zu dir?«

Nachdenklich betrachtete er den Schlüssel in seiner Hand, dann nickte er und öffnete ihr die Tür. »Okay. Aber erwarte keinen Palast.«

Luxuriöse Apartments, herrschaftliche Villen, protzige Schlösser. Davon hatte sie eh genug. Zu erfahren aber, wie Felix wohnte, ließ ihr Herz schneller schlagen. Oder war es der Gedanke, womöglich seiner Mutter zu begegnen?

»Ist bei dir jemand zu Hause?«

»Meine Mutter macht dir Sorgen?« Felix lachte auf und schnappte sich ihre Hand. »Könnte sein. Aber sie wird dich mögen.«

Einen Palast hatte sie nicht erwartet, allerdings auch nicht so ein kleines Hexenhaus, das Felix nach dem Verlassen der Stadt ansteuerte. Weit draußen, mitten auf dem Land. Das Grundstück schien früher ein Hof gewesen zu sein. Heruntergekommene Schuppen, Reste von Ackermaschinen, vereinzelnd stehende Obstbäume. Und irgendwo dazwischen stand es, das Haus. Klein, mit schiefem Giebel. Fünfzigerjahre-Bauweise? Und länger nicht instand gesetzt worden. Der Putz blätterte an vielen Stellen ab, die Holzrahmen der Fenster sahen verwittert aus, das Dach, ein einziger Flickenteppich. Felix fuhr im Zickzack um Schlaglöcher herum, steuerte auf einen Unterstand zu, in dem, neben unzähligen Gartengeräten, der Bulli tatsächlich noch Platz fand.

»Da wären wir.«

»Viel Land.« In einer anderen Gegend wäre das Grundstück einiges wert. Hier draußen? Nichts. Chrystal öffnete die Beifahrertür und stieg aus. Roch es wirklich nach Kühen?

Felix ging vor ihr die Stufen zum Eingang hoch und schloss die Tür auf. Hier war es nicht der Geruch nach Kühen, der in der Luft hing. Eher was Medizinisches. Kampferöl?

»Du hast Glück.« Felix nahm ihr grinsend die Jacke ab. »Meine Mutter ist da.«

»Super!«

Sie war schon so vielen Menschen vorgestellt worden: hochrangigen Politikern, Adligen, Stars und Sternchen.

Warum flatterten jetzt ihre Finger?

Durch einen engen Flur, an Schuhen und Taschen vorbei, nahm Felix sie mit in die Küche. Kleiner als ihr Bad zu Hause. Dafür bunter. Chrystal ließ lächelnd ihren Blick schweifen. Orangefarbene Schränke, blumiges Geschirr in offenen Regalen, am Tisch vier Stühle, die alle nicht zusammenpassten. So langsam verstand sie, warum Felix ihre Wohnung nicht mochte. Sie hatte Luxus, er ein Zuhause.

»Felix? Wir sind hier.« Eine Frauenstimme erklang aus dem Nachbarraum. Wie sollte sie seine Mutter überhaupt ansprechen? Steinkamp? Oder hatte sie den Namen abgelegt?

»Hey!« Fiene sprang sofort auf, als sie das Wohnzimmer betrat, und umarmte sie. Über ihren Kopf hinweg blickte Chrystal in neugierige dunkle Augen.

»Das ist ja eine Überraschung.« Sie war unverkennbar seine Mutter. Hatte sein Lächeln. Seine braunen Haare. Nur war sie viel kleiner und ein wenig rundlicher. Mit ausgestreckter Hand kam sie auf sie zu. »Ich bin Eva. Wie schön, dich kennenzulernen, Chrystal.«

Felix hatte sie nicht angekündigt, und doch wusste sie sofort, wer sie war?

»Super, Mama!« Lachend schüttelte er den Kopf. »Ich hätte sie dir gerne vorgestellt. Wäre vielleicht ein wenig unauffälliger gewesen.«

»Ach komm.« Evas Stimme übertönte Fienes Gekicher. »Einen Namen darf man doch schon mal wissen, oder?« Sie nahm Felix in den Arm, zwinkerte ihm zu, bevor sie das Wohnzimmer Richtung Küche verließ. »Habt ihr Hunger? Fiene und ich wollten gerade ein Stück Kuchen essen.«

»Gern.« Chrystal sah ihr hinterher. Hatte sie sich neulich gefragt, ob alle aus der Familie so süß waren, erhielt sie hier die Antwort. Die drei zusammen waren mehr, als sie je an Familie hatte erleben dürfen.

Am Küchentisch stellte sich dann heraus, dass Eva bereits wesentlich mehr wusste als nur ihren Namen. Ihr Alter. Woher sie kam. Dass sie Kunst mochte. »Und …« Sie lachte. »Dass deine Hosen legendär sind. Du siehst also, ich bin bestens informiert.«

»Stimmt!« Sie lächelte, so gut es ging, mit Pflaumenkuchen im Mund, spähte dann zu Felix.

Er hatte bisher wenig gegessen, eher die ganze Zeit über grinsend seinen Kuchen zerteilt. Jetzt legte er die Gabel aus der Hand. »Dazu muss ich aber mal feststellen, dass das meiste Gequatsche von Fiene kommt.«

»Gar nicht wahr!« Empört pikte sie ihm in die Seite. »Du redest doch die ganze Zeit …«

»Möchtest du noch ein Stück, Fiene?« Eva unterbrach sie mit nachdrücklichem Blick. »Denn wenn nicht, wie wäre es mit Hausaufgaben?«

»Hab keine auf.« Trotzdem stand sie auf und räumte ihren Teller weg, bevor sie aus der Küche verschwand. Eva sah ihr nach. »Hast du Geschwister, Chrystal? Familie hier?«

»Nein, lei…« Ihr Hals kratzte plötzlich. »Leider nicht.«

Felix' Hand suchte nach ihrer unter dem Tisch. »Hausaufgaben? Also ich hab zumindest extrem viel auf.«

»Ist klar!« Eva versuchte ihr Lächeln zu verstecken. »Du sicher auch, Chrystal, oder? Also, ab aus der Küche. Ich mach hier mal Ordnung.«

»Danke!« Sie behielt Felix' Hand und schlängelte sich hinter ihm wieder durch den schmalen Gang. An einer Holztreppe, die nach oben führte, blieb er stehen. Ans Geländer gelehnt zog er sie zu sich in die Arme. »Meine Mutter weiß einiges, aber nicht alles über dich. Dass du deine Familie verloren hast, zum Beispiel nicht. Von daher dachte ich ...«

»Alles gut, Felix!« Und seine Wärme gab ihren Worten recht. Nicht alles, aber vieles war in seiner Nähe einfach gut.

»Chrystal?« Fiene erschien im Türrahmen neben ihnen. »Ups ... Oh! Ich ... Ich wollte dir nur mal mein Zimmer zeigen.«

Felix verdrehte die Augen, doch Chrystal klopfte ihm aufmunternd auf die Brust. »Kurz nur. Komm schon.«

Tanzen! Alles an den Wänden in dem kleinen Raum verriet Fienes Traum. Fotos. Plakate. Sogar ein altes Paar Spitzenschuhe.

»Ballett?« Chrystal sah sich in ihrem Zimmer um. »Ich dachte, du machst Hip-Hop?«

»Nur weil es das bei der VHS gibt. Ballettschulen sind zu teuer. Aber ich kann schon was.« Sie war gerade unterwegs zu ihrer Anlage, um Musik anzumachen, als Felix sich vor ihr aufbaute. In seinen Händen hielt er ein kleines Fläschchen. »Wo hast du das her, Fiene?«

Sein harter Tonfall ließ Chrystal aufhorchen. Nagellack. Wo war das Problem?

»Ich ... Ich hab ...« Sie bekam rote Flecken. »Ich hab es ...«

»Woher, Fiene?« Er zeigte auf das Preisschild am Boden des Fläschchens. »Gekauft sicher nicht. 5,99 Euro! Also noch mal. Woher hast du das?«

»Ähm ... ich hatte ...«

Das Flaschengeld! Felix wusste mit Sicherheit nichts davon. »Zeig doch mal her.« Chrystal nahm ihm den Nagellack aus den Händen und besah sich das Fläschchen. »Der ist von mir. Ich habe ihn ihr geschenkt. Heute in der Schule.«

»Was? Wieso?«

Chrystal wich zurück. Er konnte nicht nur hart sprechen, er konnte auch hart gucken.

»Nur so. Lila steht ihr, finde ich zumindest. Du nicht?«

»Keine Ahnung.« Er drehte sich weg und marschierte dann einfach aus dem Zimmer. Verwundert sah sie ihm nach.

»Danke!« Fiene nahm ihr den Nagellack aus den Händen. »Er weiß nicht, dass ich …«

»Das dachte ich mir.« Sie strich ihr kurz über den Kopf und ging dann ebenfalls raus. Was war nur los?

Das Knarren von Stufen verriet ihr, dass er nach oben verschwunden war. Dort gab es nur eine Tür, und die stand offen. Felix' Reich. An der Wand, die nicht schräg in den Giebel zulief, hingen Gitarren, die anderen waren mit Noten tapeziert. Unter der Dachschräge stand ein riesiges Sofa, eine Konstruktion aus alten Holzpaletten, weiß lackiert, darauf eine Matratze und unzählige Kissen. Felix aber saß auf dem Schreibtischstuhl, vornübergebeugt, die Ellenbogen auf den Knien abgestützt. Chrystal klopfte an den Türrahmen, Felix sah auf, blieb aber stumm.

»Kannst du mir mal sagen, was eigentlich das Problem ist?« Sie betrat das Zimmer und setzte sich auf sein Sofa.

»Ich hab zwei Probleme. Und das größte davon ist … Boah, Scheiße! Ich hab echt kurz geglaubt, Fiene hätte geklaut.«

»Was? Warum das denn?«

Felix richtete sich auf und erzählte ihr, was heute in der Schule passiert war. Mit Fienes Zirkelminen.

»Aber wieso kommst du darauf, Fiene würde tatsächlich was klauen?«

»Weil sie kein Geld hat. Und es schon oft genug schwer für sie ist, zuschauen zu müssen, was sich andere alles kaufen.«

Verständlich. Auch wenn sie das Gefühl nicht kannte. Wie er wohl reagieren würde, sollte er von Fienes heimlichem Nebenjob erfahren? Von ihr auf jeden Fall nicht.

Vorsichtig klopfte sie neben sich auf die Matratze.

Er zögerte. Kam dann aber doch zu ihr, legte sich hin und zog sie in seinen Arm. »Eins müssen wir noch klären, Chrystal.«

»Bevor was?«

»Fiene hat weder Geburtstag, noch ist heute Weihnachten, Ostern oder sonst was Besonderes. Keine Geschenke mehr. Okay?«

»Hä?« Sie legte ihre Hand auf seine Brust und stützte ihr Kinn auf ihr ab. War ja gar keins gewesen. Und trotzdem. »Geschenke brauchen bei euch einen Grund?«

Er strich ihr eine Strähne aus dem Gesicht. »Wir können nichts zurückgeben, Chrystal. Und kommen ganz gut ohne fremde Hilfe aus.«

Sie verstand ihn nicht, auch wenn er versuchte, es ihr zu erklären. Spenden. Almosen. Er fühlte sich durch Leute, die ihnen etwas abgeben wollten, erniedrigt? *Einer für alle. Alle für einen.* Das Prinzip ließ er ihr nicht durchgehen. Und das Argument, es könnte doch auch nett gemeint sein, schien ihn sogar zu verärgern. Er rückte von ihr ab und verschränkte seine Arme unter dem Kopf. »So denke ich halt. Wir brauchen nichts. Keine Hilfe. Keine Unterstützung. Wir schaffen das gut ohne.«

»Aha!« Stolz. Prinzipien. Nachdenklich spielte sie mit den Kordeln seiner Kapuze. »Felix gegen den Rest der Welt also?«

Erst zuckten seine Mundwinkel nur, dann fanden sie den Weg nach oben. »Na ja, nicht ganz. Aber für meine Familie würde ich tatsächlich alles tun.«

»Verstehe ich. Das würde ich auch.«

»Oh ... sorry.« Er kniff die Augen zusammen, sah dann zerknirscht zu ihr hinunter. »Entschuldige, Chrystal. Das war blöd, das zu sagen. Wo du keine ...«

»Quatsch.« Sie setzte sich auf. Lügen konnten sich wie Schlingen um den Hals legen. Mit Felix weiter über Familie zu sprechen, würde ihre Schlinge nur zuziehen. »Spielst du mir was vor?«

»Jetzt?«

»Komm schon.« Sie zog ihn vom Sofa. »Ich singe auch mit.«

Rolling Stones. Er hatte tatsächlich ein Gitarrenheft mit Liedern von denen. Ihre absolut schräge *Sympathy-for-the-Devil*-Version ließ Lachtränen in seinen Augen aufblitzen.

»Boah, Chrystal!« Fiene stand plötzlich in der Tür. »Ey, du bist ja noch schlechter als ich.«

»Und das heißt was!« Felix legte fies grinsend seine Gitarre aus den Händen und schaute dann zur Tür. »Fiene, wegen vorhin, das tut mir leid. Okay? Aber anklopfen gilt trotzdem.«

»Schon klar.« Lächelnd verdrehte sie die Augen. »Mama fragt nur, ob du gleich, also wenn du Chrystal nach Hause bringst, Barbara und Marlene vom Krankenhaus abholen kannst? Sie wollen hier heute übernachten und würden sich jetzt sonst ein Taxi nehmen.«

Miriam. Marlene. Krankenhaus. Chrystal sackte das Blut weg. Man begegnete sich im Leben immer zweimal. Scheiße!

»Ein Taxi hier raus? Ne, ich kann das schon machen. Wann musst du denn weg, Chrystal?« Felix nahm ihr eine Fluse aus der Hand, sein Blick dabei war fragend. Wegen des Zupfens?

Sie sah auf ihr Handy und gab sich überrascht. »Jetzt, eigentlich.«

»Okay. Dann passt das doch, oder? Das Krankenhaus liegt ja auf dem Weg zu dir.«

»Klar.« Noch größere Scheiße! Zumindest, wenn er mit dem Gedanken spielte, die beiden erst einzusammeln. Ob Marlene sie wiedererkennen würde, war fraglich. In den Klamotten von gestern, mit den falschen Kontaktlinsen sah sie ganz anders aus als heute. Aber riskieren wollte sie nichts, und während sie sich von Eva verabschiedete, dann von Fiene, suchte sie fieberhaft nach einer Lösung. Sie musste aussteigen, bevor die Gäste einstiegen. Ein plötzlicher Anruf? Eine Bitte, die sie nicht abschlagen konnte? Jael!

Auf dem Weg zum Bulli checkte Felix sein Handy, und Chrystal nutzte die Chance, Jael schnell eine Nachricht zu schreiben. *ruf an in 10 minuten, bleib stumm!!!*

Die beiden Häkchen, die sich sofort blau färbten, ließen sie erleichtert aufatmen, Jael war pflichtbewusst. Er würde sich melden.

Sein Portemonnaie? Ne, die EC-Karte. Er könnte sie im Kino vergessen haben. Sehr ärgerlich.

Sie sah zu Felix. Er saß mittlerweile neben ihr auf dem Fahrersitz und war noch immer mit seinem Handy beschäftigt. Und … nickte zufrieden?

»Gute Nachrichten?«

»Ja, schon.« Er legte es vor sich auf die Ablage und startete den Motor. »Xenia war beim Arzt. Sie … Ihr war immer mal schwindelig. Scheint aber nichts Wildes zu sein.«

Xenia. Chrystal hakte den Gurt ein, mit mehr Kraft als nötig. Er hatte nach der Party bei ihr übernachtet. Etwas, das immer noch an ihr nagte.

»Ihr seid gut befreundet, oder?«

Er bog auf die Landstraße. Sein Nicken, aber vor allem sein Lächeln dabei nagte noch tiefer. »Sehr gut, sogar!«

»War da mal mehr?«

»Nein.« Sein Lachen klang echt. »Aber … Ich war mal total in sie verknallt. Weiß sie aber nichts von.«

»Das hast du ihr nie gesagt?«

»Ne. Ist auch schon lange her. Da war ich in der siebten Klasse, sie in der sechsten. Vor meiner Ehrenrunde also. Ich hab sie damals …«

Ihr Handy klingelte. »Oh … Sorry …« Sie zeigte Felix das erleuchtete Display und nahm das Gespräch an.

»Hi, Jael!«

Sie hörte ihn atmen. Sonst nichts. Schlaues Kerlchen.

»Was? Im Kino? … Oh, wie blöd, aber klar. Da kommen wir eh vorbei. Ich bin bei Fe… Ja genau … Okay, mach ich. Ciao.«

Sie legte auf. »Ich soll dich grüßen.«

Zu Felix Blick hätte nur noch ein Knurren gepasst. »Wie nett von ihm.«

»Hey!« Chrystal legte ihm ihre Hand aufs Knie. »Jael hat nur seine EC-Karte im Kino vergessen. Und sie ist an der Kasse hinterlegt. Kannst du mich da gleich rausschmeißen?«

Er nickte.

Seine Hände blieben am Lenkrad. Leider beide. Und ihre lag ziemlich verloren auf seiner Jeans. Chrystal zog sie weg.

Stille.

»Weißt du, was ich an Jael am allerwenigstens leiden kann?« Felix drehte sich an einer roten Ampel zu ihr. »Dass er, egal wo er auftaucht oder wann immer nur sein Name fällt, dir das Leuchten in deinen Augen nimmt.«

XENIA

ParaNorm. Die Messe hatte sogar eine eigene Website?

Sie fand jährlich statt und schien gar nicht so klein zu sein. Xenia klickte sich durch die Seite und musste Jael recht geben, unter den vielen sicher interessanten Ausstellern gab es einen Haufen an Spinnern. Egal. Sie wollte eh nur Infos über die Aurafotografie. Und fand Caroline Sagnier. Sogar mit Foto. Nach Hexe oder so sah sie nicht aus. Eher nach Ärztin, in ihrem weißen Kittel, den streng zurückgebundenen Haaren und einem strahlenden Zahnpastalächeln. *Emotionaler und mentaler Energiefluss.* Was über sie und ihre Apparatur geschrieben wurde, klang spannend. Und für nur 20 Euro? Man bekam ein Bild inklusive fünf Minuten Beratung. Für mehr Informationen musste man einen Aufpreis bezahlen oder einen Telefontermin vereinbaren.

Xenia sah auf ihre Hände. Jaels warmer Ton, gestern hatte sie ihn wieder gehört. Dieses Mal allerdings war der Ton in eine Melodie übergegangen. Ein Cello. Melancholisch, fast sehnsuchtsvoll. Und … wunderschön. Doch warum hörte sie plötzlich was bei ihm? War sie wirklich dazu in der Lage, ihn zu manipulieren?

Sich selbst konnte sie nichts mehr vormachen, sie mochte ihn. Nur wollte sie ihm und auch niemand anderem ihre Gefühle aufzwingen.

Messestand A43. Hoffentlich wusste Caroline Sagnier mehr. Xenia schrieb die Nummer neben die Zugverbindung, die sie sich schon herausgesucht hatte. Klar würde sie hinfahren. Und zwar morgen gleich.

Liva und Felix hatte sie bereits Bescheid gegeben. Nach einer Blutabnahme war einem ja oft schwindelig. Und ihre Mutter? Die würde nichts merken. Xenia schielte verächtlich zu ihrer geschlossenen Zimmertür. Gerade war sie mal da. Morgen früh sicher vor sieben wieder in der Praxis.

Aber in den Herbstferien fahren wir zwei weg. Last Minute, irgendwo an den Strand.

Wer's glaubt. Xenia hatte aufgehört, sich auf diese Reisen zu freuen, nachdem sie schon zwei Mal ihre Koffer wieder hatte ausräumen müssen.

Sie versteckte den Zettel in ihrer Schublade und widmete sich erneut dem Bildschirm. Es gab auch einen Chat?

Die ersten paar Zeilen der Kommentare konnte man als Nicht-Angemeldete lesen, mehr leider nicht. Obwohl ... oft reichte das schon. Xenia schüttelte über die meisten nur den Kopf, doch bei einem blieben ihre Augen hängen. Sie las den Satzanfang noch einmal und spürte, wie sich bei jedem Wort ihr Herz beschleunigte. *Manchmal traue ich meinen Händen nicht mehr, sie ...*

Ihr wiederholtes Draufklicken vervollständigte den Satz nicht. Anmeldung erforderlich, blinkte nur ständig auf. Sollte sie doch ...?

Gefordert wurde nur ein Benutzername und die Bestätigung, dass man kein Roboter war. Eine PippiLangstrumpf gab es schon. Also die englische Version? Sie tippte »Longstocking« ein, und schon war sie drin. Durfte selber Fragen stellen und auf Kommentare antworten. Schnell suchte sie den vorhin gelesenen Beitrag. *WalterP.* Klang älter, aber was soll's.

Manchmal traue ich meinen Händen nicht mehr, ich scheine mit ihnen andere manipulieren zu können. Ihre Gefühle. Kennt das jemand? Jemand, mit dem ich mich austauschen kann?

Xenia atmete gegen die Aufregung an, die sich in ihr ausbreitete. Wenig Luft rein, kontrolliert wieder raus.

Kommentare gab es bereits ein paar, aber alle waren irgendwie nur Müll.

Ich kenne das, tippte sie ein. Löschte die Buchstaben wieder. Tippte sie erneut. *Und ich habe dann kalte Finger. Ein Leuchten in den Händen. Hast du das auch?*

Ihr Text erschien auf dem Bildschirm.

Und auch wenn keine Antwort von Walter kam, sich auch sonst niemand zurückmeldete, wurde sie das Gefühl nicht los, einen großen Fehler gemacht zu haben.

FELIX

Seine Mutter tat so, als ob nichts wäre. Sie ignorierte seine finsteren Blicke. Summte sogar vor sich hin? Felix rutschte das Spannbettlaken weg. Kein Wunder, es passte eigentlich gar nicht auf diese blöde Klappcouch.

»Wenn du morgen Rückenschmerzen hast, beklag dich nicht.« Eine halbe Stunde hatte er auf sie eingeredet. Erfolglos. Sie bestand darauf, hier schlafen zu wollen.

»Für dich ist die Couch viel zu klein, Felix.« Sie stellte sich ans andere Ende und hielt das Laken fest. »Außerdem war es meine Idee, dass Barbara und Marlene hier übernachten. Sie ist …«

»Sie ist *deine* Freundin, ich weiß!« Das Argument kam jetzt schon zum dritten Mal.

»Genau, sie ist meine Freundin. Sie bleibt noch. Komm, zieh jetzt mal.«

Das Laken hielt, und sie strahlte. »Danke, Felix!«

Kopfschüttelnd wollte er gerade das Wohnzimmer verlassen, als sie ihn zurückhielt. »Diese Chrystal, übrigens, die ist wirklich …« Sie zupfte sich an der Nase, wie so oft, wenn ihr Worte fehlten. Felix legte erwartungsvoll seinen Kopf schief.

»Sie ist … wie sagt Fiene das immer? O M G!«

Er musste lachen. Ihr Tonfall war hart an Fienes dran gewesen.

»Chrystal gefällt dir also?«

»Sehr sogar. Sie ist nicht nur extrem hübsch, sondern anscheinend … na ja, noch richtig schlau.«

»Schlau?« Das war sie. Aber woran machte seine Mutter das fest? So viel gesprochen hatte sie mit ihr jetzt nicht.

»Sie muss es sein.« Ihre Hände strichen ihm sanft über die Arme. »Schlau ist, wer sich dich angelt, Felix. Und jetzt raus hier!«

Er drückte sie, bevor er das Wohnzimmer verließ. Wäre schön, wenn sie auch mal wieder irgendwen Schlaues finden würde. Nur brauchte sie dazu mehr Zeit für sich.

Da sie nur ein Bad im Haus hatten, musste Felix warten, bis Barbara und Marlene fertig waren. Scheinbar hatten sie geduscht. In dem kleinen Raum hing noch immer der Dampf, auch wenn das Fenster auf Kipp stand. Kälte kam durch den Spalt herein. Er schloss es und sah dabei ein zusammengeknülltes Stück Papier auf der Fensterbank liegen. Ein Kassenzettel. Felix wollte ihn gerade in den Mülleimer werfen, als er den Namen einer Drogerie darauf erkannte. Nagellack. 5,99 Euro.

Wie erstarrt blieb er stehen. Sie hatten ihn angelogen?

XENIA

So ein bisschen Blut, und ihr wurde schwindelig?

Sie lag gut in der Zeit, ihre Mutter hatte nichts bemerkt. Alles lief nach Plan. Also?

»Ich kann jetzt gehen. Wirklich.« Xenia lächelte der Arzthelferin zu, die Susanne ihr zur Überwachung zugeteilt hatte, schnappte sich ihre Tasche und verabschiedete sich aus der Praxis. Der Boden unter ihren Füßen hatte immer noch komische Wellen, aber es ging. Mit der Hand am Geländer lief sie die Treppe runter, öffnete dann unten die Tür.

Frische Luft! Am liebsten würde sie die für später irgendwo abspeichern. Vor der stickigen Messehalle, den vielen Menschen gruselte es ihr jetzt schon. Xenia atmete tief durch, zog ihr Handy aus der Tasche und rief den Stadtplan auf. Der Bahnhof lag ganz in der Nähe. Also, nach links? Dann konnte sie sogar den Weg durch den Park nehmen.

»Zur Schule geht es da aber nicht.«

Xenia stoppte. Schwarze Docs versperrten ihr den Weg. Jael.

Er lehnte direkt vor ihr an seinem Auto, die Beine weit auf den Bürgersteig gestreckt, die Arme vor der Brust verschränkt. Nicht nur, dass er überhaupt da war, vor allem sein selbstgefälliges Grinsen passte ihr nicht.

»Du kontrollierst mich ja doch. Hast du dich mit meiner Mutter abgesprochen?«

»Klar!« Seine Augen blitzten amüsiert auf. »Sie lässt dich schön grüßen.«

»Sehr witzig!«

»Taxi gefällig?« Er stand vor der bereits geöffneten Beifahrertür und sah sie auffordernd an. »Dann sparst du dir das Zugticket. Und uns Zeit.«

Xenia sackten die Schultern runter. »Du weißt, was ich vorhabe?«

»So schwer war das nicht.« Er legte den Kopf schief.

Nicht? Sie hatte nur Liva und Felix gesagt, dass sie nicht in die Schule gehen würde. Gestern Abend am Telefon. Hatte er mit einem von ihnen ...

»Xenia.« Jael kam näher und sammelte mit seinen Augen ihren Blick wieder ein. »Es war mir gestern schon klar, dass du nicht auf mich hören wirst.«

Sie schaffte es nicht, seine Augen zu meiden. Musste sie ja auch nicht mehr, oder? Wunderbar grau leuchteten sie zu ihr herunter, so als wollten sie ihr etwas sagen. *Der Mensch, dem du da wehtust, der bedeutet mir sehr viel.* War das so? Mochte Jael sie wirklich?

»Also?« Er zeigte auf die offen stehende Wagentür. »Darf ich dich fahren? Oder müssen wir beide wirklich den Zug nehmen?«

Xenia schüttelte den Kopf. »Hab ich irgendeine Chance, dich loszuwerden?«

Nachdenklich kniff Jael die Augen zusammen, dann kräuselten sich seine Mundwinkel verräterisch. »Nein! Aber, die Chance hattest du nie.«

Eine Corvette C2. Auch Sting Ray genannt, stellte Jael ihr sein Auto vor.

»Ein Stachelrochen?« Hatten die nicht einen Giftstachel?

Xenia musterte den silbernen Sportwagen skeptisch, stieg aber ein. Zwei Stunden Fahrt mit Jael. Zwei Stunden Zeit zu reden.

Rotes Leder. Glänzende Armaturen. Das Innenleben des Stachelrochens war klein, und doch fand sie den Wagen ... Liva würde sagen: *sexy*? Es fehlte eigentlich nur noch ein offenes Dach, Sonne und Musik.

»Meine Wahl wäre eher eine andere gewesen.« Jael startete den Motor. »Das Auto gehört meinem Vater.«

Gehört? Sein Vater war tot.

»Ja, du hast recht.« Er sah zu ihr hinüber. »Es *gehörte* meinem Vater.«

Irritiert runzelte sie die Stirn. »Ich hab gar nichts gesagt.«

»In deinem Gesicht kann man lesen, Xenia. Wie in einem Buch.«

»Super!« Sie zog sich die Kapuze ihres Sweatshirts weit über ihr Gesicht. »Besser so?«

»Perfekt.« Jael lachte auf. Nicht leise, nicht so versteckt wie sonst. Es klang locker, fast befreit.

»Xenia als Gangsterrapper.« Er zupfte an ihrer Kapuze. »Hat was. Aber ich hab ein anderes Outfit für dich heute. Schau mal ins Handschuhfach.«

Ein kleiner Schlüssel steckte vor ihr im Schloss. Er hatte ihr was mitgebracht? Xenia wischte sich mit den Händen über die Jeans und öffnete die Klappe. Eine Mütze. Mit roten Zöpfen. Pippi Langstrumpf?

»Nicht dein Ernst, oder?« Sie musste lachen, als sie sich im Spiegel der Sonnenblende sah.

»Doch. Weiter hinten liegt aber noch eine Brille.«

Tatsächlich. Und was für eine. Riesig. Mit roten Rändern.

»Und als was gehst du?« Xenia stopfte die Sachen zurück ins Handschuhfach und grinste ihn herausfordernd an. Doch Jaels plötzlich ernst gewordene Miene und sein Schweigen irritierten sie. »Was ist los?«

»Das ist meine Bedingung für heute, Xenia.«

»Das Outfit?«

»Exakt. Und mehr. Im Fach liegen noch Unterlagen.«

Sein herrischer Ton. Sein kalter Blick. Jael mutierte gerade wieder in Richtung doof. Es gab auf einmal zu wenig Platz, zu wenig Luft. Xenia öffnete das Fenster.

»Was soll das, Jael?«

»Ich fahre nur mit dir zu der Messe, weil du es sonst allein getan hättest. Und wenn du nicht willst, dass ich wieder umkehre, schaust du dir jetzt die Unterlagen an. Verstanden?«

Verstanden? »Ich mag deinen Ton nicht.« Eindeutig ein Satz ihrer Mutter. Aber stimmte!

Seine Kiefermuskeln zuckten, er schloss kurz die Augen, und dann passierte es wieder, dieses plötzliche Umschalten. Programmwechsel. Von Kälte zu Wärme. »Du hast recht. Könntest du dir bitte die Unterlagen anschauen?«

Schon besser. Und dennoch wartete sie.

»Ähm …« Fragend zog er die Augenbrauen hoch. »Bitte?«

»Geht doch.«

Im Handschuhfach lagen einige Zettel. Sie nahm sie heraus und blätterte sie durch. Jeden Aussteller hatte er gegoogelt und Kommentare an den Seitenrändern hinterlassen. Sogar Saalpläne gab es.

»Ich möchte, dass du dir vor allem den Lageplan anschaust. Die Notausgänge. Das Parkhaus.«

»Wieso?«

»Ich werde dir nicht von der Seite weichen, aber sollte trotzdem etwas passieren, musst du wissen, wie du am schnellsten aus den Hallen raus bist.«

Xenia rutschten die Zettel vom Schoß. »Du machst mir Angst, Jael.«

»Das will ich auch. Und noch mal: Wir können gerne noch umdrehen. Irgendwo nett Kaffee trinken und das hier lassen. Wenn dich unter den Spinnern irgendwer ausfindig macht, irgendjemand ahnt, was du in der Lage bist zu tun, dann …« Jael fuhr sich mit der Hand über den Nacken. In seinem Blick, mit dem er sie ansah, lag … Sorge? »Bitte, präg dir die Notausgänge ein, ja? Und bleib vor allem an meiner Seite, verstanden?«

Spinner? Verrückte?

Sie hatte doch auch gegoogelt. Und klar waren da mit Sicherheit komische Leute. Aber nicht nur.

Außerdem, was bitte schön war sie denn?

Ein Wesen mit Leuchthänden!

JAEL

Xenia war still. Sie hatte sich neben ihm im Ledersitz verkrochen und starrte mit angespanntem Blick ins Nichts. Die Autobahn war frei. Ein paar Lkws rechts. Er links. Und alle vor ihm machten schön Platz.

Jael ging in Gedanken das Gespräch noch mal durch. Er hatte ihr Angst gemacht. Absichtlich. Angst war gut, sie schärfte die Sinne, aktivierte Körperkräfte. Es könnte gefährlich werden, sollten tatsächlich *Sucher* auf der Messe sein. Dass ihre Hände allerdings jetzt schon zitterten, war überflüssig.

»Xenia, vielleicht bin ich zu übervorsichtig. Aber … behalt einfach dein Handy bei dir und tu, was ich sage, ja?«

»Ja, Mama! Ich hab es verstanden.«

»Mama?« Seine Mundwinkel kräuselten sich. »Sie muss toll sein, wenn ich dich an sie erinnere.«

»Sie ist vor allem nervig!« Xenias Finger wanderten an die Scheibe. Zeichnete sie wieder Regentropfen nach?

»Und … dein Vater? Was genau ist mit ihm?«

»Der ist toll. Lässt mir viel Freiraum.«

»Klingt super.« Und war gelogen. Angemeldet war sonst niemand auf den Namen Morin. Weder in der Wohnung noch in der Stadt. »Ein bisschen viel Freiraum vielleicht. Oder?«

Ihre Finger rutschten von der Scheibe. Und sie blieb still. Dass sie ihn musterte, spürte er, und allein die Vorstellung ihres Blickes verstärkte das Pochen an seinem Hals.

»Warum fragst du nach meinem Vater, wenn du schon alles zu wissen scheinst?«

»Um es von dir zu erfahren?«

Sie zögerte, rutschte auf dem Ledersitz weiter zurück, begann aber zu reden. »Ich habe keinen Vater. Also zumindest keinen Namen von ihm. Meine Mutter verschweigt ihn mir.«

»Warum?«

Xenia schnaubte leise auf. »Musst du sie fragen.«

Er wartete auf mehr, spähte vorsichtig zu ihr rüber. Sie knabberte an ihrer Lippe. Vater unbekannt. Für weitere Recherchen brauchte er mehr Informationen.

»Sie sagt, sie schweigt aus Sorge. Weil sie mich vor ihm beschützen will. Er wäre ein … ein …«

»Arschloch?«

Nicken und Schulterzucken waren die Antwort. Jael wartete erneut, Xenia schien mehr zu erzählen, wenn er sie nicht drängte.

»Ich würde ihn gerne kennenlernen. Und wenn er tatsächlich ein Arschloch ist … dann könnte ich wenigstens aufhören, ihn zu vermissen.«

Liebe. Sich sorgen. Vermissen. Für ihn waren das fast Fremdworte. Jael drosselte die Geschwindigkeit und reihte sich zwischen die Autos auf der rechten Fahrbahn. »Du kennst deinen Vater nicht. Vermisst ihn aber. Wie passt das zusammen? Man kann doch nur etwas vermissen, das man kennt.«

»Quatsch. Ich sehe doch die anderen. Wenn sie in den Arm genommen werden. Wenn sie über ihre Väter sprechen.« Ihre Stimme klang plötzlich belegt und wurde leiser. »Auch wenn sie manchmal über sie fluchen. Streit mit ihnen haben. Oder Ärger. Ich hätte das alles auch gern.«

»Verstehe. Und doch habe ich recht. Es ist nicht dein Vater, den du vermisst. Du vermisst nur die Vorstellung. Also wie es sein könnte mit ihm. Nicht ihn selbst.«

»Na dann … Ist ja alles prima, oder?« Ihr Lächeln zitterte. Ihr Ton auch. Hatte er etwas Falsches gesagt?

»Xenia?« Vorsichtig legte er seine Hand auf die Mütze in ihrem Schoß. »Ich wollte nicht, dass du …«

»Lass einfach. Du klingst immer so schrecklich nüchtern. So … kalt irgendwie. Vermisst du deine Eltern nicht?«

»Nein.« Jael nahm seine Hand zurück. »Bei dem Unglück war ich sechs. Ich kenne kein Leben mehr mit ihnen.«

»Was genau ist denn passiert?«

Nicht beim Fahren. Jael konzentrierte sich auf die weiß gestrichelte Fahrbahnmarkierung. Die Kurzversion? »Wir waren in Thailand. Meine Mutter, mein Vater, meine Schwester und ich. Zurückgekommen bin nur ich. Ich habe als einziger überlebt.«

»Nein!« Warm legte sich jetzt ihre Hand auf sein Knie. Doch Jeans war nicht Leder. Der Stoff war zu dünn, und ihre Nähe begann ihn zu quälen.

»Du hast den Tsunami überlebt? Wie hast du …?«

Ihre Stimme ging unter. In den Wellen, die er plötzlich hörte. In den Todesschreien. Jael presste die Zähne aufeinander. Sein Bein stand in Flammen. »Könntest du …? Xenia, deine Hand!«

»Oh!« Sie zog sie sofort zurück. »Und … wer hat sich um dich gekümmert? Wo bist du aufgewachsen?«

Ich schwöre Treue, Loyalität und bedingungslosen Gehorsam. »So eine Art Ersatzfamilie.«

Xenia neben ihm bewegte sich nicht, aber sie starrte ihn an. Sein Puls verriet es ihm. Die weißen Markierungsstreifen. Eins, zwei, drei … Er begann sie zu zählen.

»Die Organisation ist deine Ersatzfamilie, stimmt's? Über die ihr so merkwürdig schweigt?«

»Sie waren da für mich. Als ich niemanden mehr hatte.«

Und forderten seither! Bis er alles zurückbekam.

CHRYSTAL

»Zischt ab, Jungs!« Genervt blickte sie hoch. Der Kunstraum roch nach Farbe. Und um sie herum waren alle beschäftigt, nur die beiden nicht. Akrom und Geno. Kaum war Jael mal nicht da, tickten die aus? Alberne Provokationen, ständiges Kräftemessen. Und jetzt 'ne Challenge?

»Du musst ja nicht mitmachen.« Geno sah ihr über die Schulter. »Aber dann such uns wenigstens ein noch unberührtes Opfer aus, und wir entleeren. Stufe 1 bis 3. Ja?«

Shit! Ohne die Markierungen sehen zu können? Gespielt gleichgültig legte Chrystal ihren Pinsel aus der Hand, dabei lief ihr Hirn auf Hochtouren. Ein Fehler jetzt, und die Jungs hätten gefährliche Fragen.

Einige Mitschüler konnte sie gleich ausschließen. Markierte machten meist Ärger. Waren unmotiviert, egoistisch, und wenn Jael an ihnen dran gewesen war, ihnen die Eigenliebe genommen hatte, sogar ungepflegt. Nur, schlechte Laune hatten hier irgendwie alle. Bis auf … Frau Masurek! Chrystal begann zu lächeln. Hatte ihre Lehrerin als Einzige hier im Raum noch ihre Liebe zur Kunst?

Geno und Akrom verzogen zwar über ihren Vorschlag hin die Gesichter, zischten aber ab, und Chrystal klatschte befreit ordentlich Farbe auf ihre Leinwand. Endlich mal großflächig malen. Ganz legal sogar. Und doch ließ sie dabei die beiden Jungs nicht aus den Augen. Das Entleeren live zu erleben, hatte was Faszinierendes. Dieser Moment, in dem es geschah.

Geno schlich schon um Frau Masurek herum, scheiterte aber mit seiner *Ich-brauche-Hilfe-Taktik*. Akrom dagegen machte es genial. Er hatte sich mit dem Szenenbuch auf eine große Pappe zurückgezogen und studierte die Skizzen. Völlig in sich versunken. Und Frau Masurek biss an. Sie näherte sich interessiert. Der Anfang ihres Endes! Denn unter seinem Lächeln, das er ihr großzügig schenkte, während er mit ihr sprach, schmolz der Abstand zwischen ihnen beiden immer mehr. Und völlig beiläufig dann ergriff er ihren Arm. Nicht zudringlich, er schob ihn nur ein wenig zur Seite, um ihr etwas zu zeigen, ließ seine Hand allerdings für länger dort liegen. Chrystal setzte sich aufrechter hin. Sie wollte ihre Augen sehen. Die Irritation in ihnen, die Verwirrung, bevor sie an Leuchtkraft verloren. Mit jeder Liebe weniger wurden Augen matter, als würde man sie mit einem Dimmer runterdrehen. Fast schade um das schöne Blau von Frau Masurek.

Den Radiergummi klaute Akrom ihr unauffällig ein paar Minuten später vom Tisch und ging dann kurz an die frische Luft. Gefolgt von Geno, der hörbar mit den Zähnen knirschte. Die beiden schenkten sich heute echt nichts. Hoffentlich tauchte Jael bald wieder auf. Von wo auch immer.

Die Rückwand für Szene vier bekam Chrystal bis zum Ende des Projekttages nicht fertig, was Frau Masurek allerdings völlig egal zu sein schien. Mittlerweile.

»Kommst du mit was essen?« Akrom lungerte neben ihr an den Spinden rum. Ihr Blick klebte jedoch weiterhin an ihrem Schloss. Irgendjemand hatte sich daran zu schaffen gemacht. Es war nicht kaputt, aber anders abgeschlossen. Niemals musste sie den Schlüssel so drehen, um es aufzubekommen.

»Ne, geht ihr schon mal vor.« Sie lächelte Akrom zu, wartete kurz, bis er verschwand, und öffnete dann zögernd ihren Spind. Ein Päckchen lag drin. Chrystal spähte über ihren Rücken nach hinten. Jemand war hier gewesen?

Für Miriam. Die Schrift auf dem Päckchen war ihrer zum Verwechseln ähnlich. Elias! Nur er verstand es, Handschriften so originalgetreu zu fälschen. Das hieß, er war in der Stadt? Da heute das Mittwochstreffen anstand, sicher kein Zufall.

Chrystal nahm das Päckchen aus dem Spind und stopfte es in ihre Tasche. Sie sollte Miriam also einen Besuch abstatten. Nett. Aber jetzt? Es war kurz vor vier! Ihr Tattoo war noch nicht fertig, und langsam rann ihr die Zeit durch die Finger. Jael hatte ihnen vor dem Frühstück die Kleidung übergeben, die sie heute Abend tragen sollten, und der lange Schlitz hinten in ihrem schwarzen Oberteil hatte klar gemacht: Der Tattoovergleich stand an. Rückenfrei mussten sie erscheinen, denn nur so waren die Tattoos für alle sichtbar, bloß war ihres blöderweise noch nicht auf dem neuesten Stand. Die Umrisse hatte sie heute Morgen schnell gezeichnet, die Farbe aber fehlte noch. Aufstieg in die dritte Stufe: Drei Blütenblätter durfte sie nun ausmalen. Eins mehr als vorher. Trotzdem lächerlich.

Sie schulterte ihre Tasche und lief auf den Ausgang zu. Dabei strich sie im Vorbeigehen mit den Fingern verstohlen über Felix' Spind. Die ganzen Elfer waren heute unterwegs. Scheiß Flughafenbesichtigung. Er fehlte ihr. Seine Nähe. Seine Stimme. Sein Lächeln!

Draußen vibrierte ihr Handy, und die Wegbeschreibung erschien auf dem Display. Chrystal prägte sich die Straßen ein, bevor sie die Nachricht sofort wieder aus ihrem Chatverlauf löschte. Keine Spuren hinterlassen, das hatte sie gelernt, noch vor dem Schleifenbinden.

Zu den Marquardts fuhr keine Bahn, nicht mal ein Bus. Wahrscheinlich hatte hier jeder Anwohner selbst zum Brötchenholen einen hauseigenen Chauffeur.

In der Auffahrt der Villa holte Chrystal das Geschenk aus ihrer Schultasche. Herr Marquardt erkannte sie wieder, gleich beim Öffnen der Tür, und empfing sie herzlich. Seine Frau eher zickig.

»Chrystal, richtig?« Unsanft drückte sie sich an ihr vorbei. »Ich muss los, in die Kanzlei. Werner? Bis heute Abend.« Keine Umarmung. Kein Blick. Hatte es Streit gegeben?

»Miriam wird sich freuen. Nur ... erschrick nicht. Sie sieht noch sehr mitgenommen aus.«

Chrystal nickte verständnisvoll. »Natürlich.« Dürfte sie entscheiden, würde Miriam nach ihrem Besuch noch mitgenommener aussehen, immerhin hatte die Scheiße ja mit ihr angefangen.

»Nett haben Sie es hier.« Als sei sie zum ersten Mal in der Villa, sah sie sich neugierig um, während Herr Marquardt sie durch die Eingangshalle ins Wohnzimmer führte. Zusammengekauert saß Miriam in Joggingklamotten auf dem Sofa und sah beschissen aus. Ungeschminkt, ungekämmt, ungepflegt. Als sie von ihrem Buch aufsah und Chrystal erblickte, verzog sie sich noch tiefer in die Kissen.

»Hi!« Chrystal ging auf sie zu, beruhigend, wie auf ein verschrecktes Reh. Sie sollte Vertrauen gewinnen, keine Panik kriegen. »Ich wollte dir nur schnell was vorbeibringen und sehen, wie es dir geht.«

»Danke.« Ihre Stimme klang fest. »Sonst noch was?«

»Nein. Außer ...« Sie setzte sich auf die andere Seite der Couch. »Ich wollte dir nur sagen, dass nichts rumgegangen ist. Von der Party, meine ich. Niemand weiß etwas.«

Ein vorsichtiges Lächeln schlich sich über Miriams' farblose Lippen. Immerhin ein Anfang, und ... sie machte sich tatsächlich daran, das Päckchen zu öffnen. Chrystal sah ihr neugierig dabei zu. Ein Kosmetiktäschchen?

Entspannungsmasken, eine Bodylotion, Badeschaum, duftende Öle. Alles wirklich Dinge, die man seiner Freundin gerne vorbeibrachte, um sie wieder auf die Beine zu bringen. Chrystal war zufrieden. Miriam auch. »Danke.« Sie legte alles auf den Boden und zog ihre Füße wieder auf das Sofa.

»Und, ihr beiden?« Herr Marquardt kam mit einem Tablett ins Zimmer und stellte es auf den Tisch, bevor er sich zu ihnen setzte.

Chrystal begann, ein wenig von der Schule zu erzählen, und im Gegenzug speicherte sie jede Information ab, die sie über Miriams Krankengeschichte ergattern konnte. Körperlich war alles okay, jetzt wurde eine Therapeutin gesucht. Und: Miriam blieb hier. Sie zog nicht in die Schweiz zu ihrer leiblichen Mutter.

»Das freut mich.« Chrystal lächelte. Die Schweiz hätte Miriams Überleben sichern können. Hierzubleiben war ihr Todesurteil.

Zur Tür brachte Miriam sie dann sogar persönlich.

»Tja, dann ... pass auf dich auf, ja? Und komm bald zurück an die Schule.«

»Danke, Chrystal. Ehrlich. Weißt du, die meisten trauen sich nicht her. Die schreiben nur oder schicken Voicemails. Von daher, es ist wirklich schön, dass du gekommen bist.«

Chrystal ließ die Umarmung über sich ergehen und verschwand dann schnell.

Ein wiederholter Suizid wäre komisch, außerdem ging es Miriam dafür zu gut, sie wirkte stabil. Zug, Auto oder ... Nein, sie fuhr Fahrrad! Wenn der Partem darauf bestand, dass sie doch verschwindet, müsste es eher ein Unfall sein. Tragisch, sicher – aber das war das Schicksal ja oft.

Jael war noch immer nicht zu Hause, als sie zurückkehrte, und dementsprechend sah es im Wohnzimmer aus. Akrom, Rafi und Geno lungerten auf der Couch rum. Neben ihnen leere Chipstüten. Colaflaschen. Es wurde gezockt.

Chrystal verkroch sich in ihr Zimmer, arbeitete an ihrem Tattoo weiter und nutzte die Zeit, in der es trocknen musste, um sich im Bad schon mal fertig zu machen. Um 19 Uhr wurden sie abgeholt, in knapp zwei Stunden! Duschen, Haarewaschen. Dann leichtes Make-up. Ihre Augen würde sie später schminken.

»Shit!« Es war nicht das Blut, das plötzlich unter der Dusche über ihren Knöchel rann und auf den Boden tropfte. Aus einem kleinen Schnitt am Bein. Es war vielmehr die Tatsache, dass es noch lief. Ungläubig zählte sie die Sekunden. Siebzehn. Achtzehn. Neunzehn …

Neunzehn Sekunden, bis das Blut versiegte? Dreiundzwanzig dann, bis die Hautschichten sich schlossen.

Ihre Energie ließ nach.

Zitternd legte sie den Rasierer zur Seite. Das musste sie melden! Elias?

In ein dickes Handtuch gewickelt schlüpfte sie aus dem Bad. Noch immer kam Geballer aus dem Wohnzimmer. Hatte sie ihre Schultasche dort abgestellt? Sie brauchte ihr Handy.

»Hey, hey! Chrystal!« Anerkennende Pfiffe durchbrachen das Gemetzel.

»In dem Outfit! Also … Wir hätten hier noch ein Plätzchen frei für dich.« Akrom?

»Ey Jungs, in euren Hosen steckt nichts, was mich interessiert, okay?« Chrystal schüttelte genervt den Kopf und kramte einfach weiter in ihrer Tasche. Wieder folgte Gelächter. Dann Genos Stimme. »Oh, oh. Das ist jetzt bitter, oder Felix?«

Felix? Sie riss den Kopf hoch, und Hitze schoss ihr ins Gesicht. Er stand tatsächlich da. An eine Säule gelehnt, die Hände in den Hosentaschen. Mit äußerst fragendem Blick.

XENIA

Blaue Trennwände, blauer Teppich, helles Scheinwerferlicht. Der Stand sah genau so aus wie auf den Bildern im Internet, nur die lange Schlange davor war neu.

»Komm!« Jael sah auf seine Uhr, bevor er seinen Blick dann missbilligend über die Wartenden gleiten ließ. »Das dauert zu lange. Außerdem …«

»Kannst du das mal lassen?« Langsam ging er ihr gehörig auf die Nerven mit seiner Anspannung und der ständigen Drängelei. »Du kannst wirklich gern nach Hause, Jael. Ich weiß, wann die Züge fahren. Okay?«

Seine Kiefermuskeln zuckten. Und das kalte Grau seiner Augen durchbohrte sie. Worte kamen keine. Xenia fischte das Geld aus ihrem Portemonnaie, gab es am Tresen ab, nannte ihren Namen und reihte sich in die Warteschlange ein. An einer Trennwand neben ihr hingen unzähligen Beispielfotos. Hände über Hände. Mit bunt gemalten Energiefeldern. Wie ihre wohl aussehen würden?

Leuchthände.

Sollte sie wirklich?

Jael würde sich freuen, wenn sie doch noch ausscherte, seiner finsteren Miene nach zu urteilen. Wie ein bissiger Wachhund stand er auf der gegenüberliegenden Seite. Aber jetzt kneifen? Blödsinn. Sie blickte nach oben an die Decke und atmete tief durch. Hitze hatte sich unter ihrer Mütze gesammelt. Xenia schob sie ein Stück nach hinten, lenkte sich dann mit ihrem Handy ab. Bis sie endlich dran war.

Kühl fühlten sich die silbernen Platten unter ihren Händen an. Ein Mitarbeiter rückte sie lächelnd zurecht, ausgespreizte Finger brauchten sie, dann richtete er das Objektiv aus.

»Und jetzt ruhig liegen lassen. Drei. Zwei. Eins.«

Das war's? Die Silberplatten unter ihren Händen blieben kühl. War das normal? Xenia sah hoch.

»Danke!« Man nickte ihr zu, gab Befehle über ein Display ein und schickte sie hinter die Trennwand.

»Hallo!« Caroline Sagnier empfing sie herzlich.

Einen Kittel, wie auf dem Foto, trug sie nicht, auch keinen streng zurückgebundenen Zopf. Ihre Haare fielen ihr offen über die Schultern, und mit einem Lächeln forderte sie Xenia auf, sich zu setzen.

»Also. Xenia heißt du, oder?«

Ihr Hals war plötzlich trocken. Statt zu antworten, nickte sie nur.

»Gut. Dann sehen wir uns dein Foto mal an.« Caroline drehte das Bild und schob es ihr gerade entgegen, als Xenias Handy zu vibrieren begann. Kurz nur, bevor es verstummte. Eine Nachricht?

»Wie alt bist du?«

»Ich bin …« Das Vibrieren fing erneut an. Wieder nur kurz. »Ich bin sechzehn.«

»Fein. Also … dein Bild ist schon außergewöhnlich. Du scheinst ein sehr emotionaler Mensch …«

Ihr Handy. Wieder das Vibrieren, nur diesmal hörte es länger nicht auf. Kälte kroch ihr den Rücken hinauf. Kurz. Kurz. Lang. Ihr Notzeichen.

»Entschuldigung, Frau Sagnier. Aber … ich muss …« Ihr Handy vibrierte wieder, diesmal ging sie dran. »Jael?«

»Dreh dich nicht um! Bleib ganz ruhig. Und mach jetzt genau das, was ich sage. Hast du das verstanden?« Seine Stimme klang computergesteuert. Jedes Wort gestochen scharf. Xenia nickte. Zitternd umklammerten ihre Finger das Handy. Konnte er sie sehen? Umdrehen sollte sie sich nicht. Das hatte er doch gesagt, oder? Hatte er das nicht gesagt? Scheiße. »Okay … ja.« Sie presste das Handy fester an ihr Ohr.

»Du lächelst. Ganz normal. Verlässt den Stand und legst nicht auf. Verstanden?«

Sie nickte wieder. Lächelte, soweit es ging. Zu Caroline. »Ähm … mein Freund. Also, er hat den Schlüssel verloren. Und … Ich komme gleich zurück, ja?«

»Alles in Ordnung?« Caroline zog verwundert die Stirn kraus.

»Ja, ja. Bis gleich.«

Xenia stand auf, musste sich abstützen. Ihre Beine wollten ihren Körper nicht halten. Panik legte ihn lahm. Gab es wirklich jemanden hier, der es auf sie abgesehen hatte?

JAEL

Ein braunes Jackett. Mit ausgefransten Flicken am Ellenbogen? Jael zog sich ein Stück weiter zurück, aus dem Lichtkegel der Beleuchtung in den Schatten einer Trennwand. Er kannte diese Flicken, und in seinem Kopf blätterte er die abgespeicherten Bilder des Tages durch. Bei der Wahrsagerin, an eine Säule gelehnt hatte der Mann dagestanden. Und … hinter ihnen am Tisch der Cafeteria gesessen. Zufall? Jael presste die Zähne zusammen und musterte den Mann. Das Auffälligste an ihm war seine Unauffälligkeit. Er schien den Leuten neben ihm zuzuhören, hatte den Kopf zur Seite geneigt, sein Blick aber fokussierte etwas anderes. Unentwegt klebte er an Xenia.

Ein Sucher?

Jael musste vorsichtig sein. Sollte er tatsächlich ein Sucher sein, wäre es möglich, dass er ihn kannte, daher schlich er sich von hinten an, sprach dabei weiter ins Telefon, auch wenn niemand dran war. Er lachte sogar, fuhr sich durch die Haare. Nur Bewegungslosigkeit fiel auf.

Der Typ wurde von einer Frau angesprochen und unterhielt sich mit ihr. Worte drangen zu ihm, der Typ redet gerade.

»… natürlich etwas Besonderes.«

Jaels Nackenmuskeln zuckten. *Besonderes*. Zweimal der Buchstabe s. Zweimal gelispelt. Der Typ hatte eine S-Schwäche. Altvertraut. Jael schloss die Augen, schaltete um. In Kampfmodus. Gespannte Muskeln. Konzentrierter Blick. Vor ihm stand Pluto. Sein früherer Verhaltenstrainer – zuständig für Deeskalationstechniken, Körperbeherrschung, Mentalstrategien und manipulative Gesprächsführung. Und was er hier wollte, war klar: Immuniten aufstöbern. Immer noch klebte sein Blick an Xenia. Sie saß mittlerweile bei einer Frau am Tisch. Caroline Sagnier. Pluto reckte sein Kinn, woraufhin sich Jaels Hände sofort verkrampften. Sie wollten an seinen fleischigen Hals. Sie wollten zudrücken und seine Kehle zerquetschen.

Xenia gehörte ihm. Er hatte sie entdeckt. Er würde sie melden. Er würde entscheiden, wann. Und … ob.

»Gut gemacht, Xenia.« Kreidebleich kam sie aus dem Stand heraus, mit dem Handy am Ohr. Jael setzte sich in Bewegung und steuerte sie mit knappen Anweisungen in den nächsten Gang. Pluto würde folgen, und das war sein Plan. Er musste ihn aus der Halle kriegen, um ihn loszuwerden. Ungesehen.

Jael blieb weiterhin im Seitengang. Laut den Skizzen, die er hatte, führten zwei Treppen aus der Halle nach oben. Xenia musste die rechte erwischen, er die linke. Die Gänge dahinter führten zu leer stehenden Hallen, trafen sich später im Treppenhaus, das zum Personalparkdeck führte. Und zu seinem Wagen.

»Jael. Was ist denn los?« Ihre Stimme klang atemlos.

»Xenia, du gehst langsam, okay. Hier unter den Leuten passiert dir nichts. Gib dich normal.«

»Aber … Das ist kein Scherz, oder? Weil ich …«

»Nein.«

Scherze endeten normalerweise nicht tödlich.

Das hier eventuell schon.

XENIA

Nicht umdrehen. Sie hörte Jael durchs Telefon atmen. Die einzige Verbindung zu ihm. Warum war er nicht bei ihr?

»Wo bist du?«

»Ich bin in deiner Nähe. Geh bis ans Ende der Halle.«

Sie schaute auf und drückte sich durch die Menschenmasse. Geräusche prasselten auf sie ein. Doch sie musste da durch! Sie musste zu Jael.

»Ist jemand hinter mir?«

»Nicht umdrehen, Xenia! Geh einfach weiter. Du wirst verfolgt. Ein Mann. Braunes Jackett. Anzug. Klein. Stämmig.«

Zitternd presste sie ihr Handy wieder fester ans Ohr. So war er ihr näher. Jael. Trotzdem hörte sie ihn nur noch leise. Panik rauschte durch ihre Ohren, selbst ihr Herzschlag legte sich über seine Stimme.

»Jetzt nach rechts, in den nächsten Gang rein.«

Rechts? Xenia zwängte sich durch eine Lücke, zwischen Menschen und einem Stand hindurch.

»Den nächsten Gang links.«

»Bist du dann …?« Sie stockte. »Bist du dann da? Sehe ich dich dann?«

»Nein. Ich bin auf der anderen Seite. Aber ich sehe dich, okay? Du gehst jetzt die Treppe nach oben. Langsam.«

»Nach oben?« Abrupt blieb sie stehen. Die Treppe hoch? *Unter Menschen bist du sicher.* Das hatte Jael ihr im Auto doch noch gesagt. Da oben aber war niemand.

»Ich … ich kann da nicht hoch. Ich gehe einfach raus, okay?« Vor ihr war der Ausgang.

»Nein!« Jaels harte Antwort knallte ihr ins Ohr. »Wenn der Typ nicht alleine ist, läufst du denen draußen ins Messer. Ich kann dir nur oben helfen. Vertrau mir!«

Konnte sie das?

Durch die Tür am Ausgang sah sie den Himmel, ein kleines Stück nur, es war blau.

»Xenia!«

Ihre Hände reagierten als Erstes, krallten sich um das Geländer. Die Füße folgten und zitterten sich nach oben, Stufe für Stufe.

»Gut so! Und weiter.« In seine Stimme mischten sich Schritte, Füße auf Metall. War Jael auch auf einer Treppe?

»Schau bitte nicht hin. Aber, ich bin auch auf dem Weg nach oben. Auf der anderen Treppe.«

Ohne den Kopf zu drehen, spähte sie rüber. Jael! Er war jetzt ihr Stück blauer Himmel. Aber er … er kam ihr nicht entgegen! Er ging weg? »Warte auf mich!«

»Siehst du die Tür direkt vor mir? Die Tür, durch die ich gehe? Vor dir ist auch eine. Die nimmst du!«

Nein! Sie wollte schreien, doch Panik verstopfte ihren Hals. Auch sie war jetzt oben. Aber Jael weg. Xenia beschleunigte ihre Schritte. Nicht umdrehen. Sie tat es trotzdem. Und sah ihn. Braunes Jackett. Verkniffenes Gesicht. Kurze Beine, die zwei Stufen auf einmal nahmen.

Die Tür! Der Gang vor ihr war leer. Weitere Türen rechts und links. Eine Falle?

»Geh den Flur entlang, Xenia! Ganz ruhig. Ich bin gleich bei dir und schnapp ihn mir. Okay? Am Ende kommt gleich eine Treppe. Geh hoch. Ins Parkhaus. Ebene 2 D11. Warte am Auto.«

Dumpf klangen ihre Schritte auf dem abgetretenen Teppich,

mischten sich unter ihr wild klopfendes Herz. Weitergehen. Nicht umdrehen. Vorne sah sie die Treppe.

Ein Quietschen durchschnitt die Stille hinter ihr. Der Mann war jetzt hier. Mit ihr im Gang.

»Jael! Er ... er ist hier.«

»Bleib ruhig. Ich bin gleich bei ... Scheiße! Verdammt, Xenia, lauf! Renn weg!«

Was? Rot! Alles um sie herum pulsierte plötzlich in grellem Rot und zog sich zu einem engen Schlauch zusammen. Wie entfesselt flogen ihre Beine über den Teppich.

Hinter ihr harte Schritte. Sie kamen näher!

Xenia rannte auf die Treppe zu, kämpfte sich die Stufen hoch. Oben eine Glastür. Ebene 2. Sie riss sie auf. Und jetzt? Vereinzelnd abgestellte Autos. Keine Menschen. Dafür sein Keuchen im Rücken. Hatte er sie gleich? Ziellos lief sie einfach weiter. Die Ausfahrt. Der Weg ins Freie! Ihre Lunge pumpte Luft, zu viel, zu schnell. Auch sein Atem ging laut. Sie riss die Knie hoch. Doch dann ... ein Tritt. Gegen ihre Beine. Und ihre Füße flogen weg. Xenia schrie auf. Ihr Körper landete hart auf dem Beton.

Wie Hammerschläge pochte der Schmerz durch ihre Knochen. Ein Umriss tauchte vor ihr auf, und plötzlich legte sich etwas Weiches auf ihren Mund. Es stank nach Medizin. Sie begann zu würgen. Der Umriss vor ihr verschwamm. Verdoppelte sich. Und tanzte plötzlich vor ihr. Sie hörte Schreie, einen Schlag. Einen Aufprall. Dann nur noch Stille. Zäher Nebel waberte durch ihren Kopf, zog sie mit sich, in erleichternde Dunkelheit. Doch sie spürte noch etwas. Eine Hand. Sie legte sich auf ihre. Und eine leise Melodie begleitete sie. Kindliche Klänge.

La ... Le ...

Sie sackte weg.

Sehen konnte er sie nicht mehr, aber hören.

»Jael! Er … er ist hier.«

»Ruhig. Ich bin gleich bei …« Er bog um die Ecke. Statt Licht plötzlich Schatten. Ein Rollwagen versperrte ihm den Weg. Beladen mit Trennwänden. »Scheiße! Verdammt … Xenia, lauf! Renn weg!«

Er stemmte sich mit seinem ganzen Gewicht gegen das Monstrum auf Rollen. Es schwankte, bewegte sich aber nur Millimeter. Das scheiß Teil hatte sich verkeilt! Jael fluchte auf. Er musste das Treppenhaus erreichen. Umdrehen? Zurücklaufen? Die Zeit hatte er nicht.

Mit einem Sprung war er auf dem Wagen, schob seine Hände zwischen die Trennwände und presste sie auseinander. Er musste da durch. Er musste zu Xenia!

Spanplatten splitterten, rissen ihm die Wange auf. Trotzdem quetschte er sich weiter durch den Spalt. Fiel auf der anderen Seite ins Freie. Und rappelte sich auf.

Den Gang runter. Jael rannte los, erwischte die Treppe und flog die Stufen hoch. Außer seinen Schritten kein Geräusch. Hatte Pluto sie schon in seinen Fängen?

Oben angekommen riss er die Tür auf.

Xenia! Sie lag da, nur wenige Meter vor ihm auf dem Boden. Regungslos. Der Schrei nach ihr quoll schon aus seiner Kehle, doch er bremste ihn ab. Chloroform! Ein Hauch des Betäubungsmittels lag in der Luft. Und tatsächlich. Ihr Brustkorb bewegte sich noch, sehr flach zwar, aber regelmäßig. Verlorene Beute? Niemals. Pluto musste hier noch irgendwo sein. Lauerte er ihm auf?

Jael schärfte seine Sinne und lauschte in die Stille.

Kameras gab es hier nicht, nicht auf diesem Parkdeck. Lautlos setzte er einen Fuß vor den anderen. Ein Windhauch von rechts. Er kniff die Augen zusammen und blinzelte ins Helle. Ein Schatten! Er verschwand in der Ausfahrt. Zu schmal für Pluto. Außerdem ... ein langer Mantel?

Er hatte die Wahl: Hinterher oder zu ihr. Ein Wimmern nahm ihm die Entscheidung ab.

Sie nicht zu berühren, kostete all seine Beherrschung. Seine Hände, seine Arme wollten zu ihr. »Xenia?«

Erst zuckten nur ihre Lider, dann öffnete sie die Augen. Rennen. Kämpfen. Töten. Das machte ihm nichts aus. Doch nur ein Wimpernschlag von ihr reichte aus, seinen Puls zu beschleunigen?

»Jael?« Sie versuchte, sich aufzurichten, verzog dabei schmerzhaft das Gesicht. Jael scannte ihren Körper. Keine verdrehten Glieder. Kein Blut. Was war nur passiert?

Er bot ihr seinen Arm an, das Leder seiner Jacke. Ihre Hand griff zitternd zu, und mit seiner Hilfe schaffte sie es, in den Sitz zu kommen.

»Er ...« Sie räusperte sich. »Er hat mich erwischt. Aber dann ... da war noch jemand.«

Der Typ im Mantel?

»Hast du ihn gesehen? Hat er was gesagt?«

»Nein. Ich lag auf dem Boden.« Xenia fuhr sich mit beiden Händen über das Gesicht. »Aber, ich verstehe das nicht. Was wollte der Typ von mir?« Sie sah zu ihm auf. »Jael, der ... Du blutest.«

»Ich weiß.« Fahrig wischte er sich über die Wange. »Das ist nichts. Aber wir sollten erst mal schleunigst hier weg. Okay? Kannst du aufstehen?«

Über ihre Schulter hinweg sah er zu seinem Wagen. Zur Ausfahrt, wieder hin zu ihr. Doch dann zuckte sein Blick zurück. Hinter dem weißen Kastenwagen. Auf dem Boden. Ein Schuh blitzte zwischen den Rädern hervor, zur Seite gekippt. Da lag jemand. Pluto!

Jael zwang sich ein Lächeln auf die Lippen, zog sich ruhig die Lederjacke aus und ließ dabei das Döschen wandern. Aus dem Innenfutter heraus in seine Hosentasche. Tod durch Herzversagen. Lebte Pluto noch, dann nicht mehr lange.

Behutsam legte er Xenia die Jacke über die Schultern. »Wenn du sie anziehst, kann ich dir helfen.«

Sie nickte und wurschtelte ihre Hände durch die Ärmel. Vorsichtig griff er nach ihren Unterarmen.

Wie verloren stand sie dann vor ihm. Den Blick gesenkt, noch immer zitternd. Jael hätte sie am liebsten einfach aufgehoben.

Stattdessen legte er ihr den Arm um die Schulter, um ihr Halt zu geben, auf dem Weg zu seinem Wagen. Ruhig schloss er ihr die Tür auf, wartete noch, bis sie saß, und gab erst dann vor, urplötzlich sein Handy zu vermissen.

»Mist! Ich glaub, ich hab es im Treppenhaus verloren. Bleib du hier, okay?«

»Nein.« Bittend sah sie zu ihm hoch, schüttelte dann den Kopf. »Geh nicht.«

»Hier ist niemand mehr. Und … ich brauch das Handy, Xenia. Ich bin gleich wieder da, okay?«

Tränen füllten ihre Augen. »Das Gleiche hast du mir vorhin gesagt.«

Hatte er.

Jael schloss kommentarlos ihre Tür. Er hatte keine Wahl. Um sicherzugehen, dass Pluto ihr nicht noch mal zu nahe kam und keine Chance erhielt, dem Partem von ihr zu berichten, musste er nach ihm sehen.

Er lief Richtung Glastür, bog dann aber geduckt ab und schlich bis zum Kastenwagen.

Pluto. Und er atmete noch!

Jael griff nach dem Döschen, holte die blaue Kapsel heraus und beugte sich über den ansonsten reglosen Körper. Mit spitzen Fingern schob er das schimmernde Blau zwischen Plutos fleischige Lippen. Ein gezielter Schlag dann auf den Brustkorb, ein Aufhusten von ihm und die Kapsel fand ihren Weg nach unten. In Plutos Magen. Er röchelte, wand sich unter Jaels Ellbogen, der hart auf seine Kehle drückte. Chancenlos. Jael sah ihm in die aufgerissenen Augen. Und begann zu zählen. Nach vier Sekunden gab Pluto seinen Widerstand auf. Nach weiteren drei Sekunden sein Leben.

Er ließ von ihm ab, wollte sich wegdrehen, sah aber aus dem Augenwinkel etwas aufleuchten. Neben Plutos Füßen, am Boden lag eine weiße Nelke. Jael erstarrte.

Sie hatten im Eingang gelegen, Dutzende der Blüten. In Spanien. Genau an dem Abend, als alles eskalierte. Die Schlägerei zwischen Mizan, Keel und Luke. Er hatte sie gemeldet, und noch in der gleichen Nacht hatte man alle geholt, bis auf ihn. Die WG dann aufgelöst.

War es gar nicht allein sein Versagen gewesen? Hatte man sie von außen manipuliert?

Der neue Mitschüler. Angefangen hatte der ganze Stress mit ihm. Einem Aufschneider, der es aber geschafft hatte, sich ziemlich schnell zwischen die Jungs zu drängen. In der Schule. Im Fitnessstudio. Bei den Mädchen. Und das äußerst clever, immer mit Abstand.

Damals die Nelken, hier die gleiche weiße Blüte.

Das Symbol der Rebellen?

XENIA

Sie war gefangen, in Jaels Auto. Und in einer Endlosschleife gleicher Bilder. Mit Ton. Sie hörte das Keuchen im Nacken, spürte den Tritt gegen ihre Beine. Und immer wieder sah sie sich fliegen, dann hart landen.

Was danach geschehen war, hatte der Geruch verwischt. Der Schmerz aber blieb. Noch immer brannte ihre ganze rechte Seite. Dazu das Pochen im Kopf.

Auch die Kälte war geblieben. Sie saß in ihr fest, und mit ihr das Zittern, das einfach nicht aufhören wollte.

Xenia drehte sich vorsichtig zur Seite, nach links, und verkroch sich tiefer in Jaels Jacke. Sie roch nach Leder und … nach ihm.

Er hatte sie gewarnt.

Gerettet hatte sie aber jemand anderes. Wer? Und warum?

Sie konnte sich an eine Tonabfolge erinnern. Nur bekam sie die nicht mehr zusammen. Es war ein Lied gewesen …

Erschrocken zuckte sie zusammen, als eine Gestalt an der Fahrertür auftauchte. Jael! Er lächelte und hielt sein Handy hoch. Dann ihre Mütze. Sie hatte sie verloren?

Behutsam legte er sie ihr auf die Knie und spürte wohl ihr Zittern, denn er ließ seine Hand ebenfalls für länger dort. Gut gesichert auf der Mütze. Trotzdem fühlte sie seine Wärme durch die Wolle hindurch. Sie hätte gerne mehr davon, mehr Jael um sich herum. Und mehr von dem Grau seiner Augen. Nur … wo war das Cello? Sein Cello? Sie hörte den Ton nicht mehr.

»Wir reden gleich. Machen irgendwo Pause, okay? Erst mal will ich hier weg.«

»Ich auch.«

Auf der Straße, eingefädelt zurück im Leben, schloss sie die Augen.

Was hatte der Mann von ihr gewollt?

Woher wusste er überhaupt von ihr?

»Hast du den Flyer irgendwem gezeigt? Oder … irgendjemandem von der Messe heute erzählt?«

Jael stellte sich die gleichen Fragen?

»Nein.« Sie schüttelte den Kopf. »Nicht mal Felix und Liva.«

»Und im Internet? Hast du …«

»WalterP! Der Typ aus dem Forum.« Xenias Hände verkrallten sich in der Mütze auf ihrem Schoß. Sie spürte die Wolle der Zöpfe. *Longstocking*. Pippi Langstrumpf. Ihr Codename. »Er muss mich an der Mütze erkannt haben.«

FELIX

Okay. Er war hier unangemeldet einfach aufgetaucht.

Und mit Überraschung, Freude, auch mit Verwunderung, hatte er gerechnet, nicht aber mit einem völlig unterkühlten »Was willst du denn hier?«.

Zögernd betrat er Chrystals Zimmer und setzte sich auf den Stuhl vor ihrem Schreibtisch. Er sollte hier warten, hatte sie gemeint, bevor sie ins Bad abgebogen war, um sich etwas überzuziehen.

War es ihr peinlich, dass er sie so gesehen hatte? Nur mit dem Handtuch? Schwer vorstellbar.

Auf dem Tisch vor ihm lagen ihre Tattoo-Sachen. Farben, ein Pinsel, Schablonen. Eine fast fertig gestaltete Blume zog seinen Blick an. War das nicht ihr Tattoo? Das, was er im Kampfstudio auf ihrem Rücken gesehen hatte?

»Hey, das geht dich nichts an!«

»Was?« Er drehte sich zur Tür.

Chrystal kam ins Zimmer gestürmt, in einen weißen Bademantel gehüllt, und hätte ihn sicher auf dem Stuhl zur Seite gerollt, wäre er nicht vorher aufgestanden.

Sie hatte ein Problem damit, dass er ihre Arbeit sah?

Felix lehnte sich an die Wand, beobachtete, wie sie ihre Sachen wegschob, und sich dann so an den Schreibtisch lehnte, dass er nichts mehr sehen konnte.

Fragend legte er den Kopf schief. »Was genau ist grad das Problem, Chrystal?«

»Nichts. Alles gut.« Sie versuchte, zu lächeln, doch ihre angespannten Lippen wollten nicht wirklich mitmachen.

»Sicher?«

»Ja. Es ist nur … Du kannst hier nicht einfach so aufkreuzen. Das will ich nicht.«

»Oh, okay.« In Felix wuchs die Enttäuschung. Ihre Lüge gestern. Ihre abweisende Art jetzt. Die Nähe der letzten Tage zwischen ihnen schien sich gerade aufzulösen. Zeit zu gehen? Er stieß sich von der Wand ab. »Na dann. Man sieht sich, Chrystal.«

Den Umweg über das Wohnzimmer musste er machen, schließlich lag sein Handy noch dort, dass Akrom eingefordert hatte. Felix nahm es sich vom Tisch, nickte den Jungs nur zu und verließ die Wohnung.

Er hatte bereits den ersten Treppenabsatz geschafft, da hörte er plötzlich die Tür, dann Chrystals Stimme. »Warte, Felix!«

»Wieso?« Langsam drehte er sich zu ihr um. »Dass ich nicht erwünscht bin, hast du mir doch gerade deutlich zu verstehen gegeben.«

In dem Weiß ihres Bademantels und so ohne Make-up sah sie viel jünger aus. Fast verletzlich, wenn er es nicht besser wüsste.

»Es tut mir leid. Ich …«

»Was genau tut dir leid? Deine abweisende Art? Die Geheimnistuerei in deinem Zimmer? Ich habe keine Ahnung, was mit dir los ist. Aber … du kannst aufatmen. Ich gehe. Ganz freiwillig.«

»Nein!« Sie schaute kurz in die Wohnung zurück, trat dann in den Flur und zog die Tür hinter sich zu. »Es liegt nicht an dir. Im Moment … Heute ist einfach schlecht. Es gibt ein paar Probleme, und … ich muss noch was fertig machen. Wir haben gleich ein Treffen, das echt wichtig ist. Für mich und die Organisation. Von daher …« Ihre Augen suchten in seinen nach Verständnis, konnten aber nichts finden. Probleme. Treffen. Was fertig machen. Super Antworten. Nichtssagend.

»Na dann, enttäusch sie mal nicht.« Er wollte sich wegdrehen, als ihm der Grund wieder einfiel, warum er eigentlich auf die beschissene Idee gekommen war, bei ihr vorbeizuschauen. »Wo wir schon bei Enttäuschungen sind. Ich hatte gestern ein sehr interessantes Gespräch mit Fiene. Nachdem ich das hier gefunden hatte.« Er ging auf sie zu, steckte den Bon in die Tasche ihres Bademantels. Und verschwand – ohne ein weiteres Wort.

JAEL

Er fuhr in Gedanken mit. Durch die Stadt raus, den Feldweg entlang. Eine Abbiegung noch, dann hielt der Wagen. Wieder trugen sie Masken. Wieder wurden sie zum Portal der Kirche geführt. Diesmal allerdings waren es fünf Begleiter, für jeden von ihnen einer. Umhänge gab es keine, sie durften ihre Jacken anbehalten. Noch.

Bevor er seinem Begleiter in das Innere der Kapelle folgte, hob Jael plötzlich witternd den Kopf. Süßlicher Verwesungsgeruch hing in der Luft. Abgestandenes Blut. Verfaultes Fleisch. Die Wächter! Nur sie verströmten dieses widerliche Gemisch des Todes.

Waren sie seinetwegen hier?

Xenia hatte seine Version geschluckt. Die von dem Spinner und dem edlen Retter, der sicherlich nur abgehauen war, um in nichts verwickelt zu werden.

Aber … war Pluto gar nicht allein gewesen? Hatte man ihn beobachtet?

Mord. Generell ein absolut legitimes Mittel, es gab noch nicht mal eine offizielle Rechtfertigungspflicht. Anders sicher bei Pluto. Der Innere Kreis bestand nur aus den engsten Vertrauten des Partem, und Pluto gehörte ihm seit Jahren an. Ihre Rache. Sie würde grenzenlos sein, sollten sie herausfinden, was er getan hatte.

Jael fror seinen Körper ein. Nichts durfte er sich gleich anmerken lassen, egal wer anwesend war. Kein unsicheres Augenflackern, kein Zucken der Mundwinkel. Sie würden jede noch so kleine Regung bemerken. Nach den jahrelangen psychischen Schulungen kannten sie seine Mimik, seine Gestik. Konnten alles übersetzen.

»Weiter!« Die Hand an seinem Arm zog ihn vorwärts, den Gang entlang. Dann würde sich der Altarraum vor ihm öffnen, vielleicht zehn Schritte noch. Elf? Doch ... sie bogen ab. Stufen. Eine Treppe? Jael schärfte die ihm verbliebenen Sinne. Steine knirschten unter seinen Füßen und denen der anderen hinter ihm. Die Stufen hatten Dellen. In der Luft hing modrige Feuchtigkeit. Dann ein Hauch von Wachs. Je tiefer sie abstiegen, umso intensiver wurde der Geruch. Fackeln? Von einem unterirdischen Raum in der Kirche hatte er bisher nichts gewusst. Eine Tür wurde vor ihm geöffnet. Hinter sich fühlte er plötzlich nur Leere. Geno, Rafi, Akrom, Chrystal. Sie waren nicht mehr da.

CHRYSTAL

Man hatte sie getrennt. Hinter ihr hörte sie nur noch ihren Begleiter atmen. »Zieh deine Jacke aus.« Chrystal folgte der Anweisung. Noch immer blind. Dann spürte sie am Rücken eine Bewegung. Der Stoff ihres Oberteils, der Schlitz wurde auseinandergezogen und an den Seiten rechts und links befestigt. Die Schlaufen hatte sie gesehen, jetzt wusste sie, wofür sie waren. Wie eisige Hände schlüpfte die kalte Luft unter ihr Oberteil. Chrystal fröstelte.

Vor ihr hörte sie das Quietschen einer Tür, dann berührten sie wieder Hände. An der Hüfte. Sie schoben sie weiter. Wärme traf sie von vorne, der jetzt geöffnete Raum vor ihr schien zu glühen.

»Gehe drei Schritte, Chrystal, dann bleib stehen.«

Der Mann verschwand aus ihrem Rücken, und Sekunden später fiel die Tür ins Schloss.

Zeit verstrich. Neben ihr atmeten Körper. Sie war nicht allein, die Jungs waren da, und aus irgendeinem kindischen Grund erleichterte sie ihre Anwesenheit.

Ein tiefer, warmer Klang durchzog plötzlich die Stille. Schwoll an und brach sich an den Wänden. Dann mischten sich Stimmen in den Gesang. Chrystal erschauderte.

Der Clan war tatsächlich anwesend! *Sic itur ad astra.* So steigen wir auf zu den Sternen.

Als die letzten Töne verklangen, nahm sie Haltung an. Angewinkelte Arme, geöffnete Handflächen, den Kopf dem Himmel zugewandt. Die abschließende Formel wurde gesprochen: »Sic itur ad astra.«

Chrystal antwortete im Gleichklang mit den Jungs: »*Per aspera ad astra.*«

Stühle knarrten, sie hörte das Rascheln von Umhängen. Der Clan setzte sich, oben auf der Empore, direkt über ihnen.

»Willkommen! Ihr dürft jetzt eure Masken abnehmen und sie neben euch ablegen.«

Die Schwärze vor ihren Augen verwandelte sich in warmes Licht. Ein Flackern erfüllte den Saal. Überall Kerzen, in verschiedenen Größen, alle rot leuchtend. Auf dem Altar thronte das Standbild. Die Blume des Lebens!

»Jael. Tritt vor.«

Aus dem Augenwinkel nahm sie seine Bewegungen wahr, langsam schritt er nach vorne, auf die Kniebank zu. Sie hatte gewusst, was sie erwartete, freie Oberkörper bei den Jungs, und doch ließ Jaels Anblick sie kurz das Atmen vergessen. Die schwarze Jeans hing tief auf seinen schmalen Hüften, darüber entfaltete sich sein muskulöser Rücken. Akrom war austrainiert, breit, massig. Jael hingegen hatte sich das Elegante bewahrt, seine Muskeln schienen im Schein der Kerzen zu spielen. Kraftvoll und doch geschmeidig. Einer Raubkatze gleich. Als er sich niederkniete, wurde das Licht ausgerichtet, und sein Tattoo trat klarer hervor. Die Blume des Lebens. Seine Blume! Sie war fast vollkommen erblüht. Unsagbar schön! Jedes einzelne Blütenblatt trug bereits Farbe: dunkles Blau, sattes Grün, strahlendes Gelb, intensives Orange, tiefes Violett. Nur das Rot schimmerte noch zurückhaltend. Es würde glühen, wenn er seine Aufgabe vollendete.

»Jael, Stufe 6. Du kommst gut voran. Wir erwarten deine letzten Werke. Du darfst zurücktreten.«

Geno wurde als Nächstes aufgerufen.

Erstaunt starrte Chrystal auf sein Tattoo, und die Stille in der Luft konnte nur bedeuten, dass auch die anderen einige Atemzüge ausließen.

»Geno, Stufe 5. Auch dir gratulieren wir zu deinem erfolgreichen Weiterkommen auf dieser so hohen Stufe.«

Er musste gezielt entleert haben. Die violette Farbe seines Blütenblattes hatte noch nicht die abschließende Tiefe, war aber nah dran. Viele Opfer waren es nicht gewesen, dafür sehr ausgewählte?

»Allerdings, Geno, erwarten wir von dir nicht nur dein eigenes Aufstreben, sondern vielmehr den Einsatz für das Ganze. Wir brauchen jetzt vor allem VIEL. Viele Gegenstände, die uns Energie zufügen. Bedenke dies in der nächsten Woche. Du darfst zurücktreten.«

Viele Gegenstände? Chrystal sah verwundert auf. Seit wann das denn? Bisher ging es immer um das Entleeren auf höheren Stufen. Und was sollte sich daran geändert haben?

Ihr Name, der dann fiel, durchbrach ihre Gedanken.

Sie straffte die Schultern, spannte jeden Muskel ihres Körpers an, sie war bereit für ihren Auftritt. Besonders sie würde der Clan im Auge haben. Und Jael sicher auch.

Schon bei ihren ersten Schritten Richtung Kniebank spürte sie seinen brennenden Blick im Rücken. Endlich würde er nun wissen, wie weit sie angeblich war. Doch ... würde ihr Werk ihn überzeugen? Die Umrisse stimmten, nur das Leuchten der Farben hatte sie durch Felix' überraschenden Besuch nicht so herausarbeiten können. Felix. Die Enttäuschung in seinen Augen holte sie ein.

»Chrystal, Stufe. 3 Wir gratulieren dir zu deinem Aufstieg. Du darfst zurücktreten.«

Mit gesenktem Kopf wich sie nach hinten, auf ihren Platz zurück, und schloss die Augen. Sehen konnte sie ihn nicht, den Blick von Jael, glaubte seinen Spott aber zu hören. Ein leises verächtliches Lachen? Er machte sich über ihre Stufe lustig? Gut so, dann hatte er ihr Tattoo wenigstens geschluckt.

Akrom folgte. Ebenfalls Stufe 3. Nur fast vollendet. Sie erwarteten für die nächste Woche seinen Aufstieg.

Über Rafi waren sie erfreut, er hatte mit Fleiß und Engagement gesammelt und Stufe 2 abgeschlossen. Auch ihm gratulierten sie zum Erlangen der Stufe 3.

»Ihr habt gute Arbeit geleistet. Doch eure Ergebnisse sind durchaus noch steigerbar. Wollt ihr aufsteigen? Dann liefert noch mehr ab. Lasst eure Arbeit nicht umsonst gewesen sein. Zu hart habt ihr gekämpft. Zu hart, um so kurz vor dem Ziel zu scheitern. Ihr wollt eure Liebsten retten? Nur zu. Das ist euer Leben, das ist eure Aufgabe. Sic itur ad astra!«

Laut und kraftvoll erklang ihre Antwort. »Per aspera ad astra.«

»Rafael, Geno, Akrom. Dreht euch zur Tür und klopft an. Ihr dürft gehen.«

Sie nicht. Jael nicht. Ihre Blicke begegneten sich. Tanzende Schatten überzogen sein markantes Gesicht, in seinen Augen spiegelten sich Kerzenlichter. Darunter angespannte Kiefermuskeln. Ging ihm die gleiche Frage durch den Kopf? Folgte jetzt die Bestrafung für ihr Versagen?

Es war ihre Schuld, nicht seine. Sie hatte versagt. Aus einer blöden emotionalen Schwäche heraus.

Aus dem Dunklen hinter dem Altar traten zwei Gestalten in langen schwarzen Gewändern. Kapuzen fielen ihnen tief in die Stirn, verbargen dahinter nur ein schwarzes Nichts. Kein Gesicht. Sie stellten zwei Stühle neben den Altar, rechts und links, blieben dahinter stehen und forderten sie auf, Platz zu nehmen. Chrystal trat vor und drehte sich mit dem Gesicht zur Empore. Als die Gestalt ihr den Stuhl zurechtrutschte, streifte eine Hand ihren freien Rücken. Unbeabsichtigt? Vielleicht. Doch die Finger, die dann zielgenau ihre Seite erwischten und ganz kurz zukniffen, sicher nicht. Chrystal zuckte zusammen. Elias, der Idiot.

Hatte er das Fläschchen dabei?

JAEL

»Rafael, Geno, Akrom. Dreht euch zur Tür und klopft an. Ihr dürft gehen.«

Er nicht. Sie nicht. Ihre Blicke begegneten sich. Chrystal, der schwarze Engel. Gab es die Hölle, dann war sie ihr Bote. Jael verkniff sich ein Durchatmen. Wenn sie beide hierbehalten wurden, dann ging es nicht um Pluto. Nicht um Xenia. Es war wegen Miriam. Ein Fehler, der sich mit Sicherheit korrigieren ließ. Nicht aber Genos Tattoo. Stufe 5! Er hatte ihn vollkommen unterschätzt, die Gefahr nicht gesehen. Ein zweiter Electos war grundsätzlich kein Problem. Aber ab Stufe 6 wurde Geno für Xenia empfänglich. Und sie für ihn.

Stühle wurden bereitgestellt, sie sollten sich setzen. Ihm übergab man vorher ein Hemd.

Die Empore lag in absoluter Dunkelheit, nur schemenhaft waren Gestalten auszumachen. Eine von ihnen erhob sich. Ein Gesicht war nicht zu erkennen, aber Hände, die sich auf die Brüstung legten. Die Hände des Supremus.

»Chrystal und Jael.« In seiner Stimme schwang unterdrückter Zorn mit. »Wir sind unzufrieden, wie ihr euch sicher vorstellen könnt. Niemals hätte das mit Miriam passieren dürfen. Ihr hättet sie im Auge behalten müssen, vor allem du, Jael, nachdem du ihr die Selbstliebe genommen hast. Ein Selbstmordversuch danach ist keine Seltenheit, so kurz nach der Feier aber absolut unerfreulich. Er wirft womöglich Fragen auf. Dass sie jedoch noch lebt, ist ein viel größeres Problem. Ein unverzeihlicher Fehler, den du,

Chrystal, schleunigst korrigieren musst. Du warst heute bei ihr. Welche Informationen hast du für uns?«

Mit fester Stimme berichtete sie von ihrem Besuch in der Marquardt-Villa. Jael hingegen starrte auf den Boden. Zählte die kleinen Risse vor sich im Stein. Nicht er … *Sie* sollte weitermachen? Nachdem sie gescheitert war?

»Jael? Ich sehe Missbilligung in deinem Blick?«

Er biss die Zähne zusammen. Zu spät. Unruhe breitete sich bereits auf der Empore aus. Verärgerte Stimmen?

Jael streckte seinen Rücken. »Nein. Keine Missbilligung. Nur Verwunderung. Das Problem könnte und würde ich gerne selbst übernehmen.«

»Ein nettes Angebot. Was wir jedoch nicht annehmen werden. Chrystal haben wir ausgewählt, um dich zu unterstützen. Um für Stabilität im Team zu sorgen. Für dich, Jael, gilt nur noch eins: Kümmere dich um deine Vollendung. Denn …«, die dunkle Gestalt beugte sich weiter über die Brüstung, »dir rennt die Zeit weg. Wenn sich bestätigt, was wir erfahren haben, wird die Zeremonie sehr bald stattfinden können. Pluto ist auf etwas Vielversprechendes gestoßen, wir erwarten seinen Bericht. Und wenn sich dieser bestätigt, wird es eng für dich. Geno ist dir auf den Fersen und als Electos dann bald ebenso nützlich wie du, Jael. Versteh das nicht falsch, wir schätzen dich und deine Arbeit. Aber: Wir werden keine Rücksicht auf dich nehmen. Wenn du dein Werk dieses Jahr nicht beendest, war es das für dich!«

Mit äußerster Konzentration schaffte Jael es diesmal, Haltung zu bewahren. Hinter seiner steinernen Fassade aber jagte er seinen Gedanken hinterher. Pluto! Melden konnte der gar nichts mehr. Nur … was hatte er bereits gesagt?

XENIA

»Warte mal, Janne. Du hast da was am Hals.«

»Hä? Was denn?« Sie sah von ihrem Spind auf.

»Irgendeinen Fussel oder so.« Xenia wollte ihn gerade wegpusten, als Janne sich mit der Hand über ihren Nacken fuhr. Weg war er.

»Ist da ein Stich? Das juckt voll.«

»Ne. Sehe nichts. Ist nur ein bisschen rot.« Xenia ging sofort wieder auf Abstand. Keine Berührungen. »Und trefft ihr euch jetzt? Du und Rafi?«

»Ja.« Janne lächelte vielsagend. »Vielleicht sogar schon heute.«

Es gongte über ihnen, Xenia stopfte ihre Jacke in den Spind und machte sich mit Janne auf den Weg zum Bioraum. War Liva immer noch draußen? Mit Geno?

Applaus brandete plötzlich auf, und Xenia zuckte zusammen. Jannes Hand berührte ihren Arm. Wie immer klang sie nach tosendem Beifall, nur heute hatte jemand einen komischen Hall drübergelegt.

»Rafi hat auf jeden Fall gefragt, ob ich was vorhabe. Du solltest dich also ein bisschen beeilen, Xen. Sonst bist du die Letzte.«

»Wie meinst du das?« Sie kam ins Stolpern. Janne grinste spöttisch. Seit wann konnte sie das denn? »Na ja mit Jael. Felix und Chrystal. Liva und Geno. Ich jetzt mit Rafi. Du bleibst irgendwie übrig, oder?«

Übrig bleiben? Xenia drückte sich ans Treppengeländer. Überall fremde Arme, Schultern, Hände. Ein Wirbel an Geräuschen.

Die Masse der Entgegenkommenden um sie herum verschluckte sie. Und Janne? Bemerkte es nicht mal. Fröhlich wehten ihre schwarzen Haare die Stufen weiter nach oben. *Du bist die Letzte.*

Xenias Hals wurde eng, sie musste hier weg. Liva war hier sicher noch irgendwo. Oder Felix?

Tatsächlich hatten gerade alle irgendwen, und sie? Jael? Von wegen. An ihm schienen die Mädchen heute ganz besonders zu kleben. Sie hatten sich zugelächelt, am Morgen bei den Spinden. Das war's.

Du bleibst übrig. Xenia stiegen Tränen in die Augen. In der Mittagspause hatte sie tatsächlich ziemlich blöd allein dagestanden. So wie jetzt.

Es gongte zum zweiten Mal, doch statt des Bioraumes steuerte sie die Toiletten an. Oder … doch noch mal kurz raus. Durchatmen? Die Seitentür stand offen, zumindest ein kleines Stück, und sie wollte sie gerade weiter aufziehen, als von draußen eine Stimme hereinwehte.

»Ich bin mir sicher, der zieht hier nur seine Show ab. Um nichts anderes geht es ihm, sonst hätte er das nicht gemacht.« Geno war es, der da lästerte. Aber über wen? Lauscher waren hier sicher nicht erwünscht, sie sollte gehen, doch Rafi beantwortete gerade ihre Frage. »So ist Jael nicht. Nie gewesen. Und bevor du hier einfach irgendwas behauptest, solltest du mit ihm direkt sprechen.«

Geno lachte hart auf. »Du bist echt so blind, was den angeht. Warum hat er wohl ein *Protectio* ausgesprochen? Gerade über sie. Hm? An der ist nichts. Gar nichts! Außer das, was ich vermute: Sie ist ein Immunit.«

Immunit. Protectio. Zwei Worte. Und ihre Erinnerung brach auf. Sie hatte sie schon mal gehört. In der Küche, auf der Party! Hitze stieg ihr ins Gesicht, entflammte ihre Ohren. *An der ist nichts.* Genos verletzende Worte. Sie sprachen über sie!

»Ein Immunit?«

»Mann, geht's noch lauter, du Idiot?« Geno maßregelte Akrom. Standen sie alle da? Chrystal auch?

»Wie kommst du darauf, Geno?« Ja, das war ihre Stimme. Leise zwar, aber unverkennbar.

»Guck dir die zwei doch an. Die berühren sich nicht. Und dann ihre plötzliche Ohnmacht. Ich finde, wir sollten das *Protectio* aussetzen und sie testen.«

Xenias Hand rutschte an der Wand ab. Testen? Sie?

Rafi war dagegen. Akrom ebenfalls. »Wir haben abgestimmt. Die Mehrheit war dafür. Das können wir jetzt nicht einfach aufheben, ohne Ärger zu riskieren.«

»Das ist doch scheiße! Ich bin mir sicher, dass ich recht habe. Er könnte sie melden, macht es aber nicht. Und für so einen krassen Regelbruch gibt es nur eine Erklärung: Weil ich ihm auf den Fersen bin. Ich kann sie mir bald auch schnappen. Und dann? Wäre er am Arsch!«

»Quatsch.« Akroms tiefe Stimme mischte sich in die, die plötzlich in ihrem Inneren aufschrie. Sie warnte, zu verschwinden. »Jael ist gut. Der beste Electos seit Langem. Vielleicht testet er sie noch, um sich sicher zu sein.«

»Jungs, wir sollten gehen. Ich denke auch, dass er es unter Kontrolle hat, warten wir …« Chrystals Stimme wurde mit jedem Wort lauter. Sie kamen näher. Xenia hämmerte das Herz gegen die Brust. Sie musste hier weg. Schnell! Nur wohin? Der Gang hinter ihr war lang. Sie würden sie erwischen. Und dann? Instinktiv griff sie an die Klinke und zog die Tür zu. Von außen war sie nicht zu öffnen. Und jetzt? Der obere Teil bestand aus Milchglas, der untere aus Holz. Blickdicht also. Und Xenia tauchte ab. Gerade noch rechtzeitig. Über ihr wurde bereits an der Tür gerüttelt.

»Was für eine Scheiße! Hey! Was soll das?« Akrom. Er trat zu. Die Tür vibrierte.

Zitternd und auf allen vieren krabbelte Xenia die ersten Meter über den Betonboden. Ihre Füße verhaspelten sich. Sie schlug hin. Rappelte sich hoch.

»Wir kriegen dich!«, schrie Geno ins Innere.

Xenia begann zu rennen. Die anderen mussten ums Gebäude rum, sie die Treppe nach oben. Die Stufen flogen unter ihr hinweg. Oben angekommen, den Blick kurz nach unten gerichtet, wollte sie in den Gang laufen, konnte in letzter Sekunde jedoch noch einem massigen Körper ausweichen. Herr Dr. Weber.

»Xenia! Darf ich mal fragen …«

Nein! Jetzt nicht. Jael. Seine Worte fielen ihr ein. Bei Problemen mit Weber gab es ein Code-Wort. Bärchen? Das hatte er ihr gestern im Auto erzählt, seine Freifahrtkarte für Schwänzen und Ähnliches. Sollte sie …?

Von unten eilten Schritte nach oben. Sie musste!

»Lassen Sie mich gehen, Bärchen. Sofort.«

Entsetzt riss er die Augen auf, holte Luft. Für eine Standpauke? Sein Gesicht färbte sich bedrohlich rot. Was immer Bärchen zu bedeuten hatte, es funktionierte.

»Und jetzt schön den Mund halten. Sie haben mich nicht gesehen.« Mit den Worten verschwand sie im nächsten Gang. Zwei Sekunden später ungesehen im Klassenzimmer.

CHRYSTAL

Tränen tropften vor ihr auf die Klobrille. Immer wieder krümmte sie sich zusammen. Nichts außer Magensäure ihr kam noch heraus, und doch wollte der Würgereiz nicht aufhören. Als ob ihr Körper etwas ausspucken wollte, das für immer in ihr festhing. Erinnerungen. Sie wurde sie nicht los.

Erschöpft drehte Chrystal sich von der Kloschüssel weg und ließ sich gegen die Trennwand fallen. Ihr T-Shirt klebte feucht an ihrem Rücken. Nass verschwitzt.

Eine Immunitin?

Bilder der Vergangenheit stiegen in ihr auf. Schon bei Marlene hatte sie mit ihnen kämpfen müssen. Die Traurigkeit in ihren Augen, dann die Hoffnung. Sie kannte diesen Blick. Verzweifelter nur, und Jahre her. Nie wieder hatte sie einer Opferung zugesehen. Seit damals. Und doch war alles wieder da.

Sie spürte die Wärme von unzähligen Kerzen. Sie konnte sie hören, die dumpfen Trommelschläge, die Gesänge. Sah das Flackern der Fackeln in den Händen der Wächter, die den Einzug der kleinen Immunitin begleiteten. Von der Empore runter zum Altar. Die Kleine zitterte unter ihrem weißen Hemdchen. Tränen liefen ihr über das Gesicht. Über ihren Hals. In den weißen Stoff und verfärbten den Ausschnitt. Man legte sie ab, öffnete ihr die Handfesseln und fixierte ihre Arme. Rechts und links direkt neben den Blut-Rinnen.

Chrystal begann zu schluchzen. Sie selbst hatte vortreten

müssen. Ihr hatte man das Messer überreicht und sie zum Altar geführt.

Sie hatte die Hoffnung gesehen, die in den panischen Augen der Immunitin aufgeflackert war. Als sie gezögert hatte. Nur, um das Messer dann doch anzusetzen.

JAEL

Blonde Haare. Glänzende Augen. Das Mädchen hing an seinen Lippen. Partnerarbeit in Physik. Wusste sie überhaupt, wie man Photonenmodell buchstabierte? Jael legte ihr seinen Arm um die Schulter und zog sie näher zu sich heran. Was hinderte ihn jetzt noch? Heute die Umarmung. Morgen ein Kuss. Jeden weiteren Tag einen Schritt mehr, bis er sie so weit hatte. In seinem Bett. Mit dem Satz auf den Lippen: Ich liebe dich. Die Schlüsselwörter für die romantische Liebe.

Er wäre seinem Ziel ein großes Stück näher.

Eigentlich ganz einfach also, nur gab es ein klitzekleines Problem. Sie zog ihn nicht an. Seit Xenia zog ihn keine mehr an. Keine hatte ihre Augen. Ihren Mund. Ihr Lachen. Ihren Zorn. Er wollte sie! Von der hier neben sich konnte er sich nicht mal den Namen merken. Lina? Lena? Die Freundin von Miriam halt.

Sie blickte von ihrem Heft auf. »Ich denke, ich werde sie heute mal besuchen. Kommst du mit?«

»Ich soll dich begleiten?« Vorsichtig nahm er ihr den Stift aus der Hand. Ihre Finger zitterten, als seine Hand sie streifte. Absichtlich.

»Jael und Linda? Ihr sollt als Partner arbeiten, nicht als Pärchen. Verstanden?«

Die Klasse johlte, und Jael musste grinsen.

Er hob entschuldigend die Hand, nur um sie demonstrativ bedauernd wieder fallen zu lassen. Linda befreite sich mit rot leuchtendem Gesicht aus seinem Arm. Zu spät. Er hatte ihr

Gefühl bereits. Die freundschaftliche Liebe. Wenigstens etwas. Miriam war für sie jetzt Geschichte.

Am Ende der Stunde vermisste Linda nicht mal ihren Stift, sie glühte immer noch, was ihrem Denken wohl schadete. Jael steckte ihn ein und sah zu, dass er schnell aus dem Klassenzimmer kam. Sie hatten Schulschluss, doch den Weg nach Hause würde er nicht so ohne Weiteres schaffen, daher zog er sich zurück, ein paar Stufen in den Keller. Ihm war schwindelig, nur leicht, trotzdem irritierend. Stufe 3. Seine Fitness musste jämmerlich sein, wenn ihn das aus der Bahn warf. Etwas, an dem er dringend arbeiten musste.

Auf dem Vorplatz der Schule dann sah er sie nicht mehr, Xenia schien schon gegangen zu sein. Jael vergrub seine Hände in den Taschen und steuerte den Parkplatz an. Bahnfahren war heute Morgen nichts für ihn gewesen. Nach der Nacht. Er hatte beschissen geschlafen und war mit dröhnendem Schädel aufgewacht. Gestern, das war knapp gewesen. Für Xenia, aber auch für ihn. Der Partem drohte ihm mit Genos Aufstieg? Loyalität. Galt für ihn offenbar nicht. Jael öffnete seine Autotür und ließ sich auf den Sitz fallen. Pluto zu töten, hatte ihm jetzt zumindest erst mal Luft verschafft. Doch konnte man die Spur zu ihm zurückverfolgen? Konnte man die Spur zu Xenia zurückverfolgen? Er musste dringend mit ihr sprechen.

Nur erreichte er sie nicht, den ganzen Tag. Immer wieder wählte er ihre Nummer, klingelte später sogar bei ihr an der Tür. Vergeblich.

Erst am Abend hörte er von ihr. Sein Handy, das er neben den Herd gelegt hatte, meldete sich.

Kurz. Kurz. Lang. Ihr Notsignal.

FELIX

Nicht die Wahrheit tut weh, sondern die Lüge davor.

Felix nahm seine gekritzelten Zeilen vom Schreibtisch und verstaute sie in seiner Songmappe. Ein Postkartenspruch, nicht seiner, und doch war er gestern die beste Übersetzung für seine Wut gewesen. Verraucht war sie noch immer nicht, aber sie hatte sich verkrochen. Dank Xenia. *Chrystal ist nicht dein Vater. Sie hat nicht gelogen, um sich selbst zu schützen.* Was den Nagellack angeht, stimmte das. Aber ihr Verhalten gestern entschuldigte es nicht. Sie mussten reden. Aber anscheinend nicht jetzt. Chrystal war mit den Gedanken irgendwo anders. In der Schule schon, danach die ganze Autofahrt über.

Ein Knarren aus dem Flur verriet ihm, dass sie zurückkam, und Felix drehte sich zur Tür. Das Handy noch in der Hand betrat sie wortlos sein Zimmer. Ozeanblaue Augen. Mit zu viel Wasser. Chrystal kämpfte mit den Tränen?

»Hey!« Er schob seinen Stuhl nach hinten und stand auf. »Schlechte Nachrichten?«

Sie nickte. Ihre verkrampften Lippen verrieten, dass sie es schlucken wollte, was auch immer sie gehört hatte. Doch plötzlich lehnte sie ihren Kopf an seine Brust und umschlang seine Taille. »Es ist jemand gestorben, den ich gut kannte.«

»Nein.« Behutsam strich er ihr übers Haar. Glänzendes Schwarz. Felix schloss die Augen und zog sie näher zu sich. Gab es einen Algorithmus für Scheiße, den nur das Leben kannte? Einmal Scheiße immer Scheiße? Chrystal hatte doch schon genug verloren.

»Plu … Walter stand mir nicht besonders nahe, aber … ich kannte ihn gut und … Wir haben lange zusammengearbeitet.«

»Zusammengearbeitet?« Über ihren Kopf hinweg runzelte Felix die Stirn. Klang merkwürdig. Nach einem ganzen Arbeitsleben.

Sie merkte es wohl und löste sich ein wenig aus seiner Umarmung. »Wir sprechen von Arbeit, wenn wir die Ausbildung meinen. Er war einer meiner Trainer.«

Die Organisation. Ihre Ersatzfamilie? Nachdenklich spielte Felix mit einer Haarsträhne, die sich aus ihrem Zopf gelöst hatte. Egal was sie für sie war, sie machte ihr schlechte Laune und ihm langsam Bauchschmerzen. Nichts, was mit ihr zu tun hatte, hörte sich auch nur in Ansätzen normal an.

»Seid ihr eigentlich freiwillig da? Also, könntet ihr aussteigen?«

Kälte. Harte Worte. Mit irgendeinem Widerstand hatte er gerechnet, wie sonst, wenn die Sprache auf die Leute kam, von denen sie so abhängig war. Nicht aber, dass ihre Arme kraftlos an ihm abrutschten und sie sich mit hängenden Schultern von ihm zurückzog. Ans Fenster. Regungslos starrte sie in den Himmel.

Felix fuhr sich unschlüssig durch die Haare. Sollte er nachhaken?

»Chrystal?« Alles war besser als die Stille. »Könntest du da aussteigen?«

»Nein.« Ihre Stimme war nicht mehr als ein Flüstern. »Weg kann ich von denen nicht. Und, es wäre besser, ich würde dich gehen lassen, Felix. Aber …« Sie sah über ihre Schulter zu ihm hoch. Kein strahlendes Kristallblau, ihre Augen wirkten dunkler. Als hätte sie einen Vorhang zur Seite geschoben. »Ich will das nicht. Dich gehen lassen.«

Felix lächelte und atmete ihre Worte tief ein. Er war mehr für sie? Mehr als nur ein reizvolles Spiel? Vorsichtig legte er ihr seine Hände auf die Schultern und drehte sie zu sich um. »Ich werde auch nicht gehen, Chrystal.«

Ihr Blick hing an seinen Lippen. Sie hob die Hand und strich mit ihrem Finger sanft über seine Wange. »Immer wenn ich die hier sehe, geht es mir gut.« Seine Lachfalten?

Er wollte etwas erwidern, doch ihr Finger glitt über sein Kinn. Seinen Hals entlang. Wanderte dann über sein Shirt, Zentimeter für Zentimeter nach unten. Durch den dünnen Stoff hindurch spürte er die leichte, fast flüchtige Berührung, sie hinterließ eine glühende Spur. Felix' Atmung stockte. Chrystal! Sie verfolgte ihren Finger mit den Augen, abwärts. Hitze erfüllte seinen Körper. Ihre Wangen glühten. Felix' Hände fanden ihre Hüfte, sie hob ihr Kinn, lächelte, und er beugte sich zu ihr.

Ihre Lippen trafen sich. Sanft. Dann griffen ihre Finger tief in seine Haare und zogen ihn näher. Der leise Laut, den sie dabei ausstieß, raubte ihm das letzte bisschen Kontrolle. Nichts Vorsichtiges blieb mehr, nichts, was ihn zurückhielt. Fest umschlang er sie und schob sie nach hinten. Bis das Fenster ihnen Halt gab.

»Wie schade, dass ich heute kein Hemd trage.«

»Ein Hemd?« Felix küsste sich ihren Hals hinunter. Nach seinem Geschmack trug sie gerade noch viel zu viel Stoff.

»Weil es schon heiß war, wie du es mir zugeknöpft hast. Wie muss es dann sein, wenn du es aufknöpfst.«

»Absolut heiß.« Felix löste sich ein wenig von ihr. Atemlos, lächelnd. Sie mussten echt verdammt aufpassen, sollte das nicht gleich hier direkt im Bett enden.

Chrystal war seinem kurzen Blick gefolgt. Ihre Augen glitten über die Matratze, über die Kissen. Auf ihren Lippen ihr unschuldiges Lächeln. Abgrundtief schuldig.

Seine Lippen streiften ihr Ohr, als er sich zu ihr beugte. »Ich glaube, du weißt, was ich will, Chrystal.« Fremd klang seine Stimme, Oktaven tiefer. »Und doch sollten wir hier jetzt vielleicht nicht weiter, wenn wir nicht …«

»Ja?« Sie schmiegte ihre Wange an seine, vorsichtig zart, dabei tat ihre Hand etwas absolut Unvorsichtiges. Sie wanderte von seinem Rücken über die Seite, dann tiefer. Gefährlich tief. Zu dem Bund seiner Jeans. »Warum sollten wir hier jetzt nicht weitermachen?«

Felix fing ihre Hand ab, was ihm alles an Beherrschung abverlangte. »Weil ich dafür Zeit will. Alle Zeit, die … Scheiße!« Fiene. Wie spät war es? Ruckartig löste er sich von Chrystal und griff nach seinem Handy. 18:49 Uhr. In elf Minuten sollte er am Stadtpark sein. Auch ohne Feierabendverkehr unmöglich.

XENIA

Das Lied endete abrupt. Die JBL Box am Badewannenrand wechselte eigenständig das Programm: von Coldplay in den Handyklingelton. Xenia richtete sich ein Stück auf, und die Schaumberge vor ihr begannen, träge zu kreisen. Felix. Sie angelte nach dem Handtuch auf dem Boden und trocknete sich die Hände ab.

»Hi.«

»Ach, Xen, Mensch super, dass du dran gehst.« Er klang gehetzt. Dielen knarrten unter seinen Schritten. »Bist du zu Hause?«

»Ja. Ich bin gerade ...«

»Xen, kannst du Fiene abholen? Ähm ... Quatsch, ich meine, kannst du zum Stadtpark und dort mit ihr auf mich warten? Ich hab völlig die Zeit vergessen und schaffe es nicht pünktlich.«

»Was?« Felix unpünktlich? »Wann denn?«

»Um sieben?« Wie sollte sie das denn schaffen? Abtrocknen, föhnen, anziehen ...

»Kriegst du das hin? Ich würde ihr auch eine Nachricht ... Bist du in der Badewanne?«

Er hatte das Wasser gehört.

»Äh, nein. Ich wollte gerade rein. Aber ... ist kein Problem. Ich beeile mich. Okay?«

Gelogen, doch Felix bat viel zu selten um Hilfe.

Xenia krabbelte aus der Wanne, trocknete sich ab und rubbelte mit dem Handtuch durch ihre Locken. Wäsche, Jeans, Shirt. Sie schlüpfte in ihre Klamotten, zog den Stöpsel in der Wanne und stellte das Fenster noch auf Kipp.

Zwei Minuten vor sieben. Auf dem Weg in den Flur schlüpfte sie in ihre Schuhe. Handy dabei. Mütze auf dem Kopf. Sie zog die Wohnungstür hinter sich zu und raste im Halbdunklen die Treppen runter.

Noch eine Ecke, dann über den Zebrastreifen, bevor der Weg in den Park abging. Etwas Hellblaues leuchtete vor ihr in der einsetzenden Dämmerung auf. Fienes Sweatshirtjacke. Ganz in der Nähe des Klettergerüstes. Sie saß auf einer Bank, neben ihr jemand in einer dunklen Jacke. Braune Locken. Rafi? Hatte Felix nicht gesagt, er wäre ihr neuer Stern am Himmel? Nur ... Fiene strahlte nicht. Xenia überholte ein Pärchen mit Hund und näherte sich der Bank. Unbehagen trieb sie an. Fienes Gesicht wirkte angespannt, ihre Lippen verkniffen. Sie redete auf Rafi ein, der aber nur lachte, dabei aufstand und lässig über die Lehne sprang.

»Ich weiß, dass du sie hast!«

Fienes Empörung ignorierte er, drehte sich nicht noch einmal um, sondern marschierte einfach weg. In die entgegengesetzte Richtung. Xenia kniff die Augen zusammen. Sollte sie sich einmischen? Ihm nach? Er hatte ein ordentliches Tempo drauf, sie müsste rennen, außerdem ... Fiene ging es definitiv nicht gut. Sie saß noch immer auf der Bank, jetzt weit vorgelehnt, den Kopf fast zwischen ihren Knien.

»Fiene?«

Mit Tränen in den Augen blickte sie zu ihr auf. »Ich dachte, er wäre nett. Aber ... er hat mir eine weggenommen.«

Einen Stapel an Karten hielt sie in ihren zitternden Fingern und ging ihn immer wieder durch. Irgendeine Sammeledition. Kostenlose Beigabe im Supermarkt.

»Du glaubst, Rafi hat echt eine ... mitgenommen?« Geklaut. Das Wort hatte ihr auf den Lippen gelegen, war dann aber wieder nach hinten gerutscht. Dabei passte es doch. Wie ein fehlendes Puzzleteil in das Bild der Neuen. Geno und das Armband der

Frau neulich. Livas Kette. Akrom und die angeblichen Kaugummis. Jetzt Rafi. Aber … eine Sammelkarte? Irgendwie fiel es ihr schwer, das zu glauben, doch Fiene war sich sicher. Nickte schniefend. »Eine der Himmelskarten. Die zählen im Spiel doppelt. Und … Endlich hatte ich eine! Ich – die sonst nie was hat!« Enttäuscht ließ sie ihren Kopf an Xenias Schulter fallen. Fienes Sirene ging los. Ein heulender Warnton, der die Luft elektrisierte. Heute mit düsterem Echo. Xenia wollte sich aufsetzen, Fiene über die Haare streichen, doch plötzlich rutschte ihr Kopf komisch weg. Landete in ihrem Schoß.

»Fiene?«

Keine Antwort.

»Hey!« Xenias sanftes Streicheln wurde zu einem Rütteln. Sie ergriff ihre Schultern, wollte sie aufrichten, doch wie eine Marionette, der man die Fäden gekappt hatte, sackte ihr dünner Körper immer wieder in sich zusammen. Und jetzt? Scheiße!

Sie versuchte, gegen die aufsteigende Panik zu atmen. Sie musste was tun! Nur was?

Füße hoch bei Schwindel. Auch bei Ohnmacht? Sie brauchte ein Kissen. Ihre Jeansjacke. Nur im Shirt kniete Xenia zitternd vor ihr. Das brachte alles nichts. Notarzt? Oder hier Hilfe holen? Das Pärchen mit dem Hund! Sie drehte sich nach ihnen um. Es war gar nicht weit weg, hinten am Baum, und schaute sogar zu ihr rüber.

»Hallo! Können Sie mir helfen?« Xenia stand auf. Tränen traten ihr in die Augen und ließen den Park vor ihr verschwimmen. »Bitte, helfen Sie mir!«

»Also doch!« Der Mann reagierte als Erstes, drückte der Frau die Leine in die Hand und kam auf sie zugerannt. Schon im Lauf zückte er sein Handy. »Was ist passiert?«

Xenia riss sich zusammen, presste Worte hervor, mit denen sie versuchte, Fienes Zusammenbruch zu schildern. Musste sie nicht

Felix anrufen? Wo war Rafi?

»Wir brauchen einen Notarzt.« Sie hörte die tiefe Stimme des Mannes. »Stadtpark. Ein junges Mädchen ist umgekippt. Sie liegt …«

Xenia sah zu Fiene hinunter, kniete sich wieder vor sie hin. Das durfte alles nicht wahr sein. Ein schrecklicher Traum. Nur … warum war ihr dann so kalt?

Fror Fiene auch?

»Sie sind gleich hier. Und du solltest die hier lieber nehmen, oder? Wie heißt du eigentlich?«

Etwas Weiches umhüllte sie. Eine dicke Jacke.

»Ich heiße Christian. Und du?«

Ihre Zähne schlugen aufeinander, trotz wärmender Jacke. »Xenia.«

»Alles klar, Xenia. Es kommt gleich Hilfe, ja?« Er beugte sich zu Fiene. »Und sie ist … deine Schwester?«

»Nein. Sie ist …« Ein Schluchzen brach aus ihr heraus. So bleich. So leblos lag die süße Fiene vor ihr. Xenia schaffte die Antworten nur stockend, jedes Wort einzeln, als müsste sie es nachschlagen, seitensuchend in einem dicken Buch. Er hörte ihr zu. Bis die Sirene des Krankenwagens ihr erbärmliches Stottern durchbrach. Dann stand er auf und ging winkend Richtung Parkeingang. Xenia wollte sich auch aufrichten, die Sanitäter würden Platz brauchen, doch sie konnte es nicht. Das, was auf ihren Knien lag, nahm ihr die Luft. Ihre Hände? Nein. Die Hände eines Teufels. Sie glühten. Nicht wässrig hell. Blutrot leuchteten sie. Bis auf das, was vormals ihre Adern gewesen sein mussten. Wie ein schwarzes Spinnennetz durchzogen sie jetzt das flammende Rot. Rhythmisch pulsierend. Und ihr Herz pumpte mit. Es hämmerte sich schlagend ihren Hals hoch, nahm ihr die Luft. Sie konnte nicht mal mehr schreien.

FELIX

Er sprang aus dem Bulli und rannte blind über die Kreuzung. Autos hupten, Passanten schimpften. Sollten sie doch, ihm war es egal. Alles war egal.

»Fiene!« Er musste zu ihr, bevor sie wegfuhren. »Stopp!« Felix schrie, bis ihm die Stimme brach.

Er hatte sie gesehen, vom Auto aus. Erst nur das Blaulicht, das ihn schon hatte unruhig werden lassen. Dann die Trage, vor der Bank. Vor ihrer Bank. Auf der sie immer auf ihn wartete. Heute vergebens.

Felix brach durch die Wand an Gaffern, schubste die Leute grob zur Seite, einen nach dem anderen. »Lasst mich durch!« Angst brach aus ihm hervor, aus jeder Pore kalter Schweiß. Wie leblos lag sie da, angeschnallt auf der schmalen Trage. Man hatte ihr eine Kanüle gelegt, aus einer Flasche über ihrem Kopf tropfte Flüssigkeit.

»Was …« Seine Stimme zitterte. »Was ist mit ihr?«

Kreislaufzusammenbruch. Ohnmacht. Sie ist extrem weit weg. Krankenhaus. Nur Ausschnitte der Antworten drangen zu ihm durch. Sein Kopf filterte, der Rest ging in dem lauten Wirbel aus Atemlosigkeit und Herzrasen in ihm unter.

»Deine Freundin sitzt im Wagen. Und … Wir können jetzt hier los.« Es klickte, die Bremsen der Trage wurden gelöst, Fiene abtransportiert. Felix lief voran. Xenia war da?

Eingehüllt in eine viel zu große Jacke saß sie in der geöffneten Tür des Krankenwagens. Als sie ihn sah, stand sie auf. Übergroße Augen, schreckgeweitet.

»Xen.« Er nahm sie in die Arme, auch wenn sie ihre schützend vor sich behielt, und drückte sie fest an sich. Er brauchte Halt. Und ihre Wärme.

»Es tut mir so leid, Felix!« Ihre Stimme bebte, ihr ganzer Körper. Und ihre Lippen, als er verständnislos zu ihr hinunterblickte. *Ihr* tat es leid?

»Was ist passiert, Xen? Hast du was gesehen?«

»Sie ist bei mir gewesen. Und dann ...«

»Das war sicher der Kerl.« Eine tiefe Stimme mischte sich ein. Felix blickte auf. Ein Mann im Pullover stand vor ihnen, mit verärgerter Miene. »Sie hat nichts gemacht. Aber den Typen haben wir hier schon öfter gesehen, stimmt's, Melanie? Und uns immer gewundert ...«

»Moment.« Felix schob Xenia von sich und trat auf den Mann zu. »Welcher Typ?«

Der Mann holte Luft, musste aber zur Seite weichen, um die Sanitäter zum Wagen durchzulassen. Fienes Körper wackelte, als die Trage ruckelnd in der Halterung einrastete. Eine leblose Puppe, mehr war sie nicht mehr.

»Das war Rafi, Felix. Und der hat nichts gemacht. Außer ...« Sie hielt ihm verschmutzte Karten hin. Fienes Sammelkarten. »Fiene hat mir gesagt, er hätte ihr eine von denen weggenommen.«

»Was?« Er starrte auf den Stapel in Xenias Händen, griff dann zu. Rafi? Das ergab keinen Sinn. Was sollte der mit so einer Karte?

Türen schlugen zu und rissen ihn aus seinen Gedanken. »Fahren Sie bei uns mit?«

Felix nickte. Chrystal kümmerte sich um seinen Bulli. Hoffentlich galt hier tatsächlich ihr amerikanischer Führerschein.

Er steckte die Karten ein und sah dann fragend zu Xenia. »Kommst du mit?«

Sie wollte nicht, und da der Mann ihr anbot, sie ein Stück zu begleiten, ließ Felix sie gehen. Auch wenn er sie lieber bei sich gehabt hätte. Krankenhäuser. Leben und Tod in Weiß.

Wie ferngesteuert stieg er in den Rettungswagen. Das Schlimmste wartete jetzt auf ihn. Was sollte er ihr sagen? Mit zitternden Fingern zog er sein Handy aus der Tasche und entsperrte das Display.

»Felix! Was gibt es denn?«

Die fröhliche Stimme seiner Mutter schlug grausam zu. Noch härter aber traf ihn seine eigene Schuld. Zu spät. Fiene hatte auf ihn warten müssen. Und was auch immer passiert war, mit zu spät hatte es begonnen.

XENIA

Gespielt enttäuscht ließ sie ihr Handy sinken und sah zu Melanie und Christian. »Er geht nicht dran.« Wie auch? Sie hatte ihm gar keine Chance gelassen. Angerufen, aufgelegt. Angerufen, aufgelegt. Wieder angerufen. Kurz, kurz, lang. Ihr Notsignal. Hoffentlich verstand er es.

»Wir möchten aber nicht, dass du jetzt allein bist, Xenia.« Melanies besorgtes Gesicht ging ihr langsam auf die Nerven. Oder war es ihr ständiges Gerede über Rafi?

»Ich wohn hier nur um die … Oh!« Das Handy klingelte ihr ins Wort. Jael! Mit einem Lächeln sah sie ihre Begleiter an, drehte sich dann von ihnen weg. Überzeugend musste sie jetzt klingen, wenn sie die beiden loswerden wollte, ganz nach netter Freundin. War Jael schlau genug, es zu kapieren? Ihre Finger zitterten, als sie das Gespräch annahm. »Hi Schatz! Gut, dass du zurückrufst. Bist du zu Hause?«

Ein leises Lachen erklang, kurz nur. »Nette Anrede. Und … ja, ich bin da. Wer hört zu?«

»Ach, ich … Mir geht es nicht so gut, und ähm … ich wollte dich sehen. Wäre auch gleich da. Geht das?«

»Sehen? Klar. Aber nicht hier. Ich komme runter. Okay? Und …« Ein Hauch von Karamell legte sich in seine Stimme. »Ich bin dein Freund nehme ich an?«

Xenia biss sich auf die Lippe, fühlte, wie ihr das Blut in den Kopf stieg. Wie auch immer er sie begrüßen würde, ihr Körper erwartete ihn. Kribbelnd. »Ja, Jael. Das wäre super.«

Erleichterung lag in Melanies Blick, als sie auflegte. Christian dachte noch nach, spielte mit der Hundeleine in seinen Händen. »Er wohnt bei dir gegenüber, hattest du gesagt, oder? Dann bringen wir dich noch zu ihm.«

Nett waren sie ja schon, die beiden. Aber sie hatte vorhin weder mit Felix ins Krankenhaus fahren wollen noch ihre Begleitung gewünscht. Allein sein nach dem Schock, danach hatte sie sich gesehnt. Weinen. Und alles rausschreien können. Sie war schuld, an dem, was passiert war. Sie und ihre scheiß Leuchthände. Die niemand außer ihr zu sehen schien. Dafür zu spüren. Am schlimmsten Fiene ...

Konnte Jael helfen?

Er wartete schon auf sie. Sein großer Schatten löste sich aus dem Hauseingang, und er kam ihnen entgegen. Sein Lächeln galt ihr, das amüsierte Zucken seiner Augenbraue ebenfalls.

»Hi, Schatz!« Ihre Worte vorhin, jetzt seine. Und ausgebreitete Arme, die sie aufforderten, sich an ihn zu kuscheln. Nur Show, versuchte Xenia ihrem Bauch klarzumachen, der aufgeregt zu kribbeln begann. Nicht echt. Aber verlockend. Sie achtete darauf, dass ihre Hände diesmal gleich auf seinem Rücken landeten, nicht wieder an seiner Jeans, und lehnte sich an seine Brust. Sie konnte es riechen, das unglaubliche Gemisch aus Leder und Jael. Spürte dann seine Hand, die ihr sanft über die Mütze strich. Und schloss kurz die Augen. Das Cello. Es spielte wieder.

Mit der anderen Hand begrüßte Jael wohl Melanie und Christian. Seine Muskeln bewegten sich.

»Vielen Dank, dass Sie Xenia begleitet haben. Was auch immer passiert ist.«

Auch sie bedankte sich, löste sich dazu aus seiner Umarmung, und verfolgte dann erleichtert den Abgang der beiden.

»Und jetzt ... Schatz?«

Sie hörte sein Lächeln in der Stimme, spürte seinen Atem an ihrem Hals. Er musste direkt hinter ihr stehen. »Vor wem auch immer ich dich gerade gerettet habe, ich denke, sie sind weg.«

Das waren sie. Nur hatten sie den Schrecken dagelassen. Tief in ihr drin hatte er gelauert und schlug jetzt erbarmungslos zu. Schickte ihr Bilder. Von Fiene, ihren rot leuchtenden Händen mit den schwarzen Adern, dem Krankenwagen. Xenia schloss die Augen und ließ sich einfach fallen. Nach hinten, in Jaels Arme. Sollte sie doch selbst wieder umkippen. Es wäre nur gerecht. Am besten für immer.

Aber das Schicksal griff nicht zu. Es schenkte ihr wieder weiche Klänge. Das Cello. Dazu Wärme. Jaels Hand strahlte sie aus. Sanft glitt sie über ihre Schulter. Über ihren Arm. Über ihre Hand. Völlig selbstverständlich. Wie war das möglich?

»Du zitterst, Xenia. Was ist passiert?«

Tränen stiegen in ihr auf, quollen unter ihren noch immer geschlossenen Augenlidern hervor. Schnürten ihr sogar den Hals zu.

»Bitte, Xenia.« Vorsichtig drehte er sie zu sich um. »Was ist los?«

»Ich …« Sie wischte sich die Tränen vom Gesicht. Aber, es kamen immer mehr. »Ich … habe etwas Furchtbares gemacht.«

Zerfließendes Goldbraun. Nah sein konnte er ihr, irritierend nah bereits, nicht aber ihre Tränen sehen. Ein schmerzhafter Druck baute sich in seinem Brustkorb auf. Jael schloss schützend seine Augen und zog sie zu sich. Ihr Körper in seinen Armen entflammte ihn erneut, auf eine ungewohnt verlockende Art. Und die Kälte? Noch spürte er sie nicht.

Was auch immer Xenia gemacht hatte, er würde das für sie regeln. Aber musste er wissen, was? »Lass uns reden. Okay? Aber nicht hier auf der Straße.«

Sie nickte, blieb aber noch bei ihm. Ihre Finger hatten seinen Reißverschluss gefunden und spielten mit ihm. »Wieso geht das, Jael? Wieso können wir uns jetzt so … nah sein?«

»So ganz genau weiß ich es nicht.« Sanft strich er ihr über den Rücken. »Vielleicht, weil du mir vertraust?«

»Ja, vielleicht.« Xenia löste sich von ihm. Noch immer hingen Tränen in ihren Augen, die sie sich mit dem Ärmel wegzuwischen versuchte. »Kann ich das denn? Dir vertrauen?«

»Sicher.« Was sollte er auch sonst sagen? Lächelnd strich er ihr über die Mütze. »Komm, lass uns hier weg.«

Ins Haus wollte sie nicht, sie blieb Meter vor dem Eingang stehen und folgte ihm erst weiter, als er ihr sagte, dass er durch die Hintertür wieder rauswollte. Sein Auto stand dort. Wegfahren und irgendwo was Essen. Sein Handy empfahl ihm das *El toro*, nur sechs Minuten von hier entfernt. Jael schaltete die Navigation ein und fuhr los.

Xenia neben ihm versank fast im Sitz. Sie hatte sich die Mütze abgezogen und starrte aus dem Fenster. Kurze Haare waren eigentlich nicht so sein Fall, aber ihre Locken sahen einfach nur süß aus. Vor allem so verstrubbelt.

»Ich habe sie nicht föhnen können, okay?«

Jael musste grinsen. »Ist völlig okay. Ich finde sogar, du solltest …«

»Hör auf!«

Die Heftigkeit, mit der sie ihn unterbrach, irritierte ihn. Er hatte es tatsächlich ernst gemeint, nur schien sie jetzt noch tiefer im Sitz zu verschwinden. »Was ist das Problem gerade, Xenia?«

»Damit hat alles angefangen.«

»Mit nassen Haaren?« Fahren und Rätselraten. Jael bog ab und wollte Xenia gerade auffordern, endlich loszulegen, als sie plötzlich neben ihm aufschreckte. Ihr Handy? Hektisch zog sie es sich aus der Tasche. »Felix? Wie geht es Fiene?«

Jael runzelte die Stirn. Fiene? Seine Schwester, oder?

Die nächste links, dann nur noch 200 Meter. Er brauchte das Navi nicht mehr, schaltete es aus, konnte Felix aber trotzdem nicht verstehen. Er sprach zu leise. Xenias Text bestand nur aus abgehakten Wörtern.

»Ja … Nein … Was? … Ja, mache ich … In welchem Krankenhaus? … Okay.«

Jael spitzte die Ohren. Fiene war im Krankenhaus?

El toro. Das Reklameschild tauchte vor ihm auf, Parkplätze gab es im Hinterhof. Er nahm gleich den ersten und schaltete den Motor aus. Bleich wirkte Xenias Gesicht im Schein der dämmrigen Beleuchtung. Sie verabschiedete sich gerade, ließ dann ihr Handy sinken. »Oh Gott.«

»Was ist los?«

Unendlich langsam drehte sie ihren Kopf in seine Richtung. »Fiene liegt im Koma. Und ich … ich bin schuld.«

»Du?«

Stumm hob sie ihre Hände.

Er verstand, was sie ihm sagen wollte. Nur konnte das nicht sein. Immuniten hatten enorme Energien, aber noch nie hatte er gehört, dass sie anderen damit Schaden zufügten. Im Gegenteil. »Du meinst, du hast Fiene berührt. Und daraufhin ist sie umgekippt?«

»Ich meine das nicht.« Erneut liefen ihr Tränen über die Wange. »Es war so.«

Im Handschuhfach lagen Taschentücher. Jael beugte sich vor, öffnete es und angelte nach der Packung.

»Danke.« Xenia zog ein Tuch heraus, benutzte es aber nicht, sondern starrte weiter ins Nichts.

»Ich muss das melden, Jael. Oder? Im Krankenhaus, meine ich. Sie müssen doch wissen …«

»Gar nichts machst du.« Zu hart waren ihm die Worte entglitten. Er hatte sie zusammenzucken sehen. »Entschuldige. Ich wollte nur sagen, dass du vorerst nichts machst. Wir gehen jetzt rein. Bestellen uns was und reden ausführlich. Dann sehen wir weiter, ja?«

Sie nickte. Lächelnd?

Irritiert sah er sie an. »Was ist?«

»Du kannst es jetzt, oder?«

»Was kann ich?«

»Du hast dich gerade schon wieder entschuldigt.«

War es ihr zaghaftes Lächeln? Ihr vorsichtiger, fast ängstlicher Blick? Jael spürte ihre Wärme, ganz ohne Berührung. Xenia drang immer mehr zu ihm durch, sehr tief sogar, und klopfte an Mauern, die sein Herz beschützten. Sie würden Risse bekommen, wenn er nicht achtgab. Oder hatten sie schon welche? Gefährlich! Für sie beide.

»Hab ich was Falsches gesagt?«

»Nein.« Jael schüttelte lächelnd den Kopf. »Ich hab einfach nur Hunger.«

War ihr kalt? Er legte ihr den Arm um die Schultern auf dem Weg zum Eingang. Jetzt, da es ging, zog ihr Körper ihn magisch an, und egal, was sie ihm gleich erzählte, egal, was sie getan hatte, sie durfte sich niemals irgendwo melden. Der Partem hatte überall seine Finger im Spiel, in Behörden, in Krankenhäusern, selbst bei der Polizei. Irgendein Spitzel würde sie finden, wie Pluto. Jaels Nackenmuskeln zuckten bei dem Gedanken an seinen früheren Trainer. Wo auch immer er jetzt war, ihm Gesellschaft zu schicken, damit hatte er kein Problem, nur war sein Vorrat an blauen Pillen nicht endlos.

CHRYSTAL

Zur Besuchertoilette ging es nach rechts, das hatte ihr die Krankenschwester unwirsch erklärt, Chrystal aber bog nach links. Von diesem Gang aus erreichte man den Raucherbalkon. Sie hatte jemanden vorhin durch das Fenster des Warteraumes dort telefonieren sehen. Es gab also Empfang.

Chrystal zog ihr Handy aus der Tasche.

»Deine Anrufe häufen sich. Hat der Inhalt des Fläschchens nicht gereicht?«

»Doch, danke! Aber darum geht es nicht. Ich möchte, dass du zwei Personen für mich checkst. Melanie und Christian Meinhardt.«

»Wie schreiben die sich?«

»Moment.« Sie angelte aus ihrer Hosentasche die Visitenkarte heraus, die das Paar Felix im Park in die Hand gedrückt hatte. »Mit dt.«

Chrystal hörte, wie Elias die Namen ins System eingab. Melderegister, Konten, polizeiliche Führungszeugnisse, selbst Schulverweise waren ein Kinderspiel für jemanden, der genau darauf spezialisiert war.

»Brauchst du die Adresse noch?«

»Witzig, Chrystal. Hab hier sogar schon ihren Mietvertrag vorliegen. 650 Euro, warm. Für die Gegend völlig überteuert. Aber … ich bräuchte noch ein paar andere Infos. Zum Beispiel, wer von euch hier genau Scheiße gebaut hat. Und vor allem, was für eine.«

Um auf das System zurückgreifen zu können, hatte er sich offiziell einscannen müssen. Klar, dass das nicht ungesehen blieb und Fragen nach sich zog.

Zu viele?

Das Balkongeländer war feucht. Chrystal wischte mit ihren Jackenärmeln drüber und stützte ihre Ellenbogen ab. Direkt unter ihr war die Notaufnahme, Blaulichter zuckten über die Gebäudefassade, über den Parkplatz.

»Chrystal? Ich brauche einen Namen von eurer Truppe.« Er lachte. »Oder soll ich deinen notieren?«

»Sehr witzig! Aber ganz kurz nur, ich muss wieder rein. Es geht um Rafi. Allerdings … mir ist noch nicht ganz klar, was wirklich passiert ist.« Sie hatte mit ihm telefoniert und gab Elias seinen Bericht durch. Normale Entleerung, sogar nur Stufe 1. Dann Rückzug. Zusammengebrochen war das Mädchen erst nach seinem Abgang.

»Hm, das klingt komisch. Hat die irgendwas? Ein schwaches Herz oder so?«

»Klär ich.«

»Und die Meinhardts waren Zeugen?«

»Ja.« Er würde mehr wissen wollen, wenn sie ihn nicht stoppte. Hinter ihr fiel plötzlich die Tür ins Schloss. Ein Raucher betrat den Balkon, nickte ihr lächelnd zu. Ihre Chance, sie grüßte ihn lautstark.

»Ist jemand bei dir?«

»Ja. Ich kann nicht mehr weitersprechen. Wir hören uns.« Sie legte auf und verließ den Balkon.

Xenia hatte sie noch aus der Sache raushalten können und würde es dabei erst mal auch belassen, bis sie Genaueres wusste. Sollte es aber stimmen, sollte sie wirklich eine Immunitin sein, müsste sie handeln. Eine Opferung. Xenia auf dem Altar? Chrystals Magen zog sich zusammen. Es würde grausam werden, vor allem für Felix. Für den Clan dagegen segensreich. Sie bräuchte ihr Blut, um es zu wissen. Um sich sicher zu sein. Eine passende Situation, es ihr abzunehmen.

War es auch das, worauf Jael wartete?

In Gedanken, und blöderweise noch mit der Visitenkarte in der Hand, lief sie Felix im Flur direkt in die Arme.

Eine kleine unauffällige Bewegung im Handgelenk, und die Visitenkarte verschwand ungesehen in ihrem Ärmel.

»Gibt's was Neues?« Chrystal musterte ihn besorgt. Er sah müde aus, als hätte er tagelang nicht geschlafen.

»Nein. Komatöser Zustand. Mehr weiß man noch nicht, oder … mehr will man noch nicht sagen. Sie gehen weiterhin von einem Schock aus.« Er schloss sie in seine Arme.

Nicht nur er machte sich Sorgen, verdammt, sie mochte Fiene! Und sie musste sie schnellstmöglich hier rausholen. Das Krankenhaus war museumsreif: überaltert, was Gebäude und Personal anbelangte, schlecht ausgestattet und mit einem Fall wie Fiene anscheinend komplett überfordert. Ein Anruf von ihr an richtiger Stelle könnte das ändern, nur musste sie den gut vorbereiten.

»Felix, ich zieh mich mal zurück, okay?« Seinen Protest erstickte sie mit einem Kuss und umschloss dann sein Gesicht mit ihren Händen. »Du zerteilst dich hier gerade ziemlich. Und deine Ma braucht dich jetzt.«

Widerwillig lockerte er seine Umarmung, ließ sie aber nicht völlig frei. Chrystals Hände glitten über seinen Rücken, eine blieb auf Hüfthöhe liegen, die andere wanderte, ohne ihn zu berühren, Richtung Hosentasche. Er merkte nicht, wie ihre Finger in ihrem Ärmel nach der Visitenkarte griffen, auch nicht, wie sie die Karte vorsichtig wieder in seiner Tasche verschwinden ließ. Konnte er auch nicht. Für genug Ablenkung sorgten ihre Lippen, die sich von seinen noch einmal intensiv verabschiedeten.

»Ich melde mich bei dir, sobald ich mehr weiß!«

Seine traurigen Augen machten ihr den Rückzug extrem schwer, daher vermied sie es, sich noch einmal umzudrehen, und nahm einfach die nächste Treppe, um schnellstmöglich aus dem Krankenhaus zu verschwinden.

Zehn Minuten brauchte sie zu Fuß zum Supermarkt, tigerte dort durch die Gänge zwischen den Regalen und fand schließlich das, wonach sie suchte. Hundeleckerlis. Auf dem Kassenband legte sie die Tüte so unter ihre anderen wahllosen Einkäufe, dass die Überwachungskameras sie nicht im Blick hatten. Hoffentlich mochte der Köter Geflügel.

Zurück auf der Straße klingelte ihr Handy.

»Elias?«

»Ich hab dir Fotos geschickt. Auch von dem Hund, den sie haben. Sicherheitshalber. Aber ... Chrystal ...«

»Was?« Elias Zögern klang nicht gut.

»Der Partem hat meine Meldung erhalten. Er will dich sehen.«

Chrystal presste ihre Lippen aufeinander, um ihr Fluchen zu unterdrücken. Eine persönliche Audienz beim Partem! Das war nicht nur scheiße. Das war superscheiße!

»Und ... Ich soll dich abholen.«

»Okaaaay.« Aber nicht jetzt. »Ich ruf dich an Elias. Wenn ich hier fertig bin.«

»Ne. So funktioni...«

Seinen Protest erstickte sie, indem sie einfach auflegte, und ihr Handy nach dem Aufrufen der Fotos ganz ausschaltete. Die Aktion hier wollte sie noch durchziehen, so lange musste Elias warten.

Zu Melanie und Christian fuhr netterweise ein Bus, der fast direkt vor ihrem Wohnblock hielt. Garagen mit Blick auf den Eingang. Praktisch. Chrystal schlich über den lieblos gestalteten Vorplatz, kletterte auf einen Altglascontainer und von da aus auf das Flachdach des Garagenanbaus. Mit der Eingangstür in Sichtweite legte sie sich hin und begann, die Geflügelbällchen zu präparieren. Das Pulver der Kapseln wirkte bei kleineren Organismen stärker, und da der Hund ja ordentlich leiden sollte, ging sie äußerst sparsam mit dem Mittel um.

Christian und Melanie hätten bald weitaus andere Sorgen, als sich um den Vorfall im Park zu kümmern. War doch sicher ihr Baby, der kleine Terrier.

XENIA

Schummrige Kerzenbeleuchtung, dazu kleine Sitznischen mit holzvertäfelten Trennwänden. Das gemütliche Kellerrestaurant bot jedem Gast tatsächlich ungestörte Gesprächsatmosphäre. Zumindest, wenn es Anna nicht gäbe. Die Bedienung. Klein, rundlich und vor allem laut. Sie quatschte mit jedem, gerade mit Jael. Xenia strich mit den Fingern über ihr Wasserglas, über die kleine Macke oben am Rand. Spanisch. Sie verstand nichts. Ihm dagegen glitten die Worte mühelos über die Lippen. Ging es tatsächlich noch um die Bestellung? Da sie den beiden ohne Untertitel nicht folgen konnte und selbst nichts essen wollte, ließ sie ihren Blick durch den Gastraum schweifen. Hinten, in der Nähe der Theke, gab es noch eine Mini-Version von Anna. Ein kleiner Junge hockte dort auf der Bank, hatte die Zunge zwischen die Zähne geklemmt, und suchte angestrengt nach einem Puzzleteil in einer Box vor sich. Süß sah er aus. Ihr Sohn?

»Und für dich wirklich nichts?«

»Was?« Xenia blickte verwundert auf. »Nein danke.«

Anna murmelte irgendwas vor sich hin, sammelte aber die Karten ein und verschwand endlich.

»So!« Jael sah ihr kopfschüttelnd hinterher, bevor er sich dann über den Tisch beugte und vorsichtig ihren Arm berührte. »Jetzt erzähl weiter. Sie haben also geleuchtet?«

Ihre Hände. Xenia zog sie tief in die Ärmel ihres Sweatshirts zurück. »Ja, aber diesmal anders. Nicht weiß. Sie waren …« Kälte rieselte ihr in den Nacken. Wie konnte sie das teuflische

Glühen beschreiben? »Sie waren … Wie eine Spiderman-Maske. So in etwa. Rot mit schwarzen Adern.«

»Und niemand hat es gesehen?«

»Nein.«

»Gut.« Jael nickte, glaubte aber weiterhin nicht daran, dass sie für Fienes Zustand verantwortlich war. »Ihr muss vorher etwas passiert sein, Xenia. Vielleicht fängst du mal am Anfang der ganzen Story an? Bei deinen nassen Haaren?«

Sie begann mit dem Telefonanruf von Felix, ihrem Spurt dann zum Stadtpark. Bei Fiene auf der Bank stiegen in ihr wieder Tränen auf. Sie griff zu ihrer Serviette, kämpfte sich aber trotzdem weiter durch ihre Geschichte. »Ich war ein paar Minuten zu spät. Bin dann nicht gleich zu ihr hin, weil Rafi bei ihr war. Und sie den ja …«

»Rafi?« Jael hatte sich eine Olive picken wollen, ließ den Zahnstocher aber in der Luft schweben. »Dann war *er* es. Nicht du.«

Geflüsterte Worte nur, wie laut gedacht, doch Xenia hatte sie gehört. »Wie meinst du das?«

Er antwortete nicht. Nur der Zahnstocher in seinen Fingern kreiste, ansonsten wirkte sein Körper wie abgeschaltet. Kein Blinzeln. Kein Schlucken. Kein Wort.

»Jael?« Verzweifelte Wut kochte in ihr hoch. Er war der Einzige, der was wusste. Der Einzige, der ihr helfen konnte? Und er schwieg? Sie riss ihm den blöden Zahnstocher aus den Fingern und funkelte ihn an. »*Du* hast gesagt, wir sollen reden. *Du* hast gesagt, ich soll dir vertrauen. Aber das gilt nur für mich, oder was? Du lässt mich jetzt hängen?«

»Nein.« Er schien aufzuwachen. Kerzenlicht flackerte in seinen Augen, als er sie ansah, aber sie strahlten keine Wärme aus. Jaels Miene war wie so oft nur eine versteinerte Maske. Kalter, glänzender Marmor.

»So, einmal Platz bitte!« Anna. Sie brachte das Essen, und Xenia hätte ihr das Tablett am liebsten aus der Hand geschlagen.

Wenigstens unterbrach Jael ihren Wortschwall diesmal sofort, mit dem sie ihm die einzelnen Tapas noch erklären wollte, und schob die kleinen Teller nach ihrem Abgang ungesehen zur Seite. Platz für seine Arme. Er legte sie auf den Tisch und beugte sich wieder zu ihr.

»Ich kann dir nicht alles erklären, Xenia, mein Wissen ist gefährlich. Für mich, wenn ich es ausplaudere. Aber vor allem für dich, wenn nur einer erfährt, dass ich es an dich weitergegeben habe. Hast du das verstanden?«

Sie nickte, während sich ihre Finger unter dem Tisch um die Serviette krallten.

»Ich habe dir gesagt, dass du Gefühle beeinflussen kannst. Wir bezeichnen euch als Immuniten.«

Die Serviette in ihren Händen zerriss.

An der ist doch nichts. Außer das, was ich vermute. Ein Immunit.

»Es gibt zu dir aber auch ein Gegenstück. Wir nennen sie die Insensiblen. Rafi ist so jemand. Er kann Menschen Liebe wegnehmen, ihre Gefühle entleeren. Und passiert das zu schnell hintereinander, das Entleeren und dein Füllen, kann es zu einem Kurzschluss kommen. Vor allem bei einem Kind …«

»Kurzschluss?« Was er ihr zu erklären versuchte, klang völlig absurd, doch das Wort *Kurzschluss* lieh ihr einen Funken Hoffnung. »Das heißt doch dann aber, dass sie irgendwann wieder aufwacht, und alles ist wieder wie vorher, oder? Rafi und ich. Leeren und Füllen …« Das glich sich doch aus.

Jael zog sich ein Stück zurück und starrte ins Kerzenlicht. »Sie wird bestimmt wieder aufwachen. Nur … Du kannst niemanden füllen, den wir bereits entleert haben. Es kommt zu diesem Schock. Mehr aber nicht.«

Fiene. Xenias Lippen begannen zu beben. Sie sah ihren leblosen Körper vor sich. Ihr bleiches Gesicht. Sie würde aufwachen. Aber was war das für ein Leben dann? Ohne Liebe?

Jaels Hand. Über den Tisch hinweg näherte sie sich ihrer. Doch wollte sie das? Rafi und er, sie waren …

»Moment!« Xenia zuckte zusammen. Neben all dem, was er ihr erzählt hatte, blinkte plötzlich ein Wort warnend rot auf. *Wir.* Er hatte gesagt: *Den wir bereits entleert haben.* »Du bist auch so ein Gegenstück zu mir? Ein Insensibler? Wie Rafi?«

»Das bin ich, ja.« Sein völlig emotionsloser Ton ließ sie frösteln. Ein Entleerer. Jemand, der Liebe nahm? Und er hatte sie berührt. Er hatte sie vorhin aufgefangen, als sie sich nicht mehr hatte halten können. Er hatte sie getröstet. Nur … um sie zu entleeren?

»Nein. Xenia.«

Sie hatte sie nicht gestellt, die Frage, und doch hatte er sie beantwortet. Mit Nein. Trotzdem rutschte sie weiter von ihm ab, zog sich auf ihre Bank zurück.

»Ich habe dir nichts getan. Wirklich. Und: Ich kann es auch gar nicht. Immuniten können wir nicht entleeren. Außerdem reicht uns generell eine Berührung nicht aus. Wir brauchen von dieser Person immer noch einen Gegenstand, an den wir die Liebe binden können.«

Fassungslos starrte sie ihn an. Es klang unglaublich. Aber vor allem klang es … geplant. Kein Ausversehen, wie bei ihr. Livas Kette. Die Himmelskarte von Fiene. Sie klauten tatsächlich. Und zwar alle. Nur ging es ihnen dabei nicht um die Sachen, es ging um so viel mehr. Um Gefühle!

»Ich kann nicht glauben, dass ihr …«

»Nicht? Ich zeige es dir, Xenia.«

Er sah sich bereits im Raum um, und sein Blick blieb an Anna hängen. Sie gönnte sich gerade eine Pause. Mit ihrem Sohn. Den einen Arm entspannt um ihn geschlungen saß sie bei ihm und kramte mit ihm in der Puzzleteilbox rum. Ein Teil in ihren Händen knipste bei dem Kleinen plötzlich ein Leuchten an.

»Sie liebt ihren Sohn, wie du siehst.« Jaels Flüstern glitt wie Schmirgelpapier über Xenias Haut. »Noch …«

»Nein!« Panisch griff sie nach ihm, wollte ihn zurückhalten, doch er schüttelte ihre Hand mühelos ab. Mit einem Lächeln auf den Lippen und seiner so typischen Lässigkeit steuerte er direkt auf die Theke zu. Xenia wollte wegsehen, konnte es aber nicht, ihr Widerwillen verlor gegen eine abartige Neugierde, die ihr sogar den Rücken streckte. Um sie besser sehen zu lassen? Anna und Jael standen jetzt beide an der Theke. Sie sprachen leise. Worte waren nicht zu verstehen, ihre Blicke aber. Zwei Menschen, die sich mochten, dabei äußerst dicht beieinanderstanden. Und sich immer wieder – wie flüchtig – berührten. Jaels Lachen, seine Hand auf Annas Arm. Xenias Magen krampfte sich zusammen. Das konnte er wirklich gut, Leute einwickeln. Und noch mehr …?

Ohne die beiden aus den Augen zu lassen, griff sie zu ihrem Glas. Jael klopfte gerade auf die Theke und … er verabschiedete sich schon?

Xenia kniff die Augen zusammen. Auf die Entfernung wirkte Anna unverändert, sie lächelte Jael hinterher, der tatsächlich ging, allerdings nicht zu ihr zurückkam, sondern weiter in Richtung Toilette verschwand.

Er war gescheitert, oder? Xenia hob ihr Glas. Zuckte aber plötzlich zusammen. Blut lief ihr über die Lippen.

Auf dem Rücken, in seinen Händen hatte etwas aufgeblitzt. Annas Kugelschreiber!

JAEL

Xenia war nicht mehr da. Ihr Platz war leer. Blut auf der Tischdecke, Blut an ihrem Glas. Auf der Bank lag ihre Jacke.

»Deine Freundin ist rausgelaufen.«

Ruckartig drehte Jael sich um. Anna stand vor ihm, mit den für Entleerte so typisch stumpfen Augen. Menschen waren steuerbare Objekte. Leere Hüllen dagegen einfach nur nichts.

Fünfzig Euro, der Rest Trinkgeld. Jael wollte nur noch raus, zu Xenia. Eilig griff er nach ihrer Jacke und verschwand aus dem Restaurant, rannte die Stufen hoch, zum Parkplatz. Schummrige Beleuchtung, aber immerhin. Er scannte die Umgebung. Am Auto war sie nicht. Auf der Bank unter dem Baum nicht. Auf dem Bürgersteig nicht. Weder links die Straße runter noch rechts.

»Xenia!« Er lief zurück zum Parkplatz, dann um das Gebäude herum. Sie saß im Schatten der Hauswand, zusammengekauert auf dem Boden. Die Knie angewinkelt, den Kopf in ihren Armen vergraben. An ihren Händen klebte Blut.

»Hey! Was ist passiert?« Er hockte sich vor sie hin und strich ihr vorsichtig über den Arm. »Was hast du gemacht?«

»Ich?« Ihre Nachfrage traf noch den Boden, doch dann hob sie den Kopf. Jael wich zurück. Es war nicht das Blut an ihrer Lippe, es waren ihre Augen, die ihn auf Abstand gehen ließen. Verschmierte Tränen, dahinter zornig funkelndes Braun. »*Du* fragst mich, was *ich* gemacht habe?« Sie spuckte die Worte aus. »Hau ab, Jael. Hau einfach nur ab!«

Gehen? Das war unmöglich. Er durfte den Kontakt zu ihr nicht verlieren, gerade jetzt nicht, nach all dem, was er ausgeplaudert hatte. Sie wusste zu viel.

Aber Zeit, die konnte er ihr geben. Zeit, das Gehörte zu verarbeiten, um dann mit ihm zu sprechen.

Moosüberwachsene Steinplatten. Der Boden unter seinen Füßen war dreckig, trotzdem setzte er sich direkt neben sie und lehnte sich an die Wand. Feuchte Kälte kroch ihm den Rücken hinauf. Vorsichtig legte er ihre Jacke neben sie auf das trockene Gitter eines Lichtschachts. Für später.

Hau ab! Ihre Worte kratzten ihm im Hals, störten beim Schlucken. Ihre wieder in sich zusammengefallene Haltung auch.

Er hörte sie atmen, ein zitterndes Ringen nach Luft.

Was konnte er tun?

Analysieren, bewerten, lösen. Jael schloss die Augen und ging in Gedanken den Abend noch einmal durch. Er hatte so gut begonnen. Ihr Anruf, ihre Bitte um seine Hilfe. Und nur das hatte er doch den ganzen Abend weiterhin versucht: ihr zu helfen! Und auch nur das hatte dazu geführt, dass ihm das mit Rafi rausgerutscht war. Sein größter Fehler bisher. Neben den unzählig vielen anderen, die sein dünnes Eis wie Risse durchzogen und es bereits gefährlich knacken ließen.

»Was verstehst du an *Hau ab* nicht, Jael?«

Die Zeit war um? Er drehte den Kopf zu ihr, doch sie starrte nur blicklos nach vorne, verloren in die Dunkelheit.

»Ich hab das schon verstanden. Und auch dich verstehe ich, Xenia. Dass du …«

»Du verstehst gar nichts!«

Mühsam hob sie den Kopf. Rot umrandete Augen. Erschöpft sah sie ihn an. »Wie konntest du das tun? Wie konntest du Anna das antun? Und dem Kleinen … Er hat dir doch …« Tränen schnitten ihr das Wort ab. Die Taschentücher! Jael fingerte die

Packung aus seiner Hosentasche, sah sie dann aber nur noch fliegen. Sie hatte sie ihm aus der Hand geschlagen.

»Xenia, ich habe das nur gemacht, weil du mir nicht geglaubt hast. Ich wollte dir nur zeigen, wie das funktioniert. Mehr nicht.«

»Mehr nicht?« Ihr Blick rutschte an ihm ab, kopfschüttelnd, und landete dann irgendwo auf den Steinplatten.

Jael lehnte sich nach hinten an die Wand, die wieder einsetzende Stille zwischen ihnen begann in seinem Kopf zu dröhnen. *Wie konntest du das tun?* Ihre Frage. Doch genau das hatte ihn auch jemand anderes gefragt. Am Strand, damals. Seine Mutter. Da war das Meer noch ruhig gewesen. Seine Erinnerung schickte ihm eine Postkarte: glitzerndes Wasser, weißer Sand, Palmen, die sich tief über das Blau …

»Er hatte das Puzzle fertig, Jael. Und hat gestrahlt. Er war so stolz und wollte es Anna zeigen. Und die? Die hat ihn nur abblitzen lassen. Ihn angeschimpft. Ihm gesagt, dass er sie während des Arbeitens nervt.« Xenias anfänglich bebende Stimme wurde mit jedem Wort fester. Auch lauter. »Sie hat sich das Puzzle nicht mal angeschaut. Es einfach zusammengepackt und weggestellt. Der Junge hat geweint. Und ich … Ich kenne das. Dieses Gefühl, nicht gesehen zu werden. Ich kenne das, und das fühlt sich verdammt scheiße an!«

Es konnte nicht sein, doch es war so. Irritiert runzelte er die Stirn. Sein Herz zog sich zusammen. Als müsste es sich wegducken unter ihren Worten. Wie groß mussten die Risse in seinen Mauern sein, dass allein Worte es schafften, zu ihm durchzukommen? Vergrabene Erinnerungen in ihm weckten? Oder waren es die Blitze, die Xenias Augen ihm entgegenschleuderten? Irgendwas trafen sie in ihm und legten Feuer. Jael rutschte mit dem Rücken an der Mauer weiter hoch, suchte eine Position, die ihm das Atmen erleichterte. Aber fand sie nicht.

Der Junge hatte geweint. Er auch. Damals. Allein im Hotel. Auf dem Balkon mit Meerblick. Heute konnte er es nicht mehr. Weinen. Aber er sah sich dort stehen. Das Meer war plötzlich weg gewesen, viel weiter hinten als sonst. Dann kam ein Rauschen, immer näher, es brachte Wellen mit sich. Große Wellen. Laute Wellen. Jael schloss die Augen. Wo war sein Schutz gegen all das? Wo war seine Kälte?

Xenia musste aufhören. Aufhören, so mit ihm zu reden. Doch das tat sie nicht.

»Meine scheiß Leuchthände. Ich will sie gar nicht. Und ich werde einfach niemanden mehr berühren, wenn das hilft. Aber du? Du macht das mit voller Absicht. WIESO? Fühlt sich das toll an? Fühlst du dich dann besonders mächtig?« Er spürte einen Stoß am Bein. »Hey, Jael. Ich hab dich was ...«

Warm. So fühlte es sich also an, wenn eine Träne lief? Und ihr Weg kitzelte leicht auf seiner Haut. Er spürte ihr nach. Bewegungslos. Er wollte sie nicht stören. Sie rann über seine Wange, verharrte an seinem Kinn, einen kurzen Moment, bevor sie fiel.

Die Augen öffnen? Nein. Zu viele Tränen lauerten noch unter seinen geschlossenen Lidern. Geschenke, die er behalten wollte.

»Jael?« Xenias Stimme drang zu ihm durch. Sie hatte an Wut verloren, ein Hauch Unsicherheit schwang jetzt in ihr mit. Durch *eine* Träne?

»Ich fühle nichts dabei, Xenia, wenn ich entleere. Gar nichts. Fühlen ist etwas, das ich nicht kann.«

Die Stille, die seinen Worten folgte, dröhnte nicht. Sie fühlte sich eher weich an, etwas weicher zumindest als vorher.

Und weich war auch das, was plötzlich seine Hand berührte. Ein Taschentuch? Jael legte den Kopf in den Nacken, um die Tränen, die noch lauerten, wieder in sich aufzunehmen, dann erst öffnete er seine Augen.

»Danke.«

Xenia hatte ihre Position verändert, sie saß noch immer auf dem Boden, doch ihm mehr zugewandt. Die Blitze hatte sie wohl verschossen, aber weiterhin lagen Skepsis und Distanz in ihrem Blick. »Was meinst du damit? Fühlen ist etwas, das du nicht kannst?«

»Genau das, was es sagt. Angst. Freude. Wut. Ich fühle nichts. Seit dem Unglück vor ... Ich habe alles verloren.« Übermächtige Wellen. Wie damals. Aus dem Nichts waren sie plötzlich da, türmten sich auf und brachen. Jael stöhnte auf, krampfte sich zusammen. Tosendes Wasser. Er hielt sich die Ohren zu, doch das brachte gar nichts. Der Lärm kam von innen. Die gequälten Hilferufe. Das Brechen von Holz. Schrille Todesschreie.

Er begann zu zittern, seine Hände krallten sich in seine Haare. Wo blieb die Kälte?

Zählen. Er musste zählen. Die Toten! Fahle Gesichter, geschundene Körper, Leichensäcke. Er hatte sie gesehen. Hunderte. Tausende. Und wie damals lief er durch die Reihen und zählte die Toten.

Langsam wurde es ruhiger in ihm. Dann totenstill. *Ich kümmere mich darum. Ich werde mich um euch kümmern.* Jael sprach die Sätze in Gedanken wie ein Mantra. Es war sein Versprechen. *Ich kümmere mich darum. Ich werde mich um euch kümmern.*

Das Versprechen an seine Familie! Es richtete ihn wieder auf und löste den Druck auf seiner Brust. Denn bald war es so weit, schon bald sah er sie wieder. Seine Mutter. Seinen Vater. Tjara. Der Partem würde sie zurückholen, wenn er seine Pflicht erfüllt hatte: Die Vollendung der Stufe 6 brachte seine Familie ins Leben zurück. Das war die Verheißung. Das war das Versprechen des Partems an ihn.

Luft strömte in seine Lungen. Die Erinnerungen verloren an Farbe und verblassten mit jedem Atemzug mehr.

»Jael?«

Xenia. Sie war noch da! Und ihre Hand lag auf seinem Knie.

Müde lehnte er seinen Kopf zurück und sah sie an. Jede Kontur ihres Gesichtes kannte er. Selbst wenn sie gehen würde, ihr Gesicht würde in ihm bleiben, für immer.

»Du warst gerade da, oder? In deiner Erinnerung?«

Er nickte. Und verlor leider ihre Hand.

»Ich kenne die Bilder nur aus dem Fernsehen. Die Videos vom Tsunami aus dem Internet. Aber für dich muss das die Hölle gewesen sein. Wie ... wie hast du das überlebt?«

»Gar nicht. Mich gibt es seitdem nicht mehr.«

Er sah ihr Frösteln und griff nach ihrer Jacke neben sich, doch sie wollte sie nicht.

»Was meinst du damit? Dich gibt es nicht mehr?«

»Ich bin nur noch eine Hülle. Ich lebe, aber ich fühle nichts mehr.«

»Das hast du gerade schon mal gesagt, aber das stimmt nicht. Du hast geweint.«

Die Träne. Jael fuhr sich mit dem Finger über sein Gesicht. Wie Xenia die Regentropfen nachgezeichnet hatte, versuchte er den Lauf der Träne nachzuspüren. Es hatte sie wirklich gegeben. Nach so vielen Jahren? »Eine Erinnerung, wahrscheinlich.«

»Na ja ...« Xenia lächelte zaghaft. »Ich habe sie gesehen. Und sie ist da drin.« Vorsichtig berührte sie seine Hand und öffnete sie. Sein zerknülltes Taschentuch kam zum Vorschein.

»Also ... Was alles fühlst du nicht? Was glaubst du, verloren zu haben?«

Er versuchte es ihr zu erklären. Kalt, warm. Hart, weich. Schmerzen. »Ich reagiere auf Reize. Wie ein ... Tier. Aber Gefühle kann ich nur lesen, bei anderen. Ich sehe sie in ihren Körperreaktionen, höre sie in der Stimme. Ich sehe sie in deinen Augen. Und ich habe gelernt, sie zu imitieren. Aber selber spüren kann ich sie nicht.«

Xenia schwieg eine ganze Weile. Ihre Finger spielten mit der Taschentuchpackung. Mit dem Klebestreifen. Er hielt nicht mehr.

»Wollen wir gehen?« Nicht nur ihm war kalt, ihre Nasenspitze war schon rot, und aus dem Ausschnitt ihres Shirts wanderte Gänsehaut ihren Hals hoch. Ihre Jacke. Xenia nahm sie sich und stand auf. Warum zog sie die nicht wenigstens an?

»Weil das nichts mehr bringt.« Sie überholte ihn, dabei entlockte ihr sein verwunderter Blick ein zaghaftes Lächeln. »Ja, ich kann das auch. Gedanken lesen. Immer besser sogar. Du musst also aufpa… Oh nein!« Sie blieb stehen, wie erstarrt. Dann sah er ihn auch. Den Jungen. Er hockte, zusammengekauert neben einer Mülltonne in der Nähe der Eingangstür, er weinte lautlos. Xenia ging vorsichtig auf ihn zu, doch als er sie bemerkte, sprang er sofort auf und flüchtete an ihr vorbei ins Restaurant zurück. Xenia sah ihm nach, dann starrte sie auf ihre Hände. »Wieso geht das nicht? Wieso kann ich mit diesen … scheiß Leuchtdingern das, was du mit Anna gemacht hast, nicht rückgängig machen?« In ihren Augen schimmerten erneut Tränen. »Dann wären die wenigstens für irgendwas gut!«

Jael wollte sie berühren, ihr über die Schulter streichen, doch sie wich zurück.

»Es geht nicht, weil du nichts füllen kannst, was einfach nicht mehr da ist. Die einzige Möglichkeit wäre …« Seine Hand griff bereits in seine Hosentasche, obwohl sein Kopf noch keine Entscheidung getroffen hatte. Sollte er das tun? Sollte er noch einmal etwas zurückgeben, was eigentlich bereits dem Partem gehörte? Wie Livas Kette?

»Was meinst du?« Sie reckte ihr Kinn. »Sag es mir! Was ist die einzige Möglichkeit?« Ihre Nase begann sich zu kräuseln, dazu die kleinen Fäuste … Er hatte keine Chance mehr gegen sie.

»Du kannst ihr den Kugelschreiber zurückgeben.«

»Wie? Dann liebt sie ihren Sohn wieder?« Erwartungsvolles

Leuchten erfüllte ihre Augen. Jael konnte nur noch nicken, überreichte ihr den Stift und drehte sich weg. Er musste gehen, und zwar schnell, bevor er es sich doch anders überlegte.

Um sich abzulenken, checkte er im Auto sein Handy. Chrystal hatte sich gemeldet, und auch Rafi hatte mehrmals versucht, ihn anzurufen, ihm sogar zusätzlich eine Nachricht hinterlassen, mit der Bitte um Rückruf. Nichts vom Partem. Gut so. Erschöpft legte er das Handy aus der Hand und lehnte sich auf seinem Sitz zurück. *Sie* würde Zeit brauchen, alles zu verarbeiten? Nein! *Er* würde sie brauchen, um in Ruhe über alles nachdenken zu können. Vieles war schiefgelaufen, aber noch hatte er sie nicht verloren. Oder? Fünf Minuten blieben ihm noch. Fünf Minuten Fahrt plus den Gang zu ihrem Haus, um den Abend positiv abzuschließen, sollte sie überhaupt noch einmal zu ihm einsteigen.

Er brauchte ihr Vertrauen!

Über den Rückspiegel sah er sie aus dem Restaurant kommen. Sie wirkte ein wenig gelöster, ihre Schultern hingen nicht mehr zusammengefallen nach vorn, ihre Schritte federten leicht. Und … sie kam tatsächlich auf den Wagen zu. Zu ihm zurück. Schnell stieg Jael aus, um ihr die Tür zu öffnen. »Und?«

»Es hat geklappt.« Mit diesen drei Worten ließ sie sich auf ihren Sitz plumpsen, auf ihre Mütze, die sie unter sich hervorkramte und leider wieder aufsetzte. Keine süßen Locken mehr. Dafür ein fast dankbarer Blick zu ihm nach oben. »Anna hatte ihn auf dem Arm, als ich ging.«

»Gut.« Er schloss ihre Tür und umrundete das Auto. Gut vor allem, dass niemand es mitbekommen hatte. *Ich schwöre Treue, Loyalität und bedingungslosen Gehorsam.* Xenia schob sich immer mehr zwischen ihn und den Partem.

Jael startete den Motor und stellte den Heizungsregler auf Rot. So wie Xenia ihren Körper mit den Armen umschlang, musste sie mittlerweile durchgefroren sein. Nach einer kurzen Pause war sie es, die die Stille durchbrach. »Ich will zu Rafi.«

Die Himmelskarte. Langsam zog sich das Netz seiner Fehler immer enger. Sie wollte Fiene retten.

»Das geht nicht.« Die Ampel vor ihm schaltete auf Rot, er bremste ab und stützte seinen Ellbogen am Seitenfenster ab. »Dass ich dir den Stift zurückgegeben habe, war schon gegen die Vorschrift. Wir müssen die Sachen abgeben. Das ist unser Auftrag. Wir machen das nicht aus Spaß.«

»Euer Auftrag?« Sie verstand es nicht, natürlich nicht, und Jael versuchte ihr mit kurzen Worten und so wenig Informationen wie möglich, das System zu erklären. Die Organisation kümmerte sich um sie, und sie mussten dafür liefern. Möglichst viel, möglichst erfolgreich, vor allem unentdeckt.

»Aber warum? Was machen die mit den Sachen? Wozu brauchen sie die Liebe, die da drinsteckt?«

Diese Antwort konnte er ihr nicht geben. Niemals. Stumm sah er sie an und schüttelte den Kopf.

»Du sagst nichts? Du erklärst es mir nicht?« Ihre Augen zogen sich düster zusammen. »Rafi hat Fiene beklaut, und wenn ich die Karte nicht kriege, wird sie aufwachen, aber nie mehr so sein wie früher. Und … ich soll das einfach so schlucken? Jael, das mache ich nicht. Ich zeig die an. Oder euch. Oder gleich …«

»Das tust du nicht.« Warnend richtete er sich auf und beugte sich zu ihr. »Solltest du uns verraten, Xenia, was ich durchaus verstehen könnte, würdest du vor allem dich in Gefahr bringen. Die Organisation lässt niemanden bestehen, der gegen sie arbeitet. Und das könnte …« Die Ampel unterbrach ihn, schaltete auf Grün.

»Und das könnte?« Eine Spur von Angst verlieh ihrer Stimme einen zitternden Unterton.

»Es könnte deinen Tod bedeuten.« Die Lüge bekam er nur mühsam über die Lippen, sie war hart für sie, und trotzdem noch eine harmlose Variante der Wahrheit. Nur ein Hinweis auf ihre Existenz, und sie würden sie opfern. Ihr Tod wäre dann ein qualvolles, langsames Ausbluten.

Eins. Zwei. Drei. Jael begann zu zählen. Die Straßenlampen. Neun. Zehn …

»Und du? Kannst du da aussteigen, bei der Organisation?«

»Nein. Sie lassen niemanden gehen. Aber mein Auftrag endet mit meinem zwanzigsten Geburtstag.« Spätestens also in zehn Monaten. Früher nur dann, wenn alles gut ging und er sein Ziel erreichte. Dann würde er auch die WG verlassen, für immer. Jael sah zu den erleuchteten Fenstern hoch und bog in die Einfahrt. Sie waren da.

Xenia schnallte sich ab, hielt den Gurt aber noch in ihren Händen umklammert. »Felix wird das umbringen. Das mit Fiene.« Dunkel leuchteten ihre Augen zu ihm rüber. »Es ist mir egal, was mit mir passiert, aber ich brauche die Karte.«

1706. Rafis Geburtsdatum. Und der Code für seine Schublade. *Egal, was passiert.* Er hatte sie unterschätzt, zu oft schon.

»Wenn sie noch da ist, wenn Rafi die Karte noch hat, hole ich sie dir, okay? Aber, du musst mir was versprechen.«

Ein Lächeln huschte über ihre Lippen. »Alles. Ich verspreche dir alles.« Und das tat sie. Schweigen. Abstandhalten. Sogar, ihm zu vertrauen.

Jael begleitete sie über die Straße bis zu ihrer Haustür. Unruhe überkam ihn dabei plötzlich. Ein kalter Wind im Rücken? Wurden sie beobachtet?

»Ich möchte, dass du heute nicht mehr rausgehst, Xenia. Und auch niemandem aufmachst. Hast du verstan… Du blutest wieder.« Aus dem kleinen Riss an der Unterlippe. Sie wollte sich das Blut mit den Fingern abwischen, doch er stoppte ihren Arm und kramte sein Taschentuch hervor.

»Da ist aber deine Träne drin.«

»Das macht nichts.« Er beugte sich zu ihr hinunter, gar nicht weit, denn sie hob ihm bereitwillig ihr Kinn entgegen, den Mund leicht geöffnet, ihre Augen leuchteten wie Gold. Jael spürte, wie sich sein Puls beschleunigte, das Blut schneller durch seine Adern pumpte. Er konzentrierte sich auf ihre Lippen. Keine gute Idee. Sie zu küssen, das Verlangen in ihm wurde wieder wach. Einmal nur? Krampfhaft griffen seine Finger in das Taschentuch, und es kostete ihn alles an Beherrschung, sie nicht an sich zu ziehen, Xenia zu umarmen und ... Das Blut. Er riss sich zusammen, lenkte seine gesamte Aufmerksamkeit nur auf die Wunde an ihrer Lippe und tupfte sie vorsichtig mit dem Tuch ab. Sie hatte die Augen geschlossen, ihr Atem flatterte unter seiner Hand, angenehm warm. Jael tupfte länger als nötig. So nah war er ihr bisher nur einmal gewesen. In der Küche, als sie bewusstlos auf dem Boden gelegen hatte. Auch jetzt hielt sie ganz still, nur wusste er, dass sie nicht schlief. Vorsichtig ließ er seinen Daumen über ihren Hals wandern und verabschiedete sich dann mit einem Lächeln von ihrem Gesicht. »Ich glaube, jetzt ist es okay.«

Oder nicht? Verwundert verfolgte er den Weg einer Träne. Sie lief ihr über die Wange. Sie weinte.

»Xenia?«

Ihre Augen blinzelten erst nur, dann öffneten sie sich und ließen weitere Tränen frei. »Wie kannst du so sein, Jael? Du bringst alles durcheinander. Bringst mich in Gefahr. Bist fies. Gefühllos. Und dann ... so wie jetzt. Was soll das? Was bin ich für dich? Ein Spiel?«

Sie schleuderte keine Blitze, und doch traf sie ihn. Ohne nachzudenken, zog er ihren kleinen Körper fest in seine Arme. Hörte sie ihn? Sein Flüstern? »Ich habe keine Worte für das, was du für mich bist.« Sie war in seinem Kopf. In seinen Gedanken. Nachts in seinen Träumen.

Sein Blick glitt über sie hinweg. Er wollte gar nichts sehen, aber sah es trotzdem. Ein schwarzes Auto, auf der anderen Straßenseite. Eisige Kälte stieg in ihm auf. Jetzt?

Jetzt kam sein Schutz?

So sanft wie möglich entließ er Xenia aus seinen Armen, versteckte seine Anspannung hinter einem warmen Lächeln. »Ich werde dich beschützen. Nur schweig über all das, was du weißt. Wir reden morgen weiter, ja? Ich muss gehen.«

Sie nickte und wischte sich mit dem Jackenärmel über ihr Gesicht. »Aber werden das die anderen auch machen? Schweigen?«

»Welche anderen?« Er kniff die Augen zusammen.

»Geno hat Chrystal und den anderen heute gesagt, dass er mich melden will. Dass er glaubt …«

»Was?«

Jael versuchte, ihren Worten nach außen hin entspannt zu lauschen, nur fror sein Lächeln ein. Sie wussten alle Bescheid? »Ich werde mit Geno reden. Versprochen.«

Und er würde ihn töten, sollte er Probleme machen. Darauf gab er sich selbst sein Wort.

Jael wartete, bis Xenia die Haustür hinter sich schloss. Ging in Gedanken mit ihr die Treppe hinauf und drehte sich erst um, als er wusste, sie war sicher in ihrer Wohnung angekommen. Kurz, lang, kurz. Sie hatte durchgeklingelt.

Vor sich hin pfeifend überquerte er dann die Straße und schlenderte den Bürgersteig entlang. Entspannt gleichgültig. Die Vorstellung gelang ihm. Und sie war wichtig, denn er wurde beobachtet, aus dem schwarzen Wagen heraus. Der kühle Wind wehte ihm eindeutig von dort aus entgegen.

XENIA

Sie hätte ihn gerne bei sich behalten, Jael. Trotz allem. Allein sein, das kannte sie, nur fühlte es sich gerade anders an. Einsamer.

Sie sah ihm nach, sah ihn in der Dunkelheit verschwinden und löste ihre Finger von der Fensterscheibe. Ein Frösteln durchzog ihren Körper.

Sie würden dich töten.

Xenia starrte auf ihre Hände. Leeren. Füllen. Kurzschluss. Sie wusste eigentlich gar nichts. Und doch zu viel?

Sie würden dich töten.

Sie würden dich töten.

Jaels Stimme, seine Worte hatten sich in ihrem Kopf verkeilt. Hallten immer wieder in die Stille hinein, die sie umgab. Eine merkwürdige Stille. Eine wartende. Hielt der Raum um sie herum die Luft an?

Xenia drehte sich um. Alles vertraut, und doch wurde sie das Gefühl nicht los, die Zeit wartete auf sie. Auf eine Reaktion von ihr. Unheilvoll.

»So'n Quatsch!« Ihre Stimme klang belegt. Und doch tat es gut, sie zu hören. Etwas, das also noch funktionierte.

Sie griff nach ihrem Handy.

Der Akku war schwach. Xenia steuerte ihr Bett an, wollte sich gerade setzen und ihr Handy ans Ladekabel hängen, als sie etwas aufblitzen sah. Da lag etwas auf ihrem Kopfkissen. Es schimmerte bunt.

Eine Spieluhr?

Sie legte ihr Handy weg und nahm sie in die Hand.

Ein Karussell mit Pferden. Sie kannte dieses Kinderspielzeug von früher. Warum lag es jetzt hier?

Hatte ihre Mutter es in einem alten Karton gefunden?

Aber … dann müsste sie ja zwischendurch noch mal hier gewesen sein.

Xenia schaltet die Spieluhr an, doch die Pferdchen setzten sich nicht in Gang. Nicht mal eine Melodie erklang.

Fehlten Batterien?

Sie besah sich den Boden, suchte nach einem Fach. Als sie es öffnete, klemmte ein Stück Papier zwischen den Kontakten. Sie zog es heraus, und sofort sprang der Ton an.

La … Le … Lu. Nur der Mann im Mond schaut zu …

Sie mochte das Lied nicht. Hatte ihrer Mutter immer verboten, es zu singen. Und doch liefen ihr jetzt Tränen über das Gesicht.

La … Le … Lu.

Sie wollte das Karussell anhalten. Aber wie? Die Pferdchen tanzten einfach weiter. Dazu spulte ihr Kopf plötzlich Bilder ab, zog sie mit hinein, wie in einen Film. Der harte Beton des Parkdecks. Sie spürte ihn wieder unter sich. Ihre Schmerzen. Dann die Hand auf ihrer Schulter, auf ihren Armen. Sie war es gewesen! Die Hand. Sie hatte nach dem Lied geklungen. Als er ihren Kör per vorsichtig entknotet hatte. Ihr Retter.

Der letzte Ton verklang, und doch schwebte die Melodie weiter durch die Stille. Vor ihr auf dem Boden lag das Stück Papier. Es war ihr aus den Fingern gerutscht. Schwarze Buchstaben drückten sich durch das Weiß. Eine Nachricht?

Zitternd hob sie das Papier auf und drehte es um. Verschlungene Buchstaben, die Schrift war ihr fremd.

Sie wollen dein Herz, Xenia!

Panik fraß sich durch ihren Körper, färbte alles um sie herum blutrot.

Jemand war hier gewesen. In ihrer Wohnung. In ihrem Zimmer …

JAEL

Sie waren hier!

Ein P im Nummernschild. Dahinter die 15. Jael blieb das Pfeifen im Hals stecken. Das Auto war nicht irgendein Auto. Der Fahrer damit auch nicht irgendein Fahrer. Er musste zum Inneren Kreis gehören, denn der Wagen stammte eindeutig aus dem Fuhrpark des Partems.

Jemand sollte abgeholt werden? Aber ... wer? Und warum?

Niemand hatte ihn informiert. Ihn, den Chef des Teams.

Dabei musste es etwas Dringendes sein, diese Art persönlichen Transfer boten sie keinem einfach so an.

Jaels Nackenmuskeln zogen sich zusammen, und obwohl der Fahrer die Zeitung in seinen Händen nicht zuklappte, ihm das Zeichen für *Bitte einsteigen* nicht gab, riss er die Hintertür auf und setzte sich auf die Rückbank. Erst jetzt schob sich die Trennwand hoch? Schnell zwar, und doch erhaschte er einen Blick auf den Typen vorne am Steuer. Ungewöhnlich jung. Nicht viel älter als er selbst. Und er trug einen Zopf?

»Der Wagen ist nicht für dich bestimmt, Jael«, teilte ihm eine Stimme aus den in der Verkleidung versteckten Lautsprechern mit. »Aber du kannst Chrystal ausrichten, dass der bestellte Fahrdienst da ist. Sie geht nicht an ihr Handy.«

Chrystal? Und sie selbst hatte den Wagen bestellt?

Das bedeutete, der Wunsch nach einem Gespräch mit dem Partem kam von ihr? Unschwer zu raten, um was es ging, nachdem Geno seinen Verdacht mit ihr geteilt hatte. Sie wollte Xenia melden. Eiskalt wurde es in ihm. Jede Pore seines Körpers schloss sich und verriegelte ihn nach außen. Die Zeit war da, früher als gedacht. Er musste sein Schweigen brechen.

»Planänderung!« Jael schnallte sich an. Er würde Chrystal zuvorkommen, ihr den Triumph damit nehmen. »Wir können los.«

Widerworte ließ er nicht zu. Der Typ sprach von Dringlichkeit? Jael lachte hart auf.

»Das, was ich zu melden habe, ist an Dringlichkeit nicht zu überbieten!«

Liebe Leserinnen und Leser,
dieses Buch enthält Gespräche über einen Suizidversuch einer Nebenfigur.

Wenn ihr selbst mit Gedanken an Suizid oder Selbstverletzung konfrontiert seid, meldet euch bitte bei der Telefonseelsorge.
In Deutschland unter 0800/111 0 111 oder per Mail und Chat unter online.telefonseelsorge.de
In Österreich telefonisch unter 142 oder per Mail und Chat unter www.telefonseelsorge.at
In der Schweiz telefonisch unter 143 oder per Mail und Chat unter www.143.ch

Band 2 erscheint am 25.01.2022

ISBN 978-3-7488-0083-5

Wie kann ein erkaltetes Herz wieder zu lieben lernen?

Xenia befindet sich in höchster Gefahr, nachdem die Wächter des Partem auf sie aufmerksam geworden sind. Da sie eine Immunitin ist, könnte ihr Opfer das Überleben des Partem sichern. Bislang hat sie ihre Fähigkeit, bei Berührung anderer Menschen Geräusche hören zu können, immer als Fluch gesehen, doch nun entdeckt sie, dass sie damit auch Gutes bewirken kann. Jael muss sich entscheiden, ob er Xenia an den Partem ausliefert, um seine Schuld zu begleichen, oder ob er sie rettet – denn sie reißt seine Mauer der Gefühlslosigkeit nach und nach ein. Je näher er ihr kommt, desto mehr verliert er die Kontrolle über sein Herz. Bald steht fest: Der Partem muss vernichtet werden. Auch wenn dabei ihr Leben und ihre Liebe auf dem Spiel stehen …